魏晋风度及其他

上

鲁迅／撰

吴中杰／导读

蓬莱阁典藏系列

上海古籍出版社

图书在版编目(CIP)数据
魏晋风度及其他 / 鲁迅撰;吴中杰导读. —上海:
上海古籍出版社，2019.5(2024.7重印)
(蓬莱阁典藏系列)
ISBN 978-7-5325-8894-7

Ⅰ.①魏… Ⅱ.①鲁… ②吴… Ⅲ.①鲁迅著作—选
集 Ⅳ.①I210.2

中国版本图书馆CIP数据核字(2018)第133930号

蓬莱阁典藏系列
魏晋风度及其他(全二册)
鲁迅 撰 吴中杰 导读

上海古籍出版社 出版、发行
(上海市闵行区号景路159弄1-5号A座5F 邮政编码201101)
(1) 地址: www.guji.com.cn
(2) E-mail: guji1@guji.com.cn
(3) 易文网网址: www.ewen.co

印 刷 苏州市越洋印刷有限公司
开 本 787×1092 1/32
印 张 21.625
插 页 10
字 数 436,000
版 次 2019年5月第1版 2024年7月第4次印刷
ISBN 978-7-5325-8894-7/K·2504
定 价 78.00元

出版说明

中国传统学术发展到晚清民国，进入一个关键的转折时期。面对“数千年未有之变局”，旧传统与新思想无时不在激荡中融汇，学术也因而别开生面。士人的眼界既开，学殖又厚，遂有一批大师级学者与经典性著作涌现。这批大师级学者在大变局中深刻反思，跳出旧传统的窠臼，拥抱新思想的精粹，故其成就者大。本社以此时期的大师级学者经典性著作具有开创性，遂延请当今著名专家为之撰写导读，希冀借助今之专家，诠释昔之大师，以引导读者理解其学术源流、文化背景等。是以本社编有“蓬莱阁丛书”，其意以为汉人将皮藏要籍的馆阁比作道家蓬莱山，后世遂称藏书阁为“蓬莱阁”，因借取而为丛书名。“蓬莱阁丛书”推出后风行海内，为无数学子涉猎学术提供了阶梯。今推出“蓬莱阁典藏系列”，萃取“蓬莱阁丛书”之精华，希望大师的经典之作与专家的精赅之论珠联璧合，继续帮助读者理解中国传统学术的发展与大师的治学风范。

目录

《魏晋风度及其他》导读　吴中杰 / 1

一、旧文明批判

文化偏至论 / 3
我之节烈观 / 17
随感录三十五 / 27
随感录三十六 / 29
我们现在怎样做父亲 / 31
估《学衡》 / 44
“以震其艰深” / 48
所谓“国学” / 50
“一是之学说” / 52
看镜有感 / 55
青年必读书 / 59
忽然想到 / 60
春末闲谈 / 63
灯下漫笔 / 68
论“他妈的！” / 76
十四年的“读经” / 80

这个与那个 / 84
学界的三魂 / 87
无声的中国 / 91
老调子已经唱完 / 97
当陶元庆君的绘画展览时我所要说的几句话 / 105
由中国女人的脚，推定中国人之非中庸，又由此推定孔夫子有胃病 / 107
四库全书珍本 / 112
重三感旧 / 114
古书中寻活字汇 / 116
关于中国的两三件事 / 118
儒术 / 125
隔膜 / 130
点句的难 / 134
在现代中国的孔夫子 / 136

二、文化史研究

《古小说钩沉》序 / 145
谢沈《后汉书》序 / 147
《会稽郡故书杂集》序 / 148
《吕超墓志铭》跋 / 150

宋民间之所谓小说及其后来 / 152
《嵇康集》序 / 162
《俟堂专文杂集》题记 / 165
《小说旧闻钞》序言 / 166
汉文学史纲要 / 168
关于《三藏取经记》等 / 218
《绛洞花主》小引 / 223
魏晋风度及文章与药及酒之关系 / 225
《唐宋传奇集》序例 / 242
流氓的变迁 / 246
关于《唐三藏取经诗话》的版本 / 248
帮忙文学与帮闲文学 / 251
谈金圣叹 / 254
二丑艺术 / 257
《北平笺谱》序 / 259
选本 / 261
论"旧形式的采用" / 264
算账 / 268
脸谱臆测 / 270
《小说旧闻钞》再版序言 / 273
隐士 / 275
六朝小说和唐代传奇文有怎样的区别? / 278
从帮忙到扯淡 / 281
"题未定"草 / 283

关于太炎先生二三事 / 299

三、新文艺概观

儗播布美术意见书 / 305
对于批评家的希望 / 311
反对“含泪”的批评家 / 313
娜拉走后怎样 / 316
论睁了眼看 / 323
革命时代的文学 / 328
革命文学 / 335
文艺与政治的歧途 / 337
“醉眼”中的朦胧 / 345
文艺与革命 / 351
太平歌诀 / 354
文学的阶级性 / 356
现今的新文学的概观 / 359
文艺的大众化 / 364
对于左翼作家联盟的意见 / 366
中国无产阶级革命文学和前驱的血 / 372
黑暗中国的文艺界的现状 / 374
上海文艺之一瞥 / 379
“民族主义文学”的任务和运命 / 392

关于小说题材的通信 / 403
论“第三种人” / 406
辱骂和恐吓决不是战斗 / 411
又论“第三种人” / 414
小品文的危机 / 419
批评家的批评家 / 423
“京派”与“海派” / 425
小品文的生机 / 427
中国文坛上的鬼魅 / 429
《中国新文学大系》小说二集序 / 436
“京派”和“海派” / 456
什么是“讽刺”? / 460
文坛三户 / 463
杂谈小品文 / 466

四、翻译文学论

摩罗诗力说 / 471
《域外小说集》序言 / 509
《一个青年的梦》译者序二 / 510
不懂的音译 / 512
咬文嚼字 / 516
《思想·山水·人物》题记 / 518

“硬译”与“文学的阶级性” / 521
几条“顺”的翻译 / 539
风马牛 / 543
关于翻译的通信 / 546
祝中俄文字之交 / 553
关于翻译 / 558
为翻译辩护 / 561
关于翻译(上) / 563
关于翻译(下) / 566
拿来主义 / 569
论重译 / 572
再论重译 / 574
非有复译不可 / 576
“题未定”草 / 579

五、语文改革说

随感录五十七　现在的屠杀者 / 589
古书与白话 / 590
再来一次 / 593
写在《坟》后面 / 597
“此生或彼生” / 604
玩笑只当它玩笑(上) / 606

玩笑只当它玩笑(下) / 611
答曹聚仁先生信 / 614
门外文谈 / 617
“大雪纷飞” / 637
汉字和拉丁化 / 639
中国语文的新生 / 642
关于新文字 / 645
论新文字 / 647

《魏晋风度及其他》导读

吴中杰

说起鲁迅的学术著作，学者们一致认同的是《中国小说史略》和《汉文学史纲要》，此外还有一些考证文字，至多再加上几篇学术演讲。至于那些以杂文笔调写作的文章，虽然亦有涉及重要的学术问题，包含着深刻的理论见解，但往往却被排除在学术领域之外。

这是一种只重形式不重内容的形式主义见解。

其实，一篇文章有无学术价值，并不在于它的表述方式是否符合学术规范，有无学术文章的形式，而要看它是否真有学术内容。有些专题著作、许多高头讲章，虽然写得相当规范，学术文章形式上该有的东西，一样不少，却是独缺创见，只不过人云亦云，以拼凑、复制为能事，这种著作不能给学术增添任何东西，其实并无学术性可言。另一种文章，在形式上超越规范，看似任意而谈，却是有感而发，表面上看来，不像学术文章，其实却提出了重要见解，在理论上自有建树，对学术能起推动作用。鲁迅的许多杂文，就属于后一类。

鲁迅的杂文，都是具有现实的针对性的。他所面对的，有属于政治问题，有属于社会问题，亦有属于文化思想方面的问题。即使是政治问题和社会问题，鲁迅也总是将它和文化思想问题联系起来看，探寻其历史根源，所以，鲁迅的许多杂文都包含有学术理论见解，也可以算是学术随笔。而且正因为其有现实的针对性，所以对学术发展所起的作用更大。鲁迅与学院派文人学者不同，他无意于追求理论的系统性，也不想创造什么学术体系，他所关心的是现实斗争，只希望自己的文章能对现实的学术文艺起推动作用。正如他在《华盖集·题记》中所说："也有人劝我不要做这样的短评。那好意，我是很感激的，而且也并非不知道创作之可贵。然而要做这样的东西的时候，恐怕也还要做这样的东西，我以为如果艺术之宫里有这么麻烦的禁令，倒不如不进去；还是站在沙漠上，看看飞沙走石，乐则大笑，悲则大叫，愤则大骂，即使被沙砾打得遍体粗糙，头破血流，而时时抚摩自己的凝血，觉得若有花纹，也未必不及跟着中国的文士们去陪莎士比亚吃黄油面包之有趣。"这里虽然说的是短评与创作的关系，由此也可见他在学术上的态度。

鲁迅既然以战士的姿态现身于文坛学界，他当然对旧的文化思想有所批判，同时也必然要提出自己新的见解。何况他又并非一般的战士，而是文化革命的主将和旗手，因此，他的学术主张和理论观点在现实中必然产生着巨大的影响。忽视这种影响，就无法说明中国现代文艺和学术的发展历史。

基于此种见解，当上海古籍出版社约我为他们的《蓬莱阁丛书》编选一本除《中国小说史略》和《中国小说的历史的变迁》（这两部分，另出一书）之外的鲁迅学术文集时，我就将他那些虽无学术文章的形式，而实则有着深刻的理论见解，而且在现实中也的确起过重要作用的杂文、序跋和译文附记等等，也都编选进去，——虽然由于篇幅的关系，仍删落了不少。我以为这些文章，在中国现代学术史和文学史上，实在要比那些空泛的专著和讲章来得重要。

本书的书名，读者一望而知，取自鲁迅的名文，全书按照所论问题，分为五个部分：旧文明批判；文化史研究；新文艺概观；翻译文学论；语文改革说。各类文章则以写作或发表的日期为序，加以排列。但因鲁迅的文章并非专论，所以颇难严格分类。而且，他是主张撰写科学论文时，“最好是无论如何总要对于中国的老病刺他几针，譬如说天文忽然骂阴历，讲生理终于打医生之类”[①]的；并认为：“‘发思古之幽情’，往往为了现在。”[②]所以他在谈文化史时，每不忘批判旧文明，而叙往事的目的，也总是为了针砭现实。因此，这里的分类，只能是相对的了。

但为了使读者能够比较全面地了解鲁迅文章的现实针对性，我在这篇导读中，仍将循着文集中所分的五个部分，对这些观点提出的历史背景，略作介绍。

一

鲁迅是一个启蒙主义者，他自述创作小说的目的是为人生，而且要改良这人生；而他之所以要写杂文和评论，则是为了进行文明批评与社会批评。因此，对旧文明、旧社会进行批判性的考察和评述，是他写作的首要任务。

还在1907—1908年间，他在日本留学时所写的《文化偏至论》和《破恶声论》等文，就开始了对中国的旧文明进行批判，对国人之妄自尊大、抱残守缺，深表忧虑。到得"五·四"时期新文化运动开始以后，这种批判的火力就更加猛烈。比如，发表在《新青年》杂志上的长篇论文《我之节烈观》《我们现在怎样做父亲》以及《随感录》中若干篇章，就是针对中国传统的夫权思想和父权思想而发的，而这两种思想，在中国封建伦理中占有重要的地位。它是三纲五常中的两个纲：夫为妻纲，父为子纲，值得引起重视。那么，三纲中的第一个纲：君为臣纲，其中所体现出来的君权思想，为什么倒不作专文来加以批判呢？这与鲁迅批判工作的现实针对性有关。盖因当时帝制已经推翻，共和国宣告成立，虽然有过袁世凯称帝、张勋复辟事件，但都以闹剧形式告终，这说明，帝制之在中国，已被抛弃，君权思想很不得人心。尽管有人还在讲什么虚君共和，也有人提出驳斥，但显然已非人们关注的热点，所以鲁迅不在这方面多花笔墨，而将批判的锋芒对准夫权思想和父权思想，因为这两种思想在人们的意识中还根深蒂固，非要痛加批驳不可。

正因为鲁迅的文明批评是与社会批评联系在一起的，有很强的现实性，所以他批评的着重点不在于旧人物的本身和旧学说的原旨，而是这些人物的历史命运和这种学说在现实社会生活中的影响。即使对于新文化运动中重点批判的孔子及儒家学说，鲁迅也没有正面批判的文章，他后来所写的《在现代中国的孔夫子》，虽然点出了孔夫子的大名，而着重所说的，乃是孔夫子在死后一直被当作敲门砖来使用的历史命运，以及现代中国三位统治者使用这块敲门砖，却敲不开幸福之门的喜剧性结局。孔夫子之所以会在死后受到历代帝王的追捧，作为敲门砖来使用，当然与他本身的学说有关，——他曾经为权势者计划过出色的治国方法，而鲁迅所关注的不在于这些治国方法的本身，而是它的治绩。《春末闲谈》所揭露的是封建等级制度所造成的人民精神的麻木状况；《论“他妈的！”》批判的是封建门阀制度；而《灯下漫笔》则直截了当地指出：中国人向来就没有争到过“人”的价格，中国的历史，实际上只是“想做奴隶而不得的时代”和“暂时做稳了奴隶的时代”的循环。鲁迅有时还运用现代心理学和社会学的知识进一步分析有些理论提出的现实原因和提倡者的潜在用心。有一篇为幽默杂志《论语》而写的，自称为“‘学匪’派考古学”的文章：《由中国女人的脚，推定中国人之非中庸，又由此推定孔夫子有胃病》，就从中国人的思想实际出发对中庸学说作了深刻的剖析。鲁迅说：“我中华民族虽然常常的自命为爱‘中庸’，行‘中庸’的人民，其实是颇不免于过激的。譬如对于敌人罢，有时是压服不够，还要‘除恶务尽’，杀掉不够，还要‘食肉寝皮’。但有时候，却又谦虚到‘侵略者要进来，让他们进来。也许他们会杀了十万中国人。不要紧，中国人有的是，我们再有人上去’。这真教人会猜不出是真痴还是假呆。而女人的脚尤其是一个铁证，不小则已，小则必求其三寸，宁可走不成路，摆摆摇摇。”“然则圣人为什么大呼‘中庸’呢？曰：这正因为大家并不中庸的缘故。人必有所缺，这才想起他所需。”本文的重点虽然在于文末对于当局的讽刺，但其中对于中庸学说的剖析，不能不说是精辟异常，入骨三分。这种分析方法推而广之，用来分析某些社会现象，也容易看出问题的底蕴。比如《隔膜》一文，就通过《清代文字狱档》的材料，指出某些文字狱的形成，其实并非因为笑骂了清朝，而只是为了“隔膜”。满洲人是严分主奴等级的，大臣奏事，必称“奴才”，而汉人还下“奴才”数等。“奴隶只能奉行，不许言议；评论固然不可，妄自颂扬也不可，这就是‘思不出其位’。譬如说：主子，您这袍角有些儿破了，拖下去怕更要破烂，还是补一补好。进言者方自以为在尽忠，而其实却犯了罪，因为另有准其讲这样的话的人在，不是谁都可说的。一乱说，便是‘越俎代谋’，当然‘罪有应得’。倘自以为是‘忠而获咎’，那不过是自己的胡涂。”在历史上，这样的胡涂人实在很多，犯事者胡涂，旁观者也胡涂，鲁迅的分析，可使读者的眼光锐利起来。

鲁迅处于一个社会转型期，文化思想上的斗争十分激烈。作为革新派，他对于文化保守主义必然有所批判。但鲁迅很少从学理上正面与之论辩，大抵采取釜底抽薪之法，凭借自己坚实的旧学根柢，指出这些为旧学辩护者本身就不通旧学，从而否定了他们提倡旧学的资格。最有名的是《估〈学衡〉》一文。《学衡》杂志是南京东南大学教授们所办，旨在反对新文化，而提倡旧学问，但其中骨干大都是些外国留学生，于旧学并无门径，于是弄得错误百出。本文摭拾了《学衡》杂志中一些不通的文言文句,加以剖析,得出的结论是:"总之,诸公掊击新文化而张皇旧学问,倘不自相矛盾,倒也不失其为一种主张。可惜的是于旧学并无门径,并主张也不配。倘使字句未通的人也算是国粹的知己,则国粹更要惭惶煞人!'衡'了一顿,仅仅'衡'出了自己的铢两来,于新文化无伤,于国粹也差得远。"近年来,颇有些肯定学衡派文化保守主义的文章,似乎当年新文化战士们对该派的批判倒是错误的。但是,他们却始终无法将鲁迅指出的这些不通的文句说通,因而也无法推翻鲁迅说这个杂志是"几个假古董所放的假毫光"的结论。

鲁迅这种战法,同样施之于别的文化保守主义者。比如,章士钊在1923年,曾发表《评新文化运动》一文,极言文言文之优于白话文,他举例说:"二桃杀三士,谱之于诗,节奏甚美。今日此于白话无当也。必曰两个桃子杀了三个读书人,是亦不可以已乎。"然而这个例子恰恰搞错了。鲁迅指出,该典出自《晏子春秋》,说的是晏子设计,用两个桃子使三个勇士自杀而死。所以,这里的"士",其实是"勇士",而非"文士"。解作"读书人",显然是错误的,这说明引用者于旧学欠通,而对白话文的攻击就显得缺乏根据。[3]到得1934年,在新的一轮复古运动的背景下,汪懋祖老调重弹,鼓吹文言的优越,攻击白话之累赘。他举例说:"'这一个学生或是那一个学生',文言只须'此生或彼生'即已明了,其省力为何如?"但这也是一知半解的说法,鲁迅指出,这五个字,至少还有两种解释:一、这一个秀才或是那一个秀才(生员);二、这一世或是未来的别一世。可见"文言比起白话来,有时的确字数少,然而那意义也比较的含胡”。他“就用主张文言的汪懋祖先生所举的文言的例子，证明了文言的不中用了”。④

此外，对于市面上流行的所谓“国学”和自称为“国学家”者，鲁迅大抵也采取这种揭露法。《“以震其艰深”》《所谓“国学”》《“一是之学说”》等文，即是为此而作。但是，鲁迅反对的是自我炒作的假“国学”和冒牌的所谓“国学家”，而对于扎扎实实做出成绩来的真“国学家”，鲁迅还是怀有相当的敬意的，对他们所从事的真“国学”，也是予以肯定的。且不说他对自己的老师——国学大师章太炎，始终执弟子礼甚恭，并接受了他的许多学术观点，而且对于民国以来还拖着辫子不肯剪掉的清废帝的“南书房行走”王国维的研究成果，也给予充分的肯定。就在他批判假“国学”和假“国学家”的同时，作为对比，还特别提出了王国维，说：“中国有一部《流沙坠简》，印了将有十年了。要谈国学，那才可以算一种研究国学的书。开首有一篇长序，是王国维先生做的，要谈国学，他才可以算一个研究国学的人物。”⑤刘师培是出卖革命的变节分子，鲁迅很不耻他的为人，对于他的以提倡“国粹”来反对新文化运动，鲁迅曾加以痛击。在 1918 年 7 月 5 日致钱玄同的信中，鲁迅以极其尖锐的口吻说：“中国国粹，虽然等于放屁，而一群坏种，要编丛刊，却也毫不足怪。该坏种等，不过还想吃人，而竟奉卖过人肉的侦心探龙做祭酒，大有自觉之意。即此一层，已足令敝人刮目相看，而猗欤羞哉，尚在其次也。”但是，刘师培毕竟是有学问的人，鲁迅对于他本人的学术研究成果，还是肯定的。后来，鲁迅在做《魏晋风度及文章与药及酒之关系》的学术演讲时，还特地向听众介绍刘师培的讲义《中国中古文学史》，并说："我今天所讲，倘若刘先生的书里已详的，我就略一点；反之，刘先生所略的，我就较详一点。"可见鲁迅对刘师培学术成果的重视。显然，他所反对的是以"国粹"来反对新文化，而非国学研究本身。

鲁迅之所以要提倡新文化，而批判旧文明，原因其实也很简单。因为在鲁迅看来，人类的文明有如长江大河，是不断地前进的，如果一个民族要固步自封，抱残守缺，难免就要落后于别的国家民族，因此也难以生存。鲁迅所担心的是，我们太强调自己特别之处，死抱住"国粹"不放，缺乏相当的进步的知识、道德、品格、思想，在当今的世界上就站不住脚，难以与世界各国协同生长，争一地位，"于是乎要从'世界人'中挤出"。[6]鲁迅与国粹主义者的出发点有所不同。国粹主义者认为中国的固有文明是国之精粹所在，必须保存，他们的出发点就是保存固有文明；而鲁迅则从现实的生存需要出发，认为"保存我们，的确是第一义。只要问他有无保存我们的力量，不管他是否国粹"。他之反对保存国粹，就是由于国粹把中国搞得一团糟的缘故。他列举中国历史上的暴虐与混乱，说明国粹并不能救中国："倘说：中国的国粹，特别而且好；又何以现在糟到如此情形，新派摇头，旧派也叹气。倘说：这便是不能保存国粹的缘故，开了海禁的缘故，所以必须保存。但海禁未开以前，全国都是'国粹'，理应好了；何以春秋战国五胡十六国闹个不休，古人也都叹气。倘说：这是不学成汤文武周公的缘故；何以真正成汤文武周公时代，也先有桀纣暴虐，后有殷顽作乱；后来仍旧弄出春秋战国五胡十六国闹个不休，古人也都叹气。”[7] 所以，他得出结论，非要进行文化改革不可。

正是从文化革新主义出发，鲁迅提出了反对读古书的主张。最明显的是 1925 年的《青年必读书》中所说：“我以为要少——或者竟不——看中国书，多看外国书。”此文一出，即遭到强烈的反对，有的甚至骂他是想卖国。其次是 1933 年关于《庄子》与《文选》之争。因鲁迅反对向青年推荐《庄子》与《文选》，至今还受到非难。其实，鲁迅的这些话都是有针对性的，在发表《青年必读书》之后不久，他在致徐旭生的《通讯》中就说过：“前三四年有一派思潮，毁了事情颇不少。学者多劝人踱进研究室，文人说最好是搬入艺术之宫，直到现在都还不大出来，不知道他们在那里面情形怎样。这虽然是自己愿意，但一大半也因新思想仍中了‘老法子’的计。”所以，学者们在报纸上向青年推荐必读书目，也大抵都是古书。鲁迅的言论，即是对此而发。1933 年，也正是新的复古思潮掀起之时，他看到当时的新青年，“学起篆字来了，填起词来了，劝人看《庄子》《文选》来了，信封也有自刻的印板了，新诗也写成方块了”，想起光绪末年那些“老新党”们讲维新，学西学的情景，对比之下，不禁感慨系之，于是乃有《重三感旧》之作。从文中所提到的每一件事看，都不是什么大事，作为个人爱好，也无可非议，但是，联系在一起，作为一种社会思潮看，却反映出一种倾向性的问题来了。鲁迅此文，显然是对当时复古思潮的批评，并非针对某个个人而发，后来引起《庄子》与《文选》之争，而且双方都涉及个人，则并非鲁迅之初意也。

因为鲁迅劝人"少看——或竟不看——中国书"，遂被人指责为民族虚无主义者，其实，鲁迅对于中国古籍，也并非一概否定，问题是读些什么，以及如何读法。他以为要拿一二千年以前所写的儒家经典来指导现实运动，是荒谬的，所以他反对读经，更反对"读经救国"论，但他却提倡读史，因为"历史上都写着中国的灵魂，指示着将来的命运"，而且特别提倡读野史杂记，"因为他们究竟不必太摆史官的架子"，"可更容易了然"。[⑧]——他的出发点，还是为了现在。

还在从事文化工作之初，鲁迅就提出这样的设想："外之既不后于世界之思潮，内之仍弗失固有之血脉，取今复古，别立新宗，人生意义，致之深邃，则国人之自觉至，个性张，沙聚之邦，由是转为人国。"[⑨]后来，他在评论陶元庆的绘画艺术时，又说："他并非'之乎者也'，因为用的是新的形和新的色；而又不是'Yes''No'，因为他究竟是中国人。所以用密达尺来量，是不对的，但也不能用什么汉朝的虑傂尺或清朝的营造尺，因为他又已经是现今的人。我想，必须用存在于现今想要参与世界上的事业的中国人的心里的尺来量，这才懂得他的艺术。"[⑩]可见鲁迅批判旧文明的目的，并不是要全盘西化，而是要创造一种既不落后于世界潮流，又弗失中国固有血脉的新文明。这就是鲁迅号召青年们去创造的"中国历史上未曾有过的第三样时代"[⑪]！

二

其实，鲁迅自己对于"国学"倒是很在行的。他既有家学渊源，又师从过国学大师章太炎，后来还下过很深的功夫。而且，无论是古籍的整理，还是文化史的研究，都做出了很大的成绩。

鲁迅承继了朴学传统，治学非常谨严，做了许多基础工作，特别在辑佚、校勘、考证方面，都有重要的成果。如：对乡邦文献的搜集，有《会稽郡故书杂集》等；对小说资料的辑录，有《古小说钩沉》、《唐宋传奇集》和《小说旧闻钞》；对古人文集的校勘，有《岭表录异》、《嵇康集》等；此外，还有一些关于逸文、墓志、碑铭的考证文字。他还收集过汉画像砖和碑刻的拓片，编了目录，只是由于条件的限制，生前未曾出版。他晚年还与郑振铎合作，选印了《北平笺谱》，翻印了《十竹斋笺谱》。这些，都是很重要的文化史料。

但是，在鲁迅看来，文化史料的整理，只是为阅读和鉴赏提供了资料，为研究工作提供了坚实的基础，它还不能代替文化史研究本身。要进行研究，除了占有资料之外，还需具有史识。鲁迅是既反对以资料的罗列来代替研究，也反对靠孤本秘籍作为惊人之具的。他曾批评郑振铎的著作云："郑君所作《中国文学史》，……我曾于《小说月报》上见其关于小说者数章，诚哉滔滔不已，然此乃文学史资料长编，非'史'也。但倘有具史识者，资以为史，亦可用耳。"[12]可见其对于"史识"的重视。

正因为重视史识，同时也就要求有深切的史论。虽然鲁迅自己的考证功夫很深，但是对于那种烦琐的考证，他是颇为反感的，而对于人们所称颂的以考据学见长的清代学术，也持有不同的看法。这在《算帐》一文中有所分析，同时，在1934年4月9日致姚克信中又说道："清初学者，是纵论唐宋，搜讨前明遗闻的，文字狱后，乃专事研究错字，争论生日，变成了‘邻猫生子’的学者，革命以后，本可开展一些了，而还是守着奴才家法，不过这于饭碗，是极有益处的。”

在鲁迅自己，古籍的整理、史料的收集和考订，都是为研究工作服务的。他对小说史料的辑佚和整理，为他的小说史研究提供了基础，但他的《中国小说史略》并非小说史料的堆砌，而理出了中国小说发展的历史线索，提出了自己独特的见解。这些见解，影响了数代学人的研究工作，是别人所无法代替的。

在研究方法上，鲁迅反对寻章摘句，也反对根据选本来下判断，而主张“知人论世”的方法。因为“选本所显示的，往往并非作者的特色，倒是选者的眼光。眼光愈锐利，见识愈深广，选本固然愈准确，但可惜的是大抵眼光如豆，抹杀了作者真相的居多”；而摘句，则“往往是衣裳上撕下来的一块绣花，经摘取者一吹嘘或附会，说是怎样超然物外，与尘浊无干，读者没有见过全体，便也被他弄得迷离惝恍”。所以，这些都不足以为据。鲁迅说：“我总以为倘要论文，最好是顾及全篇，并且顾及作者的全人，以及他所处的社会状态，这才较为确凿。要不然，是很容易近乎说梦的。”⑬

正因为鲁迅能把作家放到特定的历史条件下进行全面的考察，所以他能超越别人所设定的框框，而提出新颖独到的，更符合历史实际的见解。例如《魏晋风度及文章与药及酒之关系》中对嵇康阮籍的看法，就发人所未发。鲁迅说：“嵇、阮的罪名，一向说他们毁坏礼教。但据我个人的意见，这判断是错的。魏晋时代，崇奉礼教的看来似乎很不错，而实在是毁坏礼教，不信礼教的。表面上毁坏礼教者，实则倒是承认礼教，太相信礼教。因为魏晋时所谓崇奉礼教，是用以自利……于是老实人以为如此利用，亵黩了礼教，不平之极，无计可施，激而变成不谈礼教，不信礼教，甚至于反对礼教。——但其实不过是态度，至于他们的本心，恐怕倒是相信礼教，当作宝贝，比曹操、司马懿们要迂执得多。”这种看法，实在是非常深刻的。当然，能够看到这一层，除了深入地研究史料之外，同他积极参加现实斗争，在斗争中有所感悟有关。有了现实斗争的体会，再来观察历史，就更容易看得清楚些。这也就是马克思所说的人体解剖对于猿体解剖是一把钥匙的道理吧。

鲁迅作为一个现实斗士来研究历史，就必然比学院派的研究具有更多的现代观念。鲁迅文化史研究中的现代性，并不在于借用很多的现代术语，而是运用现代的人文思想去分析历史，就能看到别人所看不到的东西，得出别人所得不出的结论。比如，他从个性主义出发来看中国文学史，就发现中国文人有太多的依附观念，而缺乏独立意识，所以不敢大胆地看待人生，不敢写出它的血和肉来。他将中国文学分为“廊庙文学”和“山林文学”两大类，也就是“在朝”和“在野”的区分。在朝的文人，“就是已经走进主人家中，非帮主人的忙，就得帮主人的闲”；而在野的文人，“虽然暂时无忙可帮，无闲可帮，但身在山林，而‘心存魏阙’。如果既不能帮忙，又不能帮闲，那么，心里就甚是悲哀了”。[14]以此来观照中国文学史，鲁迅就提出了许多不同寻常的看法。如说：“《诗经》是后来的一部经,但春秋时代,其中的有几篇就用之于侑酒;屈原是'楚辞'的开山老祖,而他的《离骚》,却只是不得帮忙的不平。到得宋玉,就现有的作品看起来,他已经毫无不平,是一位纯粹的清客了。"当然,这是就他们的社会地位而言,对于他们文学上的成就,鲁迅也并不一笔抹杀。"然而《诗经》是经,也是伟大的文学作品;屈原宋玉,在文学史上还是重要的作家。为什么呢?——就因为他究竟有文采。"[15]

又如,他从现代民主观念出发,来看文学史上的作品,就对一向认为富有反抗精神的《水浒传》提出了不同看法:"他们所反对的是奸臣,不是天子,他们所打劫的是平民,不是将相。李逵劫法场时,抡起板斧来排头砍去,而所砍的是看客。一部《水浒》,说得很分明:因为不反对天子,所以大军一到,便受招安,替国家打别的强盗——不'替天行道'的强盗去了,终于是奴才。"[16]虽然这一尖锐的批评使人在感情上难以接受,但从理性上分析起来,就不能不承认鲁迅的评价是合理的。

当然,《流氓的变迁》一文,并非专为评论《水浒》而作,它是为了批判现实中的流氓文学家,而去追溯这种社会类型的历史变迁的。这种将文化史与现实情况联系起来研究的方法,在鲁迅文章中是屡见不鲜的,如《隐士》《各种捐班》《"京派"与"海派"》等等。这种研究方法,既有助于我们对现实的理解,同时也把文化史写活了。虽然鲁迅写的只是某些片段,但就方法论的角度看,仍是很值得我们学习的。

鲁迅曾经计划写作《中国文学史》和《中国文字变迁史》,可惜由于环境的逼迫,未能实现。留下来的只是在厦门大学授课时所写的《中国文学史略》讲义，因为只写到西汉两司马，所以易名为《汉文学史纲要》。但就在这短短的十节讲义中，无论在选材、体例和观点上，都写出了自己的特色，与那些大同小异的文学史教材大不相同。

三

鲁迅是中国现代文学的奠基人之一，同时也是中国现代美学的开拓者之一。他虽然没有写下系统的理论著作，但他的艺术观点影响了数代作家，在现实的文学运动中起着巨大的作用。

"五·四"时期的新文学，虽然有着为人生的艺术和表现自我的艺术之分，但却有一个共同的特点：敢于面对现实，向黑暗势力进行抗争。因此，真实性的追求，成为当时新文学的重要特征，也是它与旧文学的重要区别。鲁迅所写的杂文《论睁了眼看》，就专门论述文学真实的重要性。他对旧文学作出尖锐的批评，说："中国的文人，对于人生，——至少是对于社会现象，向来就多没有正视的勇气。""因为不敢正视人生，只好瞒和骗，由此也生出瞒和骗的文艺来，由这文艺，更令中国人更深地陷入瞒和骗的大泽中，甚而至于已经自己不觉得。"这样循环影响，产生了极坏的后果。为了改变这种状况，他号召道："世界日日改变，我们的作家取下假面，真诚地，深入地，大胆地看取人生并且写出他的血和肉来的时候早到了；早就应该有一片崭新的文场，早就应该有几个凶猛的闯将！"鲁迅的这种理论见解，和他的创作结合在一起，展示出一条现实主义创作道路，在中国现代文学中，起着巨大的作用。

但现实主义在中国并非一条平坦的道路，走在这条道路上的人时时受到各方面的干扰。有些人认为文学作品是供有钱的人在茶余饭后消遣用的，因此反对文学去描写穷人，反映人生的疾苦；有些人则把文学的揭露性推向极端，专写奇闻和怪现状。对于这些倾向，鲁迅都明确地提出反对意见。他认为文学"必须是'为人生'，而且要改良这人生"，因而深恶将小说称为"闲书"，而认为文学应该面向现实，"揭出病苦，引起疗救的注意"。[17]所以他倾向于对社会的批判和讽刺。但是，他一再强调："'讽刺'的生命是真实；不必是曾有的实事，但必须是会有的实情。所以它不是'捏造'，也不是'诬蔑'；既不是'揭发阴私'，又不是专记骇人听闻的所谓'奇闻'或'怪现状'。"[18]《中国小说史略》于"清之讽刺小说"外，特辟"清末之谴责小说"一章，即是要将两者区别开来。他批评谴责小说"虽命意在于匡世，似与讽刺小说同伦，而辞气浮露，笔无藏锋，甚且过甚其辞，以合时人嗜好，则其度量技术之相去亦远矣，故别谓之谴责小说"。鲁迅是要求从常见的事物中，揭示出其不合理性来。他把真实性看作是现实主义的核心问题。

对现实主义创作道路干扰最严重的，还是来自革命阵营内部的左倾路线。1928 年革命文学运动兴起之时，那些革命文学家们就全盘否定"五·四"时期的文学革命，将郭沫若以外的所有新文学作家一笔抹杀。他们深受苏联拉普派所提倡的辩证唯物论创作方法和日本纳普派新写实主义理论的影响，把阶级意识看得高于一切，将它凌驾在生活真实之上，要求超越时代。鲁迅指出："超时代其实就是逃避，倘自己没有正视现实的勇气，又要挂革命的招牌，便自觉地或不自觉地必然地要走入那一条路的。身在现世，怎么离去？这是和说自己用手提着耳朵，就可以离开地球者一样地欺人。”[19] 鲁迅对于那些不敢正视社会现象，只是为了阶级斗争的需要，按照阶级意识的要求所编写出来的“革命文学”，是持批判态度的。他所肯定的，还是那些虽不高喊革命，却还多少反映了一些生活情况的作品。他为叶永蓁的《小小十年》、柔石的《二月》、叶紫的《丰收》、萧军的《八月的乡村》、萧红的《生死场》等作品作序，将它们介绍给读者，即是为此。他讽刺一些革命文学家“往往特别畏惧黑暗，掩藏黑暗，欢迎喜鹊，憎厌枭鸣，只捡一点吉祥之兆来陶醉自己”的做法，道：“恭喜的英雄，你前去罢，被遗弃了的现实的现代，在后面恭送你的行旌。”[20] 鲁迅在《对于左翼作家联盟的意见》中，一再要求左翼作家要和实际的社会斗争接触，不要关在玻璃窗内做文章，而且警告说，倘不明白革命的实际情形，左翼作家是很容易变成右翼的。可惜鲁迅的意见并未真正被接受，写真实的口号后来反而受到批判，所谓革命文学离开现实主义道路也就愈来愈远了。

“五·四”新文学的另一重要特征，是“人”的意识的觉醒，是个性解放的追求，是“人的文学”的提倡。这方面的理论见解，鲁迅早在 1907 年写的《文化偏至论》和《摩罗诗力说》等文章中就有所表述。如说：“诚若为今立计，所当稽求既往，相度方来，掊物质而张灵明，任个人而排众数。人既发扬踔厉矣，则邦国亦以兴起。”等等。在当时，这种见解尚不为人们所接受，到得“五·四”时期，则成为新文化战士们的共同话题。

鲁迅的《狂人日记》《我之节烈观》和《我们现在怎样做父亲》等文，虽然批判的侧重点有所不同，但出发点则是共同的，即是人的解放思想。而《灯下漫笔》一文，则更明确地把争取"人"的价格作为观照历史的基点。鲁迅的深刻之处还在于，当新文化人士普遍接受了个性解放思想时，他的思想又深入了一步。他看到个性解放思想不足之处，于是写了《娜拉走后怎样》和《伤逝》二文。前者是杂文，后者是小说，体裁不同，思路则一，即是想把问题引向深入。当然，这并非简单地否定个性解放思想，而是看到了单纯的个性解放的不足。

人们往往记住鲁迅关于"遵命文学"的话语，以为他后期已放弃了个性主义思想，而将自己纳入服从政治需要的轨道。其实这是误解，当然这与长期的政治宣传有关。事实上，直到晚年，鲁迅都还坚持自由思想和独立人格的，这表明鲁迅始终坚持着个性主义思想。1927 年 4 月，鲁迅在广州黄埔军官学校演讲《革命时代的文学》时就说，用来宣传、鼓吹、煽动的文章是无力的："因为好的文艺作品，向来多是不受别人命令，不顾利害，自然而然地从心中流露的东西；如果先挂起一个题目，做起文章来，那又何异于八股，在文学中并无价值，更说不到能否感动人了。"这年年底，他在上海暨南大学发表演说，题目就叫作《文艺与政治的歧途》，开宗明义就说："我每每感到文艺和政治时时在冲突之中。"因为政治家最不喜欢人家反抗他的意见，最不喜欢人家要想，要开口，而文学家却往往对社会现状不满，这也批评，那也批评，所以非被排挤，甚至于杀头不可。那么，为什么他在 1932 年所写的《〈自选集〉自序》里，又自称《呐喊》中的小说是“遵命文学”呢？盖因其时“遵命文学”之说盛行，鲁迅说“这些也可以说，是‘遵命文学’”，口气颇为勉强，且有调侃之意。接着他就解释道：“不过我所遵奉的，是那时革命的前驱者的命令，也是我自己所愿意遵奉的命令，决不是皇上的圣旨，也不是金元和真的指挥刀。”我说他有调侃之意，并非臆测，倒是有文为据的。鲁迅在 1928 年 11 月发表的《〈农夫〉译者附记》里说：“今年上半年‘革命文学’的创造社和‘遵命文学’的新月社，都向‘浅薄的人道主义’进攻，即明明白白证明着这事实的真实。”接着又说：“乖哉乖哉，下半年一律‘遵命文学’了，而中国之不行，乃只因鲁迅之‘老而不死’云。”可见，所谓“遵命文学”，先是指新月社，后则兼指创造社，所以才有“也不是金元和真的指挥刀”之说。

鲁迅虽然参加了左翼作家联盟，而且被尊为盟主，实际上却不过是块招牌，是对他在文坛上地位和影响的利用。他既想帮助开展左翼文艺运动，又对左联的工作方式和领导方式很不满意。鲁迅在致萧军的信中说，“左联开始的基础就不大好”，并且劝他不要加入左联，从中即可见鲁迅对左联的看法。后来鲁迅对周扬等人进行公开的抨击，亦非偶然。表面上看来，是两个口号之争，是要否解散左联之争，实际上，是两种文化思想之冲突。鲁迅对于周扬等人的东方式的专制主义的领导方式和领导作风，是非常不满的，所以在给胡风等人的书信中称周扬等人为工头，元帅，奴隶总管，又在公开信中指斥他们以鸣鞭为职业。可见鲁迅自始至终都是坚持独立人格的。

四

鲁迅不但是作家、学者，而且还是一位翻译家。他对翻译重视的程度，甚于创作。因为他认为将外国的新思想、新创作介绍给中国的读者，以打破传统的观念和方法，是新文化工作者当务之急，所以他对于郭沫若关于创作是处女翻译是媒婆的说法，很是反感。鲁迅是从译介工作开始他的文学活动的，对于这项工作，他一直到晚年都坚持不懈。他不但有很多译品，而且还有自己的翻译理论。

鲁迅的翻译理论，是从他的译介目的性出发，针对中国当时译界的情况而提出来的。

鲁迅在日本留学期间开始译介活动，时当清朝末年。那时，国内有两大翻译家：严复和林纾，严复是英国留学生，精通英语，学的是海军，译的却是社会科学著作，他选择底本是有现实针对性的，翻译也极其谨严，所谓"一名之立，旬月踟蹰"，而且有自己的翻译主张，即所谓"信，达，雅"；而林纾则是桐城派弟子，以古文见长，他不通外语，是靠别人口译，他来笔录，无论在选材上或译笔上，都带有很大的主观随意性，不但选材不严，而且常有误译和曲译，但因适应市场需要，倒很畅销。鲁迅对于严译《天演论》的喜爱，自不待言，就是对于林译小说，开始时也是有出必买，但后来却渐渐地不满起来。因为他的主张是，译介外国作品应对本国的启蒙工作有所助益，而不仅仅作为消闲之用。所以他一开手翻译外国文学，即针对当时译界之弊病，提出自己的翻译主张。他在

《域外小说集》序言中说:"《域外小说集》为书,词致朴讷,不足方近世名人译本。特收录至审慎,迻译亦期弗失文情。异域文术新宗,自此始入华土。"这篇序言虽然非常简短,但所提出的两项主张却很重要,它形成了一派翻译理论。当然,这里所提,只是原则,在后来的译介过程中,逐渐丰富,不断发展。

鲁迅译事的第一项主张是:"收录至审慎。"

他不满意于林纾译书选材之乱,而主张译书要严于选择。但他所着眼的并非世界名著,而是比较贴近中国社会现实之作,希冀于思想启蒙有所助益。他早年翻译凡尔纳的科幻小说,是想"使读者触目会心,不劳思索,则必能于不知不觉间,获一斑之知识,破遗传之迷信,改良思想,补助文明"。[21]继而介绍摩罗诗派,是别求新声于异邦,呼唤我国出现精神界之战士;又翻译东北欧诸国作品,为的是引进被压迫民族的反抗之声。后来译事逐渐扩大,选材亦随社会思潮有所变化,但大旨仍不出于具有社会针对性。比如,他翻译《工人绥惠略夫》,是因为其中所写的"有许多事情竟和中国很相像,譬如,改革者,代表者的受苦,不消说了;便是教人要安本分的老婆子,也正如我们的文人学士一般"。[22]他之翻译《一个青年的梦》这个非战剧本,是因为中国人虽然不善战争,表面上爱和平,其实却很好斗。"所以我以为这剧本也很可以医许多中国旧思想上的痼疾。"[23]译《苦闷的象征》,倒并不一定完全赞成本书之用伯格森的生命哲学和弗洛伊德的性心理学来解释文艺,而是想用它来刺激中国现在"何其萎靡锢蔽"的国民精神,因为在鲁迅看来,"非有天马行空似的大精神即无大艺术的产生”。[24]《出了象牙之塔》多针砭作者本国(日本)的世态,鲁迅说:“我译这书,也并非想揭邻人的缺失,来聊博国人的快意。”原因只是“当我旁观他鞭责自己时,仿佛痛楚到了我的身上了,后来却又霍然,宛如服了一帖凉药”。[25]

鲁迅后期翻译革命文学作品和文学理论,也多具有针对性。如他自己所说:“我从别国里窃得火来,本意却在煮自己的肉的,以为倘能味道较好,庶几在咬嚼者那一面也得到较多的好处,我也不枉费了身躯……以及慢慢地摸出解剖刀来,反而刺进解剖者的心脏里去的‘报复’。”[26]这就是说,他的这些翻译作品,既是针对自己,也是针对别人的。如他翻译普列汉诺夫的《艺术论》,就是“以救正我——还因我而及于别人——的只信进化论的偏颇”。[27]而对《现代新兴文学的诸问题》,则道是:“至于翻译这篇的意思,是极简单的。新潮之进中国,往往只有几个名词,主张者以为可以咒死敌人,敌对者也以为将被咒死,喧嚷一年半载,终于火灭烟消。如什么罗曼主义,自然主义,表现主义,未来主义……仿佛都已过去了,其实又何尝出现。现在借这一篇,看看理论和事实,知道势所必至,平平常常,空嚷力禁,两皆无用,必先使外国的新兴文学在中国脱离‘符咒’气味,而跟着的中国文学才有新兴的希望——如此而已。”[28]从《毁灭》的译后记看,鲁迅翻译这部小说,至少有这样两个针对性:一、针对“革命文学家”们强调思想意识的指导而否定生活实感的作用,特别指出实际经验的重要,说是书中所写的那些可以宝贵的文字,“是用生命的一部分,或全部换来的东西,非身经战斗的战士，不能写出”，“都是得于实际的经验，决非幻想的文人所能著笔的”；二、针对“革命文学家”们对于革命的不切实际的幻想，指出：“革命有血，有污秽，但有婴孩。这‘溃灭’正是新生之前的一滴血，是实际战斗者献给现代人们的大教训。”“中国的革命文学家和批评家常在要求描写美满的革命，完全的革命人，意见固然是高超完善之极了，但他们也因此终于是乌托邦主义者。”[29] 于此可见鲁迅选译这本书用心之良苦。

当然，这里的所谓“收录至审慎”，是指选译的东西应于中国有益，或者说是从中国现实的需要出发来选译作品，不是滥译；但也并非要求所译的作品都十全十美，或者完全符合译者的意思。鲁迅说：“我的译述和绍介，原不过想一部分读者知道或古或今有这样的事或这样的人，思想，言论；并非要大家拿来作言动的南针。世上还没有尽如人意的文章，所以我只要自己觉得其中有些有用，或有些有益，于不得已如前文所说时，便会开手来迻译，但一经迻译，则全篇中虽间有大背我意之处，也不加删节了。因为我的意思，是以为改变本相，不但对不起作者，也对不起读者的。”所以当有人因原作者在言论上的某些缺失，而指责别人对其作品的译介时，鲁迅就回答道：“我太落拓，因此选译也一向没有如此之严，以为倘要完全的书，天下可读的书怕要绝无，倘要完全的人，天下配活的人也就有限。每一本书，从每一个人看来，有是处，也有错处，在现今的时候是一定难免的。”[30]

鲁迅所译，虽然很少有经典作品，但因为它有很强的现实针对性，所以在文化史上有着很大的意义。

鲁迅译事的第二项主张是:“逐译亦期勿失文情。”

这是说,译品应该保持原作的神韵和表达方式,不能为了适应中国读者的口味而进行归化。鲁迅与林纾从事译事的条件和目的性都不同,因而翻译的方法也不一样。林纾不懂外文,仅靠别人口述,自然无法领会原作神韵和表达方法,而且他以市场需要为旨归,兼有为桐城派古文续命之目的,当然就不管是否失去原作文情,只要译笔符合古文义法,故事能够吸引读者,就好了。而鲁迅翻译的目的,不但要介绍新的思想,而且想引进新的表现方法,兼及西洋精密语法,以他的外语水平,当然能够领会原作神韵和表达方法,所以他用的是直译方法,以期“勿失文情”。

但鲁迅的直译法却常常受到别人的批评。比如,梁实秋就攻之为“硬译”,而且比之于“天书”,说和“死译”没有什么分别,——当然,大半的原因还在于鲁迅翻译的无产阶级文学理论不适合梁实秋胃口的缘故。对此,鲁迅在《“硬译”与“文学的阶级性”》里有所批驳。而别的译家则认为“译得错不错是第二个问题,最要紧的译得顺不顺”,他要将严复提出的信、达、雅三个条件的排列,改为达、信、雅。这种“与其信而不顺,不如顺而不信”的主张,自然要遭到鲁迅的反对,并且引起他和瞿秋白展开关于翻译问题的讨论。鲁迅在回顾严复的翻译主张和中国古代佛经翻译史以后,断然地说:“我是至今主张‘宁信而不顺’的。”并且解释道:“为什么不完全中国化,给读者省些力气呢? 这样费解,怎样还可以称为翻译呢？我的答案是：这也是译本。这样的译本，不但在输入新的内容，也在输入新的表现法。中国的文和话，法子实在太不精密了，……这语法的不精密，就在证明思路的不精密，换一句话，就是脑筋有些胡涂。……要医这病，我以为只好陆续吃一点苦，装进异样的句法去，古的，外省外府的，外国的，后来便可以据为己有。”[31]

鲁迅的翻译理论是在实践中形成的，而且是在论争中发展的，我们只有联系历史情况去看，才能有较为确切的理解。

五

中国的文学改革，是与语文改革联系在一起的。所以鲁迅在从事新文学运动时，必然要涉及语文改革问题。

“五·四”时期的文学革命，就是从语文改革开始的，那时，人们干脆把它叫作白话文运动。文言与白话之争，是当时论争的要点。保守派把白话文作者讥为“引车卖浆者流”，说是“白话鄙俚浅陋，不值识者一哂之者也”。鲁迅则指责他们：“做了人类想成仙；活在地上要上天；明明是现代人，吸着现在的空气，却偏要勒派朽腐的名教，僵死的语言，侮蔑尽现在，这都是‘现在的屠杀者’。杀了‘现在’，也便杀了‘将来’。——将来是子孙的时代。”[32]直到后来他写回忆儿时生活的文章时，还说：“我总要上下四方寻求，得到一种最黑，最黑，最黑的咒文，先来诅咒一切反对白话，妨害白话者。即使人死了真有灵魂，因这最恶的心，应该堕入地狱，也将决不改悔，总要先来诅咒一切反对白话，妨害白话者。”[33]可见他捍卫白话态度之坚决，也可见当年开创工作之艰难。

现在的新进者，却有人在嘲笑当年这些披荆斩棘的创业者所写的白话文是如何幼稚了。其实，鲁迅并不把自己看得很高，觉得在进化的链子上，大家都只是个中间物。他说：“当开首改革文章的时候，有几个不三不四的作者，是当然的，只能这样，也需要这样。他的任务，是在有些警觉之后，喊出一种新声；又因为从旧垒中来，情形看得较为分明，反戈一击，易制强敌的死命。但仍应该和光阴偕逝，逐渐消亡，至多不过是桥梁中的一木一石，并非什么前途的目标，范本。跟着起来便该不同了，倘非天纵之圣，积习当然也不能顿然荡除，但总得应该更有新气象。”[34]这是进化论观点。

正是从进化论观点出发，鲁迅一向认为，语文是应该随着社会的发展而进行改革的。所以到得30年代，他又支持大众语运动。

大众语运动，是因当时的复古思潮而激成的。1934年，在尊孔读经的风气下，教育部官员汪懋祖发表《禁习文言与强令读经》一文，提出小学学习文言、中学读《四书》的主张，接着，吴研因发表《驳小学参教文言中学读孟子》，加以反对，开始了新的文白之争。但新的文白之争，并没有跳出老的文白之争的范围，所以在理论上没有什么进展。陈望道、乐嗣炳等进步语文工作者认为，不能跟着打被动仗，需要提出更积极的主张。于是他们发起了大众语问题的讨论，形成了大众语运动。鲁迅对这一场讨论颇为关心，而且加以支持。他在6月9日复曹聚仁信中说：“读经，作文言，磕头，打屁股，正是现在必定兴盛的事，当和其主人一同倒毙。但我们弄笔的人，也只得以笔伐之。望道先生之所拟，亦不可省，至少总可给一下打击。”不过也可见，鲁迅之支持大众语运动，主要还是站在社会变革的立场上，肯定其反复古的作用。当然，他对大众语本身也发表了一些意见。但是他对一些“高论”表示反感，而且特别指出，对于一些文言保护者也打着大众语的旗帜的，要提高警惕。因为“他一方面，是立论极高，使大众语悬空，做不得；别一方面，借此攻击他当面的大敌——白话”。[35]在鲁迅看来，将文字交给大众，是历史的必然。因此大众语运动是有进步意义的。但汉字与口语分离，而且极其难写，因此是与大众对立的，只有发展到用拉丁化拼音，才能解决问题。果然，这个讨论不久就发展到拉丁化运动。鲁迅称之为“中国语文的新生”。

当然，语文改革运动是不断发展的，各种改革方案也必须在实践中加以检验，然后进行调整，改进。语文改革先辈们当初的意见，不可能完全正确，可贵的是他们的改革热忱，和为改革所做的努力。正是他们的不懈努力，为后来的工作打下了基础，提供了经验。

还在文学革命初期，《新青年》同仁曾经讨论过世界语问题。鲁迅表示，他赞成世界语。“要问赞成的理由，便只是依我看来，人类将来总当有一种共同的言语；所以赞成 Esperanto。”但他接着说：“至于将来通用的是否 Esperanto，却无从断定。大约或者便从 Esperanto 改良，更加圆满；或者别有一种更好的出现；都未可知。但现在既是只有这 Esperanto，便只能先学这 Esperanto。现在不过草创时代，正如未有汽船，便只好先坐独木小舟，倘使因为豫料将来当有汽船，便不造独木小舟，或不坐独木小舟，那便连汽船也不会发明，人类也不能渡水了。”这篇文章的题目叫作《渡河与引路》，这正说出了引路的先觉者对于自己历史作用的清醒的认识。

---

① 1919年4月16日致傅斯年信。

②《花边文学·又是“莎士比亚”》。

③《华盖集续编·再来一次》。

④《花边文学·“此生与彼生”》。

⑤《热风·不懂的音译》。

⑥《热风·随感录三十六》。

⑦《热风·随感录三十五》。

⑧《华盖集·忽然想到(四)》。

⑨《坟·文化偏至论》。

⑩《而已集·当陶元庆君的绘画展览时》。

⑪《坟·灯下漫笔》。

⑫ 1932年8月15日致台静农信。

⑬《且介亭杂文二集·题未定草(六至九)》。

⑭《集外集拾遗·帮忙文学与帮闲文学》。

⑮《且介亭杂文二集·从帮忙到扯淡》。

⑯《三闲集·流氓的变迁》。

⑰《南腔北调集·我怎么做起小说来》。

⑱《且介亭杂文二集·什么是"讽刺"?》。

⑲《三闲集·文艺与革命》。

⑳《三闲集·太平歌诀》。

㉑《译文序跋集·〈月界旅行〉辨言》。

㉒《华盖集续编·记谈话》。

㉓《译文序跋集·〈一个青年的梦〉译者序二》。

㉔《译文序跋集·〈苦闷的象征〉引言》。

㉕《译文序跋集·〈出了象牙之塔〉后记》。

㉖《二心集·"硬译"与"文学的阶级性"》。

㉗《三闲集·序言》。

㉘《译文序跋集·〈现代新兴文学的诸问题〉小引》。

㉙ 见《译文序跋集》中《毁灭》后记和《毁灭》第二部一至三章译后记。

㉚《译文序跋集·〈思想·山水·人物〉题记》。

㉛《二心集·关于翻译的通信》。

㉜《热风·随感录五十七·现在的屠杀者》。

㉝《朝花夕拾·〈二十四孝图〉》。

㉞《坟·写在〈坟〉后面》。

㉟《且介亭杂文·答曹聚仁先生信》。

魏晋风度及其他

鲁　迅　撰

一、旧文明批判

文化偏至论

中国既以自尊大昭闻天下，善诋谟者，或谓之顽固；且将抱守残阙，以底于灭亡。近世人士，稍稍耳新学之语，则亦引以为愧，翻然思变，言非同西方之理弗道，事非合西方之术弗行，掊击旧物，惟恐不力，曰将以革前缪而图富强也。间尝论之：昔者帝轩辕氏之戡蚩尤而定居于华土也，典章文物，于以权舆，有苗裔之繁衍于兹，则更改张皇，益臻美大。其蠢蠢于四方者，胥蕞尔小蛮夷耳，厥种之所创成，无一足为中国法，是故化成发达，咸出于己而无取乎人。降及周秦，西方有希腊罗马起，艺文思理，灿然可观，顾以道路之艰，波涛之恶，交通梗塞，未能择其善者以为师资。洎元明时，虽有一二景教父师，以教理暨历算质学干中国，而其道非盛。故迄于海禁既开，皙人踵至之顷，中国之在天下，见夫四夷之则效上国，革面来宾者有之；或野心怒发，狡焉思逞者有之；若其文化昭明，诚足以相上下者，盖未之有也。屹然出中央而无校仇，则其益自尊大，宝自有而傲睨万物，固人情所宜然，亦非甚背于理极者矣。虽然，惟无校仇故，则宴安日久，苓落以胎，迫拶不来，上征亦辍，使人茶，使人屯，其极为见善而不思式。有新国林起于西，以其殊异之方术来向，一施吹拂，块然踣僵，人心始自危，而轻才小慧之徒，于是竞言武事。后有学于殊域者，近不知中国之情，远复不察欧美之实，以所拾尘芥，罗列人前，谓钩爪锯牙，为国家首事，又引文明之语，用以自文，征印度、波兰，作之前鉴。夫以力角盈绌者，于文野亦何关？远之则罗马之于东西戈尔，迩之则中国之于蒙古、女真，此程度之离距为何如，决之不待智者。然其胜负之数，果奈何矣？苟曰是惟往古为然，今则机械其先，非以力取，故胜负所判，即文野之由分也。则曷弗启人智而开发其性灵，使知罟获戈矛，不过以御豺虎，而喋喋誉白人肉攫之心，以为极世界之文明者又何耶？且使如其言矣，而举国犹孱，授之巨兵，奚能胜任，仍有僵死而已矣。嗟夫，夫子盖以习兵事为生，故不根本之图，而仅提所学以干天下；虽兜牟深隐其面，威武若不可陵，而干禄之色，固灼然现于外矣！计其次者，乃复有制造商估立宪国会之说。前二者素见重于中国青年间，纵不主张，治之者亦将不可缕数。盖国若一日存，固足以假力图富强之名，博志士之誉；即有不幸，宗社为墟，而广有金资，大能温饱，即使怙恃既失，或被虐杀如犹太遗黎，然善自退藏，或不至于身受；纵大祸垂及矣，而幸免者非无人，其人又适为己，则能得温饱又如故也。若夫后二，可无论已。中较善者，或诚痛乎外侮迭来，不可终日，自既荒陋，则不得已，姑拾他人之绪余，思鸠大群以抗御，而又飞扬其性，善能攘扰，见异己者兴，必借众以陵寡，托言众治，压制乃尤烈于暴君。此非独于理至悖也，即缘救国是图，不惜以个人为供献，而考索未用，思虑粗疏，茫未识其所以然，辄皈依于众志，盖无殊痼疾之人，去药石摄卫之道弗讲，而乞灵于不知之力，拜祷稽首于祝由之门者哉。至尤下而居多数者，乃无过假是空名，遂其私欲，不顾见诸实事，将事权言议，悉归奔走干进之徒，或至愚屯之富人，否亦善垄断之市侩，特以自长营搰，当列其班，况复掩自利之恶名，以福群之令誉，捷径在目，斯不惮竭蹶以求之耳。呜呼，古之临民者，一独夫也；由今之道，且顿变而为千万无赖之尤，民不堪命矣，于兴国究何与焉。顾若而人者，当其号召张皇，盖蔑弗托近世文明为后盾，有佛戾其说者起，辄谥之曰野人，谓为辱国害群，罪当甚于流放。第不知彼所谓文明者，将已立准则，慎施去取，指善美而可行诸中国之文明乎，抑成事旧章，咸弃捐不顾，独指西方文化而为言乎？物质也，众数也，十九世纪末叶文明之一面或在兹，而论者不以为有当。盖今所成就，无一不绳前时之遗迹，则文明必日有其迁流，又或抗往代之大潮，则文明亦不能无偏至。诚若为今立计，所当稽求既往，相度方来，掊物质而张灵明，任个人而排众数。人既发扬踔厉矣，则邦国亦以兴起。奚事抱枝拾叶，徒金铁国会立宪之云乎？夫势利之念昌狂于中，则是非之辨为之昧，措置张主，辄失其宜，况乎志行污下，将借新文明之名，以大遂其私欲者乎？是故今所谓识时之彦，为按其实，则多数常为盲子，宝赤菽以为玄珠，少数乃为巨奸，垂微饵以冀鲸鲵。即不若是，中心皆中正无瑕玷矣，于是拮据辛苦，展其雄才，渐乃志遂事成，终致彼所谓新文明者，举而纳之中国，而此迁流偏至之物，已陈旧于殊方者，馨香顶礼，吾又何为若是其芒芒哉！是何也？曰物质也，众数也，其道偏至。根史实而见于西方者不得已，横取而施之中国则非也。借曰非乎？请循其本——

夫世纪之元，肇于耶稣出世，历年既百，是为一期，大故若兴，斯即此世纪所有事，盖从历来之旧贯，而假是为区分，无奥义也。诚以人事连绵，深有本柢，如流水之必自原泉，卉木之茁于根茇，倏忽隐见，理之必无。故苟为寻绎其条贯本末，大都蝉联而不可离，若所谓某世纪文明之特色何在者，特举荦荦大者而为言耳。按之史实，乃如罗马统一欧洲以来，始生大洲通有之历史；已而教皇以其权力，制御全欧，使列国靡然受圈，如同社会，疆域之判，等于一区；益以梏亡人心，思想之自由几绝，聪明英特之士，虽摘发新理，怀抱新见，而束于教令，胥缄口结舌而不敢言。虽然，民如大波，受沮益浩，则于是始思脱宗教之系缚，英德二国，不平者多，法皇宫庭，实为怨府，又以居于意也，乃并意大利人而疾之。林林之民，咸致同情于不平者，凡有能阻泥教旨，抗拒法皇，无间是非，辄与赞和。时则有路德（M. Luther）者起于德，谓宗教根元，在乎信仰，制度戒法，悉其荣华，力击旧教而仆之。自所创建，在废弃阶级，黜法皇僧正诸号，而代以牧师，职宣神命，置身社会，弗殊常人；仪式祷祈，亦简其法。至精神所注，则在牧师地位，无所胜于平人也。转轮既始，烈栗遍于欧洲，受其改革者，盖非独宗教而已，且波及于其他人事，如邦国离合，争战原因，后兹大变，多基于是。加以束缚弛落，思索自由，社会蔑不有新色，则有尔后超形气学上之发见，与形气学上之发明。以是胚胎，又作新事：发隐地也，善机械也，展学艺而拓贸迁也，非去羁勒而纵人心，不有此也。顾世事之常，有动无定，宗教之改革已，自必益进而求政治之更张。溯厥由来，则以往者颠复法皇，一假君主之权力，变革既毕，其力乃张，以一意孤临万民，在下者不能加之抑制，日夕孳孳，惟开拓封域是务，驱民纳诸水火，绝无所动于心：生计绌，人力耗矣。而物反于穷，民意遂动，革命于是见于英，继起于美，复次则大起于法朗西，扫荡门第，平一尊卑，政治之权，主以百姓，平等自由之念，社会民主之思，弥漫于人心。流风至今，则凡社会政治经济上一切权利，义必悉公诸众人，而风俗习惯道德宗教趣味好尚言语暨其他为作，俱欲去上下贤不肖之闲，以大归乎无差别。同是者是，独是者非，以多数临天下而暴独特者，实十九世纪大潮之一派，且曼衍入今而未有既者也。更举其他，则物质文明之进步是已。当旧教盛时，威力绝世，学者有见，大率默然，其有毅然表白于众者，每每获囚戮之祸。递教力堕地，思想自由，凡百学术之事，勃焉兴起，学理为用，实益遂生，故至十九世纪，而物质文明之盛，直傲睨前此二千余年之业绩。数其著者，乃有棉铁石炭之属，产生倍旧，应用多方，施之战斗制造交通，无不功越于往日；为汽为电，咸听指挥，世界之情状顿更，人民之事业益利。久食其赐，信乃弥坚，渐而奉为圭臬，视若一切存在之本根，且将以之范围精神界所有事，现实生活，胶不可移，惟此是尊，惟此是尚，此又十九世纪大潮之一派，且曼衍入今而未有既者也。虽然，教权庞大，则复之假手于帝王，比大权尽集一人，则又颠之以众庶。理若极于众庶矣，而众庶果足以极是非之端也耶？宴安逾法，则矫之以教宗，递教宗淫用其权威，则又掊之以质力。事若尽于物质矣，而物质果足尽人生之本也耶？平意思之，必不然矣。然而大势如是者，盖如前言，文明无不根旧迹而演来，亦以矫往事而生偏至，缘督校量，其颇灼然，犹孑与躄焉耳。特其见于欧洲也，为不得已，且亦不可去，去孑与躄，斯失孑与躄之德，而留者为空无。不安受宝重之者奈何？顾横被之不相系之中国而膜拜之，又宁见其有当也？明者微睇，察逾众凡，大士哲人，乃蚤识其弊而生愤叹，此十九世纪末叶思潮之所以变矣。德人尼佉（Fr. Nietzsche）氏，则假察罗图斯德罗（Zarathustra）之言曰，吾行太远，孑然失其侣，返而观夫今之世，文明之邦国矣，斑斓之社会矣。特其为社会也，无确固之崇信；众庶之于知识也，无作始之性质。邦国如是，奚能淹留？吾见放于父母之邦矣！聊可望者，独苗裔耳。此其深思遐瞩，见近世文明之伪与偏，又无望于今之人，不得已而念来叶者也。

然则十九世纪末思想之为变也，其原安在，其实若何，其力之及于将来也又奚若？曰言其本质，即以矫十九世纪文明而起者耳。盖五十年来，人智弥进，渐乃返观前此，得其通弊，察其黮暗，于是浡焉兴作，会为大潮，以反动破坏充其精神，以获新生为其希望，专向旧有之文明，而加之掊击扫荡焉。全欧人士，为之栗然震惊者有之，芒然自失者有之，其力之烈，盖深入于人之灵府矣。然其根柢，乃远在十九世纪初叶神思一派；递夫后叶，受感化于其时现实之精神，已而更立新形，起以抗前时之现实，即所谓神思宗之至新者也。若夫影响，则眇眇来世，肊测殊难，特知此派之兴，决非突见而靡人心，亦不至突灭而归乌有，据地极固，函义甚深。以是为二十世纪文化始基，虽云早计，然其为将来新思想之朕兆，亦新生活之先驱，则按诸史实所昭垂，可不俟繁言而解者已。顾新者虽作，旧亦未僵，方遍满欧洲，冥通其地人民之呼吸，余力流衍，乃扰远东，使中国之人，由旧梦而入于新梦，冲决嚣叫，状犹狂酲。夫方贱古尊新，而所得既非新，又至偏而至伪，且复横决，浩乎难收，则一国之悲哀亦大矣。今为此篇，非云已尽西方最近思想之全，亦不为中国将来立则，惟疾其已甚，施之抨弹，犹神思新宗之意焉耳。故所述止于二事：曰非物质，曰重个人。

个人一语，入中国未三四年，号称识时之士，多引以为大诟，苟被其谥，与民贼同。意者未遑深知明察，而迷误为害人利己之义也欤？夷考其实，至不然矣。而十九世纪末之重个人，则吊诡殊恒，尤不能与往者比论。试案尔时人性，莫不绝异其前，入于自识，趣于我执，刚愎主己，于庸俗无所顾忌。如诗歌说部之所记述，每以骄蹇不逊者为全局之主人。此非操觚之士，独凭神思构架而然也，社会思潮，先发其朕，则逡之载籍而已矣。盖自法朗西大革命以来，平等自由，为凡事首，继而普通教育及国民教育，无不基是以遍施。久浴文化，则渐悟人类之尊严；既知自我，则顿识个性之价值；加以往之习惯坠地，崇信荡摇，则其自觉之精神，自一转而之极端之主我。且社会民主之倾向，势亦大张，凡个人者，即社会之一分子，夷隆实陷，是为指归，使天下人人归于一致，社会之内，荡无高卑。此其为理想诚美矣，顾于个人殊特之性，视之蔑如，既不加之别分，且欲致之灭绝。更举黮暗，则流弊所至，将使文化之纯粹者，精神益趋于固陋，颓波日逝，纤屑靡存焉。盖所谓平社会者，大都夷峻而不湮卑，若信至程度大同，必在前此进步水平以下。况人群之内，明哲非多，伧俗横行，浩不可御，风潮剥蚀，全体以沦于凡庸。非超越尘埃，解脱人事，或愚屯罔识，惟众是从者，其能缄口而无言乎？物反于极，则先觉善斗之士出矣：德人斯契纳尔（M. Stirner）乃先以极端之个人主义现于世。谓真之进步，在于己之足下。人必发挥自性，而脱观念世界之执持。惟此自性，即造物主。惟有此我，本属自由；既本有矣，而更外求也，是曰矛盾。自由之得以力，而力即在乎个人，亦即资财，亦即权利。故苟有外力来被，则无间出于寡人，或出于众庶，皆专制也。国家谓吾当与国民合其意志，亦一专制也。众意表现为法律，吾即受其束缚，虽曰为我之舆台，顾同是舆台耳。去之奈何？曰：在绝义务。义务废绝，而法律与偕亡矣。意盖谓凡一个人，其思想行为，必以己为中枢，亦以己为终极：即立我性为绝对之自由者也。至勖宾霍尔（A. Schopenhauer），则自既以兀傲刚愎有名，言行奇觚，为世希有；又见夫盲瞽鄙倍之众，充塞两间，乃视之与至劣之动物并等，愈益主我扬己而尊天才也。至丹麦哲人契开迦尔（S. Kierkegaard）则愤发疾呼，谓惟发挥个性，为至高之道德，而顾瞻他事，胥无益焉。其后有显理伊勃生（Henrik Ibsen）见于文界，瑰才卓识，以契开迦尔之诠释者称。其所著书，往往反社会民主之倾向，精力旁注，则无间习惯信仰道德，苟有拘于虚而偏至者，无不加之抵排。更睹近世人生，每托平等之名，实乃愈趋于恶浊，庸凡凉薄，日益以深，顽愚之道行，伪诈之势逞，而气宇品性，卓尔不群之士，乃反穷于草莽，辱于泥涂，个性之尊严，人类之价值，将咸归于无有，则常为慷慨激昂而不能自已也。如其《民敌》一书，谓有人宝守真理，不阿世媚俗，而不见容于人群，狡狯之徒，乃巍然独为众愚领袖，借多陵寡，植党自私，于是战斗以兴，而其书亦止：社会之象，宛然具于是焉。若夫尼佉，斯个人主义之至雄桀者矣，希望所寄，惟在大士天才；而以愚民为本位，则恶之不殊蛇蝎。意盖谓治任多数，则社会元气，一旦可隳，不若用庸众为牺牲，以冀一二天才之出世，递天才出而社会之活动亦以萌，即所谓超人之说，尝震惊欧洲之思想界者也。由是观之，彼之讴歌众数，奉若神明者，盖仅见光明一端，他未遍知，因加赞颂，使反而观诸黑暗，当立悟其不然矣。一梭格拉第也，而众希腊人鸩之，一耶稣基督也，而众犹太人磔之，后世论者，孰不云缪，顾其时则从众志耳。设留今之众志，迻诸载籍，以俟评骘于来哲，则其是非倒置，或正如今人之视往古，未可知也。故多数相朋，而仁义之涂，是非之端，樊然淆乱；惟常言是解，于奥义也漠然。常言奥义，孰近正矣？是故布鲁多既杀该撒，昭告市人，其词秩然有条，名分大义，炳如观火；而众之受感，乃不如安多尼指血衣之数言。于是方群推为爱国之伟人，忽见逐于域外。夫誉之者众数也，逐之者又众数也，一瞬息中，变易反复，其无特操不俟言；即观现象，已足知不祥之消息矣。故是非不可公于众，公之则果不诚；政事不可公于众，公之则治不郅。惟超人出，世乃太平。苟不能然，则在英哲。嗟夫,彼持无政府主义者,其颠复满盈,刬除阶级,亦已至矣,而建说创业诸雄,大都以导师自命。夫一导众从,智愚之别即在斯。与其抑英哲以就凡庸,曷若置众人而希英哲?则多数之说,缪不中经,个性之尊,所当张大,盖揆之是非利害,已不待繁言深虑而可知矣。虽然,此亦赖夫勇猛无畏之人,独立自强,去离尘垢,排舆言而弗沦于俗囿者也。

若夫非物质主义者,犹个人主义然,亦兴起于抗俗,盖唯物之倾向,固以现实为权舆,浸润人心,久而不止。故在十九世纪,爰为大潮,据地极坚,且被来叶,一若生活本根,舍此将莫有在者。不知纵令物质文明,即现实生活之大本,而崇奉逾度,倾向偏趋,外此诸端,悉弃置而不顾,则按其究竟,必将缘偏颇之恶因,失文明之神旨,先以消耗,终以灭亡,历世精神,不百年而具尽矣。递夫十九世纪后叶,而其弊果益昭,诸凡事物,无不质化,灵明日以亏蚀,旨趣流于平庸,人惟客观之物质世界是趋,而主观之内面精神,乃舍置不之一省。重其外,放其内,取其质,遗其神,林林众生,物欲来蔽,社会憔悴,进步以停,于是一切诈伪罪恶,蔑弗乘之而萌,使性灵之光,愈益就于黯淡:十九世纪文明一面之通弊,盖如此矣。时乃有新神思宗徒出,或崇奉主观,或张皇意力,匡纠流俗,厉如电霆,使天下群伦,为闻声而摇荡。即其他评骘之士,以至学者文家,虽意主和平,不与世迕,而见此唯物极端,且杀精神生活,则亦悲观愤叹,知主观与意力主义之兴,功有伟于洪水之有方舟者焉。主观主义者,其趣凡二:一谓惟以主观为准则,用律诸物;一谓视主观之心灵界,当较客观之物质界为尤尊。前者为主观倾向之极端,力特著于十九世纪末叶，然其趋势，颇与主我及我执殊涂，仅于客观之习惯，无所盲从，或不置重，而以自有之主观世界为至高之标准而已。以是之故，则思虑动作，咸离外物，独往来于自心之天地，确信在是，满足亦在是，谓之渐自省其内曜之成果可也。若夫兴起之由，则原于外者，为大势所向，胥在平庸之客观习惯，动不由己，发如机缄，识者不能堪，斯生反动；其原于内者，乃实以近世人心，日进于自觉，知物质万能之说，且逸个人之情意，使独创之力，归于槁枯，故不得不以自悟者悟人，冀挽狂澜于方倒耳。如尼佉伊勃生诸人，皆据其所信，力抗时俗，示主观倾向之极致；而契开迦尔则谓真理准则，独在主观，惟主观性，即为真理，至凡有道德行为，亦可弗问客观之结果若何，而一任主观之善恶为判断焉。其说出世，和者日多，于是思潮为之更张，骛外者渐转而趣内，渊思冥想之风作，自省抒情之意苏，去现实物质与自然之樊，以就其本有心灵之域；知精神现象实人类生活之极颠，非发挥其辉光，于人生为无当；而张大个人之人格，又人生之第一义也。然尔时所要求之人格，有甚异于前者。往所理想，在知见情操，两皆调整，若主智一派，则在聪明睿智，能移客观之大世界于主观之中者。如是思惟，迨黑该尔（F. Hegel）出而达其极。若罗曼暨尚古一派，则息孚支培黎（Shaftesbury）承卢骚（J. Rousseau）之后，尚容情感之要求，特必与情操相统一调和，始合其理想之人格。而希籁（Fr. Schiller）氏者，乃谓必知感两性，圆满无间，然后谓之全人。顾至十九世纪垂终，则理想为之一变。明哲之士，反省于内面者深，因以知古人所设具足调协之人，决不能得之今世；惟有意力轶众，所当希求，能于情意一端，处现实之世，而有勇猛奋斗之才，虽屡踣屡僵，终得现其理想：其为人格，如是焉耳。故如勖宾霍尔所张主，则以内省诸己，豁然贯通，因曰意力为世界之本体也；尼佉之所希冀，则意力绝世，几近神明之超人也；伊勃生之所描写，则以更革为生命，多力善斗，即迕万众不慑之强者也。夫诸凡理想，大致如斯者，诚以人丁转轮之时，处现实之世，使不若是，每至舍己从人，沉溺逝波，莫知所届，文明真髓，顷刻荡然；惟有刚毅不挠，虽遇外物而弗为移，始足作社会桢干。排斥万难，黾勉上征，人类尊严，于此攸赖，则具有绝大意力之士贵耳。虽然，此又特其一端而已。试察其他，乃亦以见末叶人民之弱点，盖往之文明流弊，浸灌性灵，众庶率纤弱颓靡，日益以甚，渐乃反观诸己，为之欿然，于是刻意求意力之人，冀倚为将来之柱石。此正犹洪水横流，自将灭顶，乃神驰彼岸，出全力以呼善没者尔，悲夫！

由是观之，欧洲十九世纪之文明，其度越前古，凌驾亚东，诚不俟明察而见矣。然既以改革而胎，反抗为本，则偏于一极，固理势所必然。洎夫末流，弊乃自显。于是新宗蹶起，特反其初，复以热烈之情，勇猛之行，起大波而加之涤荡。直至今日，益复浩然。其将来之结果若何，盖未可以率测。然作旧弊之药石，造新生之津梁，流衍方长，曼不遽已，则相其本质，察其精神，有可得而征信者。意者文化常进于幽深，人心不安于固定，二十世纪之文明，当必沉邃庄严，至与十九世纪之文明异趣。新生一作，虚伪道消，内部之生活，其将愈深且强欤？精神生活之光耀，将愈兴起而发扬欤？成然以觉，出客观梦幻之世界，而主观与自觉之生活，将由是而益张欤？内部之生活强，则人生之意义亦愈邃，个人尊严之旨趣亦愈明，二十世纪之新精神，殆将立狂风怒浪之间，恃意力以辟生路者也。中国在今，内密既发，四邻竞集而迫拶，情状自不能无所变迁。夫安弱守雌，笃于旧习，固无以争存于天下。第所以匡救之者，缪而失正，则虽日易故常，哭泣叫号之不已，于忧患又何补矣？此所为明哲之士，必洞达世界之大势，权衡校量，去其偏颇，得其神明，施之国中，翕合无间。外之既不后于世界之思潮，内之仍弗失固有之血脉，取今复古，别立新宗，人生意义，致之深邃，则国人之自觉至，个性张，沙聚之邦，由是转为人国。人国既建，乃始雄厉无前，屹然独见于天下，更何有于肤浅凡庸之事物哉？顾今者翻然思变，历岁已多，青年之所思惟，大都归罪恶于古之文物，甚或斥言文为蛮野，鄙思想为简陋，风发浡起，皇皇焉欲进欧西之物而代之，而于适所言十九世纪末之思潮，乃漠然不一措意。凡所张主，惟质为多，取其质犹可也，更按其实，则又质之至伪而偏，无所可用。虽不为将来立计，仅图救今日之阽危，而其术其心，违戾亦已甚矣。况乎凡造言任事者，又复有假改革公名，而阴以遂其私欲者哉？今敢问号称志士者曰，将以富有为文明欤，则犹太遗黎，性长居积，欧人之善贾者，莫与比伦，然其民之遭遇何如矣？将以路矿为文明欤，则五十年来非澳二洲，莫不兴铁路矿事，顾此二洲土著之文化何如矣？将以众治为文明欤，则西班牙波陀牙二国，立宪且久，顾其国之情状又何如矣？若曰惟物质为文化之基也，则列机括，陈粮食，遂足以雄长天下欤？曰惟多数得是非之正也，则以一人与众禺处，其亦将木居而芧食欤？此虽妇竖，必否之矣。然欧美之强，莫不以是炫天下者，则根柢在人，而此特现象之末，本原深而难见，荣华昭而易识也。是故将生存两间，角逐列国是务，其首在立人，人立而后凡事举；若其道术，乃必尊个性而张精神。假不如是，槁丧且不俟夫一世。夫中国在昔，本尚物质而疾天才矣，先王之泽，日以殄绝，逮蒙外力，乃退然不可自存。而辁才小慧之徒，则又号召张皇，重杀之以物质而囿之以多数，个人之性，剥夺无余。往者为本体自发之偏枯，今则获以交通传来之新疫，二患交伐，而中国之沉沦遂以益速矣。呜呼，眷念方来，亦已焉哉！

一九〇七年作。

（发表于 1908 年 8 月《河南》月刊第 7 号，收入《坟》）

我之节烈观

“世道浇漓，人心日下，国将不国”这一类话，本是中国历来的叹声。不过时代不同，则所谓“日下”的事情，也有迁变：从前指的是甲事，现在叹的或是乙事。除了“进呈御览”的东西不敢妄说外，其余的文章议论里，一向就带这口吻。因为如此叹息，不但针砭世人，还可以从“日下”之中，除去自己。所以君子固然相对慨叹，连杀人放火嫖妓骗钱以及一切鬼混的人，也都乘作恶余暇，摇着头说道，“他们人心日下了”。

世风人心这件事，不但鼓吹坏事，可以“日下”；即使未曾鼓吹，只是旁观，只是赏玩，只是叹息，也可以叫他“日下”。所以近一年来，居然也有几个不肯徒托空言的人，叹息一番之后，还要想法子来挽救。第一个是康有为，指手画脚的说“虚君共和”才好，陈独秀便斥他不兴；其次是一班灵学派的人，不知何以起了极古奥的思想，要请“孟圣矣乎”的鬼来画策；陈百年钱玄同刘半农又道他胡说。

这几篇驳论，都是《新青年》里最可寒心的文章。时候已是二十世纪了；人类眼前，早已闪出曙光。假如《新青年》里，有一篇和别人辩地球方圆的文字，读者见了，怕一定要发怔。然而现今所辩，正和说地体不方相差无几。将时代和事实，对照起来，怎能不教人寒心而且害怕？

近来虚君共和是不提了，灵学似乎还在那里捣鬼，此时却又有一群人，不能满足；仍然摇头说道，“人心日下”了。于是又想出一种挽救的方法；他们叫作“表彰节烈”！

这类妙法，自从君政复古时代以来，上上下下，已经提倡多年；此刻不过是竖起旗帜的时候。文章议论里，也照例时常出现，都嚷道“表彰节烈”！要不说这件事，也不能将自己提拔，出于“人心日下”之中。

节烈这两个字，从前也算是男子的美德，所以有过“节士”，“烈士”的名称。然而现在的“表彰节烈”，却是专指女子，并无男子在内。据时下道德家的意见，来定界说，大约节是丈夫死了，决不再嫁，也不私奔，丈夫死得愈早，家里愈穷，他便节得愈好。烈可是有两种：一种是无论已嫁未嫁，只要丈夫死了，他也跟着自尽；一种是有强暴来污辱他的时候，设法自戕，或者抗拒被杀，都无不可。这也是死得愈惨愈苦，他便烈得愈好，倘若不及抵御，竟受了污辱，然后自戕，便免不了议论。万一幸而遇着宽厚的道德家，有时也可以略迹原情，许他一个烈字。可是文人学士，已经不甚愿意替他作传；就令勉强动笔，临了也不免加上几个“惜夫惜夫”了。

总而言之：女子死了丈夫，便守着，或者死掉；遇了强暴，便死掉；

将这类人物，称赞一通，世道人心便好，中国便得救了。大意只是如此。

康有为借重皇帝的虚名，灵学家全靠着鬼话。这表彰节烈，却是全权都在人民，大有渐进自力之意了。然而我仍有几个疑问，须得提出。还要据我的意见，给他解答。我又认定这节烈救世说，是多数国民的意思；主张的人，只是喉舌。虽然是他发声，却和四支五官神经内脏，都有关系。所以我这疑问和解答，便是提出于这群多数国民之前。

首先的疑问是：不节烈（中国称不守节作“失节”，不烈却并无成语，所以只能合称他“不节烈”）的女子如何害了国家？照现在的情形，“国将不国”，自不消说：丧尽良心的事故，层出不穷；刀兵盗贼水旱饥荒，又接连而起。但此等现象，只是不讲新道德新学问的缘故，行为思想，全钞旧账；所以种种黑暗，竟和古代的乱世仿佛，况且政界军界学界商界等等里面，全是男人，并无不节烈的女子夹杂在内。也未必是有权力的男子，因为受了他们蛊惑，这才丧了良心，放手作恶。至于水旱饥荒，便是专拜龙神，迎大王，滥伐森林，不修水利的祸祟，没有新知识的结果；更与女子无关。只有刀兵盗贼，往往造出许多不节烈的妇女。但也是兵盗在先，不节烈在后，并非因为他们不节烈了，才将刀兵盗贼招来。

其次的疑问是：何以救世的责任，全在女子？照着旧派说起来，女子是“阴类”，是主内的，是男子的附属品。然则治世救国，正须责成阳类，全仗外子，偏劳主体。决不能将一个绝大题目，都阁在阴类肩上。倘依新说，则男女平等，义务略同。纵令该担责任，也只得分担。其余的一半男子，都该各尽义务。不特须除去强暴，还应发挥他自己的美德。不能专靠惩劝女子，便算尽了天职。

其次的疑问是：表彰之后，有何效果？据节烈为本，将所有活着的女子，分类起来，大约不外三种：一种是已经守节，应该表彰的人（烈者非死不可，所以除出）；一种是不节烈的人；一种是尚未出嫁，或丈夫还在，又未遇见强暴，节烈与否未可知的人。第一种已经很好，正蒙表彰，不必说了。第二种已经不好，中国从来不许忏悔，女子做事一错，补过无及，只好任其羞杀，也不值得说了。最要紧的，只在第三种，现在一经感化，他们便都打定主意道："倘若将来丈夫死了，决不再嫁；遇着强暴，赶紧自裁！"试问如此立意，与中国男子做主的世道人心，有何关系？这个缘故，已在上文说明。更有附带的疑问是：节烈的人，既经表彰，自是品格最高。但圣贤虽人人可学，此事却有所不能。假如第三种的人，虽然立志极高；万一丈夫长寿，天下太平，他便只好饮恨吞声，做一世次等的人物。

以上是单依旧日的常识，略加研究，便已发见了许多矛盾。若略带二十世纪气息，便又有两层：

一问节烈是否道德？道德这事，必须普遍，人人应做，人人能行，又于自他两利，才有存在的价值。现在所谓节烈，不特除开男子，绝不相干；就是女子，也不能全体都遇着这名誉的机会。所以决不能认为道德，当作法式。上回《新青年》登出的《贞操论》里，已经说过理由。不过贞是丈夫还在，节是男子已死的区别，道理却可类推。只有烈的一件事，尤为奇怪，还须略加研究。

照上文的节烈分类法看来，烈的第一种，其实也只是守节，不过生死不同。因为道德家分类，根据全在死活，所以归入烈类。性质全异的，便是第二种。这类人不过一个弱者（现在的情形，女子还是弱者），突然遇着男性的暴徒，父兄丈夫力不能救，左邻右舍也不帮忙，于是他就死了；或者竟受了辱，仍然死了；或者终于没有死。久而久之，父兄丈夫邻舍，夹着文人学士以及道德家，便渐渐聚集，既不羞自己怯弱无能，也不提暴徒如何惩办，只是七口八嘴，议论他死了没有？受污没有？死了如何好，活着如何不好。于是造出了许多光荣的烈女，和许多被人口诛笔伐的不烈女。只要平心一想，便觉不像人间应有的事情，何况说是道德。

二问多妻主义的男子，有无表彰节烈的资格？替以前的道德家说话，一定是理应表彰。因为凡是男子，便有点与众不同，社会上只配有他的意思。一面又靠着阴阳内外的古典，在女子面前逞能。然而一到现在，人类的眼里，不免见到光明，晓得阴阳内外之说，荒谬绝伦；就令如此，也证不出阳比阴尊贵，外比内崇高的道理。况且社会国家，又非单是男子造成。所以只好相信真理，说是一律平等。既然平等，男女便都有一律应守的契约。男子决不能将自己不守的事，向女子特别要求。若是买卖欺骗贡献的婚姻，则要求生时的贞操，尚且毫无理由。何况多妻主义的男子，来表彰女子的节烈。

以上，疑问和解答都完了。理由如此支离，何以直到现今，居然还能存在？要对付这问题，须先看节烈这事，何以发生，何以通行，何以不生改革的缘故。

古代的社会，女子多当作男人的物品。或杀或吃，都无不可；男人死后，和他喜欢的宝贝，日用的兵器，一同殉葬，更无不可。后来殉葬的风气，渐渐改了，守节便也渐渐发生。但大抵因为寡妇是鬼妻，亡魂跟着，所以无人敢娶，并非要他不事二夫。这样风俗，现在的蛮人社会里还有。中国太古的情形，现在已无从详考。但看周末虽有殉葬，并非专用女人，嫁否也任便，并无什么裁制，便可知道脱离了这宗习俗，为日已久。由汉至唐也并没有鼓吹节烈。直到宋朝，那一班"业儒"的才说出"饿死事小，失节事大"的话，看见历史上"重适"两个字，便大惊小怪起来。出于真心，还是故意，现在却无从推测。其时也正是"人心日下，国将不国"的时候，全国士民，多不像样。或者"业儒"的人，想借女人守节的话，来鞭策男子，也不一定。但旁敲侧击，方法本嫌鬼祟，其意也太难分明，后来因此多了几个节妇，虽未可知，然而吏民将卒，却仍然无所感动。于是"开化最早，道德第一"的中国终于归了"长生天气力里大福荫护助里"的什么"薛禅皇帝，完泽笃皇帝，曲律皇帝"了。此后皇帝换过了几家，守节思想倒反发达。皇帝要臣子尽忠，男人便愈要女人守节。到了清朝，儒者真是愈加利害。看见唐人文章里有公主改嫁的话，也不免勃然大怒道："这是什么事！你竟不为尊者讳，这还了得！"假使这唐人还活着，一定要斥革功名，"以正人心而端风俗"了。

国民将到被征服的地位，守节盛了；烈女也从此着重。因为女子既是男子所有，自己死了，不该嫁人，自己活着，自然更不许被夺。然而自己是被征服的国民，没有力量保护，没有勇气反抗了，只好别出心裁，鼓吹女人自杀。或者妻女极多的阔人，婢妾成行的富翁，乱离时候，照顾不到，一遇“逆兵”（或是“天兵”），就无法可想。只得救了自己，请别人都做烈女；变成烈女，“逆兵”便不要了。他便待事定以后，慢慢回来，称赞几句。好在男子再娶，又是天经地义，别讨女人，便都完事。因此世上遂有了“双烈合传”，“七姬墓志”，甚而至于钱谦益的集中，也布满了“赵节妇”“钱烈女”的传记和歌颂。

只有自己不顾别人的民情，又是女应守节男子却可多妻的社会，造出如此畸形道德，而且日见精密苛酷，本也毫不足怪。但主张的是男子，上当的是女子。女子本身，何以毫无异言呢？原来“妇者服也”，理应服事于人。教育固可不必，连开口也都犯法。他的精神，也同他体质一样，成了畸形。所以对于这畸形道德，实在无甚意见。就令有了异议，也没有发表的机会。做几首“闺中望月”“园里看花”的诗，尚且怕男子骂他怀春，何况竟敢破坏这“天地间的正气”？只有说部书上，记载过几个女人，因为境遇上不愿守节，据做书的人说：可是他再嫁以后，便被前夫的鬼捉去，落了地狱；或者世人个个唾骂，做了乞丐，也竟求乞无门，终于惨苦不堪而死了！

如此情形，女子便非“服也”不可。然而男子一面，何以也不主张真理，只是一味敷衍呢？汉朝以后，言论的机关，都被“业儒”的垄断了。宋元以来，尤其利害。我们几乎看不见一部非业儒的书，听不到一句非士人的话。除了和尚道士,奉旨可以说话的以外,其余“异端”的声音,决不能出他卧房一步。况且世人大抵受了“儒者柔也”的影响;不述而作,最为犯忌。即使有人见到,也不肯用性命来换真理。即如失节一事,岂不知道必须男女两性,才能实现。他却专责女性;至于破人节操的男子,以及造成不烈的暴徒,便都含糊过去。男子究竟较女性难惹,惩罚也比表彰为难。其间虽有过几个男人,实觉于心不安,说些室女不应守志殉死的平和话,可是社会不听;再说下去,便要不容,与失节的女人一样看待。他便也只好变了“柔也”,不再开口了。所以节烈这事,到现在不生变革。

(此时,我应声明:现在鼓吹节烈派的里面,我颇有知道的人。敢说确有好人在内,居心也好。可是救世的方法是不对,要向西走了北了。但也不能因为他是好人,便竟能从正西直走到北。所以我又愿他回转身来。)

其次还有疑问:

节烈难么?答道,很难。男子都知道极难,所以要表彰他。社会的公意,向来以为贞淫与否,全在女性。男子虽然诱惑了女人,却不负责任。譬如甲男引诱乙女,乙女不允,便是贞节,死了,便是烈;甲男并无恶名,社会可算淳古。倘若乙女允了,便是失节;甲男也无恶名,可是世风被乙女败坏了!别的事情,也是如此。所以历史上亡国败家的原因,每每归咎女子。糊糊涂涂的代担全体的罪恶,已经三千多年了。男子既然不负责任,又不能自己反省,自然放心诱惑;文人著作,反将他传为美谈。所以女子身旁,几乎布满了危险。除却他自己的父兄丈夫以外,便都带点诱惑的鬼气。所以我说很难。

节烈苦么?答道,很苦。男子都知道很苦,所以要表彰他。凡人都想活;烈是必死,不必说了。节妇还要活着。精神上的惨苦,也姑且弗论。单是生活一层,已是大宗的痛楚。假使女子生计已能独立,社会也知道互助,一人还可勉强生存。不幸中国情形,却正相反。所以有钱尚可,贫人便只能饿死。直到饿死以后,间或得了旌表,还要写入志书。所以各府各县志书传记类的末尾,也总有几卷"烈女"。一行一人,或是一行两人,赵钱孙李,可是从来无人翻读。就是一生崇拜节烈的道德大家,若问他贵县志书里烈女门的前十名是谁?也怕不能说出。其实他是生前死后,竟与社会漠不相关的。所以我说很苦。

照这样说,不节烈便不苦么?答道,也很苦。社会公意,不节烈的女人,既然是下品;他在这社会里,是容不住的。社会上多数古人模模糊糊传下来的道理,实在无理可讲;能用历史和数目的力量,挤死不合意的人。这一类无主名无意识的杀人团里,古来不晓得死了多少人物;节烈的女子,也就死在这里。不过他死后间有一回表彰,写入志书。不节烈的人,便生前也要受随便什么人的唾骂,无主名的虐待。所以我说也很苦。

女子自己愿意节烈么?答道,不愿。人类总有一种理想,一种希望。虽然高下不同,必须有个意义。自他两利固好,至少也得有益本身。节烈很难很苦,既不利人,又不利己。说是本人愿意,实在不合人情。所以假如遇着少年女人，诚心祝赞他将来节烈，一定发怒；或者还要受他父兄丈夫的尊拳。然而仍旧牢不可破，便是被这历史和数目的力量挤着。可是无论何人，都怕这节烈。怕他竟钉到自己和亲骨肉的身上。所以我说不愿。

我依据以上的事实和理由，要断定节烈这事是：极难，极苦，不愿身受，然而不利自他，无益社会国家，于人生将来又毫无意义的行为，现在已经失了存在的生命和价值。

临了还有一层疑问：

节烈这事，现代既然失了存在的生命和价值；节烈的女人，岂非白苦一番么？可以答他说：还有哀悼的价值。他们是可怜人；不幸上了历史和数目的无意识的圈套，做了无主名的牺牲。可以开一个追悼大会。

我们追悼了过去的人，还要发愿：要自己和别人，都纯洁聪明勇猛向上。要除去虚伪的脸谱。要除去世上害己害人的昏迷和强暴。

我们追悼了过去的人，还要发愿：要除去于人生毫无意义的苦痛。要除去制造并赏玩别人苦痛的昏迷和强暴。

我们还要发愿：要人类都受正当的幸福。

一九一八年七月。

（发表于 1918 年 8 月 15 日《新青年》月刊第 5 卷第 2 号，收入《坟》）

随感录三十五

从清朝末年，直到现在，常常听人说"保存国粹"这一句话。

前清末年说这话的人，大约有两种：一是爱国志士，一是出洋游历的大官。他们在这题目的背后，各各藏着别的意思。志士说保存国粹，是光复旧物的意思；大官说保存国粹，是教留学生不要去剪辫子的意思。

现在成了民国了。以上所说的两个问题，已经完全消灭。所以我不能知道现在说这话的是那一流人，这话的背后藏着什么意思了。

可是保存国粹的正面意思，我也不懂。

什么叫"国粹"？照字面看来，必是一国独有，他国所无的事物了。换一句话，便是特别的东西。但特别未必定是好，何以应该保存？

譬如一个人，脸上长了一个瘤，额上肿出一颗疮，的确是与众不同，显出他特别的样子，可以算他的"粹"。然而据我看来，还不如将这"粹"

割去了,同别人一样的好。

倘说:中国的国粹,特别而且好;又何以现在糟到如此情形,新派摇头,旧派也叹气。

倘说:这便是不能保存国粹的缘故,开了海禁的缘故,所以必须保存。但海禁未开以前,全国都是"国粹",理应好了;何以春秋战国五胡十六国闹个不休,古人也都叹气。

倘说:这是不学成汤文武周公的缘故;何以真正成汤文武周公时代,也先有桀纣暴虐,后有殷顽作乱;后来仍旧弄出春秋战国五胡十六国闹个不休,古人也都叹气。

我有一位朋友说得好:"要我们保存国粹,也须国粹能保存我们。"

保存我们,的确是第一义。只要问他有无保存我们的力量,不管他是否国粹。

(发表于 1918 年 11 月 15 日《新青年》第 5 卷第 5 号,收入《热风》)

随感录三十六

现在许多人有大恐惧；我也有大恐惧。

许多人所怕的，是“中国人”这名目要消灭；我所怕的，是中国人要从“世界人”中挤出。

我以为“中国人”这名目，决不会消灭；只要人种还在，总是中国人。譬如埃及犹太人，无论他们还有“国粹”没有，现在总叫他埃及犹太人，未尝改了称呼。可见保存名目，全不必劳力费心。

但是想在现今的世界上，协同生长，挣一地位，即须有相当的进步的智识，道德，品格，思想，才能够站得住脚：这事极须劳力费心。而“国粹”多的国民，尤为劳力费心，因为他的“粹”太多。粹太多，便太特别。太特别，便难与种种人协同生长，挣得地位。

有人说：“我们要特别生长；不然，何以为中国人！”

于是乎要从“世界人”中挤出。

于是乎中国人失了世界,却暂时仍要在这世界上住!——这便是我的大恐惧。

(发表于1918年11月15日《新青年》第5卷第5号,收入《热风》)

我们现在怎样做父亲

我作这一篇文的本意，其实是想研究怎样改革家庭；又因为中国亲权重，父权更重，所以尤想对于从来认为神圣不可侵犯的父子问题，发表一点意见。总而言之：只是革命要革到老子身上罢了。但何以大模大样，用了这九个字的题目呢？这有两个理由：——

第一，中国的“圣人之徒”，最恨人动摇他的两样东西。一样不必说，也与我辈绝不相干；一样便是他的伦常，我辈却不免偶然发几句议论，所以株连牵扯，很得了许多“铲伦常”“禽兽行”之类的恶名。他们以为父对于子，有绝对的权力和威严；若是老子说话，当然无所不可，儿子有话，却在未说之前早已错了。但祖父子孙，本来各各都只是生命的桥梁的一级，决不是固定不易的。现在的子，便是将来的父，也便是将来的祖。我知道我辈和读者，若不是现任之父，也一定是候补之父，而且也都有做祖宗的希望，所差只在一个时间。为想省却许多麻烦起见，我们便该无须客气，尽可先行占住了上风，摆出父亲的尊严，谈谈我们和我们子女的事；不但将来着手实行，可以减少困难，在中国也顺理成章，免得“圣人之徒”听了害怕，总算是一举两得之至的事了。所以说，“我们怎样做父亲。”

第二，对于家庭问题，我在《新青年》的《随感录》(二五，四十，四九)中，曾经略略说及，总括大意，便只是从我们起，解放了后来的人。论到解放子女，本是极平常的事，当然不必有什么讨论。但中国的老年，中了旧习惯旧思想的毒太深了，决定悟不过来。譬如早晨听到乌鸦叫，少年毫不介意，迷信的老人，却总须颓唐半天。虽然很可怜，然而也无法可救。没有法，便只能先从觉醒的人开手，各自解放了自己的孩子。自己背着因袭的重担，肩住了黑暗的闸门，放他们到宽阔光明的地方去；此后幸福的度日，合理的做人。

还有，我曾经说，自己并非创作者，便在上海报纸的《新教训》里，挨了一顿骂。但我辈评论事情，总须先评论了自己，不要冒充，才能像一篇说话，对得起自己和别人。我自己知道，不特并非创作者，并且也不是真理的发见者。凡有所说所写，只是就平日见闻的事理里面，取了一点心以为然的道理；至于终极究竟的事，却不能知。便是对于数年以后的学说的进步和变迁，也说不出会到如何地步，单相信比现在总该还有进步还有变迁罢了。所以说，“我们现在怎样做父亲。”

我现在心以为然的道理，极其简单。便是依据生物界的现象，一，要保存生命；二，要延续这生命；三，要发展这生命(就是进化)。生物都这样做,父亲也就是这样做。

生命的价值和生命价值的高下,现在可以不论。单照常识判断,便知道既是生物,第一要紧的自然是生命。因为生物之所以为生物,全在有这生命,否则失了生物的意义。生物为保存生命起见,具有种种本能,最显著的是食欲。因有食欲才摄取食品,因有食品才发生温热,保存了生命。但生物的个体,总免不了老衰和死亡,为继续生命起见,又有一种本能,便是性欲。因性欲才有性交,因有性交才发生苗裔,继续了生命。所以食欲是保存自己,保存现在生命的事;性欲是保存后裔,保存永久生命的事。饮食并非罪恶,并非不净;性交也就并非罪恶,并非不净。饮食的结果,养活了自己,对于自己没有恩;性交的结果,生出子女,对于子女当然也算不了恩。——前前后后,都向生命的长涂走去,仅有先后的不同,分不出谁受谁的恩典。

可惜的是中国的旧见解,竟与这道理完全相反。夫妇是"人伦之中",却说是"人伦之始";性交是常事,却以为不净;生育也是常事,却以为天大的大功。人人对于婚姻,大抵先夹带着不净的思想。亲戚朋友有许多戏谑,自己也有许多羞涩,直到生了孩子,还是躲躲闪闪,怕敢声明;独有对于孩子,却威严十足。这种行径,简直可以说是和偷了钱发迹的财主,不相上下了。我并不是说,——如他们攻击者所意想的,——人类的性交也应如别种动物,随便举行;或如无耻流氓,专做些下流举动,自鸣得意。是说,此后觉醒的人,应该先洗净了东方固有的不净思想,再纯洁明白一些,了解夫妇是伴侣,是共同劳动者,又是新生命创造者的意义。所生的子女，固然是受领新生命的人，但他也不永久占领，将来还要交付子女，像他们的父母一般。只是前前后后，都做一个过付的经手人罢了。

生命何以必需继续呢？就是因为要发展，要进化。个体既然免不了死亡，进化又毫无止境，所以只能延续着，在这进化的路上走。走这路须有一种内的努力，有如单细胞动物有内的努力，积久才会繁复，无脊椎动物有内的努力，积久才会发生脊椎。所以后起的生命，总比以前的更有意义，更近完全，因此也更有价值，更可宝贵；前者的生命，应该牺牲于他。

但可惜的是中国的旧见解，又恰恰与这道理完全相反。本位应在幼者，却反在长者；置重应在将来，却反在过去。前者做了更前者的牺牲，自己无力生存，却苛责后者又来专做他的牺牲，毁灭了一切发展本身的能力。我也不是说，——如他们攻击者所意想的，——孙子理应终日痛打他的祖父，女儿必须时时咒骂他的亲娘。是说，此后觉醒的人，应该先洗净了东方古传的谬误思想，对于子女，义务思想须加多，而权利思想却大可切实核减，以准备改作幼者本位的道德。况且幼者受了权利，也并非永久占有，将来还要对于他们的幼者，仍尽义务。只是前前后后，都做一切过付的经手人罢了。

“父子间没有什么恩”这一个断语，实是招致“圣人之徒”面红耳赤的一大原因。他们的误点，便在长者本位与利己思想，权利思想很重，义务思想和责任心却很轻。以为父子关系，只须“父兮生我”一件事，幼者的全部，便应为长者所有。尤其堕落的，是因此责望报偿，以为幼者的全部，理该做长者的牺牲。殊不知自然界的安排，却件件与这要求反对，我们从古以来，逆天行事，于是人的能力，十分萎缩，社会的进步，也就跟着停顿。我们虽不能说停顿便要灭亡，但较之进步，总是停顿与灭亡的路相近。

自然界的安排，虽不免也有缺点，但结合长幼的方法，却并无错误。他并不用“恩”，却给与生物以一种天性，我们称他为“爱”。动物界中除了生子数目太多——爱不周到的如鱼类之外，总是挚爱他的幼子，不但绝无利益心情，甚或至于牺牲了自己，让他的将来的生命，去上那发展的长涂。

人类也不外此，欧美家庭，大抵以幼者弱者为本位，便是最合于这生物学的真理的办法。便在中国，只要心思纯白，未曾经过“圣人之徒”作践的人，也都自然而然的能发现这一种天性。例如一个村妇哺乳婴儿的时候，决不想到自己正在施恩；一个农夫娶妻的时候，也决不以为将要放债。只是有了子女，即天然相爱，愿他生存；更进一步的，便还要愿他比自己更好，就是进化。这离绝了交换关系利害关系的爱，便是人伦的索子，便是所谓“纲”。倘如旧说，抹煞了“爱”，一味说“恩”，又因此责望报偿，那便不但败坏了父子间的道德，而且也大反于做父母的实际的真情，播下乖剌的种子。有人做了乐府，说是“劝孝”，大意是什么“儿子上学堂，母亲在家磨杏仁，预备回来给他喝，你还不孝么”之类，自以为“拚命卫道”。殊不知富翁的杏酪和穷人的豆浆，在爱情上价值同等，而其价值却正在父母当时并无求报的心思;否则变成买卖行为,虽然喝了杏酪,也不异"人乳喂猪",无非要猪肉肥美,在人伦道德上,丝毫没有价值了。

所以我现在心以为然的,便只是"爱"。

无论何国何人,大都承认"爱己"是一件应当的事。这便是保存生命的要义,也就是继续生命的根基。因为将来的运命,早在现在决定,故父母的缺点,便是子孙灭亡的伏线,生命的危机。易卜生做的《群鬼》(有潘家洵君译本,载在《新潮》一卷五号)虽然重在男女问题,但我们也可以看出遗传的可怕。欧士华本是要生活,能创作的人,因为父亲的不检,先天得了病毒,中途不能做人了。他又很爱母亲,不忍劳他服侍,便藏着吗啡,想待发作时候,由使女瑞琴帮他吃下,毒杀了自己;可是瑞琴走了。他于是只好托他母亲了。

欧 "母亲,现在应该你帮我的忙了。"

阿夫人 "我吗?"

欧 "谁能及得上你。"

阿夫人 "我! 你的母亲!"

欧 "正为那个。"

阿夫人 "我,生你的人!"

欧 "我不曾教你生我。并且给我的是一种什么日子? 我不要他! 你拿回去罢!"

这一段描写，实在是我们做父亲的人应该震惊戒惧佩服的；决不能昧了良心，说儿子理应受罪。这种事情，中国也很多，只要在医院做事，便能时时看见先天梅毒性病儿的惨状；而且傲然的送来的，又大抵是他的父母。但可怕的遗传，并不只是梅毒；另外许多精神上体质上的缺点，也可以传之子孙，而且久而久之，连社会都蒙着影响。我们且不高谈人群，单为子女说，便可以说凡是不爱己的人，实在欠缺做父亲的资格。就令硬做了父亲，也不过如古代的草寇称王一般，万万算不了正统。将来学问发达，社会改造时，他们侥幸留下的苗裔，恐怕总不免要受善种学（Eugenics）者的处置。

倘若现在父母并没有将什么精神上体质上的缺点交给子女，又不遇意外的事，子女便当然健康，总算已经达到了继续生命的目的。但父母的责任还没有完，因为生命虽然继续了，却是停顿不得，所以还须教这新生命去发展。凡动物较高等的，对于幼雏，除了养育保护以外，往往还教他们生存上必需的本领。例如飞禽便教飞翔，鸷兽便教搏击。人类更高几等，便也有愿意子孙更进一层的天性。这也是爱，上文所说的是对于现在，这是对于将来。只要思想未遭锢蔽的人，谁也喜欢子女比自己更强，更健康，更聪明高尚，——更幸福；就是超越了自己，超越了过去。超越便须改变，所以子孙对于祖先的事，应该改变，“三年无改于父之道可谓孝矣”，当然是曲说，是退婴的病根。假使古代的单细胞动物，也遵着这教训，那便永远不敢分裂繁复，世界上再也不会有人类了。

幸而这一类教训，虽然害过许多人，却还未能完全扫尽了一切人的天性。没有读过“圣贤书”的人，还能将这天性在名教的斧钺底下，时时流露，时时萌蘖；这便是中国人虽然凋落萎缩，却未灭绝的原因。

所以觉醒的人，此后应将这天性的爱，更加扩张，更加醇化；用无我的爱，自己牺牲于后起新人。开宗第一，便是理解。往昔的欧人对于孩子的误解，是以为成人的预备；中国人的误解，是以为缩小的成人。直到近来，经过许多学者的研究，才知道孩子的世界，与成人截然不同；倘不先行理解，一味蛮做，便大碍于孩子的发达。所以一切设施，都应该以孩子为本位，日本近来，觉悟的也很不少；对于儿童的设施，研究儿童的事业，都非常兴盛了。第二，便是指导。时势既有改变，生活也必须进化；所以后起的人物，一定尤异于前，决不能用同一模型，无理嵌定。长者须是指导者协商者，却不该是命令者。不但不该责幼者供奉自己；而且还须用全副精神，专为他们自己，养成他们有耐劳作的体力，纯洁高尚的道德，广博自由能容纳新潮流的精神，也就是能在世界新潮流中游泳，不被淹没的力量。第三，便是解放。子女是即我非我的人，但既已分立，也便是人类中的人。因为即我，所以更应该尽教育的义务，交给他们自立的能力；因为非我，所以也应同时解放，全部为他们自己所有，成一个独立的人。

这样，便是父母对于子女，应该健全的产生，尽力的教育，完全的解放。

但有人会怕，仿佛父母从此以后，一无所有，无聊之极了。这种空虚的恐怖和无聊的感想，也即从谬误的旧思想发生；倘明白了生物学的真理，自然便会消灭。但要做解放子女的父母，也应预备一种能力。便是自己虽然已经带着过去的色采，却不失独立的本领和精神，有广博的趣味，高尚的娱乐。要幸福么？连你的将来的生命都幸福了。要"返老还童"，要"老复丁"么？子女便是"复丁"，都已独立而且更好了。这才是完了长者的任务，得了人生的慰安。倘若思想本领，样样照旧，专以"勃溪"为业，行辈自豪，那便自然免不了空虚无聊的苦痛。

或者又怕，解放之后，父子间要疏隔了。欧美的家庭，专制不及中国，早已大家知道；往者虽有人比之禽兽，现在却连"卫道"的圣徒，也曾替他们辩护，说并无"逆子叛弟"了。因此可知：惟其解放，所以相亲；惟其没有"拘挛"子弟的父兄，所以也没有反抗"拘挛"的"逆子叛弟"。若威逼利诱，便无论如何，决不能有"万年有道之长"。例便如我中国，汉有举孝，唐有孝悌力田科，清末也还有孝廉方正，都能换到官做。父恩谕之于先，皇恩施之于后，然而割股的人物，究属寥寥。足可证明中国的旧学说旧手段，实在从古以来，并无良效，无非使坏人增长些虚伪，好人无端的多受些人我都无利益的苦痛罢了。

独有"爱"是真的。路粹引孔融说："父之于子，当有何亲？论其本意，实为情欲发耳。子之于母，亦复奚为，譬如寄物瓶中，出则离矣。"（汉末的孔府上，很出过几个有特色的奇人，不像现在这般冷落，这话也许确是北海先生所说；只是攻击他的偏是路粹和曹操，教人发笑罢了。）

虽然也是一种对于旧说的打击，但实于事理不合。因为父母生了子女，同时又有天性的爱，这爱又很深广很长久，不会即离。现在世界没有大同，相爱还有差等，子女对于父母，也便最爱，最关切，不会即离。所以疏隔一层，不劳多虑。至于一种例外的人，或者非爱所能钩连。但若爱力尚且不能钩连，那便任凭什么“恩威，名分，天经，地义”之类，更是钩连不住。

或者又怕，解放之后，长者要吃苦了。这事可分两层：第一，中国的社会，虽说“道德好”，实际却太缺乏相爱相助的心思。便是“孝”“烈”这类道德，也都是旁人毫不负责，一味收拾幼者弱者的方法。在这样社会中，不独老者难于生活，即解放的幼者，也难于生活。第二，中国的男女，大抵未老先衰，甚至不到二十岁，早已老态可掬，待到真实衰老，便更须别人扶持。所以我说，解放子女的父母，应该先有一番预备；而对于如此社会，尤应该改造，使他能适于合理的生活。许多人预备着，改造着，久而久之，自然可望实现了。单就别国的往时而言，斯宾塞未曾结婚，不闻他侘傺无聊；瓦特早没有了子女，也居然“寿终正寝”，何况在将来，更何况有儿女的人呢？

或者又怕，解放之后，子女要吃苦了。这事也有两层，全如上文所说，不过一是因为老而无能，一是因为少不更事罢了。因此觉醒的人，愈觉有改造社会的任务。中国相传的成法，谬误很多：一种是锢闭，以为可以与社会隔离，不受影响。一种是教给他恶本领，以为如此才能在社会中生活。用这类方法的长者，虽然也含有继续生命的好意，但比照事理，却决定谬误。此外还有一种，是传授些周旋方法，教他们顺应社会。这与数年前讲“实用主义”的人，因为市上有假洋钱，便要在学校里遍教学生看洋钱的法子之类，同一错误。社会虽然不能不偶然顺应，但决不是正当办法。因为社会不良，恶现象便很多，势不能一一顺应；倘都顺应了，又违反了合理的生活，倒走了进化的路。所以根本方法，只有改良社会。

就实际上说，中国旧理想的家族关系父子关系之类，其实早已崩溃。这也非“于今为烈”，正是“在昔已然”。历来都竭力表彰“五世同堂”，便足见实际上同居的为难；拼命的劝孝，也足见事实上孝子的缺少。而其原因，便全在一意提倡虚伪道德，蔑视了真的人情。我们试一翻大族的家谱，便知道始迁祖宗，大抵是单身迁居，成家立业；一到聚族而居，家谱出版，却已在零落的中涂了。况在将来，迷信破了，便没有哭竹，卧冰；医学发达了，也不必尝秽，割股。又因为经济关系，结婚不得不迟，生育因此也迟，或者子女才能自存，父母已经衰老，不及依赖他们供养，事实上也就是父母反尽了义务。世界潮流逼拶着，这样做的可以生存，不然的便都衰落；无非觉醒者多，加些人力，便危机可望较少就是了。

但既如上言，中国家庭，实际久已崩溃，并不如“圣人之徒”纸上的空谈，则何以至今依然如故，一无进步呢？这事很容易解答。第一，崩溃者自崩溃，纠缠者自纠缠，设立者又自设立；毫无戒心，也不想到改革，所以如故。第二，以前的家庭中间，本来常有勃谿，到了新名词流行之后，便都改称“革命”，然而其实也仍是讨嫖钱至于相骂，要赌本至于相打之类，与觉醒者的改革，截然两途。这一类自称“革命”的勃溪子弟，纯属旧式，待到自己有了子女，也决不解放；或者毫不管理，或者反要寻出《孝经》，勒令诵读，想他们“学于古训”，都做牺牲。这只能全归旧道德旧习惯旧方法负责，生物学的真理决不能妄任其咎。

既如上言，生物为要进化，应该继续生命，那便“不孝有三无后为大”，三妻四妾，也极合理了。这事也很容易解答。人类因为无后，绝了将来的生命，虽然不幸，但若用不正当的方法手段，苟延生命而害及人群，便该比一人无后，尤其“不孝”。因为现在的社会，一夫一妻制最为合理，而多妻主义，实能使人群堕落。堕落近于退化，与继续生命的目的，恰恰完全相反。无后只是灭绝了自己，退化状态的有后，便会毁到他人。人类总有些为他人牺牲自己的精神，而况生物自发生以来，交互关联，一人的血统，大抵总与他人有多少关系，不会完全灭绝。所以生物学的真理，决非多妻主义的护符。

总而言之，觉醒的父母，完全应该是义务的，利他的，牺牲的，很不易做；而在中国尤不易做。中国觉醒的人，为想随顺长者解放幼者，便须一面清结旧账，一面开辟新路。就是开首所说的“自己背着因袭的重担，肩住了黑暗的闸门，放他们到宽阔光明的地方去；此后幸福的度日，合理的做人。”这是一件极伟大的要紧的事，也是一件极困苦艰难的事。

但世间又有一类长者，不但不肯解放子女，并且不准子女解放他们自己的子女;就是并要孙子曾孙都做无谓的牺牲。这也是一个问题;而我是愿意平和的人,所以对于这问题,现在不能解答。

一九一九年十月。

(发表于1919年11月1日《新青年》月刊第6卷第6号,收入《坟》)

估《学衡》

我在二月四日的《晨报副刊》上看见式芬先生的杂感，很诧异天下竟有这样拘迂的老先生，竟不知世故到这地步，还来同《学衡》诸公谈学理。夫所谓《学衡》者，据我看来，实不过聚在“聚宝之门”左近的几个假古董所放的假毫光；虽然自称为“衡”，而本身的称星尚且未曾钉好，更何论于他所衡的轻重的是非。所以，决用不着较准，只要估一估就明白了。

《弁言》说，“籀绎之作必趋雅音以崇文”，“籀绎”如此，述作可知。夫文者，即使不能“载道”，却也应该“达意”，而不幸诸公虽然张皇国学，笔下却未免欠亨，不能自了，何以“衡”人。这实在是一个大缺点。看罢，诸公怎么说：

《弁言》云，“杂志迩例弁以宣言”，按宣言即布告，而弁者，周人戴在头上的瓜皮小帽一般的帽子，明明是顶上的东西，所以“弁言”就是序，异于“杂志迻例”的宣言，并为一谈，太汗漫了。《评提倡新文化者》文中说，“或操笔以待，每一新书出版，必为之序，以尽其领袖后进之责。顾亭林曰，人之患在好为人序。其此之谓乎？故语彼等以学问之标准与良知。犹语商贾以道德。娼妓以贞操也。”原来做一篇序“以尽其领袖后进之责”，便有这样的大罪案。然而诸公又何以也“突而弁兮”的“言”了起来呢？照前文推论，那便是我的质问，却正是“语商贾以道德。娼妓以贞操也”了。

《中国提倡社会主义之商榷》中说，“凡理想学说之发生，皆有其历史上之背影，决非悬空虚构，造乌托之邦，作无病之呻者也。”查“英吉之利”的摩耳，并未做 Pia of Uto，虽曰之乎者也，欲罢不能，但别寻古典，也非难事，又何必当中加楦呢。于古未闻“睹史之陀”，在今不云“宁古之塔”，奇句如此，真可谓“有病之呻”了。

《国学摭谭》中说，“虽三皇寥廓而无极，五帝搢绅先生难言之。”人而能“寥廓”，已属奇闻，而第二句尤为费解，不知是三皇之事，五帝和搢绅先生皆难言之，抑是五帝之事，搢绅先生也难言之呢？推度情理，当从后说，然而太史公所谓“搢绅先生难言之”者，乃指“百家言黄帝”而并不指五帝，所以翻开《史记》，便是赫然的一篇《五帝本纪》，又何尝“难言之”。难道太史公在汉朝，竟应该算是下等社会中人么？

《记白鹿洞谈虎》中说，“诸父老能健谈，谈多称虎。当其摹示抉噬之状，闻者鲜不色变。退而记之，亦资诙噱之类也。”姑不论其“能”“健”“谈”“称”，床上安床，“抉噬之状”，终于未记，而“变色”的事，但“资诙噱”，也可谓太远于事情。倘使但“资诙噱”，则先前的闻而色变者，简直是呆子了。记又云，“伥者，新鬼而膏虎牙者也。”刚做新鬼，便“膏虎牙”，实在可悯。那么，虎不但食人，而且也食鬼了。这是古来未知的新发见。

《渔丈人行》的起首道，“楚王无道杀伍奢，覆巢之下无完家。”这“无完家”虽比“无完卵”新奇，但未免颇有语病。假如“家”就是鸟巢，那便犯了复，而且“之下”二字没有着落，倘说是人家，则掉下来的鸟巢未免太沉重了。除了大鹏金翅鸟(出《说岳全传》)，断没有这样的大巢，能够压破彼等的房子。倘说是因为押韵，不得不然，那我敢说：这是“挂脚韵”。押韵至于如此，则翻开《诗韵合璧》的“六麻”来，写道“无完蛇”“无完瓜”“无完叉”，都无所不可的。

还有《浙江采集植物游记》，连题目都不通了。采集有所务，并非漫游，所以古人作记，务与游不并举，地与游才相连。匡庐峨眉，山也，则曰纪游，采硫访碑，务也，则曰日记。虽说采集时候，也兼游览，但这应该包举在主要的事务里，一列举便不“古”了。例如这记中也说起吃饭睡觉的事，而题目不可作《浙江采集植物游食眠记》。

以上不过随手拾来的事，毛举起来，更要费笔费墨费时费力，犯不上，中止了。因此诸公的说理，便没有指正的必要，文且未亨，理将安托，穷乡僻壤的中学生的成绩，恐怕也不至于此的了。

总之，诸公掊击新文化而张皇旧学问，倘不自相矛盾，倒也不失其为一种主张。可惜的是于旧学并无门径，并主张也还不配。倘使字句未通的人也算是国粹的知己，则国粹更要惭惶煞人！“衡”了一顿，仅仅“衡”出了自己的铢两来，于新文化无伤，于国粹也差得远。

我所佩服诸公的只有一点，是这种东西也居然会有发表的勇气。

（发表于 1922 年 2 月 9 日《晨报副刊》，收入《热风》）

“以震其艰深”

上海租界上的“国学家”，以为做白话文的大抵是青年，总该没有看过古董书的，于是乎用了所谓“国学”来吓呼他们。

《时报》上载着一篇署名“涵秋”的《文字感想》，其中有一段说：

“新学家薄国学为不足道故为钩辀格磔之文以震其艰深也一读之欲呕再读之昏昏睡去矣”

领教。我先前只以为“钩辀格磔”是古人用他来形容鹧鸪的啼声，并无别的深意思；亏得这《文字感想》，才明白这是怪鹧鸪啼得“艰深”了，以此责备他的。但无论如何，“艰深”却不能令人“欲呕”，闻鹧鸪啼而呕者，世固无之，即以文章论，“粤若稽古”，注释纷纭，“绛即东雍”，圈点不断，这总该可以算是艰深的了，可是也从未听说，有人因此反胃。

呕吐的原因决不在乎别人文章的“艰深”，是在乎自己的身体里的，大约因为“国学”积蓄得太多，笔不及写，所以涌出来了罢。

“以震其艰深也”的“震”字，从国学的门外汉看来也不通，但也许是为手民所误的，因为排字印报也是新学，或者也不免要“以震其艰深”。

否则，如此“国学”，虽不艰深，却是恶作，真是“一读之欲呕”，再读之必呕矣。

国学国学，新学家既“薄为不足道”，国学家又道而不能亨，你真要道尽涂穷了！

九月二十日。

（发表于1922年9月20日《晨报副刊》，收入《热风》）

所谓"国学"

现在暴发的"国学家"之所谓"国学"是什么?

一是商人遗老们翻印了几十部旧书赚钱,二是洋场上的文豪又做了几篇鸳鸯蝴蝶体小说出版。

商人遗老们的印书是书籍的古董化,其置重不在书籍而在古董。遗老有钱,或者也不过聊以自娱罢了,而商人便大吹大擂的借此获利。还有茶商盐贩,本来是不齿于"士类"的,现在也趁着新旧纷扰的时候,借刻书为名,想挨进遗老遗少的"士林"里去。他们所刻的书都无民国年月,辨不出是元版是清版,都是古董性质,至少每本两三元,绵连,锦帙,古色古香,学生们是买不起的。这就是他们之所谓"国学"。

然而巧妙的商人可也决不肯放过学生们的钱的,便用坏纸恶墨别印什么"菁华"什么"大全"之类来搜括。定价并不大,但和纸墨一比较却是大价了。至于这些"国学"书的校勘,新学家不行,当然是出于上海的所谓“国学家”的了，然而错字叠出，破句连篇（用的并不是新式圈点），简直是拿少年来开玩笑。这是他们之所谓“国学”。

洋场上的往古所谓文豪，“卿卿我我”“蝴蝶鸳鸯”诚然做过一小堆，可是自有洋场以来，从没有人称这些文章（?）为国学，他们自己也并不以“国学家”自命的。现在不知何以，忽而奇想天开，也学了盐贩茶商，要凭空挨进“国学家”队里去了。然而事实很可惨，他们之所谓国学，是“拆白之事各处皆有而以上海一隅为最甚（中略）余于课余之暇不惜浪费笔墨编纂事实作一篇小说以饷阅者想亦阅者所乐闻也”（原本每句都密圈，今从略，以省排工，阅者谅之）。

“国学”乃如此而已乎?

试去翻一翻历史里的《儒林》和《文苑传》罢，可有一个将旧书当古董的鸿儒，可有一个以拆白饷阅者的文士?

倘说，从今年起，这些就是“国学”，那又是“新”例了。你们不是讲“国学”的么?

（发表于1922年10月4日《晨报副刊》，收入《热风》）

“一是之学说”

我从《学灯》上看见驳吴宓君“新文化运动之反应”这一篇文章之后，才去寻《中华新报》来看他的原文。

那是一篇浩浩洋洋的长文，该有一万多字罢，——而且还有作者吴宓君的照相。记者又在论前介绍说，“泾阳吴宓君美国哈佛大学硕士现为国立东南大学西洋文学教授君既精通西方文学得其神髓而国学复涵养甚深近主撰学衡杂志以提倡实学为任时论崇之”。

但这篇大文的内容是很简单的。说大意，就是新文化本也可以提倡的，但提倡者“当思以博大之眼光，宽宏之态度，肆力学术，深窥精研，观其全体，而贯通澈悟，然后平情衡理，执中驭物，造成一是之学说，融合中西之精华，以为一国一时之用。”而可恨“近年有所谓新文化运动者，本其偏激之主张，佐以宣传之良法，……加之喜新盲从者之多。”便忽而声势浩大起来。殊不知“物极必反，理有固然。”于是“近顷于新文化运动怀疑而批评之书报渐多”了。这就谓之“新文化运动之反应”。然而“又所谓反应者非反抗之谓……读者幸勿因吾论列于此。而遂疑其为不赞成新文化者”云。

反应的书报一共举了七种，大体上都是“执中驭物”，宣传“正轨”的新文化的。现在我也来绍介一回：一《民心周报》，二《经世报》，三《亚洲学术杂志》，四《史地学报》，五《文哲学报》，六《学衡》，七《湘君》。

此外便是吴君对于这七种书报的“平情衡理”的批评(?)了。例如《民心周报》，“自发刊以至停版，除小说及一二来稿外，全用文言，不用所谓新式标点。即此一端，在新潮方盛之时，亦可谓砥柱中流矣。”至于《湘君》之用白话及标点，却又别有道理，那是“《学衡》本事理之真。故拒斥粗劣白话及英文标点。《湘君》求文艺之美，故兼用通妥白话及新式标点”的。总而言之，主张偏激，连标点也就偏激，那白话自然更不“通妥”了。即如我的白话，离通妥就很远；而我的标点则是“英文标点”。

但最“贯通澈悟”的是拉《经世报》来做“反应”，当《经世报》出版的时候，还没有“万恶孝为先”的谣言，而他们却早已发过许多崇圣的高论，可惜现在从日报变了月刊，实在有些萎缩现象了。至于“其于君臣之伦。另下新解”，“《亚洲学术杂志》议其牵强附会。必以君为帝王”，实在并不错，这才可以算得“新文化之反应”，而吴君又以为“则过矣”，那可是自己“则过矣”了。因为时代的关系，那时的君，当然是帝王而不是大总统。又如民国以前的议论，也因为时代的关系，自然多含革命的精神,《国粹学报》便是其一,而吴君却怪他谈学术而兼涉革命,也就是过于"融合"了时间的先后的原因。

此外还有一个太没见识处,就是遗漏了《长青》《红》《快活》《礼拜六》等近顷风起云涌的书报,这些实在都是"新文化运动的反应",而且说"通妥白话"的。

十一月三日。

(发表于 1922 年 11 月 3 日《晨报副刊》,收入《热风》)

看镜有感

因为翻衣箱，翻出几面古铜镜子来，大概是民国初年初到北京时候买在那里的，“情随事迁”，全然忘却，宛如见了隔世的东西了。

一面圆径不过二寸，很厚重，背面满刻蒲陶，还有跳跃的鼯鼠，沿边是一圈小飞禽。古董店家都称为“海马葡萄镜”。但我的一面并无海马，其实和名称不相当。记得曾见过别一面，是有海马的，但贵极，没有买。这些都是汉代的镜子；后来也有模造或翻沙者，花纹可造粗拙得多了。汉武通大宛安息，以致天马蒲萄，大概当时是视为盛事的，所以便取作什器的装饰。古时，于外来物品，每加海字，如海榴、海红花、海棠之类。海即现在之所谓洋，海马译成今文，当然就是洋马。镜鼻是一个虾蟆，则因为镜如满月，月中有蟾蜍之故，和汉事不相干了。

遥想汉人多少闳放，新来的动植物，即毫不拘忌，来充装饰的花纹。唐人也还不算弱，例如汉人的墓前石兽，多是羊、虎、天禄、辟邪，而长安的昭陵上，却刻着带箭的骏马，还有一匹驼鸟，则办法简直前无古人。现今在坟墓上不待言，即平常的绘画，可有人敢用一朵洋花一只洋鸟，即私人的印章，可有人肯用一个草书一个俗字么？许多雅人，连记年月也必是甲子，怕用民国纪元。不知道是没有如此大胆的艺术家；还是虽有而民众都加迫害，他于是乎只得萎缩，死掉了？

宋的文艺，现在似的国粹气味就熏人。然而辽金元陆续进来了，这消息很耐寻味。汉唐虽然也有边患，但魄力究竟雄大，人民具有不至于为异族奴隶的自信心，或者竟毫未想到，凡取用外来事物的时候，就如将彼俘来一样，自由驱使，绝不介怀。一到衰弊陵夷之际，神经可就衰弱过敏了，每遇外国东西，便觉得仿佛彼来俘我一样，推拒，惶恐，退缩，逃避，抖成一团，又必想一篇道理来掩饰，而国粹遂成为孱王和孱奴的宝贝。

无论从那里来的，只要是食物，壮健者大抵就无需思索，承认是吃的东西。惟有衰病的，却总常想到害胃，伤身，特有许多禁条，许多避忌；还有一大套比较利害而终于不得要领的理由，例如吃固无妨，而不吃尤稳，食之或当有益，然究以不吃为宜云云之类。但这一类人物总要日见其衰弱的，因为他终日战战兢兢，自己先已失了活气了。

不知道南宋比现今如何，但对外敌，却明明已经称臣，惟独在国内特多繁文缛节以及唠叨的碎话。正如倒霉人物，偏多忌讳一般，豁达闳大之风消歇净尽了。直到后来，都没有什么大变化。我曾在古物陈列所所陈列的古画上看见一颗印文，是几个罗马字母。但那是所谓"我圣祖仁皇帝”的印，是征服了汉族的主人，所以他敢；汉族的奴才是不敢的。便是现在，便是艺术家，可有敢用洋文的印的么？

清顺治中，时宪书上印有“依西洋新法”五个字，痛哭流涕来劾洋人汤若望的偏是汉人杨光先。直到康熙初，争胜了，就教他做钦天监正去，则又叩阍以“但知推步之理不知推步之数”辞。不准辞，则又痛哭流涕地来做《不得已》，说道“宁可使中夏无好历法，不可使中夏有西洋人”。然而终于连闰月都算错了，他大约以为好历法专属于西洋人，中夏人自己是学不得，也学不好的。但他竟论了大辟，可是没有杀，放归，死于途中了。汤若望入中国还在明崇祯初，其法终未见用；后来阮元论之曰：“明季君臣以大统寖疏，开局修正，既知新法之密，而讫未施行。圣朝定鼎，以其法造时宪书，颁行天下。彼十余年辩论翻译之劳，若以备我朝之采用者，斯亦奇矣！……我国家圣圣相传，用人行政，惟求其是，而不先设成心。即是一端，可以仰见如天之度量矣！”（《畴人传》四十五）

现在流传的古镜们，出自塚中者居多，原是殉葬品。但我也有一面日用镜，薄而且大，规抚汉制，也许是唐代的东西。那证据是：一，镜鼻已多磨损；二，镜面的沙眼都用别的铜来补好了。当时在妆阁中，曾照唐人的额黄和眉绿，现在却监禁在我的衣箱里，它或者大有今昔之感罢。

但铜镜的供用，大约道光咸丰时候还与玻璃镜并行；至于穷乡僻壤，也许至今还用着。我们那里，则除了婚丧仪式之外，全被玻璃镜驱逐了。然而也还有余烈可寻，倘街头遇见一位老翁，肩了长橙似的东西，上面缚着一块猪肝色石和一块青色石，试伫听他的叫喊，就是"磨镜，磨剪刀！"

宋镜我没有见过好的，什九并无藻饰，只有店号或"正其衣冠"等类的迂铭词，真是"世风日下"。但是要进步或不退步，总须时时自出新裁，至少也必取材异域，倘若各种顾忌，各种小心，各种唠叨，这么做即违了祖宗，那么做又像了夷狄，终生惴惴如在薄冰上，发抖尚且来不及，怎么会做出好东西来。所以事实上"今不如古"者，正因为有许多唠叨着"今不如古"的诸位先生们之故。现在情形还如此。倘再不放开度量，大胆地，无畏地，将新文化尽量地吸收，则杨光先似的向西洋主人沥陈中夏的精神文明的时候，大概是不劳久待的罢。

但我向来没有遇见过一个排斥玻璃镜子的人。单知道咸丰年间，汪曰桢先生却在他的大著《湖雅》里攻击过的。他加以比较研究之后，终于决定还是铜镜好。最不可解的是：他说，照起面貌来，玻璃镜不如铜镜之准确。莫非那时的玻璃镜当真坏到如此，还是因为他老先生又带上了国粹眼镜之故呢？我没有见过古玻璃镜。这一点终于猜不透。

一九二五年二月九日。

（发表于 1925 年 3 月 2 日《语丝》周刊第 16 期，收入《坟》）

青年必读书

——应《京报副刊》的征求——

青年必读书	从来没有留心过，所以现在说不出。
附注	但我要趁这机会，略说自己的经验，以供若干读者的参考—— 我看中国书时，总觉得就沉静下去，与实人生离开；读外国书——但除了印度——时，往往就与人生接触，想做点事。 中国书虽有劝人入世的话，也多是僵尸的乐观；外国书即使是颓唐和厌世的，但却是活人的颓唐和厌世。 我以为要少——或者竟不——看中国书，多看外国书。 少看中国书，其结果不过不能作文而已。但现在的青年最要紧的是“行”，不是“言”。只要是活人，不能作文算什么大不了的事。 （二月十日。）

（发表于 1925 年 2 月 21 日《京报副刊》，收入《华盖集》）

忽然想到

六

外国的考古学者们联翩而至了。

久矣夫，中国的学者们也早已口口声声的叫着“保古！保古！保古！……”

但是不能革新的人种，也不能保古的。

所以，外国的考古学者们便联翩而至了。

长城久成废物，弱水也似乎不过是理想上的东西。老大的国民尽钻在僵硬的传统里，不肯变革，衰朽到毫无精力了，还要自相残杀。于是外面的生力军很容易地进来了，真是“匪今斯今，振古如兹”。至于他们的历史，那自然都没我们的那么古。

可是我们的古也就难保，因为土地先已危险而不安全。土地给了别人，则“国宝”虽多，我觉得实在也无处陈列。

但保古家还在痛骂革新，力保旧物地干：用玻璃板印些宋版书，每部定价几十几百元；“涅槃！涅槃！涅槃！”佛自汉时已入中国，其古色古香为何如哉！买集些旧书和金石，是劬古爱国之士，略作考证，赶印目录，就升为学者或高人。而外国人所得的古董，却每从高人的高尚的袖底里共清风一同流出。即不然，归安陆氏的皕宋，潍县陈氏的十钟，其子孙尚能世守否？

现在，外国的考古学者们便联翩而至了。

他们活有余力，则以考古，但考古尚可，帮同保古就更可怕了。有些外人，很希望中国永是一个大古董以供他们的赏鉴，这虽然可恶，却还不奇，因为他们究竟是外人。而中国竟也有自己还不够，并且要率领了少年，赤子，共成一个大古董以供他们的赏鉴者，则真不知是生着怎样的心肝。

中国废止读经了，教会学校不是还请腐儒做先生，教学生读《四书》么？民国废去跪拜了，犹太学校不是偏请遗老做先生，要学生磕头拜寿么？外国人办给中国人看的报纸，不是最反对五四以来的小改革么？而外国总主笔治下的中国小主笔，则倒是崇拜道学，保存国粹的！

但是，无论如何，不革新，是生存也为难的，而况保古。现状就是铁证，比保古家的万言书有力得多。

我们目下的当务之急，是：一要生存，二要温饱，三要发展。苟有阻碍这前途者，无论是古是今，是人是鬼，是《三坟》《五典》，百宋千元，天球河图，金人玉佛，祖传丸散，秘制膏丹，全都踏倒他。

保古家大概总读过古书,"林回弃千金之璧,负赤子而趋",该不能说是禽兽行为罢。那么,弃赤子而抱千金之璧的是什么?

四月十八日。

(发表于1925年4月22日《京报副刊》,收入《华盖集》)

春末闲谈

北京正是春末，也许我过于性急之故罢，觉着夏意了，于是突然记起故乡的细腰蜂。那时候大约是盛夏，青蝇密集在凉棚索子上，铁黑色的细腰蜂就在桑树间或墙角的蛛网左近往来飞行，有时衔一支小青虫去了，有时拉一个蜘蛛。青虫或蜘蛛先是抵抗着不肯去，但终于乏力，被衔着腾空而去了，坐了飞机似的。

老前辈们开导我，那细腰蜂就是书上所说的果蠃，纯雌无雄，必须捉螟蛉去做继子的。她将小青虫封在窠里，自己在外面日日夜夜敲打着，祝道"像我像我"，经过若干日，——我记不清了，大约七七四十九日罢，——那青虫也就成了细腰蜂了，所以《诗经》里说："螟蛉有子，果蠃负之。"螟蛉就是桑上小青虫。蜘蛛呢？他们没有提。我记得有几个考据家曾经立过异说，以为她其实自能生卵；其捉青虫，乃是填在窠里，给孵化出来的幼蜂做食料的。但我所遇见的前辈们都不采用此说，还道是拉去做女儿。我们为存留天地间的美谈起见，倒不如这样好。当长夏无事，遣暑林阴，瞥见二虫一拉一拒的时候，便如睹慈母教女，满怀好意，而青虫的宛转抗拒，则活像一个不识好歹的毛鸦头。

但究竟是夷人可恶，偏要讲什么科学。科学虽然给我们许多惊奇，但也搅坏了我们许多好梦。自从法国的昆虫学大家发勒耳(Fabre)仔细观察之后，给幼蜂做食料的事可就证实了。而且，这细腰蜂不但是普通的凶手，还是一种很残忍的凶手，又是一个学识技术都极高明的解剖学家。她知道青虫的神经构造和作用，用了神奇的毒针，向那运动神经球上只一螫，它便麻痹为不死不活状态，这才在它身上生下蜂卵，封入窠中。青虫因为不死不活，所以不动，但也因为不活不死，所以不烂，直到她的子女孵化出来的时候，这食料还和被捕当日一样的新鲜。

三年前，我遇见神经过敏的俄国的E君，有一天他忽然发愁道，不知道将来的科学家，是否不至于发明一种奇妙的药品，将这注射在谁的身上，则这人即甘心永远去做服役和战争的机器了？那时我也就皱眉叹息，装作一齐发愁的模样，以示“所见略同”之至意，殊不知我国的圣君，贤臣，圣贤，圣贤之徒，却早已有过这一种黄金世界的理想了。不是“唯辟作福，唯辟作威，唯辟玉食”么？不是“君子劳心，小人劳力”么？不是“治于人者食(去声)人，治人者食于人”么？可惜理论虽已卓然，而终于没有发明十全的好方法。要服从作威就须不活，要贡献玉食就须不死；要被治就须不活，要供养治人者又须不死。人类升为万物之灵，自然是可贺的，但没有了细腰蜂的毒针，却很使圣君，贤臣，圣贤，圣贤之徒，以至现在的阔人，学者，教育家觉得棘手。将来未可知，若已往，则治人者虽然尽力施行过各种麻痹术，也还不能十分奏效，与果蠃并驱争先。即以皇帝一伦而言，便难免时常改姓易代，终没有“万年有道之长”;《二十四史》而多至二十四，就是可悲的铁证。现在又似乎有些别开生面了，世上挺生了一种所谓“特殊知识阶级”的留学生，在研究室中研究之结果，说医学不发达是有益于人种改良的，中国妇女的境遇是极其平等的，一切道理都已不错，一切状态都已够好。E 君的发愁，或者也不为无因罢，然而俄国是不要紧的，因为他们不像我们中国，所谓“特别国情”，还有所谓“特殊知识阶级”。

但这种工作，也怕终于像古人那样，不能十分奏效的罢，因为这实在比细腰蜂所做的要难得多。她于青虫，只须不动，所以仅在运动神经球上一螫，即告成功。而我们的工作，却求其能运动，无知觉，该在知觉神经中枢，加以完全的麻醉的。但知觉一失，运动也就随之失却主宰，不能贡献玉食，恭请上自“极峰”下至“特殊知识阶级”的赏收享用了。就现在而言，窃以为除了遗老的圣经贤传法，学者的进研究室主义，文学家和茶摊老板的莫谈国事律，教育家的勿视勿听勿言勿动论之外，委实还没有更好，更完全，更无流弊的方法。便是留学生的特别发见，其实也并未轶出了前贤的范围。

那么，又要“礼失而求诸野”了。夷人，现在因为想去取法，姑且称之为外国，他那里，可有较好的法子么？可惜，也没有。所有者，仍不外乎不准集会，不许开口之类，和我们中华并没有什么很不同。然亦可见至道嘉猷，人同此心，心同此理，固无华夷之限也。猛兽是单独的，牛羊则结队；野牛的大队，就会排角成城以御强敌了，但拉开一匹，定只能牟牟地叫。人民与牛马同流，——此就中国而言，夷人别有分类法云，——治之之道，自然应该禁止集合：这方法是对的。其次要防说话。人能说话，已经是祸胎了，而况有时还要做文章。所以苍颉造字，夜有鬼哭。鬼且反对，而况于官？猴子不会说话，猴界即向无风潮，——可是猴界中也没有官，但这又作别论，——确应该虚心取法，反朴归真，则口且不开，文章自灭：这方法也是对的。然而上文也不过就理论而言，至于实效，却依然是难说。最显著的例，是连那么专制的俄国，而尼古拉二世"龙御上宾"之后，罗马诺夫氏竟已"复宗绝祀"了。要而言之，那大缺点就在虽有二大良法，而还缺其一，便是：无法禁止人们的思想。

于是我们的造物主——假如天空真有这样的一位"主子"——就可恨了：一恨其没有永远分清"治者"与"被治者"；二恨其不给治者生一枝细腰蜂那样的毒针；三恨其不将被治者造得即使砍去了藏着的思想中枢的脑袋而还能动作——服役。三者得一，阔人的地位即永久稳固，统御也永久省了气力，而天下于是乎太平。今也不然，所以即使单想高高在上，暂时维持阔气，也还得日施手段，夜费心机，实在不胜其委屈劳神之至……

假使没有了头颅，却还能做服役和战争的机械，世上的情形就何等地醒目呵，这时再不必用什么制帽勋章来表明阔人和窄人了，只要一看头之有无，便知道主奴，官民，上下，贵贱的区别。并且也不至于再闹什么革命，共和，会议等等的乱子了，单是电报，就要省下许多许多来。古人毕竟聪明，仿佛早想到过这样的东西，《山海经》上就记载着一种名叫"刑天"的怪物。他没有了能想的头，却还活着，"以乳为目，以脐为口"，——这一点想得很周到，否则他怎么看，怎么吃呢，——实在是很值得奉为师法的。假使我们的国民都能这样，阔人又何等安全快乐？但他又"执干戚而舞"，则似乎还是死也不肯安分，和我那专为阔人图便利而设的理想底好国民又不同。陶潜先生又有诗道："刑天舞干戚，猛志固常在。"连这位貌似旷达的老隐士也这么说，可见无头也会仍有猛志，阔人的天下一时总怕难得太平的了。但有了太多的"特殊知识阶级"的国民，也许有特在例外的希望；况且精神文明太高了之后，精神的头就会提前飞去，区区物质的头的有无也算不得什么难问题。

一九二五年四月二十二日。

（发表于 1925 年 4 月 24 日《莽原》周刊第 1 期，收入《坟》）

灯下漫笔

一

有一时，就是民国二三年时候，北京的几个国家银行的钞票，信用日见其好了，真所谓蒸蒸日上。听说连一向执迷于现银的乡下人，也知道这既便当，又可靠，很乐意收受，行使了。至于稍明事理的人，则不必是"特殊知识阶级"，也早不将沉重累坠的银元装在怀中，来自讨无谓的苦吃。想来，除了多少对于银子有特别嗜好和爱情的人物之外，所有的怕大都是钞票了罢，而且多是本国的。但可惜后来忽然受了一个不小的打击。

就是袁世凯想做皇帝的那一年，蔡松坡先生溜出北京，到云南去起义。这边所受的影响之一，是中国和交通银行的停止兑现。虽然停止兑现，政府勒令商民照旧行用的威力却还有的；商民也自有商民的老本领，不说不要，却道找不出零钱。假如拿几十几百的钞票去买东西，我不知道怎样，但倘使只要买一枝笔，一盒烟卷呢，难道就付给一元钞票么？不但不甘心，也没有这许多票。那么，换铜元，少换几个罢，又都说没有铜元。那么，到亲戚朋友那里借现钱去罢，怎么会有？于是降格以求，不讲爱国了，要外国银行的钞票。但外国银行的钞票这时就等于现银，他如果借给你这钞票，也就借给你真的银元了。

我还记得那时我怀中还有三四十元的中交票，可是忽而变了一个穷人，几乎要绝食，很有些恐慌。俄国革命以后的藏着纸卢布的富翁的心情，恐怕也就这样的罢；至多，不过更深更大罢了。我只得探听，钞票可能折价换到现银呢？说是没有行市。幸而终于，暗暗地有了行市了：六折几。我非常高兴，赶紧去卖了一半。后来又涨到七折了，我更非常高兴，全去换了现银，沉垫垫地坠在怀中，似乎这就是我的性命的斤两。倘在平时，钱铺子如果少给我一个铜元，我是决不答应的。

但我当一包现银塞在怀中，沉垫垫地觉得安心，喜欢的时候，却突然起了另一思想，就是：我们极容易变成奴隶，而且变了之后，还万分喜欢。

假如有一种暴力，“将人不当人”，不但不当人，还不及牛马，不算什么东西；待到人们羡慕牛马，发生“乱离人，不及太平犬”的叹息的时候，然后给与他略等于牛马的价格，有如元朝定律，打死别人的奴隶，赔一头牛，则人们便要心悦诚服，恭颂太平的盛世。为什么呢？因为他虽不算人，究竟已等于牛马了。

我们不必恭读《钦定二十四史》，或者入研究室，审察精神文明的高超。只要一翻孩子所读的《鉴略》,——还嫌烦重,则看《历代纪元编》,就知道"三千余年古国古"的中华,历来所闹的就不过是这一个小玩艺。但在新近编纂的所谓"历史教科书"一流东西里,却不大看得明白了,只仿佛说:咱们向来就很好的。

但实际上,中国人向来就没有争到过"人"的价格,至多不过是奴隶,到现在还如此,然而下于奴隶的时候,却是数见不鲜的。中国的百姓是中立的,战时连自己也不知道属于那一面,但又属于无论那一面。强盗来了,就属于官,当然该被杀掠;官兵既到,该是自家人了罢,但仍然要被杀掠,仿佛又属于强盗似的。这时候,百姓就希望有一个一定的主子,拿他们去做百姓,——不敢,是拿他们去做牛马,情愿自己寻草吃,只求他决定他们怎样跑。

假使真有谁能够替他们决定,定下什么奴隶规则来,自然就"皇恩浩荡"了。可惜的是往往暂时没有谁能定。举其大者,则如五胡十六国的时候,黄巢的时候,五代时候,宋末元末时候,除了老例的服役纳粮以外,都还要受意外的灾殃。张献忠的脾气更古怪了,不服役纳粮的要杀,服役纳粮的也要杀,敌他的要杀,降他的也要杀:将奴隶规则毁得粉碎。这时候,百姓就希望来一个另外的主子,较为顾及他们的奴隶规则的,无论仍旧,或者新颁,总之是有一种规则,使他们可上奴隶的轨道。

"时日曷丧,予及汝偕亡!"愤言而已,决心实行的不多见。实际上大概是群盗如麻,纷乱至极之后,就有一个较强,或较聪明,或较狡滑,或是外族的人物出来，较有秩序地收拾了天下。厘定规则：怎样服役，怎样纳粮，怎样磕头，怎样颂圣。而且这规则是不像现在那样朝三暮四的。于是便“万姓胪欢”了；用成语来说，就叫作“天下太平”。

任凭你爱排场的学者们怎样铺张，修史时候设些什么“汉族发祥时代”“汉族发达时代”“汉族中兴时代”的好题目，好意诚然是可感的，但措辞太绕湾子了。有更其直捷了当的说法在这里——

一，想做奴隶而不得的时代；

二，暂时做稳了奴隶的时代。

这一种循环，也就是“先儒”之所谓“一治一乱”；那些作乱人物，从后日的“臣民”看来，是给“主子”清道辟路的，所以说：“为圣天子驱除云尔。”

现在入了那一时代，我也不了然。但看国学家的崇奉国粹，文学家的赞叹固有文明，道学家的热心复古，可见于现状都已不满了。然而我们究竟正向着那一条路走呢？百姓是一遇到莫名其妙的战争，稍富的迁进租界，妇孺则避入教堂里去了，因为那些地方都比较的“稳”，暂不至于想做奴隶而不得。总而言之，复古的，避难的，无智愚贤不肖，似乎都已神往于三百年前的太平盛世，就是“暂时做稳了奴隶的时代”了。

但我们也就都像古人一样，永久满足于“古已有之”的时代么？都像复古家一样，不满于现在，就神往于三百年前的太平盛世么？

自然，也不满于现在的，但是，无须反顾，因为前面还有道路在。而创造这中国历史上未曾有过的第三样时代，则是现在的青年的使命！

二

但是赞颂中国固有文明的人们多起来了，加之以外国人。我常常想，凡有来到中国的，倘能疾首蹙额而憎恶中国，我敢诚意地捧献我的感谢，因为他一定是不愿意吃中国人的肉的！

鹤见祐辅氏在《北京的魅力》中，记一个白人将到中国，预定的暂住时候是一年，但五年之后，还在北京，而且不想回去了。有一天，他们两人一同吃晚饭——

"在圆的桃花心木的食桌前坐定，川流不息地献着山海的珍味，谈话就从古董，画，政治这些开头。电灯上罩着支那式的灯罩，淡淡的光洋溢于古物罗列的屋子中。什么无产阶级呀，Proletariat呀那些事，就像不过在什么地方刮风。

"我一面陶醉在支那生活的空气中，一面深思着对于外人有着'魅力'的这东西。元人也曾征服支那，而被征服于汉人种的生活美了；满人也征服支那，而被征服于汉人种的生活美了。现在西洋人也一样，嘴里虽然说着Democracy呀，什么什么呀，而却被魅于支那人费六千年而建筑起来的生活的美。一经住过北京，就忘不掉那生活的味道。大风时候的万丈的沙尘,每三月一回的督军们的开战游戏,都不能抹去这支那生活的魅力。”

这些话我现在还无力否认他。我们的古圣先贤既给与我们保古守旧的格言,但同时也排好了用子女玉帛所做的奉献于征服者的大宴。中国人的耐劳,中国人的多子,都就是办酒的材料,到现在还为我们的爱国者所自诩的。西洋人初入中国时,被称为蛮夷,自不免个个蹙额,但是,现在则时机已至,到了我们将曾经献于北魏,献于金,献于元,献于清的盛宴,来献给他们的时候了。出则汽车,行则保护:虽遇清道,然而通行自由的;虽或被劫,然而必得赔偿的;孙美瑶掳去他们站在军前,还使官兵不敢开火。何况在华屋中享用盛宴呢?待到享受盛宴的时候,自然也就是赞颂中国固有文明的时候;但是我们的有些乐观的爱国者,也许反而欣然色喜,以为他们将要开始被中国同化了罢。古人曾以女人作苟安的城堡,美其名以自欺曰“和亲”,今人还用子女玉帛为作奴的贽敬,又美其名曰“同化”。所以倘有外国的谁,到了已有赴宴的资格的现在,而还替我们诅咒中国的现状者,这才是真有良心的真可佩服的人!

但我们自己是早已布置妥帖了,有贵贱,有大小,有上下。自己被人凌虐,但也可以凌虐别人;自己被人吃,但也可以吃别人。一级一级的制驭着,不能动弹,也不想动弹了。因为倘一动弹,虽或有利,然而也有弊。我们且看古人的良法美意罢——

“天有十日，人有十等。下所以事上，上所以共神也。故王臣公，公臣大夫，大夫臣士，士臣皂，皂臣舆，舆臣隶，隶臣僚，僚臣仆，仆臣台。”(《左传》昭公七年)

但是“台”没有臣，不是太苦了么？无须担心的，有比他更卑的妻，更弱的子在。而且其子也很有希望，他日长大，升而为“台”，便又有更卑更弱的妻子，供他驱使了。如此连环，各得其所，有敢非议者，其罪名曰不安分！

虽然那是古事，昭公七年离现在也太辽远了，但“复古家”尽可不必悲观的。太平的景象还在：常有兵燹，常有水旱，可有谁听到大叫唤么？打的打，革的革，可有处士来横议么？对国民如何专横，向外人如何柔媚，不犹是差等的遗风么？中国固有的精神文明，其实并未为共和二字所埋没，只有满人已经退席，和先前稍不同。

因此我们在目前，还可以亲见各式各样的筵宴，有烧烤，有翅席，有便饭，有西餐。但茅檐下也有淡饭，路傍也有残羹，野上也有饿莩；有吃烧烤的身价不资的阔人，也有饿得垂死的每斤八文的孩子(见《现代评论》二十一期)。所谓中国的文明者，其实不过是安排给阔人享用的人肉的筵宴。所谓中国者，其实不过是安排这人肉的筵宴的厨房。不知道而赞颂者是可恕的，否则，此辈当得永远的诅咒！

外国人中，不知道而赞颂者，是可恕的；占了高位，养尊处优，因此受了蛊惑，昧却灵性而赞叹者，也还可恕的。可是还有两种，其一是以中国人为劣种，只配悉照原来模样，因而故意称赞中国的旧物。其一是愿世间人各不相同以增自己旅行的兴趣，到中国看辫子，到日本看木屐，到高丽看笠子，倘若服饰一样，便索然无味了，因而来反对亚洲的欧化。这些都可憎恶。至于罗素在西湖见轿夫含笑，便赞美中国人，则也许别有意思罢。但是，轿夫如果能对坐轿的人不含笑，中国也早不是现在似的中国了。

这文明，不但使外国人陶醉，也早使中国一切人们无不陶醉而且至于含笑。因为古代传来而至今还在的许多差别，使人们各各分离，遂不能再感到别人的痛苦；并且因为自己各有奴使别人，吃掉别人的希望，便也就忘却自己同有被奴使被吃掉的将来。于是大小无数的人肉的筵宴，即从有文明以来一直排到现在，人们就在这会场中吃人，被吃，以凶人的愚妄的欢呼，将悲惨的弱者的呼号遮掩，更不消说女人和小儿。

这人肉的筵宴现在还排着，有许多人还想一直排下去。扫荡这些食人者，掀掉这筵席，毁坏这厨房，则是现在的青年的使命！

一九二五年四月二十九日。

（发表于 1925 年 5 月 1、22 日《莽原》周刊第 2、5 期，收入《坟》）

论“他妈的！”

无论是谁，只要在中国过活，便总得常听到“他妈的”或其相类的口头禅。我想：这话的分布，大概就跟着中国人足迹之所至罢；使用的遍数，怕也未必比客气的“您好呀”会更少。假使依或人所说，牡丹是中国的“国花”，那么，这就可以算是中国的“国骂”了。

我生长于浙江之东，就是西滢先生之所谓“某籍”。那地方通行的“国骂”却颇简单：专一以“妈”为限，决不牵涉余人。后来稍游各地，才始惊异于国骂之博大而精微：上溯祖宗，旁连姊妹，下递子孙，普及同性，真是“犹河汉而无极也”。而且，不特用于人，也以施之兽。前年，曾见一辆煤车的只轮陷入很深的辙迹里，车夫便愤然跳下，出死力打那拉车的骡子道：“你姊姊的！你姊姊的！”

别的国度里怎样，我不知道。单知道诺威人 Hamsun 有一本小说叫《饥饿》，粗野的口吻是很多的，但我并不见这一类话。Gorky 所写的小说中多无赖汉，就我所看过的而言，也没有这骂法。惟独 Artzybashev 在《工人绥惠略夫》里，却使无抵抗主义者亚拉借夫骂了一句“你妈的”。但其时他已经决计为爱而牺牲了，使我们也失却笑他自相矛盾的勇气。这骂的翻译，在中国原极容易的，别国却似乎为难，德文译本作“我使用过你的妈”，日文译本作“你的妈是我的母狗”。这实在太费解，——由我的眼光看起来。

那么，俄国也有这类骂法的了，但因为究竟没有中国似的精博，所以光荣还得归到这边来。好在这究竟又并非什么大光荣，所以他们大约未必抗议；也不如“赤化”之可怕，中国的阔人，名人，高人，也不至于骇死的。但是，虽在中国，说的也独有所谓“下等人”，例如“车夫”之类，至于有身分的上等人，例如“士大夫”之类，则决不出之于口，更何况笔之于书。“予生也晚”，赶不上周朝，未为大夫，也没有做士，本可以放笔直干的，然而终于改头换面，从“国骂”上削去一个动词和一个名词，又改对称为第三人称者，恐怕还因为到底未曾拉车，因而也就不免“有点贵族气味”之故。那用途，既然只限于一部分，似乎又有些不能算作“国骂”了；但也不然，阔人所赏识的牡丹，下等人又何尝以为“花之富贵者也”？

这“他妈的”的由来以及始于何代，我也不明白。经史上所见骂人的话，无非是“役夫”，“奴”，“死公”；较厉害的，有“老狗”，“貉子”；更厉害，涉及先代的，也不外乎“而母婢也”，“赘阉遗丑”罢了！还没见过什么“妈的”怎样，虽然也许是士大夫讳而不录。但《广弘明集》（七）记北魏邢子才"以为妇人不可保。谓元景曰:'卿何必姓王?'元景变色。子才曰,'我亦何必姓邢;能保五世耶?'"则颇有可以推见消息的地方。

晋朝已经是大重门第,重到过度了;华胄世业,子弟便易于得官;即使是一个酒囊饭袋,也还是不失为清品。北方疆土虽失于拓跋氏,士人却更其发狂似的讲究阀阅,区别等第,守护极严。庶民中纵有俊才,也不能和大姓比并。至于大姓,实不过承祖宗余荫,以旧业骄人,空腹高心,当然使人不耐。但士流既然用祖宗做护符,被压迫的庶民自然也就将他们的祖宗当作仇敌。邢子才的话虽然说不定是否出于愤激,但对于躲在门第下的男女,却确是一个致命的重伤。势位声气,本来仅靠了"祖宗"这惟一的护符而存,"祖宗"倘一被毁,便什么都倒败了。这是倚赖"余荫"的必得的果报。

同一的意思,但没有邢子才的文才,而直出于"下等人"之口的,就是:"他妈的!"

要攻击高门大族的坚固的旧堡垒,却去瞄准他的血统,在战略上,真可谓奇谲的了。最先发明这一句"他妈的"的人物,确要算一个天才,——然而是一个卑劣的天才。

唐以后,自夸族望的风气渐渐消除;到了金元,已奉夷狄为帝王,自不妨拜屠沽作卿士,"等"的上下本该从此有些难定了,但偏还有人想辛辛苦苦地爬进"上等"去。刘时中的曲子里说:"堪笑这没见识街市匹夫,好打那好顽劣。江湖伴侣,旋将表德官名相体呼,声音多厮称,字样不寻俗。听我一个个细数:粜米的唤子良;卖肉的呼仲甫……开张卖饭的呼君宝；磨面登罗底叫德夫：何足云乎？！”（《乐府新编阳春白雪》三）这就是那时的暴发户的丑态。

“下等人”还未暴发之先，自然大抵有许多“他妈的”在嘴上，但一遇机会，偶窃一位，略识几字，便即文雅起来：雅号也有了；身分也高了；家谱也修了，还要寻一个始祖，不是名儒便是名臣。从此化为“上等人”，也如上等前辈一样，言行都很温文尔雅。然而愚民究竟也有聪明的，早已看穿了这鬼把戏，所以又有俗谚，说：“口上仁义礼智，心里男盗女娼！”他们是很明白的。

于是他们反抗了，曰：“他妈的！”

但人们不能蔑弃扫荡人我的余泽和旧荫，而硬要去做别人的祖宗，无论如何，总是卑劣的事。有时，也或加暴力于所谓“他妈的”的生命上，但大概是乘机，而不是造运会，所以无论如何，也还是卑劣的事。

中国人至今还有无数“等”，还是依赖门第，还是倚仗祖宗。倘不改造，即永远有无声的或有声的“国骂”。就是“他妈的”，围绕在上下和四旁，而且这还须在太平的时候。

但偶尔也有例外的用法：或表惊异，或表感服。我曾在家乡看见乡农父子一同午饭，儿子指一碗菜向他父亲说：“这不坏，妈的你尝尝看！”那父亲回答道：“我不要吃。妈的你吃去罢！”则简直已经醇化为现在时行的“我的亲爱的”的意思了。

一九二五年七月十九日。

（发表于 1925 年 7 月 27 日《语丝》周刊第 37 期，收入《坟》）

十四年的“读经”

自从章士钊主张读经以来，论坛上又很出现了一些论议，如谓经不必尊，读经乃是开倒车之类。我以为这都是多事的，因为民国十四年的“读经”，也如民国前四年，四年，或将来的二十四年一样，主张者的意思，大抵并不如反对者所想像的那么一回事。

尊孔，崇儒，专经，复古，由来已经很久了。皇帝和大臣们，向来总要取其一端，或者“以孝治天下”，或者“以忠诏天下”，而且又“以贞节励天下”。但是，二十四史不现在么？其中有多少孝子，忠臣，节妇和烈女？自然，或者是多到历史上装不下去了；那么，去翻专夸本地人物的府县志书去。我可以说，可惜男的孝子和忠臣也不多的，只有节烈的妇女的名册却大抵有一大卷以至几卷。孔子之徒的经，真不知读到那里去了；倒是不识字的妇女们能实践。还有，欧战时候的参战，我们不是常常自负的么？但可曾用《论语》感化过德国兵，用《易经》咒翻了潜水艇呢？儒者们引为劳绩的，倒是那大抵目不识丁的华工！

所以要中国好，或者倒不如不识字罢，一识字，就有近乎读经的病根了。"瞰亡往拜""出疆载质"的最巧玩艺儿，经上都有，我读熟过的。只有几个胡涂透顶的笨牛，真会诚心诚意地来主张读经。而且这样的脚色，也不消和他们讨论。他们虽说什么经，什么古，实在不过是空嚷嚷。问他们经可是要读到像颜回，子思，孟轲，朱熹，秦桧（他是状元），王守仁，徐世昌，曹锟；古可是要复到像清（即所谓"本朝"），元，金，唐，汉，禹汤文武周公，无怀氏，葛天氏？他们其实都没有定见。他们也知不清颜回以至曹锟为人怎样，"本朝"以至葛天氏情形如何；不过像苍蝇们失掉了垃圾堆，自不免嗡嗡地叫。况且既然是诚心诚意主张读经的笨牛，则决无钻营，取巧，献媚的手段可知，一定不会阔气；他的主张，自然也决不会发生什么效力的。

至于现在的能以他的主张，引起若干议论的，则大概是阔人。阔人决不是笨牛，否则，他早已伏处牖下，老死田间了。现在岂不是正值"人心不古"的时候么？则其所以得阔之道，居然可知。他们的主张，其实并非那些笨牛一般的真主张，是所谓别有用意；反对者们以为他真相信读经可以救国，真是"谬以千里"了！

我总相信现在的阔人都是聪明人；反过来说，就是倘使老实，必不能阔是也。至于所挂的招牌是佛学，是孔道，那倒没有什么关系。总而言之，是读经已经读过了，很悟到一点玩意儿，这种玩意儿，是孔二先生的先生老聃的大著作里就有的，此后的书本子里还随时可得。所以他们都比不识字的节妇，烈女，华工聪明；甚而至于比真要读经的笨牛还聪明。何也？曰："学而优则仕"故也。倘若"学"而不"优"，则以笨牛没世，其读经的主张，也不为世间所知。

孔子岂不是"圣之时者也"么，而况"之徒"呢？现在是主张"读经"的时候了。武则天做皇帝，谁敢说"男尊女卑"？多数主义虽然现称过激派，如果在列宁治下，则共产之合于葛天氏，一定可以考据出来的。但幸而现在英国和日本的力量还不弱，所以，主张亲俄者，是被卢布换去了良心。

我看不见读经之徒的良心怎样，但我觉得他们大抵是聪明人，而这聪明，就是从读经和古文得来的。我们这曾经文明过而后来奉迎过蒙古人满洲人大驾了的国度里，古书实在太多，倘不是笨牛，读一点就可以知道，怎样敷衍，偷生，献媚，弄权，自私，然而能够假借大义，窃取美名。再进一步，并可以悟出中国人是健忘的，无论怎样言行不符，名实不副，前后矛盾，撒诳造谣，蝇营狗苟，都不要紧，经过若干时候，自然被忘得干干净净；只要留下一点卫道模样的文字，将来仍不失为"正人君子"。况且即使将来没有"正人君子"之称，于目下的实利又何损哉？

这一类的主张读经者，是明知道读经不足以救国的，也不希望人们都读成他自己那样的；但是，要些把戏，将人们作笨牛看则有之，"读经"不过是这一回要把戏偶尔用到的工具。抗议的诸公倘若不明乎此，还要正经老实地来评道理，谈利害，那我可不再客气，也要将你们归入诚心诚意主张读经的笨牛类里去了。

以这样文不对题的话来解释"俨乎其然"的主张，我自己也知道有不恭之嫌，然而我又自信我的话，因为我也是从"读经"得来的。我几乎读过十三经。

衰老的国度大概就免不了这类现象。这正如人体一样，年事老了，废料愈积愈多，组织间又沉积下矿质，使组织变硬，易就于灭亡。"一面，则原是养卫人体的游走细胞（Wanderzelle）渐次变性，只顾自己，只要组织间有小洞，它便钻，蚕食各组织，各组织耗损，易就于灭亡。俄国有名的医学者梅契尼珂夫（Elias Metschnikov）特地给他别立了一个名目：大嚼细胞（Fresserzelle）。据说，必须扑灭了这些，人体才免于老衰；要扑灭这些，则须每日服用一种酸性剂。他自己就实行着。"

古国的灭亡，就因为大部分的组织被太多的古习惯教养得硬化了，不再能够转移，来适应新环境。若干分子又被太多的坏经验教养得聪明了，于是变性，知道在硬化的社会里，不妨妄行。单是妄行的是可与论议的，故意妄行的却无须再与谈理。"惟一的疗救，是在另开药方：酸性剂，或者简直是强酸剂。"

"不提防临末又提到了一个俄国人，怕又有人要疑心我收到卢布了罢。我现在郑重声明：我没有收过一张纸卢布。因为俄国还未赤化之前，他已经死掉了，是生了别的急病，和他那正在实验的药的有效与否这问题无干。"

十一月十八日。

（发表于1925年11月27日《猛进》周刊第39期，收入《华盖集》）

这个与那个

一　读经与读史

一个阔人说要读经，嗡的一阵一群狭人也说要读经。岂但"读"而已矣哉，据说还可以"救国"哩。"学而时习之，不亦说乎？"那也许是确凿的罢，然而甲午战败了，——为什么独独要说"甲午"呢，是因为其时还在开学校，废读经以前。

我以为伏案还未功深的朋友，现在正不必埋头来哼线装书。倘其咿唔日久，对于旧书有些上瘾了，那么，倒不如去读史，尤其是宋朝明朝史，而且尤须是野史；或者看杂说。

现在中西的学者们，几乎一听到"钦定四库全书"这名目就魂不附体，膝弯总要软下来似的。其实呢，书的原式是改变了，错字是加添了，甚至于连文章都删改了，最便当的是《琳琅秘室丛书》中的两种《茅亭客话》，一是宋本，一是四库本，一比较就知道。"官修"而加以"钦定"的正史也一样，不但本纪咧，列传咧，要摆“史架子”；里面也不敢说什么。据说，字里行间是也含着什么褒贬的，但谁有这么多的心眼儿来猜闷壶卢。至今还道“将平生事迹宣付国史馆立传”，还是算了罢。

野史和杂说自然也免不了有讹传，挟恩怨，但看往事却可以较分明，因为它究竟不像正史那样地装腔作势。看宋事，《三朝北盟汇编》已经变成古董，太贵了，新排印的《宋人说部丛书》却还便宜。明事呢，《野获编》原也好，但也化为古董了，每部数十元；易于入手的是《明季南北略》，《明季稗史汇编》，以及新近集印的《痛史》。

史书本来是过去的陈帐簿，和急进的猛士不相干。但先前说过，倘若还不能忘情于咿唔，倒也可以翻翻，知道我们现在的情形，和那时的何其神似，而现在的昏妄举动，胡涂思想，那时也早已有过，并且都闹糟了。

试到中央公园去，大概总可以遇见祖母带着她孙女儿在玩的。这位祖母的模样，就预示着那娃儿的将来。所以倘有谁要预知令夫人后日的丰姿，也只要看丈母。不同是当然要有些不同的，但总归相去不远。我们查帐的用处就在此。

但我并不说古来如此，现在遂无可为，劝人们对于“过去”生敬畏心，以为它已经铸定了我们的运命。Le Bon 先生说，死人之力比生人大，诚然也有一理的，然而人类究竟进化着。又据章士钊总长说，则美国的什么地方已在禁讲进化论了，这实在是吓死我也，然而禁只管禁，进却总要进的。

总之：读史，就愈可以觉悟中国改革之不可缓了。虽是国民性，要改革也得改革，否则，杂史杂说上所写的就是前车。一改革，就无须怕孙女儿总要像点祖母那些事，譬如祖母的脚是三角形，步履维艰的，小姑娘的却是天足，能飞跑；丈母老太太出过天花，脸上有些缺点的，令夫人却种的是牛痘，所以细皮白肉：这也就大差其远了。

十二月八日。

（发表于1925年12月10日《国民新报副刊》，收入《华盖集》）

学界的三魂

从《京报副刊》上知道有一种叫《国魂》的期刊，曾有一篇文章说章士钊固然不好，然而反对章士钊的“学匪”们也应该打倒。我不知道大意是否真如我所记得？但这也没有什么关系，因为不过引起我想到一个题目，和那原文是不相干的。意思是，中国旧说，本以为人有三魂六魄，或云七魄；国魂也该这样。而这三魂之中，似乎一是“官魂”，一是“匪魂”，还有一个是什么呢？也许是“民魂”罢，我不很能够决定。又因为我的见闻很偏隘，所以未敢悉指中国全社会，只好缩而小之曰“学界”。

中国人的官瘾实在深，汉重孝廉而有埋儿刻木，宋重理学而有高帽破靴，清重帖括而有“且夫”“然则”。总而言之：那魂灵就在做官，——行官势，摆官腔，打官话。顶着一个皇帝做傀儡，得罪了官就是得罪了皇帝，于是那些人就得了雅号曰“匪徒”。学界的打官话是始于去年，凡反对章士钊的都得了“土匪”，“学匪”，“学棍”的称号，但仍然不知道从谁的口中说出，所以还不外乎一种“流言”。

但这也足见去年学界之糟了，竟破天荒的有了学匪。以大点的国事来比罢，太平盛世，是没有匪的；待到群盗如毛时，看旧史，一定是外戚，宦官，奸臣，小人当国，即使大打一通官话，那结果也还是“呜呼哀哉”。当这“呜呼哀哉”之前，小民便大抵相率而为盗，所以我相信源增先生的话：“表面上看只是些土匪与强盗，其实是农民革命军。”（《国民新报副刊》四三）那么，社会不是改进了么？并不，我虽然也是被谥为“土匪”之一，却并不想为老前辈们饰非掩过。农民是不来夺取政权的，源增先生又道：“任三五热心家将皇帝推倒，自己过皇帝瘾去。”但这时候，匪便被称为帝，除遗老外，文人学者却都来恭维，又称反对他的为匪了。

所以中国的国魂里大概总有这两种魂：官魂和匪魂。这也并非硬要将我辈的魂挤进国魂里去，贪图与教授名流的魂为伍，只因为事实仿佛是这样。社会诸色人等爱看《双官诰》，也爱看《四杰村》，望偏安巴蜀的刘玄德成功，也愿意打家劫舍的宋公明得法；至少，是受了官的恩惠时候则艳羡官僚，受了官的剥削时候便同情匪类。但这也是人情之常；倘使连这一点反抗心都没有，岂不就成为万劫不复的奴才了？

然而国情不同，国魂也就两样。记得在日本留学时候，有些同学问我在中国最有大利的买卖是什么，我答道：“造反。”他们便大骇怪。在万世一系的国度里，那时听到皇帝可以一脚踢落，就如我们听说父母可以一棒打杀一般。为一部分士女所心悦诚服的李景林先生，可就深知此意了，要是报纸上所传非虚。今天的《京报》即载着他对某外交官的谈话道："予预计于旧历正月间，当能与君在天津晤谈；若天津攻击竟至失败，则拟俟三四月间卷土重来，若再失败，则暂投土匪，徐养兵力，以待时机"云。但他所希望的不是做皇帝，那大概是因为中华民国之故罢。

所谓学界，是一种发生较新的阶级，本该可以有将旧魂灵略加湔洗之望了，但听到"学官"的官话，和"学匪"的新名，则似乎还走着旧道路。那末，当然也得打倒的。这来打倒他的是"民魂"，是国魂的第三种。先前不很发扬，所以一闹之后，终不自取政权，而只"任三五热心家将皇帝推倒，自己过皇帝瘾去"了。

惟有民魂是值得宝贵的，惟有他发扬起来，中国才有真进步。但是，当此连学界也倒走旧路的时候，怎能轻易地发挥得出来呢？在乌烟瘴气之中，有官之所谓"匪"和民之所谓匪；有官之所谓"民"和民之所谓"民"；有官以为"匪"而其实是真的国民，有官以为"民"而其实是衙役和马弁。所以貌似"民魂"的，有时仍不免为"官魂"，这是鉴别魂灵者所应该十分注意的。

话又说远了，回到本题去。去年，自从章士钊提了"整顿学风"的招牌，上了教育总长的大任之后，学界里就官气弥漫，顺我者"通"，逆我者"匪"，官腔官话的余气，至今还没有完。但学界却也幸而因此分清了颜色；只是代表官魂的还不是章士钊，因为上头还有"减膳"执政在，他至多不过做了一个官魄；现在是在天津“徐养兵力，以待时机”了。我不看《甲寅》，不知道说些什么话：官话呢，匪话呢，民话呢，衙役马弁话呢？……

一月二十四日。

（发表于 1926 年 2 月 1 日《语丝》周刊第 64 期，收入《华盖集续编》）

无声的中国

——二月十六日在香港青年会讲——

以我这样没有什么可听的无聊的讲演，又在这样大雨的时候，竟还有这许多来听的诸君，我首先应当声明我的郑重的感谢。

我现在所讲的题目是：《无声的中国》。

现在，浙江，陕西，都在打仗，那里的人民哭着呢还是笑着呢，我们不知道。香港似乎很太平，住在这里的中国人，舒服呢还是不很舒服呢，别人也不知道。

发表自己的思想，感情给大家知道的是要用文章的，然而拿文章来达意，现在一般的中国人还做不到。这也怪不得我们；因为那文字，先就是我们的祖先留传给我们的可怕的遗产。人们费了多年的工夫，还是难于运用。因为难，许多人便不理它了，甚至于连自己的姓也写不清是张还是章，或者简直不会写，或者说道：Chang。虽然能说话，而只有几个人听到，远处的人们便不知道，结果也等于无声。又因为难，有些人便当作宝贝，像玩把戏似的，之乎者也，只有几个人懂，——其实是不知道可真懂，而大多数的人们却不懂得，结果也等于无声。

文明人和野蛮人的分别，其一，是文明人有文字，能够把他们的思想，感情，借此传给大众，传给将来。中国虽然有文字，现在却已经和大家不相干，用的是难懂的古文，讲的是陈旧的古意思，所有的声音，都是过去的，都就是只等于零的。所以，大家不能互相了解，正像一大盘散沙。

将文章当作古董，以不能使人认识，使人懂得为好，也许是有趣的事罢。但是，结果怎样呢？是我们已经不能将我们想说的话说出来。我们受了损害，受了侮辱，总是不能说出些应说的话。拿最近的事情来说，如中日战争，“拳匪”事件，民元革命这些大事件，一直到现在，我们可有一部像样的著作？民国以来，也还是谁也不作声。反而在外国，倒常有说起中国的，但那都不是中国人自己的声音，是别人的声音。

这不能说话的毛病，在明朝是还没有这样厉害的；他们还比较地能够说些要说的话。待到满洲人以异族侵入中国，讲历史的，尤其是讲宋末的事情的人被杀害了，讲时事的自然也被杀害了。所以，到乾隆年间，人民大家便更不敢用文章来说话了。所谓读书人，便只好躲起来读经，校刊古书，做些古时的文章，和当时毫无关系的文章。有些新意，也还是不行的；不是学韩，便是学苏。韩愈苏轼他们，用他们自己的文章来说当时要说的话，那当然可以的。我们却并非唐宋时人，怎么做和我们毫无关系的时候的文章呢。即使做得像，也是唐宋时代的声音，韩愈苏轼的声音，而不是我们现代的声音。然而直到现在，中国人却还要着这样的旧戏法。人是有的，没有声音，寂寞得很。——人会没有声音的么？没有，可以说：是死了。倘要说得客气一点，那就是：已经哑了。

要恢复这多年无声的中国，是不容易的，正如命令一个死掉的人道："你活过来！"我虽然并不懂得宗教，但我以为正如想出现一个宗教上之所谓"奇迹"一样。

首先来尝试这工作的是"五四运动"前一年，胡适之先生所提倡的"文学革命"。"革命"这两个字，在这里不知道可害怕，有些地方是一听到就害怕的。但这和文学两字连起来的"革命"，却没有法国革命的"革命"那么可怕，不过是革新，改换一个字，就很平和了，我们就称为"文学革新"罢，中国文字上，这样的花样是很多的。那大意也并不可怕，不过说：我们不必再去费尽心机，学说古代的死人的话，要说现代的活人的话；不要将文章看作古董，要做容易懂得的白话的文章。然而，单是文学革新是不够的，因为腐败思想，能用古文做，也能用白话做。所以后来就有人提倡思想革新。思想革新的结果，是发生社会革新运动。这运动一发生，自然一面就发生反动，于是便酿成战斗……

但是，在中国，刚刚提起文学革新，就有反动了。不过白话文却渐渐风行起来，不大受阻碍。这是怎么一回事呢？就因为当时又有钱玄同先生提倡废止汉字，用罗马字母来替代。这本也不过是一种文字革新，很平常的，但被不喜欢改革的中国人听见，就大不得了了，于是便放过了比较的平和的文学革命，而竭力来骂钱玄同。白话乘了这一个机会，居然减去了许多敌人，反而没有阻碍，能够流行了。

中国人的性情是总喜欢调和，折中的。譬如你说，这屋子太暗，须在这里开一个窗，大家一定不允许的。但如果你主张拆掉屋顶，他们就会来调和，愿意开窗了。没有更激烈的主张，他们总连平和的改革也不肯行。那时白话文之得以通行，就因为有废掉中国字而用罗马字母的议论的缘故。

其实，文言和白话的优劣的讨论，本该早已过去了，但中国是总不肯早早解决的，到现在还有许多无谓的议论。例如，有的说：古文各省人都能懂，白话就各处不同，反而不能互相了解了。殊不知这只要教育普及和交通发达就好，那时就人人都能懂较为易解的白话文；至于古文，何尝各省人都能懂，便是一省里，也没有许多人懂得的。有的说：如果都用白话文，人们便不能看古书，中国的文化就灭亡了。其实呢，现在的人们大可以不必看古书，即使古书里真有好东西，也可以用白话来译出的，用不着那么心惊胆战。他们又有人说，外国尚且译中国书，足见其好，我们自己倒不看么？殊不知埃及的古书，外国人也译，非洲黑人的神话，外国人也译，他们别有用意，即使译出，也算不了怎样光荣的事的。

近来还有一种说法，是思想革新紧要，文字改革倒在其次，所以不如用浅显的文言来作新思想的文章，可以少招一重反对。这话似乎也有理。然而我们知道，连他长指甲都不肯剪去的人，是决不肯剪去他的辫子的。

因为我们说着古代的话，说着大家不明白，不听见的话，已经弄得像一盘散沙，痛痒不相关了。我们要活过来，首先就须由青年们不再说孔子孟子和韩愈柳宗元们的话。时代不同，情形也两样，孔子时代的香港不这样，孔子口调的“香港论”是无从做起的，“吁嗟阔哉香港也”，不过是笑话。

我们要说现代的，自己的话；用活着的白话，将自己的思想，感情直白地说出来。但是，这也要受前辈先生非笑的。他们说白话文卑鄙，没有价值；他们说年青人作品幼稚，贻笑大方。我们中国能做文言的有多少呢，其余的都只能说白话，难道这许多中国人，就都是卑鄙，没有价值的么？至于幼稚，尤其没有什么可羞，正如孩子对于老人，毫没有什么可羞一样。幼稚是会生长，会成熟的，只不要衰老，腐败，就好。倘说待到纯熟了才可以动手，那是虽是村妇也不至于这样蠢。她的孩子学走路，即使跌倒了，她决不至于叫孩子从此躺在床上，待到学会了走法再下地面来的。

青年们先可以将中国变成一个有声的中国。大胆地说话，勇敢地进行，忘掉了一切利害，推开了古人，将自己的真心的话发表出来。——真，自然是不容易的。譬如态度，就不容易真，讲演时候就不是我的真态度，因为我对朋友，孩子说话时候的态度是不这样的。——但总可以说些较真的话，发些较真的声音。只有真的声音，才能感动中国的人和世界的人；必须有了真的声音，才能和世界的人同在世界上生活。

我们试想现在没有声音的民族是那几种民族。我们可听到埃及人的声音？可听到安南，朝鲜的声音？印度除了泰戈尔，别的声音可还有？

我们此后实在只有两条路：一是抱着古文而死掉，一是舍掉古文而生存。

（据《鲁迅日记》，于 1927 年 2 月 18 日讲，初发表于香港报纸，1927 年 3 月 23 日汉口《中央日报》副刊转载，收入《三闲集》）

老调子已经唱完

——二月十九日在香港青年会讲——

今天我所讲的题目是“老调子已经唱完”：初看似乎有些离奇，其实是并不奇怪的。

凡老的，旧的，都已经完了！这也应该如此。虽然这一句话实在对不起一般老前辈，可是我也没有别的法子。

中国人有一种矛盾思想，即是：要子孙生存，而自己也想活得很长久，永远不死；及至知道没法可想，非死不可了，却希望自己的尸身永远不腐烂。但是，想一想罢，如果从有人类以来的人们都不死，地面上早已挤得密密的，现在的我们早已无地可容了；如果从有人类以来的人们的尸身都不烂，岂不是地面上的死尸早已堆得比鱼店里的鱼还要多，连掘井，造房子的空地都没有了么？所以，我想，凡是老的，旧的，实在倒不如高高兴兴的死去的好。

在文学上，也一样，凡是老的和旧的，都已经唱完，或将要唱完。举一个最近的例来说，就是俄国。他们当俄皇专制的时代，有许多作家很同情于民众，叫出许多惨痛的声音，后来他们又看见民众有缺点，便失望起来，不很能怎样歌唱，待到革命以后，文学上便没有什么大作品了。只有几个旧文学家跑到外国去，作了几篇作品，但也不见得出色，因为他们已经失掉了先前的环境了，不再能照先前似的开口。

在这时候，他们的本国是应该有新的声音出现的，但是我们还没有很听到。我想，他们将来是一定要有声音的。因为俄国是活的，虽然暂时没有声音，但他究竟有改造环境的能力，所以将来一定也会有新的声音出现。

"再说欧美的几个国度罢。他们的文艺是早有些老旧了，待到世界大战时候，才发生了一种战争文学。战争一完结，环境也改变了，老调子无从再唱，所以现在文学上也有些寂寞。将来的情形如何，我们实在不能豫测。但我相信，他们是一定也会有新的声音的。"

现在来想一想我们中国是怎样。中国的文章是最没有变化的，调子是最老的，里面的思想是最旧的。但是，很奇怪，却和别国不一样。那些老调子，还是没有唱完。

这是什么缘故呢？有人说，我们中国是有一种"特别国情"。——中国人是否真是这样"特别"，我是不知道，不过我听得有人说，中国人是这样。——倘使这话是真的，那么，据我看来，这所以特别的原因，大概有两样。

第一，是因为中国人没记性，因为没记性，所以昨天听过的话，今天忘记了，明天再听到，还是觉得很新鲜。做事也是如此，昨天做坏了的事，今天忘记了，明天做起来，也还是“仍旧贯”的老调子。

第二，是个人的老调子还未唱完，国家却已经灭亡了好几次了。何以呢？我想，凡有老旧的调子，一到有一个时候，是都应该唱完的，凡是有良心，有觉悟的人，到一个时候，自然知道老调子不该再唱，将它抛弃。但是，一般以自己为中心的人们，却决不肯以民众为主体，而专图自己的便利，总是三翻四复的唱不完。于是，自己的老调子固然唱不完，而国家却已被唱完了。

宋朝的读书人讲道学，讲理学，尊孔子，千篇一律。虽然有几个革新的人们，如王安石等等，行过新法，但不得大家的赞同，失败了。从此大家又唱老调子，和社会没有关系的老调子，一直到宋朝的灭亡。

宋朝唱完了，进来做皇帝的是蒙古人——元朝。那么，宋朝的老调子也该随着宋朝完结了罢，不，元朝人起初虽然看不起中国人，后来却觉得我们的老调子，倒也新奇，渐渐生了羡慕，因此元人也跟着唱起我们的调子来了，一直到灭亡。

这个时候，起来的是明太祖。元朝的老调子，到此应该唱完了罢，可是也还没有唱完。明太祖又觉得还有些意趣，就又教大家接着唱下去。什么八股咧，道学咧，和社会，百姓都不相干，就只向着那条过去的旧路走，一直到明亡。

清朝又是外国人。中国的老调子，在新来的外国主人的眼里又见得新鲜了，于是又唱下去。还是八股，考试，做古文，看古书。但是清朝完结，已经有十六年了，这是大家都知道的。他们到后来，倒也略略有些觉悟，曾经想从外国学一点新法来补救，然而已经太迟，来不及了。

老调子将中国唱完，完了好几次，而它却仍然可以唱下去。因此就发生一点小议论。有人说："可见中国的老调子实在好，正不妨唱下去。试看元朝的蒙古人，清朝的满洲人，不是都被我们同化了么？照此看来，则将来无论何国，中国都会这样地将他们同化的。"原来我们中国就如生着传染病的病人一般，自己生了病，还会将病传到别人身上去，这倒是一种特别的本领。

殊不知这种意见，在现在是非常错误的。我们为甚么能够同化蒙古人和满洲人呢？是因为他们的文化比我们的低得多。倘使别人的文化和我们的相敌或更进步，那结果便要大不相同了。他们倘比我们更聪明，这时候，我们不但不能同化他们，反要被他们利用了我们的腐败文化，来治理我们这腐败民族。他们对于中国人，是毫不爱惜的，当然任凭你腐败下去。现在听说又很有别国人在尊重中国的旧文化了，那里是真在尊重呢，不过是利用！

从前西洋有一个国度，国名忘记了，要在非洲造一条铁路。顽固的非洲土人很反对，他们便利用了他们的神话来哄骗他们道："你们古代有一个神仙，曾从地面造一道桥到天上。现在我们所造的铁路，简直就和你们的古圣人的用意一样。"非洲人不胜佩服，高兴，铁路就造起来。——中国人是向来排斥外人的，然而现在却渐渐有人跑到他那里去唱老调子了，还说道："孔夫子也说过，'道不行，乘桴浮于海。'所以外人倒是好的。”外国人也说道：“你家圣人的话实在不错。”

倘照这样下去，中国的前途怎样呢？别的地方我不知道，只好用上海来类推。上海是：最有权势的是一群外国人，接近他们的是一圈中国的商人和所谓读书的人，圈子外面是许多中国的苦人，就是下等奴才。将来呢，倘使还要唱着老调子，那么，上海的情状会扩大到全国，苦人会多起来。因为现在是不像元朝清朝时候，我们可以靠着老调子将他们唱完，只好反而唱完自己了。这就因为，现在的外国人，不比蒙古人和满洲人一样，他们的文化并不在我们之下。

那么，怎么好呢？我想，唯一的方法，首先是抛弃了老调子。旧文章，旧思想，都已经和现社会毫无关系了，从前孔子周游列国的时代，所坐的是牛车。现在我们还坐牛车么？从前尧舜的时候，吃东西用泥碗，现在我们所用的是甚么？所以，生在现今的时代，捧着古书是完全没有用处的了。

但是，有些读书人说，我们看这些古东西，倒并不觉得于中国怎样有害，又何必这样决绝地抛弃呢？是的。然而古老东西的可怕就正在这里。倘使我们觉得有害，我们便能警戒了，正因为并不觉得怎样有害，我们这才总是觉不出这致死的毛病来。因为这是“软刀子”。这“软刀子”的名目，也不是我发明的，明朝有一个读书人，叫做贾凫西的，鼓词里曾经说起纣王，道：“几年家软刀子割头不觉死，只等得太白旗悬才知道命有差。”我们的老调子，也就是一把软刀子。

中国人倘被别人用钢刀来割，是觉得痛的，还有法子想；倘是软刀子，那可真是“割头不觉死”，一定要完。

我们中国被别人用兵器来打，早有过好多次了。例如，蒙古人满洲人用弓箭，还有别国人用枪炮。用枪炮来打的后几次，我已经出了世了，但是年纪青。我仿佛记得那时大家倒还觉得一点苦痛的，也曾经想有些抵抗，有些改革。用枪炮来打我们的时候，听说是因为我们野蛮；现在，倒不大遇见有枪炮来打我们了，大约是因为我们文明了罢。现在也的确常常有人说，中国的文化好得很，应该保存。那证据，是外国人也常在赞美。这就是软刀子。用钢刀，我们也许还会觉得的，于是就改用软刀子。我想：叫我们用自己的老调子唱完我们自己的时候，是已经要到了。

中国的文化，我可是实在不知道在那里。所谓文化之类，和现在的民众有甚么关系，甚么益处呢？近来外国人也时常说，中国人礼仪好，中国人肴馔好。中国人也附和着。但这些事和民众有甚么关系？车夫先就没有钱来做礼服，南北的大多数的农民最好的食物是杂粮。有什么关系？

中国的文化，都是侍奉主子的文化，是用很多的人的痛苦换来的。无论中国人，外国人，凡是称赞中国文化的，都只是以主子自居的一部份。

以前，外国人所作的书籍，多是嘲骂中国的腐败；到了现在，不大嘲骂了，或者反而称赞中国的文化了。常听到他们说：“我在中国住得很舒服呵！”这就是中国人已经渐渐把自己的幸福送给外国人享受的证据。所以他们愈赞美，我们中国将来的苦痛要愈深的！

这就是说：保存旧文化，是要中国人永远做侍奉主子的材料，苦下去，苦下去。虽是现在的阔人富翁，他们的子孙也不能逃。我曾经做过一篇杂感，大意是说："凡称赞中国旧文化的，多是住在租界或安稳地方的富人，因为他们有钱，没有受到国内战争的痛苦，所以发出这样的赞赏来。殊不知将来他们的子孙，营业要比现在的苦人更其贱，去开的矿洞，也要比现在的苦人更其深。"这就是说，将来还是要穷的，不过迟一点。但是先穷的苦人，开了较浅的矿，他们的后人，却须开更深的矿了。我的话并没有人注意。他们还是唱着老调子，唱到租界去，唱到外国去。但从此以后，不能像元朝清朝一样，唱完别人了，他们是要唱完了自己。

这怎么办呢？我想，第一，是先请他们从洋楼，卧室，书房里踱出来，看一看身边怎么样，再看一看社会怎么样，世界怎么样。然后自己想一想，想得了方法，就做一点。"跨出房门，是危险的。"自然，唱老调子的先生们又要说。然而，做人是总有些危险的，如果躲在房里，就一定长寿，白胡子的老先生应该非常多；但是我们所见的有多少呢？他们也还是常常早死，虽然不危险，他们也胡涂死了。

要不危险，我倒曾经发见了一个很合式的地方。这地方，就是：牢狱。人坐在监牢里，便不至于再捣乱，犯罪了；救火机关也完全，不怕失火；也不怕盗劫，到牢狱里去抢东西的强盗是从来没有的。坐监是实在最安稳。

但是，坐监却独独缺少一件事，这就是：自由。所以，贪安稳就没有自由，要自由就总要历些危险。只有这两条路。那一条好，是明明白白的，不必待我来说了。

“现在我还要谢诸位今天到来的盛意。”

（发表于 1927 年 2 月广州《国民新闻》副刊《新时代》，收入《集外集拾遗》）

当陶元庆君的绘画展览时我所要说的几句话

陶元庆君绘画的展览，我在北京所见的是第一回。记得那时曾经说过这样意思的话：他以新的形，尤其是新的色来写出他自己的世界，而其中仍有中国向来的魂灵——要字面免得流于玄虚，则就是：民族性。

我觉得我的话在上海也没有改正的必要。

中国现今的一部份人，确是很有些苦闷。我想，这是古国的青年的迟暮之感。世界的时代思潮早已六面袭来，而自己还拘禁在三千年陈的桎梏里。于是觉醒，挣扎，反叛，要出而参与世界的事业——我要范围说得小一点：文艺之业。倘使中国之在世界上不算在错，则这样的情形我以为也是对的。

然而现在外面的许多艺术界中人，已经对于自然反叛，将自然割裂，改造了。而文艺史界中人，则舍了用惯的向来以为是“永久”的旧尺，另以各时代各民族的固有的尺，来量各时代各民族的艺术，于是向埃及坟中的绘画赞叹，对黑人刀柄上的雕刻点头，这往往使我们误解，以为要再回到旧日的桎梏里。而新艺术家们勇猛的反叛，则震惊我们的耳目，又往往不能不感服。但是，我们是迟暮了，并未参与过先前的事业，于是有时就不过敬谨接收，又成了一种可敬的身外的新桎梏。

陶元庆君的绘画，是没有这两重桎梏的。就因为内外两面，都和世界的时代思潮合流，而又并未梏亡中国的民族性。

我于艺术界的事知道得极少，关于文字的事较为留心些。就如白话，从中，更就世所谓“欧化语体”来说罢。有人斥道：你用这样的语体，可惜皮肤不白，鼻梁不高呀！诚然，这教训是严厉的。但是，皮肤一白，鼻梁一高，他用的大概是欧文，不是欧化语体了。正唯其皮不白，鼻不高而偏要“的呵吗呢”，并且一句里用许多的“的”字，这才是为世诟病的今日的中国的我辈。

但我并非将欧化文来比拟陶元庆君的绘画。意思只在说：他并非“之乎者也”，因为用的是新的形和新的色；而又不是“Yes”“No”，因为他究竟是中国人。所以，用密达尺来量，是不对的，但也不能用什么汉朝的虑傂尺或清朝的营造尺，因为他又已经是现今的人。我想，必须用存在于现今想要参与世界上的事业的中国人的心里的尺来量，这才懂得他的艺术。

一九二七年十二月十三日，鲁迅于上海记。

（发表于 1927 年 12 月 19 日上海《时事新报》副刊《青光》，收入《而已集》）

由中国女人的脚，推定中国人之非中庸，又由此推定孔夫子有胃病

（“学匪”派考古学之一）

古之儒者不作兴谈女人，但有时总喜欢谈到女人。例如“缠足”罢，从明朝到清朝的带些考据气息的著作中，往往有一篇关于这事起源的迟早的文章。为什么要考究这样下等事呢，现在不说他也罢，总而言之，是可以分为两大派的，一派说起源早，一派说起源迟。说早的一派，看他的语气，是赞成缠足的，事情愈古愈好，所以他一定要考出连孟子的母亲，也是小脚妇人的证据来。说迟的一派却相反，他不大恭维缠足，据说，至早，亦不过起于宋朝的末年。

其实，宋末，也可以算得古的了。不过不缠之足，样子却还要古，学者应该“贵古而贱今”，斥缠足者，爱古也。但也有先怀了反对缠足的成见，假造证据的，例如前明才子杨升庵先生，他甚至于替汉朝人做《杂事秘辛》，来证明那时的脚是“底平趾敛”。

于是又有人将这用作缠足起源之古的材料，说既然“趾敛”，可见是

缠的了。但这是自甘于低能之谈,这里不加评论。

照我的意见来说,则以上两大派的话,是都错,也都对的。现在是古董出现的多了,我们不但能看见汉唐的图画,也可以看到晋唐古坟里发掘出来的泥人儿。那些东西上所表现的女人的脚上,有圆头履,有方头履,可见是不缠足的。古人比今人聪明,她决不至于缠小脚而穿大鞋子,里面塞些棉花,使自己走得一步一拐。

但是,汉朝就确已有一种"利屣",头是尖尖的,平常大约未必穿罢,舞的时候,却非此不可。不但走着爽利,"潭腿"似的踢开去之际,也不至于为裙子所碍,甚至于踢下裙子来。那时太太们固然也未始不舞,但舞的究以倡女为多,所以倡伎就大抵穿着"利屣",穿得久了,也免不了要"趾敛"的。然而伎女的装束,是闺秀们的大成至圣先师,这在现在还是如此,常穿利屣,即等于现在之穿高跟皮鞋,可以俨然居炎汉"摩登女郎"之列,于是乎虽是名门淑女,脚尖也就不免尖了起来。先是倡伎尖,后是摩登女郎尖,再后是大家闺秀尖,最后才是"小家碧玉"一齐尖。待到这些"碧玉"们成了祖母时,就入于利屣制度统一脚坛的时代了。

当民国初年,"不佞"观光北京的时候,听人说,北京女人看男人是否漂亮(自按:盖即今之所谓"摩登"也)的时候,是从脚起,上看到头的。所以男人的鞋袜,也得留心,脚样更不消说,当然要弄得齐齐整整,这就是天下之所以有"包脚布"的原因。仓颉造字,我们是知道的,谁造这布的呢,却还没有研究出。但至少是"古已有之",唐朝张鹭作的《朝野佥载》罢,他说武后朝有一位某男士,将脚裹得窄窄的,人们见了都发笑。可见盛唐之世，就已有了这一种玩意儿，不过还不是很极端，或者还没有很普及。然而好像终于普及了。由宋至清，绵绵不绝，民元革命以后，革了与否，我不知道，因为我是专攻考“古”学的。

然而奇怪得很，不知道怎的（自按：此处似略失学者态度），女士们之对于脚，尖还不够，并且勒令它“小”起来了，最高模范，还竟至于以三寸为度。这么一来，可以不必兼买利屣和方头履两种，从经济的观点来看，是不算坏的，可是从卫生的观点来看，却未免有些“过火”，换一句话，就是“走了极端”了。

我中华民族虽然常常的自命为爱“中庸”，行“中庸”的人民，其实是颇不免于过激的。譬如对于敌人罢，有时是压服不够，还要“除恶务尽”，杀掉不够，还要“食肉寝皮”。但有时候，却又谦虚到“侵略者要进来，让他们进来。也许他们会杀了十万中国人。不要紧，中国人有的是，我们再有人上去”。这真教人会猜不出是真痴还是假呆。而女人的脚尤其是一个铁证，不小则已，小则必求其三寸，宁可走不成路，摆摆摇摇。慨自辫子肃清以后，缠足本已一同解放的了，老新党的母亲们，鉴于自己在皮鞋里塞棉花之麻烦，一时也确给她的女儿留了天足。然而我们中华民族是究竟有些“极端”的，不多久，老病复发，有些女士们已在别想花样，用一枝细黑柱子将脚跟支起，叫它离开地球。她到底非要她的脚变把戏不可。由过去以测将来，则四朝（假如仍旧有朝代的话）之后，全国女人的脚趾都和小腿成一直线，是可以有八九成把握的。

然则圣人为什么大呼“中庸”呢？曰：这正因为大家并不中庸的缘

故。人必有所缺,这才想起他所需。穷教员养不活老婆了,于是觉到女子自食其力说之合理,并且附带地向男女平权论点头;富翁胖到要发哮喘病了,才去打高而富球,从此主张运动的紧要。我们平时,是决不记得自己有一个头,或一个肚子,应该加以优待的,然而一旦头痛肚泻,这才记起了他们,并且大有休息要紧,饮食小心的议论。倘有谁听了这些议论之后,便贸贸然决定这议论者为卫生家,可就失之十丈,差以亿里了。

倒相反,他是不卫生家,议论卫生,正是他向来的不卫生的结果的表现。孔子曰,"不得中行而与之,必也狂狷乎,狂者进取,狷者有所不为也!"以孔子交游之广,事实上没法子只好寻狂狷相与,这便是他在理想上之所以哼着"中庸,中庸"的原因。

以上的推定假使没有错,那么,我们就可以进而推定孔子晚年,是生了胃病的了。"割不正不食",这是他老先生的古板规矩,但"食不厌精,脍不厌细"的条令却有些稀奇。他并非百万富翁或能收许多版税的文学家,想不至于这么奢侈的,除了只为卫生,意在容易消化之外,别无解法。况且"不撤姜食",又简直是省不掉暖胃药了。何必如此独厚于胃,念念不忘呢?曰,以其有胃病之故也。

倘说:坐在家里,不大走动的人们很容易生胃病,孔子周游历国,运动王公,该可以不生病证的了。那就是犯了知今而不知古的错误。盖当时花旗白面,尚未输入,土磨麦粉,多含灰沙,所以分量较今面为重;国道尚未修成,泥路甚多凹凸,孔子如果肯走,那是不大要紧的,而不幸他偏有一车两马。胃里袋着沉重的面食，坐在车子里走着七高八低的道路，一颠一顿，一掀一坠，胃就被坠得大起来，消化力随之减少，时时作痛；每餐非吃“生姜”不可了。所以那病的名目，该是“胃扩张”；那时候，则是“晚年”，约在周敬王十年以后。

以上的推定，虽然简略，却都是“读书得间”的成功。但若急于近功，妄加猜测，即很容易陷于“多疑”的谬误。例如罢，二月十四日《申报》载南京专电云：“中执委会令各级党部及人民团体制‘忠孝仁爱信义和平’匾额，悬挂礼堂中央，以资启迪。”看了之后，切不可便推定为各要人讥大家为“忘八”；三月一日《大晚报》载新闻云：“孙总理夫人宋庆龄女士自归国寓沪后，关于政治方面，不闻不问，惟对社会团体之组织非常热心。据本报记者所得报告，前日有人由邮政局致宋女士之索诈信□（自按：原缺）件，业经本市当局派驻邮局检查处检查员查获，当将索诈信截留，转辗呈报市府。”看了之后，也切不可便推定虽为总理夫人宋女士的信件，也常在邮局被当局派员所检查。

盖虽“学匪派考古学”，亦当不离于“学”，而以“考古”为限的。

三月四日夜。

（发表于 1933 年 3 月 16 日《论语》半月刊第 13 期，收入《南腔北调集》）

四库全书珍本

丰之余

现在除兵争，政争等类之外，还有一种倘非闲人，就不大注意的影印《四库全书》中的"珍本"之争。官商要照原式，及早印成，学界却以为库本有删改，有错误，如果有别本可得，就应该用别的"善本"来替代。

但是，学界的主张，是不会通过的，结果总非依照《钦定四库全书》不可。这理由很分明，就因为要赶快。四省不见，九岛出脱，不说也罢，单是黄河的出轨举动，也就令人觉得岌岌乎不可终日，要做生意就得赶快。况且"钦定"二字，至今也还有一定威光，"御医""贡缎"，就是与众不同的意思。便是早已共和了的法国，拿破仑的藏书在拍卖场上还是比平民的藏书值钱；欧洲的有些著名的"支那学者"，讲中国就会引用《钦定图书集成》，这是中国的考据家所不肯玩的玩艺。但是，也可见印了"钦定"过的"珍本"，在外国，生意总可以比"善本"好一些。

即使在中国，恐怕生意也还是"珍本"好。因为这可以做摆饰，而

“善本”却不过能合于实用。能买这样的书的,决非穷措大也可想,则买去之后,必将供在客厅上也亦可知。这类的买主,会买一个商周的古鼎,摆起来;不得已时,也许买一个假古鼎,摆起来;但他决不肯买一个沙锅或铁镬,摆在紫檀桌子上。因为他的目的是在“珍”而并不在“善”,更不在是否能合于实用的。

明末人好名,刻古书也是一种风气,然而往往自己看不懂,以为错字,随手乱改。不改尚可,一改,可就反而改错了,所以使后来的考据家为之摇头叹气,说是“明人好刻古书而古书亡”。这回的《四库全书》中的“珍本”是影印的,决无改错的弊病,然而那原本就有无意的错字,有故意的删改,并且因为新本的流布,更能使善本湮没下去,将来的认真的读者如果偶尔得到这样的本子,恐怕总免不了要有摇头叹气第二回。

然而结果总非依照《钦定四库全书》不可。因为“将来”的事,和现在的官商是不相干了。

八月二十四日。

(发表于1933年8月31日《申报·自由谈》,收入《准风月谈》)

重三感旧

——一九三三年忆光绪朝末——

丰之余

我想赞美几句一些过去的人，这恐怕并不是“骸骨的迷恋”。

所谓过去的人，是指光绪末年的所谓“新党”，民国初年，就叫他们“老新党”。甲午战败，他们自以为觉悟了，于是要“维新”，便是三四十岁的中年人，也看《学算笔谈》，看《化学鉴原》；还要学英文，学日文，硬着舌头，怪声怪气的朗诵着，对人毫无愧色，那目的是要看“洋书”，看洋书的缘故是要给中国图“富强”，现在的旧书摊上，还偶有“富强丛书”出现，就如目下的“描写字典”“基本英语”一样，正是那时应运而生的东西。连八股出身的张之洞，他托缪荃孙代做的《书目答问》也竭力添进各种译本去，可见这“维新”风潮之烈了。

然而现在是别一种现象了。有些新青年，境遇正和“老新党”相反，八股毒是丝毫没有染过的，出身又是学校，也并非国学的专家，但是，学起篆字来了，填起词来了，劝人看《庄子》《文选》了，信封也有自刻的印板了，新诗也写成方块了，除掉做新诗的嗜好之外，简直就如光绪初年的雅人一样，所不同者，缺少辫子和有时穿穿洋服而已。

近来有一句常谈，是“旧瓶不能装新酒”。这其实是不确的。旧瓶可以装新酒，新瓶也可以装旧酒，倘若不信，将一瓶五加皮和一瓶白兰地互换起来试试看，五加皮装在白兰地瓶子里，也还是五加皮。这一种简单的试验，不但明示着“五更调”“攒十字”的格调，也可以放进新的内容去，且又证实了新式青年的躯壳里，大可以埋伏下“桐城谬种”或“选学妖孽”的喽罗。

“老新党”们的见识虽然浅陋，但是有一个目的：图富强。所以他们坚决，切实；学洋话虽然怪声怪气，但是有一个目的：求富强之术。所以他们认真，热心。待到排满学说播布开来，许多人就成为革命党了，还是因为要给中国图富强，而以为此事必自排满始。

排满久已成功，五四早经过去，于是篆字，词，《庄子》，《文选》，古式信封，方块新诗，现在是我们又有了新的企图，要以“古雅”立足于天地之间了。假使真能立足，那倒是给“生存竞争”添一条新例的。

十月一日。

（发表于 1933 年 10 月 6 日《申报·自由谈》，收入《准风月谈》）

古书中寻活字汇

罗　忼

古书中寻活字汇，是说得出，做不到的，他在那古书中，寻不出一个活字汇。

假如有“可看《文选》的青年”在这里，就是高中学生中的几个罢，他翻开《文选》来，一心要寻活字汇，当然明知道那里面有些字是已经死了的。然而他怎样分别那些字的死活呢？大概只能以自己的懂不懂为标准。但是，看了六臣注之后才懂的字不能算，因为这原是死尸，由六臣背进他脑里，这才算是活人的，在他脑里即使复活了，在未“可看《文选》的青年”的眼前却还是死家伙。所以他必须看白文。

诚然，不看注，也有懂得的，这就是活字汇。然而他怎会先就懂得的呢？这一定是曾经在别的书上看见过，或是到现在还在应用的字汇，所以他懂得。那么，从一部《文选》里，又寻到了什么？

然而施先生说，要描写宫殿之类的时候有用处。这很不错，《文选》

里有许多赋是讲到宫殿的，并且有什么殿的专赋。倘有青年要做汉晋的历史小说，描写那时的宫殿，找《文选》是极应该的，还非看《四史》《晋书》之类不可。然而所取的僻字也不过将死尸抬出来，说得神秘点便名之曰“复活”。如果要描写的是清故宫，那可和《文选》的瓜葛就极少了。

倘使连清故宫也不想描写，而豫备工夫却用得这么广泛，那实在是徒劳而仍不足。因为还有《易经》和《仪礼》，里面的字汇，在描写周朝的卜课和婚丧大事时候是有用处的，也得作为“文学修养之根基”，这才更像“文学青年”的样子。

十一月六日。

（发表于 1933 年 11 月 9 日《申报・自由谈》，收入《准风月谈》）

关于中国的两三件事

一　关于中国的火

希腊人所用的火，听说是在一直先前，普洛美修斯从天上偷来的，但中国的却和它不同，是燧人氏自家所发见——或者该说是发明罢。因为并非偷儿，所以拴在山上，给老雕去啄的灾难是免掉了，然而也没有普洛美修斯那样的被传扬，被崇拜。

中国也有火神的。但那可不是燧人氏，而是随意放火的莫名其妙的东西。

自从燧人氏发见，或者发明了火以来，能够很有味的吃火锅，点起灯来，夜里也可以工作了，但是，真如先哲之所谓"有一利必有一弊"罢，同时也开始了火灾，故意点上火，烧掉那有巢氏所发明的巢的了不起的人物也出现了。

和善的燧人氏是该被忘却的。即使伤了食，这回是属于神农氏的领域了，所以那神农氏，至今还被人们所记得。至于火灾，虽然不知道那发明家究竟是什么人，但祖师总归是有的，于是没有法，只好漫称之曰火神，而献以敬畏。看他的画像，是红面孔，红胡须，不过祭祀的时候，却须避去一切红色的东西，而代之以绿色。他大约像西班牙的牛一样，一看见红色，便会亢奋起来，做出一种可怕的行动的。

他因此受着崇祀。在中国，这样的恶神还很多。

然而，在人世间，倒似乎因了他们而热闹。赛会也只有火神的，燧人氏的却没有。倘有火灾，则被灾的和邻近的没有被灾的人们，都要祭火神，以表感谢之意。被了灾还要来表感谢之意，虽然未免有些出于意外，但若不祭，据说是第二回还会烧，所以还是感谢了的安全。而且也不但对于火神，就是对于人，有时也一样的这么办，我想，大约也是礼仪的一种罢。

其实，放火，是很可怕的，然而比起烧饭来，却也许更有趣。外国的事情我不知道，若在中国，则无论查检怎样的历史，总寻不出烧饭和点灯的人们的列传来。在社会上，即使怎样的善于烧饭，善于点灯，也毫没有成为名人的希望。然而秦始皇一烧书，至今还俨然做着名人，至于引为希特拉烧书事件的先例。假使希特拉太太善于开电灯，烤面包罢，那么，要在历史上寻一点先例，恐怕可就难了。但是，幸而那样的事，是不会哄动一世的。

烧掉房子的事，据宋人的笔记说，是开始于蒙古人的。因为他们住着帐篷，不知道住房子，所以就一路的放火。然而，这是诳话。蒙古人中，懂得汉文的很少，所以不来更正的。其实，秦的末年就有着放火的名人项羽在，一烧阿房宫，便天下闻名，至今还会在戏台上出现，连在日本也很有名。然而，在未烧以前的阿房宫里每天点灯的人们，又有谁知道他们的名姓呢？

现在是爆裂弹呀，烧夷弹呀之类的东西已经做出，加以飞机也很进步，如果要做名人，就更加容易了。而且如果放火比先前放得大，那么，那人就也更加受尊敬，从远处看去，恰如救世主一样，而那火光，便令人以为是光明。

二　关于中国的王道

在前年，曾经拜读过中里介山氏的大作《给支那及支那国民的信》。只记得那里面说，周汉都有着侵略者的资质。而支那人都讴歌他，欢迎他了。连对于朔北的元和清，也加以讴歌了。只要那侵略，有着安定国家之力，保护民生之实。那便是支那人民所渴望的王道，于是对于支那人的执迷不悟之点，愤慨得非常。

那“信”，在满洲出版的杂志上，是被译载了的，但因为未曾输入中国，所以像是回信的东西，至今一篇也没有见。只在去年的上海报上所载的胡适博士的谈话里，有的说，“只有一个方法可以征服中国。即彻底停止侵略，反过来征服中国民族的心”。不消说，那不过是偶然的，但也有些令人觉得好像是对于那信的答复。

征服中国民族的心，这是胡适博士给中国之所谓王道所下的定义，然而我想，他自己恐怕也未必相信自己的话的罢。在中国，其实是彻底的未曾有过王道，“有历史癖和考据癖”的胡博士，该是不至于不知道的。

不错，中国也有过讴歌了元和清的人们，但那是感谢火神之类，并非连心也全被征服了的证据。如果给与一个暗示，说是倘不讴歌，便将更加虐待，那么，即使加以或一程度的虐待，也还可以使人们来讴歌。四五年前，我曾经加盟于一个要求自由的团体，而那时的上海教育局长陈德征氏勃然大怒道，在三民主义的统治之下，还觉得不满么？那可连现在所给与着的一点自由也要收起了。而且，真的是收起了的。每当感到比先前更不自由的时候，我一面佩服着陈氏的精通王道的学识，一面有时也不免想，真该是讴歌三民主义的。然而，现在是已经太晚了。

在中国的王道，看去虽然好像是和霸道对立的东西，其实却是兄弟，这之前和之后，一定要有霸道跑来的。人民之所讴歌，就为了希望霸道的减轻，或者不更加重的缘故。

汉的高祖，据历史家说，是龙种，但其实是无赖出身，说是侵略者，恐怕有些不对的。至于周的武王，则以征伐之名入中国，加以和殷似乎连民族也不同，用现代的话来说，那可是侵略者。然而那时的民众的声音，现在已经没有留存了。孔子和孟子确曾大大的宣传过那王道，但先生们不但是周朝的臣民而已，并且周游历国，有所活动，所以恐怕是为了想做官也难说。说得好看一点，就是因为要“行道”，倘做了官，于行道就较为便当，而要做官，则不如称赞周朝之为便当的。然而，看起别的记载来，却虽是那王道的祖师而且专家的周朝，当讨伐之初，也有伯夷和叔齐扣马而谏，非拖开不可；纣的军队也加反抗，非使他们的血流到漂杵不可。接着是殷民又造了反，虽然特别称之曰“顽民”，从王道天下的人民中除开，但总之，似乎究竟有了一种什么破绽似的。好个王道，只消一个顽民，便将它弄得毫无根据了。

儒士和方士，是中国特产的名物。方士的最高理想是仙道，儒士的便是王道。但可惜的是这两件在中国终于都没有。据长久的历史上的事实所证明，则倘说先前曾有真的王道者，是妄言，说现在还有者，是新药。孟子生于周季，所以以谈霸道为羞，倘使生于今日，则跟着人类的知识范围的展开，怕要羞谈王道的罢。

三　关于中国的监狱

我想，人们是的确由事实而从新省悟，而事情又由此发生变化的。从宋朝到清朝的末年，许多年间，专以代圣贤立言的“制艺”这一种烦难的文章取士，到得和法国打了败仗，这才省悟了这方法的错误。于是派留学生到西洋，开设兵器制造局，作为那改正的手段。省悟到这还不够，是在和日本打了败仗之后，这回是竭力开起学校来。于是学生们年年大闹了。从清朝倒掉，国民党掌握政权的时候起，才又省悟了这错误，作为那改正的手段的，是除了大造监狱之外，什么也没有了。

在中国，国粹式的监狱，是早已各处都有的，到清末，就也造了一点西洋式，即所谓文明式的监狱。那是为了示给旅行到此的外国人而建造，应该与为了和外国人好互相应酬，特地派出去，学些文明人的礼节的留学生，属于同一种类的。托了这福，犯人的待遇也还好，给洗澡，也给一定分量的饭吃，所以倒是颇为幸福的地方。但是，就在两三礼拜前，政府因为要行仁政了，还发过一个不准克扣囚粮的命令。从此以后，可更加幸福了。

至于旧式的监狱，则因为好像是取法于佛教的地狱的，所以不但禁锢犯人，此外还有给他吃苦的职掌。挤取金钱，使犯人的家属穷到透顶的职掌，有时也会兼带的。但大家都以为应该。如果有谁反对罢，那就等于替犯人说话，便要受恶党的嫌疑。然而文明是出奇的进步了，所以去年也有了提倡每年该放犯人回家一趟，给以解决性欲的机会的，颇是人道主义气味之说的官吏。其实，他也并非对于犯人的性欲，特别表着同情，不过因为总不愁竟会实行的，所以也就高声嚷一下，以见自己的作为官吏的存在。然而舆论颇为沸腾了。有一位批评家，还以为这么一来，大家便要不怕牢监，高高兴兴的进去了，很为世道人心愤慨了一下。受了所谓圣贤之教那么久，竟还没有那位官吏的圆滑，固然也令人觉得诚实可靠，然而他的意见，是以为对于犯人，非加虐待不可，却也因此可见了。

从别一条路想，监狱确也并非没有不像以“安全第一”为标语的人们的理想乡的地方。火灾极少，偷儿不来，土匪也一定不来抢。即使打仗，也决没有以监狱为目标，施行轰炸的傻子；即使革命，有释放囚犯的例，而加以屠戮的是没有的。当福建独立之初，虽有说是释放犯人，而一到外面，和他们自己意见不同的人们倒反而失踪了的谣言，然而这样的例子，以前是未曾有过的。总而言之，似乎也并非很坏的处所。只要准带家眷，则即使不是现在似的大水，饥荒，战争，恐怖的时候，请求搬进去住的人们，也未必一定没有的。于是虐待就成为必不可少了。

牛兰夫妇，作为赤化宣传者而关在南京的监狱里，也绝食了三四回了，可是什么效力也没有。这是因为他不知道中国的监狱的精神的缘故。有一位官员诧异的说过：他自己不吃，和别人有什么关系呢？岂但和仁政并无关系而已呢，省些食料，倒是于监狱有益的。甘地的把戏，倘不挑选兴行场，就毫无成效了。

然而，在这样的近于完美的监狱里，却还剩着一种缺点。至今为止，对于思想上的事，都没有很留心。为要弥补这缺点，是在近来新发明的叫作“反省院”的特种监狱里，施着教育。我还没有到那里面去反省过，所以并不知道详情，但要而言之，好像是将三民主义时时讲给犯人听，使他反省着自己的错误。听人说，此外还得做排击共产主义的论文，如果不肯做，或者不能做，那自然，非终身反省不可了，而做得不够格，也还是非反省到死则不可。现在是进去的也有，出来的也有，因为听说还得添造反省院，可见还是进去的多了。考完放出的良民，偶尔也可以遇见，但仿佛大抵是萎靡不振，恐怕是在反省和毕业论文上，将力气使尽了罢。那前途，是在没有希望这一面的。

（1934 年 1 月 31 日作，日文原稿发表于东京改造社《改造》月刊 3 月号，题作《火，王道，监狱》，收入《且介亭杂文》）

儒 术

元遗山在金元之际，为文宗，为遗献，为愿修野史，保存旧章的有心人，明清以来，颇为一部分人士所爱重。然而他生平有一宗疑案，就是为叛将崔立颂德者，是否确实与他无涉，或竟是出于他的手笔的文章。

金天兴元年（一二三二），蒙古兵围洛阳；次年，安平都尉京城西面元帅崔立杀二丞相，自立为郑王，降于元。惧或加以恶名，群小承旨，议立碑颂功德，于是在文臣间，遂发生了极大的惶恐，因为这与一生的名节相关，在个人是十分重要的。

当时的情状，《金史·王若虚传》这样说——

“天兴元年，哀宗走归德。明年春，崔立变，群小附和，请为立建功德碑。翟奕以尚书省命，召若虚为文。时奕辈恃势作威，人或少忤，则谗构立见屠灭。若虚自分必死，私谓左右司员外郎元好问曰，‘今召我作碑，不从则死，作之则名节扫地，不若死之为愈。虽然，我姑以理谕之。’……奕辈不能夺，乃召太学生刘祁麻革辈赴省，好问张信之喻以立碑事曰，‘众议属二君，且已白郑王矣！二君其无让。’祁等固辞而别。数日，促迫不已，祁即为草定，以付好问。好问意未惬，乃自为之，既成，以示若虚，乃共删定数字，然止直叙其事而已。后兵入城，不果立也。”

碑虽然“不果立”，但当时却已经发生了“名节”的问题，或谓元好问作，或谓刘祁作，文证具在清凌廷堪所辑的《元遗山先生年谱》中，兹不多录。经其推勘，已知前出的《王若虚传》文，上半据元好问《内翰王公墓表》，后半却全取刘祁自作的《归潜志》，被诬攀之说所蒙蔽了。凌氏辩之云，“夫当时立碑撰文，不过畏崔立之祸，非必取文辞之工，有京叔属草，已足塞立之请，何取更为之耶?”然则刘祁之未尝决死如王若虚，固为一生大玷，但不能更有所推诿，以致成为“塞责”之具，却也可以说是十分晦气的。

然而，元遗山生平还有一宗大事，见于《元史·张德辉传》——

“世祖在潜邸，……访中国人材。德辉举魏璠，元裕，李冶等二十余人。……壬子，德辉与元裕北觐，请世祖为儒教大宗师，世祖悦而受之。因启：累朝有旨蠲儒户兵赋，乞令有司遵行。从之。”

以拓跋魏的后人与德辉，请蒙古小酋长为“汉儿”的“儒教大宗师”，在现在看来，未免有些滑稽，但当时却似乎并无訾议。盖蠲除兵赋，“儒户”均沾利益，清议操之于士，利益既沾，虽已将“儒教”呈献，也不想再来开口了。

由此士大夫便渐渐的进身，然终因不切实用，又渐渐的见弃。但仕路日塞，而南北之士的相争却也日甚了。余阙的《青阳先生文集》卷四《杨君显民诗集序》云——

“我国初有金宋，天下之人，惟才是用之，无所专主，然用儒者为居多也。自至元以下，始浸用吏，虽执政大臣，亦以吏为之，……而中州之士，见用者遂浸寡。况南方之地远，士多不能自至于京师，其抱才缊者，又往往不屑为吏，故其见用者尤寡也。及其久也，则南北之士亦自町畦以相訾，甚若晋之与秦，不可与同中国，故夫南方之士微矣。”

然在南方，士人其实亦并不冷落。同书《送范立中赴襄阳诗序》云：

“宋高宗南迁，合淝遂为边地，守臣多以武臣为之。……故民之豪杰者，皆去而为将校，累功多至节制。郡中衣冠之族，惟范氏，商氏，葛氏三家而已。……皇元受命，包裹兵革，……诸武臣之子弟，无所用其能，多伏匿而不出。春秋月朔，郡太守有事于学，衣深衣，戴乌角巾，执笾豆罍爵，唱赞道引者，皆三家之子孙也，故其材皆有所成就，至学校官，累累有焉。……虽天道忌满恶盈，而儒者之泽深且远，从古然也。”

这是“中国人才”们献教，卖经以来，“儒户”所食的佳果。虽不能为王者师，且次于吏者数等，而究亦胜于将门和平民者一等，“唱赞道引”，非“伏匿”者所敢望了。

中华民国二十三年五月二十日及次日，上海无线电播音由冯明权先生讲给我们一种奇书：《抱经堂勉学家训》。（据《大美晚报》）。这是从未前闻的书，但看见下署“颜子推”，便可以悟出是颜之推《家训》中的《勉学篇》了。曰“抱经堂”者，当是因为曾被卢文弨印入“抱经堂丛书”中的缘故。所讲有这样的一段——

“有学艺者，触地而安。自荒乱已来，诸见俘虏，虽百世小人，知读《论语》《孝经》者，尚为人师；虽千载冠冕，不晓书记者，莫不耕田养马。以此观之，汝可不自勉耶？若能常保数百卷书，千载终不为小人也。……谚曰：‘积财千万，不如薄伎在身。’伎之易习而可贵者，无过读书也。”

这说得很透彻：易习之伎，莫如读书，但知读《论语》《孝经》，则虽被俘虏，犹能为人师，居一切别的俘虏之上。这种教训，是从当时的事实推断出来的，但施之于金元而准，按之于明清之际而亦准。现在忽由播音，以“训”听众，莫非选讲者已大有感于方来，遂绸缪于未雨么？

“儒者之泽深且远”，即小见大，我们由此可以明白“儒术”，知道“儒效”了。

五月二十七日。

（发表于1934年6月15日《文史》月刊第1卷第2期，收入《且介亭杂文》）

隔　膜

清朝初年的文字之狱，到清朝末年才被从新提起。最起劲的是“南社”里的有几个人，为被害者辑印遗集；还有些留学生，也争从日本搬回文证来。待到孟森的《心史丛刊》出，我们这才明白了较详细的状况，大家向来的意见，总以为文字之祸，是起于笑骂了清朝。然而，其实是不尽然的。

这一两年来，故宫博物院的故事似乎不大能够令人敬服，但它却印给了我们一种好书，曰《清代文字狱档》，去年已经出到八辑。其中的案件，真是五花八门，而最有趣的，则莫如乾隆四十八年二月“冯起炎注解易诗二经欲行投呈案”。

冯起炎是山西临汾县的生员，闻乾隆将谒泰陵，便身怀著作，在路上徘徊，意图呈进，不料先以“形迹可疑”被捕了。那著作，是以《易》解《诗》，实则信口开河，在这里犯不上抄录，惟结尾有“自传”似的文章一大段，却是十分特别的——

“又，臣之来也，不愿如何如何，亦别无愿求之事，惟有一事未决，请对陛下一叙其缘由。臣……名曰冯起炎，字是南州，尝到臣张三姨母家，见一女，可娶，而恨力不足以办此。此女名曰小女，年十七岁，方当待字之年，而正在未字之时，乃原籍东关春牛厂长兴号张守忭之次女也。又到臣杜五姨母家，见一女，可娶，而恨力不足以办此。此女名小凤，年十三岁，虽非必字之年，而已在可字之时，乃本京东城闹市口瑞生号杜月之次女也。若以陛下之力，差干员一人，选快马一匹，克日长驱到临邑，问彼临邑之地方官：‘其东关春牛厂长兴号中果有张守忭一人否？’诚如是也，则此事谐矣。再问：‘东城闹市口瑞生号中果有杜月一人否？’诚如是也，则此事谐矣。二事谐，则臣之愿毕矣。然臣之来也，方不知陛下纳臣之言耶否耶，而必以此等事相强乎？特进言之际，一叙及之。”

这何尝有丝毫恶意？不过着了当时通行的才子佳人小说的迷，想一举成名，天子做媒，表妹入抱而已。不料事实结局却不大好，署直隶总督袁守侗拟奏罪名是“阅其呈首，胆敢于圣主之前，混讲经书，而呈尾措词，尤属狂妄。核其情罪，较冲突仪仗为更重。冯起炎一犯，应从重发往黑龙江等处，给披甲人为奴。俟部复到日，照例解部刺字发遣”。这位才子，后来大约终于单身出关做西崽去了。

此外的案情，虽然没有这么风雅，但并非反动的还不少。有的是卤莽；有的是发疯；有的是乡曲迂儒，真的不识讳忌；有的则是草野愚民，实在关心皇家。而运命大概很悲惨，不是凌迟，灭族，便是立刻杀头，或者“斩监候”，也仍然活不出。

凡这等事，粗略的一看，先使我们觉得清朝的凶虐，其次，是死者的可怜。但再来一想，事情是并不这么简单的。这些惨案的来由，都只为了“隔膜”。

满洲人自己，就严分着主奴，大臣奏事，必称“奴才”，而汉人却称“臣”就好。这并非因为是“炎黄之胄”，特地优待，锡以嘉名的，其实是所以别于满人的“奴才”，其地位还下于“奴才”数等。奴隶只能奉行，不许言议；评论固然不可，妄自颂扬也不可，这就是“思不出其位”。譬如说：主子，您这袍角有些儿破了，拖下去怕更要破烂，还是补一补好。进言者方自以为在尽忠，而其实却犯了罪，因为另有准其讲这样的话的人在，不是谁都可说的。一乱说，便是“越俎代谋”，当然“罪有应得”。倘自以为是“忠而获咎”，那不过是自己的胡涂。

但是，清朝的开国之君是十分聪明的，他们虽然打定了这样的主意，嘴里却并不照样说，用的是中国的古训：“爱民如子”，“一视同仁”。一部分的大臣，士大夫，是明白这奥妙的，并不敢相信。但有一些简单愚蠢的人们却上了当，真以为“陛下”是自己的老子，亲亲热热的撒娇讨好去了。他那里要这被征服者做儿子呢？于是乎杀掉。不久，儿子们吓得不再开口了，计划居然成功；直到光绪时康有为们的上书，才又冲破了“祖宗的成法”。然而这奥妙，好像至今还没有人来说明。

施蛰存先生在《文艺风景》创刊号里，很为“忠而获咎”者不平，就因为还不免有些“隔膜”的缘故。这是《颜氏家训》或《庄子》《文选》里所没有的。

六月十日。

（发表于 1934 年 7 月 5 日《新语林》半月刊第 1 期，收入《且介亭杂文》）

点句的难

张　沛

看了《袁中郎全集校勘记》，想到了几句不关重要的话，是：断句的难。

前清时代，一个塾师能够不查他的秘本，空手点完了“四书”，在乡下就要算一位大学者，这似乎有些可笑，但是很有道理的。常买旧书的人，有时会遇到一部书，开首加过句读，夹些破句，中途却停了笔：他点不下去了。这样的书，价钱可以比干净的本子便宜，但看起来也真教人不舒服。

标点古书，印了出来，是起于“文学革命”时候的；用标点古文来试验学生，我记得好像是同时开始于北京大学，这真是恶作剧，使“莘莘学子”闹出许多笑话来。

这时候，只好一任那些反对白话，或并不反对白话而兼长古文的学者们讲风凉话。然而，学者们也要“技痒”的，有时就自己出手。一出手，可就有些糟了，有几句点不断，还有可原，但竟连极平常的句子也点了破句。

古文本来也常常不容易标点，譬如《孟子》里有一段，我们大概是这样读法的："有冯妇者，善搏虎，卒为善士。则之野，有众逐虎。虎负嵎，莫之敢撄。望见冯妇，趋而迎之。冯妇攘臂下车，众皆悦之，其为士者笑之。"但也有人说应该断为"卒为善，士则之，野有众逐虎……"的。这"笑"他的"士"，就是先前"则"他的"士"，要不然，"其为士"就太鹘突了。但也很难决定究竟是那一面对。

不过倘使是调子有定的词曲，句子相对的骈文，或并不艰深的明人小品，标点者又是名人学士，还要闹出一些破句，可未免令人不遭蚊子叮，也要起疙瘩了。嘴里是白话怎么坏，古文怎么好，一动手，对古文就点了破句，而这古文又是他正在竭力表扬的古文。破句，不就是看不懂的分明的标记么？说好说坏，又从哪里来的？

标点古文真是一种试金石，只消几点几圈，就把真颜色显出来了。

但这事还是不要多谈好，再谈下去，我怕不久会有更高的议论，说标点是"随波逐流"的玩意，有损"性灵"，应该排斥的。

十月二日。

（发表于 1934 年 10 月 5 日《中华日报·动向》，收入《花边文学》）

在现代中国的孔夫子

新近的上海的报纸，报告着因为日本的汤岛，孔子的圣庙落成了，湖南省主席何键将军就寄赠了一幅向来珍藏的孔子的画像。老实说，中国的一般的人民，关于孔子是怎样的相貌，倒几乎是毫无所知的，自古以来，虽然每一县一定有圣庙，即文庙，但那里面大抵并没有圣像，凡是绘画，或者雕塑应该崇敬的人物时，一般是以大于常人为原则的，但一到最应崇敬的人物，例如孔夫子那样的圣人，却好像连形像也成为亵渎，反不如没有的好。这也不是没有道理的。孔夫子没有留下照相来，自然不能明白真正的相貌，文献中虽然偶有记载，但是胡说白道也说不定。若是从新雕塑的话，则除了任凭雕塑者的空想而外，毫无办法，更加放心不下。于是儒者们也终于只好采取“全部，或全无”的勃兰特式的态度了。

然而倘是画像，却也会间或遇见的。我曾经见过三次：一次是《孔子家语》里的插画；一次是梁启超氏亡命日本时，作为横滨出版的《清议报》上的卷头画，从日本倒输入中国来的；还有一次是刻在汉朝墓石上的孔子见老子的画像。说起从这些图画上所得的孔夫子的模样的印象来，则这位先生是一位很瘦的老头子，身穿大袖口的长袍子，腰带上插着一把剑，或者腋下挟着一枝杖，然而从来不笑，非常威风凛凛的。假使在他的旁边侍坐，那就一定得把腰骨挺的笔直，经过两三点钟，就骨节酸痛，倘是平常人，大约总不免急于逃走的了。

后来我曾到山东旅行。在为道路的不平所苦的时候，忽然想到了我们的孔夫子。一想起那具有俨然道貌的圣人，先前便是坐着简陋的车子，颠颠簸簸，在这些地方奔忙的事来，颇有滑稽之感。这种感想，自然是不好的，要而言之，颇近于不敬，倘是孔子之徒，恐怕是决不应该发生的。但在那时候，怀着我似的不规矩的心情的青年，可是多得很。

我出世的时候是清朝的末年，孔夫子已经有了“大成至圣文宣王”这一个阔得可怕的头衔，不消说，正是圣道支配了全国的时代。政府对于读书的人们，使读一定的书，即《四书》和《五经》；使遵守一定的注释；使写一定的文章，即所谓“八股文”；并且使发一定的议论。然而这些千篇一律的儒者们，倘是四方的大地，那是很知道的，但一到圆形的地球，却什么也不知道，于是和《四书》上并无记载的法兰西和英吉利打仗而失败了。不知道为了觉得与其拜着孔夫子而死，倒不如保存自己们之为得计呢，还是为了什么，总而言之，这回是拼命尊孔的政府和官僚先就动摇起来，用官帑大翻起洋鬼子的书籍来了。属于科学上的古典之作的，则有侯失勒的《谈天》，雷侠儿的《地学浅释》，代那的《金石识别》，到现在也还作为那时的遗物，间或躺在旧书铺子里。

然而一定有反动。清末之所谓儒者的结晶，也是代表的大学士徐桐氏出现了。他不但连算学也斥为洋鬼子的学问；他虽然承认世界上有法兰西和英吉利这些国度，但西班牙和葡萄牙的存在，是决不相信的，他主张这是法国和英国常常来讨利益，连自己也不好意思了，所以随便胡诌出来的国名。他又是一九〇〇年的有名的义和团的幕后的发动者，也是指挥者。但是义和团完全失败，徐桐氏也自杀了。政府就又以为外国的政治法律和学问技术颇有可取之处了。我的渴望到日本去留学，也就在那时候。达了目的，入学的地方，是嘉纳先生所设立的东京的弘文学院；在这里，三泽力太郎先生教我水是养气和轻气所合成，山内繁雄先生教我贝壳里的什么地方其名为“外套”。这是有一天的事情。学监大久保先生集合起大家来，说：因为你们都是孔子之徒，今天到御茶之水的孔庙里去行礼罢！我大吃了一惊。现在还记得那时心里想，正因为绝望于孔夫子和他的之徒，所以到日本来的，然而又是拜么？一时觉得很奇怪。而且发生这样感觉的，我想决不止我一个人。

但是，孔夫子在本国的不遇，也并不是始于二十世纪的。孟子批评他为“圣之时者也”，倘翻成现代语，除了“摩登圣人”，实在也没有别的法。为他自己计，这固然是没有危险的尊号，但也不是十分值得欢迎的头衔。不过在实际上，却也许并不这样子。孔夫子的做定了“摩登圣人”是死了以后的事，活着的时候却是颇吃苦头的。跑来跑去，虽然曾经贵为鲁国的警视总监,而又立刻下野,失业了;并且为权臣所轻蔑,为野人所嘲弄,甚至于为暴民所包围,饿扁了肚子,弟子虽然收了三千名,中用的却只有七十二,然而真可以相信的又只有一个人。有一天,孔夫子愤慨道,“道不行,乘桴浮于海,从我者,其由与?”从这消极的打算上,就可以窥见那消息。然而连这一位由,后来也因为和敌人战斗,被击断了冠缨,但真不愧为由呀,到这时候也还不忘记从夫子听来的教训,说道“君子死,冠不免”,一面系着冠缨,一面被人砍成肉酱了。连唯一可信的弟子也已经失掉,孔子自然是非常悲痛的,据说他一听到这消息,就吩咐去倒掉厨房里的肉酱云。

孔夫子到死了以后,我以为可以说是运气比较的好一点。因为他不会噜苏了,种种的权势者便用种种的白粉给他来化妆,一直抬到吓人的高度。但比起后来输入的释迦牟尼来,却实在可怜得很。诚然,每一县固然都有圣庙即文庙,可是一副寂寞的冷落的样子,一般的庶民,是决不去参拜的,要去,则是佛寺,或者是神庙。若向老百姓们问孔夫子是什么人,他们自然回答是圣人,然而这不过是权势者的留声机。他们也敬惜字纸,然而这是因为倘不敬惜字纸,会遭雷殛的迷信的缘故;南京的夫子庙固然是热闹的地方,然而这是因为另有各种玩耍和茶店的缘故。虽说孔子作《春秋》而乱臣贼子惧,然而现在的人们,却几乎谁也不知道一个笔伐了的乱臣贼子的名字。说到乱臣贼子,大概以为是曹操,但那并非圣人所教,却是写了小说和剧本的无名作家所教的。

总而言之,孔夫子之在中国,是权势者们捧起来的,是那些权势者或想做权势者们的圣人，和一般的民众并无什么关系。然而对于圣庙，那些权势者也不过一时的热心。因为尊孔的时候已经怀着别样的目的，所以目的一达，这器具就无用，如果不达呢，那可更加无用了。在三四十年前，凡有企图获得权势的人，就是希望做官的人，都是读《四书》和《五经》，做“八股”，别一些人就将这些书籍和文章，统名之为“敲门砖”。这就是说，文官考试一及第，这些东西也就同时被忘却，恰如敲门时所用的砖头一样，门一开，这砖头也就被抛掉了。孔子这人，其实是自从死了以后，也总是当着“敲门砖”的差使的。

一看最近的例子，就更加明白。从二十世纪的开始以来，孔夫子的运气是很坏的，但到袁世凯时代，却又被从新记得，不但恢复了祭典，还新做了古怪的祭服，使奉祀的人们穿起来。跟着这事而出现的便是帝制。然而那一道门终于没有敲开，袁氏在门外死掉了。余剩的是北洋军阀，当觉得渐近末路时，也用它来敲过另外的幸福之门。盘据着江苏和浙江，在路上随便砍杀百姓的孙传芳将军，一面复兴了投壶之礼；钻进山东，连自己也数不清金钱和兵丁和姨太太的数目了的张宗昌将军，则重刻了《十三经》，而且把圣道看作可以由肉体关系来传染的花柳病一样的东西，拿一个孔子后裔的谁来做了自己的女婿。然而幸福之门，却仍然对谁也没有开。

这三个人，都把孔夫子当作砖头用，但是时代不同了，所以都明明白白的失败了。岂但自己失败而已呢，还带累孔子也更加陷入了悲境。他们都是连字也不大认识的人物，然而偏要大谈什么《十三经》之类，所以使人们觉得滑稽；言行也太不一致了，就更加令人讨厌。既已厌恶和尚，恨及袈裟，而孔夫子之被利用为或一目的的器具，也从新看得格外清楚起来，于是要打倒他的欲望，也就越加旺盛。所以把孔子装饰得十分尊严时，就一定有找他缺点的论文和作品出现。即使是孔夫子，缺点总也有的，在平时谁也不理会，因为圣人也是人，本是可以原谅的。然而如果圣人之徒出来胡说一通，以为圣人是这样，是那样，所以你也非这样不可的话，人们可就禁不住要笑起来了。五六年前，曾经因为公演了《子见南子》这剧本，引起过问题，在那个剧本里，有孔夫子登场，以圣人而论，固然不免略有欠稳重和呆头呆脑的地方，然而作为一个人，倒是可爱的好人物。但是圣裔们非常愤慨，把问题一直闹到官厅里去了。因为公演的地点，恰巧是孔夫子的故乡，在那地方，圣裔们繁殖得非常多，成着使释迦牟尼和苏格拉第都自愧弗如的特权阶级。然而，那也许又正是使那里的非圣裔的青年们，不禁特地要演《子见南子》的原因罢。

中国的一般的民众，尤其是所谓愚民，虽称孔子为圣人，却不觉得他是圣人；对于他，是恭谨的，却不亲密。但我想，能像中国的愚民那样，懂得孔夫子的，恐怕世界上是再也没有的了。不错，孔夫子曾经计划过出色的治国的方法，但那都是为了治民众者，即权势者设想的方法，为民众本身的，却一点也没有。这就是“礼不下庶人”。成为权势者们的圣人，终于变了“敲门砖”，实在也叫不得冤枉。和民众并无关系，是不能说的，但倘说毫无亲密之处，我以为怕要算是非常客气的说法了。不去亲近那毫不亲密的圣人，正是当然的事，什么时候都可以，试去穿了破衣，赤着脚，走上大成殿去看看罢，恐怕会像误进上海的上等影戏院或者头等电车一样，立刻要受斥逐的。谁都知道这是大人老爷们的物事，虽是“愚民”，却还没有愚到这步田地的。

四月二十九日。

（日文原稿发表于东京改造社《改造》月刊 1935 年 6 月号；后由“亦光”译成中文，发表于 7 月 15 日东京《杂文》月刊第 2 号，作者据以改定，收入《且介亭杂文二集》）

二、文化史研究

《古小说钩沉》序

小说者，班固以为“出于稗官”，“闾里小知者之所及，亦使缀而不忘，如或一言可采，此亦刍荛狂夫之议”。是则稗官职志，将同古“采诗之官，王者所以观风俗知得失”矣。顾其条最诸子，判列十家，复以为“可观者九”，而小说不与；所录十五家，今又散失。惟《大戴礼》引有青史氏之记，《庄子》举宋钘之言，孤文断句，更不能推见其旨。去古既远，流裔弥繁，然论者尚墨守故言，此其持萌芽以度柯叶乎！余少喜披览古说，或见讹敚，则取证类书，偶会逸文，辄亦写出。虽丛残多失次第，而涯略故在。大共贠语支言，史官末学，神鬼精物，数术波流；真人福地，神仙之中驷，幽验冥征，释氏之下乘。人间小书，致远恐泥，而洪笔晚起，此其权舆。况乃录自里巷，为国人所白心；出于造作，则思士之结想。心行曼衍，自生此品，其在文林，有如舜华，足以丽尔文明，点缀幽独，盖不第为广视听之具而止。然论者尚墨守故言。惜此旧籍，弥益零落，又虑后此闲暇者鲜，爰更比辑，并校定昔人集本，合得如干种，名曰《古小说钩沉》。归魂故书，即以自求说释，而为谈大道者言，乃曰：稗官职志，将同古“采诗之官，王者所以观风俗知得失”矣。

（发表于 1912 年 2 月《越社丛刊》第 1 集，署名周作人）

谢沈《后汉书》序

《隋志》:《后汉书》八十五卷,本一百二十二卷,晋祠部郎谢沈撰。《唐志》:一百二卷,又《汉书外传》十卷。《晋书·谢沈传》:沈字行思,会稽山阴人。郡命为主簿,功曹,察孝廉,太尉郄鉴辟,并不就。会稽内史何充引为参军,以母老去职。平西将军庾亮命为功曹,征北将军蔡谟牒为参军,皆不就。康帝即位,以太学博士征,以母忧去职。服阕,除尚书度支郎。何充庾冰并称沈有史才,迁著作郎,撰《晋书》三十余卷。会卒,年五十二。沈先著《后汉书》百卷及《毛诗》《汉书外传》,所著述及诗赋文论皆行于世,其才学在虞预之右。案《隋志》无《外传》者,或疑本在《后汉书》百二十二卷中,《唐志》乃复析出之,然据本传当为别书,今无遗文,不复可考;惟《后汉书》尚存十余条,辄缀辑为一卷。

(写于 1913 年 3 月 28 日)

《会稽郡故书杂集》序

《会稽郡故书杂集》者，叕史传地记之逸文，编而成集，以存旧书大略也。会稽古称沃衍，珍宝所聚，海岳精液，善生俊异，而远于京夏，厥美弗彰。吴谢承始传先贤，朱育又作《土地记》。载笔之士，相继有述。于是人物山川，咸有记录。其见于《隋书·经籍志》者，杂传篇有四部三十八卷，地理篇二部二卷。五代云扰，典籍湮灭。旧闻故事，殆鲜孑遗。后之作者，遂不能更理其绪。□□幼时，尝见武威张澍所辑书，于凉土文献，撰集甚众。笃恭乡里，尚此之谓。而会稽故籍，零落至今，未闻后贤为之纲纪。乃创就所见书传，刺取遗篇，絫为一帙。中经游涉，又闻明哲之论，以为夸饰乡土，非大雅所尚。谢承虞预且以是为讥于世。俯仰之间，遂辍其业。十年已后，归于会稽。禹勾践之遗迹故在。士女敖嬉，睇睨而过，殆将无所眷念，曾何夸饰之云，而土风不加美。是故叙述名德，著其贤能，记注陵泉，传其典实，使后人穆然有思古之情，古作者之用心至矣！其所造述虽多散亡，而逸文尚可考见一二。存而录之，或差胜于泯绝云尔。因复撰次写定，计有八种。诸书众说，时足参证本文，亦各最录，以资省览。书中贤俊之名，言行之迹，风土之美，多有方志所遗，舍此更不可见。用遗邦人，庶几供其景行，不忘于故。第以寡闻，不能博引。如有未备，览者详焉。太岁在阏逢摄提格九月既望，会稽□□□记。

（发表于 1914 年 12 月《绍兴教育杂志》第 2 期，署名周作人）

《吕超墓志铭》跋

吕超墓志石，于民国六年出山阴兰上乡。余从陈君古遗得打本一枚，以漫患难读，久置箧中。明年，徐吕孙先生至京师，又与一本，因得校写。其文仅存百十余字，国号年号俱泐，无可冯证。唯据郡名及岁名考之，疑是南齐永明中刻也。按随国，晋武帝分义阳立，宋齐为郡，隋为县。此云隋郡，当在隋前。南朝诸王分封于随者，惟宋齐有之。此云隋郡王国，则又当在梁陈以前。《通鉴目录》，宋文帝元嘉六年，齐武帝永明七年，并太岁在己巳。《宋书·文帝纪》，元嘉二十六年冬十月，广陵王诞改封随郡王。又《顺帝纪》，升明二年十二月，改封南阳王翙为随郡王，改随阳郡。其时皆在己巳后。《南齐书·武帝纪》，建元四年六月，进封枝江公子隆为随郡王。子隆本传云，永明三年为辅国将军，南琅琊彭城二郡太守，明年迁江州刺史，未拜，唐寓之贼平，迁为持节，督会稽东阳新安临海永嘉五郡东中郎将，会稽太守。《祥瑞志》云："永明五年，山阴县孔广家园柽树十二层，会稽太守随王子隆献之”，与传合。子隆尝守会稽，则其封国之中军，因官而居山阴，正事理所有。故此己巳者，当为永明七年，而五月廿五为卒日。□一年者，十一年。《通鉴目录》，永明十一年十月戊寅，十二月丁丑朔，则十一月为戊申朔，丙寅为十九日，其葬日也。和帝为皇子时，亦封随郡王，于时不合。唐开元十八年己巳，二十一年十一月丙寅朔，与志中之□一年冬十一月丙寅颇近，然官号郡名，无不格迕，若为迁窆，则年代相去又过远，殆亦非矣。永明中，为中军将军见于纪传者，南郡王长懋，王敬则，阴智伯，庐陵王子卿。此云刘□，泐其名，无可考。“□志风烈者云”以下无字。次为铭辞，有字可见者四行，其后余石尚小半。六朝志例，铭大抵不溢于志，或当记妻息名字，今亦俱泐。志书“随”为“隋”，罗泌云，随文帝恶随从辵改之。王伯厚亦讥帝不学。后之学者，或以为初无定制，或以为音同可通用，至征委蛇委随作证。今此石远在前，已如此作，知非随文所改。《隶释·张平子碑颂》，有“在珠咏隋，于璧称和”语。隋字收在刘球《隶韵》正无辵，则晋世已然。作随作隋作陏，止是省笔而已。东平本兖州所领郡，宋末没于魏，《南齐书·州郡志》言永明七年，因光禄大夫吕安国启立于北兖州。启有云“臣贱族桑梓，愿立此邦”，则安国与超盖同族矣。与石同出圹中者，尚有瓦罂铜竟各一枚。竟有铭云“郑氏作镜幽湅三商幽明镜”十一字，篆书，俱为谁何毁失。附识于此，使后有考焉。

（发表于1918年6月25日《北京大学日刊》，

题为《新出土吕超墓志铭考证》）

宋民间之所谓小说及其后来

宋代行于民间的小说，与历来史家所著录者很不同，当时并非文辞，而为属于技艺的“说话”之一种。

说话者，未详始于何时，但据故书，可以知道唐时则已有。段成式（《酉阳杂俎续集》四《贬误》）云：

“予太和末因弟生日观杂戏，有市人小说，呼扁鹊作褊鹊字，上声。予令任道昇字正之。市人言：‘二十年前尝于上都斋会设此，有一秀才甚赏某呼扁字与褊同声，云世人皆误。’”

其详细虽难晓，但因此已足以推见数端：一小说为杂戏中之一种，二由于市人之口述，三在庆祝及斋会时用之。而郎瑛（《七修类稿》二十二）所谓“小说起宋仁宗，盖时太平盛久，国家闲暇，日欲进一奇怪之事以娱之，故小说‘得胜头回’之后，即云话说赵宋某年”者，亦即由此分明证实，不过一种无稽之谈罢了。

到宋朝，小说的情形乃始比较的可以知道详细。孟元老在南渡之后，追怀汴梁盛况，作《东京梦华录》，于“京瓦技艺”条下有当时说话的分目，为小说，合生，说诨话，说三分，说《五代史》等。而操此等职业者则称为“说话人”。

高宗既定都临安，更历孝光两朝，汴梁式的文物渐已遍满都下，伎艺人也一律完备了。关于说话的记载，在故书中也更详尽，端平年间的著作有灌园耐得翁《都城纪胜》，元初的著作有吴自牧《梦粱录》及周密《武林旧事》，都更详细的有说话的分科：

《都城纪胜》	《梦粱录》(二十)
说话有四家：	说话者，谓之舌辩，虽有四家数，各有门庭：
一者小说，谓之银字儿，如烟粉灵怪传奇；说公案，皆是朴刀赶棒及发迹变态之事；说铁骑儿，谓士马金鼓之事。	且小说，名银字儿，如烟粉灵怪传奇；公案，朴刀杆棒发发踪参(案此四字当有误)之事。……谈论古今。如水之流。
说经，谓演说佛书；说参请，谓宾主参禅悟道等事。	谈经者，谓演说佛书；说参请者，谓宾主参禅悟道等事。……又有说诨经者。

讲史书，讲说前代书史文传兴废争战之事。……	讲史书者，谓讲说《通鉴》汉唐历代书史文传兴废争战之事。
合生，与起令随令相似，各占一事。	合生，与起令随令相似，各占一事也。

但周密所记者又小异，为演史，说经诨经，小说，说诨话；而无合生。唐中宗时，武平一上书言“比来妖伎胡人，街童市子，或言妃主情貌，或列王公名质，咏歌蹈舞，号曰合生”。（《新唐书》一百十九）则合生实始于唐，且用诨词戏谑，或者也就是说诨话；惟至宋当又稍有迁变，今未详。起今随今之“今”，《都城纪胜》作“令”，明抄本《说郛》中之《古杭梦游录》又作起令随合，何者为是，亦未详。

据耐得翁及吴自牧说，是说话之一科的小说，又因内容之不同而分为三子目：

1. 银字儿　所说者为烟粉（烟花粉黛），灵怪（神仙鬼怪），传奇（离合悲欢）等。

2. 说公案　所说者为朴刀赶棒（拳勇），发迹变态（遇合）之事。

3. 说铁骑儿　所说者为士马金鼓（战争）之事。

惟有小说，是说话中最难的一科，所以说话人“最畏小说，盖小说者，能讲一朝一代故事，顷刻间提破"，（《都城纪胜》云；《梦粱录》同，惟"提破"作"捏合"。）非同讲史，易于铺张；而且又须有"谈论古今，如水之流"的口辩。然而在临安也不乏讲小说的高手，吴自牧所记有谭淡子等六人，周密所记有蔡和等五十二人，其中也有女流，如陈郎娘枣儿，史蕙英。

临安的文士佛徒多有集会；瓦舍的技艺人也多有，其主意大约是在于磨炼技术的。小说专家所立的社会，名曰雄辩社。（《武林旧事》三）

元人杂剧虽然早经销歇，但尚有流传的曲本，来示人以大概的情形。宋人的小说也一样，也幸而借了"话本"偶有留遗，使现在还可以约略想见当时瓦舍中说话的模样。

其话本曰《京本通俗小说》，全书不知凡几卷，现在所见的只有残本，经江阴缪氏影刻，是卷十至十六的七卷，先曾单行，后来就收在《烟画东堂小品》之内了。还有一卷是叙金海陵王的秽行的，或者因为文笔过于碍眼了罢，缪氏没有刻，然而仍有郎园的改换名目的排印本；郎园是长沙叶德辉的园名。

刻本七卷中所收小说的篇目以及故事发生的年代如下列：

卷十	碾玉观音	"绍兴年间。"
十一	菩萨蛮	"大宋高宗绍兴年间。"
十二	西山一窟鬼	"绍兴十年间。"
十三	志诚张主管	无年代，但云东京汴州开封事。

十四　拗相公　　　　　“先朝。”

十五　错斩崔宁　　　　“高宗时。”

十六　冯玉梅团圆　　　“建炎四年。”

每题俱是一全篇，自为起讫，并不相联贯。钱曾《也是园书目》（十）著录的“宋人词话”十六种中，有《错斩崔宁》与《冯玉梅团圆》两种，可知旧刻又有单篇本，而《通俗小说》即是若干单篇本的结集，并非一手所成。至于所说故事发生的时代，则多在南宋之初；北宋已少，何况汉唐。又可知小说取材，须在近时；因为演说古事，范围即属讲史，虽说小说家亦复“谈论古今，如水之流”，但其谈古当是引证及装点，而非小说的本文。如《拗相公》开首虽说王莽，但主意却只在引出王安石，即其例。

七篇中开首即入正文者只有《菩萨蛮》；其余六篇则当讲说之前，俱先引诗词或别的事实，就是“先引下一个故事来，权做个‘得胜头回’”。（本书十五）“头回”当即冒头的一回之意，“得胜”是吉语，瓦舍为军民所聚，自然也不免以利市语说之，未必因为进御才如此。

“得胜头回”略有定法，可说者凡四：

1. 以略相关涉的诗词引起本文。如卷十用《春词》十一首引起延安郡王游春；卷十二用士人沈文述的词逐句解释，引起遇鬼的士人皆是。

2. 以相类之事引起本文。如卷十四以王莽引起王安石是。

3. 以较逊之事引起本文。如卷十五以魏生因戏言落职，引起刘贵因戏言遇大祸；卷十六以“交互姻缘”转入“双镜重圆”而“有关风化，到还胜似几倍”皆是。

4. 以相反之事引起本文。如卷十三以王处厚照镜见白发的词有知足之意，引起不伏老的张士廉以晚年娶妻破家是。

而这四种定法，也就牢笼了后来的许多拟作了。

在日本还传有中国旧刻的《大唐三藏取经记》三卷，共十七章，章必有诗；别一小本则题曰《大唐三藏取经诗话》。《也是园书目》将《错斩崔宁》及《冯玉梅团圆》归入“宋人词话”门，或者此类话本，有时亦称词话：就是小说的别名。《通俗小说》每篇引用诗词之多，实远过于讲史（《五代史平话》，《三国志传》，《水浒传》等），开篇引首，中间铺叙与证明，临末断结咏叹，无不征引诗词，似乎此举也就是小说的一样必要条件。引诗为证，在中国本是起源很古的，汉韩婴的《诗外传》，刘向的《列女传》，皆早经引《诗》以证杂说及故事，但未必与宋小说直接相关；只是“借古语以为重”的精神，则虽说汉之与宋，学士之与市人，时候学问，皆极相违，而实有一致的处所。唐人小说中也多半有诗，即使妖魔鬼怪，也每能互相酬和，或者做几句即兴诗，此等风雅举动，则与宋市人小说不无关涉，但因为宋小说多是市井间事，人物少有物魅及诗人，于是自不得不由吟咏而变为引证，使事状虽殊，而诗气不脱；吴自牧记讲史高手，为“讲得字真不俗，记问渊源甚广”，（《梦粱录》二十）即可移来解释小说之所以多用诗词的缘故的。

由上文推断,则宋市人小说的必要条件大约有三:

1. 须讲近世事;

2. 什九须有"得胜头回";

3. 须引证诗词。

宋民间之所谓小说的话本,除《京本通俗小说》之外,今尚未见有第二种。《大唐三藏取经诗话》是极拙的拟话本,并且应属于讲史。《大宋宣和遗事》钱曾虽列入"宋人词话"中,而其实也是拟作的讲史,惟因其系钞撮十种书籍而成,所以也许含有小说分子在内。

然而在《通俗小说》未经翻刻以前,宋代的市人小说也未尝断绝;他间或改了名目,夹杂着后人拟作而流传。那些拟作,则大抵出于明朝人,似宋人话本当时留存尚多,所以拟作的精神形式虽然也有变更,而大体仍然无异。

以下是所知道的几部书:

1.《喻世明言》。未见。

2.《警世通言》。未见。王士禛云,"《警世通言》有《拗相公》一篇,述王安石罢相归金陵事,极快人意,乃因卢多逊谪岭南事而稍附益之。"(《香祖笔记》十)《拗相公》见《通俗小说》卷十四,是《通言》必含有宋市人小说。

3.《醒世恒言》。四十卷，共三十九事；不题作者姓名。前有天启丁卯（1627）陇西可一居士序云，“六经国史而外，凡著述皆小说也，而尚理或病于艰深，修词或伤于藻绘，则不足以触里耳而振恒心，此《醒世恒言》所以继《明言》《通言》而作也。……”因知三言之内，最后出的是《恒言》。所说者汉二事，隋三事，唐八事，宋十一事，明十五事。其中隋唐故事，多采自唐人小说，故唐人小说在元既已侵入杂剧及传奇，至明又侵入了话本；然而悬想古事，不易了然，所以逊于叙述明朝故事的十余篇远甚了。宋事有三篇像拟作，七篇（《卖油郎独占花魁》，《灌园叟晚逢仙女》，《乔太守乱点鸳鸯谱》，《勘皮靴单证二郎神》，《闹樊楼多情周胜仙》，《吴衙内邻舟赴约》，《郑节使立功神臂弓》）疑出自宋人话本，而一篇（《十五贯戏言成巧祸》）则即是《通俗小说》卷十五的《错斩崔宁》。

松禅老人序《今古奇观》云，“墨憨斋增补《平妖》，穷工极变，不失本来。……至所纂《喻世》《醒世》《警世》三言，极摹人情世态之岐，备写悲欢离合之致。……”是纂三言与补《平妖》者为一人。明本《三遂平妖传》有张无咎序，云“兹刻回数倍前，盖吾友龙子犹所补也”。而首叶则题“冯犹龙先生增定”。可知三言亦冯犹龙作，而龙子犹乃其游戏笔墨时的隐名。

冯犹龙名梦龙，长洲人（《曲品》作吴县人），由贡生拔授寿宁知县，有《七乐斋稿》；然而朱彝尊以为“善为启颜之辞，时人打油之调，不得为诗家”。（《明诗综》七十一）盖冯犹龙所擅长的是词曲，既作《双雄记传奇》，又刻《墨憨斋传奇定本十种》，多取时人名曲，再加删订，颇为当时所称；而其中的《万事足》，《风流梦》，《新灌园》是自作。他又极有意于稗说，所以在小说则纂《喻世》《警世》《醒世》三言，在讲史则增补《三遂平妖传》。

4.《拍案惊奇》。三十六卷；每卷一事，唐六，宋六，元四，明二十。前有即空观主人序云，"龙子犹氏所辑《喻世》等书，颇存雅道，时著良规，复取古今来杂碎事，可新听睹，佐谈谐者，演而畅之，得若干卷。……"则仿佛此书也是冯犹龙作。然而叙述平板，引证贫辛，"头回"与正文"捏合"不灵，有时如两大段；冯犹龙是"文苑之滑稽"，似乎不至于此。同时的松禅老人也不信，故其序《今古奇观》，于叙墨憨斋编纂三言之下，则云"即空观主人壶矢代兴，爰有《拍案惊奇》之刻，颇费搜获，足供谈麈"了。

5.《今古奇观》。四十卷；每卷一事。这是一部选本，有姑苏松禅老人序，云是抱瓮老人由《喻世》《醒世》《警世》三言及《拍案惊奇》中选刻而成。所选的出于《醒世恒言》者十一篇(第一，二，七，八，十五，十六，十七，二十五，二十六，二十七，二十八回)，疑为宋人旧话本之《卖油郎》，《灌园叟》，《乔太守》在内；而《十五贯》落了选。出于《拍案惊奇》者七篇(第九，十，十八，二十九，三十七，三十九，四十回)。其余二十二篇，当然是出于《喻世明言》及《警世通言》的了，所以现在借了易得的《今古奇观》，还可以推见那希覯的《明言》《通言》的大概。其中还有比汉更古的故事，如俞伯牙，庄子休及羊角哀皆是。但所选并不定佳，大约因为两篇的题目须字字相对，所以去取之间，也就很受了束缚了。

6.《今古奇闻》。二十二卷;每卷一事。前署东壁山房主人编次,也不知是何人。书中提及"发逆",则当是清咸丰或同治初年的著作。日本有翻刻,王寅(字冶梅)到日本去卖画,又翻回中国来,有光绪十七年序,现在印行的都出于此本。这也是一部选集,其中取《醒世恒言》者四篇(卷一,二,六,十八),《十五贯》也在内,可惜删落了"得胜头回";取《西湖佳话》者一篇(卷十);余未详,篇末多有自怡轩主人评语,大约是别一种小说的话本,然而笔墨拙涩,尚且及不到《拍案惊奇》。

7.《续今古奇观》。三十卷;每卷一回。无编者名,亦无印行年月,然大约当在同治末或光绪初。同治七年,江苏巡抚丁日昌严禁淫词小说,《拍案惊奇》也在内,想来其时市上遂难得,于是《拍案惊奇》即小加删改,化为《续今古奇观》而出,依然流行世间。但除去了《今古奇观》所已采的七篇,而加上《今古奇闻》中的一篇(《康友仁轻财重义得科名》),改立题目,以足三十卷的整数。

此外,明人拟作的小说也还有,如杭人周楫的《西湖二集》三十四卷,东鲁古狂生的《醉醒石》十五卷皆是。但都与几经选刻,辗转流传的本子无关,故不复论。

一九二三年十一月。

(发表于 1923 年 12 月 1 日《晨报五周年纪念增刊》"文艺评论"栏,收入《坟》)

《嵇康集》序

魏中散大夫《嵇康集》，在梁有十五卷，《录》一卷。至随佚二卷。唐世复出，而失其《录》。宋以来，乃仅存十卷。郑樵《通志》所载卷数，与唐不异者，盖转录旧记，非由目见。王楙已尝辨之矣。至于椠刻，宋元者未尝闻，明则有嘉靖乙酉黄省曾本，汪士贤《二十一名家集》本，皆十卷。在张溥《汉魏六朝百三名家集》中者，合为一卷，张燮所刻者又改为六卷，盖皆从黄本出，而略正其误，并增逸文。张燮本更变乱次第，弥失其旧。惟程荣刻十卷本，较多异文，所据似别一本，然大略仍与他本不甚远。清诸家藏书簿所记，又有明吴宽丛书堂钞本，谓源出宋椠，又经匏庵手校，故虽移录，校文者亦为珍秘。予幸其书今在京师图书馆，乃亟写得之，更取黄本雠对，知二本根源实同，而互有讹夺。惟此所阙失，得由彼书补正，兼具二长，乃成较胜。旧校亦不知是否真出匏庵手？要之盖不止一人。先为墨校，增删最多，且常灭尽原文，至不可辨；所据又仅刻本，并取彼之讹夺，以改旧钞。后又有朱校二次，亦据刻本，凡先所幸免之字，辄复涂改，使悉从同。盖经朱墨三校，而旧钞之长，且泯绝矣。今此校定，则排摈旧校，力存原文。其为浓墨所灭，不得已而从改本者，则曰：字从旧校，以著可疑。义得两通，而旧校辄改从刻本者，则曰：各本作某，以存其异。既以黄省曾，汪士贤，程荣，张溥，张燮五家刻本比勘讫，复取《三国志》注，《晋书》，《世说新语》注，《野客丛书》，胡克家翻宋尤袤本《文选》李善注，及所著《考异》，宋本《文选》六臣注，相传唐钞《文选集注》残本，《乐府诗集》，《古诗纪》，及陈禹谟刻本《北堂书钞》，胡缵宗本《艺文类聚》，锡山安国刻本《初学记》，鲍崇城刻本《太平御览》等所引，著其同异。姚莹所编《乾坤正气集》中，亦有中散文九卷，无所正定，亦不复道。而严可均《全三国文》，孙星衍《续古文苑》所收，则间有勘正之字，因并录存，以备省览。若其集作如此，而刻本已改者，如"慠"为"傲"，"寤"为"悟"；或刻本较此为长，如"遊"为"游"，"泰"为"太"，"慾"为"欲"，"樽"为"尊"，"殉"为"徇"，"饬"为"饰"，"閑"为"閒"，"蹔"为"暫"，"脩"为"修"，"壹"为"一"，"途"为"塗"，"返"为"反"，"捨"为"舍"，"弦"为"絃"；或此较刻本为长，如"饑"为"飢"，"陵"为"淩"，"熟"为"孰"，"玩"为"翫"，"災"为"灾"；或虽异文而俱得通，如"迺"与"乃"，"豸"与"斉"，"强"与"彊"，"于"与"於"，"无""毋"与"無"，其数甚众，皆不复著，以省烦累。又审旧钞原亦不足十卷，其第一卷有阙叶，第二卷佚前，有人以《琴赋》足之。第三卷佚后，有人以《养生论》足之。第九卷当为《难宅无吉凶摄生论》下，而全佚，则分第六卷中之《自然好学论》等二篇为第七卷，改第七，第八两卷为八，九两卷，以为完书。黄，汪，程三家刻本皆如此，今亦不改。盖较王楙所见之缮写十卷本，卷数无异，而实佚其一卷及两半卷矣。原又有目录在前，然是校后续加，与黄本者相似。今据本文，别造一卷代之，并作《逸文考》，《著录考》各一卷附于末。恨学识荒陋，疏失盖多，亦第欲存留旧文，得稍流布焉尔。

中华民国十有三年六月十一日会稽　　序。

（发表于 1938 年 4 月 23 日《华美周报》第 1 卷第 1 期，印入《嵇康集》）

《俟堂专文杂集》题记

曩尝欲著《越中专录》，颇锐意搜集乡邦专甓及拓本，而资力薄劣，俱不易致，以十余年之勤，所得仅古专二十余及打本少许而已。迁徙以后，忽遭寇劫，孑身逭遁，止携大同十一年者一枚出，余悉委盗窟中。日月除矣，意兴亦尽，纂述之事，渺焉何期？聊集燹余，以为永念哉！甲子八月廿三日，宴之敖者手记。

（写于1924年9月21日）

《小说旧闻钞》序言

昔尝治理小说，于其史实，有所钩稽。时蒋氏瑞藻《小说考证》已版行，取以检寻，颇获稗助；独惜其并收传奇，未曾理析，校以原本，字句又时有异同。于是凡值涉猎故记，偶得旧闻，足为参证者，辄复别行移写。历时既久，所积渐多；而二年已前又复废置，纸札丛杂，委之蟫尘。其所以不即焚弃者，盖缘事虽猥琐，究尝用心，取舍两穷，有如鸡肋焉尔。今年之春，有所枨触，更发旧稿，杂陈案头。一二小友以为此虽不足以饷名家，或尚非无稗于初学，助之编定，斐然成章，遂亦印行，即为此本。自愧读书不多，疏陋殊甚，空灾楮墨，贻痛评坛。然皆摭自本书，未尝转贩；而通卷俱论小说，如《小浮梅闲话》，《小说丛考》，《石头记索隐》，《红楼梦辨》等，则以本为专著，无烦披拣，冀省篇幅，亦不复采也。凡所录载，本拟力汰复重，以便观览，然有破格，可得而言：在《水浒传》，《聊斋志异》，《阅微草堂笔记》下有复重者，著俗说流传之迹也；在《西游记》下有复重者，揭此书不著录于地志之渐也；在《源流篇》中有复重者，明札记肊说稗贩之多也。无稽甚者，亦在所删，而独留《消夏闲记》《扬州梦》各一则，则以见悠谬之谈，故书中盖常有，且复至于此耳。翻检之书，别为目录附于末；然亦有未尝通观全部者，如王圻《续文献通考》，实仅阅其《经籍考》而已。

一千九百二十六年八月一日，校讫记。鲁迅。

（印入《小说旧闻钞》）

汉文学史纲要

第一篇　自文字至文章

在昔原始之民，其居群中，盖惟以姿态声音，自达其情意而已。声音繁变，寖成言辞，言辞谐美，乃兆歌咏。时属草昧，庶民朴淳，心志郁于内，则任情而歌呼，天地变于外，则只畏以颂祝，踊跃吟叹，时越侪辈，为众所赏，默识不忘，口耳相传，或逮后世。复有巫觋，职在通神，盛为歌舞，以祈灵贶，而赞颂之在人群，其用乃愈益广大。试察今之蛮民，虽状极狉獉，未有衣服宫室文字，而颂神抒情之什，降灵召鬼之人，大抵有焉。吕不韦云，“昔葛天氏之乐，三人操牛尾，投足以歌八阕”。（《吕氏春秋・仲夏纪・古乐》）郑玄则谓“诗之兴也，谅不于上皇之世”。（《诗谱序》）虽荒古无文，并难征信，而证以今日之野人，揆之人间之心理，固当以吕氏所言，为较近于事理者矣。

然而言者，犹风波也，激荡既已，余踪杳然，独恃口耳之传，殊不足以行远或垂后。诗人感物，发为歌吟，吟已感漓，其事随讫。倘将记言行，存事功，则专凭言语，大惧遗忘，故古者尝结绳而治，而后之圣人易之以书契。结绳之法，今不能知；书契者，相传“古者庖牺氏之王天下也，仰则观象于天，俯则观法于地；观鸟兽之文与地之宜，近取诸身，远取诸物，于是始作八卦”。(《易》《下系辞》)“神农氏复重之为六十四爻。”(司马贞《补史记》)颇似为文字所由始。其文今具存于《易》，积画成象，短长错综，变易有穷，与后之文字不相系属。故许慎复以为“黄帝之史仓颉，见鸟兽蹄迒之迹，知分理之可相别异也，初造书契”(《说文解字序》)。要之文字成就，所当绵历岁时，且由众手，全群共喻，乃得流行，谁为作者，殊难确指，归功一圣，亦凭臆之说也。

许慎云，“仓颉之初作书，盖依类象形，故谓之文。其后形声相益，即谓之字。字者，言孳乳而浸多也。著于竹帛谓之书。书者，如也。……《周礼》八岁入小学，保氏教国了，先以六书。一曰指事，指事者，视而可识，察而可见，上下是也；二曰象形，象形者，画成其物，随体诘诎，日月是也；三曰形声，形声者，以事为名，取譬相成，江河是也；四曰会意，会意者，比类合谊，以见指撝，武信是也；五曰转注，转注者，建类一首，同意相受，考老是也；六曰假借，假借者，本无其字，依声托事，令长是也。”(《说文解字序》)指事象形会意为形体之事，形声假借为声音之事，转注者，训诂之事也。虞夏书契，今不可见，峋嵝禹书，伪造不足论，商周以来，则刻于骨甲金石者多有，下及秦汉，文字弥繁，而摄以六事，大抵弭合。意者文字初作，首必象形，触目会心，不待授受，渐而演进，则会意指事之类兴焉。今之文字，形声转多，而察其缔构，什九以形象为本柢，诵习一字，当识形音义三：口诵耳闻其音，目察其形，心通其义，三识并用，一字之功乃全。其在文章，则写山曰崚嶒嵯峨，状水曰汪洋澎湃，蔽芾葱茏，恍逢丰木，鳟鲂鳗鲤，如见多鱼。故其所函，遂具三美：意美以感心，一也；音美以感耳，二也；形美以感目，三也。

连属文字，亦谓之文。而其兴盛，盖亦由巫史乎。巫以记神事，更进，则史以记人事也，然尚以上告于天；翻今之《易》与《书》，间能得其仿佛。至于上古实状，则荒漠不可考，君长之名，且难审知，世以天皇地皇人皇为三皇者，列三才开始之序，继以有巢燧人伏羲神农者，明人群进化之程，殆皆后人所命，非真号矣。降及轩辕，遂多传说，逮于虞夏，乃有箸于简策之文传于今。

巫史非诗人，其职虽止于传事，然厥初亦凭口耳，虑有愆误，则练句协音，以便记诵。文字既作，固无愆误之虞矣，而简策繁重，书削为劳，故复当俭约其文，以省物力，或因旧习，仍作韵言。今所传有黄帝《道言》（见《吕氏春秋》），《金人铭》（《说苑》），颛顼《丹书》（《大戴礼记》），帝喾《政语》（《贾谊新书》），虽并出秦汉人书，不足凭信，而大抵协其音，偶其词，使读者易于上口，则殆犹古之道也。

由前言更推度之，则初始之文，殆本与语言稍异，当有藻韵，以便传诵，"直言曰言，论难曰语"，区以别矣。然汉时已并称凡箸于竹帛者为文章（《汉书·艺文志》）；后或更拓其封域，举一切可以图写，接于目睛者皆属之。梁之刘勰，至谓“人文之元，肇自太极”(《文心雕龙·原道》)，三才所显，并由道妙，“形立则章成矣，声发则文生矣”，故凡虎斑霞绮，林籁泉韵，俱为文章。其说汗漫，不可审理。稍隘之义，则《易》有曰，“物相杂，故曰文。”《说文解字》曰，“文，错画也。”可知凡所谓文，必相错综，错而不乱，亦近丽尔之象。至刘熙云“文者，会集众彩以成锦绣，会集众字以成辞义，如文绣然也”(《释名》)。则确然以文章之事，当具辞义，且有华饰，如文绣矣。《说文》又有彣字，云：“鹹也”；“鹹，彣彰也”。盖即此义。然后来不用，但书文章，今通称文学。

刘勰虽于《原道》一篇，以人“为五行之秀，实天地之心，心生而言立，言立而文明，自然之道也。傍及万品，动植皆文。……”而晋宋以来，文笔之辨又甚峻。其《总术篇》即云，“今之常言：有文有笔。以为无韵者笔也，有韵者文也。”萧绎所诠，尤为昭晰，曰：“今之门徒，转相师受，通圣人之经者谓之儒；屈原宋玉枚乘长卿之徒，止于辞赋则谓之文。……至如不便为诗如阎纂，善为章奏如伯松，若是之流，泛谓之笔。吟咏风谣，流连哀思者谓之文。”又曰，“笔，退则非谓成篇，进则不云取义，神其巧惠，笔端而已。至如文者，惟须绮縠纷披，宫征靡曼，脣吻遒会，精灵荡摇。而古之文笔今之文笔，其源又异。”(《金楼子·立言篇》)盖其时文章界域，极可弛张，纵之则包举万汇之形声；严之则排摈简质之叙记，必有藻韵，善移人情，始得称文。其不然者，概谓之笔。

辞笔或诗笔对举，唐世犹然，逮及宋元，此义遂晦，于是散体之笔，并称曰文，且谓其用，所以载道，提挈经训，诛锄美辞，讲章告示，高张文苑矣。清阮元作《文言说》，其子福又作《文笔对》，复昭古谊，而其说亦不行。

第二篇　书与诗

《周礼》，外史掌三皇五帝之书，今已莫知其书为何等。假使五帝书诚为五典，则今惟《尧典》在《尚书》中。“尚者，上也。上所为，下所书也。”（王充《论衡·须颂篇》）或曰：“言此上代以来之书。”（孔颖达《尚书正义》）纬书谓“孔子求书，得黄帝玄孙帝魁之书，迄于秦穆公，凡三千二百四十篇。断远取近，定可为世法者百二十篇；以百二篇为《尚书》，十八篇为《中候》。去三千一百二十篇”。（《尚书璇玑钤》）乃汉人侈大之言，不可信。《尚书》盖本百篇：《虞夏书》二十篇，《商书》《周书》各四十篇。今本有序，相传孔子所为，言其作意（《汉书·艺文志》），然亦难信，以其文不类也。秦燔烧经籍，济南伏生抱书藏山中，又失之。汉兴，景帝使晁错往从口授，而伏生旋老死，仅得自《尧典》至《秦誓》二十八篇；故汉人尝以拟二十八宿。

《书》之体例有六：曰典，曰谟，曰训，曰诰，曰誓，曰命，是称六体。然其中有《禹贡》，颇似记，余则概为训下与告上之词，犹后世之诏令与奏议也。其文质朴，亦诘屈难读，距以藻韵为饰，俾便颂习，便行远之时，盖已远矣。晋卫宏则云，“伏生老，不能正言，言不可晓，使其女传言教错。齐人语多与颍川异，错所不知，凡十二三，略以其意属读而已。”故难解之处多有，今即略录《尧典》中语，以见大凡：

"……帝曰：畴咨若时，登庸。放齐曰：胤子朱，启明。帝曰：吁！嚚讼，可乎？帝曰：畴咨若予采？驩兜曰：都！共工，方鸠僝工。帝曰：吁！静言庸违，象恭，滔天！帝曰：咨，四岳！汤汤洪水方割，荡荡怀山襄陵，浩浩滔天，下民其咨。有能，俾乂。佥曰：于，鲧哉！帝曰：吁，咈哉！方命，圮族。岳曰：异哉！试可，乃已。帝曰：往，钦哉！九载，绩用弗成。帝曰：咨，四岳！朕在位七十载，汝能庸命，巽朕位。岳曰：否德，忝帝位。曰：明明，扬侧陋！师锡帝曰：有鳏在下，曰虞舜。帝曰：俞！予闻。如何？岳曰：瞽子。父顽，母嚚，象傲。克谐以孝，烝烝乂，不格奸。帝曰：我其试哉。女于时观厥刑于二女，厘降二女于妫汭，嫔于虞。"

扬雄曰："昔之说书者序以百，……虞夏之书浑浑尔，商书灏灏尔，周书噩噩尔。"（《法言·问神》）虞夏禅让，独饶治绩，敷扬休烈，故深大矣；周多征伐，上下相戒，事危而言切，则峻肃而不阿借；惟商书时有哀激之音，若缘厓而失其援，以为夷旷，所未详也。如《西伯戡黎》：

"西伯既戡黎，祖伊恐，奔告于王曰：天子！天既讫我殷命，格人元龟，罔敢知吉。非先王不相我后人，惟王淫戏用自绝。故天弃我，不有康食。不虞天性，不迪率典。今我民罔弗欲丧，曰，天曷不降威，大命不挚？今王其如台。王曰：呜呼！我生不有命在天？祖伊反曰：呜呼！乃罪多参在上，乃能责命于天？殷之即丧，指乃功，不无戮于尔邦！"

武帝时，鲁共王坏孔子旧宅，得其末孙惠所藏之书，字皆古文。孔安国以今文校之，得二十五篇，其五篇与伏生所诵相合，因并依古文，开其篇第，以隶古字写之，合成五十八篇。会巫蛊事起，不得奏上，乃私传其业于生徒，称《尚书》古文之学（《隋书·经籍志》）。而先伏生所口授者，缘其写以汉隶，遂反称今文。

孔氏所传，既以值巫蛊不行，遂有张霸之徒，伪造《舜典》《汨作》等二十四篇，亦称古文书，而辞义芜鄙，不足取信于世。若今本孔传《古文尚书》，则为晋豫章梅赜所奏上，独失《舜典》；至隋购募，乃得其篇，唐孔颖达疏之，遂大行于世。宋吴棫始以为疑；朱熹更比较其词，以为"今文多艰涩，而古文反平易"，"却似晋宋间文章"，并书序亦恐非安国作也。明梅鷟作《尚书考异》，尤力发其复，谓"《尚书》惟今文传自伏生口诵者为真古文。出孔壁中者，尽后儒伪作，大抵依约诸经《论》《孟》中语，并窃其字句而缘饰之"云。

诗歌之起，虽当早于记事，然葛天《八阕》，黄帝乐词，仅存其名。《家语》谓舜弹五弦之琴，造《南风》之诗曰："南风之熏兮，可以解吾民之愠兮；南风之时兮，可以阜吾民之财兮。"《尚书大传》又载其《卿云歌》云："卿云烂兮，纠缦缦兮，日月光华，旦复旦兮！"辞仅达意，颇有古风，而汉魏始传，殆亦后人拟作。其可征信者，乃在《尚书·皋陶谟》，（伪孔传《尚书》分之为《益稷》）曰：

"……夔曰：于！予击石拊石，百兽率舞，庶尹允谐。帝庸作歌曰：

> 敕天之命，惟时惟几。乃歌曰：股肱喜哉，元首起哉，百工熙哉！皋陶拜手稽首扬言曰：念哉！率作兴事，慎乃宪，钦哉！屡省乃成，钦哉！乃赓载歌曰：元首明哉，股肱良哉，庶事康哉！又歌曰：元首丛脞哉，股肱惰哉，万事堕哉！帝曰，俞，往，钦哉！”

以体式言，至为单简，去其助字，实止三言，与后之“汤之《盘铭》曰：苟日新，日日新，又日新”同式；又虽亦偶字履韵，而朴陋无华，殊无以胜于记事。然此特君臣相勖，冀各慎其法宪，敬其职事而已，长言咏叹，故命曰歌，固非诗人之作也。

自商至周，诗乃圆备，存于今者三百五篇，称为《诗经》。其先虽遭秦火，而人所讽诵，不独在竹帛，故最完。司马迁始以为“古者《诗》三千余篇，及至孔子，去其重，取其可施于礼义，上采契后稷，中述殷周之盛，至幽厉之缺”。然唐孔颖达已疑其言；宋郑樵则谓诗皆商周人作，孔子得于鲁太师，编而录之。朱熹于诗，其意常与郑樵合，亦曰：“人言夫子删诗，看来只是采得许多诗，夫子不曾删去，只是刊定而已。”

《书》有六体，《诗》则有六义焉：一曰风，二曰赋，三曰比，四曰兴，五曰雅，六曰颂。风雅颂以性质言：风者，闾巷之情诗；雅者，朝廷之乐歌；颂者，宗庙之乐歌也。是为《诗》之三经。赋比兴以体制言：赋者直抒其情；比者借物言志；兴者托物兴辞也。是为《诗》之三纬。风以《关雎》始，雅有大小，小雅以《鹿鸣》始，大雅以《文王》始；颂以《清庙》始；是为四始。汉时，说诗者众，鲁有申培，齐有辕固，燕有韩婴，皆尝列于学官，而其书今并亡。存者独有赵人毛苌诗传，其学自谓传自子夏；河间献王尤好之。其诗每篇皆有序，郑玄以为首篇大序即子夏作，后之小序则子夏毛公合作也。而韩愈则云，“子夏不序诗。”朱熹解诗，亦但信诗不信序。然据范晔说，则实后汉卫宏之所为尔。

毛氏《诗序》既不可信，三家《诗》又失传，作诗本义，遂难通晓。而《诗》之篇目次第，又不甚以时代为先后，故后来异说滋多。明何楷作《毛诗世本古义》，乃以诗编年，谓上起于夏少康时（《公刘》，《七月》等）而讫于周敬王之世，（《下泉》）虽与孟子知人论世之说合，然亦非必其本义矣。要之《商颂》五篇，事迹分明，词亦诘屈，与《尚书》近似，用以上续舜皋陶之歌，或非诬欤？今录其《玄鸟》一篇；《毛诗》序曰：祀高宗也。

“天命玄鸟，降而生商，宅殷土芒芒。古帝命武汤，正域彼四方，方命厥后，奄有九有。商之先后，受命不殆，在武丁孙子。武丁孙子，武王靡不胜，龙旂十乘，大糦是承。邦畿千里，维民所止，肇域彼四海，四海来假。来假祁祁，景员维河，殷受命咸宜，百禄是何。”

至于二《雅》，则或美或刺，较足见作者之情，非如《颂》诗，大率叹美。如《小雅·采薇》，言征人远戍，虽劳而不敢息云：

“采薇采薇，薇亦作止。曰归曰归，岁亦莫止。靡室靡家，猃狁之故；不遑启居，猃狁之故。……彼尔维何？维常之华。彼路斯何？君子之车。戎车既驾，四牡业业；岂敢定居，一月三捷。……昔我往矣，杨柳依依；今我来思，雨雪霏霏，行道迟迟，载渴载饥。我心伤悲，莫知我哀！”

此盖所谓怨诽而不乱，温柔敦厚之言矣。然亦有甚激切者，如《大雅·瞻卬》：

“瞻卬昊天，则不我惠，孔填不宁，降此大厉。邦靡有定，士民其瘵。蟊贼蟊疾，靡有夷届；罪罟不收，靡有夷瘳！人有土田，女反有之！人有民人，女复夺之！此宜无罪，女反收之；彼宜有罪，女复说之！哲夫成城，哲妇倾城。……觱沸槛泉，维其深矣；心之忧矣，宁自今矣。不自我先，不自我后。藐藐昊天，无不克巩；无忝皇祖，式救尔后！”

《国风》之词，乃较平易，发抒情性，亦更分明。如：

“野有死麕，白茅包之；有女怀春，吉士诱之。林有朴樕；野有死鹿，白茅纯束；有女如玉。舒而脱脱兮；无感我帨兮；无使尨也吠！”(《召南·野有死麕》)

“溱与洧，方涣涣兮；士与女，方秉蕑兮。女曰观乎？士曰既且。且往观乎，洧之外，洵讦且乐。维士与女，伊其相谑，赠之以勺药。……”(《郑风·溱洧》)

“山有枢，隰有榆。子有衣裳，弗曳弗娄；子有车马，弗驰弗驱；宛其死矣，他人是愉。山有栲，隰有杻。子有廷内，弗洒弗扫；子有钟鼓，弗鼓弗考，宛其死矣，他人是保。山有漆，隰有栗。子有酒食，何不日鼓瑟？且以喜乐，且以永日。宛其死矣，他人入室。”（《唐风·山有枢》）

《诗》之次第，首《国风》，次《雅》，次《颂》。《国风》次第，则始周召二南，次邶鄘卫王郑齐魏唐秦陈桧曹而终以豳。其序列先后，宋人多以为即孔子微旨所寓，然古诗流传来久，篇次未必一如其故，今亦无以定之。惟《诗》以平易之《风》始，而渐及典重之《雅》与《颂》；《国风》又以所尊之周室始，次乃旁及于各国，则大致尚可推见而已。

《诗》三百篇，皆出北方，而以黄河为中心。其十五国中，周南召南王桧陈郑在河南，邶鄘卫曹齐魏唐在河北，豳秦则在泾渭之滨，疆域概不越今河南山西陕西山东四省之外。其民厚重，故虽直抒胸臆，犹能止乎礼义，忿而不戾，怨而不怒，哀而不伤，乐而不淫，虽诗歌，亦教训也。然此特后儒之言，实则激楚之言，奔放之词，《风》《雅》中亦常有，而孔子则曰：“《诗》三百，一言以蔽之，曰：思无邪。”后儒因孔子告颜渊为邦，曰“放郑声”。又曰：“恶郑声之乱雅乐也。”遂亦疑及《郑风》，以为淫逸，失其旨矣。自心不净，则外物随之，嵇康曰：“若夫郑声，是音声之至妙，妙音感人，犹美色惑志，耽槃荒酒，易以丧业，自非至人，孰能御之。”（本集《声无哀乐论》）世之欲捐窈窕之声，盖由于此，其理亦并通于文章。

参考书：

《尚书正义》(唐孔颖达)　《毛诗正义》(同上)

《经义考》(清朱彝尊)卷七二至七六　卷九八至一百

《支那文学史纲》(日本儿岛献吉郎)第二篇二至四章

《诗经研究》(谢无量)

第三篇　老　庄

周室寖衰，风人辍采；故曰："王者之迹熄而诗亡。"志士欲救世弊，则穷竭神虑，举其知闻。而诸侯又方并争，厚招游学之士；或将取合世主，起行其言，乃复力斥异家，以自所执持者为要道，骋辩腾说，著作云起矣。然当时足称"显学"者，实止三家，曰道，曰儒，曰墨。

道家书据《汉书・艺文志》所录有《伊尹》，《太公》，《辛甲》等，今皆不传；《鬻子》《筦子》亦后人作，故存于今者莫先于《老子》。老子名耳，字聃，姓李氏，楚人，盖生于周灵王初(约西历纪元前五七〇)，尝为守藏室之史，见周之衰，遂去，至关，为关令尹喜著书上下篇，言道德之意，五千余言而去，莫知其所终也。今书又离为八十一章，亦后人妄分，本文实惟杂述思想，颇无条贯；时亦对字协韵，以便记诵，与秦汉人所传之黄帝《金人铭》，颛顼《丹书》等(见第一篇)同：

"视之不见名曰夷，听之不闻名曰希，搏之不得名曰微。此三者不可致诘，故混而为一。其上不皦，其下不昧，绳绳不可名，复归于无物。是谓无状之状，无物之象，是谓惚恍。迎之不见其首，随之不见其后，执古之道，以御今之有。能知古始，是谓道纪。”

“执大象，天下往。往而不害，安平太。乐与饵，过客止；道之出口，淡乎其无味，视之不足见，听之不足闻，用之不足既。”

老子尝为周室守书，博见文典，又阅世变，所识甚多，班固谓“道家者流盖出于史官，历记成败存亡祸福古今之道，然后知秉要执本，清虚以自守，卑弱以自持”，者盖以此。然老子之言亦不纯一，戒多言而时有愤辞，尚无为而仍欲治天下。其无为者，以欲“无不为”也。

“大道废，有仁义。智慧出，有大伪。六亲不和有孝慈，国家昏乱有忠臣。”

“民之饥，以其上食税之多，是以饥。民之难治，以其上之有为，是以难治。民之轻死，以其求生之厚，是以轻死。夫唯无以生为者，是贤于贵生。”

“……圣人处无为之事，行不言之教，万物作焉而不辞，生而不有，为而不恃，功成而弗居。夫唯弗居，是以不去。”

“为学日益，为道日损。损之又损，以至于无为。无为而无不为。取天下常以无事；及其有事，不足以取天下。”

儒墨二家起老氏之后，而各欲尽人力以救世乱。孔子以周灵王二十一年（前五五一）生于鲁昌平乡陬邑，年三十余，尝问礼于老聃，然祖述尧舜，欲以治世弊，道不行，则定《诗》《书》，订《礼》《乐》，序《易》，作《春秋》。既卒（敬王四十一年——前四七九），门人又相与辑其言行而论纂之，谓之《论语》。墨子亦鲁人，名翟，盖后于孔子百三四十年（约威烈王一至十年生），而尚夏道，兼爱尚同，非古之礼乐，亦非儒，有书七十一篇，今存者作十五卷。然儒者崇实，墨家尚质，故《论语》《墨子》，其文辞皆略无华饰，取足达意而已。时又有杨朱，主"为我"，殆未尝著书，而其说亦盛行于战国之世。孟子名轲（前三七二生，二八九卒）者，邹人，受学于子思，亦崇唐虞，说仁义，于杨墨则辞而辟之，著书七篇曰《孟子》。生当周季，渐有繁辞，而叙述则时特精妙，如墦间乞食一段，宋吴氏（《林下偶谈》）极推称之：

"齐人有一妻一妾而处室者。其良人出，则必餍酒食而后反；其妻问所与饮食者，尽富贵也。其妻告其妾曰：良人出，则必餍酒食而后反，问其与饮食者，尽富贵也，而未尝有显者来，吾将瞯良人之所之也。蚤起，施从良人之所之。遍国中无与立谈者，卒之东郭墦间之祭者，乞其余，不足，又顾而之他。此其为餍足之道也。其妻归，告其妾曰：良人者，所仰望而终身也，今若此。与其妾讪其良人，而相泣于中庭。而良人未之知也，施施从外来，骄其妻妾。"

然文辞之美富者，实惟道家，《列子》《鹖冠子》书晚出，皆后人伪作；

今存者有《庄子》。庄子名周，宋之蒙人，盖稍后于孟子，尝为蒙漆园吏。著书十余万言，大抵寓言，人物土地，皆空言无事实，而其文则汪洋辟阖，仪态万方，晚周诸子之作，莫能先也。今存三十三篇，《内篇》七，《外篇》十五，《杂篇》十一；然《外篇》《杂篇》疑亦后人所加。于此略录《内篇》之文，以见大概：

"啮缺问乎王倪曰：子知物之所同是乎？曰：吾恶乎知之。子知子之所不知邪？曰：吾恶乎知之。然则物无知邪？曰：吾恶乎知之。虽然，尝试言之：庸讵知吾所谓知之非不知邪？庸讵知吾所谓不知之非知邪？且吾尝试问乎女：民湿寝则要疾偏死，鰌然乎哉？木处则惴栗恂惧，猿猴然乎哉？三者孰知正处。……自我观之：仁义之端，是非之涂，樊然淆乱。吾恶能知其辩。啮缺曰：子不知利害，则至人固不知利害乎？王倪曰：至人神矣，大泽焚而不能热，河汉冱而不能寒，疾雷破山，风振海而不能惊。若然者乘云气，骑日月，而游乎四海之外。死生无变于己，而况利害之端乎？"（《齐物论》第二）

"泉涸，鱼相与处于陆，相呴以湿，相濡以沫，不如相忘于江湖。与其誉尧而非桀也，不如两忘而化其道。夫大块载我以形，劳我以生，佚我以老，息我以死，故善吾生者，乃所以善吾死也。"（《大宗师》第六）

"南海之帝为倏，北海之帝为忽，中央之帝为混沌。倏与忽时与相遇于混沌之地，混沌待之甚善。倏与忽谋报混沌之德，曰：人皆有七窍以视听食息，此独无有。尝试凿之。日凿一窍，七日而混沌死。"（《应帝

王》第七）

末有《天下》一篇（胡适谓非庄周作），则历评“天下之治方术者”，最推关尹老子，以为“古之博大真人”，而自述其文与意云：

“芴漠无形，变化无常。死与生与？天地并与？神明往与？芒乎何之，忽乎何适？万物毕罗，莫足以归。古之道术，有在于是者。庄周闻其风而悦之，以谬悠之说，荒唐之言，无端崖之辞，时纵恣而不傥，不以觭见之也。以天下为沉浊不可与庄语，以卮言为曼衍，以重言为真，以寓言为广。独与天地精神往来，而不敖倪于万物；不谴是非，以与世俗处。其书虽瑰玮，而连犿无伤也。其辞虽参差，而諔诡可观。彼其充实，不可以已。上与造物者游，而下与外死生无终始者为友。其于本也，弘大而辟，深闳而肆；其于宗也，可谓稠适而上遂矣。……”

故自史迁以来，均谓周之要本，归于老子之言。然老子尚欲言有无，别修短，知白黑，而措意于天下；周则欲并有无修短白黑而一之，以大归于“混沌”，其“不谴是非”，“外死生”，“无终始”，胥此意也。中国出世之说，至此乃始圆备。

察周季之思潮，略有四派。一邹鲁派，皆诵法先王，标榜仁义，以备世之急，儒有孔孟，墨有墨翟，二陈宋派，老子生于苦县，本陈地也，言清净之治，迨庄周生于宋，则且以“天下为沉浊不可与庄语”，自无为而入于虚无。三曰郑卫派，郑有邓析申不害，卫有公孙鞅，赵有慎到公孙龙，韩有韩非，皆言名法。四曰燕齐派，则多作空疏迂怪之谈，齐之驺衍，驺奭，田骈，接子等，皆其卓者，亦秦汉方士所从出也。

参考书：

《老子》（晋王弼注）

《庄子》（晋郭象注）

《史记》（《孔子世家》，《孟》《老庄列传》等）

《汉书》（《艺文志》）

《子略》（宋高似孙）

《中国文学史纲》（日本儿岛献吉郎）第二篇第六章

《中国大文学史》（谢无量）卷二第七章

《中国哲学史大纲》（胡适）上卷

第四篇　屈原及宋玉

战国之世，言道术既有庄周之蔑诗礼，贵虚无，尤以文辞，陵轹诸子。在韵言则有屈原起于楚，被谗放逐，乃作《离骚》。逸响伟辞，卓绝一世。后人惊其文采，相率仿效，以原楚产，故称《楚辞》。较之于《诗》，则其言甚长，其思甚幻，其文甚丽，其旨甚明，凭心而言，不遵矩度。故后儒之服膺诗教者，或訾而绌之，然其影响于后来之文章，乃甚或在三百篇以上。

屈原，名平，楚同姓也，事怀王为左徒，博闻强志，明于治乱，娴于辞令，王令原草宪令，上官大夫欲夺其稿，不得，谗之于王，王怒而疏屈原。原彷徨山泽，见先王之庙及公卿祠堂，图画天地山川神灵，琦玮僪佹，及古贤圣怪物行事。因书其壁，呵而问之，以抒愤懑，曰《天问》。辞句大率四言；以所图故事，今多失传，故往往难得其解：

"……雄虺九首，倏忽焉在？何所不死，长人何守？靡萍九衢，枲华安居？一蛇吞象，厥大何如？黑水玄趾，三危安在？延年不死，寿何所止？鲮鱼何所，鬿堆焉处？羿焉彃日，乌焉解羽？……"

"……中央共牧后何怒？蜂蚁微命力何固？惊女采薇鹿何祐？北至回水萃何喜？兄有噬犬弟何欲，易之以百两卒无禄？……"

后盖又召还，尝欲联齐拒秦，不见用。怀王与秦婚，子兰劝王入秦，屈原止之，不听，卒为秦所留。长子顷襄王立，子兰为令尹，亦谗屈原，王怒而迁之。原在湘沅之间九年，行吟泽畔，颜色憔悴，作《离骚》，终怀石自投汨罗以死，时盖顷襄王十四五年（前二八五或六）也。

《离骚》者，司马迁以为"离忧"，班固以为"遭忧"，王逸释以离别之愁思，扬雄则解为"牢骚"，故作《反离骚》，又作《畔牢愁》矣。其辞述己之始生，以至壮大，迄于将终，虽怀内美，重以修能，正道直行，而罹谗贼，于是放言遐想，称古帝，怀神山，呼龙虬，思佚女，申纾其心，自明无罪，因以讽谏。其文几二千言，中有云：

“……跪敷衽以陈辞兮，耿吾既得此中正。驷玉虬以乘鷖兮，溘埃风余上征。朝发轫于苍梧兮，夕余至乎县圃，欲少留此灵琐兮，日忽忽其将暮。吾令羲和弭节兮，望崦嵫而勿迫，路曼曼其修远兮，吾将上下而求索。饮余马于咸池兮，总余辔乎扶桑，折若木以拂日兮，聊消遥以相羊。……览相观于四极兮，周流乎天余乃下，望瑶台之偃蹇兮，见有娀之佚女。吾令鸩为媒兮，鸩告余以不好；雄鸠之鸣逝兮，余犹恶其佻巧。……理弱而媒拙兮，恐导言之不固；时混浊而嫉贤兮，好蔽美而称恶。闺中既以邃远兮，哲王又不寤。怀朕情而不发兮，余焉能忍与此终古！……”

次述占于灵氛，问于巫咸，无不劝其远游，毋怀故宇，于是驰神纵意，将翱将翔，而眷怀宗国，终又宁死而不忍去也：

“……抑志而弭节兮，神高驰之邈邈；奏《九歌》而舞《韶》兮，聊假日以偷乐。陟升皇之赫戏兮，忽临睨夫旧乡；仆夫悲余马怀兮，蜷局顾而不行。乱曰：已矣哉！国无人，莫我知兮，又何怀乎故都？既莫足与为美政兮，吾将从彭咸之所居！”

今所传《楚辞》中有《九章》九篇，亦屈原作。又有《卜居》，《渔父》，述屈原既放，与卜者及渔人问答之辞，亦云自制，然或后人取故事仿作之，而其设为问难，履韵偶句之法，则颇为词人则效，近如宋玉之《风赋》，远如相如之《子虚》、《上林》，班固之《两都》皆是也。

《离骚》之出，其沾溉文林，既极广远，评骘之语，遂亦纷繁，扬之者谓可与日月争光，抑之者且不许与狂狷比迹，盖一则达观于文章，一乃局蹐于诗教，故其裁决，区以别矣。实则《离骚》之异于《诗》者，特在形式藻采之间耳，时与俗异，故声调不同；地异，故山川神灵动植皆不同；惟欲婚简狄，留二姚，或为北方人民所不敢道，若其怨愤责数之言，则三百篇中之甚于此者多矣。楚虽蛮夷，久为大国，春秋之世，已能赋诗，风雅之教，宁所未习，幸其固有文化，尚未沦亡，交错为文，遂生壮采。刘勰取其言辞，校之经典，谓有异有同，固雅颂之博徒，实战国之风雅，"虽取熔经义，亦自铸伟辞。……故能气往轹古，辞来切今，惊采绝艳；难与并能"。(《文心雕龙》《辨骚》)可谓知言者已。

形式文采之所以异者，由二因缘，曰时与地。古者交接邻国，揖让之际，盖必诵诗，故孔子曰：不学诗，无以言。周室既衰，聘问歌咏，不行于列国，而游说之风寖盛，纵横之士，欲以唇吻奏功，遂竞为美辞，以动人主。如屈原同时有苏秦者，其说赵司寇李兑也，曰："雒阳乘轩里苏秦，家贫亲老，无罢车驽马，桑轮蓬箧，羸縢担囊，触尘埃，蒙霜露，越漳河，足重茧，日百而舍，造外阙，愿造于前，口道天下之事。"(《赵策》一)自叙其来，华饰至此，则辩说之际，可以推知。余波流衍，渐及文苑，繁辞华句，固已非诗之朴质之体式所能载矣。况《离骚》产地，与诗不同，彼有河渭，此则沅湘，彼惟朴樕，此则兰茝；又重巫，浩歌曼舞，足以乐神，盛造歌辞，用于祀祭。《楚辞》中有《九歌》，谓“楚南郢之邑，沅湘之间，其俗信鬼而好祀，……屈原放逐，……愁思怫郁，出见俗人祭祀之礼，歌舞之乐，其词鄙俚，因为作《九歌》之曲”。而绮靡杳渺，与原他文颇不同，虽曰“为作”，固当有本。俗歌俚句，非不可沾溉词人，句不拘于四言，圣不限于尧舜，盖荆楚之常习，其所由来者远矣。今略录其《湘夫人》：

“帝子降兮北渚，目眇眇兮愁余。袅袅兮秋风，洞庭波兮木叶下。登白苹兮骋望，与佳期兮夕张。鸟何萃兮苹中，罾何为兮木上？沅有芷兮澧有兰，思公子兮未敢言；慌惚兮远望，观流水兮潺湲。麋何食兮庭中，蛟何为兮水裔？朝驰余马兮江皋，夕济兮西澨。闻佳人兮召予，将腾驾兮偕逝。筑室兮水中，葺之以荷盖。荪壁兮紫坛，播芳椒兮盈堂，桂栋兮兰橑，辛夷楣兮药房。……芷葺兮荷盖，缭之兮杜衡，合百草兮实庭，建芳馨兮庑门。九疑缤兮并迎，灵之来兮如云。捐余袂兮江中，遗余褋兮澧浦，搴汀洲兮杜若，将以遗兮远者。时不可兮骤得，聊消遥兮容与。”

同时有儒者赵人荀况（约前三一五至二三〇），年五十始游学于齐，三为祭酒；已而被谗适楚，春申君以为兰陵令。亦作赋，《汉书》云十篇，今有五篇在《荀子》中，曰《礼》，曰《知》，曰《云》，曰《蚕》，曰《箴》，臣以隐语设问，而王以隐语解之，文亦朴质，概为四言，与楚声不类。又有佹诗，实亦赋，言天下不治之意，即以遗春申君者，则词甚切激，殆不下于屈原，岂身临楚邦，居移其气，终亦生牢愁之思乎？

“天下不治，请陈佹诗：天地易位，四时易乡。列星殒坠，旦暮晦盲。……仁人绌约，敖暴擅强。天下幽险，恐失世英。螭龙为蝘蜓，鸱枭为凤凰。比干见刳，孔子拘匡。昭昭乎其知之明也，郁郁乎其遇时之不祥也。……圣人共手，时几将矣，与愚以疑，愿闻反辞。其小歌曰：念彼远方，何其塞矣。仁人绌约，暴人衍矣。忠臣危殆，谗人般矣。璇玉瑶珠，不知佩也。杂布与锦，不知异也。……以盲为明；以聋为聪；以危为安；以吉为凶。呜呼上天，曷维其同！”

稍后，楚又有宋玉唐勒景差之徒，皆好辞，而以赋见称。然虽学屈原之文辞，终莫敢直谏，盖掇其哀愁，猎其华艳，而“九死未悔”之概失矣。宋玉者，王逸以为屈原弟子；事怀王之子襄王，为大夫，然不得志。所作本十六篇，今存十一篇，殆多后人拟作，可信者有《九辩》。《九辩》本古辞，玉取其名，创为新制，虽驰神逞想，不如《离骚》，而凄怨之情，实为独绝。如：

“皇天平分四时兮，窃独悲此凛秋。白露既下降百草兮，奄离披此梧楸。去白日之昭昭兮，袭长夜之悠悠。离芳蔼之方壮兮，余萎约而悲愁。秋既先戒以白露兮，冬又申之以严霜。……岁忽忽而遒尽兮，恐余寿之弗将。悼余生之不时兮，逢此世之俇攘。澹容与而独倚兮，蟋蟀鸣此西堂。心怵惕而震荡兮，何所忧之多方？卬明月而太息兮，步列星而极明。”

又有《招魂》一篇，外陈四方之恶，内崇楚国之美，欲召魂魄，来归修门。司马迁以为屈原作，然辞气殊不类。其文华靡，长于敷陈，言险难则天地间皆不可居，述逸乐则饮食声色必极其致，后人作赋，颇学其夸。句末俱用“些”字，亦为创格，宋沈存中云，“今夔峡湖湘及南北江獠人，凡禁咒句尾皆称些，乃楚人旧俗”也。

“……魂兮归来，南方不可以止些。雕题黑齿，得人肉以祀，以其骨为醢些。蝮蛇蓁蓁；封狐千里些。雄虺九首，往来倏忽，吞人以益其心些。魂兮归来，不可以久淫些。……魂兮归来，君无上天些。虎豹九关，啄害下人些。一夫九首，拔木九千些。豺狼从目，往来侁侁些，悬人以娭，投之深渊些，致命于帝，然后得瞑些。归来归来，往恐危身些。……魂兮归来，入修门些。……室家遂宗，食多方些。稻粢穱麦，挐黄粱些。大苦醎酸，辛甘行些。肥牛之腱，臑若芳些。和酸若苦，陈吴羹些。胹鳖炮羔，有柘浆些。……肴羞未通，女乐罗些。陈钟按鼓，造新歌些，涉江采菱，发扬荷些。美人既醉，朱颜酡些。娭光眇视，目曾波些。被文服纤，丽而不奇些。长发曼鬋，艳陆离些。……”

其称为赋者则九篇，(《文选》四篇；《古文苑》六篇，然《舞赋》实傅毅作)大率言玉与唐勒景差同侍楚王，即事兴情，因而成赋，然文辞繁缛填委，时涉神仙，与玉之《九辩》《招魂》及当时情景颇违异，疑亦犹屈原之《卜居》《渔父》，皆后人依托为之。又有《对楚王问》(见《文选》及《说苑》*)，自辩所以不见誉于士民众庶之故，先征歌曲，次引鲸凤，以明俗士之不能知圣人。其辞甚繁，殆如游说之士所谈辩，或亦依托也。然与赋当并出汉初。刘勰谓赋萌于《骚》，荀卿宋玉，乃锡专名，与诗划境，蔚成大国；又谓“宋玉含才，始造对问”，于是枚乘《七发》，扬雄《连珠》，抒愤之文，郁然盛起。然则骚者，固亦受三百篇之泽，而特由其时游说之风而恢宏，因荆楚之俗而奇伟；赋与对问，又其长流之漫于后代者也。

唐勒景差之文，今所传尤少。《楚辞》中有《大招》，欲效《招魂》而甚不逮，王逸云，“屈原之所作也；或曰景差。”审其文辞，谓差为近。

参考书：

《楚辞集注》(宋朱熹)

《荀子》卷十八

《史记》卷八十四《屈原贾生列传》

《文心雕龙讲疏》(范文澜)卷一《辨骚》，卷二《诠赋》，卷三《杂文》。

《支那文学之研究》(日本铃木虎雄)卷一《骚赋之生成》

---

* 这里《说苑》应作《新序》。——编者

《楚辞新论》(谢无量)

《楚辞概论》(游国恩)

第五篇 李 斯

秦始皇帝即位之初,相国吕不韦以列国常下士喜宾客,且多辩士,如荀况之徒,著书布天下,乃亦厚养士,使人人著其所知,集以为书,凡二十余万言,号曰《吕氏春秋》,布咸阳市门,延诸侯游士宾客,有能增损一字者予千金。始皇既壮,绌不韦;又渐并兼列国,虽亦召文学,置博士,而终则焚烧《诗》《书》,杀诸生甚众,重任丞相李斯,以法术为治。

李斯,楚上蔡人,少与韩非俱从荀况学帝王之术,成而入秦,为吕不韦舍人,说始皇,拜为长史,渐进至左丞相,二世二年(前二〇八)宦者赵高诬以谋反,杀之,具五刑,夷三族。斯虽出荀卿之门,而不师儒者之道,治尚严急,然于文字,则有殊勋,六国之时,文字异形,斯乃立意,罢其不与秦文合者,画一书体,作《仓颉》七章,与古文颇不同,后称秦篆;又始造隶书,盖起于官狱多事,苟趋简易,施之于徒隶也。法家大抵少文采,惟李斯奏议,尚有华辞,如上书《谏逐客》云:

"……必秦国所生然后可,则是夜光之璧,不饰朝廷;犀象之器,不为玩好;郑卫之女,不充后宫;而骏良駃騠,不实外厩;江南金锡不为用,西蜀丹青不为采。……夫击瓮叩缻,弹筝搏髀,而歌呼呜呜快耳目者,真秦之声也。郑卫《桑间》《昭虞》《武象》者，异国之乐也。今弃击瓮叩缻而就郑卫，退弹筝而取《昭虞》。若是者，何也？快意当前，适观而已矣。今取人则不然：不问可否，不论曲直，非秦者去，为客者逐。然则是所重者在乎色乐珠玉，而所轻者在乎人民也。此非所以跨海内，制诸侯之术也。……"

二十八年，始皇始东巡郡县，群臣乃相与诵其功德，刻于金石，以垂后世。其辞亦李斯所为，今尚有流传，质而能壮，实汉晋碑铭所从出也。如《泰山刻石文》：

"皇帝临位，作制明法，臣下修饰。二十六年，初并天下，罔不宾服。亲巡天下黎民，登兹泰山，周览东极。从臣思迹，本原事业，只诵功德。治道运行，诸产得宜，皆有法式。大义休明，垂于后世，顺承勿革。皇帝躬圣，既平天下，不懈于治。……昭隔内外，靡不清净，施于后嗣。化及无穷，遵奉遗诏，永承重戒。"

三十六年，东郡民刻陨石以诅始皇，案问不服，尽诛石旁居人。始皇终不乐，乃使博士作《仙真人诗》；及行所游天下，传令乐人歌弦之。其诗盖后世游仙诗之祖，然不传。《汉书·艺文志》著秦时杂赋九篇；《礼乐志》云周有《房中乐》，至秦名曰《寿人》，今亦俱佚。故由现存者而言，秦之文章，李斯一人而已。

参考书：

《史记》卷六《秦始皇帝本纪》；卷八十五《吕不韦》，八十七《李斯列传》。

《全秦文》（清严可均辑）

《中国大文学史》（谢无量）第二编第八章

第六篇　汉宫之楚声

秦既焚烧诗书，坑诸生于咸阳，儒者乃往往伏匿民间，或则委身于敌以舒愤怨。故陈涉起匹夫，旬月王楚，而鲁诸儒持孔氏之礼器归之；孔甲则为涉博士，与俱败死。汉兴，高祖亦不乐儒术，其佐又多刀笔之吏，惟郦食其，陆贾，叔孙通文雅，有博士余风。然其厕足汉廷，亦非尽因文术，陆贾虽称说诗书，顾特以辩才见赏，郦生固自命儒者，而高祖实以说客视之；至叔孙通，则正以曲学阿世取容，非重其能定朝仪，知典礼也。即位之后，过鲁，虽曾以中牢祀孔子，盖亦英雄欺人，将借此收揽人心，俾知一反秦之所为而已。高祖崩，儒者亦不见用，《汉书·儒林传》云："孝惠高后时，公卿皆武力功臣。孝文本好刑名之言。及至孝景，不任儒；窦太后又好黄老术，故诸博士具官待问，未有进者。"

故在文章，则楚汉之际，诗教已熄，民间多乐楚声，刘邦以一亭长登帝位，其风遂亦被宫掖。盖秦灭六国，四方怨恨，而楚尤发愤，誓虽三户必亡秦，于是江湖激昂之士，遂以楚声为尚。项籍困于垓下，歌曰："力拔山兮气盖世，时不利兮骓不逝！骓不逝兮可奈何？虞兮虞兮奈若何？”楚声也。高祖既定天下，因征黥布过沛，置酒沛宫，召故人父老子弟佐酒，自击筑歌曰：“大风起兮云飞扬。威加海内兮归故乡。安得猛士兮守四方！”亦楚声也。且发沛中儿百二十人教之歌，群儿皆和习之。其后欲立戚夫人子赵王如意，因而废太子，不果，戚夫人泣涕，亦令作楚舞，而自为楚歌：

“鸿鹄高飞，一举千里，羽翼已就，横绝四海。横绝四海，又可奈何？虽有矰缴，尚安所施？”

《房中乐》始于周，以乐祖先。汉初，高帝姬唐山夫人作乐词，以从帝所好，亦楚声。至孝惠二年(前一九三)使乐府令夏侯宽备其箫管，更名《安世乐》，凡十六章，今录其二：

“丰草葽，女罗施。善何如，谁能回？大莫大，成教德；长莫长，被无极。”

“都荔遂芳，窅窊桂华。孝奏天仪，若日月光。乘玄四龙，回驰北行。羽旄殷盛，芬哉芒芒。孝道随世，我署文章。”

又以沛宫为原庙，令歌儿吹习高帝《大风》之歌，遂用百二十人为常员。文景相嗣，礼官肄之。楚声之在汉宫，其见重如此，故后来帝王仓卒言志，概用其声，而武帝词华，实为独绝。当其行幸河东，祠后土，顾视帝京，忻然中流，与群臣醼饮，自作《秋风辞》，缠绵流丽，虽词人不能过也：

“秋风起兮白云飞，草木黄落兮雁南归。兰有秀兮菊有芳，怀佳人兮不能忘。泛楼船兮济汾河，横中流兮扬素波，箫鼓鸣兮发棹歌。欢乐极兮哀情多，少壮几时兮奈老何。”

降及少帝，将为董卓所酖，与妻唐姬别，悲歌云：“天道易兮我何艰，弃万乘兮退守藩。逆臣见迫兮命不延，逝将去汝兮适幽玄！”唐姬歌曰：“皇天崩兮后土颓，身为帝兮命夭摧。死生路异兮从此乖，奈我茕独兮中心哀！”虽临危抒愤，词意浅露，而其体式，亦皆楚歌也。

参考书：

《汉书》(《帝纪》，《礼乐志》)

《全汉诗》(丁福保辑)

《中国大文学史》(谢无量)第三编第一章

第七篇 贾谊与晁错

汉初善言治道，亦擅文章者，先有陆贾佐高祖，每称说《诗》《书》；高帝命著书言秦所以失天下及古今成败，每奏一篇，帝未尝不称善，名其书曰《新语》；今存。文帝时则有颍川贾山，尝借秦为喻，言治乱之道，名曰《至言》；其后每上书，言多激切，善指事意，然不见用。所言今多亡失，惟《至言》见于《汉书》本传。

贾谊，雒阳人，尝从秦博士张苍受《春秋左氏传》。年十八，以能诵《诗》《书》属文称于郡中，廷尉吴公荐于文帝，召为博士，时年二十余，而善于答诏令，诸生莫能及。文帝悦之，一岁中超迁至大中大夫，且拟以任公卿。绛灌冯敬等毁之曰："雒阳之人年少初学，专欲擅权，纷乱诸事。"于是帝亦疏之，不用其议；后以谊为长沙王太傅。谊既以谪去，意不自得，及渡湘水，为赋吊屈原，亦以自谕也：

"恭承嘉惠兮俟罪长沙，侧闻屈原兮自湛汨罗。造托湘流兮敬吊先生，遭世罔极兮乃殒厥身。呜呼哀哉兮逢时不祥，鸾凤伏窜兮鸱枭翱翔。阘茸尊显兮谗谀得志，贤圣逆曳兮方正倒植。……吁嗟默默，生之无故兮。斡弃周鼎，宝康瓠兮。腾驾罢牛，骖蹇驴兮。骥垂两耳，服盐车兮。章甫荐履，渐不可久兮。嗟苦先生，独离此咎兮。讯曰：已矣，国其莫我知兮，独壹郁其谁语。凤漂漂其高逝兮，夫固自引而远去。袭九渊之神龙兮，沕深潜以自珍；偭蟂獭以隐处兮，夫岂从虾与蛭螾。所贵圣人之神德兮，远浊世而自藏；使骐骥可得系而羁兮，岂云异夫犬羊。般纷纷其离此尤兮，亦夫子之故也；历九州而相其君兮，何必怀此都也！凤凰翔于千仞兮，览德辉而下之；见细德之险征兮，遥曾击而去之。彼寻常之汙渎兮，岂能容夫吞舟之巨鱼；横江湖之鳣鲸兮，固将制于蝼蚁。”

三年，有鵩飞入谊舍，止于坐隅。长沙卑湿，谊自惧不寿，因作《服赋》以自广，服者，楚人之谓鵩也。大意谓祸福纠缠，吉凶同域，生不足悦，死不足患，纵躯委命，乃与道俱，见服细故，无足疑虑。其外死生，顺造化之旨，盖得之于庄生。岁余，文帝征谊，问鬼神之本，自叹为不能及。顷之，拜为帝少子梁怀王太傅。时复封淮南厉王子四人为列侯，谊上疏以谏；又以诸侯王僭拟，地或连数郡，非古之制，乃屡上书陈政事，请稍削之。其治安之策，洋洋至六千言，以为天下“事势，有可为痛哭者一，可为流涕者二，可为长太息者六，若其他背理而伤道者，难遍以疏举”，因历指其失，颇切事情，然不见听。居数年，怀王堕马死，无后；谊自伤为傅无状，哭泣岁余，亦死，年三十三（前二〇〇至一六八）。

晁错，颍川人，少学申商刑名于轵张恢所，文帝时以文学为太常掌故，被遣从济南伏生受《尚书》，还，因上便宜事，以书称说，诏以为太子舍人门大夫，迁博士，拜太子家令。又以辩得幸太子，太子家号曰智囊。举贤良文学，对策高第，又数上书文帝，言削诸侯事及法令可更定者。帝不听，然奇其材，迁中大夫。景帝即位，以为内史，言事辄听，始宠幸倾九卿，法令多所更定，袁盎申屠嘉皆弗善之，而错愈贵，迁为御史大夫。又请削诸侯之地，收其枝郡。其说削吴云：

“昔高帝初定天下，昆弟少，诸子弱，大封同姓，故孽子悼惠王王齐七十二城，庶弟元王王楚四十城，兄子王吴五十余城。封三庶孽，王天下半。今吴王前有太子之隙，诈称病不朝，于古法当诛。文帝不忍，因赐几杖，德至厚也。不改过自新，乃益骄恣，公即山铸钱，煮海为盐，诱天下亡人，谋作乱逆。今削之亦反，不削亦反。削之，其反亟，祸小；不削之，其反迟，祸大。"

错请削地之奏，诸贵人皆不敢难，惟窦婴争之，由是与错有隙。诸侯亦先疾其所更法令三十章，于是吴楚七国遂反，以诛错为名；窦婴袁盎又说文帝*，令晁错衣朝衣，斩于东市（前一五四年）。

晁贾性行，其初盖颇同，一从伏生传《尚书》，一从张苍受《左氏》。错请削诸侯地，且更定法令；谊亦欲改正朔，易服色；又同被功臣贵幸所谮毁。为文皆疏直激切，尽所欲言；司马迁亦云："贾生晁错明申商。"惟谊尤有文采，而沈实则稍逊，如其《治安策》，《过秦论》，与晁错之《贤良对策》，《言兵事疏》，《守边劝农疏》，皆为西汉鸿文，沾溉后人，其泽甚远；然以二人之论匈奴者相较，则可见贾生之言，乃颇疏阔，不能与晁错之深识为伦比矣。

惟其后之所以绝异者，盖以文帝守静，故贾生所议，皆不见用，为梁王傅，抑郁而终。晁错则适遭景帝，稍能改革，于是大获宠幸，得行其言，卒召变乱，斩于东市；又夙以刑名著称，遂复来"为人陗直刻深"之

* 这里文帝应作景帝。——编者

谤。使易地而处，所遇之主不同，则其晚节末路，盖未可知也。但贾谊能文章，平生又坎壈，司马迁哀其不遇，以与屈原同传，遂尤为后世所知闻。

参考书：

《史记》（卷八十四，一百一）

《汉书》（卷四十八，四十九）

《全汉文》（清严可均辑）

《中国大文学史》（第三编第二章）

《支那文学史纲》（第三篇第四章）

第八篇　藩国之文术

汉高祖虽不喜儒，文景二帝，亦好刑名黄老，而当时诸侯王中，则颇有倾心养士，致意于文术者。楚，吴，梁，淮南，河间五王，其尤著者也。

楚元王交为高祖同父少弟，好书多材艺，少时，与鲁穆生，白生，申公，俱受诗于孙卿门人浮丘伯。故好《诗》，既王楚，诸子亦皆读《诗》；申公始为诗传，号《鲁诗》；元王亦自为传，号《元王诗》。汉初治诗大师，皆居于楚；申公，白公之外，又有韦孟，为元王傅，傅子夷王，及孙王戊。戊荒淫不遵道，孟乃作诗讽谏；后遂去位，徙家于邹，又作诗一篇，其叙事布词，自为一体，皆有风雅遗韵。魏晋以来，逮相师法，用以叙先烈，述祖德，故任昉《文章缘起》以为“四言诗起于前汉楚王傅韦孟《谏楚夷王戊》诗”也。

吴王濞者，高祖兄仲之子。文帝时，吴太子入见，与皇太子争博道，皇太子引博局提杀之。吴王由是怨望，藏亡匿死，积三十余年，故能使其众。然所用多纵横游说之士；亦有并擅文词者，如严忌，邹阳，枚乘等。吴既败，皆游梁。

梁孝王名武，文帝窦皇后少子也。七国之叛，梁距吴楚最有功，又最为大国，卤簿拟天子；招延四方豪杰，自山东游士莫不至。传《易》者有丁宽，以授田王孙，田授施仇，孟喜，梁丘贺，由是《易》有施孟梁丘三家之学。又有羊胜，公孙诡，韩安国，各以辩智著称。吴败，吴客又皆游梁；司马相如亦尝游梁，皆词赋高手，天下文学之盛，当时盖未有如梁者也。

严忌本姓庄，后避明帝讳，称严，会稽吴人。好词赋，哀屈原忠贞不遇，作词曰《哀时命》。遭景帝不好词赋，无所得志，乃游吴；吴败，徒步入梁，受知孝王，与邹阳，枚乘同见尊重，而忌名尤盛，世称庄夫子。《汉志》有《庄夫子赋》二十四篇；今仅存《哀时命》一篇，在《楚辞》中。

邹阳，齐人，初与严忌，枚乘等俱仕吴，皆以文辩著名。吴王将叛，阳作书以谏，不见用，乃去而之梁，从孝王游。其为人有智略，慷慨不苟合，为羊胜，公孙诡所谗，孝王怒，下阳于狱，将杀之。阳在狱中，上书自明：

"……语曰：有白头如新，倾盖如故。何则？知与不知也。故樊於期逃秦之燕，借荆轲首以奉丹事；王奢去齐之魏，临城自刭，以却齐而存魏。夫王奢樊於期，非新于齐秦而故于燕魏也，所以去二国，死两君者，行合于志而慕义无穷也。……今人主诚能去骄傲之心，怀可报之意，披心腹，见情素，隳肝胆，施德厚，终与之穷达，无爱于士，则桀之犬可使吠尧，而跖之客可使刺由。何况因万乘之权，假圣王之资乎？然则荆轲湛七族，要离燔妻子，岂足为大王道哉？……"

书奏，孝王立出之，卒为上客，后羊胜公孙诡以罪死，阳独为梁王解深怒于天子。盖吴蓄深谋，偏好策士，故文辩之士，亦常有纵横家遗风，词令文章，并长辟阖，犹战国游士之说也。《汉志》纵横家，有《邹阳》七篇，而不录其词赋，似阳之在汉，固以权略见称。《西京杂记》云：梁孝王游于忘忧之馆，集诸游士，使各为赋。枚乘《柳赋》，路乔如《鹤赋》，公孙诡《文鹿赋》，邹阳《酒赋》，公孙乘《月赋》，羊胜《屏风赋》，韩安国作《几赋》不成，邹阳代作。邹阳安国罚酒三升；赐枚乘路乔如绢，人五匹。《西京杂记》为晋葛洪作，托之刘歆，则诸赋或亦洪之所为耳。

枚乘，字叔，淮阴人，为吴王濞郎中。吴王谋为逆，乘上书以谏，吴王不纳，乃去而之梁。汉既平七国，乘由是知名；景帝召拜弘农都尉。乘久为大国上宾，不乐郡吏，以病去官；复游梁。梁客皆善属词，乘尤高。梁孝王薨，乘归淮阴。武帝自为太子闻乘名，及即位，乘年老，乃以安车蒲轮征乘，道死（前一四〇）。

《汉志》有《枚乘赋》九篇；今惟《梁王菟园赋》存。《临灞池远诀赋》仅存其目，《柳赋》盖伪托。然乘于文林，业绩之伟，乃在略依《楚辞》《七谏》之法，并取《招魂》《大招》之意，自造《七发》。借吴楚为客主，先言舆辇之损，宫室之疾，食色之害，宜听妙言要道，以疏神导体，于是说以声色逸游之乐等等，凡六事，最末为观涛于广陵：

"……其始起也，洪淋淋焉若白鹭之下翔；其少进也，浩浩溰溰，如素车白马帷盖之张。其波涌而云乱，扰扰焉如三军之腾装。其旁作而奔起也，飘飘焉如轻车之勒兵。六驾蛟龙，附从太白。纯驰浩蜺，前后骆驿。颙颙卬卬，椐椐强强，莘莘将将。壁垒重坚，沓杂似军行。訇隐匈盖，轧盘涌裔，原不可当。观其两傍，则滂渤怫郁，暗漠感突，上击下律。有似勇壮之卒，突怒而无畏，蹈壁冲津，穷曲随隈，逾岸出追，遇者死，当者坏。……"

其说皆不入，则云：

"将为太子奏方术之士，有资略者，若庄周，魏牟，杨朱，墨翟，便娟，詹何之伦，使之论天下之精微，理万物之是非；孔老览观，孟子持筹而算之，万不失一。此亦天下要言妙道也，太子岂欲闻之乎？于是太子据几而起，曰：涣乎若一听圣人辩士之言。涊然汗出，霍然病已。"

由是遂有“七”体，后之文士，仿作者众，汉傅毅有《七激》，刘广有《七兴》，崔骃有《七依》，……凡十余家；递及魏晋，仍多拟造。谢灵运有《七集》十卷，卞景有《七林》十二卷，梁又有《七林》三十卷，盖即集众家此体为之，今俱佚；惟乘《七发》及曹植《七启》，张协《七命》，在《文选》中。

《文选》又有《古诗十九首》，皆五言，无撰人名。唐李善曰：并云古诗，盖不知作者；或云枚乘，疑不能明也。然陈徐陵所集《玉台新咏》，则其中九首，明题乘名。审如是，乘乃不特始创七体，且亦肇开五古者矣，今录其三：

“西北有高楼，上与浮云齐，交疏结绮窗，阿阁三重阶。上有弦歌声，音响一何悲，谁能为此曲，无乃杞梁妻。清商随风发，中曲正徘徊，一弹再三叹，慷慨有余哀。不惜歌者苦，但伤知音稀。愿为双鸿鹄，奋翅起高飞。”

“……相去日已远，衣带日已缓。浮云蔽白日，游子不复返。思君令人老，岁月忽已晚，弃捐勿复道，努力加餐饭。”

“迢迢牵牛星，皎皎河汉女。纤纤濯素手，札札弄机杼，终日不成章，泣涕零如雨。河汉清且浅，相处复几许，盈盈一水间，脉脉不得语。”

其词随语成韵，随韵成趣，不假雕琢，而意志自深，风神或近楚《骚》，体式实为独造，诚所谓“畜神奇于温厚，寓感怆于和平，意愈浅愈深，词愈近愈远”者也。稍后李陵与苏武赠答，亦为五言，盖文景以后，渐多此体，而天质自然，终当以乘为独绝矣。

淮南王安为文帝所封，好书，鼓琴；招致宾客方术之士数千人，作为《内书》二十一篇，《外书》甚众；又有《中篇》八卷，言神仙黄白之术，亦二十余万言。时武帝方好艺文，以安为诸父，辩博善文辞，甚尊重之。尝使为《离骚传》，旦受诏，日食时上。传今亡；所传者惟《淮南王》二十一篇，亦曰《鸿烈》。其书盖与诸游士讲论，掇拾旧文而成。其诸游士著者，则为苏飞，李尚，左吴，田由，雷被，毛被，伍被，晋昌等八人，是曰八公；又分造词赋，以类相从，或称《大山》，或称《小山》，其义犹《诗》之有《大雅》《小雅》也。小山之徒有《招隐士》之赋，其源虽出《离骚》《招魂》等，而不泥于迹象，为汉代楚辞之新声：

“桂树丛生兮山之幽，偃蹇连蜷兮枝相缭。山气巃嵸兮石嵯峨；溪谷崭岩兮水曾波。猿狖群啸兮虎豹嗥，攀援桂枝兮聊淹留。王孙游兮不归，春草生兮萋萋，岁暮兮不自聊，蟪蛄鸣兮啾啾。坱兮轧，山曲岪，心淹留兮恫慌忽；罔兮沕，憭兮栗，虎豹穴，丛薄深林兮人上栗。嵚岑碕礒兮碅磳磈硊，树轮相纠兮林木茷骫；青莎杂树兮薠草靃靡；白鹿麏麚兮或腾或倚，状儿崟崟兮峨峨，凄凄兮漇漇。猕猴兮熊罴，慕类兮以悲。攀援桂枝兮聊淹留，虎豹斗兮熊罴咆，禽兽骇兮亡其曹。王孙兮归来，山中兮不可以久留。”

河间献王德为景帝子，亦好书，而所得皆古文先秦旧书。又立《毛氏诗》,《左氏春秋》博士;山东诸儒,多从而游。其所好盖与楚元王交相类。惟吴梁淮南三国之客,较富文词,梁客之上者,多来自吴,甚有纵横家余韵;聚淮南者,则大抵浮辩方术之士也。

参考书:

《史记》(卷一百六,一百十八)

《汉书》(卷三十六,四十四,四十七,五十一,五十三)

《全汉文》(清严可均辑)

《中国大文学史》(第三编第三章)

第九篇　武帝时文术之盛

武帝有雄材大略,而颇尚儒术。即位后,丞相卫绾即请奏罢郡国所举贤良治申商韩非苏秦张仪之言者。又以安车蒲轮征申公枚乘等;议立明堂;置五经博士。元光间亲策贤良,则董仲舒公孙弘等出焉。又早慕词赋,喜《楚辞》,尝使淮南王安为《离骚》作传。其所自造,如《秋风辞》(见第七篇)《悼李夫人赋》(见《汉书·外戚传》)等,亦入文家堂奥。复立乐府,集赵代秦楚之讴,以李延年为协律都尉,多举司马相如等数十人作诗颂,用于天地诸祠,是为《十九章》之歌。延年辄承意弦歌所造诗,谓之《新声曲》,实则楚声之遗,又扩而变之者也。其《郊祀歌》十九章,今存《汉书·礼乐志》中,第三至第六章,皆题《邹子乐》。

“朱明盛长，旉与万物。桐生茂豫，靡有所诎。敷华就实，既阜既昌，登成甫田，百鬼迪尝。广大建祀，肃雍不忘。神若宥之，传世无疆。”《朱明》三《邹子乐》

“日出入安穷，时世不与人同。故春非我春，夏非我夏，秋非我秋，冬非我冬。泊如四海之池，遍观是邪谓何。吾知所乐，独乐六龙。六龙之调，使我心若。訾，黄其何不来下！”《日出入》九

是时河间献王以为治道非礼乐不成，因献所集雅乐；大乐官亦肄习之以备数，然不常用，用者皆新声。至敖游宴饮之时，则又有新声变曲。曲亦昉于李延年。延年中山人，身及父母兄弟皆故倡，坐法腐刑，给事狗监中。性知音，善歌舞，武帝爱之，每为新声变曲，闻者莫不感动。尝侍武帝，起舞，歌曰：“北方有佳人，绝世而独立，一顾倾人城，再顾倾人国。宁不知倾城与倾国，佳人难再得。”因进其女弟，得幸，号李夫人，早卒。武帝思念不已，方士齐人少翁言能致其魂，乃夜张烛设帐，而令帝居他帐遥望，见一好女，如李夫人之貌，然不得就视。帝愈益相思悲感，作为诗曰：“是耶非耶？立而望之，偏何姗姗来其迟。”令乐府诸音家弦歌之。随事兴咏，节促意长，殆即所谓新声变曲者也。

文学之士，在武帝左右者亦甚众。先有严助，会稽吴人，严忌子也，或云族家子，以贤良对策高第，擢为中大夫。助荐吴人朱买臣召见，说《春秋》，言《楚词》，亦拜中大夫，与严助俱侍中。又有吾丘寿王，司马相如，主父偃，徐乐，严安，东方朔，枚皋，胶仓，终军，严葱奇等；而东方朔，

枚皋，严助，吾丘寿王，司马相如尤见亲幸。相如文最高，然常称疾避事；朔皋持论不根，见遇如俳优，惟严助与寿王见任用。助最先进，常与大臣辩论国家便宜，有奇异亦辄使为文，及作赋颂数十篇。寿王字子赣，赵人，年少以善格五召待诏，迁侍中中郎；有赋十五篇，见《汉志》。

东方朔字曼倩，平原厌次人也。武帝初即位，征天下举方正贤良文学材力之士，待以不次之位，四方士多上书言得失，自衒鬻者以千数。朔初来，上书曰："臣朔少失父母，长养兄嫂。年十二学书，三冬，文史足用。十五学击剑。十六学诗书，诵二十二万言。十九学孙吴兵法，战阵之具，钲鼓之教，亦诵二十二万言。凡臣朔固已诵四十四万言。又常服子路之言。臣朔年二十二；长九尺三寸，目若悬珠，齿若编贝；勇若孟贲，捷若庆忌，廉若鲍叔，信若尾生。若此，可以为天子大臣矣。臣朔昧死，再拜以闻。"其文辞不逊，高自称誉。帝伟之，令待诏公车；渐以奇计俳辞得亲近，诙达多端，不名一行，然时观察颜色，直言切谏，帝亦常用之。尝至太中大夫，与枚皋郭舍人俱在左右，但诙啁而已，不得大官，因以刑名家言求试用，辞数万言，指意放荡，颇复诙谐，终不见用，乃作《答客难》(见《汉书》本传)以自慰谕。又有《七谏》(见《楚辞》)，则言君子失志，自古而然。临终诫子云："明者处世，莫尚于中，优哉游哉，与道相从。首阳为拙，柳下为工。饱食安步，以仕代农。依隐玩世，诡时不逢。……圣人之道，一龙一蛇，形见神藏，与物变化，随时之宜，无有常家。"又黄老意也。朔盖多所通晓，然先以自衒进身，终以滑稽名世，后之好事者因取奇言怪语，附著之朔；方士又附会以为神仙，作《神异经》

《十洲记》，托为朔造，其实皆非也。

枚皋者字少孺，枚乘孽子也。武帝征乘，道死，诏问乘子，无能为文者。皋上书自陈，得见，诏使作《平乐观赋》，善之，拜为郎，使匈奴。然皋好诙笑，为赋颂多嫚戏，故不得尊显，见视如倡，才比东方朔郭舍人。作文甚疾，故所赋甚多，自谓不及司马相如，而颇诋娸东方朔，又自诋娸。班固云："其文骩骳，曲随其事，皆得其意，颇诙笑，不甚闲靡。凡可读者百二十篇，其尤嫚戏不可读者尚数十篇。"

至于儒术之士，亦擅文词者，则有菑川薛人公孙宏，字次卿，元光中贤良对策第一，拜博士，终为丞相，封平津侯，于是天下学士，靡然向风矣。广川董仲舒与公孙弘同学，于经术尤著，景帝时已为博士，武帝即位，举贤良对策，除江都相，迁胶西相，卒。尝作《士不遇赋》（见《古文苑》），有云：

"……观上世之清辉兮，廉士亦茕茕而靡归。殷汤有卞随与务光兮，周武有伯夷与叔齐；卞随务光遁迹于深山兮，伯夷叔齐登山而采微。使彼圣贤其繇周遑兮，矧举世而同迷。若伍员与屈原兮，固亦无所复顾。亦不能同彼数子兮，将远游而终古。……"

终则谓不若反身素业，归于一善，托声楚调，结以中庸，虽为粹然儒者之言，而牢愁狷狭之意尽矣。

小说家言，时亦兴盛。洛阳人虞初，以方士侍郎，号黄车使者，作

《周说》九百四十三篇。齐人饶，不知其姓，为待诏，作《心术》二十五篇。又有《封禅方说》十八篇，不知何人作，然今俱亡。

诗之新制，亦复蔚起。《骚》《雅》遗声之外，遂有杂言，是为《乐府》。《汉书》云东方朔作八言及七言诗，各有上下篇，今虽不传；然元封三年作柏梁台，诏群臣二千石有能为七言诗，乃得上坐，则其辞今具存，通篇七言，亦联句之权舆也：

"日月星辰和四时皇帝，骖驾驷马从梁来梁王，郡国士马羽林材大司马，总领天下诚难治丞相，和抚四夷不易哉大将军，刀笔之吏臣执之御史大夫。（中略）蛮夷朝贺常会期典属国，柱枅欂栌相枝持大匠，枇杷橘栗桃李梅太官令，走狗逐兔张罘罳上林令，啮妃女唇甘如饴郭舍人，迫窘诘屈几穷哉东方朔。"

褚少孙补《史记》云："东方朔行殿中，郎谓之曰：人皆以先生为狂。朔曰：如朔等，所谓避世于朝廷间者也。古之人乃避世于深山中。时坐席中酒酣，乃据地歌曰——

陆沈于俗，避世金马门。宫殿中，可以避世全身；何必深山之中，蒿庐之下。"

亦新体也，然或出后人附会。

五言有枚乘开其先，而是时苏李别诗，亦称佳制。苏武字子卿，京兆杜陵人，天汉元年，以中郎将使匈奴，留不遣。李陵字少卿，陇西成纪人，天汉二年击匈奴，兵败降虏，单于以女妻之，立为右校王；汉夷其族。至元始六年，苏武得归，故与陵以诗赠答：

“携手上河梁，游子暮何之。徘徊蹊路侧，悢悢不能辞。行人难久留，各言长相思。安知非日月，弦望自有时。努力崇明德，皓首以为期。”李陵与苏武诗三首之一

“二凫俱北飞，一凫独南翔。子当留斯馆，我当归故乡。一别如秦胡，会见何讵央。怆悢切中怀，不觉泪沾裳。愿子长努力，言笑莫相忘。”武苏别李陵。见《初学记》卷十八，然疑是后人拟作

武归后拜典属国；宣帝即位，赐爵关内侯，神爵二年（前六十）卒，年八十余。陵则在匈奴二十余年，卒，有集二卷。诗以外，后世又颇传其书问，在《文选》及《艺文类聚》中。

参考书：

《史记》（卷一百二十六）

《汉书》（卷六，二十二，五十一，五十四，六十五，九十三）

《乐府诗集》(宋郭茂倩编)

《全汉文》(清严可均辑)

《全汉诗》(丁福保辑)

《中国大文学史》(第三编第四章)

第十篇　司马相如与司马迁

武帝时文人，赋莫若司马相如，文莫若司马迁，而一则寥寂，一则被刑。盖雄于文者，常桀骜不欲迎雄主之意，故遇合常不及凡文人。

司马相如字长卿，蜀郡成都人。少时好读书，学击剑，故其亲名之曰犬子；既学，慕蔺相如之为人，更名相如。以赀为郎，事景帝。帝不好辞赋，时梁孝王来朝，游说之士邹阳枚乘严忌等皆从，相如见而悦之，因病免，游梁，与诸侯游士居，数岁，作《子虚赋》。武帝立，读而善之，曰：朕独不得与此人同时哉？蜀人杨得意为狗监侍帝，因言是其邑人司马相如作，乃召问相如。相如曰：有是。然此乃诸侯之事，未足观，请为天子游猎之赋。帝令尚书给笔札。相如以《子虚》，虚言也，为楚称；乌有先生者，乌有此事也，为齐难；亡是公者，亡是人也，欲明天子之义。故虚借此三人为辞，以推天子诸侯之苑囿。其卒章归之于节俭，因以讽谏。其文具存《史记》及《汉书》本传中；《文选》则以后半为《上林赋》，或召问后之所续欤？

相如既奏赋，武帝大悦，以为郎；数岁，作《喻巴蜀檄》，旋拜中郎将，赴蜀，通西南夷，以蜀父老多言此事无益，大臣亦以为然，乃作《难蜀父老》文。其后，人有上书言相如使时受金，遂失官，岁余，复召为郎。然常闲居，不慕官爵，亦往往托辞讽谏，于游猎信谗之事，皆有微辞。拜孝文园令。武帝既以《子虚赋》为善，相如察其好神仙，乃曰：《上林》之事，未足美也，尚有靡者。臣尝为《大人赋》，未就；请具而奏之。意以为列仙之儒，居山泽间，形容甚臞，非帝王之仙意。惟彼大人，居于中州，悲世迫隘，于是轻举，乘虚无，超无友，亦忘天地，而乃独存也。中有云：

"……屯余车而万乘兮，粹云盖而树华旗。使句芒其将行兮，吾欲往乎南娭。……纷湛湛其差错兮，杂遝胶輵以方驰。骚扰冲苁其纷挐兮，滂濞泱轧丽以林离。攒罗列聚丛以茏茸兮，曼衍流烂痑以陆离。径入雷室之砰磷郁律兮，洞出鬼谷之掘礨崴魁。……时若暧暧将混浊兮，召屏翳，诛风伯，刑雨师。西望昆仑之轧沕荒忽兮，直径驰乎三危。排阊阖而入帝宫兮，载玉女而与之俱归。登阆风而遥集兮，亢鸟腾而壹止。低徊阴山翔以纡曲兮，吾乃今日睹西王母，暠然白首戴胜而穴处兮，亦幸有三足乌为之使。必长生若此而不死兮，虽济万世不足以喜。……"

既奏，武帝大悦，飘飘有凌云之气，似游天地之间意。盖汉兴好楚声，武帝左右亲信，如朱买臣等，多以楚辞进，而相如独变其体，益以玮奇之意，饰以绮丽之辞，句之短长，亦不拘成法，与当时甚不同。故扬雄以为使孔门用赋，则贾谊升堂，相如入室。班固以为西蜀自相如游宦京师，而文章冠天下。盖后之扬雄，王褒，李尤，固皆蜀人也。然相如亦作短赋，则繁丽之词较少，如《哀二世赋》，《长门赋》。独《美人赋》颇靡丽，殆即扬雄所谓"劝百而讽一，犹骋郑卫之音，曲终而奏雅"者乎？

"……途出郑卫，道由桑中，朝发溱洧，暮宿上宫。上宫闲馆，寂寥空虚，门阁昼掩，暧若神居。臣排其户而造其堂，芳香芬烈，黼帐高张；有女独处，婉然在床，奇葩逸丽，淑质艳光，睹臣迁延，微笑而言曰：上客何国之公子，所从来无乃远乎？遂设旨酒，进鸣琴。臣遂抚弦为《幽兰》《白雪》之曲。女乃歌曰：独处室兮廓无依，思佳人兮情伤悲。有美人兮来何迟？日既暮兮华色衰，敢托身兮长自私。玉钗挂臣冠，罗袖拂臣衣。时日西夕，玄阴晦冥，流风惨冽，素雪飘零，闲房寂谧，不闻人声。……臣乃脉定于内，心正于怀，信誓旦旦，秉志不回，翻然高举，与彼长辞。"

相如既病免，居茂陵，武帝闻其病甚，使所忠往取书，至则已死（前一一七）。仅得一卷书，言封禅事。盖相如尝从胡安受经。故少以文词游宦，而晚年终奏封禅之礼矣。于小学，则有《凡将篇》，今不存。然其专长，终在辞赋，制作虽甚迟缓，而不师故辙，自摅妙才，广博闳丽，卓绝汉代，明王世贞评《子虚》《上林》，以为材极富，辞极丽，运笔极古雅，精神极流动，长沙有其意而无其材，班张潘有其材而无其笔，子云有其笔而不得其精神流动之处云云，其为历代评骘家所倾倒，可谓至矣。

司马迁字子长，河内人，生于龙门，年十岁诵古文，二十而南游吴会，北涉汶泗，游邹鲁，过梁楚以归，仕为郎中。父谈，为太史令，元封初卒。迁继其业，天汉中李陵降匈奴，迁明陵无罪，遂下吏，指为诬上，家贫不能自赎，交游莫救，卒坐宫刑。被刑后为中书令，因益发愤，据《左氏》，《国语》；采《世本》，《战国策》；述《楚汉春秋》，终成《史记》一百三十篇，始于黄帝，中述陶唐，而至武帝获白麟止，盖自谓其书所以继《春秋》也。其友益州刺史任安，尝责以古贤臣之义，迁报书有云：

“……所以隐忍苟活，函粪土之中而不辞者，恨私心有所不尽，鄙没世而文采不表于后也。古者富贵而名摩灭不可胜记，惟倜傥非常之人称焉。盖西伯拘而演《周易》；仲尼厄而作《春秋》；屈原放逐，乃赋《离骚》；左丘失明，厥有《国语》，孙子髌脚，《兵法》修列。……《诗》三百篇，大抵贤圣发愤之所为作也。此人皆意有所郁结，不得通其道，故述往事，思来者。及如左丘明无目，孙子断足，终不可用，退论书策，以舒其愤，思垂空文以自见。仆窃不逊，近自托于无能之辞，网罗天下放失旧闻，考之行事，稽其成败兴衰之理，凡百三十篇。亦欲以究天人之际，通古今之变，成一家之言。草创未就，适会此祸，惜其不成，是以就极刑而无愠色。仆诚已著此书，藏之名山，传之其人，通邑大都，则仆偿前辱之责，虽万被戮，岂有悔哉？然此可谓智者道，难为俗人言也！……”

迁死后，书乃渐出；宣帝时，其外孙杨恽祖述其书，遂宣布焉。班彪颇不满，以为“采经摭传，分散数家之事，甚多疏略，或有抵梧。亦其涉略者广博，贯穿经传，驰骋古今上下数千载间，斯以勤矣。又其是非颇缪于圣人；论大道则先黄老而后六经，序游侠则退处士而进奸雄，述货殖则崇埶利而羞贫贱，此其所蔽也”。汉兴，陆贾作《楚汉春秋》，是非虽多本于儒者，而太史职守，原出道家，其父谈亦崇尚黄老，则《史记》虽缪于儒术，固亦能远绍其旧业者矣。况发愤著书，意旨自激，其与任安书有云：“仆之先人，非有剖符丹书之功，文史星历，近乎卜祝之间，固主上所戏弄，倡优畜之，流俗之所轻也。假令仆伏法受诛，若九牛亡一毛，与蝼蚁何异。”恨为弄臣，寄心楮墨，感身世之戮辱，传畸人于千秋，虽背《春秋》之义，固不失为史家之绝唱，无韵之《离骚》矣。惟不拘于史法，不囿于字句，发于情，肆于心而为文，故能如茅坤所言：“读《游侠传》即欲轻生，读《屈原》《贾谊传》即欲流涕，读《庄周》《鲁仲连传》即欲遗世，读《李广传》即欲立斗，读《石建传》即欲俯躬，读《信陵》《平原君传》即欲养士”也。

然《汉书》已言《史记》有缺，于是续者纷起，如褚先生，冯商，刘歆等。《汉书》亦有出自刘歆者，故崔适以为《史记》之文有与全书乖，与《汉书》合者，亦歆所续也；至若年代悬隔，章句割裂，则当是后世妄人所增与钞胥所脱云。

迁雄于文，而亦爱赋，颇喜纳之列传中。于《贾谊传》录其《吊屈原赋》及《服赋》，而《汉书》则全载《治安策》，赋无一也。《司马相如传》上下篇，收赋尤多，为《子虚》（合《上林》），《哀二世》，《大人》等。自亦造赋，《汉志》云八篇，今仅传《士不遇赋》一篇，明胡应麟以为伪作。

至宣帝时，仍修武帝故事，讲论六艺群书，博尽奇异之好；征能为楚辞者，于是刘向，张子侨，华龙，柳褒等皆被召，待诏金马门。又得蜀人王褒字子渊，诏之作《圣主得贤臣颂》，与张子侨等并待诏。褒能为赋颂，亦作俳文，后方士言益州有金马碧鸡之宝，宣帝诏褒往祀，于道病死。

参考书：

《史记》（卷一百十七，一百三十）

《汉书》（卷五十七，六十二，六十四）

《史记探源》（崔适）

《中国大文学史》（第三编第四及第五章）

《支那文学史纲》（第三篇第六章）

《支那文学之研究》（日本铃木虎雄）第一卷

（1926 年 9 月 27 日起编，原题《中国文学史略》，未完稿）

关于《三藏取经记》等

阔别了多年的SF君，忽然从日本东京寄给我一封信，转来转去，待我收到时，去发信的日子已经有二十天了。但这在我，却真如空谷里听到跫然的足音。信函中还附着一片十一月十四日东京《国民新闻》的记载，是德富苏峰氏纠正我那《小说史略》的谬误的。

凡一本书的作者，对于外来的纠正，以为然的就遵从，以为非的就缄默，本不必有一一说明下笔时是什么意思，怎样取舍的必要。但苏峰氏是日本深通"支那"的耆宿，《三藏取经记》的收藏者，那措辞又很波俏，因此也就想来说几句话。

首先还得翻出他的原文来——

鲁迅氏之《中国小说史略》

苏峰生

顷读鲁迅氏之《中国小说史略》，有云：

> 《大唐三藏法师取经记》三卷，旧本在日本，又有一小本曰《大唐三藏取经诗话》，内容悉同，卷尾一行云“中瓦子张家印”，张家为宋时临安书铺，世因以为宋刊，然逮于元朝，张家或亦无恙，则此书或为元人所撰，未可知矣。……

这倒并非没有聊加辩正的必要。

《大唐三藏取经记》者，实是我的成篑堂的插架中之一，而《取经诗话》的袖珍本，则是故三浦观树将军的珍藏。这两书，是都由明慧上人和红叶广知于世，从京都梅尾高山寺散出的。看那书中的高山寺的印记，又看高山寺藏书目录，都证明着如此。

这不但作为宋椠的稀本；作为宋代所著的说话本（日本之所谓言文一致体），也最可珍重的罢。然而鲁迅氏却轻轻地断定道，“此书或为元人撰，未可知矣。”过于太早计了。

鲁迅氏未见这两书的原板，所以不知究竟，倘一见，则其为宋椠，决不容疑。其纸质，其墨色，其字体，无不皆然。不仅因为张家是宋时的临安的书铺。

加之，至于成篑堂的《取经记》，则有着可以说是宋版的特色的阙字。好个罗振玉氏，于此早已觉到了。

> 皆（三浦本，成篑堂本）为高山寺旧藏。而此本（成篑堂藏《取经记》）刊刻尤精，书中驚字作驚，敬字缺末笔，盖亦宋椠也。（《雪堂校刊群书叙录》）

想鲁迅氏未读罗氏此文，所以疑是或为元人之作的罢。即使世间多不可思议事,元人著作的宋刻,是未必有可以存在的理由的。

罗振玉氏对于此书,曾这样说。宋代平话,旧但有《宣和遗事》而已。近年若《五代平话》,《京本小说》,渐有重刊本。宋人平话之传于人间者,至是遂得四种。因为是斯学界中如此重要的书籍,所以明白其真相,未必一定是无用之业罢。

总之,苏峰氏的意思,无非在证明《三藏取经记》等是宋椠。其论据有三——

一　纸墨字体是宋;

二　宋讳缺笔;

三　罗振玉氏说是宋刻。

说起来也惭愧,我虽然草草编了一本《小说史略》,而家无储书,罕见旧刻,所用为资料的,几乎都是翻刻本,新印本,甚而至于是石印本,序跋及撰人名,往往缺失,所以漏略错误,一定很多。但《三藏法师取经记》及《诗话》两种,所见的却是罗氏影印本,纸墨虽新,而字体和缺笔是看得出的。那后面就有罗跋,正不必再求之于《雪堂校刊群书叙录》,我所谓"世因以为宋刊",即指罗跋而言。现在苏峰氏所举的三证中,除纸墨因确未目睹,无从然否外,其余二事,则那时便已不足使我信受,因此就不免"疑"起来了。

某朝讳缺笔是某朝刻本,是藏书家考定版本的初步秘诀,只要稍看过几部旧书的人,大抵知道的。何况缺笔的驚字的怎样地触目。但我却以为这并不足以确定为宋本。前朝的缺笔字，因为故意或习惯，也可以沿至后一朝。例如我们民国已至十五年了，而遗老们所刻的书，儀字还“敬缺末笔”。非遗老们所刻的书，寧字玄字也常常缺笔，或者以甯代寧，以元代玄。这都是在民国而讳清讳；不足为清朝刻本的证据。京师图书馆所藏的《易林注》残本（现有影印本，在《四部丛刊》中），恆字搆字都缺笔的，纸质，墨色，字体，都似宋；而且是蝶装，缪荃荪氏便定为宋本。但细看内容，却引用着阴时夫的《韵府群玉》，而阴时夫则是道道地地的元人。所以我以为不能据缺笔字便确定为某朝刻，尤其是当时视为无足重轻的小说和剧曲之类。

罗氏的论断，在日本或者很被引为典据罢，但我却并不尽信奉，不但书跋，连书画金石的题跋，无不皆然。即如罗氏所举宋代平话四种中，《宣和遗事》我也定为元人作，但这并非我的轻轻断定，是根据了明人胡应麟氏所说的。而且那书是抄撮而成，文言和白话都有，也不尽是“平话”。

我的看书，和藏书家稍不同，是不尽相信缺笔，抬头，以及罗氏题跋的，因此那时便疑；只是疑，所以说“或”，说“未可知”。我并非想要唐突宋椠和收藏者，即使如何廓大其冒昧，似乎也不过轻疑而已，至于“轻轻地断定”，则殆未也。

但在未有更确的证明之前，我的“疑”是存在的。待证明之后，就成为这样的事：鲁迅疑是元刻，为元人作；今确是宋椠，故为宋人作。无论如何，苏峰氏所豫想的“元人著作的宋版”这滑稽剧，是未必能够开演的。

然而在考辨的文字中杂入一点滑稽轻薄的论调，每容易迷眩一般读者，使之失去冷静，坠入彀中，所以我便译出，并略加说明，如上。

十二月二十日。

（发表于1927年1月15日《北新》周刊第21期，收入《华盖集续编》）

《绛洞花主》小引

《红楼梦》是中国许多人所知道，至少，是知道这名目的书。谁是作者和续者姑且勿论，单是命意，就因读者的眼光而有种种：经学家看见《易》，道学家看见淫，才子看见缠绵，革命家看见排满，流言家看见宫闱秘事……

在我的眼下的宝玉，却看见他看见许多死亡；证成多所爱者，当大苦恼，因为世上，不幸人多。惟憎人者，幸灾乐祸，于一生中，得小欢喜，少有罣碍。然而憎人却不过是爱人者的败亡的逃路，与宝玉之终于出家，同一小器。但在作《红楼梦》时的思想，大约也止能如此；即使出于续作，想来未必与作者本意大相悬殊。惟被了大红猩猩毡斗篷来拜他的父亲，却令人觉得诧异。

现在，陈君梦韶以此书作社会家庭问题剧，自然也无所不可的。先前虽有几篇剧本，却都是为了演者而作，并非为了剧本而作。又都是片段，不足统观全局。《红楼梦散套》具有首尾，然而陈旧了。此本最后出，销熔一切，铸入十四幕中，百余回的一部大书，一览可尽，而神情依然具在；如果排演，当然会更可观。我不知道剧本的作法，但深佩服作者的熟于情节，妙于剪裁。灯下读完，僭为短引云尔。

一九二七年一月十四日，鲁迅记于厦门。

（印入《绛洞花主》剧本前）

魏晋风度及文章与药及酒之关系

——九月间在广州夏期学术演讲会讲——

我今天所讲的，就是黑板上写着的这样一个题目。

中国文学史，研究起来，可真不容易，研究古的，恨材料太少，研究今的，材料又太多，所以到现在，中国较完全的文学史尚未出现。今天讲的题目是文学史上的一部分，也是材料太少，研究起来很有困难的地方。因为我们想研究某一时代的文学，至少要知道作者的环境，经历和著作。

汉末魏初这个时代是很重要的时代，在文学方面起一个重大的变化，因当时正在黄巾和董卓大乱之后，而且又是党锢的纠纷之后，这时曹操出来了。——不过我们讲到曹操，很容易就联想起《三国志演义》，更而想起戏台上那一位花面的奸臣，但这不是观察曹操的真正方法。现在我们再看历史，在历史上的记载和论断有时也是极靠不住的，不能相信的地方很多，因为通常我们晓得，某朝的年代长一点，其中必定好人多;某朝的年代短一点,其中差不多没有好人。为什么呢?因为年代长了,做史的是本朝人,当然恭维本朝的人物,年代短了,做史的是别朝人,便很自由地贬斥其异朝的人物,所以在秦朝,差不多在史的记载上半个好人也没有。曹操在史上年代也是颇短的,自然也逃不了被后一朝人说坏话的公例。其实,曹操是一个很有本事的人,至少是一个英雄,我虽不是曹操一党,但无论如何,总是非常佩服他。

研究那时的文学,现在较为容易了,因为已经有人做过工作:在文集一方面有清严可均辑的《全上古三代秦汉三国晋南北朝文》。其中于此有用的,是《全汉文》,《全三国文》,《全晋文》。

在诗一方面有丁福保辑的《全汉三国晋南北朝诗》。——丁福保是做医生的,现在还在。

辑录关于这时代的文学评论有刘师培编的《中国中古文学史》。这本书是北大的讲义,刘先生已死,此书由北大出版。

上面三种书对于我们的研究有很大的帮助。能使我们看出这时代的文学的确有点异彩。

我今天所讲,倘若刘先生的书里已详的,我就略一点;反之,刘先生所略的,我就较详一点。

董卓之后,曹操专权。在他的统治之下,第一个特色便是尚刑名。他的立法是很严的,因为当大乱之后,大家都想做皇帝,大家都想叛乱,故曹操不能不如此。曹操曾自己说过:“倘无我,不知有多少人称王称帝!”这句话他倒并没有说谎。因此之故,影响到文章方面,成了清峻的风格。——就是文章要简约严明的意思。

此外还有一个特点,就是尚通脱。他为什么要尚通脱呢?自然也与当时的风气有莫大的关系。因为在党锢之祸以前,凡党中人都自命清流,不过讲“清”讲得太过,便成固执,所以在汉末,清流的举动有时便非常可笑了。

比方有一个有名的人,普通的人去拜访他,先要说几句话,倘这几句话说得不对,往往会遭倨傲的待遇,叫他坐到屋外去,甚而至于拒绝不见。

又如有一个人,他和他的姊夫是不对的,有一回他到姊姊那里去吃饭之后,便要将饭钱算回给姊姊。她不肯要,他就于出门之后,把那些钱扔在街上,算是付过了。

个人这样闹闹脾气还不要紧,若治国平天下也这样闹起执拗的脾气来,那还成甚么话?所以深知此弊的曹操要起来反对这种习气,力倡通脱。通脱即随便之意。此种提倡影响到文坛,便产生多量想说甚么便说甚么的文章。

更因思想通脱之后,废除固执,遂能充分容纳异端和外来的思想,故孔教以外的思想源源引入。

总括起来,我们可以说汉末魏初的文章是清峻,通脱。在曹操本身,也是一个改造文章的祖师,可惜他的文章传的很少。他胆子很大,文章从通脱得力不少,做文章时又没有顾忌,想写的便写出来。

所以曹操征求人才时也是这样说,不忠不孝不要紧,只要有才便可以。这又是别人所不敢说的。曹操做诗，竟说是“郑康成行酒伏地气绝”，他引出离当时不久的事实，这也是别人所不敢用的。还有一样，比方人死时，常常写点遗令，这是名人的一件极时髦的事。当时的遗令本有一定的格式，且多言身后当葬于何处何处，或葬于某某名人的墓旁；操独不然，他的遗令不但没有依着格式，内容竟讲到遗下的衣服和伎女怎样处置等问题。

陆机虽然评曰“贻尘谤于后王”，然而我想他无论如何是一个精明人，他自己能做文章，又有手段，把天下的方士文士统统搜罗起来，省得他们跑在外面给他捣乱。所以他帷幄里面，方士文士就特别地多。

孝文帝曹丕，以长子而承父业，篡汉而即帝位。他也是喜欢文章的。其弟曹植，还有明帝曹叡，都是喜欢文章的。不过到那个时候，于通脱之外，更加上华丽。丕著有《典论》，现已失散无全本，那里面说：“诗赋欲丽”，“文以气为主”。《典论》的零零碎碎，在唐宋类书中；一篇整的《论文》，在《文选》中可以看见。

后来有一般人很不以他的见解为然。他说诗赋不必寓教训，反对当时那些寓训勉于诗赋的见解，用近代的文学眼光看来，曹丕的一个时代可说是“文学的自觉时代”，或如近代所说是为艺术而艺术（Art for Art's Sake）的一派。所以曹丕做的诗赋很好，更因他以“气”为主，故于华丽以外，加上壮大。归纳起来，汉末，魏初的文章，可说是：“清峻，通脱，华丽，壮大。”在文学的意见上，曹丕和曹植表面上似乎是不同的。曹丕说文章事可以留名声于千载；但子建却说文章小道，不足论的。据我的意见，子建大概是违心之论。这里有两个原因，第一，子建的文章做得好，一个人大概总是不满意自己所做而羡慕他人所为的，他的文章已经做得好，于是他便敢说文章是小道；第二，子建活动的目标在于政治方面，政治方面不甚得志，遂说文章是无用了。

曹操曹丕以外，还有下面的七个人：孔融，陈琳，王粲，徐幹，阮瑀，应玚，刘桢，都很能做文章，后来称为"建安七子"。七人的文章很少流传，现在我们很难判断；但，大概都不外是"慷慨"，"华丽"罢。华丽即曹丕所主张，慷慨就因当天下大乱之际，亲戚朋友死于乱者特多，于是为文就不免带着悲凉，激昂和"慷慨"了。

七子之中，特别的是孔融，他专喜和曹操捣乱。曹丕《典论》里有论孔融的，因此他也被拉进"建安七子"一块儿去。其实不对，很两样的。不过在当时，他的名声可非常之大。孔融作文，喜用讥嘲的笔调，曹丕很不满意他。孔融的文章现在传的也很少，就他所有的看起来，我们可以瞧出他并不大对别人讥讽，只对曹操。比方操破袁氏兄弟，曹丕把袁熙的妻甄氏拿来，归了自己，孔融就写信给曹操，说当初武王伐纣，将妲己给了周公了。操问他的出典，他说，以今例古，大概那时也是这样的。又比方曹操要禁酒，说酒可以亡国，非禁不可，孔融又反对他，说也有以女人亡国的，何以不禁婚姻？

其实曹操也是喝酒的。我们看他的"何以解忧？惟有杜康"的诗句，就可以知道。为什么他的行为会和议论矛盾呢？此无他，因曹操是个办事人，所以不得不这样做；孔融是旁观的人，所以容易说些自由话。

曹操见他屡屡反对自己，后来借故把他杀了。他杀孔融的罪状大概是不孝。因为孔融有下列的两个主张：

第一，孔融主张母亲和儿子的关系是如瓶之盛物一样，只要在瓶内把东西倒了出来，母亲和儿子的关系便算完了。第二，假使有天下饥荒的一个时候，有点食物，给父亲不给呢？孔融的答案是：倘若父亲是不好的，宁可给别人。——曹操想杀他，便不惜以这种主张为他不忠不孝的根据，把他杀了。倘若曹操在世，我们可以问他，当初求才时就说不忠不孝也不要紧，为何又以不孝之名杀人呢？然而事实上纵使曹操再生，也没人敢问他，我们倘若去问他，恐怕他把我们也杀了！

与孔融一同反对曹操的尚有一个祢衡，后来给黄祖杀掉的。祢衡的文章也不错，而且他和孔融早是"以气为主"来写文章的了。故在此我们又可知道，汉文慢慢壮大起来，是时代使然，非专靠曹操父子之功的。但华丽好看，却是曹丕提倡的功劳。

这样下去一直到明帝的时候，文章上起了个重大的变化，因为出了一个何晏。

何晏的名声很大，位置也很高，他喜欢研究《老子》和《易经》。至于他是怎样的一个人呢？那真相现在可很难知道，很难调查。因为他是曹氏一派的人，司马氏很讨厌他，所以他们的记载对何晏大不满。因此产生许多传说，有人说何晏的脸上是搽粉的，又有人说他本来生得白，不是搽粉的。但究竟何晏搽粉不搽粉呢？我也不知道。

但何晏有两件事我们是知道的。第一，他喜欢空谈，是空谈的祖师；第二，他喜欢吃药，是吃药的祖师。

此外，他也喜欢谈名理。他身子不好，因此不能不服药。他吃的不是寻常的药，是一种名叫“五石散”的药。

“五石散”是一种毒药，是何晏吃开头的。汉时，大家还不敢吃，何晏或者将药方略加改变，便吃开头了。五石散的基本，大概是五样药：石钟乳，石硫黄，白石英，紫石英，赤石脂；另外怕还配点别样的药。但现在也不必细细研究它，我想各位都是不想吃它的。

从书上看起来，这种药是很好的，人吃了能转弱为强。因此之故，何晏有钱，他吃起来了；大家也跟着吃。那时五石散的流毒就同清末的鸦片的流毒差不多，看吃药与否以分阔气与否的。现在由隋巢元方做的《诸病源候论》的里面可以看到一些。据此书，可知吃这药是非常麻烦的，穷人不能吃，假使吃了之后，一不小心，就会毒死。先吃下去的时候，倒不怎样的，后来药的效验既显，名曰“散发”。倘若没有“散发”，就有弊而无利。因此吃了之后不能休息，非走路不可，因走路才能“散发”，所以走路名曰“行散”。比方我们看六朝人的诗，有云：“至城东行散”，就是此意。后来做诗的人不知其故，以为“行散”即步行之意，所以不服药也以“行散”二字入诗，这是很笑话的。

走了之后，全身发烧，发烧之后又发冷。普通发冷宜多穿衣，吃热的东西。但吃药后的发冷刚刚要相反：衣少，冷食，以冷水浇身。倘穿衣多而食热物，那就非死不可。因此五石散一名寒食散。只有一样不必冷吃的，就是酒。

吃了散之后，衣服要脱掉，用冷水浇身；吃冷东西；饮热酒。这样看起来，五石散吃的人多，穿厚衣的人就少；比方在广东提倡，一年以后，穿西装的人就没有了。因为皮肉发烧之故，不能穿窄衣。为豫防皮肤被衣服擦伤，就非穿宽大的衣服不可。现在有许多人以为晋人轻裘缓带，宽衣，在当时是人们高逸的表现，其实不知他们是吃药的缘故。一班名人都吃药，穿的衣都宽大，于是不吃药的也跟着名人，把衣服宽大起来了！

还有，吃药之后，因皮肤易于磨破，穿鞋也不方便，故不穿鞋袜而穿屐。所以我们看晋人的画像或那时的文章，见他衣服宽大，不鞋而屐，以为他一定是很舒服，很飘逸的了，其实他心里都是很苦的。

更因皮肤易破，不能穿新的而宜于穿旧的，衣服便不能常洗。因不洗，便多虱。所以在文章上，虱子的地位很高，"扪虱而谈"，当时竟传为美事。比方我今天在这里演讲的时候，扪起虱来，那是不大好的。但在那时不要紧，因为习惯不同之故。这正如清朝是提倡抽大烟的，我们看见两肩高耸的人，不觉得奇怪。现在就不行了，倘若多数学生，他的肩成为一字样，我们就觉得很奇怪了。

此外可见服散的情形及其他种种的书，还有葛洪的《抱朴子》。

到东晋以后，作假的人就很多，在街旁睡倒，说是"散发"以示阔气。就像清时尊读书，就有人以墨涂唇，表示他是刚才写了许多字的样子。故我想，衣大，穿屐，散发等等，后来效之，不吃也学起来，与理论的提倡实在是无关的。

又因“散发”之时，不能肚饿，所以吃冷物，而且要赶快吃，不论时候，一日数次也不可定。因此影响到晋时“居丧无礼”。——本来魏晋时，对于父母之礼是很繁多的。比方想去访一个人，那么，在未访之前，必先打听他父母及其祖父母的名字，以便避讳。否则，嘴上一说出这个字音，假如他的父母是死了的，主人便会大哭起来——他记得父母了——给你一个大大的没趣。晋礼居丧之时，也要瘦，不多吃饭，不准喝酒。但在吃药之后，为生命计，不能管得许多，只好大嚼，所以就变成“居丧无礼”了。

居丧之际，饮酒食肉，由阔人名流倡之，万民皆从之，因为这个缘故，社会上遂尊称这样的人叫作名士派。

吃散发源于何晏，和他同志的，有王弼和夏侯玄两个人，与晏同为服药的祖师。有他三人提倡，有多人跟着走。他们三人多是会做文章，除了夏侯玄的作品流传不多外，王何二人现在我们尚能看到他们的文章。他们都是生于正始的，所以又名曰“正始名士”。但这种习惯的末流，是只会吃药，或竟假装吃药，而不会做文章。

东晋以后，不做文章而流为清谈，由《世说新语》一书里可以看到。此中空论多而文章少，比较他们三个差得远了。三人中王弼二十余岁便死了，夏侯何二人皆为司马懿所杀。因为他二人同曹操有关系，非死不可，犹曹操之杀孔融，也是借不孝做罪名的。

二人死后，论者多因其与魏有关而骂他，其实何晏值得骂的就是因为他是吃药的发起人。这种服散的风气，魏，晋，直到隋，唐还存在着，因为唐时还有“解散方”，即解五石散的药方，可以证明还有人吃，不过少点罢了。唐以后就没有人吃，其原因尚未详，大概因其弊多利少，和鸦片一样罢？

晋名人皇甫谧作一书曰《高士传》，我们以为他很高超。但他是服散的，曾有一篇文章，自说吃散之苦。因为药性一发，稍不留心，即会丧命，至少也会受非常的苦痛，或要发狂；本来聪明的人，因此也会变成痴呆。所以非深知药性，会解救，而且家里的人多深知药性不可。晋朝人多是脾气很坏，高傲，发狂，性暴如火的，大约便是服药的缘故。比方有苍蝇扰他，竟至拔剑追赶；就是说话，也要胡胡涂涂地才好，有时简直是近于发疯。但在晋朝更有以痴为好的，这大概也是服药的缘故。

魏末，何晏他们以外，又有一个团体新起，叫做“竹林名士”，也是七个，所以又称“竹林七贤”。正始名士服药，竹林名士饮酒。竹林的代表是嵇康和阮籍。但究竟竹林名士不纯粹是喝酒的，嵇康也兼服药，而阮籍则是专喝酒的代表。但嵇康也饮酒，刘伶也是这里面的一个。他们七人中差不多都是反抗旧礼教的。

这七人中，脾气各有不同。嵇阮二人的脾气都很大；阮籍老年时改得很好，嵇康就始终都是极坏的。

阮年青时，对于访他的人有加以青眼和白眼的分别。白眼大概是全然看不见眸子的，恐怕要练习很久才能够。青眼我会装，白眼我却装不好。

后来阮籍竟做到“口不臧否人物”的地步，嵇康却全不改变。结果阮得终其天年，而嵇竟丧于司马氏之手，与孔融何晏等一样，遭了不幸的杀害。这大概是因为吃药和吃酒之分的缘故：吃药可以成仙，仙是可以骄视俗人的；饮酒不会成仙，所以敷衍了事。

他们的态度，大抵是饮酒时衣服不穿，帽也不带。若在平时，有这种状态，我们就说无礼，但他们就不同。居丧时不一定按例哭泣；子之于父，是不能提父的名，但在竹林名士一流人中，子都会叫父的名号。旧传下来的礼教，竹林名士是不承认的。即如刘伶——他曾做过一篇《酒德颂》，谁都知道——他是不承认世界上从前规定的道理的，曾经有这样的事，有一次有客见他，他不穿衣服。人责问他；他答人说，天地是我的房屋，房屋就是我的衣服，你们为什么进我的裤子中来？至于阮籍，就更甚了，他连上下古今也不承认，在《大人先生传》里有说："天地解兮六合开，星辰陨兮日月颓，我腾而上将何怀？"他的意思是天地神仙，都是无意义，一切都不要，所以他觉得世上的道理不必争，神仙也不足信，既然一切都是虚无，所以他便沉湎于酒了。然而他还有一个原因，就是他的饮酒不独由于他的思想，大半倒在环境。其时司马氏已想篡位，而阮籍名声很大，所以他讲话就极难，只好多饮酒，少讲话，而且即使讲话讲错了，也可以借醉得到人的原谅。只要看有一次司马懿求和阮籍结亲，而阮籍一醉就是两个月，没有提出的机会，就可以知道了。

阮籍作文章和诗都很好，他的诗文虽然也慷慨激昂，但许多意思都是隐而不显的。宋的颜延之已经说不大能懂，我们现在自然更很难看得懂他的诗了。他诗里也说神仙，但他其实是不相信的。嵇康的论文，比阮籍更好，思想新颖，往往与古时旧说反对。孔子说："学而时习之，不亦说乎？"嵇康做的《难自然好学论》，却道，人是并不好学的，假如一个人可以不做事而又有饭吃，就随便闲游不喜欢读书了，所以现在人之好学，是由于习惯和不得已。还有管叔蔡叔，是疑心周公，率殷民叛，因而被诛，一向公认为坏人的。而嵇康做的《管蔡论》，就也反对历代传下来的意思，说这两个人是忠臣，他们的怀疑周公，是因为地方相距太远，消息不灵通。

但最引起许多人的注意，而且于生命有危险的，是《与山巨源绝交书》中的"非汤武而薄周孔"。司马懿因这篇文章，就将嵇康杀了。非薄了汤武周孔，在现时代是不要紧的，但在当时却关系非小。汤武是以武定天下的；周公是辅成王的；孔子是祖述尧舜，而尧舜是禅让天下的。嵇康都说不好，那么，教司马懿篡位的时候，怎么办才是好呢？没有办法。在这一点上，嵇康于司马氏的办事上有了直接的影响，因此就非死不可了。嵇康的见杀，是因为他的朋友吕安不孝，连及嵇康，罪案和曹操的杀孔融差不多。魏晋，是以孝治天下的，不孝，故不能不杀。为什么要以孝治天下呢？因为天位从禅让，即巧取豪夺而来，若主张以忠治天下，他们的立脚点便不稳，办事便棘手，立论也难了，所以一定要以孝治天下。但倘只是实行不孝，其实那时倒不很要紧的，嵇康的害处是在发议论；阮籍不同，不大说关于伦理上的话，所以结局也不同。

但魏晋也不全是这样的情形，宽袍大袖，大家饮酒。反对的也很多。在文章上我们还可以看见裴頠的《崇有论》，孙盛的《老子非大贤论》，这些都是反对王何们的。在史实上，则何曾劝司马懿杀阮籍有好几回，司马懿不听他的话，这是因为阮籍的饮酒，与时局的关系少些的缘故。

然而后人就将嵇康阮籍骂起来，人云亦云，一直到现在，一千六百多年。季札说："中国之君子，明于礼义而陋于知人心。"这是确的，大凡明于礼义，就一定要陋于知人心的，所以古代有许多人受了很大的冤枉。例如嵇阮的罪名，一向说他们毁坏礼教。但据我个人的意见，这判断是错的。魏晋时代，崇奉礼教的看来似乎很不错，而实在是毁坏礼教，不信礼教的。表面上毁坏礼教者，实则倒是承认礼教，太相信礼教。因为魏晋时所谓崇奉礼教，是用以自利，那崇奉也不过偶然崇奉，如曹操杀孔融，司马懿杀嵇康，都是因为他们和不孝有关，但实在曹操司马懿何尝是著名的孝子，不过将这个名义，加罪于反对自己的人罢了。于是老实人以为如此利用，亵黩了礼教，不平之极，无计可施，激而变成不谈礼教，不信礼教，甚至于反对礼教。——但其实不过是态度，至于他们的本心，恐怕倒是相信礼教，当作宝贝，比曹操司马懿们要迂执得多。现在说一个容易明白的比喻罢，譬如有一个军阀，在北方——在广东的人所谓北方和我常说的北方的界限有些不同，我常称山东山西直隶河南之类为北方——那军阀从前是压迫民党的，后来北伐军势力一大，他便挂起了青天白日旗，说自己已经信仰三民主义了，是总理的信徒。这样还不够，他还要做总理的纪念周。这时候，真的三民主义的信徒，去呢，不去呢？不去，他那里就可以说你反对三民主义，定罪，杀人。但既然在他的势力之下，没有别法，真的总理的信徒，倒会不谈三民主义，或者听人假惺惺的谈起来就皱眉，好像反对三民主义模样。所以我想，魏晋时所谓反对礼教的人，有许多大约也如此。他们倒是迂夫子，将礼教当作宝贝看待的。

还有一个实证，凡人们的言论，思想，行为，倘若自己以为不错的，就愿意天下的别人，自己的朋友都这样做。但嵇康阮籍不这样，不愿意别人来模仿他。竹林七贤中有阮咸，是阮籍的侄子，一样的饮酒。阮籍的儿子阮浑也愿加入时，阮籍却道不必加入，吾家已有阿咸在，够了。假若阮籍自以为行为是对的，就不当拒绝他的儿子，而阮籍却拒绝自己的儿子，可知阮籍并不以他自己的办法为然。至于嵇康，一看他的《绝交书》，就知道他的态度很骄傲的；有一次，他在家打铁，——他的性情是很喜欢打铁的——钟会来看他了，他只打铁，不理钟会。钟会没有意味，只得走了。其时嵇康就问他："何所闻而来，何所见而去？"钟会答道："闻所闻而来，见所见而去。"这也是嵇康杀身的一条祸根。但我看他做给他的儿子看的《家诫》，——当嵇康被杀时，其子方十岁，算来当他做这篇文章的时候，他的儿子是未满十岁的——就觉得宛然是两个人。他在《家诫》中教他的儿子做人要小心，还有一条一条的教训。有一条是说长官处不可常去，亦不可住宿；官长送人们出来时，你不要在后面，因为恐怕将来官长惩办坏人时，你有暗中密告的嫌疑。又有一条是说宴饮时候有人争论，你可立刻走开，免得在旁批评，因为两者之间必有对与不对，不批评则不像样，一批评就总要是甲非乙，不免受一方见怪。还有人要你饮酒，即使不愿饮也不要坚决地推辞，必须和和气气的拿着杯子。我们就此看来，实在觉得很希奇：嵇康是那样高傲的人，而他教子就要他这样庸碌。因此我们知道，嵇康自己对于他自己的举动也是不满足的。所以批评一个人的言行实在难，社会上对于儿子不像父亲，称为"不肖"，以为是坏事，殊不知世上正有不愿意他的儿子像自己的父亲哩。试看阮籍嵇康，就是如此。这是，因为他们生于乱世，不得已，才有这样的行为，并非他们的本态。但又于此可见魏晋的破坏礼教者，实在是相信礼教到固执之极的。

不过何晏王弼阮籍嵇康之流，因为他们的名位大，一般的人们就学起来，而所学的无非是表面，他们实在的内心，却不知道。因为只学他们的皮毛，于是社会上便很多了没意思的空谈和饮酒。许多人只会无端的空谈和饮酒，无力办事，也就影响到政治上，弄得玩"空城计"，毫无实际了。在文学上也这样，嵇康阮籍的纵酒，是也能做文章的，后来到东晋，空谈和饮酒的遗风还在，而万言的大文如嵇阮之作，却没有了。刘勰说："嵇康师心以遣论，阮籍使气以命诗。"这"师心"和"使气"，便是魏末晋初的文章的特色。正始名士和竹林名士的精神灭后，敢于师心使气的作家也没有了。

到东晋，风气变了。社会思想平静得多，各处都夹入了佛教的思想。再至晋末，乱也看惯了，篡也看惯了，文章便更和平。代表平和的文章的人有陶潜。他的态度是随便饮酒，乞食，高兴的时候就谈论和作文章，无尤无怨。所以现在有人称他为"田园诗人"，是个非常和平的田园诗人。他的态度是不容易学的，他非常之穷，而心里很平静。家常无米，就去向人家门口求乞。他穷到有客来见，连鞋也没有，那客人给他从家丁取鞋给他，他便伸了足穿上了。虽然如此，他却毫不为意，还是“采菊东篱下，悠然见南山”。这样的自然状态，实在不易模仿。他穷到衣服也破烂不堪，而还在东篱下采菊，偶然抬起头来，悠然的见了南山，这是何等自然。现在有钱的人住在租界里，雇花匠种数十盆菊花，便做诗，叫作“秋日赏菊效陶彭泽体”，自以为合于渊明的高致，我觉得不大像。

陶潜之在晋末，是和孔融于汉末与嵇康于魏末略同，又是将近易代的时候。但他没有什么慷慨激昂的表示，于是便博得“田园诗人”的名称。但《陶集》里有《述酒》一篇，是说当时政治的。这样看来，可见他于世事也并没有遗忘和冷淡，不过他的态度比嵇康阮籍自然得多，不至于招人注意罢了。还有一个原因，先已说过，是习惯。因为当时饮酒的风气相沿下来，人见了也不觉得奇怪，而且汉魏晋相沿，时代不远，变迁极多，既经见惯，就没有大感触，陶潜之比孔融嵇康和平，是当然的。例如看北朝的墓志，官位升进，往往详细写着，再仔细一看，他是已经经历过两三个朝代了，但当时似乎并不为奇。

据我的意思，即使是从前的人，那诗文完全超于政治的所谓“田园诗人”，“山林诗人”，是没有的。完全超出于人间世的，也是没有的。既然是超出于世，则当然连诗文也没有。诗文也是人事，既有诗，就可以知道于世事未能忘情。譬如墨子兼爱，杨子为我。墨子当然要著书；杨子就一定不著,这才是“为我”。因为若做出书来给别人看,便变成“为人”了。

由此可知陶潜总不能超于尘世,而且,于朝政还是留心,也不能忘掉“死”,这是他诗文中时时提起的。用别一种看法研究起来,恐怕也会成一个和旧说不同的人物罢。

自汉末至晋末文章的一部分的变化与药及酒之关系,据我所知的大概是这样。但我学识太少,没有详细的研究,在这样的热天和雨天费去了诸位这许多时光,是很抱歉的。现在这个题目总算是讲完了。

(据《鲁迅日记》,讲于 1927 年 7 月 23、26 日,发表于 1927 年 8 月 11—17 日广州《民国日报》副刊《现代青年》第 173—178 期,改定稿载 11 月 16 日《北新》半月刊第 2 卷第 2 号,收入《而已集》)

《唐宋传奇集》序例

东越胡应麟在明代，博涉四部，尝云："凡变异之谈，盛于六朝，然多是传录舛讹，未必尽幻设语。至唐人，乃作意好奇，假小说以寄笔端。如《毛颖》《南柯》之类尚可，若《东阳夜怪》称成自虚，《玄怪录》元无有，皆但可付之一笑，其文气亦卑下亡足论。宋人所记，乃多有近实者，而文彩无足观。"其言盖几是也。餍于诗赋，旁求新途，藻思横流，小说斯灿。而后贤秉正，视同土沙，仅赖《太平广记》等之所包容，得存什一。顾复缘贾人贸利，撮拾彫镌，如《说海》，如《古今逸史》，如《五朝小说》，如《龙威秘书》，如《唐人说荟》，如《艺苑捃华》，为欲总目烂然，见者眩惑，往往妄制篇目，改题撰人，晋唐稗传，黥劓几尽。夫蚁子惜鼻，固犹香象，嫫母护面，讵逊毛嫱，则彼虽小说，夙称卑卑不足厕九流之列者乎，而换头削足，仍亦骇心之厄也。昔尝病之，发意匡正。先辑自汉至隋小说，为《钩沉》五部讫；渐复录唐宋传奇之作，将欲汇为一编，较之通行本子，稍足凭信。而屡更颠沛，不遑理董，委诸行箧，分饱蟫蠹而已。今夏失业，幽居南中，偶见郑振铎君所编《中国短篇小说集》，埽荡烟埃，斥伪返本，积年堙郁，一旦霍然。惜《夜怪录》尚题王洙，《灵应传》未删于逖，盖于故旧，犹存眷恋。继复读大兴徐松《登科记考》，积微成昭，钩稽渊密，而于李徵及第，乃引李景亮《人虎传》作证。此明人妄署，非景亮文。弥叹虽短书俚说，一遭篡乱，固贻害于谈文，亦飞灾于考史也。顿忆旧稿，发箧谛观，黯澹有加，渝敝则未。乃略依时代次第，循览一周。谅哉，王度《古镜》，犹有六朝志怪余风，而大增华艳。千里《杨倡》，柳珵《上清》，遂极库弱，与诗运同。宋好劝惩，摭实而泥，飞动之致，眇不可期，传奇命脉，至斯以绝。惟自大历以至大中中，作者云蒸，郁术文苑，沈既济许尧佐擢秀于前，蒋防元稹振彩于后，而李公佐白行简陈鸿沈亚之辈，则其卓异也。特《夜怪》一录，显托空无，逮今允成陈言，在唐实犹新意，胡君顾贬之至此。窃未能同耳。自审所录，虽无秘文，而曩曾用心，仍自珍惜。复念近数年中，能恳恳顾及唐宋传奇者，当不多有。持此涓滴，注彼说渊，献我同流，比之芹子，或亦将稍减其考索之劳，而得翫绎之乐耶。于是杜门摊书，重加勘定，匝月始就，凡八卷，可校印。结愿知幸，方欣已歉：顾旧乡而不行，弄飞光于有尽，嗟夫，此亦岂所以善吾生，然而不得已也。犹有杂例，并缀左方：

一，本集所取资者，为明刊本《文苑英华》；清黄晟刊本《太平广记》，校以明许自昌刻本；涵芬楼影印宋本《资治通鉴考异》；董康刻士礼居本《青琐高议》，校以明张梦锡刊本及旧钞本；明翻宋本《百川学海》；明钞本原本《说郛》;明顾元庆刊本《文房小说》;清胡珽排印本《琳琅秘室丛书》等。

一,本集所取,专在单篇。若一书中之一篇,则虽事极煊赫,或本书已亡,亦不收采。如袁郊《甘泽谣》之《红线》,李复言《续玄怪录》之《杜子春》,裴铏《传奇》之《昆仑奴》《聂隐娘》等是也。皇甫枚《飞烟传》,虽亦是《三水小牍》逸文,然《太平广记》引则不云出于何书,似曾单行,故仍入录。

一,本集所取,唐文从宽,宋制则颇加决择。凡明清人所辑丛刊,有妄作者,辄加审正,黜其伪欺,非敢刊落,以求信也。日本有《游仙窟》,为唐张文成作,本当置《白猿传》之次,以章矛尘君方图版行,故不编入。

一,本集所取文章,有复见于不同之书,或不同之本,得以互校者,则互校之。字句有异,惟从其是。亦不历举某字某本作某,以省纷烦。倘读者更欲详知,则卷末具记某篇出于何书何卷,自可覆检原书,得其究竟。

一,向来涉猎杂书,遇有关于唐宋传奇,足资参证者,时亦写取,以备遗忘。比因奔驰,颇复散失。客中又不易得书,殊无可作。今但会集丛残,稍益以近来所见,并为一卷,缀之末简,聊存旧闻。

一,唐人传奇,大为金元以来曲家所取资,耳目所及,亦举一二。第于词曲之事,素未用心,转贩故书,谅多讹略,精研博考,以俟专家。

一,本集篇卷无多,而成就颇亦匪易。先经许广平君为之选录,最多者《太平广记》中文。惟所据仅黄晟本,甚虑讹误。去年由魏建功君校以北京大学图书馆所藏明长洲许自昌刊本，乃始释然。逮今缀缉杂札，拟置卷末，而旧稿潦草，复多沮疑，蒋径三君为致书籍十余种，俾得检寻，遂以就绪。至陶元庆君所作书衣，则已贻我于年余之前者矣。广赖众力，才成此编，谨藉空言，普铭高谊云尔。

中华民国十有六年九月十日，鲁迅校毕题记。时大夜弥天，璧月澄照，饕蚊遥叹，余在广州。

（发表于 1927 年 10 月 16 日《北新周刊》
第 51、52 期合刊，印入《唐宋传奇集》）

流氓的变迁

孔墨都不满于现状，要加以改革，但那第一步，是在说动人主，而那用以压服人主的家伙，则都是“天”。

孔子之徒为儒，墨子之徒为侠。“儒者，柔也”，当然不会危险的。惟侠老实，所以墨者的末流，至于以“死”为终极的目的。到后来，真老实的逐渐死完，止留下取巧的侠，汉的大侠，就已和公侯权贵相馈赠，以备危急时来作护符之用了。

司马迁说：“儒以文乱法，而侠以武犯禁”，“乱”之和“犯”，决不是“叛”，不过闹点小乱子而已，而况有权贵如“五侯”者在。

“侠”字渐消，强盗起了，但也是侠之流，他们的旗帜是“替天行道”。他们所反对的是奸臣，不是天子，他们所打劫的是平民，不是将相。李逵劫法场时，抡起板斧来排头砍去，而所砍的是看客。一部《水浒》，说得很分明：因为不反对天子，所以大军一到，便受招安，替国家打别的强盗——不“替天行道”的强盗去了。终于是奴才。

满洲入关，中国渐被压服了，连有“侠气”的人，也不敢再起盗心，不敢指斥奸臣，不敢直接为天子效力，于是跟一个好官员或钦差大臣，给他保镖，替他捕盗，一部《施公案》，也说得很分明，还有《彭公案》，《七侠五义》之流，至今没有穷尽。他们出身清白，连先前也并无坏处，虽在钦差之下，究居平民之上，对一方面固然必须听命，对别方面还是大可逞雄，安全之度增多了，奴性也跟着加足。

然而为盗要被官兵所打，捕盗也要被强盗所打，要十分安全的侠客，是觉得都不妥当的，于是有流氓。和尚喝酒他来打，男女通奸他来捉，私娼私贩他来凌辱，为的是维持风化；乡下人不懂租界章程他来欺侮，为的是看不起无知；剪发女人他来嘲骂，社会改革者他来憎恶，为的是宝爱秩序。但后面是传统的靠山，对手又都非浩荡的强敌，他就在其间横行过去。现在的小说，还没有写出这一种典型的书，惟《九尾龟》中的章秋谷，以为他给妓女吃苦，是因为她要敲人们竹杠，所以给以惩罚之类的叙述，约略近之。

由现状再降下去，大概这一流人将成为文艺书中的主角了，我在等候“革命文学家”张资平“氏”的近作。

（写于 1929 年，发表于 1930 年 1 月 1 日
《萌芽月刊》第 1 卷第 1 期，收入《三闲集》）

关于《唐三藏取经诗话》的版本

——寄开明书店中学生杂志社——

编辑先生：

这一封信，不知道能否给附载在《中学生》上？

事情是这样的——

《中学生》新年号内，郑振铎先生的大作《宋人话本》中关于《唐三藏取经诗话》，有如下的一段话：

“此话本的时代不可知，但王国维氏据书末：‘中瓦子张家印’数字，而断定其为宋椠，语颇可信。故此话本，当然亦必为宋代的产物。但也有人加以怀疑的。不过我们如果一读元代吴昌龄的《西游记》杂剧，便知这部原始的取经故事其产生必定是远在于吴氏《西游记》杂剧之前的。换一句话说，必定是在元代之前的宋代的。而‘中瓦子’的数字恰好证实其为南宋临安城中所出产的东西，而没有什么疑义。”

我先前作《中国小说史略》时，曾疑此书为元椠，甚招收藏者德富苏峰先生的不满，著论辟谬，我也略加答辨，后来收在杂感集中。所以郑振铎先生大作中之所谓“人”，其实就是“鲁迅”，于唾弃之中，仍寓代为遮羞的美意，这是我万分惭而且感的。但我以为考证固不可荒唐，而亦不宜墨守，世间许多事，只消常识，便得了然。藏书家欲其所藏版本之古，史家则不然。故于旧书，不以缺笔定时代，如遗老现在还有将仪字缺末笔者，但现在确是中华民国；也不专以地名定时代，如我生于绍兴，然而并非南宋人，因为许多地名，是不随朝代而改的；也不仅据文意的华朴巧拙定时代，因为作者是文人还是市人，于作品是大有分别的。

所以倘无积极的确证，《唐三藏取经诗话》似乎还可怀疑为元椠。即如郑振铎先生所引据的同一位“王国维氏”，他别有《两浙古刊本考》两卷，民国十一年序，收在遗书第二集中。其卷上“杭州府刊版”的“辛，元杂本”项下，有这样的两种在内——

《京本通俗小说》

《大唐三藏取经诗话》三卷

是不但定《取经诗话》为元椠，且并以《通俗小说》为元本了。《两浙古本考》虽然并非僻书，但中学生诸君也并非专治文学史者，恐怕未必有暇涉猎。所以录寄贵刊，希为刊载，一以略助多闻，二以见单文孤证，是难以“必定”一种史实而常有“什么疑义”的。

专此布达，并请

撰安。

鲁迅启上。

一月十九夜。

（发表于1931年3月《中学生》第12号，收入《二心集》）

帮忙文学与帮闲文学

——十一月二十二日在北京大学第二院讲——

我四五年来未到这边，对于这边情形，不甚熟悉；我在上海的情形，也非诸君所知。所以今天还是讲帮闲文学与帮忙文学。

这当怎么讲？从五四运动后，新文学家很提倡小说；其故由当时提倡新文学的人看见西洋文学中小说地位甚高，和诗歌相仿佛；所以弄得像不看小说就不是人似的。但依我们中国的老眼睛看起来，小说是给人消闲的，是为酒余茶后之用。因为饭吃得饱饱的，茶喝得饱饱的，闲起来也实在是苦极的事，那时候又没有跳舞场：明末清初的时候，一份人家必有帮闲的东西存在的。那些会念书会下棋会画画的人，陪主人念念书，下下棋，画几笔画，这叫做帮闲，也就是篾片！所以帮闲文学又名篾片文学。小说就做着篾片的职务。汉武帝时候，只有司马相如不高兴这样，常常装病不出去。至于究竟为什么装病，我可不知道。倘说他反对皇帝是为了卢布，我想大概是不会的，因为那个时候还没有卢布。大凡要亡国的时候，皇帝无事，臣子谈谈女人，谈谈酒，像六朝的南朝，开国的时候，这些人便做诏令，做敕，做宣言，做电报，——做所谓皇皇大文。主人一到第二代就不忙了，于是臣子就帮闲。所以帮闲文学实在就是帮忙文学。

中国文学从我看起来，可以分为两大类：(一)廊庙文学，这就是已经走进主人家中，非帮主人的忙，就得帮主人的闲；与这相对的是(二)山林文学。唐诗即有此二种。如果用现代话讲起来，是“在朝”和“下野”。后面这一种虽然暂时无忙可帮，无闲可帮，但身在山林，而“心存魏阙”。如果既不能帮忙，又不能帮闲，那么，心里就甚是悲哀了。

中国是隐士和官僚最接近的。那时很有被聘的希望，一被聘，即谓之征君；开当铺，卖糖葫芦是不会被征的。我曾经听说有人做世界文学史，称中国文学为官僚文学。看起来实在也不错。一方面固然由于文字难，一般人受教育少，不能做文章，但在另一方面看起来，中国文学和官僚也实在接近。

现在大概也如此。惟方法巧妙得多了，竟至于看不出来。今日文学最巧妙的有所谓为艺术而艺术派。这一派在五四运动时代，确是革命的，因为当时是向“文以载道”说进攻的，但是现在却连反抗性都没有了。不但没有反抗性，而且压制新文学的发生。对社会不敢批评，也不能反抗，若反抗，便说对不起艺术。故也变成帮忙柏勒思(plus)帮闲。为艺术而艺术派对俗事是不问的，但对于俗事如主张为人生而艺术的人是反对的，则如现代评论派，他们反对骂人，但有人骂他们，他们也是要骂的。他们骂骂人的人,正如杀杀人的一样——他们是刽子手。

这种帮忙和帮闲的情形是长久的。我并不劝人立刻把中国的文物都抛弃了,因为不看这些,就没有东西看;不帮忙也不帮闲的文学真也太不多。现在做文章的人们几乎都是帮闲帮忙的人物。有人说文学家是很高尚的,我却不相信与吃饭问题无关,不过我又以为文学与吃饭问题有关也不打紧,只要能比较的不帮忙不帮闲就好。

(发表于1932年12月17日《电影与文艺》创刊号,柯桑记,后经作者修改)

谈金圣叹

讲起清朝的文字狱来，也有人拉上金圣叹，其实是很不合适的。他的"哭庙"，用近事来比例，和前年《新月》上的引据三民主义以自辩，并无不同，但不特捞不到教授而且至于杀头，则是因为他早被官绅们认为坏货了的缘故。就事论事，倒是冤枉的。

清中叶以后的他的名声，也有些冤枉。他抬起小说传奇来，和《左传》《杜诗》并列，实不过拾了袁宏道辈的唾余；而且经他一批，原作的诚实之处，往往化为笑谈，布局行文，也都被硬拖到八股的作法上。这余荫，就使有一批人，堕入了对于《红楼梦》之类，总在寻求伏线，挑剔破绽的泥塘。

自称得到古本，乱改《西厢》字句的案子且不说罢，单是截去《水浒》的后小半，梦想有一个"嵇叔夜"来杀尽宋江们，也就昏庸得可以。虽说因为痛恨"流寇"的缘故，但他是究竟近于官绅的，他到底想不到小百姓的对于“流寇”，只痛恨着一半：不在于“寇”，而在于“流”。

百姓固然怕“流寇”，也很怕“流官”。记得民元革命以后，我在故乡，不知怎地县知事常常掉换了。每一掉换，农民们便愁苦着相告道：“怎么好呢？又换了一只空肚鸭来了！”他们虽然至今不知道“欲壑难填”的古训，却很明白“成则为王，败则为贼”的成语，贼者，流着之王，王者，不流之贼也，要说得简单一点，那就是“坐寇”。中国百姓一向自称“蚁民”，现在为便于譬喻起见，姑升为牛罢，铁骑一过，茹毛饮血，蹄骨狼藉，倘可避免，他们自然是总想避免的，但如果肯放任他们自啮野草，苟延残喘，挤出乳来将这些“坐寇”喂得饱饱的，后来能够比较的不复狼吞虎咽，则他们就以为如天之福。所区别的只在“流”与“坐”，却并不在“寇”与“王”。试翻明末的野史，就知道北京民心的不安，在李自成入京的时候，是不及他出京之际的利害的。

宋江据有山寨，虽打家劫舍，而劫富济贫，金圣叹却道应该在童贯高俅辈的爪牙之前，一个个俯首受缚，他们想不懂。所以《水浒传》纵然成了断尾巴蜻蜓，乡下人却还要看《武松独手擒方腊》这些戏。

不过这还是先前的事，现在似乎又有了新的经验了。听说四川有一只民谣，大略是“贼来如梳，兵来如篦，官来如剃”的意思。汽车飞艇，价值既远过于大轿马车，租界和外国银行，也是海通以来新添的物事，不但剃尽毛发，就是刮尽筋肉，也永远填不满的。正无怪小百姓将“坐寇”之可怕，放在“流寇”之上了。

事实既然教给了这些，仅存的路，就当然使他们想到了自己的力量。

五月三十一日。

（发表于1933年7月《文学》月刊第1卷第1号，收入《南腔北调集》）

二丑艺术

丰之余

浙东的有一处的戏班中，有一种脚色叫作“二花脸”，译得雅一点，那么，“二丑”就是。他和小丑的不同，是不扮横行无忌的花花公子，也不扮一味仗势的宰相家丁，他所扮演的是保护公子的拳师，或是趋奉公子的清客。总之：身分比小丑高，而性格却比小丑坏。

义仆是老生扮的，先以谏诤，终以殉主；恶仆是小丑扮的，只会作恶，到底灭亡。而二丑的本领却不同，他有点上等人模样，也懂些琴棋书画，也来得行令猜谜，但倚靠的是权门，凌蔑的是百姓，有谁被压迫了，他就来冷笑几声，畅快一下，有谁被陷害了，他又去吓唬一下，吆喝几声。不过他的态度又并不常常如此的，大抵一面又回过脸来，向台下的看客指出他公子的缺点，摇着头装起鬼脸道：你看这家伙，这回可要倒楣哩！

这最末的一手，是二丑的特色。因为他没有义仆的愚笨，也没有恶仆的简单，他是智识阶级。他明知道自己所靠的是冰山，一定不能长久，他将来还要到别家帮闲，所以当受着豢养，分着余炎的时候，也得装着和这贵公子并非一伙。

二丑们编出来的戏本上，当然没有这一种脚色的，他那里肯；小丑，即花花公子们编出来的戏本，也不会有，因为他们只看见一面，想不到的。这二花脸，乃是小百姓看透了这一种人，提出精华来，制定了的脚色。

世间只要有权门，一定有恶势力，有恶势力，就一定有二花脸，而且有二花脸艺术。我们只要取一种刊物，看他一个星期，就会发见他忽而怨恨春天，忽而颂扬战争，忽而译萧伯纳演说，忽而讲婚姻问题；但其间一定有时要慷慨激昂的表示对于国事的不满：这就是用出末一手来了。

这最末的一手，一面也在遮掩他并不是帮闲，然而小百姓是明白的，早已使他的类型在戏台上出现了。

六月十五日。

（发表于 1933 年 6 月 18 日《申报·自由谈》，收入《准风月谈》）

《北平笺谱》序

镂象于木，印之素纸，以行远而及众，盖实始于中国。法人伯希和氏从敦煌千佛洞所得佛象印本，论者谓当刊于五代之末，而宋初施以采色，其先于日耳曼最初木刻者，尚几四百年。宋人刻本，则由今所见医书佛典，时有图形；或以辨物，或以起信，图史之体具矣。降至明代，为用愈宏，小说传奇，每作出相，或拙如画沙，或细于擘发，亦有画谱，累次套印，文彩绚烂，夺人目睛，是为木刻之盛世。清尚朴学，兼斥纷华，而此道于是凌替。光绪初，吴友如据点石斋，为小说作绣像，以西法印行，全像之书，颇复腾踊，然绣梓遂愈少，仅在新年花纸与日用信笺中，保其残喘而已。及近年，则印绘花纸，且并为西法与俗工所夺，老鼠嫁女与静女拈花之图，皆渺不复见；信笺亦渐失旧型，复无新意，惟日趋于鄙倍。北京夙为文人所聚，颇珍楮墨，遗范未堕，尚存名笺。顾迫于时会，苓落将始，吾修好事，亦多杞忧。于是搜索市廛，拔其尤异，各就原版，印造成书，名之曰《北平笺谱》。于中可见清光绪时纸铺，尚止取明季画谱，或前人小品之相宜者，镂以制笺，聊图悦目；间亦有画工所作，而乏韵致，固无足观。宣统末，林琴南先生山水笺出，似为当代文人特作画笺之始，然未详。及中华民国立，义宁陈君师曾入北京，初为镌铜者作墨合，镇纸画稿，俾其雕镂；既成拓墨，雅趣盎然。不久复廓其技于笺纸，才华蓬勃，笔简意饶，且又顾及刻工省其奏刀之困，而诗笺乃开一新境。盖至是而画师梓人，神志暗会，同力合作，遂越前修矣。稍后有齐白石，吴待秋，陈半丁，王梦白诸君，皆画笺高手，而刻工亦足以副之。辛未以后，始见数人，分画一题，聚以成帙，格新神涣，异乎嘉祥。意者文翰之术将更，则笺素之道随尽；后有作者，必将别辟涂径，力求新生；其临睨夫旧乡，当远俟于暇日也。则此虽短书，所识者小，而一时一地，绘画刻镂盛衰之事，颇寓于中；纵非中国木刻史之丰碑，庶几小品艺术之旧苑；亦将为后之览古者所偶涉欤。

千九百三十三年十月三十日鲁迅记。

（印入《北平笺谱》）

选　本

今年秋天，在上海的日报上有一点可以算是关于文学的小小的辩论，就是为了一般的青年，应否去看《庄子》与《文选》以作文学上的修养之助。不过这类的辩论，照例是不会有结果的，往复几回之后，有一面一定拉出“动机论”来，不是说反对者“别有用心”，便是“哗众取宠”；客气一点，也就“彼亦一是非，此亦一是非”，而问题于是呜呼哀哉了。

但我因此又想到“选本”的势力。孔子究竟删过《诗》没有，我不能确说，但看它先“风”后“雅”而末“颂”，排得这么整齐，恐怕至少总也费过乐师的手脚，是中国现存的最古的诗选。由周至汉，社会情形太不同了，中间又受了《楚辞》的打击，晋宋文人如二陆，束皙，陶潜之流，虽然也做四言诗以支持场面，其实都不过是每句省去一字的五言诗，“王者之迹熄而《诗》亡”了。不过选者总是层出不穷的，至今尚存，影响也最广大者，我以为一部是《世说新语》，一部就是《文选》。

《世说新语》并没有说明是选者，好像刘义庆或他的门客所搜集；但检唐宋类书中所存裴启《语林》的遗文，往往和《世说新语》相同，可是它也是一部钞撮故书之作，正和《幽明录》一样。它的被清代学者所宝重，自然因为注中多有现今的逸书，但在一般读者，却还是为了本文，自唐迄今，拟作者不绝，甚至于自己兼加注解，袁宏道在野时要做官，做了官大叫苦，便是中了这书的毒，误明为晋的缘故。有些清朝人却较为聪明，虽然辫发胡服，厚禄高官，他也一声不响，只在倩人写照的时候，在纸上改作斜领方巾，或芒鞋竹笠，聊过"世说"式瘾罢了。

《文选》的影响却更大。从曹宪至李善加五臣，音训书类之多，远非拟《世说新语》可比。那些烦难字面，如草头诸字，水旁山旁诸字，不断地被摘进历代的文章里面去，五四运动时虽受奚落，得"妖孽"之称，现在却又很有复辟的趋势了。而《古文观止》也一同渐渐的露了脸。

以《古文观止》和《文选》并称，初看好像是可笑的，但是，在文学上的影响，两者却一样的不可轻视。凡选本，往往能比所选各家的全集更流行，更有作用。册数不多，而包罗诸作，固然也是一种原因，但还在近则由选者的名位，远则凭古人之威灵，读者想从一个有名的选家，窥见许多有名作家的作品。所以《昭明太子集》只剩一点轶本了，《文选》却在的；读《古文辞类纂》者多，读《惜抱轩全集》的却少。凡是对于文术，自有主张的作家，他所赖以发表和流布自己的主张的手段，倒并不在作文心，文则，诗品，诗话，而在出选本。

选本可以借古人的文章，寓自己的意见。博览群籍，采其合于自己意见的为一集，一法也，如《文选》是。择取一书，删其不合于自己意见的为一新书，又一法也，如《唐人万首绝句选》是。如此，则读者虽读古人书，却得了选者之意，意见也就逐渐和选者接近，终于"就范"了。

读者的读选本，自以为是由此得了古人文笔的精华的，殊不知却被选者缩小了眼界，即以《文选》为例罢，没有嵇康《家诫》，使读者只觉得他是一个愤世嫉俗，好像无端活得不快活的怪人，不收陶潜《闲情赋》，掩去了他也是一个既取民间《子夜歌》意，而又拒以圣道的迂士。选本既经选者所滤过，就总只能吃他所给与的糟或醨。况且有时还加以批评，提醒了他之以为然，而默杀了他之以为不然处。纵使选者非常胡涂，如《儒林外史》所写的马二先生，游西湖漫无准备，须问路人，吃点心不知选择，要每样都买一点，由此可见其衡文之毫无把握罢，然而他是处州人，一定要"处片"，又可见虽是马二先生，也自有其"处片"式的标准了。

评选的本子，影响于后来的文章的力量是不小的，恐怕还远在名家的专集之上，我想，这许是研究中国文学史的人们也该留意的罢。

十一月二十四日记。

（发表于 1934 年 1 月 1 日《文学季刊》创刊号，收入《集外集》）

论"旧形式的采用"

"旧形式的采用"的问题，如果平心静气的讨论起来，在现在，我想是很有意义的，但开首便遭到了耳耶先生的笔伐。"类乎投降"，"机会主义"，这是近十年来"新形式的探求"的结果，是克敌的咒文，至少先使你惹一身不干不净。但耳耶先生是正直的，因为他同时也在译《艺术底内容和形式》，一经登完，便会洗净他激烈的责罚；而且有几句话也正确的，是他说新形式的探求不能和旧形式的采用机械的地分开。

不过这几句话已经可以说是常识；就是说内容和形式不能机械的地分开，也已经是常识；还有，知道作品和大众不能机械的地分开，也当然是常识。旧形式为什么只是"采用"——但耳耶先生却指为"为整个(！)旧艺术捧场"——就是为了新形式的探求。采取若干，和"整个"捧来是不同的，前进的艺术家不能有这思想（内容）。然而他会想到采取旧艺术，因为他明白了作品和大众不能机械的地分开。以为艺术是艺术家的“灵感”的爆发，像鼻子发痒的人，只要打出喷嚏来就浑身舒服，一了百了的时候已经过去了，现在想到，而且关心了大众。这是一个新思想（内容），由此而在探求新形式，首先提出的是旧形式的采取，这采取的主张，正是新形式的发端，也就是旧形式的蜕变，在我看来，是既没有将内容和形式机械的地分开，更没有看得《姊妹花》叫座，于是也来学一套的投机主义的罪案的。

自然，旧形式的采取，或者必须说新形式的探求，都必须艺术学徒的努力的实践，但理论家或批评家是同有指导，评论，商量的责任的，不能只斥他交代未清之后，便可逍遥事外。我们有艺术史，而且生在中国，即必须翻开中国的艺术史来。采取什么呢？我想，唐以前的真迹，我们无从目睹了，但还能知道大抵以故事为题材，这是可以取法的；在唐，可取佛画的灿烂，线画的空实和明快，宋的院画，萎靡柔媚之处当舍，周密不苟之处是可取的，米点山水，则毫无用处。后来的写意画（文人画）有无用处，我此刻不敢确说，恐怕也许还有可用之点的罢。这些采取，并非断片的古董的杂陈，必须溶化于新作品中，那是不必赘说的事，恰如吃用牛羊，弃去蹄毛，留其精粹，以滋养及发达新的生体，决不因此就会“类乎”牛羊的。

只是上文所举的，亦即我们现在所能看见的，都是消费的艺术。它一向独得有力者的宠爱，所以还有许多存留。但既有消费者，必有生产者，所以一面有消费者的艺术，一面也有生产者的艺术。古代的东西，因为无人保护，除小说的插画以外，我们几乎什么也看不见了。至于现在，却还有市上新年的花纸，和猛克先生所指出的连环图画。这些虽未必是真正的生产者的艺术，但和高等有闲者的艺术对立，是无疑的。但虽然如此，它还是大受着消费者艺术的影响，例如在文学上，则民歌大抵脱不开七言的范围，在图画上，则题材多是士大夫的部事，然而已经加以提炼，成为明快，简捷的东西了。这也就是蜕变，一向则谓之“俗”。注意于大众的艺术家，来注意于这些东西，大约也未必错，至于仍要加以提炼，那也是无须赘说的。

但中国的两者的艺术，也有形似而实不同的地方，例如佛画的满幅云烟，是豪华的装璜，花纸也有一种硬填到几乎不见白纸的，却是惜纸的节俭；唐伯虎画的细腰纤手的美人，是他一类人们的欲得之物，花纸上也有这一种，在赏玩者却只以为世间有这一类人物，聊资博识，或满足好奇心而已。为大众的画家，都无须避忌。

至于谓连环图画不过图画的种类之一，与文学中之有诗歌，戏曲，小说相同，那自然是不错的。但这种类之别，也仍然与社会条件相关联，则我们只要看有时盛行诗歌，有时大出小说，有时独多短篇的史实便可以知道。因此，也可以知道即与内容相关联。现在社会上的流行连环图画，即因为它有流行的可能，且有流行的必要，着眼于此，因而加以导引，正是前进的艺术家的正确的任务；为了大众，力求易懂，也正是前进的艺术家正确的努力。旧形式是采取，必有所删除，既有删除，必有所增益，这结果是新形式的出现，也就是变革。而且，这工作是决不如旁观者所想的容易的。

但就是立有了新形式罢，当然不会就是很高的艺术。艺术的前进，还要别的文化工作的协助，某一文化部门，要某一专家唱独脚戏来提得特别高，是不妨空谈，却难做到的事，所以专责个人，那立论的偏颇和偏重环境的是一样的。

五月二日。

（发表于1934年5月4日《中华日报·动向》，收入《且介亭杂文》）

算　账

莫　朕

说起清代的学术来，有几位学者总是眉飞色舞，说那发达是为前代所未有的。证据也真够十足：解经的大作，层出不穷，小学也非常的进步；史论家虽然绝迹了，考史家却不少；尤其是考据之学，给我们明白了宋明人决没有看懂的古书……

但说起来可又有些踌躇，怕英雄也许会因此指定我是犹太人，其实，并不是的。我每遇到学者谈起清代的学术时，总不免同时想："扬州十日"，"嘉定三屠"这些小事情，不提也好罢，但失去全国的土地，大家十足做了二百五十年奴隶，却换得这几页光荣的学术史，这买卖，究竟是赚了利，还是折了本呢？

可惜我又不是数学家，到底没有弄清楚。但我直觉的感到，这恐怕是折了本，比用庚子赔款来养成几位有限的学者，亏累得多了。

但恐怕这又不过是俗见。学者的见解，是超然于得失之外的。虽然超然于得失之外，利害大小之辨却又似乎并非全没有。大莫大于尊孔，要莫要于崇儒，所以只要尊孔而崇儒，便不妨向任何新朝俯首。对新朝的说法，就叫作“反过来征服中国民族的心”。

而这中国民族的有些心，真也被征服得彻底，到现在，还在用兵燹，疠疫，水旱，风蝗，换取着孔庙重修，雷峰塔再建，男女同行犯忌，《四库珍本》发行这些大门面。

我也并非不知道灾害不过暂时，如果没有记录，到明年就会大家不提起，然而光荣的事业却是永久的。但是，不知怎地，我虽然并非犹太人，却总有些喜欢讲损益，想大家来算一算向来没有人提起过的这一笔账。——而且，现在也正是这时候了。

七月十七日。

（发表于1934年7月23日《申报·自由谈》，收入《花边文学》）

脸谱臆测

对于戏剧，我完全是外行。但遇到研究中国戏剧的文章，有时也看一看。近来的中国戏是否象征主义，或中国戏里有无象征手法的问题，我是觉得很有趣味的。

伯鸿先生在《戏》周刊十一期（《中华日报》副刊）上，说起脸谱，承认了中国戏有时用象征的手法，“比如白表‘奸诈’，红表‘忠勇’，黑表‘威猛’，蓝表‘妖异’，金表‘神灵’之类，实与西洋的白表‘纯洁清净’，黑表‘悲哀’，红表‘热烈’，黄金色表‘光荣’和‘努力’”并无不同，这就是“色的象征”，虽然比较的单纯，低级。

这似乎也很不错，但再一想，脸又生了疑问，因为白表奸诈，红表忠勇之类，是只以在脸上为限，一到别的地方，白就并不象征奸诈，红也不表示忠勇了。

对于中国戏剧史，我又是完全的外行。我只知道古时候（南北朝）

的扮演故事，是带假面的，这假面上，大约一定得表示出这角色的特征，一面也是这角色的脸相的规定。古代的假面和现在的打脸的关系，好像还没有人研究过，假使有些关系，那么，“白表奸诈”之类，就恐怕只是人物的分类，却并非象征手法了。

中国古来就喜欢讲“相人术”，但自然和现在的“相面”不同，并非从气色上看出祸福来，而是所谓“诚于中，必形于外”，要从脸相上辨别这人的好坏的方法。一般的人们，也有这一种意见的，我们在现在，还常听到“看他样子就不是好人”这一类话。这“样子”的具体的表现，就是戏剧上的“脸谱”。富贵人全无心肝，只知道自私自利，吃得白白胖胖，什么都做得出，于是白就表了奸诈。红表忠勇，是从关云长的“面如重枣”来的。“重枣”是怎样的枣子，我不知道，要之，总是红色的罢。在实际上，忠勇的人思想较为简单，不会神经衰弱，面皮也容易发红，倘使他要永远中立，自称“第三种人”，精神上就不免时时痛苦，脸上一块青，一块白，终于显出白鼻子来了。黑表威猛，更是极平常的事。整年在战场上驰驱，脸孔怎会不黑，擦着雪花膏的公子，是一定不肯自己出面去战斗的。

士君子常在一门一门的将人们分类，平民也在分类，我想，这“脸谱”，便是优伶和看客公同逐渐议定的分类图。不过平民的辨别，感受的力量，是没有士君子那么细腻的。况且我们古时候戏台的搭法，又和罗马不同，使看客非常散漫，表现倘不加重，他们就觉不到，看不清。这么一来，各类人物的脸谱，就不能不夸大化，漫画化，甚而至于到得后来，弄得希奇古怪，和实际离得很远，好像象征手法了。

脸谱，当然自有它本身的意义的，但我总觉得并非象征手法，而且在舞台的构造和看客的程度和古代不同的时候，它更不过是一种赘疣，无须扶持它的存在了。然而用在别一种有意义的玩艺上，在现在，我却以为还是很有兴趣的。

十月三十一日。

（文下打杠者，系检查官所为。全文被抽去，不准发表。收入《且介亭杂文》）

《小说旧闻钞》再版序言

《小说旧闻钞》者，实十余年前在北京大学讲《中国小说史》时，所集史料之一部。时方困瘁，无力买书，则假之中央图书馆，通俗图书馆，教育部图书室等，废寝辍食，锐意穷搜，时或得之，瞿然则喜，故凡所采掇，虽无异书，然以得之之难也，颇亦珍惜。迨《中国小说史略》印成，复应小友之请，取关于所谓俗文小说之旧闻，为昔之史家所不屑道者，稍加次第，付之排印，特以见闻虽隘，究非转贩，学子得此，或足省其复重寻检之劳焉而已。而海上妄子，遂腾簧舌，以此为有闲之证，亦即为有钱之证也，则瓣腰曼舞，喷沫狂谈者尚已。然书亦不甚行，迄今十年，未闻再版，顾亦偶有寻求而不能得者，因图复印，略酬同流，惟于此道久未关心，得见古书之机会又日鲜，故除录《癸辛杂识》，《曲律》，《赌棋山庄集》三书而外，亦不能有所增益矣。此十年中，研究小说者日多，新知灼见，洞烛幽隐，如《三言》之统系，《金瓶梅》之原本，皆使历来凝滞，一旦豁然；自《续录鬼簿》出，则罗贯中之谜，为昔所聚讼者，遂亦冰解，此岂前人凭心逞臆之所能至哉！然此皆不录。所以然者，乃缘或本为专著，载在期刊，或未见原书，惮于转写，其详，则自有马廉郑振铎二君之作在也。

一九三五年一月二十四之夜，鲁迅校讫记。

（印入再版《小说旧闻钞》）

隐　士

隐士，历来算是一个美名，但有时也当作一个笑柄。最显著的，则有刺陈眉公的“翩然一只云中鹤，飞去飞来宰相衙”的诗，至今也还有人提及。我以为这是一种误解。因为一方面，是“自视太高”，于是别方面也就“求之太高”，彼此“忘其所以”，不能“心照”，而又不能“不宣”，从此口舌也多起来了。

非隐士的心目中的隐士，是声闻不彰，息影山林的人物。但这种人物，世间是不会知道的。一到挂上隐士的招牌，则即使他并不“飞去飞来”，也一定难免有些表白，张扬；或是他的帮闲们的开锣喝道——隐士家里也会有帮闲，说起来似乎不近情理，但一到招牌可以换饭的时候，那时立刻就有帮闲的，这叫作“啃招牌边”。这一点，也颇为非隐士的人们所诟病，以为隐士身上而有油可揩，则隐士之阔绰可想了。其实这也是一种“求之太高”的误解，和硬要有名的隐士，老死山林中者相同。凡是有名的隐士，他总是已经有了“优哉游哉，聊以卒岁”的幸福的。倘不然，朝砍柴，昼耕田，晚浇菜，夜织屦，又那有吸烟品茗，吟诗作文的闲暇？陶渊明先生是我们中国赫赫有名的大隐，一名“田园诗人”，自然，他并不办期刊，也赶不上吃“庚款”，然而他有奴子。汉晋时候的奴子，是不但侍候主人，并且给主人种地，营商的，正是生财器具。所以虽是渊明先生，也还略略有些生财之道在，要不然，他老人家不但没有酒喝，而且没有饭吃，早已在东篱旁边饿死了。

所以我们倘要看看隐君子风，实际上也只能看看这样的隐君子，真的“隐君子”是没法看到的。古今著作，足以汗牛而充栋，但我们可能找出樵夫渔父的著作来？他们的著作是砍柴和打鱼。至于那些文士诗翁，自称什么钓徒樵子的，倒大抵是悠游自得的封翁或公子，何尝捏过钓竿或斧头柄。要在他们身上赏鉴隐逸气，我敢说，这只能怪自己胡涂。

登仕，是啖饭之道，归隐，也是啖饭之道。假使无法啖饭，那就连“隐”也隐不成了。“飞去飞来”，正是因为要“隐”，也就是因为要啖饭；肩出“隐士”的招牌来，挂在“城市山林”里，这就正是所谓“隐”，也就是啖饭之道。帮闲们或开锣，或喝道，那是因为自己还不配“隐”，所以只好揩一点“隐”油，其实也还不外乎啖饭之道。汉唐以来，实际上是入仕并不算鄙，隐居也不算高，而且也不算穷，必须欲“隐”而不得，这才看作士人的末路。唐末有一位诗人左偃，自述他悲惨的境遇道：“谋隐谋官两无成”，是用七个字道破了所谓“隐”的秘密的。

"谋隐"无成,才是沦落,可是"隐"总和享福有些相关,至少是不必十分挣扎谋生,颇有悠闲的余裕。但赞颂悠闲,鼓吹烟茗,却又是挣扎之一种,不过挣扎得隐藏一些。虽"隐",也仍然要啖饭,所以招牌还是要油漆,要保护的。泰山崩,黄河溢,隐士们目无见,耳无闻,但苟有议及自己们或他的一伙的,则虽千里之外,半句之微,他便耳聪目明,奋袂而起,好像事件之大,远胜于宇宙之灭亡者,也就为了这缘故。其实连和苍蝇也何尝有什么相关。

明白这一点,对于所谓"隐士"也就毫不诧异了,心照不宣,彼此都省事。

一月二十五日。

(发表于 1935 年 2 月 20 日《太白》半月刊第 1 卷第 11 期,收入《且介亭杂文二集》)

六朝小说和唐代传奇文有怎样的区别?

——答文学社问——

这试题很难解答。

因为唐代传奇,是至今还有标本可见的,但现在之所谓六朝小说,我们所依据的只是从《新唐书·艺文志》以至清《四库书目》的判定,有许多种,在六朝当时,却并不视为小说。例如《汉武故事》、《西京杂记》、《搜神记》、《续齐谐记》等,直至刘昫的《唐书·经籍志》,还属于史部起居注和杂传类里的。那时还相信神仙和鬼神,并不以为虚造,所以所记虽有仙凡和幽明之殊,却都是史的一类。

况且从晋到隋的书目,现在一种也不存在了,我们已无从知道那时所视为小说的是什么,有怎样的形式和内容。现存的惟一最早的目录只有《隋书·经籍志》,修者自谓"远览马史班书,近观王阮志录",也许尚存王俭《今书七志》,阮孝绪《七录》的痕迹罢,但所录小说二十五种中,现存的却只有《燕丹子》和刘义庆撰《世说》合刘孝标注两种了。此外,则《郭子》,《笑林》,殷芸《小说》,《水饰》,及当时以为隋代已亡的《青史子》,《语林》等,还能在唐宋类书里遇见一点遗文。

单从上述这些材料来看,武断的说起来,则六朝人小说,是没有记叙神仙或鬼怪的,所写的几乎都是人事;文笔是简洁的;材料是笑柄,谈资;但好像很排斥虚构,例如《世说新语》说裴启《语林》记谢安语不实,谢安一说,这书即大损声价云云,就是。

唐代传奇文可就大两样了:神仙人鬼妖物,都可以随便驱使;文笔是精细,曲折的,至于被崇尚简古者所诟病;所叙的事,也大抵具有首尾和波澜,不止一点断片的谈柄;而且作者往往故意显示着这事迹的虚构,以见他想像的才能了。

但六朝人也并非不能想像和描写,不过他不用于小说,这类文章,那时也不谓之小说。例如阮籍的《大人先生传》,陶潜的《桃花源记》,其实倒和后来的唐代传奇文相近;就是嵇康的《圣贤高士传赞》(今仅有辑本),葛洪的《神仙传》,也可以看作唐人传奇文的祖师的。李公佐作《南柯太守传》,李肇为之赞,这就是嵇康的《高士传》法;陈鸿《长恨传》置白居易的长歌之前,元稹的《莺莺传》既录《会真诗》,又举李公垂《莺莺歌》之名作结,也令人不能不想到《桃花源记》。

至于他们之所以著作,那是无论六朝或唐人,都是有所为的。《隋书·经籍志》抄《汉书艺文志》说,以著录小说,比之"询于刍荛",就是以为虽然小说,也有所为的明证。不过在实际上,这有所为的范围却缩小了。晋人尚清谈,讲标格,常以寥寥数言,立致通显,所以那时的小说,多是记载畸行隽语的《世说》一类，其实是借口舌取名位的入门书。唐以诗文取士，但也看社会上的名声，所以士子入京应试，也许豫先干谒名公，呈献诗文，冀其称誉，这诗文叫作“行卷”。诗文既滥，人不欲观，有的就用传奇文，来希图一新耳目，获得特效了，于是那时的传奇文，也就和“敲门砖”很有关系。但自然，只被风气所推，无所为而作者，却也并非没有的。

五月三日。

（印入《文学百题》，收入《且介亭杂文二集》）

从帮忙到扯淡

“帮闲文学”曾经算是一个恶毒的贬辞，——但其实是误解的。

《诗经》是后来的一部经，但春秋时代，其中的有几篇就用之于侑酒；屈原是“楚辞”的开山老祖，而他的《离骚》，却只是不得帮忙的不平。到得宋玉，就现有的作品看起来，他已经毫无不平，是一位纯粹的清客了。然而《诗经》是经，也是伟大的文学作品；屈原宋玉，在文学史上还是重要的作家。为什么呢？——就因为他究竟有文采。

中国的开国的雄主，是把“帮忙”和“帮闲”分开来的，前者参与国家大事，作为重臣，后者却不过叫他献诗作赋，“俳优蓄之”，只在弄臣之例。不满于后者的待遇的是司马相如，他常常称病，不到武帝面前去献殷勤，却暗暗的作了关于封禅的文章，藏在家里，以见他也有计画大典——帮忙的本领，可惜等到大家知道的时候，他已经“寿终正寝”了。然而虽然并未实际上参与封禅的大典，司马相如在文学史上也还是很重要的作家。为什么呢？就因为他究竟有文采。

但到文雅的庸主时，“帮忙”和“帮闲”的可就混起来了，所谓国家的柱石，也常是柔媚的词臣，我们在南朝的几个末代时，可以找出这实例。然而主虽然“庸”，却不“陋”，所以那些帮闲者，文采却究竟还有的，他们的作品，有些也至今不灭。

谁说“帮闲文学”是一个恶毒的贬辞呢？

就是权门的清客，他也得会下几盘棋，写一笔字，画画儿，识古董，懂得些猜拳行令，打趣插科，这才能不失其为清客。也就是说，清客，还要有清客的本领的，虽然是有骨气者所不屑为，却又非搭空架者所能企及。例如李渔的《一家言》，袁枚的《随园诗话》，就不是每个帮闲都做得出来的。必须有帮闲之志，又有帮闲之才，这才是真正的帮闲。如果有其志而无其才，乱点古书，重抄笑话，吹拍名士，拉扯趣闻，而居然不顾脸皮，大摆架子，反自以为得意，——自然也还有人以为有趣，——但按其实，却不过“扯淡”而已。

帮闲的盛世是帮忙，到末代就只剩了这扯淡。

六月六日。

(发表于 1935 年 9 月 20 日《杂文》月刊第 3 期，收入《且介亭杂文二集》)

“题未定”草

六

记得T君曾经对我谈起过：我的《集外集》出版之后，施蛰存先生曾在什么刊物上有过批评，以为这本书不值得付印，最好是选一下。我至今没有看到那刊物；但从施先生的推崇《文选》和手定《晚明二十家小品》的功业，以及自标“言行一致”的美德推测起来，这也正像他的话。好在我现在并不要研究他的言行，用不着多管这些事。

《集外集》的不值得付印，无论谁说，都是对的。其实岂只这一本书，将来重开四库馆时，恐怕我的一切译作，全在排除之列；虽是现在，天津图书馆的目录上，在《呐喊》和《彷徨》之下，就注着一个“销”字，“销”者，销毁之谓也；梁实秋教授充当什么图书馆主任时，听说也曾将我的许多译作驱逐出境。但从一般的情形而论，目前的出版界，却实在并不十分谨严，所以印了我的一本《集外集》，似乎也算不得怎么特别糟蹋了纸墨。至于选本，我倒以为是弊多利少的，记得前年就写过一篇《选本》，说明着自己的意见，后来就收在《集外集》中。

自然，如果随便玩玩，那是什么选本都可以的，《文选》好，《古文观止》也可以。不过倘要研究文学或某一作家，所谓“知人论世”，那么，足以应用的选本就很难得。选本所显示的，往往并非作者的特色，倒是选者的眼光。眼光愈锐利，见识愈深广，选本固然愈准确，但可惜的是大抵眼光如豆，抹杀了作者真相的居多，这才是一个“文人浩劫”。例如蔡邕，选家大抵只取他的碑文，使读者仅觉得他是典重文章的作手，必须看见《蔡中郎集》里的《述行赋》(也见于《续古文苑》)，那些“穷工巧于台榭兮，民露处而寝湿，委嘉谷于禽兽兮，下糠秕而无粒”(手头无书，也许记错，容后订正)的句子，才明白他并非单单的老学究，也是一个有血性的人，明白那时的情形，明白他确有取死之道。又如被选家录取了《归去来辞》和《桃花源记》，被论客赞赏着“采菊东篱下，悠然见南山”的陶潜先生，在后人的心目中，实在飘逸得太久了，但在全集里，他却有时很摩登，“愿在丝而为履，附素足以周旋，悲行止之有节，空委弃于床前”，竟想摇身一变，化为“阿呀呀，我的爱人呀”的鞋子，虽然后来自说因为“止于礼义”，未能进攻到底，但那些胡思乱想的自白，究竟是大胆的。就是诗，除论客所佩服的“悠然见南山”之外，也还有“精卫衔微木，将以填沧海，形天舞干戚，猛志固常在”之类的“金刚怒目”式。在证明着他并非整天整夜的飘飘然。这“猛志固常在”和“悠然见南山”的是一个人，倘有取舍，即非全人，再加抑扬，更离真实。譬如勇士，也战斗，也休息，也饮食，自然也性交，如果只取他末一点，画起像来，挂在妓院里，尊为性交大师，那当然也不能说是毫无根据的，然而，岂不冤哉！我每见近人的称引陶渊明，往往不禁为古人惋惜。

这也是关于取用文学遗产的问题，潦倒而至于昏聩的人，凡是好的，他总归得不到。前几天，看见《时事新报》的《青光》上，引过林语堂先生的话，原文抛掉了，大意是说：老庄是上流，泼妇骂街之类是下流，他都要看，只有中流，剽上窃下，最无足观。如果我所记忆的并不错，那么，这真不但宣告了宋人语录，明人小品，下至《论语》，《人间世》，《宇宙风》这些"中流"作品的死刑，也透彻的表白了其人的毫无自信。不过这还是空腹高心之谈，因为虽是"中流"，也并不一概，即使同是剽窃，有取了好处的，有取了无用之处的，有取了坏处的，到得"中流"的下流，他就连剽窃也不会，"老庄"不必说了，虽是明清的文章，又何尝真的看得懂。

标点古文，不但使应试的学生为难，也往往害得有名的学者出丑，乱点词曲，拆散骈文的美谈，已经成为陈迹，也不必回顾了；今年出了许多廉价的所谓珍本书，都有名家标点，关心世道者惄然忧之，以为足煽复古之焰。我却没有这么悲观，化国币一元数角，买了几本，既读古之中流的文章，又看今之中流的标点；今之中流，未必能懂古之中流的文章的结论，就从这里得来的。

例如罢，——这种举例，是很危险的，从古到今，文人的送命，往往并非他的什么"意德沃罗基"的悖谬，倒是为了个人的私仇居多。然而这里仍得举，因为写到这里，必须有例，所谓"箭在弦上，不得不发"者是也。但经再三忖度，决定"姑隐其名"，或者得免于难欤，这是我在利用中国人只顾空面子的缺点。

例如罢，我买的"珍本"之中，有一本是张岱的《琅嬛文集》，"特印本实价四角"；据"乙亥十月，卢前冀野父"跋，是"化峭僻之涂为康庄"的，但照标点看下去，却并不十分"康庄"。标点，对于五言或七言诗最容易，不必文学家，只要数学家就行，乐府就不大"康庄"了，所以卷三的《景清刺》里，有了难懂的句子：

"……佩铅刀。藏膝髁。太史奏。机谋破。不称王向前。坐对御衣含血唾。……"

琅琅可诵，韵也押的，不过"不称王向前"这一句总有些费解。看看原序，有云："清知事不成。跃而询上。大怒曰。毋谓我王。即王敢尔耶。清曰。今日之号。尚称王哉。命抉其齿。王且询。则含血前。淰御衣。上益怒。剥其肤。……"（标点悉遵原本）那么，诗该是"不称王，向前坐"了，"不称王"者，"尚称王哉"也；"向前坐"者，"则含血前"也。而序文的"跃而询上。大怒曰"，恐怕也该是"跃而询。上大怒曰"才合式，据作文之初阶，观下文之"上益怒"，可知也矣。

纵使明人小品如何"本色"，如何"性灵"，拿它乱玩究竟还是不行的，自误事小，误人可似乎不大好。例如卷六的《琴操·脊令操》序里，有这样的句子：

"秦府僚属。劝秦王世民。行周公之事。伏兵玄武门。射杀建成元吉魏征。伤亡作。"

文章也很通,不过一翻《唐书》,就不免觉得魏征实在射杀得冤枉,他其实是秦王世民做了皇帝十七年之后,这才病死的。所以我们没有法,这里只好点作"射杀建成元吉,魏征伤亡作"。明明是张岱作的《琴操》,怎么会是魏征作呢,索性也将他射杀干净,固然不能说没有道理,不过"中流"文人,是常有拟作的,例如韩愈先生,就替周文王说过"臣罪当诛兮天王圣明",所以在这里,也还是以"魏征伤亡作"为稳当。

我在这里也犯了"文人相轻"罪,其罪状曰"吹毛求疵"。但我想"将功折罪"的,是证明了有些名人,连文章也看不懂,点不断,如果选起文章来,说这篇好,那篇坏,实在不免令人有些毛骨悚然,所以认真读书的人,一不可倚仗选本,二不可凭信标点。

七

还有一样最能引读者入于迷途的,是"摘句"。它往往是衣裳上撕下来的一块绣花,经摘取者一吹嘘或附会,说是怎样超然物外,与尘浊无干,读者没有见过全体,便也被他弄得迷离惝恍。最显著的便是上文说过的"悠然见南山"的例子,忘记了陶潜的《述酒》和《读山海经》等诗,捏成他单是一个飘飘然,就是这摘句作怪。新近在《中学生》的十二月号上,看见了朱光潜先生的《说"曲终人不见,江上数峰青"》的文章,推这两句为诗美的极致，我觉得也未免有以割裂为美的小疵。他说的好处是：

“我爱这两句诗，多少是因为它对于我启示了一种哲学的意蕴。‘曲终人不见’所表现的是消逝，‘江上数峰青’所表现的是永恒。可爱的乐声和奏乐者虽然消逝了，而青山却巍然如旧，永远可以让我们把心情寄托在它上面。人到底是怕凄凉的，要求伴侣的。曲终了，人去了，我们一霎时以前所游目骋怀的世界猛然间好像从脚底倒塌去了。这是人生最难堪的一件事，但是一转眼间我们看到江上青峰，好像又找到另一个可亲的伴侣，另一个可托足的世界，而且它永远是在那里的。‘山穷水尽疑无路，柳暗花明又一村’，此种风味似之。不仅如此，人和曲果真消逝了么；这一曲缠绵悱恻的音乐没有惊动山灵？它没有传出江上青峰的妩媚和严肃？它没有深深地印在这妩媚和严肃里面？反正青山和湘灵的瑟声已发生这么一回的因缘，青山永在，瑟声和鼓瑟的人也就永在了。”

这确已说明了他的所以激赏的原因。但也没有尽。读者是种种不同的，有的爱读《江赋》和《海赋》，有的欣赏《小园》或《枯树》。后者是徘徊于有无生灭之间的文人，对于人生，既惮扰攘，又怕离去，懒于求生，又不乐死，实有太板，寂绝又太空，疲倦得要休息，而休息又太凄凉，所以又必须有一种抚慰。于是“曲终人不见”之外，如“只在此山中，云深不知处”或“笙歌归院落，灯火下楼台”之类，就往往为人所称道。因为眼前不见，而远处却在，如果不在，便悲哀了，这就是道士之所以说“至心归命礼，玉皇大天尊！”也。

抚慰劳人的圣药，在诗，用朱先生的话来说，是“静穆”：

“艺术的最高境界都不在热烈。就诗人之所以为人而论，他所感到的欢喜和愁苦也许比常人所感到的更加热烈。就诗人之所以为诗人而论，热烈的欢喜或热烈的愁苦经过诗表现出来以后，都好比黄酒经过长久年代的储藏，失去它的辣性，只剩一味醇朴。我在别的文章里曾经说过这一段话：‘懂得这个道理，我们可以明白古希腊人何以把和平静穆看作诗的极境，把诗神亚波罗摆在蔚蓝的山巅，俯瞰众生扰攘，而眉宇间却常如作甜蜜梦，不露一丝被扰动的神色？’这里所谓‘静穆’(Serenity)自然只是一种最高理想，不是在一般诗里所能找得到的。古希腊——尤其是古希腊的造形艺术——常使我们觉到这种‘静穆’的风味。‘静穆’是一种豁然大悟，得到归依的心情。它好比低眉默想的观音大士，超一切忧喜，同时你也可说它泯化一切忧喜。这种境界在中国诗里不多见。屈原阮籍李白杜甫都不免有些像金刚怒目，愤愤不平的样子。陶潜浑身是‘静穆’，所以他伟大。”

古希腊人，也许把和平静穆看作诗的极境的罢，这一点我毫无知识。但以现存的希腊诗歌而论，荷马的史诗，是雄大而活泼的，沙孚的恋歌，是明白而热烈的，都不静穆。我想，立“静穆”为诗的极境，而此境不见于诗，也许和立蛋形为人体的最高形式，而此形终不见于人一样。至于亚波罗之在山巅，那可因为他是“神”的缘故，无论古今，凡神像，总是放在较高之处的。这像，我曾见过照相，睁着眼睛，神清气爽，并不像“常如作甜蜜梦”。不过看见实物，是否“使我们觉到这种‘静穆’的风味”，在我可就很难断定了，但是，倘使真的觉得，我以为也许有些因为他“古”的缘故。

我也是常常徘徊于雅俗之间的人，此刻的话，很近于大煞风景，但有时却自以为颇“雅”的；间或喜欢看看古董。记得十多年前，在北京认识了一个土财主，不知怎么一来，他也忽然“雅”起来了，买了一个鼎，据说是周鼎，真是土花斑驳，古色古香。而不料过不几天，他竟叫铜匠把它的土花和铜绿擦得一干二净，这才摆在客厅里，闪闪的发着铜光。这样的擦得精光的古铜器，我一生中还没有见过第二个。一切“雅士”，听到的无不大笑，我在当时，也不禁由吃惊而失笑了，但接着就变成肃然，好像得了一种启示。这启示并非“哲学的意蕴”，是觉得这才看见了近于真相的周鼎。鼎在周朝，恰如碗之在现代，我们的碗，无整年不洗之理，所以鼎在当时，一定是干干净净，金光灿烂的，换了术语来说，就是它并不“静穆”，倒有些“热烈”。这一种俗气至今未脱，变化了我衡量古美术的眼光，例如希腊雕刻罢，我总以为它现在之见得“只剩一味醇朴”者，原因之一，是在曾埋土中，或久经风雨，失去了锋棱和光泽的缘故，雕造的当时，一定是崭新，雪白，而且发闪的，所以我们现在所见的希腊之美，其实并不准是当时希腊人之所谓美，我们应该悬想它是一件新东西。

凡论文艺，虚悬了一个“极境”，是要陷入“绝境”的，在艺术，会迷惘于土花，在文学，则被拘迫而“摘句”。但“摘句”又大足以困人，所以朱先生就只能取钱起的两句，而踢开他的全篇，又用这两句来概括作者的全人，又用这两句来打杀了屈原，阮籍，李白，杜甫等辈，以为“都不免有些像金刚怒目，愤愤不平的样子”。其实是他们四位，都因为垫高朱先生的美学说，做了冤屈的牺牲的。

我们现在先来看一看钱起的全篇罢：

省试湘灵鼓瑟

善鼓云和瑟，常闻帝子灵，冯夷空自舞，楚客不堪听。苦调凄金石，清音入杳冥。苍梧来怨慕，白芷动芳馨。流水传湘浦，悲风过洞庭。曲终人不见，江上数峰青。

要证成“醇朴”或“静穆”，这全篇实在是不宜称引的，因为中间的四联，颇近于所谓“衰飒”。但没有上文，末两句便显得含胡，不过这含胡，却也许又是称引者之所谓超妙。现在一看题目，便明白“曲终”者结“鼓瑟”，“人不见”者点“灵”字，“江上数峰青”者做“湘”字，全篇虽不失为唐人的好试帖，但末两句也并不怎么神奇了。况且题上明说是“省试”，当然不会有“愤愤不平的样子”，假使屈原不和椒兰吵架，却上京求取功名，我想，他大约也不至于在考卷上大发牢骚的，他首先要防落第。

我们于是应该再来看看这《湘灵鼓瑟》的作者的另外的诗了。但我手头也没有他的诗集，只有一部《大历诗略》，也是迂夫子的选本，不过篇数却不少，其中有一首是：

下第题长安客舍

不遂青云望，愁看黄鸟飞。梨花寒食夜，客子未春衣。世事随时变，交情与我违。空余主人柳，相见却依依。

一落第，在客栈的墙壁上题起诗来，他就不免有些愤愤了，可见那一首《湘灵鼓瑟》，实在是因为题目，又因为省试，所以只好如此圆转活脱。他和屈原，阮籍，李白，杜甫四位，有时都不免是怒目金刚，但就全体而论，他长不到丈六。

世间有所谓“就事论事”的办法，现在就诗论诗，或者也可以说是无碍的罢。不过我总以为倘要论文，最好是顾及全篇，并且顾及作者的全人，以及他所处的社会状态，这才较为确凿。要不然，是很容易近乎说梦的。但我也并非反对说梦，我只主张听者心里明白所听的是说梦，这和我劝那些认真的读者不要专凭选本和标点本为法宝来研究文学的意思，大致并无不同。自己放出眼光看过较多的作品，就知道历来的伟大的作者，是没有一个“浑身是‘静穆’”的。陶潜正因为并非“浑身是‘静穆’，所以他伟大”。现在之所以往往被尊为“静穆”，是因为他被选文家和摘句家所缩小，凌迟了。

八

现在还在流传的古人文集，汉人的已经没有略存原状的了，魏的嵇康，所存的集子里还有别人的赠答和论难，晋的阮籍，集里也有伏义的来信，大约都是很古的残本，由后人重编的。《谢宣城集》虽然只剩了前半部，但有他的同僚一同赋咏的诗。我以为这样的集子最好，因为一面看作者的文章，一面又可以见他和别人的关系，他的作品，比之同咏者，高下如何，他为什么要说那些话……现在采取这样的编法的，据我所知道，则《独秀文存》，也附有和所存的“文”相关的别人的文字。

那些了不得的作家，谨严入骨，惜墨如金，要把一生的作品，只删存一个或者三四个字，刻之泰山顶上，“传之其人”，那当然听他自己的便，还有鬼蜮似的“作家”，明明有天兵天将保佑，姓名大可公开，他却偏要躲躲闪闪，生怕他的“作品”和自己的原形发生关系，随作随删，删到只剩下一张白纸，到底什么也没有，那当然也听他自己的便。如果多少和社会有些关系的文字，我以为是都应该集印的，其中当然夹杂着许多废料，所谓“榛楛弗剪”，然而这才是深山大泽。现在已经不像古代，要手抄，要木刻，只要用铅字一排就够。虽说排印，糟蹋纸墨自然也还是糟蹋纸墨的，不过只要一想连杨邨人之流的东西也还在排印，那就无论什么都可以闭着眼睛发出去了。中国人常说，“有一利必有一弊”，也就是“有一弊必有一利”：揭起小无耻之旗，固然要引出无耻群，但使谦让者泼刺起来，却是一利。

收回了谦让的人，在实际上也并不少，但又是所谓“爱惜自己”的居多。“爱惜自己”当然并不是坏事情，至少，他不至于无耻，然而有些人往往误认“装点”和“遮掩”为“爱惜”。集子里面，有兼收“少作”的，然而偏去修改一下，在孩子的脸上，种上一撮白胡须；也有兼收别人之作的，然而又大加拣选，决不取谩骂诬蔑的文章，以为无价值。其实是这些东西，一样的和本文都有价值的，即使那力量还不够引出无耻群，但倘和有价值的本文有关，这就是它在当时的价值。中国的史家是早已明白了这一点的，所以历史里大抵有循吏传，隐逸传，却也有酷吏传和佞幸传，有忠臣传，也有奸臣传。因为不如此，便无从知道全般。

而且一任鬼蜮的技俩随时消灭，也不能洞晓反鬼蜮者的人和文章。山林隐逸之作不必论，倘使这作者是身在人间，带些战斗性的，那么，他在社会上一定有敌对。只是这些敌对决不肯自承，时时撒娇道：“冤乎枉哉，这是他把我当作假想敌了呀！”可是留心一看，他的确在放暗箭，一经指出，这才改为明枪，但又说这是因为被诬为“假想敌”的报复。所用的技俩，也是决不肯任其流传的，不但事后要它消灭，就是临时也在躲闪；而编集子的人又不屑收录。于是到得后来，就只剩了一面的文章了，无可对比，当时的抗战之作，就都好像无的放矢，独个人在向着空中发疯。我尝见人评古人的文章，说谁是“锋棱太露”，谁又是“剑拔弩张”，就因为对面的文章，完全消灭了的缘故，倘在，是也许可以减去评论家几分懵懂的。所以我以为以后该有博采种种所谓无价值的别人的文章,作为附录的集子。以前虽无成例,却是留给后来的宝贝,其功用与铸了魑魅罔两的形状的禹鼎相同。

就是近来的有些期刊,那无聊,无耻与下流,也是世界上不可多得的物事,然而这又确是现代中国的或一群人的"文学",现在可以知今,将来可以知古,较大的图书馆,都必须保存的。但记得C君曾经告诉我,不但这些,连认真切实的期刊,也保存的很少,大抵只在把外国的杂志,一大本一大本的装起来:还是生着"贵古而贱今,忽近而图远"的老毛病。

九

仍是上文说过的所谓《珍本丛书》之一的张岱《琅嬛文集》,那卷三的书牍类里,有《又与毅儒八弟》的信,开首说:

"前见吾弟选《明诗存》,有一字不似钟谭者,必弃置不取;今几社诸君子盛称王李,痛骂钟谭,而吾弟选法又与前一变,有一字似钟谭者,必弃置不取。钟谭之诗集,仍此诗集,吾弟手眼,仍此手眼,而乃转若飞蓬,捷如影响,何胸无定识,目无定见,口无定评,乃至斯极耶?盖吾弟喜钟谭时,有钟谭之好处,尽有钟谭之不好处,彼盖玉常带璞,原不该尽视为连城;吾弟恨钟谭时,有钟谭之不好处,仍有钟谭之好处,彼盖瑕不掩瑜,更不可尽弃为瓦砾。吾弟勿以几社君子之言,横据胸中,虚心平气,细细论之,则其妍丑自见,奈何以他人好尚为好尚哉!……"

这是分明的画出随风转舵的选家的面目，也指证了选本的难以凭信的。张岱自己，则以为选文造史，须无自己的意见，他在《与李砚翁》的信里说："弟《石匮》一书，泚笔四十余载，心如止水秦铜，并不自立意见，故下笔描绘，妍媸自见，敢言刻划，亦就物肖形而已。……"然而心究非镜，也不能虚，所以立"虚心平气"为选诗的极境，"并不自立意见"为作史的极境者，也像立"静穆"为诗的极境一样，在事实上不可得。数年前的文坛上所谓"第三种人"杜衡辈，标榜超然，实为群丑，不久即本相毕露，知耻者皆羞称之，无待这里多说了；就令自觉不怀他意，屹然中立如张岱者，其实也还是偏倚的。他在同一信中，论东林云：

"……夫东林自顾泾阳讲学以来，以此名目，祸我国家者八九十年，以其党升沉，用占世数兴败，其党盛则为终南之捷径，其党败则为元祐之党碑。……盖东林首事者实多君子，窜入者不无小人，拥戴者皆为小人，招徕者亦有君子，此其间线索甚清，门户甚迥。……东林之中，其庸庸碌碌者不必置论，如贪婪强横之王图，奸险凶暴之李三才，闯贼首辅之项煜，上笺劝进之周钟，以致窜入东林，乃欲俱奉之以君子，则吾臂可断，决不敢徇情也。东林之尤可丑者，时敏之降闯贼曰，'吾东林时敏也'，以冀大用。鲁王监国，蕞尔小朝廷，科道任孔当辈犹曰，'非东林不可进用'。则是东林二字，直与蕞尔鲁国及汝偕亡者。手刃此辈，置之汤镬，出薪真不可不猛也。……"

这真可谓"词严义正"。所举的群小,也都确实的,尤其是时敏,虽在三百年后,也何尝无此等人,真令人惊心动魄。然而他的严责东林,是因为东林党中也有小人,古今来无纯一不杂的君子群,于是凡有党社,必为自谓中立者所不满,就大体而言,是好人多还是坏人多,他就置之不论了。或者还更加一转云:东林虽多君子,然亦有小人,反东林者虽多小人,然亦有正士,于是好像两面都有好坏,并无不同,但因东林世称君子,故有小人即可丑,反东林者本为小人,故有正士则可嘉,苛求君子,宽纵小人,自以为明察秋毫,而实则反助小人张目。倘说:东林中虽亦有小人,然多数为君子,反东林者虽亦有正士,而大抵是小人。那么,斤量就大不相同了。

谢国桢先生作《明清之际党社运动考》,钩索文籍,用力甚勤,叙魏忠贤两次虐杀东林党人毕,说道:"那时候,亲戚朋友,全远远的躲避,无耻的士大夫,早投降到魏党的旗帜底下了。说一两句公道话,想替诸君子帮忙的,只有几个书呆子,还有几个老百姓。"

这说的是魏忠贤使缇骑捕周顺昌,被苏州人民击散的事。诚然,老百姓虽然不读诗书,不明史法,不解在瑜中求瑕,屎里觅道,但能从大概上看,明黑白,辨是非,往往有决非清高通达的士大夫所可几及之处的。刚刚接到本日的《大美晚报》,有"北平特约通讯",记学生游行,被警察水龙喷射,棍击刀砍,一部分则被闭于城外,使受冻馁,"此时燕冀中学师大附中及附近居民纷纷组织慰劳队,送水烧饼馒头等食物,学生略解饥肠……"谁说中国的老百姓是庸愚的呢,被愚弄诓骗压迫到现在,还明白如此。张岱又说："忠臣义士多见于国破家亡之际，如敲石出火，一闪即灭，人主不急起收之，则火种绝矣。"（《越绝诗小序》）他所指的"人主"是明太祖，和现在的情景不相符。

石在，火种是不会绝的。但我要重申九年前的主张：不要再请愿！

十二月十八——十九夜。

（发表于1936年1月20日、2月20日《海燕》

月刊第1、2期，收入《且介亭杂文二集》）

关于太炎先生二三事

前一些时，上海的官绅为太炎先生开追悼会，赴会者不满百人，遂在寂寞中闭幕，于是有人慨叹，以为青年们对于本国的学者竟不如对于外国的高尔基的热诚。这慨叹其实是不得当的。官绅集会，一向为小民所不敢到；况且高尔基是战斗的作家，太炎先生虽先前也以革命家现身，后来却退居于宁静的学者，用自己所手造的和别人所帮造的墙，和时代隔绝了。纪念者自然有人，但也许将为大多数所忘却。

我以为先生的业绩，留在革命史上的，实在比在学术史上还要大。回忆三十余年之前，木板的《訄书》已经出版了，我读不断，当然也看不懂，恐怕那时的青年，这样的多得很。我的知道中国有太炎先生，并非因为他的经学和小学，是为了他驳斥康有为和作邹容的《革命军》序，竟被监禁于上海的西牢。那时留学日本的浙籍学生，正办杂志《浙江潮》，其中即载有先生狱中所作诗，却并不难懂。这使我感动，也至今并没有忘记，现在抄两首在下面——

狱中赠邹容

邹容吾小弟，被发下瀛洲。快剪刀除辫，干牛肉作糇。英雄一入狱，天地亦悲秋。临命须掺手，乾坤只两头。

狱中闻沈禹希见杀

不见沈生久，江湖知隐沦，萧萧悲壮士，今在易京门。螭魅羞争焰，文章总断魂。中阴当待我，南北几新坟。

一九〇六年六月出狱，即日东渡，到了东京，不久就主持《民报》。我爱看这《民报》，但并非为了先生的文笔古奥，索解为难，或说佛法，谈"俱分进化"，是为了他和主张保皇的梁启超斗争，和"××"的×××斗争，和"以《红楼梦》为成佛之要道"的×××斗争，真是所向披靡，令人神旺。前去听讲也在这时候，但又并非因为他是学者，却为了他是有学问的革命家，所以直到现在，先生的音容笑貌，还在目前，而所讲的《说文解字》却一句也不记得了。

民国元年革命后，先生的所志已达，该可以大有作为了，然而还是不得志。这也是和高尔基的生受崇敬，死备哀荣，截然两样的。我以为两人遭遇的所以不同，其原因乃在高尔基先前的理想，后来都成为事实，他的一身，就是大众的一体，喜怒哀乐，无不相通；而先生则排满之志虽伸，但视为最紧要的“第一是用宗教发起信心，增进国民的道德；第二是用国粹激动种性，增进爱国的热肠”（见《民报》第六本），却仅止于高妙的幻想；不久而袁世凯又攘夺国柄，以遂私图，就更使先生失却实地，仅垂空文，至于今，惟我们的“中华民国”之称，尚系发源于先生的《中华民国解》（最先亦见《民报》），为巨大的记念而已，然而知道这一重公案者，恐怕也已经不多了。既离民众，渐入颓唐，后来的参与投壶，接收馈赠，遂每为论者所不满，但这也不过白圭之玷，并非晚节不终。考其生平，以大勋章作扇坠，临总统府之门，大诟袁世凯的包藏祸心者，并世无第二人；七被追捕，三入牢狱，而革命之志，终不屈挠者，并世亦无第二人：这才是先哲的精神，后生的楷范。近有文侩，勾结小报，竟也作文奚落先生以自鸣得意，真可谓“小人不欲成人之美”而且“蚍蜉撼大树，可笑不自量”了！

但革命之后，先生亦渐为昭示后世计，自藏其锋铓。浙江所刻的《章氏丛书》，是出于手定的，大约以为驳难攻讦，至于忿詈，有违古之儒风，足以贻讥多士的罢，先前的见于期刊的斗争的文章，竟多被刊落，上文所引的诗两首，亦不见于“诗录”中。一九三三年刻《章氏丛书续编》于北平，所收不多，而更纯谨，且不取旧作，当然也无斗争之作，先生遂身衣学术的华衮，粹然成为儒宗，执贽愿为弟子者綦众，至于仓皇制“同门录”成册。近阅日报，有保护版权的广告，有三续丛书的记事，可见又将有遗著出版了，但补入先前战斗的文章与否，却无从知道。战斗的文章，乃是先生一生中最大，最久的业绩，假使未备，我以为是应该一一辑录，校印，使先生和后生相印，活在战斗者的心中的。然而此时此际，恐怕也未必能如所望罢，呜呼！

十月九日。

（发表于1937年3月10日《工作与学习丛刊》之一《二三事》，收入《且介亭杂文末编》）

魏晋风度及其他

下

鲁迅／撰
吴中杰／导读

蓬莱阁典藏系列

上海古籍出版社

三、新文艺概观

儗播布美术意见书

一　何为美术

美术为词，中国古所不道，此之所用，译自英之爱忒（art or fine art）。爱忒云者，原出希腊，其谊为艺，是有九神，先民所祈，以冀工巧之具足，亦犹华土工师，无不有崇祀拜祷矣。顾在今兹，则词中函有美丽之意，凡是者不当以美术称。

希腊之民，以美术著于世，然其造作，初无研肄，仅凭直觉之力，以判别天物美恶，惟其为觉敏，故所成就者神。盖凡有人类，能具二性：一曰受，二曰作。受者譬如曙日出海，瑶草作华，若非白痴，莫不领会感动；既有领会感动，则一二才士，能使再现，以成新品，是谓之作。故作者出于思，倘其无思，即无美术。然所见天物，非必圆满，华或槁谢，林或荒秽，再现之际，当加改造，俾其得宜，是曰美化，倘其无是，亦非美术。故美术者，有三要素：一曰天物，二曰思理，三曰美化。缘美术必有此三要素，故与他物之界域极严。刻玉之状为叶，髹漆之色乱金，似矣，而不得谓之美术。象齿方寸，文字千万，核桃一丸，台榭数重，精矣，而不得谓之美术。几案可以弛张，什器轻于携取，便于用矣，而不得谓之美术。太古之遗物，绝域之奇器，罕矣，而非必为美术。重碧大赤，陆离斑驳，以其戟刺，夺人目睛，艳矣，而非必为美术，此尤不可不辨者也。

二　美术之类别

由前之言，可知美术云者，即用思理以美化天物之谓。苟合于此，则无问外状若何，咸得谓之美术；如雕塑，绘画，文章，建筑，音乐皆是也。区分之法，始于希腊伯拉图，其类凡二：

(甲) 静美术　　(乙) 动美术

伯氏以雕塑，绘画为静，音乐，文章为动，事属草创，为说不完。后有法人跛多区分为三，德人黑智尔承之。

(甲) 目之美术　　(乙) 耳之美术

(丙) 心之美术

属于目者为绘画雕塑，属于耳者为音乐，属于心者为文章，其说之不能具是，无异前古。近时英人珂尔文以为区别之术，可得三种，今且述于次；凡有美术，均可取其一以分隶之。

(一) (甲) 形之美术　　(乙) 声之美术

美术有可见可触者，如绘画，雕塑，建筑，是为形美；有不可见不可触者，如音乐，文章，是为音美。顾中国文章之美，乃为形声二者，是又非此例所能赅括也。

（二）（甲）摹拟美术　（乙）独造美术

美术有拟象天物者，为雕刻，绘画，诗歌；有独造者，为建筑，音乐。此二者虽间亦微涉天物，而繁复腠会，几于脱离。

（三）（甲）致用美术　（乙）非致用美术

美术之中，涉于实用者，厥惟建筑。他如雕刻，绘画，文章，音乐，皆与实用无所系属者也。

三　美术之目的与致用

言美术之目的者，为说至繁，而要以与人享乐为臬极，惟于利用有无，有所抵午。主美者以为美术目的，即在美术，其于他事，更无关系。诚言目的，此其正解。然主用者则以为美术必有利于世，傥其不尔，即不足存。顾实则美术诚谛，固在发扬真美，以娱人情，比其见利致用，乃不期之成果。沾沾于用，甚嫌执持，惟以颇合于今日国人之公意，故从而略述之如次：

一、美术可以表见文化　凡有美术，皆足以征表一时及一族之思惟，故亦即国魂之现象；若精神递变，美术辄从之以转移。此诸品物，长留人世，故虽武功文教，与时间同其灰灭，而赖有美术为之保存，俾在方来，有所考见。他若盛典侅事，胜地名人，亦往往以美术之力，得以永住。

一、美术可以辅翼道德　美术之目的，虽与道德不尽符，然其力足以渊邃人之性情，崇高人之好尚，亦可辅道德以为治。物质文明，日益曼衍，人情因亦日趣于肤浅；今以此优美而崇大之，则高洁之情独存，邪秽之念不作，不待惩劝，而国乂安。

一、美术可以救援经济　方物见斥，外品流行，中国经济，遂以困匮。然品物材质，诸国所同，其差异者，独在造作。美术弘布，作品自胜，陈诸市肆，足越殊方，尔后金资，不虞外溢。故徒言崇尚国货者末，而发挥美术，实其本根。

四　播布美术之方

美术之用，大者既得三事，而本有之目的，又在与人以享乐，则实践此目的之方术，自必在于播布。播布云者，谓不更幽秘，而传诸人间，使与国人耳目接，以发美术之真谛，起国人之美感，更以冀美术家之出世也。兹拟应行之事如次：

一　建设事业

美术馆　当就政府所在地，立中央美术馆，为光复纪念，次更及诸地方。建筑之法，宜广征专家意见，会集图案，择其善者，或即以旧有著名之建筑充之。所列物品，为中国旧时国有之美术品。

美术展览会　建筑之法如上。以陈列私人所藏，或美术家新造之品。

剧场　建筑之法如上。其所演宜用中国新剧，或翻译外国著名新剧，更不参用古法;复以图书陈说大略,使观者咸喻其意。若中国旧剧,宜别有剧场,不与新剧混淆。

奏乐堂　当就公园或公地,设立奏乐之处,定日演奏新乐,不更参以旧乐;惟必先以小书说明,俾听者咸能领会。

文艺会　当招致文人学士,设立集会,审国人所为文艺,择其优者加以奖励,并助之流布。且决定域外著名图籍若干,译为华文,布之国内。

一　保存事业

著名之建筑　伽蓝宫殿,古者多以宗教或帝王之威力,令国人成之;故时世既迁,不能更见,所当保存,无令毁坏。其他若史上著名之地,或名人故居,祠宇,坟墓等,亦当令地方议定,施以爱护,或加修饰,为国人观瞻游步之所。

碑碣　椎拓既多,日就漫漶,当令禁止,俾得长存。

壁画及造象　梵刹及神祠中有之,间或出于名手。近时假破除迷信为名,任意毁坏,当考核作手,指定保存。

林野　当审察各地优美林野,加以保护,禁绝剪伐;或相度地势,辟为公园。其美丽之动植物亦然。

一　研究事业

古乐　当立中国古乐研究会,令勿中绝,并择其善者,布之国中。

国民文术　当立国民文术研究会，以理各地歌谣，俚谚，传说，童话等；详其意谊，辨其特性，又发挥而光大之，并以辅翼教育。

（发表于1913年2月北京《教育部编纂处月刊》
第1卷第1册，收入《集外集拾遗补编》）

对于批评家的希望

前两三年的书报上，关于文艺的大抵只有几篇创作（姑且这样说）和翻译，于是读者颇有批评家出现的要求，现在批评家已经出现了，而且日见其多了。

以文艺如此幼稚的时候，而批评家还要发掘美点，想扇起文艺的火焰来，那好意实在很可感。即不然，或则叹息现代作品的浅薄，那是望著作家更其深，或则叹息现代作品之没有血泪，那是怕著作界复归于轻佻。虽然似乎微辞过多，其实却是对于文艺的热烈的好意，那也实在是很可感谢的。

独有靠了一两本"西方"的旧批评论，或则捞一点头脑板滞的先生们的唾余，或则仗着中国固有的什么天经地义之类的，也到文坛上来践踏，则我以为委实太滥用了批评的权威。试将粗浅的事来比罢：譬如厨子做菜，有人品评他坏，他固不应该将厨刀铁釜交给批评者，说道你试来做一碗好的看：但他却可以有几条希望，就是望吃菜的没有“嗜痂之癖”，没有喝醉了酒，没有害着热病，舌苔厚到二三分。

我对于文艺批评家的希望却还要小。我不敢望他们于解剖裁判别人的作品之前，先将自己的精神来解剖裁判一回，看本身有无浅薄卑劣荒谬之处，因为这事情是颇不容易的。我所希望的不过愿其有一点常识，例如知道裸体画和春画的区别，接吻和性交的区别，尸体解剖和戮尸的区别，出洋留学和“放诸四夷”的区别，笋和竹的区别，猫和老虎的区别，老虎和番菜馆的区别……更进一步，则批评以英美的老先生学说为主，自然是悉听尊便的，但尤希望知道世界上不止英美两国；看不起托尔斯泰，自然也自由的，但尤希望先调查一点他的行实，真看过几本他所做的书。

还有几位批评家，当批评译本的时候，往往诋为不足齿数的劳力，而怪他何不去创作。创作之可尊，想来翻译家该是知道的，然而他竟止于翻译者，一定因为他只能翻译，或者偏爱翻译的缘故。所以批评家若不就事论事，而说些应当去如此如彼，是溢出于事权以外的事，因为这类言语，是商量教训而不是批评。现在还将厨子来比，则吃菜的只要说出品味如何就尽够，若于此之外，又怪他何以不去做裁缝或造房子，那是无论怎样的呆厨子，也难免要说这位客官是痰迷心窍的了。

十一月九日。

（发表于 1922 年 11 月 9 日《晨报副刊》，收入《热风》）

反对“含泪”的批评家

现在对于文艺的批评日见其多了，是好现象；然而批评日见其怪了，是坏现象，愈多反而愈坏。

我看了很觉得不以为然的是胡梦华君对于汪静之君《蕙的风》的批评，尤其觉得非常不以为然的是胡君答复章鸿熙君的信。

一，胡君因为《蕙的风》里有一句“一步一回头瞟我意中人”，便科以和《金瓶梅》一样的罪：这是锻炼周纳的。《金瓶梅》卷首诚然有“意中人”三个字，但不能因为有三个字相同，便说这书和那书是一模样。例如胡君要青年去忏悔，而《金瓶梅》也明明说是一部“改过的书”，若因为这一点意思偶合，而说胡君的主张也等于《金瓶梅》，我实在没有这样的粗心和大胆。我以为中国之所谓道德家的神经，自古以来，未免过敏而又过敏了，看见一句“意中人”，便即想到《金瓶梅》，看见一个“瞟”字，便即穿凿到别的事情上去。然而一切青年的心，却未必都如此不净；倘竟如此不净,则即使“授受不亲”,后来也就会“瞟”,以至于瞟以上的等等事,那时便是一部《礼记》,也即等于《金瓶梅》了,又何有于《蕙的风》?

二,胡君因为诗里有“一个和尚悔出家”的话,便说是诬蔑了普天下和尚,而且大呼释迦牟尼佛:这是近于宗教家而且援引多数来恫吓,失了批评的态度的。其实一个和尚悔出家,并不是怪事,若普天下的和尚没有一个悔出家的,那倒是大怪事。中国岂不是常有酒肉和尚,还俗和尚么?非“悔出家”而何?倘说那些是坏和尚,则那诗里的便是坏和尚之一,又何至诬蔑了普天下的和尚呢?这正如胡君说一本诗集是不道德,并不算诬蔑了普天下的诗人。至于释迦牟尼,可更与文艺界“风马牛”了,据他老先生的教训,则做诗便犯了“绮语戒”,无论道德或不道德,都不免受些孽报,可怕得很的!

三,胡君说汪君的诗比不上歌德和雪利,我以为是对的。但后来又说,“论到人格,歌德一生而十九娶,为世诟病,正无可讳。然而歌德所以垂世不朽者,乃五十岁以后忏悔的歌德,我们也知道么?”这可奇特了。雪利我不知道,若歌德即 Goethe,则我敢替他呼几句冤,就是他并没有“一生而十九娶”,并没有“为世诟病”,并没有“五十岁以后忏悔”。而且对于胡君所说的“自‘耳食’之风盛,歌德,雪利之真人格遂不为国人所知,无识者流,更妄相援引,可悲亦复可笑!”这一段话,也要请收回一些去。

我不知道汪君可曾过了五十岁,倘没有,则即使用了胡君的论调来裁判,似乎也还不妨做“一步一回头瞟我意中人”的诗,因为以歌德为例,也还没有到“忏悔”的时候。

临末,则我对于胡君的“悲哀的青年,我对于他们只有不可思议的眼泪!”“我还想多写几句,我对于悲哀的青年底不可思议的泪已盈眶了。”这一类话,实在不明白“其意何居”。批评文艺,万不能以眼泪的多少来定是非。文艺界可以收到创作家的眼泪,而沾了批评家的眼泪却是污点。胡君的眼泪的确洒得非其地,非其时,未免万分可惜了。

起稿已完,才看见《青光》上的一段文章,说近人用先生和君,含有尊敬和小觑的差别意见。我在这文章里正用君,但初意却不过贪图少写一个字,并非有什么《春秋》笔法。现在声明于此,却反而多写了许多字了。

十一月十七日。

(发表于 1922 年 11 月 17 日《晨报副刊》,收入《热风》)

娜拉走后怎样

（一九二三年十二月二十六日在北京女子高等师范学校文艺会讲）

我今天要讲的是“娜拉走后怎样？”

伊孛生是十九世纪后半的瑙威的一个文人。他的著作，除了几十首诗之外，其余都是剧本。这些剧本里面，有一时期是大抵含有社会问题的，世间也称作“社会剧”，其中有一篇就是《娜拉》。

《娜拉》一名 Ein Puppenheim，中国译作《傀儡家庭》。但 Puppe 不单是牵线的傀儡，孩子抱着玩的人形也是；引申开去，别人怎么指挥，他便怎么做的人也是。娜拉当初是满足地生活在所谓幸福的家庭里的，但是她竟觉悟了：自己是丈夫的傀儡，孩子们又是她的傀儡。她于是走了，只听得关门声，接着就是闭幕。这想来大家都知道，不必细说了。

娜拉要怎样才不走呢？或者说伊孛生自己有解答，就是（Die Frau vom Meer），《海的女人》，中国有人译作《海上夫人》的。这女人是已经结婚的了，然而先前有一个爱人在海的彼岸，一日突然寻来，叫她一同去。她便告知她的丈夫，要和那外来人会面。临末，她的丈夫说，“现在放你完全自由。（走与不走）你能够自己选择，并且还要自己负责任。”于是什么事全都改变，她就不走了。这样看来，娜拉倘也得到这样的自由，或者也便可以安住。

但娜拉毕竟是走了的。走了以后怎样？伊孛生并无解答；而且他已经死了。即使不死，他也不负解答的责任。因为伊孛生是在做诗，不是为社会提出问题来而且代为解答。就如黄莺一样，因为他自己要歌唱，所以他歌唱，不是要唱给人们听得有趣，有益。伊孛生是很不通世故的，相传在许多妇女们一同招待他的筵宴上，代表者起来致谢他作了《傀儡家庭》，将女性的自觉，解放这些事，给人心以新的启示的时候，他却答道，“我写那篇却并不是这意思，我不过是做诗。”

娜拉走后怎样？——别人可是也发表过意见的。一个英国人曾作一篇戏剧，说一个新式的女子走出家庭，再也没有路走，终于堕落，进了妓院了。还有一个中国人，——我称他什么呢？上海的文学家罢，——说他所见的《娜拉》是和现译本不同，娜拉终于回来了。这样的本子可惜没有第二人看见，除非是伊孛生自己寄给他的。但从事理上推想起来，娜拉或者也实在只有两条路：不是堕落，就是回来。因为如果是一匹小鸟，则笼子里固然不自由，而一出笼门，外面便又有鹰，有猫，以及别的什么东西之类；倘使已经关得麻痹了翅子，忘却了飞翔，也诚然是无路可以走。还有一条，就是饿死了，但饿死已经离开了生活，更无所谓问题，所以也不是什么路。

人生最苦痛的是梦醒了无路可以走。做梦的人是幸福的;倘没有看出可走的路,最要紧的是不要去惊醒他。你看,唐朝的诗人李贺,不是困顿了一世的么?而他临死的时候,却对他的母亲说,“阿妈,上帝造成了白玉楼,叫我做文章落成去了。”这岂非明明是一个诳,一个梦?然而一个小的和一个老的,一个死的和一个活的,死的高兴地死去,活的放心地活着。说诳和做梦,在这些时候便见得伟大。所以我想,假使寻不出路,我们所要的倒是梦。

但是,万不可做将来的梦。阿尔志跋绥夫曾经借了他所做的小说,质问过梦想将来的黄金世界的理想家,因为要造那世界,先唤起许多人们来受苦。他说,“你们将黄金世界预约给他们的子孙了,可是有什么给他们自己呢?”有是有的,就是将来的希望。但代价也太大了,为了这希望,要使人练敏了感觉来更深切地感到自己的苦痛,叫起灵魂来目睹他自己的腐烂的尸骸。惟有说诳和做梦,这些时候便见得伟大。所以我想,假使寻不出路,我们所要的就是梦;但不要将来的梦,只要目前的梦。

然而娜拉既然醒了,是很不容易回到梦境的,因此只得走;可是走了以后,有时却也免不掉堕落或回来。否则,就得问:她除了觉醒的心以外,还带了什么去?倘只有一条像诸君一样的紫红的绒绳的围巾,那可是无论宽到二尺或三尺,也完全是不中用。她还须更富有,提包里有准备,直白地说,就是要有钱。

梦是好的;否则,钱是要紧的。

钱这个字很难听，或者要被高尚的君子们所非笑，但我总觉得人们的议论是不但昨天和今天，即使饭前和饭后，也往往有些差别。凡承认饭需钱买，而以说钱为卑鄙者，倘能按一按他的胃，那里面怕总还有鱼肉没有消化完，须得饿他一天之后，再来听他发议论。

所以为娜拉计，钱，——高雅的说罢，就是经济，是最要紧的了。自由固不是钱所能买到的，但能够为钱而卖掉。人类有一个大缺点，就是常常要饥饿。为补救这缺点起见，为准备不做傀儡起见，在目下的社会里，经济权就见得最要紧了。第一，在家应该先获得男女平均的分配；第二，在社会应该获得男女相等的势力。可惜我不知道这权柄如何取得，单知道仍然要战斗；或者也许比要求参政权更要用剧烈的战斗。

要求经济权固然是很平凡的事，然而也许比要求高尚的参政权以及博大的女子解放之类更烦难。天下事尽有小作为比大作为更烦难的。譬如现在似的冬天，我们只有这一件棉袄，然而必须救助一个将要冻死的苦人，否则便须坐在菩提树下冥想普度一切人类的方法去。普度一切人类和救活一人，大小实在相去太远了，然而倘叫我挑选，我就立刻到菩提树下去坐着，因为免得脱下唯一的棉袄来冻杀自己。所以在家里说要参政权，是不至于大遭反对的，一说到经济的平匀分配，或不免面前就遇见敌人，这就当然要有剧烈的战斗。

战斗不算好事情，我们也不能责成人人都是战士，那么，平和的方法也就可贵了，这就是将来利用了亲权来解放自己的子女。中国的亲权是无上的，那时候，就可以将财产平匀地分配子女们，使他们平和而没有冲突地都得到相等的经济权，此后或者去读书，或者去生发，或者为自己去享用，或者为社会去做事，或者去花完，都请便，自己负责任。这虽然也是颇远的梦，可是比黄金世界的梦近得不少了。但第一需要记性。记性不佳，是有益于己而有害于子孙的。人们因为能忘却，所以自己能渐渐地脱离了受过的苦痛，也因为能忘却，所以往往照样地再犯前人的错误。被虐待的儿媳做了婆婆，仍然虐待儿媳；嫌恶学生的官吏，每是先前痛骂官吏的学生；现在压迫子女的，有时也就是十年前的家庭革命者。这也许与年龄和地位都有关系罢，但记性不佳也是一个很大的原因。救济法就是各人去买一本 note-book 来，将自己现在的思想举动都记上，作为将来年龄和地位都改变了之后的参考。假如憎恶孩子要到公园去的时候，取来一翻，看见上面有一条道，“我想到中央公园去”，那就即刻心平气和了。别的事也一样。

世间有一种无赖精神，那要义就是韧性。听说“拳匪”乱后，天津的青皮，就是所谓无赖者很跋扈，譬如给人搬一件行李，他就要两元，对他说这行李小，他说要两元，对他说道路近，他说要两元，对他说不要搬了，他说也仍然要两元。青皮固然是不足为法的，而那韧性却大可以佩服。要求经济权也一样，有人说这事情太陈腐了，就答道要经济权；说是太卑鄙了，就答道要经济权；说是经济制度就要改变了，用不着再操心，也仍然答道要经济权。

其实，在现在，一个娜拉的出走，或者也许不至于感到困难的，因为这人物很特别，举动也新鲜，能得到若干人们的同情，帮助着生活。生活在人们的同情之下，已经是不自由了，然而倘有一百个娜拉出走，便连同情也减少，有一千一万个出走，就得到厌恶了，断不如自己握着经济权之为可靠。

在经济方面得到自由，就不是傀儡了么？也还是傀儡。无非被人所牵的事可以减少，而自己能牵的傀儡可以增多罢了。因为在现在的社会里，不但女人常作男人的傀儡，就是男人和男人，女人和女人，也相互地作傀儡，男人也常作女人的傀儡，这决不是几个女人取得经济权所能救的。但人不能饿着静候理想世界的到来，至少也得留一点残喘，正如涸辙之鲋，急谋升斗之水一样，就要这较为切近的经济权，一面再想别的法。

如果经济制度竟改革了，那上文当然完全是废话。

然而上文，是又将娜拉当作一个普通的人物而说的，假使她很特别，自己情愿闯出去做牺牲，那就又另是一回事。我们无权去劝诱人做牺牲，也无权去阻止人做牺牲。况且世上也尽有乐于牺牲，乐于受苦的人物。欧洲有一个传说，耶稣去钉十字架时，休息在 Ahasvar 的檐下，Ahasvar 不准他，于是被了咒诅，使他永世不得休息，直到末日裁判的时候。Ahasvar 从此就歇不下，只是走，现在还在走。走是苦的，安息是乐的，他何以不安息呢？虽说背着咒诅，可是大约总该是觉得走比安息还适意，所以始终狂走的罢。

只是这牺牲的适意是属于自己的，与志士们之所谓为社会者无涉。群众，——尤其是中国的，——永远是戏剧的看客。牺牲上场，如果显得慷慨，他们就看了悲壮剧；如果显得觳觫，他们就看了滑稽剧。北京的羊肉铺前常有几个人张着嘴看剥羊，仿佛颇愉快，人的牺牲能给与他们的益处，也不过如此。而况事后走不几步，他们并这一点愉快也就忘却了。

对于这样的群众没有法，只好使他们无戏可看倒是疗救，正无需乎震骇一时的牺牲，不如深沉的韧性的战斗。

可惜中国太难改变了，即使搬动一张桌子，改装一个火炉，几乎也要血；而且即使有了血，也未必一定能搬动，能改装。不是很大的鞭子打在背上，中国自己是不肯动弹的。我想这鞭子总要来，好坏是别一问题，然而总要打到的。但是从那里来，怎么地来，我也是不能确切地知道。

我这讲演也就此完结了。

（发表于1924年北京女子高等师范学校《文艺会刊》第6期，
校正后发表于8月1日《妇女杂志》第10卷第8号，收入《坟》）

论睁了眼看

虚生先生所做的时事短评中，曾有一个这样的题目："我们应该有正眼看各方面的勇气"（《猛进》十九期）。诚然，必须敢于正视，这才可望敢想，敢说，敢作，敢当。倘使并正视而不敢，此外还能成什么气候。然而，不幸这一种勇气，是我们中国人最所缺乏的。

但现在我所想到的是别一方面——

中国的文人，对于人生，——至少是对于社会现象，向来就多没有正视的勇气。我们的圣贤，本来早已教人"非礼勿视"的了；而这"礼"又非常之严，不但"正视"，连"平视""斜视"也不许。现在青年的精神未可知，在体质，却大半还是弯腰曲背，低眉顺眼，表示着老牌的老成的子弟，驯良的百姓，——至于说对外却有大力量，乃是近一月来的新说，还不知道究竟是如何。

再回到"正视"问题去：先既不敢，后便不能，再后，就自然不视，不见了。一辆汽车坏了，停在马路上，一群人围着呆看，所得的结果是一团乌油油的东西。然而由本身的矛盾或社会的缺陷所生的苦痛，虽不正视，却要身受的。文人究竟是敏感人物，从他们的作品上看来，有些人确也早已感到不满，可是一到快要显露缺陷的危机一发之际，他们总即刻连说"并无其事"，同时便闭上了眼睛。这闭着的眼睛便看见一切圆满，当前的苦痛不过是"天之将降大任于是人也，必先苦其心志，劳其筋骨，饿其体肤，空乏其身，行拂乱其所为。"于是无问题，无缺陷，无不平，也就无解决，无改革，无反抗。因为凡事总要"团圆"，正无须我们焦躁；放心喝茶，睡觉大吉。再说费话，就有"不合时宜"之咎，免不了要受大学教授的纠正了。呸！

我并未实验过，但有时候想：倘将一位久蛰洞房的老太爷抛在夏天正午的烈日底下，或将不出闺门的千金小姐拖到旷野的黑夜里，大概只好闭了眼睛，暂续他们残存的旧梦，总算并没有遇到暗或光，虽然已经是绝不相同的现实。中国的文人也一样，万事闭眼睛，聊以自欺，而且欺人，那方法是：瞒和骗。

中国婚姻方法的缺陷，才子佳人小说作家早就感到了，他于是使一个才子在壁上题诗，一个佳人便来和，由倾慕——现在就得称恋爱——而至于有"终身之约"。但约定之后，也就有了难关。我们都知道，"私订终身"在诗和戏曲或小说上尚不失为美谈（自然只以与终于中状元的男人私订为限），实际却不容于天下的，仍然免不了要离异。明末的作家便闭上眼睛，并这一层也加以补救了，说是：才子及第，奉旨成婚。

“父母之命媒妁之言”经这大帽子来一压，便成了半个铅钱也不值，问题也一点没有了。假使有之，也只在才子的能否中状元，而决不在婚姻制度的良否。

（近来有人以为新诗人的做诗发表，是在出风头，引异性；且迁怒于报章杂志之滥登。殊不知即使无报，墙壁实“古已有之”，早做过发表机关了；据《封神演义》，纣王已曾在女娲庙壁上题诗，那起源实在非常之早。报章可以不取白话，或排斥小诗，墙壁却拆不完，管不及的；倘一律刷成黑色，也还有破磁可划，粉笔可书，真是穷于应付。做诗不刻木板，去藏之名山，却要随时发表，虽然很有流弊，但大概是难以杜绝的罢。）

《红楼梦》中的小悲剧，是社会上常有的事，作者又是比较的敢于实写的，而那结果也并不坏。无论贾氏家业再振，兰桂齐芳，即宝玉自己，也成了个披大红猩猩毡斗篷的和尚。和尚多矣，但披这样阔斗篷的能有几个，已经是“入圣超凡”无疑了。至于别的人们，则早在册子里一一注定，末路不过是一个归结：是问题的结束，不是问题的开头。读者即小有不安，也终于奈何不得。然而后来或续或改，非借尸还魂，即冥中另配，必令“生旦当场团圆”，才肯放手者，乃是自欺欺人的瘾太大，所以看了小小骗局，还不甘心，定须闭眼胡说一通而后快。赫克尔（E. Haeckel）说过：人和人之差，有时比类人猿和原人之差还远。我们将《红楼梦》的续作者和原作者一比较，就会承认这话大概是确实的。

“作善降祥”的古训，六朝人本已有些怀疑了，他们作墓志，竟会说“积善不报，终自欺人”的话。但后来的昏人，却又瞒起来。元刘信将三岁痴儿抛入醮纸火盆，妄希福祐，是见于《元典章》的；剧本《小张屠焚儿救母》却道是为母延命，命得延，儿亦不死了。一女愿侍痼疾之夫，《醒世恒言》中还说终于一同自杀的；后来改作的却道是有蛇坠入药罐里，丈夫服后便全愈了。凡有缺陷，一经作者粉饰，后半便大抵改观，使读者落诬妄中，以为世间委实尽够光明，谁有不幸，便是自作，自受。

有时遇到彰明的史实，瞒不下，如关羽岳飞的被杀，便只好别设骗局了。一是前世已造夙因，如岳飞；一是死后使他成神，如关羽。定命不可逃，成神的善报更满人意，所以杀人者不足责，被杀者也不足悲，冥冥中自有安排，使他们各得其所，正不必别人来费力了。

中国人的不敢正视各方面，用瞒和骗，造出奇妙的逃路来，而自以为正路。在这路上，就证明着国民性的怯弱，懒惰，而又巧滑。一天一天的满足着，即一天一天的堕落着，但却又觉得日见其光荣。在事实上，亡国一次，即添加几个殉难的忠臣，后来每不想光复旧物，而只去赞美那几个忠臣；遭劫一次，即造成一群不辱的烈女，事过之后，也每每不思惩凶，自卫，却只顾歌咏那一群烈女。仿佛亡国遭劫的事，反而给中国人发挥“两间正气”的机会，增高价值，即在此一举，应该一任其至，不足忧悲似的。自然，此上也无可为，因为我们已经借死人获得最上的光荣了。沪汉烈士的追悼会中，活的人们在一块很可景仰的高大的木主下互相打骂，也就是和我们的先辈走着同一的路。

文艺是国民精神所发的火光，同时也是引导国民精神的前途的灯火。这是互为因果的，正如麻油从芝麻榨出，但以浸芝麻，就使它更油。

倘以油为上，就不必说；否则，当参入别的东西，或水或硷去。中国人向来因为不敢正视人生，只好瞒和骗，由此也生出瞒和骗的文艺来，由这文艺，更令中国人更深地陷入瞒和骗的大泽中，甚而至于已经自己不觉得。世界日日改变，我们的作家取下假面，真诚地，深入地，大胆地看取人生并且写出他的血和肉来的时候早到了；早就应该有一片崭新的文场，早就应该有几个凶猛的闯将！

现在，气象似乎一变，到处听不见歌吟花月的声音了，代之而起的是铁和血的赞颂。然而倘以欺瞒的心，用欺瞒的嘴，则无论说 A 和 O，或 Y 和 Z，一样是虚假的；只可以吓哑了先前鄙薄花月的所谓批评家的嘴，满足地以为中国就要中兴。可怜他在“爱国”的大帽子底下又闭上了眼睛了——或者本来就闭着。

没有冲破一切传统思想和手法的闯将，中国是不会有真的新文艺的。

一九二五年七月二十二日。

（发表于 1925 年 8 月 3 日《语丝》周刊第 38 期，收入《坟》）

革命时代的文学

——四月八日在黄埔军官学校讲——

今天要讲几句的话是就将这“革命时代的文学”算作题目。这学校是邀过我好几次了，我总是推宕着没有来。为什么呢？因为我想，诸君的所以来邀我，大约是因为我曾经做过几篇小说，是文学家，要从我这里听文学。其实我并不是的，并不懂什么。我首先正经学习的是开矿，叫我讲掘煤，也许比讲文学要好一些。自然，因为自己的嗜好，文学书是也时常看看的，不过并无心得，能说出于诸君有用的东西来。加以这几年，自己在北京所得的经验，对于一向所知道的前人所讲的文学的议论，都渐渐的怀疑起来。那是开枪打杀学生的时候罢，文禁也严厉了，我想：文学文学，是最不中用的，没有力量的人讲的；有实力的人并不开口，就杀人，被压迫的人讲几句话，写几个字，就要被杀；即使幸而不被杀，但天天呐喊，叫苦，鸣不平，而有实力的人仍然压迫，虐待，杀戮，没有方法对付他们，这文学于人们又有什么益处呢？

在自然界里也这样，鹰的捕雀，不声不响的是鹰，吱吱叫喊的是雀；猫的捕鼠，不声不响的是猫，吱吱叫喊的是老鼠；结果，还是只会开口的被不开口的吃掉。文学家弄得好，做几篇文章，也许能够称誉于当时，或者得到多少年的虚名罢，——譬如一个烈士的追悼会开过之后，烈士的事情早已不提了，大家倒传诵着谁的挽联做得好：这实在是一件很稳当的买卖。

但在这革命地方的文学家，恐怕总喜欢说文学和革命是大有关系的，例如可以用这来宣传，鼓吹，煽动，促进革命和完成革命。不过我想，这样的文章是无力的，因为好的文艺作品，向来多是不受别人命令，不顾利害，自然而然地从心中流露的东西；如果先挂起一个题目，做起文章来，那又何异于八股，在文学中并无价值，更说不到能否感动人了。为革命起见，要有“革命人”，“革命文学”倒无须急急，革命人做出东西来，才是革命文学。所以，我想：革命，倒是与文章有关系的。革命时代的文学和平时的文学不同，革命来了，文学就变换色彩。但大革命可以变换文学的色彩，小革命却不，因为不算什么革命，所以不能变换文字的色彩。在此地是听惯了“革命”了，江苏浙江谈到革命二字，听的人都很害怕，讲的人也很危险。其实“革命”是并不稀奇的，惟其有了它，社会才会改革，人类才会进步，能从原虫到人类，从野蛮到文明，就因为没有一刻不在革命。生物学家告诉我们：“人类和猴子是没有大两样的，人类和猴子是表兄弟。”但为什么人类成了人，猴子终于是猴子呢？这就因为猴子不肯变化——它爱用四只脚走路。也许曾有一个猴子站起来，试用两脚走路的罢，但许多猴子就说："我们底祖先一向是爬的，不许你站！"咬死了。它们不但不肯站起来，并且不肯讲话，因为它守旧。人类就不然，他终于站起，讲话，结果是他胜利了。现在也还没有完。所以革命是并不稀奇的，凡是至今还未灭亡的民族，还都天天在努力革命，虽然往往不过是小革命。

大革命与文学有什么影响呢？大约可以分开三个时候来说：

（一）大革命之前，所有的文学，大抵是对于种种社会状态，觉得不平，觉得痛苦，就叫苦，鸣不平，在世界文学中关于这类的文学颇不少。但这些叫苦鸣不平的文学对于革命没有什么影响，因为叫苦鸣不平，并无力量，压迫你们的人仍然不理，老鼠虽然吱吱地叫，尽管叫出很好的文学，而猫儿吃起它来，还是不客气。所以仅仅有叫苦鸣不平的文学时，这个民族还没有希望，因为止于叫苦和鸣不平。例如人们打官司，失败的方面到了分发冤单的时候，对手就知道他没有力量再打官司，事情已经了结了；所以叫苦鸣不平的文学等于喊冤，压迫者对此倒觉得放心。有些民族因为叫苦无用，连苦也不叫了，他们便成为沉默的民族，渐渐更加衰颓下去，埃及，阿拉伯，波斯，印度就都没有什么声音了！至于富有反抗性，蕴有力量的民族，因为叫苦没用，他便觉悟起来，由哀音而变为怒吼。怒吼的文学一出现，反抗就快到了；他们已经很愤怒，所以与革命爆发时代接近的文学每每带有愤怒之音；他要反抗，他要复仇。苏俄革命将起时，即有些这类的文学。但也有例外，如波兰，虽然早有复仇的文学，然而他的恢复，是靠着欧洲大战的。

（二）到了大革命的时代，文学没有了，没有声音了，因为大家受革命潮流的鼓荡，大家由呼喊而转入行动，大家忙着革命，没有闲空谈文学了。还有一层，是那时民生雕敝，一心寻面包吃尚且来不及，那里有心思谈文学呢？守旧的人因为受革命潮流的打击，气得发昏，也不能再唱所谓他们底文学了。有人说："文学是穷苦的时候做的"，其实未必，穷苦的时候必定没有文学作品的；我在北京时，一穷，就到处借钱，不写一个字，到薪俸发放时，才坐下来做文章。忙的时候也必定没有文学作品，挑担的人必要把担子放下，才能做文章；拉车的人也必要把车子放下，才能做文章。大革命时代忙得很，同时又穷得很，这一部分人和那一部分人斗争，非先行变换现代社会底状态不可，没有时间也没有心思做文章；所以大革命时代的文学便只好暂归沉寂了。

（三）等到大革命成功后，社会底状态缓和了，大家底生活有余裕了，这时候就又产生文学。这时候底文学有二：一种文学是赞扬革命，称颂革命，——讴歌革命，因为进步的文学家想到社会改变，社会向前走，对于旧社会的破坏和新社会的建设，都觉得有意义，一方面对于旧制度的崩坏很高兴，一方面对于新的建设来讴歌。另有一种文学是吊旧社会的灭亡——挽歌——也是革命后会有的文学。有些的人以为这是"反革命的文学"，我想，倒也无须加以这么大的罪名。革命虽然进行，但社会上旧人物还很多，决不能一时变成新人物，他们的脑中满藏着旧思想旧东西；环境渐变，影响到他们自身的一切，于是回想旧时的舒服，便对于旧社会眷念不已，恋恋不舍，因而讲出很古的话，陈旧的话，形成这样的文学。这种文学都是悲哀的调子，表示他心里不舒服，一方面看见新的建设胜利了，一方面看见旧的制度灭亡了，所以唱起挽歌来。但是怀旧，唱挽歌，就表示已经革命了，如果没有革命，旧人物正得势，是不会唱挽歌的。

不过中国没有这两种文学——对旧制度挽歌，对新制度讴歌；因为中国革命还没有成功，正是青黄不接，忙于革命的时候。不过旧文学仍然很多，报纸上的文章，几乎全是旧式。我想，这足见中国革命对于社会没有多大的改变，对于守旧的人没有多大的影响，所以旧人仍能超然物外。广东报纸所讲的文学，都是旧的，新的很少，也可以证明广东社会没有受革命影响；没有对新的讴歌，也没有对旧的挽歌，广东仍然是十年前底广东。不但如此，并且也没有叫苦，没有鸣不平；止看见工会参加游行，但这是政府允许的，不是因压迫而反抗的，也不过是奉旨革命。中国社会没有改变，所以没有怀旧的哀词，也没有崭新的进行曲，只在苏俄却已产生了这两种文学。他们的旧文学家逃亡外国，所作的文学，多是吊亡挽旧的哀词；新文学则正在努力向前走，伟大的作品虽然还没有，但是新作品已不少，他们已经离开怒吼时期而过渡到讴歌的时期了。赞美建设是革命进行以后的影响，再往后去的情形怎样，现在不得而知，但推想起来，大约是平民文学罢，因为平民的世界，是革命的结果。

现在中国自然没有平民文学，世界上也还没有平民文学，所有的文学，歌呀，诗呀，大抵是给上等人看的；他们吃饱了，睡在躺椅上，捧着看。一个才子出门遇见一个佳人，两个人很要好，有一个不才子从中捣乱，生出差迟来，但终于团圆了。这样地看看，多么舒服。或者讲上等人怎样有趣和快乐，下等人怎样可笑。前几年《新青年》载过几篇小说，描写罪人在寒地里的生活，大学教授看了就不高兴，因为他们不喜欢看这样的下流人。如果诗歌描写车夫，就是下流诗歌；一出戏里，有犯罪的事情，就是下流戏。他们的戏里的脚色，止有才子佳人，才子中状元，佳人封一品夫人，在才子佳人本身很欢喜，他们看了也很欢喜，下等人没奈何，也只好替他们一同欢喜欢喜。在现在，有人以平民——工人农民——为材料，做小说做诗，我们也称之为平民文学，其实这不是平民文学，因为平民还没有开口。这是另外的人从旁看见平民的生活，假托平民底口吻而说的。眼前的文人有些虽然穷，但总比工人农民富足些，这才能有钱去读书，才能有文章；一看好像是平民所说的，其实不是；这不是真的平民小说。平民所唱的山歌野曲，现在也有人写下来，以为是平民之音了，因为是老百姓所唱。但他们间接受古书的影响很大，他们对于乡下的绅士有田三千亩，佩服得不了，每每拿绅士的思想，做自己的思想，绅士们惯吟五言诗，七言诗；因此他们所唱的山歌野曲，大半也是五言或七言。这是就格律而言，还有构思取意，也是很陈腐的，不能称是真正的平民文学。现在中国底小说和诗实在比不上别国，无可奈何，只好称之曰文学；谈不到革命时代的文学，更谈不到平民文学。现在的文学家都是读书人，如果工人农民不解放，工人农民的思想，仍然是读书人的思想，必待工人农民得到真正的解放，然后才有真正的平民文学。有些人说:“中国已有平民文学”,其实这是不对的。

诸君是实际的战争者,是革命的战士,我以为现在还是不要佩服文学的好。学文学对于战争,没有益处,最好不过作一篇战歌,或者写得美的,便可于战余休憩时看看,倒也有趣。要讲得堂皇点,则譬如种柳树,待到柳树长大,浓阴蔽日,农夫耕作到正午,或者可以坐在柳树底下吃饭,休息休息。中国现在的社会情状,止有实地的革命战争,一首诗吓不走孙传芳,一炮就把孙传芳轰走了。自然也有人以为文学于革命是有伟力的,但我个人总觉得怀疑,文学总是一种余裕的产物,可以表示一民族的文化,倒是真的。

人大概是不满于自己目前所做的事的,我一向只会做几篇文章,自己也做得厌了,而捏枪的诸君,却又要听讲文学。我呢,自然倒愿意听听大炮的声音,仿佛觉得大炮的声音或者比文学的声音要好听得多似的。我的演说只有这样多,感谢诸君听完的厚意!

(发表于1927年6月12日《黄埔生活》周刊第4期,修改后收入《而已集》)

革命文学

今年在南方，听得大家叫“革命”，正如去年在北方，听得大家叫“讨赤”的一样盛大。

而这“革命”还侵入文艺界里了。

最近，广州的日报上还有一篇文章指示我们，叫我们应该以四位革命文学家为师法：意大利的唐南遮，德国的霍普德曼，西班牙的伊本纳兹，中国的吴稚晖。

两位帝国主义者，一位本国政府的叛徒，一位国民党救护的发起者，都应该作为革命文学的师法，于是革命文学便莫名其妙了，因为这实在是至难之业。

于是不得已，世间往往误以两种文学为革命文学：一是在一方的指挥刀的掩护之下，斥骂他的敌手的；一是纸面上写着许多“打，打”，“杀，杀”，或“血，血”的。

如果这是“革命文学”，则做“革命文学家”，实在是最痛快而安全的事。

从指挥刀下骂出去，从裁判席上骂下去，从官营的报上骂开去，真是伟哉一世之雄，妙在被骂者不敢开口。而又有人说，这不敢开口，又何其怯也？对手无“杀身成仁”之勇，是第二条罪状，斯愈足以显革命文学家之英雄。所可惜者只在这文学并非对于强暴者的革命，而是对于失败者的革命。

唐朝人早就知道，穷措大想做富贵诗，多用些“金”“玉”“锦”“绮”字面，自以为豪华，而不知适见其寒蠢。真会写富贵景象的，有道：“笙歌归院落，灯火下楼台”，全不用那些字。“打，打”，“杀，杀”，听去诚然是英勇的，但不过是一面鼓。即使是鼙鼓，倘若前面无敌军，后面无我军，终于不过是一面鼓而已。

我以为根本问题是在作者可是一个“革命人”，倘是的，则无论写的是什么事件，用的是什么材料，即都是“革命文学”。从喷泉里出来的都是水，从血管里出来的都是血。“赋得革命，五言八韵”，是只能骗骗盲试官的。

但“革命人”就希有。俄国十月革命时，确曾有许多文人愿为革命尽力。但事实的狂风，终于转得他们手足无措。显明的例是诗人叶遂宁的自杀，还有小说家梭波里，他最后的话是：“活不下去了！”

在革命时代有大叫“活不下去了”的勇气，才可以做革命文学。

叶遂宁和梭波里终于不是革命文学家。为什么呢，因为俄国是实在在革命。革命文学家风起云涌的所在，其实是并没有革命的。

（写于 1927 年，发表于 10 月 21 日《民众旬刊》第 5 期，收入《而已集》）

文艺与政治的歧途

——十二月二十一日在上海暨南大学讲——

我是不大出来讲演的；今天到此地来，不过因为说过了好几次，来讲一回也算了却一件事。我所以不出来讲演，一则没有什么意见可讲，二则刚才这位先生说过，在座的很多读过我的书，我更不能讲什么。书上的人大概比实物好一点，《红楼梦》里面的人物，像贾宝玉林黛玉这些人物，都使我有异样的同情；后来，考究一些当时的事实，到北京后，看看梅兰芳姜妙香扮的贾宝玉林黛玉，觉得并不怎样高明。

我没有整篇的鸿论，也没有高明的见解，只能讲讲我近来所想到的。我每每觉到文艺和政治时时在冲突之中；文艺和革命原不是相反的，两者之间，倒有不安于现状的同一。惟政治是要维持现状，自然和不安于现状的文艺处在不同的方向。不过不满意现状的文艺，直到十九世纪以后才兴起来，只有一段短短历史。政治家最不喜欢人家反抗他的意见，最不喜欢人家要想，要开口。而从前的社会也的确没有人想过什么，又没有人开过口。且看动物中的猴子，它们自有它们的首领；首领要它们怎样，它们就怎样。在部落里，他们有一个酋长，他们跟着酋长走，酋长的吩咐，就是他们的标准。酋长要他们死，也只好去死。那时没有什么文艺，即使有，也不过赞美上帝（还没有后人所谓God那么玄妙）罢了！那里会有自由思想？后来，一个部落一个部落你吃我吞，渐渐扩大起来，所谓大国，就是吞吃那多多少少的小部落；一到了大国，内部情形就复杂得多，夹着许多不同的思想，许多不同的问题。这时，文艺也起来了，和政治不断地冲突；政治想维系现状使它统一，文艺催促社会进化使它渐渐分离；文艺虽使社会分裂，但是社会这样才进步起来。文艺既然是政治家的眼中钉，那就不免被挤出去。外国许多文学家，在本国站不住脚，相率亡命到别个国度去；这个方法，就是"逃"。要是逃不掉，那就被杀掉，割掉他的头；割掉头那是最好的方法，既不会开口，又不会想了。俄国许多文学家，受到这个结果，还有许多充军到冰雪的西伯利亚去。

有一派讲文艺的，主张离开人生，讲些月呀花呀鸟呀的话（在中国又不同，有国粹的道德，连花呀月呀都不许讲，当作别论），或者专讲"梦"，专讲些将来的社会，不要讲得太近。这种文学家，他们都躲在象牙之塔里面；但是"象牙之塔"毕竟不能住得很长久的呀！象牙之塔总是要安放在人间，就免不掉还要受政治的压迫。打起仗来，就不能不逃开去。北京有一班文人，顶看不起描写社会的文学家，他们想，小说里面连车夫的生活都可以写进去，岂不把小说应该写才子佳人一首诗生爱情的定律都打破了吗？现在呢，他们也不能做高尚的文学家了，还是要逃到南边来；“象牙之塔”的窗子里，到底没有一块一块面包递进来的呀！

等到这些文学家也逃出来了，其他文学家早已死的死，逃的逃了。别的文学家，对于现状早感到不满意，又不能不反对，不能不开口，“反对”“开口”就是有他们的下场。我以为文艺大概由于现在生活的感受，亲身所感到的，便影印到文艺中去。挪威有一文学家，他描写肚子饿，写了一本书，这是依他所经验的写的。对于人生的经验，别的且不说，“肚子饿”这件事，要是欢喜，便可以试试看，只要两天不吃饭，饭的香味便会是一个特别的诱惑；要是走过街上饭铺子门口，更会觉得这个香味一阵阵冲到鼻子来。我们有钱的时候，用几个钱不算什么；直到没有钱，一个钱都有它的意味。那本描写肚子饿的书里，它说起那人饿得久了，看见路人个个是仇人，即是穿一件单褂子的，在他眼里也见得那是骄傲。我记起我自己曾经写过这样一个人，他身边什么都光了，时常抽开抽屉看看，看角上边上可以找到什么；路上一处一处去找，看有什么可以找得到；这个情形，我自己是体验过来的。

从生活窘迫过来的人，一到了有钱，容易变成两种情形：一种是理想世界，替处同一境遇的人着想，便成为人道主义；一种是什么都是自己挣起来，从前的遭遇，使他觉得什么都是冷酷，便流为个人主义。我们中国大概是变成个人主义者多。主张人道主义的，要想替穷人想想法子，改变改变现状，在政治家眼里，到还不如个人主义的好；所以人道主义者和政治家就有冲突。俄国文学家托尔斯泰讲人道主义，反对战争，写过三册很厚的小说——那部《战争与和平》，他自己是个贵族，却是经过战场的生活，他感到战争是怎么一个惨痛。尤其是他一临到长官的铁板前(战场上重要军官都有铁板挡住枪弹)，更有刺心的痛楚。而他又眼见他的朋友们，很多在战场上牺牲掉。战争的结果，也可以变成两种态度：一种是英雄，他见别人死的死伤的伤，只有他健存，自己就觉得怎样了不得，这么那么夸耀战场上的威雄。一种是变成反对战争的，希望世界上不要再打仗了。托尔斯泰便是后一种，主张用无抵抗主义来消灭战争。他这么主张，政府自然讨厌他；反对战争，和俄皇的侵掠欲望冲突；主张无抵抗主义，叫兵士不替皇帝打仗，警察不替皇帝执法，审判官不替皇帝裁判，大家都不去捧皇帝；皇帝是全要人捧的，没有人捧，还成什么皇帝，更和政治相冲突。这种文学家出来，对于社会现状不满意，这样批评，那样批评，弄得社会上个个都自己觉到，都不安起来，自然非杀头不可。

但是，文艺家的话其实还是社会的话，他不过感觉灵敏，早感到早说出来(有时，他说得太早，连社会也反对他，也排轧他)。譬如我们学兵式体操，行举枪礼，照规矩口令是“举……枪”这般叫，一定要等“枪”字令下，才可以举起。有些人却是一听到“举”字便举起来，叫口令的要罚他，说他做错。文艺家在社会上正是这样；他说得早一点，大家都讨厌他。政治家认定文学家是社会扰乱的煽动者，心想杀掉他，社会就可平安。殊不知杀了文学家，社会还是要革命；俄国的文学家被杀掉的充军的不在少数,革命的火焰不是到处燃着吗?文学家生前大概不能得到社会的同情,潦倒地过了一生,直到死后四五十年,才为社会所认识,大家大闹起来。政治家因此更厌恶文学家,以为文学家早就种下大祸根;政治家想不准大家思想,而那野蛮时代早已过去了。在座诸位的见解,我虽然不知道;据我推测,一定和政治家是不相同;政治家既永远怪文艺家破坏他们的统一,偏见如此,所以我从来不肯和政治家去说。

到了后来,社会终于变动了;文艺家先时讲的话,渐渐大家都记起来了,大家都赞成他,恭维他是先知先觉。虽是他活的时候,怎样受过社会的奚落。刚才我来讲演,大家一阵子拍手,这拍手就见得我并不怎样伟大;那拍手是很危险的东西,拍了手或者使我自以为伟大不再向前了,所以还是不拍手的好。上面我讲过,文学家是感觉灵敏了一点,许多观念,文学家早感到了,社会还没有感到。譬如今天××先生穿了皮袍,我还只穿棉袍;××先生对于天寒的感觉比我灵。再过一月,也许我也感到非穿皮袍不可,在天气上的感觉,相差到一个月,在思想上的感觉就得相差到三四十年。这个话,我这么讲,也有许多文学家在反对。我在广东,曾经批评一个革命文学家——现在的广东,是非革命文学不能算做文学的,是非"打打打,杀杀杀,革革革,命命命",不能算做革命文学的——我以为革命并不能和文学连在一块儿,虽然文学中也有文学革命。但做文学的人总得闲定一点,正在革命中,那有功夫做文学。我们且想想:在生活困乏中,一面拉车,一面"之乎者也"倒底不大便当。古人虽有种田做诗的,那一定不是自己在种田;雇了几个人替他种田,他才能吟他的诗;真要种田,就没有功夫做诗。革命时候也是一样;正在革命,那有功夫做诗?我有几个学生,在打陈炯明时候,他们都在战场;我读了他们的来信,只见他们的字与词一封一封生疏下去。俄国革命以后,拿了面包票排了队一排一排去领面包;这时,国家既不管你什么文学家艺术家雕刻家;大家连想面包都来不及,那有功夫去想文学?等到有了文学,革命早成功了。革命成功以后,闲空了一点;有人恭维革命,有人颂扬革命,这已不是革命文学。他们恭维革命颂扬革命,就是颂扬有权力者,和革命有什么关系?

这时,也许有感觉灵敏的文学家,又感到现状的不满意,又要出来开口。从前文艺家的话,政治革命家原是赞同过;直到革命成功,政治家把从前所反对那些人用过的老法子重新采用起来,在文艺家仍不免于不满意,又非被排轧出去不可,或是割掉他的头。割掉他的头,前面我讲过,那是顶好的法子咾,——从十九世纪到现在,世界文艺的趋势,大都如此。

十九世纪以后的文艺,和十八世纪以前的文艺大不相同。十八世纪的英国小说,它的目的就在供给太太小姐们的消遣,所讲的都是愉快风趣的话。十九世纪的后半世纪,完全变成和人生问题发生密切关系。我们看了,总觉得十二分的不舒服,可是我们还得气也不透地看下去。这因为以前的文艺,好像写别一个社会,我们只要鉴赏;现在的文艺,就在写我们自己的社会,连我们自己也写进去;在小说里可以发见社会,也可以发见我们自己;以前的文艺,如隔岸观火,没有什么切身关系;现在的文艺，连自己也烧在这里面，自己一定深深感觉到；一到自己感觉到，一定要参加到社会去！

十九世纪，可以说是一个革命的时代；所谓革命，那不安于现在，不满意于现状的都是。文艺催促旧的渐渐消灭的也是革命（旧的消灭，新的才能产生），而文学家的命运并不因自己参加过革命而有一样改变，还是处处碰钉子。现在革命的势力已经到了徐州，在徐州以北文学家原站不住脚；在徐州以南，文学家还是站不住脚，即共了产，文学家还是站不住脚。革命文学家和革命家竟可说完全两件事。诋斥军阀怎样怎样不合理，是革命文学家；打倒军阀是革命家；孙传芳所以赶走，是革命家用炮轰掉的，决不是革命文艺家做了几句"孙传芳呀，我们要赶掉你呀"的文章赶掉的。在革命的时候，文学家都在做一个梦，以为革命成功将有怎样怎样一个世界；革命以后，他看看现实全不是那么一回事，于是他又要吃苦了。照他们这样叫，啼，哭都不成功；向前不成功，向后也不成功，理想和现实不一致，这是注定的运命；正如你们从《呐喊》上看出的鲁迅和讲坛上的鲁迅并不一致；或许大家以为我穿洋服头发分开，我却没有穿洋服，头发也这样短短的。所以以革命文学自命的，一定不是革命文学，世间那有满意现状的革命文学？除了吃麻醉药！苏俄革命以前，有两个文学家，叶遂宁和梭波里，他们都讴歌过革命，直到后来，他们还是碰死在自己所讴歌希望的现实碑上，那时，苏维埃是成立了！

不过，社会太寂寞了，有这样的人，才觉得有趣些。人类是欢喜看看戏的，文学家自己来做戏给人家看，或是绑出去砍头，或是在最近墙脚下枪毙，都可以热闹一下子。且如上海巡捕用棒打人，大家围着去看，他们自己虽然不愿意挨打，但看见人家挨打，倒觉得颇有趣的。文学家便是用自己的皮肉在挨打的啦！

今天所讲的，就是这么一点点，给它一个题目，叫做……《文艺与政治的歧途》。

（发表于 1928 年 1 月 29、30 日上海《新闻报》副刊
《学海》第 182、183 期，改正后收入《集外集》）

“醉眼”中的朦胧

旧历和新历的今年似乎于上海的文艺家们特别有着刺激力，接连的两个新正一过，期刊便纷纷而出了。他们大抵将全力用尽在伟大或尊严的名目上，不惜将内容压杀。连产生了不止一年的刊物，也显出拼命的挣扎和突变来。作者呢，有几个是初见的名字，有许多却还是看熟的，虽然有时觉得有些生疏，但那是因为停笔了一年半载的缘故。他们先前在做什么，为什么今年一齐动笔了？说起来怕话长。要而言之，就因为先前可以不动笔，现在却只好来动笔，仍如旧日的无聊的文人，文人的无聊一模一样。这是有意识或无意识地，大家都有些自觉的，所以总要向读者声明“将来”：不是“出国”，“进研究室”，便是“取得民众”。功业不在目前，一旦回国，出室，得民之后，那可是非同小可了。自然，倘有远识的人，小心的人，怕事的人，投机的人，最好是此刻豫致“革命的敬礼”。一到将来，就要“悔之晚矣”了。

然而各种刊物，无论措辞怎样不同，都有一个共通之点，就是：有些朦胧。这朦胧的发祥地，由我看来——虽然是冯乃超的所谓“醉眼陶然”——，也还在那有人爱，也有人憎的官僚和军阀。和他们已有瓜葛，或想有瓜葛的，笔下便往往笑迷迷，向大家表示和气，然而有远见，梦中又害怕铁锤和镰刀，因此也不敢分明恭维现在的主子，于是在这里留着一点朦胧。和他们瓜葛已断，或则并无瓜葛，走向大众去的，本可以毫无顾忌地说话了，但笔下即使雄纠纠，对大家显英雄，会忘却了他们的指挥刀的傻子是究竟不多的，这里也就留着一点朦胧。于是想要朦胧而终于透漏色彩的，想显色彩而终于不免朦胧的，便都在同地同时出现了。

其实朦胧也不关怎样紧要。便在最革命的国度里，文艺方面也何尝不带些朦胧。然而革命者决不怕批判自己，他知道得很清楚，他们敢于明言。惟有中国特别，知道跟着人称托尔斯泰为“卑汙的说教人”了，而对于中国“目前的情状”，却只觉得在“事实上，社会各方面亦正受着乌云密布的势力的支配”，连他的“剥去政府的暴力，裁判行政的喜剧的假面”的勇气的几分之一也没有；知道人道主义不彻底了，但当“杀人如草不闻声”的时候，连人道主义式的抗争也没有。剥去和抗争，也不过是“咬文嚼字”，并非“直接行动”。我并不希望做文章的人去直接行动，我知道做文章的人是大概只能做文章的。

可惜略迟了一点，创造社前年招股本，去年请律师，今年才揭起“革命文学”的旗子，复活的批评家成仿吾总算离开守护“艺术之宫”的职掌，要去“获得大众”，并且给革命文学家“保障最后的胜利”了。这飞跃也可以说是必然的。弄文艺的人们大抵敏感，时时也感到，而且防着自己的没落，如漂浮在大海里一般，拼命向各处抓攫。二十世纪以来的表现主义，踏踏主义，什么什么主义的此兴彼衰，便是这透露的消息。现在则已是大时代，动摇的时代，转换的时代，中国以外，阶级的对立大抵已经十分锐利化，农工大众日日显得着重，倘要将自己从没落救出，当然应该向他们去了。何况“呜呼！小资产阶级原有两个灵魂。……”虽然也可以向资产阶级去，但也能够向无产阶级去的呢。

这类事情，中国还在萌芽，所以见得新奇，须做《从文学革命到革命文学》那样的大题目，但在工业发达，贫富悬隔的国度里，却已是平常的事情。或者因为看准了将来的天下，是劳动者的天下，跑过去了；或者因为倘帮强者，宁帮弱者，跑过去了；或者两样都有，错综地作用着，跑过去了。也可以说，或者因为恐怖，或者因为良心。成仿吾教人克服小资产阶级根性，拉“大众”来作“给与”和“维持”的材料，文章完了，却正留下一个不小的问题：——

倘若难于“保障最后的胜利”，你去不去呢？

这实在还不如在成仿吾的祝贺之下，也从今年产生的《文化批判》上的李初梨的文章，索性主张无产阶级文学，但无须无产者自己来写；无论出身是什么阶级，无论所处是什么环境，只要“以无产阶级的意识，产生出来的一种的斗争的文学”就是，直截爽快得多了。但他一看见“以趣味为中心”的可恶的“语丝派”的人名就不免曲折，仍旧“要问甘人君,鲁迅是第几阶级的人?”

我的阶级已由成仿吾判定:“他们所矜持的是‘闲暇,闲暇,第三个闲暇’;他们是代表着有闲的资产阶级,或者睡在鼓里的小资产阶级。……如果北京的乌烟瘴气不用十万两无烟火药炸开的时候,他们也许永远这样过活的罢。”

我们的批判者才将创造社的功业写出,加以“否定的否定”,要去“获得大众”的时候,便已梦想“十万两无烟火药”,并且似乎要将我挤进“资产阶级”去(因为“有闲就是有钱”云),我倒颇也觉得危险了。后来看见李初梨说:“我以为一个作家,不管他是第一第二……第百第千阶级的人,他都可以参加无产阶级文学运动;不过我们先要审察他们的动机。……”这才有些放心,但可虑的是对于我仍然要问阶级。“有闲便是有钱”;倘使无钱,该是第四阶级,可以“参加无产阶级文学运动”了罢,但我知道那时又要问“动机”。总之,最要紧是“获得无产阶级的阶级意识”,——这回可不能只是“获得大众”便算完事了。横竖缠不清,最好还是让李初梨去“由艺术的武器到武器的艺术”,让成仿吾去坐在半租界里积蓄“十万两无烟火药”,我自己是照旧讲“趣味”。

那成仿吾的“闲暇,闲暇,第三个闲暇”的切齿之声,在我是觉得有趣的。因为我记得曾有人批评我的小说,说是“第一个是冷静,第二个是冷静,第三个还是冷静”,“冷静”并不算好批判,但不知怎地竟像一板斧劈着了这位革命的批评家的记忆中枢似的,从此“闲暇”也有三个了。倘有四个,连《小说旧闻钞》也不写,或者只有两个,见得比较地忙,也许可以不至于被“奥伏赫变”（“除掉”的意思，Aufheben的创造派的译音，但我不解何以要译得这么难写，在第四阶级，一定比照描一个原文难）罢，所可惜的是偏偏是三个。但先前所定的不“努力表现自己”之罪，大约总该也和成仿吾的“否定的否定”，一同勾消了。

创造派“为革命而文学”，所以仍旧要文学，文学是现在最紧要的一点，因为将“由艺术的武器，到武器的艺术”，一到“武器的艺术”的时候，便正如“由批判的武器，到用武器的批判”的时候一般，世界上有先例，“徘徊者变成同意者，反对者变成徘徊者”了。

但即刻又有一点不小的问题：为什么不就到“武器的艺术”呢？

这也很像“有产者差来的苏秦的游说”。但当现在“无产者未曾从有产者意识解放以前”，这问题是总须起来的，不尽是资产阶级的退兵或反攻的毒计。因为这极彻底而勇猛的主张，同时即含有可疑的萌芽了。那解答只好是这样：——

因为那边正有“武器的艺术”，所以这边只有“艺术的武器”。

这艺术的武器，实在不过是不得已，是从无抵抗的幻影脱出，坠入纸战斗的新梦里去了。但革命的艺术家，也只能以此维持自己的勇气，他只能这样。倘他牺牲了他的艺术，去使理论成为事实，就要怕不成其为革命的艺术家。因此必然的应该坐在无产阶级的阵营中，等待“武器的铁和火”出现。这出现之际，同时拿出“武器的艺术”来。倘那时铁和火的革命者已有一个“闲暇”，能静听他们自叙的功勋，那也就成为一样的战士了。最后的胜利。然而文艺是还是批判不清的，因为社会有许多层，有先进国的史实在；要取目前的例，则《文化批判》已经拖住 Upton Sinclair，《创造月刊》也背了 Vigny 在“开步走”了。

倘使那时不说“不革命便是反革命”，革命的迟滞是“语丝派”之所为，给人家扫地也还可以得到半块面包吃，我便将于八时间工作之暇，坐在黑房里，续钞我的《小说旧闻钞》，有几国的文艺也还是要谈的，因为我喜欢。所怕的只是成仿吾们真像符拉特弥尔·伊力支一般，居然“获得大众”；那么，他们大约更要飞跃又飞跃，连我也会升到贵族或皇帝阶级里，至少也总得充军到北极圈内去了。译著的书都禁止，自然不待言。

不远总有一个大时代要到来。现在创造派的革命文学家和无产阶级作家虽然不得已而玩着“艺术的武器”，而有着“武器的艺术”的非革命武学家也玩起这玩意儿来了，有几种笑迷迷的期刊便是这。他们自己也不大相信手里的“武器的艺术”了罢。那么，这一种最高的艺术——“武器的艺术”现在究竟落在谁的手里了呢？只要寻得到，便知道中国的最近的将来。

二月二十三日，上海。

（发表于 1928 年 3 月 12 日《语丝》周刊第 4 卷第 11 期，收入《三闲集》）

文艺与革命

回　信

冬芬先生：

我不是批评家，因此也不是艺术家，因为现在要做一个什么家，总非自己或熟人兼做批评不可，没有一伙，是不行的，至少，在现在的上海滩上。因为并非艺术家，所以并不以为艺术特别崇高，正如自己不卖膏药，便不来打拳赞药一样。我以为这不过是一种社会现象，是时代的人生记录，人类如果进步，则无论他所写的是外表，是内心，总要陈旧，以至灭亡的。不过近来的批评家，似乎很怕这两个字，只想在文学上成仙。

各种主义的名称的勃兴，也是必然的现象。世界上时时有革命，自然会有革命文学。世界上的民众很有些觉醒了，虽然有许多在受难，但也有多少占权，那自然也会有民众文学——说得彻底一点，则第四阶级文学。

中国的批评界怎样的趋势，我却不大了然，也不很注意。就耳、目所及，只觉得各专家所用的尺度非常多，有英国美国尺，有德国尺，有俄国尺，有日本尺，自然又有中国尺，或者兼用各种尺。有的说要真正，有的说要斗争，有的说要超时代，有的躲在人背后说几句短短的冷话。还有，是自己摆着文艺批评家的架子，而憎恶别人的鼓吹了创作。倘无创作，将批评什么呢，这是我最所不能懂得他的心肠的。

别的此刻不谈。现在所号称革命文学家者，是斗争和所谓超时代。超时代其实就是逃避，倘自己没有正视现实的勇气，又要挂革命的招牌，便自觉地或不自觉地必然地要走入那一条路的。身在现世，怎么离去？这是和说自己用手提着耳朵，就可以离开地球者一样地欺人。社会停滞着，文艺决不能独自飞跃，若在这停滞的社会里居然滋长了，那倒是为这社会所容，已经离开革命，其结果，不过多卖几本刊物，或在大商店的刊物上挣得揭载稿子的机会罢了。

斗争呢，我倒以为是对的。人被压迫了，为什么不斗争？正人君子者流深怕这一着，于是大骂“偏激”之可恶，以为人人应该相爱，现在被一班坏东西教坏了。他们饱人大约是爱饿人的，但饿人却不爱饱人，黄巢时候，人相食，饿人尚且不爱饿人，这实在无须斗争文学作怪。我是不相信文艺的旋乾转坤的力量的，但倘有人要在别方面应用他，我以为也可以。譬如“宣传”就是。

美国的辛克来儿说：一切文艺是宣传。我们的革命的文学者曾经当作宝贝，用大字印出过；而严肃的批评家又说他是“浅薄的社会主义者”。但我——也浅薄——相信辛克来儿的话。一切文艺，是宣传，只要你一给人看。即使个人主义的作品，一写出，就有宣传的可能，除非你不作文，不开口。那么，用于革命，作为工具的一种，自然也可以的。

但我以为当先求内容的充实和技巧的上达，不必忙于挂招牌。“稻香村”，“陆稿荐”，已经不能打动人心了，“皇太后鞋店”的顾客，我看见也并不比“皇后鞋店”里的多。一说“技巧”，革命文学家是又要讨厌的。但我以为一切文艺固是宣传，而一切宣传却并非全是文艺，这正如一切花皆有色（我将白也算作色），而凡颜色未必都是花一样。革命之所以于口号，标语，布告，电报，教科书……之外，要用文艺者，就因为它是文艺。

但中国之所谓革命文学，似乎又作别论。招牌是挂了，却只在吹嘘同伙的文章，而对于目前的暴力和黑暗不敢正视。作品虽然也有些发表了，但往往是拙劣到连报章记事都不如；或则将剧本的动作辞句都推到演员的“昨日的文学家”身上去。那么，剩下来的思想的内容一定是很革命底了罢？我给你看两句冯乃超的剧本的结末的警句：——

“野雉：我再不怕黑暗了。

偷儿：我们反抗去！”

四月四日。鲁迅。

（发表于1928年4月16日《语丝》周刊
第4卷第16期，收入《三闲集》，来信略）

太平歌诀

四月六日的《申报》上有这样的一段记事：——

南京市近日忽发现一种无稽谣传，谓总理墓行将工竣，石匠有摄收幼童灵魂，以合龙口之举。市民以讹传讹，自相惊扰，因而家家幼童，左肩各悬红布一方，上书歌诀四句，借避危险。其歌诀约有三种：（一）人来叫我魂，自叫自当承。叫人叫不着，自己顶石坟。（二）石叫石和尚，自叫自承当。急早回家转，免去顶坟坛。（三）你造中山墓，与我何相干？一叫魂不去，再叫自承当。（后略）

这三首中的无论那一首，虽只寥寥二十字，但将市民的见解：对于"革命"政府的关系，对于革命者的感情，都已经写得淋漓尽致。虽有善于暴露社会黑暗面的文学家，恐怕也难有做到这么简明深切的了。"叫人叫不着，自己顶石坟”。则竟包括了许多革命者的传记和一部中国革命的历史。

看看有些人们的文字，似乎硬要说现在是“黎明之前”。然而市民是这样的市民，黎明也好，黄昏也好，革命者们总不能不背着这一伙市民进行。鸡肋，弃之不甘，食之无味，就要这样地牵缠下去。五十一百年后能否就有出路，是毫无把握的。

近来的革命文学家往往特别畏惧黑暗，掩藏黑暗，但市民却毫不客气，自己表现了。那小巧的机灵和这厚重的麻木相撞，便使革命文学家不敢正视社会现象，变成婆婆妈妈，欢迎喜鹊，憎厌枭鸣，只捡一点吉祥之兆来陶醉自己，于是就算超出了时代。

恭喜的英雄，你前去罢，被遗弃了的现实的现代，在后面恭送你的行旌。

但其实还是同在。你不过闭了眼睛。不过眼睛一闭，“顶石坟”却可以不至于了，这就是你的“最后的胜利”。

四月十日。

（发表于 1928 年 4 月 30 日《语丝》周刊第 4 卷第 18 期，收入《三闲集》）

文学的阶级性

来　信

鲁迅先生：

侍桁先生译林癸未夫著的《文学上之个人性与阶级性》，本来这是一篇绝好的文章，但可惜篇末涉及唯物史观的问题，理论未免是勉强一点，也许是著者的误解唯物史观。他说：

"以这种理由，若推论下去，有产者的个人性与无产者的个人性，'全个'是不相同的了。就是说不承认有产者与无产者之间有共同的人性。再换一句话说，有产者与无产者只是有阶级性，而全然缺少个人性的。"

这是什么话！唯物史观的理论，岂是这样简单的。它的理论并不否认个人性，因此，也不否认思想，道德，感情，艺术。但以性格，思想，道德,感情,艺术,都是受支配于经济的。林氏的文章是着意于个人性,我们就以个人性而论。譬如农村经济宗法社会里拿妻子为男子的财产,但是文化进步到今日的社会,就承认妻子有相当的人格。这个观念,当然是有产者和无产者所共同的。虽然是共同,却并非天赋的,仍然逃不了经济的支配。有产者和无产者物质生活上受经济的影响而有差等,个人性同样地受经济的影响而却是共同的。并不是有产者和无产者人性的共同而就是不受经济制度的影响了。

林氏以此而可以驳唯物史观,那末,何以不拿"人是同样的是圆顶方趾,要吃饭,要睡觉,是有产者和无产者所共同的"而来驳唯物史观,爽快得多了。

最后,我须声明:我是个资本主义制度下的职工。因为是职工,所以学识的谫陋是谁都可以肯定的。这文中自然有不少不能达意和不妥之处。但我希望有更了解马克思学说的人来为唯物史观打一打仗。

因为避学者嫌疑起见,以信底形式而写给鲁迅先生。能否发表,是编者的特权了。

恺良于上海,一九二八,七,二八。

回　信

恺良先生:

我对于唯物史观是门外汉,不能说什么。但就林氏的那一段文字而论,他将话两次一换,便成为"只有"和"全然缺少",却似乎决定得太快一点了。大概以弄文学而又讲唯物史观的人，能从基本的书籍上一一钩剔出来的，恐怕不很多，常常是看几本别人的提要就算。而这种提要，又因作者的学识意思而不同，有些作者，意在使阶级意识明了锐利起来，就竭力增强阶级性说，而别一面就也容易招人误解。作为本文根据的林氏别一篇论文，我没有见，不能说他是否因此而走了相反的极端，但中国却有此例，竟会将个性，共同的人性(即林氏之所谓个人性)，个人主义即利己主义混为一谈，来加以自以为唯物史观底申斥，倘再有人据此来论唯物史观，那真是糟糕透顶了。

来信的"吃饭睡觉"的比喻，虽然不过是讲笑话，但脱罗兹基曾以对于"死之恐怖"为古今人所共同，来说明文学中有不带阶级性的分子，那方法其实是差不多的。在我自己，是以为若据性格感情等，都受"支配于经济"(也可以说根据于经济组织或依存于经济组织)之说，则这些就一定都带着阶级性。但是"都带"，而非"只有"。所以不相信有一切超乎阶级，文章如日月的永久的大文豪，也不相信住洋房，喝咖啡，却道"唯我把握住了无产阶级意识，所以我是真的无产者"的革命文学者。

有马克思学识的人来为唯物史观打仗，在此刻，我是不赞成的。我只希望有切实的人，肯译几部世界上已有定评的关于唯物史观的书——至少，是一部简单浅显的，两部精密的——还要一两本反对的著作。那么，论争起来，可以省说许多话。

鲁迅。　八月十日。

(发表于1928年8月20日《语丝》周刊第4卷第34期，收入《三闲集》)

现今的新文学的概观

——五月二十二日在燕京大学国文学会讲——

这一年多，我不很向青年诸君说什么话了，因为革命以来，言论的路很窄小，不是过激，便是反动，于大家都无益处。这一次回到北平，几位旧识的人要我到这里来讲几句，情不可却，只好来讲几句。但因为种种琐事，终于没有想定究竟来讲什么——连题目都没有。

那题目，原是想在车上拟定的，但因为道路坏，汽车颠起来有尺多高，无从想起。我于是偶然感到，外来的东西，单取一件，是不行的，有汽车也须有好道路，一切事总免不掉环境的影响。文学——在中国的所谓新文学，所谓革命文学，也是如此。

中国的文化，便是怎样的爱国者，恐怕也大概不能不承认是有些落后。新的事物，都是从外面侵入的。新的势力来到了，大多数的人们还是莫名其妙。北平还不到这样，譬如上海租界，那情形，外国人是处在中央，那外面，围着一群翻译，包探，巡捕，西崽……之类，是懂得外国话，熟悉租界章程的。这一圈之外，才是许多老百姓。

老百姓一到洋场，永远不会明白真实情形，外国人说“Yes”，翻译道，“他在说打一个耳光”，外国人说“No”，翻出来却是他说“去枪毙”。倘想要免去这一类无谓的冤苦，首先是在知道得多一点，冲破了这一个圈子。

在文学界也一样，我们知道得太不多，而帮助我们知识的材料也太少。梁实秋有一个白璧德，徐志摩有一个泰戈尔，胡适之有一个杜威，——是的，徐志摩还有一个曼殊斐儿，他到她坟上去哭过，——创造社有革命文学，时行的文学。不过附和的，创作的很有，研究的却不多，直到现在，还是给几个出题目的人们圈了起来。

各种文学，都是应环境而产生的，推崇文艺的人，虽喜欢说文艺足以煽起风波来，但在事实上，却是政治先行，文艺后变。倘以为文艺可以改变环境，那是“唯心”之谈，事实的出现，并不如文学家所豫想。所以巨大的革命，以前的所谓革命文学者还须灭亡，待到革命略有结果，略有喘息的余裕，这才产生新的革命文学者。为什么呢，因为旧社会将近崩坏之际，是常常会有近似带革命性的文学作品出现的，然而其实并非真的革命文学。例如：或者憎恶旧社会，而只是憎恶，更没有对于将来的理想；或者也大呼改造社会，而问他要怎样的社会，却是不能实现的乌托邦；或者自己活得无聊了，便空泛地希望一大转变，来作刺戟，正如饱于饮食的人，想吃些辣椒爽口；更下的是原是旧式人物，但在社会里失败了，却想另挂新招牌，靠新兴势力获得更好的地位。

希望革命的文人，革命一到，反而沉默下去的例子，在中国便曾有过的。即如清末的南社，便是鼓吹革命的文学团体，他们叹汉族的被压制，愤满人的凶横，渴望着“光复旧物”。但民国成立以后，倒寂然无声了。我想，这是因为他们的理想，是在革命以后，“重见汉官威仪”，峨冠博带。而事实并不这样，所以反而索然无味，不想执笔了。俄国的例子尤为明显，十月革命开初，也曾有许多革命文学家非常惊喜，欢迎这暴风雨的袭来，愿受风雷的试炼。但后来，诗人叶遂宁，小说家索波里自杀了，近来还听说有名的小说家爱伦堡有些反动。这是什么缘故呢？就因为四面袭来的并不是暴风雨，来试炼的也并非风雷，却是老老实实的“革命”。空想被击碎了，人也就活不下去，这倒不如古时候相信死后灵魂上天，坐在上帝旁边吃点心的诗人们福气。因为他们在达到目的之前，已经死掉了。

中国，据说，自然是已经革了命，——政治上也许如此罢，但在文艺上，却并没有改变。有人说，“小资产阶级文学之抬头”了，其实是，小资产阶级文学在那里呢，连“头”也没有，那里说得到“抬”。这照我上面所讲的推论起来，就是文学并不变化和兴旺，所反映的便是并无革命和进步，——虽然革命家听了也许不大喜欢。

至于创造社所提倡的，更彻底的革命文学——无产阶级文学，自然更不过是一个题目。这边也禁，那边也禁的王独清的从上海租界里遥望广州暴动的诗，“Pong Pong Pong”，铅字逐渐大了起来，只在说明他曾为电影的字幕和上海的酱园招牌所感动，有模仿勃洛克的《十二个》之志而无其力和才。郭沫若的《一只手》是很有人推为佳作的，但内容说一个革命者革命之后失了一只手，所余的一只还能和爱人握手的事，却未免"失"得太巧。五体，四肢之中，倘要失去其一，实在还不如一只手；一条腿就不便，头自然更不行了。只准备失去一只手，是能减少战斗的勇往之气的；我想，革命者所不惜牺牲的，一定不只这一点。《一只手》也还是穷秀才落难，后来终于中状元谐花烛的老调。

但这些却也正是中国现状的一种反映。新近上海出版的革命文学的一本书的封面上，画着一把钢叉，这是从《苦闷的象征》的书面上取来的，叉的中间的一条尖刺上，又安一个铁锤，这是从苏联的旗子上取来的。然而这样地合了起来，却弄得既不能刺，又不能敲，只能在表明这位作者的庸陋，——也正可以做那些文艺家的徽章。

从这一阶级走到那一阶级去，自然是能有的事，但最好是意识如何，便一一直说，使大众看去，为仇为友，了了分明。不要脑子里存着许多旧的残滓，却故意瞒了起来，演戏似的指着自己的鼻子说，"惟我是无产阶级！"现在的人们既然神经过敏，听到"俄"字便要气绝，连嘴唇也快要不准红了，对于出版物，这也怕，那也怕；而革命文学家又不肯多绍介别国的理论和作品，单是这样的指着自己的鼻子，临了便会像前清的"奉旨申斥"一样，令人莫名其妙的。

对于诸君，"奉旨申斥"大概还须解释几句才会明白罢。这是帝制时代的事。一个官员犯了过失了，便叫他跪在一个什么门外面，皇帝差一个太监来斥骂。这时须得用一点化费，那么，骂几句就完；倘若不用，他便从祖宗一直骂到子孙。这算是皇帝在骂，然而谁能去问皇帝，问他究意可是要这样地骂呢？去年，据日本的杂志上说，成仿吾是由中国的农工大众选他往德国研究戏曲去了，我们也无从打听，究竟真是这样地选了没有。

所以我想，倘要比较地明白，还只好用我的老话，“多看外国书”，来打破这包围的圈子。这事，于诸君是不甚费力的。关于新兴文学的英文书或英译书，即使不多，然而所有的几本，一定较为切实可靠。多看些别国的理论和作品之后，再来估量中国的新文艺，便可以清楚得多了。更好是绍介到中国来；翻译并不比随便的创作容易，然而于新文学的发展却更有功，于大家更有益。

（发表于1929年4月25日《未名》半月刊第2卷第8期，出版愆期，吴世昌记，作者改定，收入《三闲集》）

文艺的大众化

文艺本应该并非只有少数的优秀者才能够鉴赏，而是只有少数的先天的低能者所不能鉴赏的东西。

倘若说，作品愈高，知音愈少。那么，推论起来，谁也不懂的东西，就是世界上的绝作了。

但读者也应该有相当的程度。首先是识字，其次是有普通的大体的知识，而思想和情感，也须大抵达到相当的水平线。否则，和文艺即不能发生关系。若文艺设法俯就，就很容易流为迎合大众，媚悦大众。迎合和媚悦，是不会于大众有益的。——什么谓之“有益”，非在本问题范围之内，这里且不论。

所以在现下的教育不平等的社会里，仍当有种种难易不同的文艺，以应各种程度的读者之需。不过应该多有为大众设想的作家，竭力来作浅显易解的作品，使大家能懂，爱看，以挤掉一些陈腐的劳什子。但那文字的程度，恐怕也只能到唱本那样。

因为现在是使大众能鉴赏文艺的时代的准备，所以我想，只能如此。

倘若此刻就要全部大众化，只是空谈。大多数人不识字；目下通行的白话文，也非大家能懂的文章；言语又不统一，若用方言，许多字是写不出的，即使用别字代出，也只为一处地方人所懂，阅读的范围反而收小了。

总之，多作或一程度的大众化的文艺，也固然是现今的急务。若是大规模的设施，就必须政治之力的帮助，一条腿是走不成路的，许多动听的话，不过文人的聊以自慰罢了。

（写于 1930 年 2 月 8 日，发表于 3 月 1 日
《大众文艺》第 2 卷第 3 期，收入《集外集拾遗》）

对于左翼作家联盟的意见

——三月二日在左翼作家联盟成立大会讲——

有许多事情，有人在先已经讲得很详细了，我不必再说。我以为在现在，“左翼”作家是很容易成为“右翼”作家的。为什么呢？第一，倘若不和实际的社会斗争接触，单关在玻璃窗内做文章，研究问题，那是无论怎样的激烈，“左”，都是容易办到的；然而一碰到实际，便即刻要撞碎了。关在房子里，最容易高谈彻底的主义，然而也最容易“右倾”。西洋的叫做“Salon 的社会主义者”，便是指这而言。“Salon”是客厅的意思，坐在客厅里谈谈社会主义，高雅得很，漂亮得很，然而并不想到实行的。这种社会主义者，毫不足靠。并且在现在，不带点广义的社会主义的思想的作家或艺术家，就是说工农大众应该做奴隶，应该被虐杀，被剥削的这样的作家或艺术家，是差不多没有了，除非墨索里尼，但墨索里尼并没有写过文艺作品。（当然，这样的作家，也还不能说完全没有，例如中国的新月派诸文学家，以及所说的墨索里尼所宠爱的邓南遮便是。）

第二，倘不明白革命的实际情形，也容易变成"右翼"。革命是痛苦，其中也必然混有污秽和血，决不是如诗人所想像的那般有趣，那般完美；革命尤其是现实的事，需要各种卑贱的，麻烦的工作，决不如诗人所想像的那般浪漫；革命当然有破坏，然而更需要建设，破坏是痛快的，但建设却是麻烦的事。所以对于革命抱着浪漫谛克的幻想的人，一和革命接近，一到革命进行，便容易失望。听说俄国的诗人叶遂宁，当初也非常欢迎十月革命，当时他叫道，"万岁，天上和地上的革命！"又说"我是一个布尔塞维克了！"然而一到革命后，实际上的情形，完全不是他所想像的那么一回事，终于失望，颓废。叶遂宁后来是自杀了的，听说这失望是他的自杀的原因之一。又如毕力涅克和爱伦堡，也都是例子。在我们辛亥革命时也有同样的例，那时有许多文人，例如属于"南社"的人们，开初大抵是很革命的，但他们抱着一种幻想，以为只要将满洲人赶出去，便一切都恢复了"汉官威仪"，人们都穿大袖的衣服，峨冠博带，大步地在街上走。谁知赶走满清皇帝以后，民国成立，情形却全不同，所以他们便失望，以后有些人甚至成为新的运动的反动者。但是，我们如果不明白革命的实际情形，也容易和他们一样的。

还有，以为诗人或文学家高于一切人，他底工作比一切工作都高贵，也是不正确的观念。举例说，从前海涅以为诗人最高贵，而上帝最公平，诗人在死后，便到上帝那里去，围着上帝坐着，上帝请他吃糖果。在现在，上帝请吃糖果的事，是当然无人相信的了，但以为诗人或文学家，现在为劳动大众革命，将来革命成功，劳动阶级一定从丰报酬，特别优待，请他坐特等车，吃特等饭，或者劳动者捧着牛油面包来献他，说："我们的诗人，请用吧！"这也是不正确的；因为实际上决不会有这种事，恐怕那时比现在还要苦，不但没有牛油面包，连黑面包都没有也说不定，俄国革命后一二年的情形便是例子。如果不明白这情形，也容易变成"右翼"。事实上，劳动者大众，只要不是梁实秋所说"有出息"者，也决不会特别看重知识阶级者的，如我所译的《溃灭》中的美谛克（知识阶级出身），反而常被矿工等所嘲笑。不待说，知识阶级有知识阶级的事要做，不应特别看轻，然而劳动阶级决无特别例外地优待诗人或文学家的义务。

现在，我说一说我们今后应注意的几点。

第一，对于旧社会和旧势力的斗争，必须坚决，持久不断，而且注重实力。旧社会的根柢原是非常坚固的，新运动非有更大的力不能动摇它什么。并且旧社会还有它使新势力妥协的好办法，但它自己是决不妥协的。在中国也有过许多新的运动了，却每次都是新的敌不过旧的，那原因大抵是在新的一面没有坚决的广大的目的，要求很小，容易满足。譬如白话文运动，当初旧社会是死力抵抗的，但不久便容许白话文底存在，给他一点可怜地位，在报纸的角头等地方可以看见用白话写的文章了，这是因为在旧社会看来，新的东西并没有什么，并不可怕，所以就让它存在，而新的一面也就满足，以为白话文已得到存在权了。又如一二年来的无产文学运动，也差不多一样，旧社会也容许无产文学，因为无产文学并不厉害，反而他们也来弄无产文学，拿去做装饰，仿佛在客厅里放着许多古董瓷器以外，放一个工人用的粗碗，也很别致；而无产文学者呢，他已经在文坛上有个小地位，稿子已经卖得出去了，不必再斗争，批评家也唱着凯旋歌："无产文学胜利！"但除了个人的胜利，即以无产文学而论，究竟胜利了多少？况且无产文学，是无产阶级解放斗争底一翼，它跟着无产阶级的社会的势力的成长而成长，在无产阶级的社会地位很低的时候，无产文学的文坛地位反而很高，这只是证明无产文学者离开了无产阶级，回到旧社会去罢了。

第二，我以为战线应该扩大。在前年和去年，文学上的战争是有的，但那范围实在太小，一切旧文学旧思想都不为新派的人所注意，反而弄成了在一角里新文学者和新文学者的斗争，旧派的人倒能够闲舒地在旁边观战。

第三，我们应当造出大群的新的战士。因为现在人手实在太少了，譬如我们有好几种杂志，单行本的书也出版得不少，但做文章的总同是这几个人，所以内容就不能不单薄。一个人做事不专，这样弄一点，那样弄一点，既要翻译，又要做小说，还要做批评，并且也要做诗，这怎么弄得好呢？这都因为人太少的缘故，如果人多了，则翻译的可以专翻译，创作的可以专创作，批评的专批评；对敌人应战，也军势雄厚，容易克服。关于这点，我可带便地说一件事。前年创造社和太阳社向我进攻的时候，那力量实在单薄，到后来连我都觉得有点无聊，没有意思反攻了，因为我后来看出了敌军在演"空城计"。那时候我的敌军是专事于吹擂，不务于招兵练将的；攻击我的文章当然很多，然而一看就知道都是化名，骂来骂去都是同样的几句话。我那时就等待有一个能操马克思主义批评的枪法的人来狙击我的，然而他终于没有出现。在我倒是一向就注意新的青年战士底养成的，曾经弄过好几个文学团体，不过效果也很小。但我们今后却必须注意这点。

我们急于要造出大群的新的战士，但同时，在文学战线上的人还要"韧"。所谓韧，就是不要像前清做八股文的"敲门砖"似的办法。前清的八股文，原是"进学"做官的工具，只要能做"起承转合"，借以进了"秀才举人"，便可丢掉八股文，一生中再也用不到它了，所以叫做"敲门砖"，犹之用一块砖敲门，门一敲进，砖就可抛弃了，不必再将它带在身边。这种办法，直到现在，也还有许多人在使用，我们常常看见有些人出了一二本诗集或小说集以后，他们便永远不见了，到那里去了呢？是因为出了一本或二本书，有了一点小名或大名，得到了教授或别的什么位置，功成名遂，不必再写诗写小说了，所以永远不见了。这样，所以在中国无论文学或科学都没有东西，然而在我们是要有东西的，因为这于我们有用。（卢那卡尔斯基是甚至主张保存俄国的农民美术，因为可以造出来卖给外国人，在经济上有帮助。我以为如果我们文学或科学上有东西拿得出去给别人，则甚至于脱离帝国主义的压迫的政治运动上也有帮助。）但要在文化上有成绩，则非韧不可。

最后，我以为联合战线是以有共同目的为必要条件的。我记得好像曾听到过这样一句话："反动派且已经有联合战线了，而我们还没有团结起来！"其实他们也并未有有意的联合战线，只因为他们的目的相同，所以行动就一致，在我们看来就好像联合战线。而我们战线不能统一，就证明我们的目的不能一致，或者只为了小团体，或者还其实只为了个人，如果目的都在工农大众，那当然战线也就统一了。

（发表于1930年4月1日《萌芽》月刊第1卷第4期，收入《二心集》）

中国无产阶级革命文学和前驱的血

中国的无产阶级革命文学在今天和明天之交发生，在诬蔑和压迫之中滋长，终于在最黑暗里，用我们的同志的鲜血写了第一篇文章。

我们的劳苦大众历来只被最剧烈的压迫和榨取，连识字教育的布施也得不到，惟有默默地身受着宰割和灭亡。繁难的象形字，又使他们不能有自修的机会。智识的青年们意识到自己的前驱的使命，便首先发出战叫。这战叫和劳苦大众自己的反叛的叫声一样地使统治者恐怖，走狗的文人即群起进攻，或者制造谣言，或者亲作侦探，然而都是暗做，都是匿名，不过证明了他们自己是黑暗的动物。

统治者也知道走狗的文人不能抵挡无产阶级革命文学，于是一面禁止书报，封闭书店，颁布恶出版法，通缉著作家，一面用最末的手段，将左翼作家逮捕，拘禁，秘密处以死刑，至今并未宣布。这一面固然在证明他们是在灭亡中的黑暗的动物，一面也在证实中国无产阶级革命文学阵营的力量，因为如传略所罗列，我们的几个遇害的同志的年龄，勇气，尤其是平日的作品的成绩，已足使全队走狗不敢狂吠。

然而我们的这几个同志已被暗杀了，这自然是无产阶级革命文学的若干的损失，我们的很大的悲痛。但无产阶级革命文学却仍然滋长，因为这是属于革命的广大劳苦群众的，大众存在一日，壮大一日，无产阶级革命文学也就滋长一日。我们的同志的血，已经证明了无产阶级革命文学和革命的劳苦大众是在受一样的压迫，一样的残杀，作一样的战斗，有一样的运命，是革命的劳苦大众的文学。

现在，军阀的报告，已说虽是六十岁老妇，也为“邪说”所中，租界的巡捕，虽对于小学儿童，也时时加以检查；他们除从帝国主义得来的枪炮和几条走狗之外，已将一无所有了，所有的只是老老小小——青年不必说——的敌人。而他们的这些敌人，便都在我们的这一面。

我们现在以十分的哀悼和铭记，纪念我们的战死者，也就是要牢记中国无产阶级革命文学的历史的第一页，是同志的鲜血所记录，永远在显示敌人的卑劣的凶暴和启示我们的不断的斗争。

（写于 1931 年，发表于 4 月 25 日《前哨》
半月刊第 1 卷第 1 期，收入《二心集》）

黑暗中国的文艺界的现状

——为美国《新群众》作

现在，在中国，无产阶级的革命的文艺运动，其实就是惟一的文艺运动。因为这乃是荒野中的萌芽，除此以外，中国已经毫无其他文艺。属于统治阶级的所谓"文艺家"，早已腐烂到连所谓"为艺术的艺术"以至"颓废"的作品也不能生产，现在来抵制左翼文艺的，只有诬蔑，压迫，囚禁和杀戮；来和左翼作家对立的，也只有流氓，侦探，走狗，刽子手了。

这一点，已经由两年以来的事实，证明得十分明白。

前年，最初绍介蒲力汗诺夫（Plekhanov）和卢那卡尔斯基（Lunacharsky）的文艺理论进到中国的时候，先使一位白璧德先生（Mr. Prof. Irving Babbitt）的门徒，感觉锐敏的"学者"愤慨，他以为文艺原不是无产阶级的东西，无产者倘要创作或鉴赏文艺，先应该辛苦地积钱，爬上资产阶级去，而不应该大家浑身褴褛，到这花园中来吵嚷。并且造出谣言，说在中国主张无产阶级文学的人，是得了苏俄的卢布。这方法也并非毫无效力，许多上海的新闻记者就时时捏造新闻，有时还登出卢布的数目。但明白的读者们并不相信它，因为比起这种纸上的新闻来，他们却更切实地在事实上看见只有从帝国主义国家运到杀戮无产者的枪炮。

统治阶级的官僚，感觉比学者慢一点，但去年也就日加迫压了。禁期刊，禁书籍，不但内容略有革命性的，而且连书面用红字的，作者是俄国的，绥拉菲摩维支(A. Serafimovitch)，伊凡诺夫(V. Ivanov)和奥格涅夫(N. Ognev)不必说了，连契诃夫(A. Chekhov)和安特来夫(L. Andreev)的有些小说，也都在禁止之列。于是使书店只好出算学教科书和童话，如Mr. Cat和Miss Rose谈天，称赞春天如何可爱之类——因为至尔妙伦(H. Zur Mühlen)所作的童话的译本也已被禁止，所以只好竭力称赞春天。但现在又有一位将军发怒，说动物居然也能说话而且称为Mr.，有失人类的尊严了。

单是禁止，还不是根本的办法，于是今年有五个左翼作家失了踪，经家族去探听，知道是在警备司令部，然而不能相见，半月以后，再去问时，却道已经“解放”——这是“死刑”的嘲弄的名称——了，而上海的一切中文和西文的报章上，绝无记载。接着是封闭曾出新书或代售新书的书店，多的时候，一天五家，——但现在又陆续开张了，我们不知道是怎么一回事，惟看书店的广告，知道是在竭力印些英汉对照，如斯蒂文生(Robert Stevenson)，槐尔特(Oscar Wilde)等人的文章。

然而统治阶级对于文艺，也并非没有积极的建设。一方面，他们将几个书店的原先的老板和店员赶开，暗暗换上肯听嗾使的自己的一伙。但这立刻失败了。因为里面满是走狗，这书店便像一座威严的衙门，而中国的衙门，是人民所最害怕最讨厌的东西，自然就没有人去。喜欢去跑跑的还是几只闲逛的走狗。这样子，又怎能使门市热闹呢？但是，还有一方面，是做些文章，印行杂志，以代被禁止的左翼的刊物，至今为止，已将十种。然而这也失败了。最有妨碍的是这些"文艺"的主持者，乃是一位上海市的政府委员和一位警备司令部的侦缉队长，他们的善于"解放"的名誉，都比"创作"要大得多。他们倘做一部"杀戮法"或"侦探术"，大约倒还有人要看的，但不幸竟在想画画，吟诗。这实在譬如美国的亨利·福特(Henry Ford)先生不谈汽车，却来对大家唱歌一样，只令人觉得非常诧异。

官僚的书店没有人来，刊物没有人看，救济的方法，是去强迫早经有名，而并不分明左倾的作者来做文章，帮助他们的刊物的流布。那结果，是只有一两个胡涂的中计，多数却至今未曾动笔，有一个竟吓得躲到不知道什么地方去了。

现在他们里面的最宝贵的文艺家，是当左翼文艺运动开始，未受迫害，为革命的青年所拥护的时候，自称左翼，而现在爬到他们的刀下，转头来害左翼作家的几个人。为什么被他们所宝贵的呢？因为他曾经是左翼，所以他们的有几种刊物，那面子还有一部分是通红的，但将其中的农工的图，换上了毕亚兹莱(Aubrey Beardsley)的个个好像病人的图画了。

在这样的情形之下，那些读者们，凡是一向爱读旧式的强盗小说的和新式的肉欲小说的，倒并不觉得不便。然而较进步的青年，就觉得无书可读，他们不得已，只得看看空话很多，内容极少——这样的才不至于被禁止——的书，姑且安慰饥渴，因为他们知道，与其去买官办的催吐的毒剂，还不如喝喝空杯，至少，是不至于受害。但一大部分革命的青年，却无论如何，仍在非常热烈地要求，拥护，发展左翼文艺。

所以，除官办及其走狗办的刊物之外，别的书店的期刊，还是不能不设种种方法，加入几篇比较的急进的作品去，他们也知道专卖空杯，这生意决难久长。左翼文艺有革命的读者大众支持，“将来”正属于这一面。

这样子，左翼文艺仍在滋长。但自然是好像压于大石之下的萌芽一样，在曲折地滋长。

所可惜的，是左翼作家之中，还没有农工出身的作家。一者，因为农工历来只被压迫，榨取，没有略受教育的机会；二者，因为中国的象形——现在是早已变得连形也不像了——的方块字，使农工虽是读书十年，也还不能任意写出自己的意见。这事情很使拿刀的“文艺家”喜欢。他们以为受教育能到会写文章，至少一定是小资产阶级，小资产者应该抱住自己的小资产，现在却反而倾向无产者，那一定是“虚伪”。惟有反对无产阶级文艺的小资产阶级的作家倒是出于“真”心的。“真”比“伪”好，所以他们的对于左翼作家的诬蔑，压迫，囚禁和杀戮，便是更好的文艺。

但是，这用刀的“更好的文艺”，却在事实上，证明了左翼作家们正和一样在被压迫被杀戮的无产者负着同一的运命，惟有左翼文艺现在在和无产者一同受难(Passion)，将来当然也将和无产者一同起来。单单的杀人究竟不是文艺，他们也因此自己宣告了一无所有了。

(写于 1931 年 4、5 月间，收入《二心集》)

上海文艺之一瞥

——八月十二日在社会科学研究会讲

上海过去的文艺，开始的是《申报》。要讲《申报》，是必须追溯到六十年以前的，但这些事我不知道。我所能记得的，是三十年以前，那时的《申报》，还是用中国竹纸的，单面印，而在那里做文章的，则多是从别处跑来的“才子”。

那时的读书人，大概可以分他为两种，就是君子和才子。君子是只读四书五经，做八股，非常规矩的。而才子却此外还要看小说，例如《红楼梦》，还要做考试上用不着的古今体诗之类。这是说，才子是公开的看《红楼梦》的，但君子是否在背地里也看《红楼梦》，则我无从知道。有了上海的租界，——那时叫作“洋场”，也叫“夷场”，后来有怕犯讳的，便往往写作“彝场”——有些才子们便跑到上海来，因为才子是旷达的，那里都去；君子则对于外国人的东西总有点厌恶，而且正在想求正路的功名，所以决不轻易的乱跑。孔子曰，“道不行，乘桴浮于海”，从才子们看来，就是有点才子气的，所以君子们的行径，在才子就谓之“迂”。

才子原是多愁多病，要闻鸡生气，见月伤心的。一到上海，又遇见了婊子。去嫖的时候，可以叫十个二十个的年青姑娘聚集在一处，样子很有些像《红楼梦》，于是他就觉得自己好像贾宝玉；自己是才子，那么婊子当然是佳人，于是才子佳人的书就产生了。内容多半是，惟才子能怜这些风尘沦落的佳人，惟佳人能识坎轲不遇的才子，受尽千辛万苦之后，终于成了佳偶，或者是都成了神仙。

他们又帮申报馆印行些明清的小品书出售，自己也立交社，出灯谜，有入选的，就用这些书做赠品，所以那流通很广远。也有大部书，如《儒林外史》，《三宝太监西洋记》，《快心编》等。现在我们在旧书摊上，有时还看见第一页印有“上海申报馆仿聚珍板印”字样的小本子，那就都是的。

佳人才子的书盛行的好几年，后一辈的才子的心思就渐渐改变了。他们发见了佳人并非因为“爱才若渴”而做婊子的，佳人只为的是钱。然而佳人要才子的钱，是不应该的，才子于是想了种种制伏婊子的妙法，不但不上当，还占了她们的便宜，叙述这各种手段的小说就出现了，社会上也很风行，因为可以做嫖学教科书去读。这些书里面的主人公，不再是才子＋(加)呆子，而是在婊子那里得了胜利的英雄豪杰，是才子＋流氓。

在这之前，早已出现了一种画报，名目就叫《点石斋画报》，是吴友如主笔的，神仙人物，内外新闻，无所不画，但对于外国事情，他很不明白，例如画战舰罢，是一只商船，而舱面上摆着野战炮；画决斗则两个穿礼服的军人在客厅里拔长刀相击，至于将花瓶也打落跌碎。然而他画“老鸨虐妓”，“流氓拆梢”之类，却实在画得很好的，我想，这是因为他看得太多了的缘故；就是在现在，我们在上海也常常看到和他所画一般的脸孔。这画报的势力，当时是很大的，流行各省，算是要知道“时务”——这名称在那时就如现在之所谓“新学”——的人们的耳目。前几年又翻印了，叫作《吴友如墨宝》，而影响到后来也实在利害，小说上的绣像不必说了，就是在教科书的插画上，也常常看见所画的孩子大抵是歪戴帽，斜视眼，满脸横肉，一副流氓气。在现在，新的流氓画家又出了叶灵凤先生，叶先生的画是从英国的毕亚兹莱（Aubrey Beardsley）剥来的，毕亚兹莱是“为艺术的艺术”派，他的画极受日本的“浮世绘”（Ukiyoe）的影响。浮世绘虽是民间艺术，但所画的多是妓女和戏子，胖胖的身体，斜视的眼睛——Erotic（色情的）眼睛。不过毕亚兹莱画的人物却瘦瘦的，那是因为他是颓废派（Decadence）的缘故。颓废派的人们多是瘦削的，颓丧的，对于壮健的女人他有点惭愧，所以不喜欢。我们的叶先生的新斜眼画，正和吴友如的老斜眼画合流，那自然应该流行好几年。但他也并不只画流氓的，有一个时期也画过普罗列塔利亚，不过所画的工人也还是斜视眼，伸着特别大的拳头。但我以为画普罗列塔利亚应该是写实的，照工人原来的面貌，并不须画得拳头比脑袋还要大。

现在的中国电影，还在很受着这“才子＋流氓”式的影响，里面的英雄，作为“好人”的英雄，也都是油头滑脑的，和一些住惯了上海，晓得怎样“拆梢”，“揩油”，“吊膀子”的滑头少年一样。看了之后，令人觉得现在倘要做英雄，做好人，也必须是流氓。

才子＋流氓的小说，但也渐渐的衰退了。那原因，我想，一则因为总是这一套老调子——妓女要钱，嫖客用手段，原不会写不完的，二则因为所用的是苏白，如什么倪＝我，耐＝你，阿是＝是否之类，除了老上海和江浙的人们之外，谁也看不懂。

然而才子＋佳人的书，却又出了一本当时震动一时的小说，那就是从英文翻译过来的《迦茵小传》（H. R. Haggard：Joan Haste）。但只有上半本，据译者说，原本从旧书摊上得来，非常之好，可惜觅不到下册，无可奈何了。果然，这很打动了才子佳人们的芳心，流行得很广很广。后来还至于打动了林琴南先生，将全部译出。仍旧名为《迦茵小传》。而同时受了先译者的大骂，说他不该全译，使迦茵的价值降低，给读者以不快的。于是才知道先前之所以只有半部，实非原本残缺，乃是因为记着迦茵生了一个私生子，译者故意不译的。其实这样的一部并不很长的书，外国也不至于分印成两本。但是，即此一端，也很可以看出当时中国对于婚姻的见解了。

这时新的才子＋佳人小说便又流行起来，但佳人已是良家女子了，和才子相悦相恋，分拆不开，柳阴花下，像一对蝴蝶，一双鸳鸯一样，但有时因为严亲，或者因为薄命，也竟至于偶见悲剧的结局，不再都成神仙了，——这实在不能不说是一个大进步。到了近来是在制造兼可擦脸的牙粉了的天虚我生先生所编的月刊杂志《眉语》出现的时候，是这鸳鸯蝴蝶式文学的极盛时期。后来《眉语》虽遭禁止，势力却并不消退，直待《新青年》盛行起来，这才受了打击。这时有伊孛生的剧本的绍介和胡适之先生的《终身大事》的别一形式的出现，虽然并不是故意的，然而鸳鸯蝴蝶派作为命根的那婚姻问题，却也因此而诺拉（Nora）似的跑掉了。

这后来，就有新才子派的创造社的出现。创造社是尊贵天才的，为艺术而艺术的，专重自我的，崇创作，恶翻译，尤其憎恶重译的，与同时上海的文学研究会相对立。那出马的第一个广告上，说有人"垄断"着文坛，就是指着文学研究会。文学研究会却也正相反，是主张为人生的艺术的，是一面创作，一面也看重翻译的，是注意于绍介被压迫民族文学的，这些都是小国度，没有人懂得他们的文字，因此也几乎全都是重译的。并且因为曾经声援过《新青年》，新仇夹旧仇，所以文学研究会这时就受了三方面的攻击。一方面就是创造社，既然是天才的艺术，那么看那为人生的艺术的文学研究会自然就是多管闲事，不免有些"俗"气，而且还以为无能，所以倘被发见一处误译，有时竟至于特做一篇长长的专论。一方面是留学过美国的绅士派，他们以为文艺是专给老爷太太们看的，所以主角除老爷太太之外，只配有文人，学士，艺术家，教授，小姐等等，要会说 Yes，No，这才是绅士的庄严，那时吴宓先生就曾经发表过文章，说是真不懂为什么有些人竟喜欢描写下流社会。第三方面，则就是以前说过的鸳鸯蝴蝶派，我不知道他们用的是什么方法，到底使书店老板将编辑《小说月报》的一个文学研究会会员撤换，还出了《小说世界》，去流布他们的文章。这一种刊物，是到了去年才停刊的。

创造社的这一战，从表面看来，是胜利的。许多作品，既和当时的自命才子们的心情相合，加以出版者的帮助，势力雄厚起来了。势力一雄厚，就看见大商店如商务印书馆，也有创造社员的译著的出版，——这是说，郭沫若和张资平两位先生的稿件。这以来，据我所记得，是创造社也不再审查商务印书馆出版物的误译之处，来作专论了。这些地方，我想，是也有些才子＋流氓式的。然而，“新上海”是究竟敌不过“老上海”的，创造社员在凯歌声中，终于觉到了自己就在做自己们的出版者的商品，种种努力，在老板看来，就等于眼镜铺大玻璃窗里纸人的睒眼，不过是“以广招徕”。待到希图独立出版的时候，老板就给吃了一场官司，虽然也终于独立，说是一切书籍，大加改订，另行印刷，从新开张了，然而旧老板却还是永远用了旧版子，只是印，卖，而且年年是什么纪念的大廉价。

商品固然是做不下去的，独立也活不下去。创造社的人们的去路，自然是在较有希望的“革命策源地”的广东。在广东，于是也有“革命文学”这名词的出现，然而并无什么作品，在上海，则并且还没有这名词。

到了前年，“革命文学”这名目这才旺盛起来了，主张的是从“革命策源地”回来的几个创造社元老和若干新份子。革命文学之所以旺盛起来，自然是因为由于社会的背景，一般群众，青年有了这样的要求。当从广东开始北伐的时候，一般积极的青年都跑到实际工作去了，那时还没有什么显著的革命文学运动，到了政治环境突然改变，革命遭了挫折，阶级的分化非常显明，国民党以“清党”之名，大戮共产党及革命群众，而死剩的青年们再入于被压迫的境遇，于是革命文学在上海这才有了强烈的活动。所以这革命文学的旺盛起来，在表面上和别国不同，并非由于革命的高扬，而是因为革命的挫折；虽然其中也有些是旧文人解下指挥刀来重理笔墨的旧业，有些是几个青年被从实际工作排出，只好借此谋生，但因为实在具有社会的基础，所以在新份子里，是很有极坚实正确的人存在的。但那时的革命文学运动，据我的意见，是未经好好的计划，很有些错误之处的。例如，第一，他们对于中国社会，未曾加以细密的分析，便将在苏维埃政权之下才能运用的方法，来机械的运用了。再则他们，尤其是成仿吾先生，将革命使一般人理解为非常可怕的事，摆着一种极左倾的凶恶的面貌，好似革命一到，一切非革命者就都得死，令人对革命只抱着恐怖。其实革命是并非教人死而是教人活的。这种令人“知道点革命的厉害”，只图自己说得畅快的态度，也还是中了才子＋流氓的毒。

激烈得快的，也平和得快，甚至于也颓废得快。倘在文人，他总有一番辩护自己的变化的理由，引经据典。譬如说，要人帮忙时候用克鲁巴金的互助论，要和人争闹的时候就用达尔文的生存竞争说。无论古今，凡是没有一定的理论，或主张的变化并无线索可寻，而随时拿了各种各派的理论来作武器的人，都可以称之为流氓。例如上海的流氓，看见一男一女的乡下人在走路，他就说，“喂，你们这样子，有伤风化，你们犯了法了!”他用的是中国法。倘看见一个乡下人在路旁小便呢,他就说,“喂,这是不准的,你犯了法,该捉到捕房去!”这时所用的又是外国法。但结果是无所谓法不法,只要被他敲去了几个钱就都完事。

在中国,去年的革命文学者和前年很有点不同了。这固然由于境遇的改变,但有些“革命文学者”的本身里,还藏着容易犯到的病根。“革命”和“文学”,若断若续,好像两只靠近的船,一只是“革命”,一只是“文学”,而作者的每一只脚就站在每一只船上面。当环境较好的时候,作者就在革命这一只船上踏得重一点,分明是革命者,待到革命一被压迫,则在文学的船上踏得重一点,他变了不过是文学家了。所以前年的主张十分激烈,以为凡非革命文学,统得扫荡的人,去年却记得了列宁爱看冈却罗夫(I. A. Gontcharov)的作品的故事,觉得非革命文学,意义倒也十分深长;还有最彻底的革命文学家叶灵凤先生,他描写革命家,彻底到每次上茅厕时候都用我的《呐喊》去揩屁股,现在却竟会莫名其妙的跟在所谓民族主义文学家屁股后面了。

类似的例,还可以举出向培良先生来。在革命渐渐高扬的时候,他是很革命的;他在先前,还曾经说,青年人不但嗥叫,还要露出狼牙来。这自然也不坏,但也应该小心,因为狼是狗的祖宗,一到被人驯服的时候,是就要变而为狗的,向培良先生现在在提倡人类的艺术了,他反对有阶级的艺术的存在,而在人类中分出好人和坏人来,这艺术是“好坏斗争”的武器。狗也是将人分为两种的,豢养它的主人之类是好人,别的穷人和乞丐在它的眼里就是坏人,不是叫,便是咬。然而这也还不算坏，因为究竟还有一点野性，如果再一变而为吧儿狗，好像不管闲事，而其实在给主子尽职，那就正如现在的自称不问俗事的为艺术而艺术的名人们一样，只好去点缀大学教室了。

这样的翻着筋斗的小资产阶级，即使是在做革命文学家，写着革命文学的时候，也最容易将革命写歪；写歪了，反于革命有害，所以他们的转变，是毫不足惜的，当革命文学的运动勃兴时，许多小资产阶级的文学家忽然变过来了，那时用来解释这现象的，是突变之说。但我们知道，所谓突变者，是说 A 要变 B，几个条件已经完备，而独缺其一的时候，这一个条件一出现，于是就变成了 B。譬如水的结冰，温度须到零点，同时又须有空气的振动，倘没有这，则即便到了零点，也还是不结冰，这时空气一振动，这才突变而为冰了。所以外面虽然好像突变，其实是并非突然的事。倘没有应具的条件的，那就是即使自说已变，实际上却并没有变，所以有些忽然一天晚上自称突变过来的小资产阶级革命文学家，不久就又突变回去了。

去年左翼作家联盟在上海的成立，是一件重要的事实。因为这时已经输入了蒲力汗诺夫，卢那卡尔斯基等的理论，给大家能够互相切磋，更加坚实而有力，但也正因为更加坚实而有力了，就受到世界上古今所少有的压迫和摧残，因为有了这样的压迫和摧残，就使那时以为左翼文学将大出风头，作家就要吃劳动者供献上来的黄油面包了的所谓革命文学家立刻现出原形，有的写悔过书，有的是反转来攻击左联，以显出他今年的见识又进了一步。这虽然并非左联直接的自动，然而也是一种扫荡，这些作者，是无论变与不变，总写不出好的作品来的。

但现存的左翼作家，能写出好的无产阶级文学来么？我想，也很难。这是因为现在的左翼作家还都是读书人——智识阶级，他们要写出革命的实际来，是很不容易的缘故。日本的厨川白村（H. Kuriyakawa）曾经提出过一个问题，说：作家之所描写，必得是自己经验过的么？他自答道，不必，因为他能够体察。所以要写偷，他不必亲自去做贼，要写通奸，他不必亲自去私通。但我以为这是因为作家生长在旧社会里，熟悉了旧社会的情形，看惯了旧社会的人物的缘故，所以他能够体察；对于和他向来没有关系的无产阶级的情形和人物，他就会无能，或者弄成错误的描写了。所以革命文学家，至少是必须和革命共同着生命，或深切地感受着革命的脉搏的。（最近左联的提出了“作家的无产阶级化”的口号，就是对于这一点的很正确的理解。）

在现在中国这样的社会中，最容易希望出现的，是反叛的小资产阶级的反抗的，或暴露的作品。因为他生长在这正在灭亡着的阶级中，所以他有甚深的了解，甚大的憎恶，而向这刺下去的刀也最为致命与有力。固然，有些貌似革命的作品，也并非要将本阶级或资产阶级推翻，倒在憎恨或失望于他们的不能改良，不能较长久的保持地位，所以从无产阶级的见地看来，不过是“兄弟阋于墙”，两方一样是敌对。但是，那结果，却也能在革命的潮流中，成为一粒泡沫的。对于这些的作品，我以为实在无须称之为无产阶级文学，作者也无须为了将来的名誉起见，自称为无产阶级的作家的。

但是，虽是仅仅攻击旧社会的作品，倘若知不清缺点，看不透病根，也就于革命有害，但可惜的是现在的作家，连革命的作家和批评家，也往往不能，或不敢正视现社会，知道它的底细，尤其是认为敌人的底细。随手举一个例罢，先前的《列宁青年》上，有一篇评论中国文学界的文章，将这分为三派，首先是创造社，作为无产阶级文学派，讲得很长，其次是语丝社，作为小资产阶级文学派，可就说得短了，第三是新月社，作为资产阶级文学派，却说得更短，到不了一页。这就在表明：这位青年批评家对于愈认为敌人的，就愈是无话可说，也就是愈没有细看。自然，我们看书，倘看反对的东西，总不如看同派的东西的舒服，爽快，有益，但倘是一个战斗者，我以为，在了解革命和敌人上，倒是必须更多的去解剖当面的敌人的。要写文学作品也一样，不但应该知道革命的实际，也必须深知敌人的情形，现在的各方面的状况，再去断定革命的前途。惟有明白旧的，看到新的，了解过去，推断将来，我们的文学的发展才有希望。我想，这是在现在环境下的作家，只要努力，还可以做得到的。

在现在，如先前所说，文艺是在受着少有的压迫与摧残，广泛地现出了饥馑状态。文艺不但是革命的，连那略带些不平色彩的，不但是指摘现状的，连那些攻击旧来积弊的，也往往就受迫害。这情形，即在说明至今为止的统治阶级的革命，不过是争夺一把旧椅子。去推的时候，好像这椅子很可恨，一夺到手，就又觉得是宝贝了，而同时也自觉得自己正和这“旧的”一气。二十多年前，都说朱元璋（明太祖）是民族的革命者，其实是并不然的，他做了皇帝以后，称蒙古朝为“大元”，杀汉人比蒙古人还厉害。奴才做了主人，是决不肯废去“老爷”的称呼的，他的摆架子，恐怕比他的主人还十足，还可笑。这正如上海的工人赚了几文钱，开起小小的工厂来，对付工人反而凶到绝顶一样。

在一部旧的笔记小说——我忘了它的书名了——上，曾经载有一个故事，说明朝有一个武官叫说书人讲故事，他便对他讲檀道济——晋朝的一个将军，讲完之后，那武官就吩咐打说书人一顿，人问他什么缘故，他说道：“他既然对我讲檀道济，那么，对檀道济是一定去讲我的了。”现在的统治者也神经衰弱到像这武官一样，什么他都怕，因而在出版界上也布置了比先前更进步的流氓，令人看不出流氓的形式而却用着更厉害的流氓手段：用广告，用诬陷，用恐吓；甚至于有几个文学者还拜了流氓做老子，以图得到安稳和利益。因此革命的文学者，就不但应该留心迎面的敌人，还必须防备自己一面的三翻四复的暗探了，较之简单地用着文艺的斗争，就非常费力，而因此也就影响到文艺上面来。

现在上海虽然还出版着一大堆的所谓文艺杂志，其实却等于空虚。以营业为目的的书店所出的东西，因为怕遭殃，就竭力选些不关痛痒的文章，如说“命固不可以不革，而亦不可以太革”之类，那特色是在令人从头看到末尾，终于等于不看。至于官办的，或对官场去凑趣的杂志呢，作者又都是乌合之众，共同的目的只在捞几文稿费，什么“英国维多利亚朝的文学”呀，“论刘易士得到诺贝尔奖金”呀，连自己也并不相信所发的议论，连自己也并不看重所做的文章。所以，我说，现在上海所出的文艺杂志都等于空虚，革命者的文艺固然被压迫了，而压迫者所办的文艺杂志上也没有什么文艺可见。然而，压迫者当真没有文艺么？有是有的，不过并非这些，而是通电，告示，新闻，民族主义的“文学”，法官的判词等。例如前几天，《申报》上就记着一个女人控诉她的丈夫强迫鸡奸并殴打得皮肤上成了青伤的事，而法官的判词却道，法律上并无禁止丈夫鸡奸妻子的明文，而皮肤打得发青，也并不算毁损了生理的机能，所以那控诉就不能成立。现在是那男人反在控诉他的女人的“诬告”了。法律我不知道，至于生理学，却学过一点，皮肤被打得发青，肺，肝，或肠胃的生理的机能固然不至于毁损，然而发青之处的皮肤的生理的机能却是毁损了的。这在中国的现在，虽然常常遇见，不算什么稀奇事，但我以为这就已经能够很明白的知道社会上的一部分现象，胜于一篇平凡的小说或长诗了。

除以上所说之外，那所谓民族主义文学，和闹得已经很久了的武侠小说之类，是也还应该详细解剖的。但现在时间已经不够，只得待将来有机会再讲了。今天就这样为止罢。

（据《鲁迅日记》，讲于 1931 年 7 月 20 日，发表于 7 月 27 日、8 月 3 日《文艺新闻》周刊第 20、21 期，修改后收入《二心集》）

“民族主义文学”的任务和运命

一

殖民政策是一定保护，养育流氓的。从帝国主义的眼睛看来，惟有他们是最要紧的奴才，有用的鹰犬，能尽殖民地人民非尽不可的任务：一面靠着帝国主义的暴力，一面利用本国的传统之力，以除去“害群之马”，不安本分的“莠民”。所以，这流氓，是殖民地上的洋大人的宠儿，——不，宠犬，其地位虽在主人之下，但总在别的被统治者之上的。

上海当然也不会不在这例子里。巡警不进帮，小贩虽自有小资本，但倘不另寻一个流氓来做债主，付以重利，就很难立足。到去年，在文艺界上，竟也出现了“拜老头”的“文学家”。

但这不过是一个最露骨的事实。其实是，即使并非帮友，他们所谓“文艺家”的许多人，是一向在尽“宠犬”的职分的，虽然所标的口号，种种不同，艺术至上主义呀，国粹主义呀，民族主义呀，为人类的艺术呀，但这仅如巡警手里拿着前膛枪或后膛枪，来福枪，毛瑟枪的不同，那终极的目的却只一个：就是打死反帝国主义即反政府，亦即“反革命”，或仅有些不平的人民。

那些宠犬派文学之中，锣鼓敲得最起劲的，是所谓“民族主义文学”。但比起侦探，巡捕，刽子手们的显著的勋劳来，却还有很多的逊色。这缘故，就因为他们还只在叫，未行直接的咬，而且大抵没有流氓的剽悍，不过是飘飘荡荡的流尸。然而这又正是“民族主义文学”的特色，所以保持其“宠”的。

翻一本他们的刊物来看罢，先前标榜过各种主义的各种人，居然凑合在一起了。这是“民族主义”的巨人的手，将他们抓过来的么？并不，这些原是上海滩上久已沉沉浮浮的流尸，本来散见于各处的，但经风浪一吹，就漂集一处，形成一个堆积，又因为各个本身的腐烂，就发出较浓厚的恶臭来了。

这“叫”和“恶臭”有能够较为远闻的特色，于帝国主义是有益的，这叫做“为王前驱”，所以流尸文学仍将与流氓政治同在。

二

但上文所说的风浪是什么呢？这是因无产阶级的勃兴而卷起的小风浪。先前的有些所谓文艺家，本未尝没有半意识的或无意识的觉得自身的溃败，于是就自欺欺人的用种种美名来掩饰，曰高逸，曰放达（用新式话来说就是“颓废”），画的是裸女，静物，死，写的是花月，圣地，失眠，酒，女人。一到旧社会的崩溃愈加分明，阶级的斗争愈加锋利的时候，他们也就看见了自己的死敌，将创造新的文化，一扫旧来的污秽的无产阶级，并且觉到了自己就是这污秽，将与在上的统治者同其运命，于是就必然漂集于为帝国主义所宰制的民族中的顺民所竖起的“民族主义文学”的旗帜之下，来和主人一同做一回最后的挣扎了。

所以，虽然是杂碎的流尸，那目标却是同一的：和主人一样，用一切手段，来压迫无产阶级，以苟延残喘。不过究竟是杂碎，而且多带着先前剩下的皮毛，所以自从发出宣言以来，看不见一点鲜明的作品，宣言是一小群杂碎胡乱凑成的杂碎，不足为据的。

但在《前锋月刊》第五号上，却给了我们一篇明白的作品，据编辑者说，这是“参加讨伐阎冯军事的实际描写”。描写军事的小说并不足奇，奇特的是这位“青年军人”的作者所自述的在战场上的心绪，这是“民族主义文学家”的自画像，极有郑重引用的价值的——

“每天晚上站在那闪烁的群星之下，手里执着马枪，耳中听着虫鸣。四周飞动着无数的蚊子，那样都使人想到法国‘客车’在菲洲沙漠里与阿剌伯人争斗流血的生活。”（黄震遐《陇海线上》）

原来中国军阀的混战，从“青年军人”，从“民族主义文学者”看来，是并非驱同国人民互相残杀，却是外国人在打别一外国人，两个国度，两个民族，在战地上一到夜里，自己就飘飘然觉得皮色变白，鼻梁加高，成为腊丁民族的战士，站在野蛮的菲洲了。那就无怪乎看得周围的老百姓都是敌人，要一个一个的打死。法国人对于菲洲的阿剌伯人，就民族主义而论，原是不必爱惜的。仅仅这一节，大一点，则说明了中国军阀为什么做了帝国主义的爪牙，来毒害屠杀中国的人民，那是因为他们自己以为是“法国的客军”的缘故；小一点，就说明中国的“民族主义文学家”根本上只同外国主子休戚相关，为什么倒称“民族主义”，来朦混读者，那是因为他们自己觉得有时好像腊丁民族，条顿民族了的缘故。

三

黄震遐先生写得如此坦白，所说的心境当然是真实的，不过据他小说中所显示的智识推测起来，却还有并非不知而故意不说的一点讳饰。这，是他将“法国的安南兵”含糊的改作“法国的客军”了，因此就较远于“实际描写”，而且也招来了上节所说的是非。

但作者是聪明的，他听过“友人傅彦长君平时许多谈论……许多地方不可讳地是受了他的熏陶”，并且考据中外史传之后，接着又写了一篇较切“民族主义”这个题目的剧诗，这回不用法兰西人了，是《黄人之血》(《前锋月刊》七号)。

这剧诗的事迹，是黄色人种的西征，主将是成吉思汗的孙子拔都元帅，真正的黄色种。所征的是欧洲，其实专在斡罗斯(俄罗斯)——这是作者的目标；联军的构成是汉，鞑靼，女真，契丹人——这是作者的计划；一路胜下去，可惜后来四种人不知“友谊”的要紧和“团结的力量”，自相残杀，竟为白种武士所乘了——这是作者的讽喻，也是作者的悲哀。

但我们且看这黄色军的威猛和恶辣罢——

…………

恐怖呀，煎着尸体的沸油；
可怕呀，遍地的腐骸如何凶丑；
死神捉着白姑娘拼命地搂；
美人螓首变成狞猛的髑髅；
野兽般的生番在故宫里蛮争恶斗；
千年的棺材泄出它凶秽的恶臭；
十字军战士的脸上充满了哀愁；
铁蹄践着断骨，骆驼的鸣声变成怪吼；
上帝已逃，魔鬼扬起了火鞭复仇；
黄祸来了！黄祸来了！
亚细亚勇士们张大吃人的血口。

这德皇威廉因为要鼓吹"德国德国，高于一切"而大叫的"黄祸"，这一张"亚细亚勇士们张大"的"吃人的血口"，我们的诗人却是对着"斡罗斯"，就是现在无产者专政的第一个国度，以消灭无产阶级的模范——这是"民族主义文学"的目标；但究竟因为是殖民地顺民的"民族主义文学”，所以我们的诗人所奉为首领的，是蒙古人拔都，不是中华人赵构，张开“吃人的血口”的是“亚细亚勇士们”，不是中国勇士们，所希望的是拔都的统驭之下的“友谊”，不是各民族间的平等的友爱——这就是露骨的所谓“民族主义文学”的特色，但也是青年军人的作者的悲哀。

四

拔都死了；在亚细亚的黄人中，现在可以拟为那时的蒙古的只有一个日本。日本的勇士们虽然也痛恨苏俄，但也不爱抚中华的勇士，大唱“日支亲善”虽然也和主张“友谊”一致，但事实又和口头不符，从中国“民族主义文学者”的立场上，在已觉得悲哀，对他加以讽喻，原是势所必至，不足诧异的。

果然，诗人的悲哀的预感好像证实了，而且还坏得远。当“扬起火鞭”焚烧“斡罗斯”将要开头的时候，就像拔都那时的结局一样，朝鲜人乱杀中国人，日本人“张大吃人的血口”，吞了东三省了。莫非他们因为未受傅彦长先生的熏陶，不知“团结的力量”之重要，竟将中国的“勇士们”也看成非洲的阿剌伯人了吗?!

五

这实在是一个大打击。军人的作者还未喊出他勇壮的声音，我们现在所看见的是“民族主义”旗下的报章上所载的小勇士们的愤激和绝望。这也是势所必至,无足诧异的。理想和现实本来易于冲突,理想时已经含了悲哀,现实起来当然就会绝望。于是小勇士们要打仗了——

“战啊,下个最后的决心,
杀尽我们的敌人,
你看敌人的枪炮都响了,
快上前,把我们的肉体筑一座长城。
雷电在头上咆哮,
浪涛在脚下吼叫,
热血在心头燃烧,
我们向前线奔跑。”

(苏凤:《战歌》。《民国日报》载。)

“去,战场上去,
我们的热血在沸腾,
我们的肉身好像疯人,
我们去把热血锈住贼子的枪头,
我们去把肉身塞住仇人的炮口。
去,战场上去,
凭着我们一股勇气,
凭着我们一点纯爱的精灵,
去把仇人驱逐,

不，去把仇人杀尽。”

（甘豫庆：《去上战场去》。《申报》载。）

“同胞，醒起来罢，
踢开了弱者的心，
踢开了弱者的脑。
看，看，看，
看同胞们的血喷出来了，
看同胞们的肉割开来了，
看同胞们的尸体挂起来了。”

（邵冠华：《醒起来罢同胞》。同上。）

这些诗里很明显的是作者都知道没有武器，所以只好用“肉体”，用“纯爱的精灵”，用“尸体”。这正是《黄人之血》的作者的先前的悲哀，而所以要追随拔都元帅之后，主张“友谊”的缘故。武器是主子那里买来的，无产者已都是自己的敌人，倘主子又不谅其衷，要加以“惩膺”，那么，惟一的路也实在只有一个死了——

“我们是初训练的一队，
有坚卓的志愿，
有沸腾的热血，
来扫除强暴的歹类。

同胞们，亲爱的同胞们，
快起来准备去战，
快起来奋斗，
战死是我们生路。”

（沙珊：《学生军》。同上。）

“天在啸，
地在震，
人在冲，
兽在吼，
宇宙间的一切在咆哮，
朋友哟，
准备着我们的头颅去给敌人砍掉。”

（给之津：《伟大的死》。同上。）

一群是发扬踔厉，一群是慷慨悲歌，写写固然无妨，但倘若真要这样，却未免太不懂得“民族主义文学”的精义了，然而，却也尽了“民族主义文学”的任务。

六

《前锋月刊》上用大号字题目的《黄人之血》的作者黄震遐诗人，不是早已告诉我们过理想的元帅拔都了吗？这诗人受过傅彦长先生的熏陶，查过中外的史传，还知道“中世纪的东欧是三种思想的冲突点”，岂就会偏不知道赵家末叶的中国，是蒙古人的淫掠场？拔都元帅的祖父成吉思皇帝侵入中国时，所至淫掠妇女，焚烧庐舍，到山东曲阜看见孔老二先生像，元兵也要指着骂道：“说‘夷狄之有君，不如诸夏之无也’的，不就是你吗？”夹脸就给他一箭。这是宋人的笔记里垂涕而道的，正如现在常见于报章上的流泪文章一样。黄诗人所描写的“斡罗斯”那“死神捉着白姑娘拼命地搂……”那些妙文，其实就是那时出现于中国的情形。但一到他的孙子，他们不就携手“西征”了吗？现在日本兵“东征”了东三省，正是“民族主义文学家”理想中的“西征”的第一步，“亚细亚勇士们张大吃人的血口”的开场。不过先得在中国咬一口。因为那时成吉思皇帝也像对于“斡罗斯”一样，先使中国人变成奴才，然后赶他打仗，并非用了“友谊”，送柬帖来敦请的。所以，这沈阳事件，不但和“民族主义文学”毫无冲突，而且还实现了他们的理想境，倘若不明这精义，要去硬送头颅，使“亚细亚勇士”减少，那实在是很可惜的。

那么，“民族主义文学”无须有那些呜呼阿呀死死活活的调子吗？谨对曰：要有的，他们也一定有的。否则不抵抗主义，城下之盟，断送土地这些勾当，在沉静中就显得更加露骨。必须痛哭怒号，摩拳擦掌，令人被这扰攘嘈杂所惑乱，闻悲歌而泪垂，听壮歌而愤泄，于是那“东征”即“西征”的第一步，也就悄悄的隐隐的跨过去了。落葬的行列里有悲哀的哭声，有壮大的军乐，那任务是在送死人埋入土中，用热闹来掩过了这“死”，给大家接着就得到“忘却”。现在“民族主义文学”的发扬踔厉，或慷慨悲歌的文章，便是正在尽着同一的任务的。

但这之后，“民族主义文学者”也就更加接近了他的哀愁。因为有一个问题，更加临近，就是将来主子是否不至于再蹈拔都元帅的覆辙，肯信用而且优待忠勇的奴才，不，勇士们呢？这实在是一个很要紧，很可怕的问题，是主子和奴才能否“同存共荣”的大关键。

历史告诉我们：不能的。这，正如连“民族主义文学者”也已经知道一样，不会有这一回事。他们将只尽些送丧的任务，永含着恋主的哀愁，须到无产阶级革命的风涛怒吼起来，刷洗山河的时候，这才能脱出这沉滞猥劣和腐烂的运命。

（写于1931年，发表于10月23日《文学导报》
半月刊第6、7期合刊，收入《二心集》）

关于小说题材的通信

回　信

Y及T先生：

接到来信后，未及回答，就染了流行性感冒，头重眼肿，连一个字也不能写，近几天总算好起来了，这才来写回信。同在上海，而竟拖延到一个月，这是非常抱歉的。

两位所问的，是写短篇小说的时候，取来应用的材料的问题。而作者所站的立场，如信上所写，则是小资产阶级的立场。如果是战斗的无产者，只要所写的是可以成为艺术品的东西，那就无论他所描写的是什么事情，所使用的是什么材料，对于现代以及将来一定是有贡献的意义的。为什么呢？因为作者本身便是一个战斗者。

但两位都并非那一阶级，所以当动笔之先，就发生了来信所说似的疑问。我想，这对于目前的时代，还是有意义的，然而假使永是这样的脾气，却是不妥当的。

别阶级的文艺作品，大抵和正在战斗的无产者不相干。小资产阶级如果其实并非与无产阶级一气，则其憎恶或讽刺同阶级，从无产者看来，恰如较有聪明才力的公子憎恨家里的没出息子弟一样，是一家子里面的事，无须管得，更说不到损益。例如法国的戈兼，痛恨资产阶级，而他本身还是一个道道地地资产阶级的作家。倘写下层人物（我以为他们是不会"在现时代大潮流冲击圈外"的）罢，所谓客观其实是楼上的冷眼，所谓同情也不过空虚的布施，于无产者并无补助。而且后来也很难言。例如也是法国人的波特莱尔，当巴黎公社初起时，他还很感激赞助，待到势力一大，觉得于自己的生活将要有害，就变成反动了。但就目前的中国而论，我以为所举的两种题材，却还有存在的意义。如第一种，非同阶级是不能深知的，加以袭击，撕其面具，当比不熟悉此中情形者更加有力。如第二种，则生活状态，当随时代而变更，后来的作者，也许不及看见，随时记载下来，至少也可以作这一时代的记录。所以对于现在以及将来，还是都有意义的。不过即使"熟悉"，却未必便是"正确"，取其有意义之点，指示出来，使那意义格外分明，扩大，那是正确的批评家的任务。

因此我想，两位是可以各就自己现在能写的题材，动手来写的。不过选材要严，开掘要深，不可将一点琐屑的没有意思的事故，便填成一篇，以创作丰富自乐。这样写去，到一个时候，我料想必将觉得写完，——虽然这样的题材的人物，即使几十年后，还有作为残滓而存留，但那时来加以描写刻划的,将是别一种作者,别一样看法了。然而两位都是向着前进的青年,又抱着对于时代有所助力和贡献的意志,那时也一定能逐渐克服自己的生活和意识,看见新路的。

总之,我的意思是:现在能写什么,就写什么,不必趋时,自然更不必硬造一个突变式的革命英雄,自称"革命文学";但也不可苟安于这一点,没有改革,以致沉没了自己——也就是消灭了对于时代的助力和贡献。此复,即颂近佳。

L.S.启。　　十二月二十五日。

(发表于1932年1月5日《十字街头》旬刊第3期,收入《二心集》,来信略)

论“第三种人”

这三年来，关于文艺上的论争是沉寂的，除了在指挥刀的保护之下，挂着“左翼”的招牌，在马克思主义里发见了文艺自由论，列宁主义里找到了杀尽“共匪”说的论客的“理论”之外，几乎没有人能够开口，然而，倘是“为文艺而文艺”的文艺，却还是“自由”的，因为他决没有收了卢布的嫌疑。但在“第三种人”，就是“死抱住文学不放的人”，又不免有一种苦痛的豫感：左翼文坛要说他是“资产阶级的走狗”。

代表了这一种“第三种人”来鸣不平的，是《现代》杂志第三和第六期上的苏汶先生的文章。（我在这里先应该声明：我为便利起见，暂且用了“代表”，“第三种人”这些字眼，虽然明知道苏汶先生的“作家之群”，是也如拒绝“或者”，“多少”，“影响”这一类不十分决定的字眼一样，不要固定的名称的，因为名称一固定，也就不自由了。）他以为左翼的批评家，动不动就说作家是“资产阶级的走狗”，甚至于将中立者认为非中立，而一非中立，便有认为"资产阶级的走狗"的可能，号称"左翼作家"者既然"左而不作"，"第三种人"又要作而不敢，于是文坛上便没有东西了。然而文艺据说至少有一部分是超出于阶级斗争之外的，为将来的，就是"第三种人"所抱住的真的，永久的文艺。——但可惜，被左翼理论家弄得不敢作了，因为作家在未作之前，就有了被骂的豫感。

我相信这种豫感是会有的，而以"第三种人"自命的作家，也愈加容易有。我也相信作者所说，现在很有懂得理论，而感情难变的作家。然而感情不变，则懂得理论的度数，就不免和感情已变或略变者有些不同，而看法也就因此两样。苏汶先生的看法，由我看来，是并不正确的。

自然，自从有了左翼文坛以来，理论家曾经犯过错误，作家之中，也不但如苏汶先生所说，有"左而不作"的，并且还有由左而右，甚至于化为民族主义文学的小卒，书坊的老板，敌党的探子的，然而这些讨厌左翼文坛了的文学家所遗下的左翼文坛，却依然存在，不但存在，还在发展，克服自己的坏处，向文艺这神圣之地进军。苏汶先生问过：克服了三年，还没有克服好么？回答是：是的，还要克服下去，三十年也说不定。然而一面克服着，一面进军着，不会做待到克服完成，然后行进那样的傻事的。但是，苏汶先生说过"笑话"：左翼作家在从资本家取得稿费；现在我来说一句真话，是左翼作家还在受封建的资本主义的社会的法律的压迫，禁锢，杀戮。所以左翼刊物，全被摧残，现在非常寥寥，即偶有发表，批评作品的也绝少，而偶有批评作品的，也并未动不动便指作家为"资产阶级的走狗"，而且不要"同路人"。左翼作家并不是从天上掉下来的神兵，或国外杀进来的仇敌，他不但要那同走几步的“同路人”，还要招致那站在路旁看看的看客也一同前进。

但现在要问：左翼文坛现在因为受着压迫，不能发表很多的批评，倘一旦有了发表的可能，不至于动不动就指“第三种人”为“资产阶级的走狗”么？我想，倘若左翼批评家没有宣誓不说，又只从坏处着想，那是有这可能的，也可以想得比这还要坏。不过我以为这种豫测，实在和想到地球也许有破裂之一日，而先行自杀一样，大可以不必的。

然而苏汶先生的“第三种人”，却据说是为了这未来的恐怖而“搁笔”了。未曾身历，仅仅因为心造的幻影而搁笔，“死抱住文学不放”的作者的拥抱力，又何其弱呢？两个爱人，有因为豫防将来的社会上的斥责而不敢拥抱的么？

其实，这“第三种人”的“搁笔”，原因并不在左翼批评的严酷。真实原因的所在，是在做不成这样的“第三种人”，做不成这样的人，也就没有了第三种笔，搁与不搁，还谈不到。

生在有阶级的社会里而要做超阶级的作家，生在战斗的时代而要离开战斗而独立，生在现在而要做给与将来的作品，这样的人，实在也是一个心造的幻影，在现实世界上是没有的。要做这样的人，恰如用自己的手拔着头发，要离开地球一样，他离不开，焦躁着，然而并非因为有人摇了摇头，使他不敢拔了的缘故。

所以虽是“第三种人”，却还是一定超不出阶级的，苏汶先生就先在豫料阶级的批评了，作品里又岂能摆脱阶级的利害；也一定离不开战斗的，苏汶先生就先以"第三种人"之名提出抗争了，虽然"抗争"之名又为作者所不愿受；而且也跳不过现在的，他在创作超阶级的，为将来的作品之前，先就留心于左翼的批判了。

这确是一种苦境。但这苦境，是因为幻影不能成为实有而来的。即使没有左翼文坛作梗，也不会有这"第三种人"，何况作品。但苏汶先生却又心造了一个横暴的左翼文坛的幻影，将"第三种人"的幻影不能出现，以至将来的文艺不能发生的罪孽，都推给它了。

左翼作家诚然是不高超的，连环图画，唱本，然而也不到苏汶先生所断定那样的没出息。左翼也要托尔斯泰，弗罗培尔。但不要"努力去创造一些属于将来（因为他们**现在**是不要的）的东西"的托尔斯泰和弗罗培尔。他们两个，都是为现在而写的，将来是现在的将来，于现在有意义，才于将来会有意义。尤其是托尔斯泰，他写些小故事给农民看，也不自命为"第三种人"，当时资产阶级的多少攻击，终于不能使他"搁笔"。左翼虽然诚如苏汶先生所说，不至于蠢到不知道"连环图画是产生不出托尔斯泰，产生不出弗罗培尔来"，但却以为可以产出密开朗该罗，达文希那样伟大的画手。而且我相信，从唱本说书里是可以产生托尔斯泰，弗罗培尔的。现在提起密开朗该罗们的画来，谁也没有非议了，但实际上，那不是宗教的宣传画，《旧约》的连环图画么？而且是为了那时的"现在"的。

总括起来说，苏汶先生是主张"第三种人"与其欺骗，与其做冒牌货，倒还不如努力去创作，这是极不错的。

"定要有自信的勇气,才会有工作的勇气!"这尤其是对的。

然而苏汶先生又说,许多大大小小的"第三种人"们,却又因为豫感了不祥之兆——左翼理论家的批评而"搁笔"了!

"怎么办呢"?

十月十日。

(发表于 1932 年 10 月 15 日《文化月报》
第 1 卷第 1 期,收入《南腔北调集》)

辱骂和恐吓决不是战斗

——致《文学月报》编辑的一封信——

起应兄：

前天收到《文学月报》第四期，看了一下。我所觉得不足的，并非因为它不及别种杂志的五花八门，乃是总还不能比先前充实。但这回提出了几位新的作家来，是极好的，作品的好坏我且不论，最近几年的刊物上，倘不是姓名曾经排印过了的作家，就很有不能登载的趋势，这么下去，新的作者要没有发表作品的机会了。现在打破了这局面，虽然不过是一种月刊的一期，但究竟也扫去一些沉闷，所以我以为是一种好事情。但是，我对于芸生先生的一篇诗，却非常失望。

这诗，一目了然，是看了前一期的别德纳衣的讽刺诗而作的。然而我们来比一比罢，别德纳衣的诗虽然自认为"恶毒"，但其中最甚的也不过是笑骂。这诗怎么样？有辱骂，有恐吓，还有无聊的攻击：其实是大可以不必作的。

例如罢，开首就是对于姓的开玩笑。一个作者自取的别名，自然可以窥见他的思想，譬如“铁血”，“病鹃”之类，固不妨由此开一点小玩笑。但姓氏籍贯，却不能决定本人的功罪，因为这是从上代传下来的，不能由他自主。我说这话还在四年之前，当时曾有人评我为“封建余孽”，其实是捧住了这样的题材，欣欣然自以为得计者，倒是十分“封建的”的。不过这种风气，近几年颇少见了，不料现在竟又复活起来，这确不能不说是一个退步。

尤其不堪的是结末的辱骂。现在有些作品，往往并非必要而偏在对话里写上许多骂语去，好像以为非此便不是无产者作品，骂詈愈多，就愈是无产者作品似的。其实好的工农之中，并不随口骂人的多得很，作者不应该将上海流氓的行为，涂在他们身上的。即使有喜欢骂人的无产者，也只是一种坏脾气，作者应该由文艺加以纠正，万不可再来展开，使将来的无阶级社会中，一言不合，便祖宗三代的闹得不可开交。况且即是笔战，就也如别的兵战或拳斗一样，不妨伺隙乘虚，以一击制敌人的死命，如果一味鼓噪，已是《三国志演义》式战法，至于骂一句爹娘，扬长而去，还自以为胜利，那简直是“阿Q”式的战法了。

接着又是什么“剖西瓜”之类的恐吓，这也是极不对的，我想无产者的革命，乃是为了自己的解放和消灭阶级，并非因为要杀人，即使是正面的敌人，倘不死于战场，就有大众的裁判，决不是一个诗人所能提笔判定生死的。现在虽然很有什么“杀人放火”的传闻，但这只是一种诬陷。中国的报纸上看不出实话，然而只要一看别国的例子也就可以恍然：德国的无产阶级革命(虽然没有成功)，并没有乱杀人；俄国不是连皇帝的宫殿都没有烧掉么？而我们的作者，却将革命的工农用笔涂成一个吓人的鬼脸，由我看来，真是卤莽之极了。

自然，中国历来的文坛上，常见的是诬陷，造谣，恐吓，辱骂，翻一翻大部的历史，就往往可以遇见这样的文章，直到现在，还在应用，而且更加厉害。但我想，这一份遗产，还是都让给叭儿狗文艺家去承受罢，我们的作者倘不竭力的抛弃了它，是会和他们成为"一丘之貉"的。

不过我并非主张要对敌人陪笑脸，三鞠躬。我只是说，战斗的作者应该注重于"论争"；倘在诗人，则因为情不可遏而愤怒，而笑骂，自然也无不可。但必须止于嘲笑，止于热骂，而且要"喜笑怒骂，皆成文章"，使敌人因此受伤或致死，而自己并无卑劣的行为，观者也不以为污秽，这才是战斗的作者的本领。

刚才想到了以上的一些，便写出寄上，也许于编辑上可供参考。总之，我是极希望此后的《文学月报》上不再有那样的作品的。

专此布达，并问

好。

鲁迅。　　十二月十日。

(发表于 1932 年 12 月 15 日《文学月刊》
第 1 卷第 5、6 期合刊，收入《南腔北调集》)

又论“第三种人”

戴望舒先生远远的从法国给我们一封通信，叙述着法国 A. E. A. R.（革命文艺家协会）得了纪德的参加，在三月二十一日召集大会，猛烈的反抗德国法西斯谛的情形，并且绍介了纪德的演说，发表在六月号的《现代》上。法国的文艺家，这样的仗义执言的举动是常有的：较远，则如左拉为德来孚斯打不平，法朗士当左拉改葬时候的讲演；较近，则有罗曼罗兰的反对战争。但这回更使我感到真切的欢欣，因为问题是当前的问题，而我也正是憎恶法西斯谛的一个。不过戴先生在报告这事实的同时，一并指明了中国左翼作家的“愚蒙”和像军阀一般的横暴，我却还想来说几句话。但希望不要误会，以为意在辩解，希图中国也从所谓“第三种人”得到对于德国的被压迫者一般的声援，——并不是的。中国的焚禁书报，封闭书店，囚杀作者，实在还远在德国的白色恐怖以前，而且也得到过世界的革命的文艺家的抗议了。我现在要说的，不过那通信里的必须指出的几点。

那通信叙述过纪德的加入反抗运动之后，说道——

“在法国文坛中，我们可以说纪德是‘第三种人’，……自从他在一八九一年……起，一直到现在为止，他始终是一个忠实于他的艺术的人。然而，忠实于自己的艺术的作者，不一定就是资产阶级的‘帮闲者’，法国的革命作家没有这种愚蒙的见解（或者不如说是精明的策略），因此，在热烈的欢迎之中，纪德便在群众之间发言了。”

这就是说：“忠实于自己的艺术的作者”，就是“第三种人”，而中国的革命作家，却“愚蒙”到指这种人为全是“资产阶级的帮闲者”，现在已经由纪德证实，是“不一定”的了。

这里有两个问题应该解答。

第一，是中国的左翼理论家是否真指“忠实于自己的艺术的作者”为全是“资产阶级的帮闲者”？据我所知道，却并不然。左翼理论家无论如何“愚蒙”，还不至于不明白“为艺术的艺术”在发生时，是对于一种社会的成规的革命，但待到新兴的战斗的艺术出现之际，还拿着这老招牌来明明暗暗阻碍他的发展，那就成为反动，且不只是“资产阶级的帮闲者”了。至于“忠实于自己的艺术的作者”，却并未视同一律。因为不问那一阶级的作家，都有一个“自己”，这“自己”，就都是他本阶级的一分子，忠实于他自己的艺术的人，也就是忠实于他本阶级的作者，在资产阶级如此，在无产阶级也如此。这是极显明粗浅的事实，左翼理论家也不会不明白的。但这位——戴先生用“忠实于自己的艺术”来和“为艺术的艺术”掉了一个包，可真显得左翼理论家的“愚蒙”透顶了。

第二，是纪德是否真是中国所谓的“第三种人”？我没有读过纪德的书，对于作品，没有加以批评的资格。但我相信：创作和演说，形式虽然不同，所含的思想是决不会两样的。我可以引出戴先生所绍介的演说里的两段来——

“有人会对我说：‘在苏联也是这样的。’那是可能的事；但是目的却是完全两样的，而且，为了要建设一个新社会起见，为了把发言权给与那些一向做着受压迫者，一向没有发言权的人们起见，不得已的矫枉过正也是免不掉的事。

“我为什么并怎样会在这里赞同我在那边所反对的事呢？那就是因为我在德国的恐怖政策中，见到了最可叹最可憎的过去底再演，在苏联的社会创设中，我却见到一个未来的无限的允约。”

这说得清清楚楚，虽是同一手段，而他却因目的之不同而分为赞成或反抗。苏联十月革命后，侧重艺术的“绥拉比翁的兄弟们”这团体，也被称为“同路人”，但他们却并没有这么积极。中国关于“第三种人”的文字，今年已经汇印了一本专书，我们可以查一查，凡自称为“第三种人”的言论，可有丝毫近似这样的意见的么？倘其没有，则我敢决定地说，“不可以说纪德是‘第三种人’”。

然而正如我说纪德不像中国的“第三种人”一样，戴望舒先生也觉得中国的左翼作家和法国的大有贤愚之别了。他在参加大会，为德国的左翼艺术家同伸义愤之后，就又想起了中国左翼作家的愚蠢横暴的行为。于是他临末禁不住感慨——

“我不知道我国对于德国法西斯谛的暴行有没有什么表示。正如我们的军阀一样，我们的文艺者也是勇于内战的。在法国的革命作家们和纪德携手的时候，我们的左翼作家想必还在把所谓‘第三种人’当作唯一的敌手吧！”

这里无须解答，因为事实具在：我们这里也曾经有一点表示，但因为和在法国两样，所以情形也不同；刊物上也久不见什么“把所谓‘第三种人’当作唯一的敌手”的文章，不再内战，没有军阀气味了。戴先生的豫料，是落了空的。

然而中国的左翼作家，这就和戴先生意中的法国左翼作家一样贤明了么？我以为并不这样，而且也不应该这样的。如果声音还没有全被削除的时候，对于“第三种人”的讨论，还极有从新提起和展开的必要。戴先生看出了法国革命作家们的隐衷，觉得在这危急时，和“第三种人”携手，也许是“精明的策略”。但我以为单靠“策略”，是没有用的，有真切的见解，才有精明的行为，只要看纪德的讲演，就知道他并不超然于政治之外，决不能贸贸然称之为“第三种人”，加以欢迎，是不必别具隐衷的。不过在中国的所谓“第三种人”，却还复杂得很。

所谓“第三种人”，原意只是说：站在甲乙对立或相斗之外的人。但在实际上，是不能有的。人体有胖和瘦，在理论上，是该能有不胖不瘦的第三种人的，然而事实上却并没有，一加比较，非近于胖，就近于瘦。文艺上的“第三种人”也一样，即使好像不偏不倚罢，其实是总有些偏向的，平时有意的或无意的遮掩起来，而一遇切要的事故，它便会分明的显现。如纪德，他就显出左向来了；别的人，也能从几句话里，分明的显出。所以在这混杂的一群中，有的能和革命前进，共鸣；有的也能乘机将革命中伤，软化，曲解。左翼理论家是有着加以分析的任务的。

如果这就等于“军阀”的内战，那么，左翼理论家就必须更加继续这内战，而将营垒分清，拔去了从背后射来的毒箭！

六月四日。

（发表于1933年7月《文学》月刊第1卷第1号，收入《南腔北调集》）

小品文的危机

仿佛记得一两月之前，曾在一种日报上见到记载着一个人的死去的文章，说他是收集“小摆设”的名人，临末还有依稀的感喟，以为此人一死，“小摆设”的收集者在中国怕要绝迹了。

但可惜我那时不很留心，竟忘记了那日报和那收集家的名字。

现在的新的青年恐怕也大抵不知道什么是“小摆设”了。但如果他出身旧家，先前曾有玩弄翰墨的人，则只要不很破落，未将觉得没用的东西卖给旧货担，就也许还能在尘封的废物之中，寻出一个小小的镜屏，玲珑剔透的石块，竹根刻成的人像，古玉雕出的动物，锈得发绿的铜铸的三脚癞虾蟆：这就是所谓“小摆设”。先前，它们陈列在书房里的时候，是各有其雅号的，譬如那三脚癞虾蟆，应该称为“蟾蜍砚滴”之类，最末的收集家一定都知道，现在呢，可要和它的光荣一同消失了。

那些物品，自然决不是穷人的东西，但也不是达官富翁家的陈设，他们所要的，是珠玉扎成的盆景，五彩绘画的磁瓶。那只是所谓士大夫的“清玩”。在外，至少必须有几十亩膏腴的田地，在家，必须有几间幽雅的书斋；就是流寓上海，也一定得生活较为安闲，在客栈里有一间长包的房子，书桌一顶，烟榻一张，瘾足心闲，摩挲赏鉴。然而这境地，现在却已经被世界的险恶的潮流冲得七颠八倒，像狂涛中的小船似的了。

然而就是在所谓“太平盛世”罢，这“小摆设”原也不是什么重要的物品。在方寸的象牙版上刻一篇《兰亭序》，至今还有“艺术品”之称，但倘将这挂在万里长城的墙头，或供在云冈的丈八佛像的足下，它就渺小得看不见了，即使热心者竭力指点，也不过令观者生一种滑稽之感。何况在风沙扑面，狼虎成群的时候，谁还有这许多闲工夫，来赏玩琥珀扇坠，翡翠戒指呢。他们即使要悦目，所要的也是耸立于风沙中的大建筑，要坚固而伟大，不必怎样精；即使要满意，所要的也是匕首和投枪，要锋利而切实，用不着什么雅。

美术上的“小摆设”的要求，这幻梦是已经破掉了，那日报上的文章的作者，就直觉的知道。然而对于文学上的“小摆设”——“小品文”的要求，却正在越加旺盛起来，要求者以为可以靠着低诉或微吟，将粗犷的人心，磨得渐渐的平滑。这就是想别人一心看着《六朝文絜》，而忘记了自己是抱在黄河决口之后，淹得仅仅露出水面的树梢头。

但这时却只用得着挣扎和战斗。

而小品文的生存，也只仗着挣扎和战斗的。晋朝的清言，早和它的朝代一同消歇了。唐末诗风衰落，而小品放了光辉。但罗隐的《谗书》，几乎全部是抗争和愤激之谈；皮日休和陆龟蒙自以为隐士，别人也称之为隐士，而看他们在《皮子文薮》和《笠泽丛书》中的小品文，并没有忘记天下，正是一塌胡涂的泥塘里的光彩和锋铓。明末的小品虽然比较的颓放，却并非全是吟风弄月，其中有不平，有讽刺，有攻击，有破坏。这种作风，也触着了满洲君臣的心病，费去许多助虐的武将的刀锋，帮闲的文臣的笔锋，直到乾隆年间，这才压制下去了。以后呢，就来了"小摆设"。

"小摆设"当然不会有大发展。到五四运动的时候，才又来了一个展开，散文小品的成功，几乎在小说戏曲和诗歌之上。这之中，自然含着挣扎和战斗，但因为常常取法于英国的随笔(Essay)，所以也带一点幽默和雍容；写法也有漂亮和缜密的，这是为了对于旧文学的示威，在表示旧文学之自以为特长者，白话文学也并非做不到。以后的路，本来明明是更分明的挣扎和战斗，因为这原是萌芽于"文学革命"以至"思想革命"的。但现在的趋势，却在特别提倡那和旧文章相合之点，雍容，漂亮，缜密，就是要它成为"小摆设"，供雅人的摩挲，并且想青年摩挲了这"小摆设"，由粗暴而变为风雅了。

然而现在已经更没有书桌；雅片虽然已经公卖，烟具是禁止的，吸起来还是十分不容易。想在战地或灾区里的人们来鉴赏罢——谁都知道是更奇怪的幻梦。这种小品，上海虽正在盛行，茶话酒谈，遍满小报的摊子上，但其实是正如烟花女子，已经不能在弄堂里拉扯她的生意，只好涂脂抹粉，在夜里躄到马路上来了。

小品文就这样的走到了危机。但我所谓危机，也如医学上的所谓“极期”(Krisis)一般，是生死的分歧，能一直得到死亡，也能由此至于恢复。麻醉性的作品，是将与麻醉者和被麻醉者同归于尽的。生存的小品文，必须是匕首，是投枪，能和读者一同杀出一条生存的血路的东西；但自然，它也能给人愉快和休息，然而这并不是“小摆设”，更不是抚慰和麻痹，它给人的愉快和休息是休养，是劳作和战斗之前的准备。

八月二十七日。

(发表于 1933 年 10 月 1 日《现代》月刊第 3 卷第 6 期，收入《南腔北调集》)

批评家的批评家

倪朔尔

情势也转变得真快，去年以前，是批评家和非批评家都批评文学，自然，不满的居多，但说好的也有。去年以来，却变了文学家和非文学家都翻了一个身，转过来来批评批评家了。

这一回可是不大有人说好，最彻底的是不承认近来有真的批评家。即使承认，也大大的笑他们胡涂。为什么呢？因为他们往往用一个一定的圈子向作品上面套，合就好，不合就坏。

但是，我们曾经在文艺批评史上见过没有一定圈子的批评家吗？都有的，或者是美的圈，或者是真实的圈，或者是前进的圈。没有一定的圈子的批评家，那才是怪汉子呢。办杂志可以号称没有一定的圈子，而其实这正是圈子，是便于遮眼的变戏法的手巾。譬如一个编辑者是唯美主义者罢，他尽可以自说并无定见，单在书籍评论上，就足够玩把戏。倘是一种所谓"为艺术的艺术"的作品，合于自己的私意的，他就选登一篇赞成这种主义的批评，或读后感，捧着它上天；要不然，就用一篇假急进的好像非常革命的批评家的文章，捺它到地里去。读者这就被迷了眼。但在个人，如果还有一点记性，却不能这么两端的，他须有一定的圈子。我们不能责备他有圈子，我们只能批评他这圈子对不对。

然而批评家的批评家会引出张献忠考秀才的古典来：先在两柱之间横系一条绳子，叫应考的走过去，太高的杀，太矮的也杀，于是杀光了蜀中的英才。这么一比，有定见的批评家即等于张献忠，真可以使读者发生满心的憎恨。但是，评文的圈，就是量人的绳吗？论文的合不合，就是量人的长短吗？引出这例子来的，是诬陷，更不是什么批评。

一月十七日。

（发表于 1934 年 1 月 21 日《申报·自由谈》，收入《花边文学》）

“京派”与“海派”

栾廷石

自从北平某先生在某报上有扬“京派”而抑“海派”之言，颇引起了一番议论。最先是上海某先生在某杂志上的不平，且引别一某先生的陈言，以为作者的籍贯，与作品并无关系，要给北平某先生一个打击。

其实，这是不足以服北平某先生之心的。所谓“京派”与“海派”，本不指作者的本籍而言，所指的乃是一群人所聚的地域，故“京派”非皆北平人，“海派”亦非皆上海人。梅兰芳博士，戏中之真正京派也，而其本贯，则为吴下。但是，籍贯之都鄙，固不能定本人之功罪，居处的文陋，却也影响于作家的神情，孟子曰：“居移气，养移体”，此之谓也。北京是明清的帝都，上海乃各国之租界，帝都多官，租界多商，所以文人之在京者近官，没海者近商，近官者在使官得名，近商者在使商获利，而自己也赖以糊口。要而言之，不过“京派”是官的帮闲，“海派”则是商的帮忙而已。但从官得食者其情状隐，对外尚能傲然，从商得食者其情状显，到处难于掩饰，于是忘其所以者，遂据以有清浊之分。而官之鄙商，固亦中国旧习，就更使“海派”在“京派”的眼中跌落了。

而北京学界，前此固亦有其光荣，这就是“五四”运动的策动。现在虽然还有历史上的光辉，但当时的战士，却“功成，名遂，身退”者有之，“身稳”者有之，“身升”者更有之，好好的一场恶斗，几乎令人有“若要官，杀人放火受招安”之感。“昔人已乘黄鹤去，此地空余黄鹤楼”，前年大难临头，北平的学者们所想援以掩护自己的是古文化，而惟一大事，则是古物的南迁，这不是自己彻底的说明了北平所有的是什么了吗？

但北平究竟还有古物，且有古书，且有古都的人民。在北平的学者文人们，又大抵有着讲师或教授的本业，论理，研究或创作的环境，实在是比“海派”来得优越的，我希望着能够看见学术上，或文艺上的大著作。

一月三十日。

（发表于1934年2月3日《申报·自由谈》，收入《花边文学》）

小品文的生机

崇　巽

去年是“幽默”大走鸿运的时候，《论语》以外，也是开口幽默，闭口幽默，这人是幽默家，那人也是幽默家。不料今年就大塌其台，这不对，那又不对，一切罪恶，全归幽默，甚至于比之文场的丑脚。骂幽默竟好像是洗澡，只要来一下，自己就会干净似的了。

倘若真的是“天地大戏场”，那么，文场上当然也一定有丑脚——然而也一定有黑头。丑脚唱着丑脚戏，是很平常的，黑头改唱了丑脚戏，那就怪得很，但大戏场上却有时真会有这等事。这就使直心眼人跟着歪心眼人嘲骂，热情人愤怒，脆情人心酸。为的是唱得不内行，不招人笑吗？并不是的，他比真的丑脚还可笑。

那愤怒和心酸，为的是黑头改唱了丑脚之后，事情还没有完。串戏总得有几个脚色：生，旦，末，丑，净，还有黑头。要不然，这戏也唱不久。为了一种原因，黑头只得改唱丑脚的时候，照成例，是一定丑脚倒来改唱黑头的。不但唱工，单是黑头涎脸扮丑脚，丑脚挺胸学黑头，戏场上只见白鼻子的和黑脸孔的丑脚多起来，也就滑天下之大稽。然而，滑稽而已，并非幽默。或人曰："中国无幽默。"这正是一个注脚。

更可叹的是被谥为"幽默大师"的林先生，竟也在《自由谈》上引了古人之言，曰："夫饮酒猖狂，或沉寂无闻，亦不过洁身自好耳。今世癞鳖，欲使洁身自好者负亡国之罪，若然则'今日乌合，明日鸟散，今日倒戈，明日凭轼，今日为君子，明日为小人，今日为小人，明日复为君子'之辈可无罪。"虽引据仍不离乎小品，但去"幽默"或"闲适"之道远矣。这又是一个注脚。

但林先生以为新近各报上之攻击《人间世》，是系统的化名的把戏，却是错误的，证据是不同的论旨，不同的作风。其中固然有虽曾附骥，终未登龙的"名人"，或扮作黑头，而实是真正的丑脚的打诨，但也有热心人的谠论，世态是这么的纠纷，可见虽是小品，也正有待于分析和攻战的了，这或者倒是《人间世》的一线生机罢。

四月二十六日。

（发表于 1934 年 4 月 30 日《申报·自由谈》，收入《花边文学》）

中国文坛上的鬼魅

一

当国民党对于共产党从合作改为剿灭之后，有人说，国民党先前原不过利用他们的，北伐将成的时候，要施行剿灭是豫定的计划。但我以为这说的并不是真实。国民党中很有些有权力者，是愿意共产的，他们那时争先恐后的将自己的子女送到苏联去学习，便是一个证据，因为中国的父母，孩子是他们第一等宝贵的人，他们决不至于使他们去练习做剿灭的材料。不过权力者们好像有一种错误的思想，他们以为中国只管共产，但他们自己的权力却可以更大，财产和姨太太也更多；至少，也总不会比不共产还要坏。

我们有一个传说。大约二千年之前，有一个刘先生，积了许多苦功，修成神仙，可以和他的夫人一同飞上天去了，然而他的太太不愿意。为什么呢？她舍不得住着的老房子，养着的鸡和狗。刘先生只好去恳求上帝，设法连老房子，鸡，狗，和他们俩全都弄到天上去，这才做成了神仙。也就是大大的变化了，其实却等于并没有变化。假使共产主义国里可以毫不改动那些权力者的老样，或者还要阔，他们是一定赞成的。然而后来的情形证明了共产主义没有上帝那样的可以通融办理，于是才下了剿灭的决心。孩子自然是第一等宝贵的人，但自己究竟更宝贵。

于是许多青年们，共产主义者及其嫌疑者，左倾者及其嫌疑者，以及这些嫌疑者的朋友们，就到处用自己的血来洗自己的错误，以及那些权力者们的错误。权力者们的先前的错误，是受了他们的欺骗的，所以必得用他们的血来洗干净。然而另有许多青年们，却还不知底细，在苏联学毕，骑着骆驼高高兴兴的由蒙古回来了。我记得有一个外国旅行者还曾经看得酸心，她说，他们竟不知道现在在祖国等候他们的，却已经是绞架。

不错，是绞架。但绞架还不算坏，简简单单的只用绞索套住了颈子，这是属于优待的。而且也并非个个走上了绞架，他们之中的一些人，还有一条路，是使劲的拉住了那颈子套上了绞索的朋友的脚。这就是用事实来证明他内心的忏悔，能忏悔的人，精神是极其崇高的。

二

从此而不知忏悔的共产主义者，在中国就成了该杀的罪人。而且这罪人，却又给了别人无穷的便利；他们成为商品，可以卖钱，给人添出职业来了。而且学校的风潮，恋爱的纠纷，也总有一面被指为共产党，就是罪人，因此极容易的得到解决。如果有谁和有钱的诗人辩论，那诗人的最后的结论是：共产党反对资产阶级，我有钱，他反对我，所以他是共产党。于是诗神就坐了金的坦克车，凯旋了。

但是，革命青年的血，却浇灌了革命文学的萌芽，在文学方面，倒比先前更其增加了革命性。政府里很有些从外国学来，或在本国学得的富于智识的青年，他们自然是觉得的，最先用的是极普通的手段：禁止书报，压迫作者，终于是杀戮作者，五个左翼青年作家就做了这示威的牺牲。然而这事件又并没有公表，他们很知道，这事是可以做，却不可以说的。古人也早经说过，“以马上得天下，不能以马上治之”。所以要剿灭革命文学，还得用文学的武器。

作为这武器而出现的，是所谓“民族文学”。他们研究了世界上各人种的脸色，决定了脸色一致的人种，就得取同一的行为，所以黄色的无产阶级，不该和黄色的有产阶级斗争，却该和白色的无产阶级斗争。他们还想到了成吉思汗，作为理想的标本，描写他的孙子拔都汗，怎样率领了许多黄色的民族，侵入斡罗斯，将他们的文化摧残，贵族和平民都做了奴隶。

中国人跟了蒙古的可汗去打仗，其实是不能算中国民族的光荣的，但为了扑灭斡罗斯，他们不能不这样做，因为我们的权力者，现在已经明白了古之斡罗斯，即今之苏联，他们的主义，是决不能增加自己的权力，财富和姨太太的了。然而，现在的拔都汗是谁呢?

一九三一年九月，日本占据了东三省，这确是中国人将要跟着别人去毁坏苏联的序曲，民族主义文学家们可以满足的了。但一般的民众却以为目前的失去东三省，比将来的毁坏苏联还紧要，他们激昂了起来。于是民族主义文学家也只好顺风转舵，改为对于这事件的啼哭，叫喊了。许多热心的青年们往南京去请愿，要求出兵；然而这须经过极辛苦的试验，火车不准坐，露宿了几日，才给他们坐到南京，有许多是只好用自己的脚走。到得南京，却不料就遇到一大队曾经训练过的“民众”，手里是棍子，皮鞭，手枪，迎头一顿打，使他们只好脸上或身上肿起几块，当作结果，垂头丧气的回家，有些人还从此找不到，有的是在水里淹死了，据报上说，那是他们自己掉下去的。

民族主义文学家们的啼哭也从此收了场，他们的影子也看不见了，他们已经完成了送丧的任务。这正和上海的葬式行列是一样的，出去的时候，有杂乱的乐队，有唱歌似的哭声，但那目的是在将悲哀埋掉，不再记忆起来；目的一达，大家走散，再也不会成什么行列的了。

三

但是，革命文学是没有动摇的，还发达起来，读者们也更加相信了。

于是别一方面，就出现了所谓“第三种人”，是当然决非左翼，但又不是右翼，超然于左右之外的人物。他们以为文学是永久的，政治的现象是暂时的，所以文学不能和政治相关，一相关，就失去它的永久性，中国将从此没有伟大的作品。不过他们,忠实于文学的“第三种人”,也写不出伟大的作品。为什么呢?是因为左翼批评家不懂得文学,为邪说所迷,对于他们的好作品,都加以严酷而不正确的批评,打击得他们写不出来了。所以左翼批评家,是中国文学的刽子手。

至于对于政府的禁止刊物,杀戮作家呢,他们不谈,因为这是属于政治的,一谈,就失去他们的作品的永久性了;况且禁压,或杀戮“中国文学的刽子手”之流,倒正是“第三种人”的永久的文学,伟大的作品的保护者。

这一种微弱的假惺惺的哭诉,虽然也是一种武器,但那力量自然是很小的,革命文学并不为它所击退。“民族主义文学”已经自灭,“第三种文学”又站不起来,这时候,只好又来一次真的武器了。

一九三三年十一月,上海的艺华影片公司突然被一群人们所袭击,捣毁得一塌胡涂了。他们是极有组织的,吹一声哨,动手,又一声哨,停止,又一声哨,散开。临时还留下了传单,说他们的所以征伐,是为了这公司为共产党所利用。而且所征伐的还不止影片公司,又蔓延到书店方面去,大则一群人闯进去捣毁一切,小则不知从那里飞来一块石子,敲碎了值洋二百的窗玻璃。那理由,自然也是因为这书店为共产党所利用。高价的窗玻璃的不安全,是使书店主人非常心痛的。几天之后,就有“文学家”将自己的“好作品”来卖给他了,他知道印出来是没有人看的,但得买下,因为价钱不过和一块窗玻璃相当,而可以免去第二块石子,省了修理窗门的工作。

四

压迫书店，真成为最好的战略了。

但是，几块石子是还嫌不够的。中央宣传委员会也查禁了一大批书，计一百四十九种，凡是销行较多的，几乎都包括在里面。中国左翼作家的作品，自然大抵是被禁止的，而且又禁到译本。要举出几个作者来，那就是高尔基(Gorky)，卢那卡尔斯基(Lunacharsky)，斐定(Fedin)，法捷耶夫(Fadeev)，绥拉斐摩维支(Serafimovich)，辛克莱(Upton Sinclair)，甚而至于梅迪林克(Maeterlinck)，梭罗古勃(Sologub)，斯忒林培克(Strindberg)。

这真使出版家很为难，他们有的是立刻将书缴出，烧毁了，有的却还想补救，和官厅去商量，结果是免除了一部分。为减少将来的出版的困难起见，官员和出版家还开了一个会议。在这会议上，有几个“第三种人”因为要保护好的文学和出版家的资本，便以杂志编辑者的资格提议，请采用日本的办法，在付印之前，先将原稿审查，加以删改，以免别人也被左翼作家的作品所连累而禁止，或印出后始行禁止而使出版家受亏。这提议很为各方面所满足，当即被采用了，虽然并不是光荣的拔都汗的老方法。

而且也即开始了实行，今年七月，在上海就设立了书籍杂志检查处，许多“文学家”的失业问题消失了，还有些改悔的革命作家们，反对文学和政治相关的“第三种人”们，也都坐上了检查官的椅子。他们是很熟悉文坛情形的；头脑没有纯粹官僚的胡涂，一点讽刺，一句反语，他们都比较的懂得所含的意义，而且用文学的笔来涂抹，无论如何总没有创作的烦难，于是那成绩，听说是非常之好了。

但是，他们的引日本为榜样，是错误的。日本固然不准谈阶级斗争，却并不说世界上并无阶级斗争，而中国则说世界上其实无所谓阶级斗争，都是马克思捏造出来的，所以这不准谈，为的是守护真理。日本固然也禁止，删削书籍杂志，但在被删削之处，是可以留下空白的，使读者一看就明白这地方是受了删削，而中国却不准留空白，必须连起来，在读者眼前好像还是一篇完整的文章，只是作者在说着意思不明的昏话。这种在现在的中国读者面前说昏话，是弗理契（Friche），卢那卡尔斯基他们也在所不免的。

于是出版家的资本安全了，“第三种人”的旗子不见了，他们也在暗地里使劲的拉那上了绞架的同业的脚，而没有一种刊物可以描出他们的原形，因为他们正握着涂抹的笔尖，生杀的权力。在读者，只看见刊物消沉，作品的衰落，和外国一向有名的前进的作家，今年也大抵忽然变了低能者而已。

然而在实际上，文学界的阵线却更加分明了。蒙蔽是不能长久的，接着起来的又将是一场血腥的战斗。

十一月二十一日。

（发表于1934年英文刊物《现代中国》[CHINA TO-DAY]
月刊第1卷第5期，收入《且介亭杂文》）

《中国新文学大系》小说二集序

一

凡是关心现代中国文学的人，谁都知道《新青年》是提倡“文学改良”，后来更进一步而号召“文学革命”的发难者。但当一九一五年九月中在上海开始出版的时候，却全部是文言的。苏曼殊的创作小说，陈嘏和刘半农的翻译小说，都是文言，到第二年，胡适的《改良文学刍议》发表了，作品也只有胡适的诗文和小说是白话。后来白话作者逐渐多了起来，但又因为《新青年》其实是一个论议的刊物，所以创作并不怎样著重，比较旺盛的只有白话诗；至于戏曲和小说，也依然大抵是翻译。

在这里发表了创作的短篇小说的，是鲁迅。从一九一八年五月起，《狂人日记》，《孔乙己》，《药》等，陆续的出现了，算是显示了“文学革命”的实绩，又因那时的认为“表现的深切和格式的特别”，颇激动了一部分青年读者的心。然而这激动，却是向来怠慢了绍介欧洲大陆文学的缘故。一八三四年顷，俄国的果戈理（N. Gogol）就已经写了《狂人日记》；一八八三年顷，尼采（Fr. Nietzsche）也早借了苏鲁支（Zarathustra）的嘴，说过"你们已经走了从虫豸到人的路，在你们里面还有许多份是虫豸。你们做过猴子，到了现在，人还尤其猴子，无论比那一个猴子"的。而且《药》的收束，也分明的留着安特莱夫（L. Andreev）式的阴冷。但后起的《狂人日记》意在暴露家族制度和礼教的弊害，却比果戈理的忧愤深广，也不如尼采的超人的渺茫。以后虽然脱离了外国作家的影响，技巧稍为圆熟，刻划也稍加深切，如《肥皂》，《离婚》等，但一面也减少了热情，不为读者们所注意了。

从《新青年》上，此外也没有养成什么小说的作家。

较多的倒是在《新潮》上。从一九一九年一月创刊，到次年主干者们出洋留学而消灭的两个年中，小说作者就有汪敬熙，罗家伦，杨振声，俞平伯，欧阳予倩和叶绍钧。自然，技术是幼稚的，往往留存着旧小说上的写法和语调；而且平铺直叙，一泻无余；或者过于巧合，在一刹时中，在一个人上，会聚集了一切难堪的不幸。然而又有一种共同前进的趋向，是这时的作者们，没有一个以为小说是脱俗的文学，除了为艺术之外，一无所为的。他们每作一篇，都是"有所为"而发，是在用改革社会的器械，——虽然也没有设定终极的目标。

俞平伯的《花匠》以为人们应该屏绝矫揉造作，任其自然，罗家伦之作则在诉说婚姻不自由的苦痛，虽然稍嫌浅露，但正是当时许多智识青年们的公意；输入易卜生（H. Ibsen）的《娜拉》和《群鬼》的机运，这时候也恰恰成熟了，不过还没有想到《人民之敌》和《社会柱石》。杨振声是极要描写民间疾苦的；汪敬熙并且装着笑容，揭露了好学生的秘密和苦人的灾难。但究竟因为是上层的智识者，所以笔墨总不免伸缩于描写身边琐事和小民生活之间。后来，欧阳予倩致力于剧本去了；叶绍钧却有更远大的发展。汪敬熙又在《现代评论》上发表创作，至一九二五年，自选了一本《雪夜》，但他好像终于没有自觉，或者忘却了先前的奋斗，以为他自己的作品，是并无"什么批评人生的意义的"了。序中有云——

"我写这些篇小说的时候，是力求着去忠实的描写我所见的几种人生经验。我只求描写的忠实，不搀入丝毫批评的态度。虽然一个人叙述一件事实之时，他的描写是免不了受他的人生观之影响，但我总是在可能的范围之内，竭力保持一种客观的态度。

"因为持了这种客观态度的缘故，我这些短篇小说是不会有什么批评人生的意义。我只写出我所见的几种经验给读者看罢了。读者看了这些小说，心中对于这些种经验有什么评论，是我所不问的。"

杨振声的文笔，却比《渔家》更加生发起来，但恰与先前的战友汪敬熙站成对跖：他"要忠实于主观"，要用人工来制造理想的人物。而且凭自己的理想还怕不够，又请教过几个朋友，删改了几回，这才完成一本中篇小说《玉君》，那自序道——

"若有人问玉君是真的,我的回答是没有一个小说家说实话的。说实话的是历史家,说假话的才是小说家。历史家用的是记忆力,小说家用的是想象力。历史家取的是科学态度,要忠实于客观;小说家取的是艺术态度,要忠实于主观。一言以蔽之,小说家也如艺术家,想把天然艺术化,就是要以他的理想与意志去补天然之缺陷。"

他先决定了"想把天然艺术化",唯一的方法是"说假话","说假话的才是小说家"。于是依照了这定律,并且博采众议,将《玉君》创造出来了,然而这是一定的:不过一个傀儡,她的降生也就是死亡。我们此后也不再见这位作家的创作。

二

"五四"事件一起,这运动的大营的北京大学负了盛名,但同时也遭了艰险。终于,《新青年》的编辑中枢不得不复归上海,《新潮》群中的健将,则大抵远远的到欧美留学去了,《新潮》这杂志,也以虽有大吹大擂的豫告,却至今还未出版的"名著绍介"收场;留给国内的社员的,是一万部《孑民先生言行录》和七千部《点滴》。创作衰歇了,为人生的文学自然也衰歇了。

但上海却还有着为人生的文学的一群,不过也崛起了为文学的文学的一群。这里应该提起的,是弥洒社。它在一九二三年三月出版的《弥洒》(Musai)上,由胡山源作的《宣言》(《弥洒临凡曲》)告诉我们说——

“我们乃是艺文之神；

我们不知自己何自而生，

也不知何为而生：

……

我们一切作为只知顺着我们的 Inspiration!”

到四月出版的第二期，第一页上便分明的标出了这是“无目的无艺术观不讨论不批评而只发表顺灵感所创造的文艺作品的月刊”，即是一个脱俗的文艺团体的刊物。但其实，是无意中有着假想敌的。陈德征的《编辑余谈》说：“近来文学作品，也有商品化的，所谓文学研究者，所谓文人，都不免带有几分贩卖者底色彩！这是我们所深恶而且深以为痛心疾首的一件事。……”就正是和讨伐“垄断文坛”者的大军一鼻孔出气的檄文。这时候，凡是要独树一帜的，总打着憎恶“庸俗”的幌子。

一切作品，诚然大抵很致力于优美，要舞得“翩跹回翔”，唱得“宛转抑扬”，然而所感觉的范围却颇为狭窄，不免咀嚼着身边的小小的悲欢，而且就看这小悲欢为全世界。在这刊物上，作为小说作者而出现的，是胡山源，唐鸣时，赵景沄，方企留，曹贵新；钱江春和方时旭，却只能数作速写的作者。从中最特出的是胡山源，他的一篇《睡》，是实践宣言，笼罩全群的佳作，但在《樱桃花下》（第一期），却正如这面的过度的睡觉一样，显出那面的病的神经过敏来了。“灵敏”也究竟要露出目的的。赵景沄的《阿美》，虽然简单，虽然好像不能“无所为”，却强有力的写出了连敏感的作者们也忘却了的“丫头”的悲惨短促的一世。

一九二四年中发祥于上海的浅草社，其实也是“为艺术而艺术”的作家团体，但他们的季刊，每一期都显示着努力：向外，在摄取异域的营养，向内，在挖掘自己的魂灵，要发见心里的眼睛和喉舌，来凝视这世界，将真和美歌唱给寂寞的人们。韩君格，孔襄我，胡絮若，高世华，林如稷，徐丹歌，顾璿，莎子，亚士，陈翔鹤，陈炜谟，竹影女士，都是小说方面的工作者；连后来是中国最为杰出的抒情诗人冯至，也曾发表他幽婉的名篇。次年，中枢移入北京，社员好像走散了一些，《浅草》季刊改为篇叶较少的《沈钟》周刊了，但锐气并不稍衰，第一期的眉端就引着吉辛(G. Gissing)的坚决的句子——

“而且我要你们一齐都证实……

我要工作啊，一直到我死之一日。”

但那时觉醒起来的智识青年的心情，是大抵热烈，然而悲凉的。即使寻到一点光明，“径一周三”，却更分明的看见了周围的无涯际的黑暗。摄取来的异域的营养又是“世纪末”的果汁：王尔德(Oscar Wilde)，尼采(Fr. Nietzsche)，波特莱尔(Ch. Baudelaire)，安特莱夫(L. Andreev)们所安排的。“沉自己的船”还要在绝处求生，此外的许多作品，就往往

"春非我春,秋非我秋",玄发朱颜,却唱着饱经忧患的不欲明言的断肠之曲。虽是冯至的饰以诗情,莎子的托辞小草,还是不能掩饰的。凡这些,似乎多出于蜀中的作者,蜀中的受难之早,也即此可以想见了。

不过这群中的作者们也未尝自馁。陈炜谟在他的小说集《炉边》的"Proem"里说——

"但我不要这样;生活在我还在刚开头,有许多命运的猛兽正在那边张牙舞爪等着我在。可是这也不用怕。人虽不必去崇拜太阳,但何至于懦怯得连暗夜也要躲避呢?怎的,秃笔不会写在破纸上么?若干年之后,回想此时的我,即不管别人,在自己或也可值眷念罢,如果值得忆念的地方便应该忆念。……"

自然,这仍是无可奈何的自慰的伤心之言,但在事实上,沈钟社却确是中国的最坚韧,最诚实,挣扎得最久的团体。它好像真要如吉辛的话,工作到死掉之一日;如"沈钟"的铸造者,死也得在水底里用自己的脚敲出洪大的钟声。然而他们并不能做到,他们是活着的,时移世易,百事俱非;他们是要歌唱的,而听者却有的睡眠,有的槁死,有的流散,眼前只剩下一片茫茫白地,于是也只好在风尘澒洞中,悲哀孤寂地放下了他们的箜篌了。

后来以"废名"出名的冯文炳,也是在《浅草》中略见一斑的作者,但并未显出他的特长来。在一九二五年出版的《竹林的故事》里,才见以冲淡为衣，而如著者所说，仍能“从他们当中理出我的哀愁”的作品。可惜的是大约作者过于珍惜他有限的“哀愁”，不久就更加不欲像先前一般的闪露，于是从率直的读者看来，就只见其有意低徊，顾影自怜之态了。

冯沅君有一本短篇小说集《卷施》——是“拔心不死”的草名，也是一九二三年起，身在北京，而以“淦女士”的笔名，发表于上海创造社的刊物上的作品。其中的《旅行》是提炼了《隔绝》和《隔绝之后》（并在《卷施》内）的精粹的名文，虽嫌过于说理，却还未伤其自然；那“我很想拉他的手，但是我不敢，我只敢在间或车上的电灯被震动而失去它的光的时候；因为我害怕那些搭客们的注意。可是我们又自己觉得很骄傲的，我们不客气的以全车中最尊贵的人自命”。这一段，实在是五四运动直后，将毅然和传统战斗，而又怕敢毅然和传统战斗，遂不得不复活其“缠绵悱恻之情”的青年们的真实的写照。和“为艺术而艺术”的作品中的主角，或夸耀其颓唐，或衒鬻其才绪，是截然两样的。然而也可以复归于平安。陆侃如在《卷施》再版后记里说：“‘淦’训‘沉’，取庄子‘陆沉’之义。现在作者思想变迁，故再版时改署沅君。……只因作者秉性疏懒，故托我代说。”诚然，三年后的《春痕》，就只剩了散文的断片了，更后便是关于文学史的研究。这使我又记起匈牙利的诗人彼兑菲（Petöfi Sándor）题 B. Sz. 夫人照像的诗来——

“听说你使你的男人很幸福，我希望不至于此，因为他是苦恼的夜莺，而今沉默在幸福里了。苛待他罢，使他因此常唱出甜美的歌来。”

我并不是说：苦恼是艺术的渊源，为了艺术，应该使作家们永久陷在苦恼里。不过在彼兑菲的时候，这话是有些真实的；在十年前的中国，这话也有些真实的。

三

在北京这地方，——北京虽然是“五四运动”的策源地，但自从支持着《新青年》和《新潮》的人们，风流云散以来，一九二〇至二二年这三年间，倒显着寂寞荒凉的古战场的情景。《晨报副刊》，后来是《京报副刊》露出头角来了，然而都不是怎么注重文艺创作的刊物，它们在小说一方面，只绍介了有限的作家：蹇先艾，许钦文，王鲁彦，黎锦明，黄鹏基，尚钺，向培良。

蹇先艾的作品是简朴的，如他在小说集《朝雾》里说——

“……我已经是满过二十岁的人了，从老远的贵州跑到北京来，灰沙之中彷徨了也快七年，时间不能说不长，怎样混过的，并自身都茫然不知。是这样匆匆地一天一天的去了，童年的影子越发模糊消淡起来，像朝雾似的，袅袅的飘失，我所感到的只有空虚与寂寞。这几个岁月，除近两年信笔涂鸦的几篇新诗和似是而非的小说之外，还做了什么呢？每一回忆，终不免有点凄寥撞击心头。所以现在决然把这个小说集付印了,……借以纪念从此阔别的可爱的童年。……若果不失赤子之心的人们肯毅然光顾,或者从中间也寻得出一点幼稚的风味来罢?……”

诚然,虽然简朴,或者如作者所自谦的“幼稚”,但很少文饰,也足够写出他心曲的哀愁。他所描写的范围是狭小的,几个平常人,一些琐屑事,但如《水葬》,却对我们展示了“老远的贵州”的乡间习俗的冷酷,和出于这冷酷中的母性之爱的伟大,——贵州很远,但大家的情境是一样的。

这时——一九二四年——偶然发表作品的还有裴文中和李健吾。前者大约并不是向来留心创作的人,那《戎马声中》,却拉杂的记下了游学的青年,为了炮火下的故乡和父母而惊魂不定的实感。后者的《终条山的传说》是绚烂了,虽在十年以后的今日,还可以看见那藏在用口碑织就的华服里面的身体和灵魂。

蹇先艾叙述过贵州,裴文中关心着榆关,凡在北京用笔写出他的胸臆来的人们,无论他自称为用主观或客观,其实往往是乡土文学,从北京这方面说,则是侨寓文学的作者。但这又非如勃兰兑斯(G. Brandes)所说的“侨民文学”,侨寓的只是作者自己,却不是这作者所写的文章,因此也只见隐现着乡愁,很难有异域情调来开拓读者的心胸,或者眩耀他的眼界。许钦文自名他的第一本短篇小说集为《故乡》,也就是在不知不觉中,自招为乡土文学的作者,不过在还未开手来写乡土文学之前,他却已被故乡所放逐,生活驱逐他到异地去了,他只好回忆《父亲的花园》，而且是已不存在的花园，因为回忆故乡的已不存在的事物，是比明明存在，而只有自己不能接近的事物较为舒适，也更能自慰的——

“父亲的花园最盛的一年距今已有几时，已难确切的计算。当时的盛况虽曾照下一像，如今挂在父亲的房里，无奈为时已久，那时乡间的摄影又很幼稚，现已模胡莫辨了。挂在它旁边的芳姊的遗像也已不大清楚，惟有父亲题在像上的字句却很明白：‘性既执拗，遇复可怜，一朝痛割，我独何堪！’

……

我想父亲的花园就是能够重行种起种种的花来，那时的盛况总是不能恢复的了，因为已经没有了芳姊。”

无可奈何的悲愤，是令人不得不舍弃的，然而作者仍不能舍弃，没有法，就再寻得冷静和诙谐来做悲愤的衣裳；裹起来了，聊且当作“看破”。并且将这手段用到描写种种人物，尤其是青年人物去。因为故意的冷静，所以也刻深，而终不免带着令人疑虑的嬉笑。“虽有忮心，不怨飘瓦”，冷静要死静；包着愤激的冷静和诙谐，是被观察和被描写者所不乐受的，他们不承认他是一面无生命，无意见的镜子。于是他也往往被排进讽刺文学作家里面去，尤其是使女士们皱起了眉头。

这一种冷静和诙谐，如果滋长起来，对于作者本身其实倒是危险的。他也能活泼的写出民间生活来，如《石宕》，但可惜不多见。

看王鲁彦的一部分的作品的题材和笔致，似乎也是乡土文学的作家，但那心情，和许钦文是极其两样的。许钦文所苦恼的是失去了地上的“父亲的花园”，他所烦冤的却是离开了天上的自由的乐土。他听得“秋雨的诉苦”说——

“地太小了，地太脏了，到处都黑暗，到处都讨厌。人人只知道爱金钱，不知道爱自由，也不知道爱美。你们人类的中间没有一点亲爱，只有仇恨。你们人类，夜间像猪一般的甜甜蜜蜜的睡着，白天像狗一般的争斗着，撕打着……

“这样的世界，我看得惯吗？我为什么不应该哭呢？在野蛮的世界上，让野兽们去生活着罢，但是我不，我们不……唔，我现在要离开这世界，到地底去了……”

这和爱罗先珂（V. Eroshenko）的悲哀又仿佛相像的，然而又极其两样。那是地下的土拨鼠，欲爱人类而不得，这是太空的秋雨，要逃避人间而不能。他只好将心还给母亲，才来做“人”，骗得母亲的微笑。秋天的雨，无心的“人”，和人间社会是不会有情愫的。要说冷静，这才真是冷静；这才能够和“托尔斯小”的无抵抗主义一同抹杀“牛克斯”的斗争说；和“达我文”的进化说一并嘲弄“克鲁屁特金”的互助论；对专制不平，但又向自由冷笑。作者是往往想以诙谐之笔出之的，但也因为太冷静了，就又往往化为冷话，失掉了人间的诙谐。

然而“人”的心是究竟还不尽的,《柚子》一篇,虽然为湘中的作者所不满,但在玩世的衣裳下,还闪露着地上的愤懑,在王鲁彦的作品里,我以为倒是最为热烈的了。

我所说的这湘中的作家是黎锦明,他大约是自小就离开了故乡的。在作品里,很少乡土气息,但蓬勃着楚人的敏感和热情。他一早就在《社交问题》里,对易卜生一流的解放论者掷了斯忒林培黎(A. Strindberg)式的投枪;但也能精致而明丽的说述儿时的《轻微的印象》。待到一九二六年,他布告不满于自己了,他在《烈火》再版的自序上说——

“在北京生活的人们,如其有灵魂,他们的灵魂恐怕未有不染遍了灰色罢,自然,《烈火》即在这情形中写成,当我去年春时来到上海,我的心境完全变了,对于它,只有遗弃的一念。……”

他判过去的生活为灰色,以早期的作品为童骏了。果然,在此后的《破垒集》中,的确很换了些披挂,有含讥的轻妙的小品,但尤其显出好的故事作者的特色来:有时如中国的“磊砢山房”主人的瑰奇;有时如波兰的显克微支(H. Sienkiewicz)的警拔,却又不以失望收场,有声有色,总能使读者欣然终卷。但其失,则又即在立旨居陆离光怪的装饰之中,时或永被沉埋,倘一显现,便又见得鹘突了。

《现代评论》比起日报的副刊来,比较的着重于文艺,但那些作者,也还是新潮社和创造社的老手居多。凌叔华的小说，却发祥于这一种期刊的，她恰和冯沅君的大胆，敢言不同，大抵很谨慎的，适可而止的描写了旧家庭中的婉顺的女性。即使间有出轨之作，那是为了偶受着文酒之风的吹拂，终于也回复了她的故道了。这是好的，——使我们看见和冯沅君，黎锦明，川岛，汪静之所描写的绝不相同的人物，也就是世态的一角，高门巨族的精魂。

四

一九二五年十月间，北京突然有莽原社出现，这其实不过是不满于《京报副刊》编辑者的一群，另设《莽原》周刊，却仍附《京报》发行，聊以快意的团体。奔走最力者为高长虹，中坚的小说作者也还是黄鹏基，尚钺，向培良三个；而鲁迅是被推为编辑的。但声援的很不少，在小说方面，有文炳，沅君，霁野，静农，小酩，青雨等。到十一月，《京报》要停止副刊以外的小幅了，便改为半月刊，由未名社出版，其时所绍介的新作品，是描写着乡下的沉滞的氛围气的魏金枝之作：《留下镇上的黄昏》。

但不久这莽原社内部冲突了，长虹一流，便在上海设立了狂飚社。所谓“狂飚运动”，那草案其实是早藏在长虹的衣袋里面的，常要乘机而出，先就印过几期周刊；那《宣言》，又曾在一九二五年三月间的《京报副刊》上发表，但尚未以“超人”自命，还带着并不自满的声音——

“黑沉沉的暗夜，一切都熟睡了，死一般的，没有一点声音，一件动作，阒寂无聊的长夜呵！

这样的，几百年几百年的时期过去了，而晨光没有来，黑夜没有止息。

死一般的，一切的人们，都沉沉的睡着了。

于是有几个人，从黑暗中醒来，便互相呼唤着：

——时候到了，期待已经够了。

——是呵，我们要起来了。我们呼唤着，使一切不安于期待的人们也起来罢。

——若是晨光终于不来，那么，也起来罢。我们将点起灯来，照耀我们幽暗的前途。

——软弱是不行的，睡着希望是不行的。我们要作强者，打倒障碍或者被障碍压倒。我们并不惧怯，也不躲避。

这样呼唤着，虽然是微弱的罢，听呵，从东方，从西方，从南方，从北方，隐隐的来了强大的应声，比我们更要强大的应声。

一滴水泉可以作江河之始流，一片树叶之飘动可以兆暴风之将来，微小的起源可以生出伟大的结果。因为这个缘故，我们的周刊便叫作《狂飚》。"

不过后来却日见其自以为"超越"了。然而拟尼采样的彼此都不能解的格言式的文章，终于使周刊难以存在，可记的也仍然只是小说方面的黄鹏基，尚钺，——其实是向培良一个作者而已。

黄鹏基将他的短篇小说印成一本，称为《荆棘》，而第二次和读者相见的时候，已经改名朋其了。他是首先明白晓畅的主张文学不必如奶油，应该如刺，文学家不得颓丧，应该刚健的人；他在《刺的文学》（《莽原》周刊二十八期）里，说明了“文学绝不是无聊的东西”，“文学家并不一定就是得天独厚的特等民族”，“也不是成天哭泣的鲛人”。他说——

“我以为中国现代的作品，应该是像一丛荆棘。因为在一片沙漠里，憧憬的花都会慢慢地消灭的，社会生出荆棘来，他的叶是有刺的，他的茎是有刺的，以至于他的根也是有刺的。——请不要拿植物生理来反驳我——一篇作品的思想，的结构，的练句，的用字，都应该把我们常感觉到的刺的意味儿表现出来。真的文学家……应该先站起来，使我们不得不站起来。他应该充实自己的力，让人们怎样充实他自己的力，知道他自己的力，表现他自己的力。一篇作品的成功至少要使读者一直读下去，无暇辨文字的美恶，——恶劣的感觉，固然不好，就是美妙的感觉，也算失败。——而要想因循，苟且而不得。怎样抓着他的病的深处，就很利害地刺他一下。一般整饬的结构，平凡的字句，会使他跑到旁处去的，我们应该反对。

“‘沙漠里遍生了荆棘，中国人就会过人的生活了！’这是我相信的。”

朋其的作品的确和他的主张并不怎么背驰，他用流利而诙谐的言语，暴露，描画，讽刺着各式人物，尤其是智识者层。他或者装着傻子，说出青年的思想来，或者化为渝腿，跑进阔佬们的家里去。但也许因为力求生动，流利的缘故罢，抉剔就不能深，而且结末的特地装置的滑稽，也往往毁损掉全篇的力量。讽刺文学是能死于自身的故意的戏笑的。不久他又"自招"（《荆棘》卷首）道："写出'刺的文学'四字，也不过因了每天对于霸王鞭的欣赏，和自己的'生也不辰'，未能十分领略花的意味儿"，那可大有徘徊之状了。此后也没有再看见他"刺的文学"。

尚钺的创作，也是意在讥刺，而且暴露，搏击的，小说集《斧背》之名，便是自提的纲要。他创作的态度，比朋其严肃，取材也较为广泛，时时描写着风气未开之处——河南信阳——的人民。可惜的是为才能所限，那斧背就太轻小了，使他为公和为私的打击的效力，大抵失在由于器械不良，手段生涩的不中里。

向培良当发表他第一本小说集《飘渺的梦》时，一开首就说——

"时间走过去的时候，我的心灵听见轻微的足音，我把这个很拙笨地移到纸上去了，这就是我这本小册子的来源罢！"

的确，作者向我们叙述着他的心灵所听到的时间的足音，有些是借了儿童时代的天真的爱和憎，有些是借着羁旅时候的寂寞的闻和见，然而他并不"拙笨"，却也不矫揉造作，只如熟人相对，娓娓而谈，使我们在不甚操心的倾听中，感到一种生活的色相。但是，作者的内心是热烈的，倘不热烈，也就不能这么平静的娓娓而谈了，所以他虽然间或休息于过去的“已经失去的童心”中，却终于爱了现在的“在强有力的憎恶后面，发现更强有力的爱”的“虚无的反抗者”，向我们绍介了强有力的《我离开十字街头》。下面这一段就是那不知名的反抗者所自述的憎恶——

“为什么我要跑出北京？这个我也说不出很多的道理。总而言之：我已经讨厌了这古老的虚伪的大城。在这里面游离了四年之后，我已经刻骨地讨厌了这古老的虚伪的大城。在这里面，我只看见请安，打拱，要皇帝，恭维执政——卑怯的奴才！卑劣，怯懦，狡猾，以及敏捷的逃躲，这都是奴才们的绝技！厌恶的深感在我口中，好似生的腥鱼在我口中一般；我需要呕吐，于是提着我的棍走了。”

在这里听到了尼采声，正是狂飚社的进军的鼓角。尼采教人们准备着“超人”的出现，倘不出现，那准备便是空虚。但尼采却自有其下场之法的：发狂和死。否则，就不免安于空虚，或者反抗这空虚，即使在孤独中毫无“末人”的希求温暖之心，也不过蔑视一切权威，收缩而为虚无主义者(Nihilist)。巴札罗夫(Bazarov)是相信科学的；他为医术而死，一到所蔑视的并非科学的权威而是科学本身，那就成为沙宁(Sanin)之徒，只好以一无所信为名，无所不为为实了。但狂飚社却似乎仅止于“虚无的反抗”，不久就散了队，现在所遗留的，就只有向培良的这响亮的战叫，说明着半绥惠略夫(Sheveriov)式的“憎恶”的前途。

未名社却相反，主持者韦素园，是宁愿作为无名的泥土，来栽植奇花和乔木的人，事业的中心，也多在外国文学的译述。待到接办《莽原》后，在小说方面，魏金枝之外，又有李霁野，以锐敏的感觉创作，有时深而细，真如数着每一片叶的叶脉，但因此就往往不能广，这也是孤寂的发掘者所难以两全的。台静农是先不想到写小说，后不愿意写小说的人，但为了韦素园的奖励，为了《莽原》的索稿，他挨到一九二六年，也只得动手了。《地之子》的后记里自己说——

“那时我开始写了两三篇，预备第二年用。素园看了，他很满意我从民间取材；他遂劝我专在这一方面努力，并且举了许多作家的例子。其实在我倒不大乐于走这一条路。人间的酸辛和凄楚，我耳边所听到的，目中所看见的，已经是不堪了；现在又将它用我的心血细细地写出，能说这不是不幸的事么？同时我又没有生花的笔，能够献给我同时代的少男少女以伟大的欢欣。”

此后还有《建塔者》。要在他的作品里吸取“伟大的欢欣”，诚然是不容易的，但他却贡献了文艺；而且在争写着恋爱的悲欢，都会的明暗的那时候，能将乡间的死生，泥土的气息，移在纸上的，也没有更多，更勤于这作者的了。

五

临末，是关于选辑的几句话——

一，文学团体不是豆荚，包含在里面的，始终都是豆。大约集成时本已各个不同，后来更各有种种的变化。在这里，一九二六年后之作即不录，此后的作者的作风和思想等，也不论。

二，有些作者，是有自编的集子的，曾在期刊上发表过的初期的文章，集子里有时却不见，恐怕是自己不满，删去了。但我间或仍收在这里面，因为我以为就是圣贤豪杰，也不必自惭他的童年；自惭，倒是一个错误。

三，自编的集子里的有些文章，和先前在期刊上发表的，字句往往有些不同，这当然是作者自己添削的。但这里却有时采了初稿，因为我觉得加了修饰之后，也未必一定比质朴的初稿好。

以上两点，是要请作者原谅的。

四，十年中所出的各种期刊，真不知有多少，小说集当然也不少，但见闻有限，自不免有遗珠之憾。至于明明见了集子，却取舍失当，那就即使并非偏心，也一定是缺少眼力，不想来勉强辩解了。

一九三五年三月二日写讫。

（发表于1935年8月良友图书公司版《〈中国新文学大系〉小说二集》，收入《且介亭杂文二集》）

“京派”和“海派”

去年春天，京派大师曾经大大的奚落了一顿海派小丑，海派小丑也曾经小小的回敬了几手，但不多久，就完了。文滩上的风波，总是容易起，容易完，倘使不容易完，也真的不便当。我也曾经略略的赶了一下热闹，在许多唇枪舌剑中，以为那时我发表的所说，倒也不算怎么分析错了的。其中有这样的一段——

“……北京是明清的帝都，上海乃各国之租界，帝都多官，租界多商，所以文人之在京者近官，没海者近商，近官者在使官得名，近商者在使商获利，而自己亦赖以糊口。要而言之：不过‘京派’是官的帮闲，‘海派’则是商的帮忙而已。……而官之鄙商，固亦中国旧习，就更使‘海派’在‘京派’眼中跌落了。……”

但到得今年春末，不过一整年带点零，就使我省悟了先前所说的并不圆满。目前的事实，是证明着京派已经自己贬损，或是把海派在自己眼睛里抬高，不但现身说法，演述了派别并不专与地域相关，而且实践了“因为爱他，所以恨他”的妙语。当初的京海之争，看作“龙虎斗”固然是错误，就是认为有一条官商之界也不免欠明白。因为现在已经清清楚楚，到底搬出一碗不过黄鳝田鸡，炒在一起的苏式菜——“京海杂烩”来了。

实例，自然是琐屑的，而且自然也不会有重大的例子。举一点罢。一，是选印明人小品的大权，分给海派来了；以前上海固然也有选印明人小品的人，但也可以说是冒牌的，这回却有了真正老京派的题签，所以的确是正统的衣钵。二，是有些新出的刊物，真正老京派打头，真正小海派煞尾了；以前固然也有京派开路的期刊，但那是半京半海派所主持的东西，和纯粹海派自说是自掏腰包来办的出产品颇有区别的。要而言之：今儿和前儿已不一样，京海两派中的一路，做成一碗了。

到这里要附带一点声明：我是故意不举出那新出刊物的名目来的。先前，曾经有人用过“某”字，什么缘故我不知道。但后来该刊的一个作者在该刊上说，他有一位“熟悉商情”的朋友，以为这是因为不替它来作广告。这真是聪明的好朋友，不愧为“熟悉商情”。由此启发，子细一想，他的话实在千真万确：被称赞固然可以代广告，被骂也可以代广告，张扬了荣是广告，张扬了辱又何尝非广告。例如罢，甲乙决斗，甲赢，乙死了，人们固然要看杀人的凶手，但也一样的要看那不中用的死尸，如果用芦席围起来，两个铜板看一下，准可以发一点小财的。我这回的不说出这刊物的名目来，主意却正在不替它作广告，我有时很不讲阴德，简直要妨碍别人的借死尸敛钱。然而，请老实的看官不要立刻责备我刻薄。他们那里肯放过这机会，他们自己会敲了锣来承认的。

声明太长了一点了。言归正传。我要说的是直到现在，由事实证明，我才明白了去年京派的奚落海派，原来根柢上并不是奚落，倒是路远迢迢的送来的秋波。

文豪，究竟是有真实本领的，法郎士做过一本《泰绮思》，中国已有两种译本了，其中就透露着这样的消息。他说有一个高僧在沙漠中修行，忽然想到亚历山大府的名妓泰绮思，是一个贻害世道人心的人物，他要感化她出家，救她本身，救被惑的青年们，也给自己积无量功德。事情还算顺手，泰绮思竟出家了，他恨恨的毁坏了她在俗时候的衣饰。但是，奇怪得很，这位高僧回到自己的独房里继续修行时，却再也静不下来了，见妖怪，见裸体的女人，他急遁，远行，然而仍然没有效。他自己是知道因为其实爱上了泰绮思，所以神魂颠倒了的，但一群愚民，却还是硬要当他圣僧，到处跟着他祈求，礼拜，拜得他"哑子吃黄连"——有苦说不出。他终于决计自白，跑回泰绮思那里去，叫道"我爱你！"然而泰绮思这时已经离死期不远，自说看见了天国，不久就断气了。

不过京海之争的目前的结局，却和这一本书的不同，上海的泰绮思并没有死，她也张开两条臂膊，叫道"来嘘！"于是——团圆了。

《泰绮思》的构想，很多是应用弗洛伊特的精神分析学说的，倘有严正的批评家，以为算不得“究竟是有真实本领”，我也不想来争辩。但我觉得自己却真如那本书里所写的愚民一样，在没有听到“我爱你”和“来嚧”之前，总以为奚落单是奚落，鄙薄单是鄙薄，连现在已经出了气的弗洛伊特学说也想不到。

到这里又要附带一点声明：我举出《泰绮思》来，不过取其事迹，并非处心积虑，要用妓女来比海派的文人。这种小说中的人物，是不妨随意改换的，即改作隐士，侠客，高人，公主，大少，小老板之类，都无不可。况且泰绮思其实也何可厚非。她在俗时是泼剌的活，出家后就刻苦的修，比起我们的有些所谓“文人”，刚到中年，就自叹道“我是心灰意懒了”的死样活气来，实在更其像人样。我也可以自白一句：我宁可向泼剌的妓女立正，却不愿意和死样活气的文人打棚。

至于为什么去年北京送秋波，今年上海叫“来嚧”了呢？说起来，可又是事前的推测，对不对很难定了。我想：也许是因为帮闲帮忙，近来都有些“不景气”，所以只好两界合办，把断砖，旧袜，皮袍，洋服，巧克力，梅什儿……之类，凑在一处，重行开张，算是新公司，想借此来新一下主顾们的耳目罢。

四月十四日。

（发表于 1935 年 5 月 5 日《太白》半月刊
第 2 卷第 4 期，收入《且介亭杂文二集》）

什么是“讽刺”？

——答文学社问——

我想：一个作者，用了精炼的，或者简直有些夸张的笔墨——但自然也必须是艺术的地——写出或一群人的或一面的真实来，这被写的一群人，就称这作品为“讽刺”。

“讽刺”的生命是真实；不必是曾有的实事，但必须是会有的实情。所以它不是“捏造”，也不是“诬蔑”；既不是“揭发阴私”，又不是专记骇人听闻的所谓“奇闻”或“怪现状”。它所写的事情是公然的，也是常见的，平时是谁都不以为奇的，而且自然是谁都毫不注意的。不过这事情在那时却已经是不合理，可笑，可鄙，甚而至于可恶。但这么行下来了，习惯了，虽在大庭广众之间，谁也不觉得奇怪；现在给它特别一提，就动人。譬如罢，洋服青年拜佛，现在是平常事，道学先生发怒，更是平常事，只消几分钟，这事迹就过去，消灭了。但“讽刺”却是正在这时候照下来的一张相，一个撅着屁股，一个皱着眉心，不但自己和别人看起来有些不很雅观,连自己看见也觉得不很雅观;而且流传开去,对于后日的大讲科学和高谈养性,也不免有些妨害。倘说,所照的并非真实,是不行的,因为这时有目共睹,谁也会觉得确有这等事;但又不好意思承认这是真实,失了自己的尊严。于是挖空心思,给起了一个名目,叫作"讽刺"。其意若曰:它偏要提出这等事,可见也不是好货。

有意的偏要提出这等事,而且加以精炼,甚至于夸张,却确是"讽刺"的本领。同一事件,在拉杂的非艺术的记录中,是不成为讽刺,谁也不大会受感动的。例如新闻记事,就记忆所及,今年就见过两件事。其一,是一个青年,冒充了军官,向各处招摇撞骗,后来破获了,他就写忏悔书,说是不过借此谋生,并无他意。其二,是一个窃贼招引学生,教授偷窃之法,家长知道,把自己的子弟禁在家里了,他还上门来逞凶。较可注意的事件,报上是往往有些特别的批评文字的,但对于这两件,却至今没有说过什么话,可见是看得很平常,以为不足介意的了。然而这材料,假如到了斯惠夫德(J. Swift)或果戈理(N. Gogol)的手里,我看是准可以成为出色的讽刺作品的。在或一时代的社会里,事情越平常,就越普遍,也就愈合于作讽刺。

讽刺作者虽然大抵为被讽刺者所憎恨,但他却常常是善意的,他的讽刺,在希望他们改善,并非要捺这一群到水底里。然而待到同群中有讽刺作者出现的时候,这一群却已是不可收拾,更非笔墨所能救了,所以这努力大抵是徒劳的,而且还适得其反,实际上不过表现了这一群的缺点以至恶德,而对于敌对的别一群,倒反成为有益。我想:从别一群看来,感受是和被讽刺的那一群不同的,他们会觉得“暴露”更多于“讽刺”。

如果貌似讽刺的作品,而毫无善意,也毫无热情,只使读者觉得一切世事,一无足取,也一无可为,那就并非讽刺了,这便是所谓“冷嘲”。

五月三日。

(发表于 1935 年 9 月 20 日《杂文》月刊第 3 期,收入《且介亭杂文二集》)

文坛三户

二十年来，中国已经有了一些作家，多少作品，而且至今还没有完结，所以有个“文坛”，是毫无可疑的。不过搬出去开博览会，却还得顾虑一下。

因为文字的难，学校的少，我们的作家里面，恐怕未必有村姑变成的才女，牧童化出的文豪。古时候听说有过一面看牛牧羊，一面读经，终于成了学者的人的，但现在恐怕未必有。——我说了两回“恐怕未必”，倘真有例外的天才，尚希鉴原为幸。要之，凡有弄弄笔墨的人们，他先前总有一点凭借：不是祖遗的正在少下去的钱，就是父积的还在多起来的钱。要不然，他就无缘读书识字。现在虽然有了识字运动，我也不相信能够由此运出作家来。所以这文坛，从阴暗这方面看起来，暂时大约还要被两大类子弟，就是“破落户”和“暴发户”所占据。

已非暴发，又未破落的，自然也颇有出些著作的人，但这并非第三种，不近于甲，即近于乙的，至于掏腰包印书，仗奁资出版者，那是文坛上的捐班，更不在本论范围之内。所以要说专仗笔墨的作者，首先还得求之于破落户中。他先世也许暴发过，但现在是文雅胜于算盘，家景大不如意了，然而又因此看见世态的炎凉，人生的苦乐，于是真的有些抚今追昔，“缠绵悱恻”起来。一叹天时不良，二叹地理可恶，三叹自己无能。但这无能又并非真无能，乃是自己不屑有能，所以这无能的高尚，倒远在有能之上。你们剑拔弩张，汗流浃背，倒底做成了些什么呢？惟我的颓唐相，是“十年一觉扬州梦”，惟我的破衣上，是“襟上杭州旧酒痕”，连懒态和污渍，也都有历史的甚深意义的。可惜俗人不懂得，于是他们的杰作上，就大抵放射着一种特别的神彩，是：“顾影自怜”。

暴发户作家的作品，表面上和破落户的并无不同。因为他意在用墨水洗去铜臭，这才爬上一向为破落户所主宰的文坛来，以自附于“风雅之林”，又并不想另树一帜，因此也决不标新立异。但仔细一看，却是属于别一本户口册上的；他究竟显得浅薄，而且装腔，学样。房里会有断句的诸子，看不懂；案头也会有石印的骈文，读不断。也会嚷“襟上杭州旧酒痕”呀，但一面又怕别人疑心他穿破衣，总得设法表示他所穿的乃是笔挺的洋服或簇新的绸衫；也会说“十年一觉扬州梦”的，但其实倒是并不挥霍的好品行，因为暴发户之于金钱，觉得比懒态和污渍更有历史的甚深的意义。破落户的颓唐，是掉下来的悲声，暴发户的做作的颓唐，却是“爬上去”的手段。所以那些作品，即使摹拟到和破落户的杰作几乎相同，但一定还差一尘：他其实并不“顾影自怜”，倒在“沾沾自喜”。

这“沾沾自喜”的神情，从破落户的眼睛看来，就是所谓“小家子相”，也就是所谓“俗”。风雅的定律，一个人离开“本色”，是就要“俗”的。不识字人不算俗，他要掉文，又掉不对，就俗；富家儿郎也不算俗，他要做诗，又做不好，就俗了。这在文坛上，向来为破落户所鄙弃。

然而破落户到了破落不堪的时候，这两户却有时可以交融起来的。如果谁有在找“词汇”的《文选》，大可以查一查，我记得里面就有一篇弹文，所弹的乃是一个败落的世家，把女儿嫁给了暴发而冒充世家的满家子：这就足见两户的怎样反拨，也怎样的联合了。文坛上自然也有这现象；但在作品上的影响，却不过使暴发户增添一些得意之色，破落户则对于“俗”变为谦和，向别方面大谈其风雅而已：并不怎么大。

暴发户爬上文坛，固然未能免俗，历时既久，一面持筹握算，一面诵诗读书，数代以后，就雅起来，待到藏书日多，藏钱日少的时候，便有做真的破落户文学的资格了。然而时势的飞速的变化，有时能不给他这许多修养的工夫，于是暴发不久，破落随之，既“沾沾自喜”，也“顾影自怜”，但却又失去了“沾沾自喜”的确信，可又还没有配得“顾影自怜”的风姿，仅存无聊，连古之所谓雅俗也说不上了。向来无定名，我姑且名之为“破落暴发户”罢。这一户，此后是恐怕要多起来的。但还要有变化：向积极方面走，是恶少；向消极方面走，是瘪三。

使中国的文学有起色的人，在这三户之外。

六月六日。

（发表于 1935 年 7 月 1 日《文学》月刊
第 5 卷第 1 期，收入《且介亭杂文二集》）

杂谈小品文

自从“小品文”这一个名目流行以来，看看书店广告，连信札，论文，都排在小品文里了，这自然只是生意经，不足为据。一般的意见，第一是在篇幅短。

但篇幅短并不是小品文的特征。一条几何定理不过数十字，一部《老子》只有五千言，都不能说是小品。这该像佛经的小乘似的，先看内容，然后讲篇幅。讲小道理，或没道理，而又不是长篇的，才可谓之小品。至于有骨力的文章，恐不如谓之“短文”，短当然不及长，寥寥几句，也说不尽森罗万象，然而它并不“小”。

《史记》里的《伯夷列传》和《屈原贾谊列传》除去了引用的骚赋，其实也不过是小品，只因为他是“太史公”之作，又常见，所以没有人来选出，翻印。由晋至唐，也很有几个作家；宋文我不知道，但“江湖派”诗，却确是我所谓的小品。现在大家所提倡的，是明清，据说“抒写性灵”是它的特色。那时有一些人，确也只能够抒写性灵的，风气和环境，加上作者的出身和生活，也只能有这样的意思，写这样的文章。虽说抒写性灵，其实后来仍落了窠臼，不过是“赋得性灵”，照例写出那么一套来。当然也有人豫感到危难，后来是身历了危难的，所以小品文中，有时也夹着感愤，但在文字狱时，都被销毁，劈板了，于是我们所见，就只剩了“天马行空”似的超然的性灵。

这经过清朝检选的“性灵”，到得现在，却刚刚相宜，有明末的洒脱，无清初的所谓“悖谬”，有国时是高人，没国时还不失为逸士。逸士也得有资格，首先即在“超然”，“士”所以超庸奴，“逸”所以超责任：现在的特重明清小品，其实是大有理由，毫不足怪的。

不过“高人兼逸士梦”恐怕也不长久。近一年来，就露了大破绽，自以为高一点的，已经满纸空言，甚而至于胡说八道，下流的却成为打诨，和猥鄙丑角，并无不同，主意只在挖公子哥儿们的跳舞之资，和舞女们争生意，可怜之状，已经下于五四运动前后的鸳鸯蝴蝶派数等了。

为了这小品文的盛行，今年就又有翻印所谓“珍本”的事。有些论者，也以为可虑。我却觉得这是并非无用的。原本价贵，大抵无力购买，现在只用了一元或数角，就可以看见现代名人的祖师，以及先前的性灵，怎样叠床架屋，现在的性灵，怎样看人学样，啃过一堆牛骨头，即使是牛骨头，不也有了识见，可以不再被生炒牛角尖骗去了吗？

不过“珍本”并不就是“善本”，有些是正因为它无聊，没有人要看，这才日就灭亡，少下去；因为少，所以“珍”起来。就是旧书店里必讨大价的所谓“禁书”，也并非都是慷慨激昂，令人奋起的作品，清初，单为了作者也会禁，往往和内容简直不相干。这一层，却要读者有选择的眼光，也希望识者给相当的指点的。

十二月二日。

（发表于 1935 年 12 月 7 日《时事新报·每周文学》，收入《且介亭杂文二集》）

四、翻译文学论

摩罗诗力说

求古源尽者将求方来之泉，将求新源。嗟我昆弟，新生之作，新泉之涌于渊深，其非远矣。

——尼佉

一

人有读古国文化史者，循代而下，至于卷末，必凄以有所觉，如脱春温而入于秋肃，勾萌绝朕，枯槁在前，吾无以名，姑谓之萧条而止。盖人文之留遗后世者，最有力莫如心声。古民神思，接天然之閟宫，冥契万有，与之灵会，道其能道，爰为诗歌。其声度时劫而入人心，不与缄口同绝；且益曼衍，视其种人。递文事式微，则种人之运命亦尽，群生辍响，荣华收光；读史者萧条之感，即以怒起，而此文明史记，亦渐临末页矣。

凡负令誉于史初，开文化之曙色，而今日转为影国者，无不如斯。使举国人所习闻，最适莫如天竺。天竺古有《韦陀》四种，瑰丽幽夐，称世界大文；其《摩诃波罗多》暨《罗摩衍那》二赋，亦至美妙。厥后有诗人加黎陀萨(Kalidasa)者出，以传奇鸣世，间染抒情之篇；日耳曼诗宗瞿提(W. von Goethe)，至崇为两间之绝唱。降及种人失力，而文事亦共零夷，至大之声，渐不生于彼国民之灵府，流转异域，如亡人也。次为希伯来，虽多涉信仰教诫，而文章以幽邃庄严胜，教宗文术，此其源泉，灌溉人心，迄今兹未艾。特在以色列族，则止耶利米(Jeremiah)之声；列王荒矣，帝怒以赫，耶路撒冷遂隳，而种人之舌亦默。当彼流离异地，虽不遽忘其宗邦，方言正信，拳拳未释，然《哀歌》而下，无赓响矣。复次为伊兰埃及，皆中道废弛，有如断绠，灿烂于古，萧瑟于今。若震旦而逸斯列，则人生大戬，无逾于此。何以故？英人加勒尔(Th. Carlyle)曰，得昭明之声，洋洋乎歌心意而生者，为国民之首义。意大利分崩矣，然实一统也，彼生但丁(Dante Alighieri)，彼有意语。大俄罗斯之札尔，有兵刃炮火，政治之上，能辖大区，行大业。然奈何无声？中或有大物，而其为大也喑。(中略)迨兵刃炮火，无不腐蚀，而但丁之声依然。有但丁者统一，而无声兆之俄人，终支离而已。

尼佉(Fr. Nietzsche)不恶野人，谓中有新力，言亦确凿不可移。盖文明之朕，固孕于蛮荒，野人狉獉其形，而隐曜即伏于内。文明如华，蛮野如蕾，文明如实，蛮野如华，上征在是，希望亦在是。惟文化已止之古民不然：发展既央，隳败随起，况久席古宗祖之光荣，尝首出周围之下国，暮气之作，每不自知，自用而愚，污如死海。其煌煌居历史之首，而终匿形于卷末者，殆以此欤？俄之无声，激响在焉。俄如孺子，而非喑人；俄如伏流，而非古井。十九世纪前叶，果有鄂戈理（N. Gogol）者起，以不可见之泪痕悲色，振其邦人，或以拟英之狭斯丕尔（W. Shakespeare），即加勒尔所赞扬崇拜者也。顾瞻人间，新声争起，无不以殊特雄丽之言，自振其精神而绍介其伟美于世界；若渊默而无动者，独前举天竺以下数古国而已。嗟夫，古民之心声手泽，非不庄严，非不崇大，然呼吸不通于今，则取以供览古之人，使摩挲咏叹而外，更何物及其子孙？否亦仅自语其前此光荣，即以形迩来之寂寞，反不如新起之邦，纵文化未昌，而大有望于方来之足致敬也。故所谓古文明国者，悲凉之语耳，嘲讽之辞耳！中落之胄，故家荒矣，则喋喋语人，谓厥祖在时，其为智慧武怒者何似，尝有闳宇崇楼，珠玉犬马，尊显胜于凡人。有闻其言，孰不腾笑？夫国民发展，功虽有在于怀古，然其怀也，思理朗然，如鉴明镜，时时上征，时时反顾，时时进光明之长涂，时时念辉煌之旧有，故其新者日新，而其古亦不死。若不知所以然，漫夸耀以自悦，则长夜之始，即在斯时。今试履中国之大衢，当有见军人蹀躞而过市者，张口作军歌，痛斥印度波阑之奴性；有漫为国歌者亦然。盖中国今日，亦颇思历举前有之耿光，特未能言，则姑曰左邻已奴，右邻且死，择亡国而较量之，冀自显其佳胜。夫二国与震旦究孰劣，今姑弗言；若云颂美之什，国民之声，则天下之咏者虽多，固未见有此作法矣。诗人绝迹，事若甚微，而萧条之感，辄以来袭。意者欲扬宗邦之真大，首在审己，亦必知人，比较既周，爰生自觉。自觉之声发，每响必中于人心，清晰昭明，不同凡响。非然者，口舌一结，众语俱沦，沉默之来，倍于前此。盖魂意方梦，何能有言？即震于外缘，强自扬厉，不惟不大，徒增欷耳。故曰国民精神之发扬，与世界识见之广博有所属。

今且置古事不道，别求新声于异邦，而其因即动于怀古。新声之别，不可究详；至力足以振人，且语之较有深趣者，实莫如摩罗诗派。摩罗之言，假自天竺，此云天魔，欧人谓之撒但，人本以目裴伦（G. Byron）。今则举一切诗人中，凡立意在反抗，指归在动作，而为世所不甚愉悦者悉入之，为传其言行思惟，流别影响，始宗主裴伦，终以摩迦（匈加利）文士。凡是群人，外状至异，各禀自国之特色，发为光华；而要其大归，则趣于一：大都不为顺世和乐之音，动吭一呼，闻者兴起，争天拒俗，而精神复深感后世人心，绵延至于无已。虽未生以前，解脱而后，或以其声为不足听；若其生活两间，居天然之掌握，辗转而未得脱者，则使之闻之，固声之最雄桀伟美者矣。然以语平和之民，则言者滋惧。

二

平和为物，不见于人间。其强谓之平和者，不过战事方已或未始之时，外状若宁，暗流仍伏，时劫一会，动作始矣。故观之天然，则和风拂林，甘雨润物，似无不以降福祉于人世，然烈火在下，出为地囱，一旦偾兴，万有同坏。其风雨时作，特暂伏之见象，非能永劫安易，如亚当之故家也。人事亦然，衣食家室邦国之争，形现既昭，已不可以讳掩；而二士室处，亦有吸呼，于是生颢气之争，强肺者致胜。故杀机之昉，与有生偕；平和之名，等于无有。特生民之始，既以武健勇烈，抗拒战斗，渐进于文明矣，化定俗移，转为新懦，知前征之至险，则爽然思归其雌，而战场在前，复自知不可避，于是运其神思，创为理想之邦，或托之人所莫至之区，或迟之不可计年以后。自柏拉图(Platon)《邦国论》始，西方哲士，作此念者不知几何人。虽自古迄今，绝无此平和之朕，而延颈方来，神驰所慕之仪的，日逐而不舍，要亦人间进化之一因子欤？吾中国爱智之士，独不与西方同，心神所注，辽远在于唐虞，或径入古初，游于人兽杂居之世；谓其时万祸不作，人安其天，不如斯世之恶浊阽危，无以生活。其说照之人类进化史实，事正背驰。盖古民曼衍播迁，其为争抗劬劳，纵不厉于今，而视今必无所减；特历时既永，史乘无存，汗迹血腥，泯灭都尽，则追而思之，似其时为至足乐耳。倘使置身当时，与古民同其忧患，则颓唐侘傺，复远念盘古未生，斧凿未经之世，又事之所必有者已。故作此念者，为无希望，为无上征，为无努力，较以西方思理，犹水火然；非自杀以从古人，将终其身更无可希冀经营，致人我于所仪之主的，束手浩叹，神质同隳焉而已。且更为忖度其言，又将见古之思士，决不以华土为可乐，如今人所张皇；惟自知良懦无可为，乃独图脱屣尘埃，惝恍古国，任人群堕于虫兽，而己身以隐逸终。思士如是，社会善之，咸谓之高蹈之人，而自云我虫兽我虫兽也。其不然者，乃立言辞，欲致人同归于朴古，老子之辈，盖其枭雄。老子书五千语，要在不撄人心；以不撄人心故，则必先自致槁木之心，立无为之治；以无为之为化社会，而世即于太平。其术善也。然奈何星气既凝，人类既出而后，无时无物，不禀杀机，进化或可停，而生物不能返本。使拂逆其前征，势即入于苓落，世界之内，实例至多，一览古国，悉其信证。若诚能渐致人间，使归于禽虫卉木原生物，复由渐即于无情，则宇宙自大，有情已去，一切虚无，宁非至净。而不幸进化如飞矢，非堕落不止，非著物不止，祈逆飞而归弦，为理势所无有。此人世所以可悲，而摩罗宗之为至伟也。人得是力，乃以发生，乃以曼衍，乃以上征，乃至于人所能至之极点。

中国之治，理想在不撄，而意异于前说。有人撄人，或有人得撄者，为帝大禁，其意在保位，使子孙王千万世，无有底止，故性解（Genius）之出，必竭全力死之；有人撄我，或有能撄人者，为民大禁，其意在安生，宁蜷伏堕落而恶进取，故性解之出，亦必竭全力死之。柏拉图建神思之邦，谓诗人乱治，当放域外；虽国之美污，意之高下有不同，而术实出于一。盖诗人者，撄人心者也。凡人之心，无不有诗，如诗人作诗，诗不为诗人独有，凡一读其诗，心即会解者，即无不自有诗人之诗。无之何以能解？惟有而未能言，诗人为之语，则握拨一弹，心弦立应，其声澈于灵府，令有情皆举其首，如睹晓日，益为之美伟强力高尚发扬，而污浊之平和，以之将破。平和之破，人道蒸也。虽然，上极天帝，下至舆台，则不能不因此变其前时之生活；协力而夭阏之，思永保其故态，殆亦人情已。故态永存，是曰古国。惟诗究不可灭尽，则又设范以囚之。如中国之诗，舜云言志；而后贤立说，乃云持人性情，三百之旨，无邪所蔽。夫既言志矣，何持之云？强以无邪，即非人志。许自繇于鞭策羁縻之下，殆此事乎？然厥后文章，乃果辗转不逾此界。其颂祝主人，悦媚豪右之作，可无俟言。即或心应虫鸟，情感林泉，发为韵语，亦多拘于无形之囹圄，不能舒两间之真美；否则悲慨世事，感怀前贤，可有可无之作，聊行于世。倘其嗫嚅之中，偶涉眷爱，而儒服之士，即交口非之。况言之至反常俗者乎？惟灵均将逝，脑海波起，通于汨罗，返顾高丘，哀其无女，则抽写哀怨，郁为奇文。茫洋在前，顾忌皆去，怼世俗之浑浊，颂己身之修能，怀疑自遂古之初，直至百物之琐末，放言无惮，为前人所不敢言。然中亦多芳菲凄恻之音，而反抗挑战，则终其篇未能见，感动后世，为力非强。刘彦和所谓才高者菀其鸿裁，中巧者猎其艳辞，吟讽者衔其山川，童蒙者拾其香草。皆著意外形，不涉内质，孤伟自死，社会依然，四语之中，函深哀焉。故伟美之声，不震吾人之耳鼓者，亦不始于今日。大都诗人自倡，生民不耽。试稽自有文字以至今日，凡诗宗词客，能宣彼妙音，传其灵觉，以美善吾人之性情，崇大吾人之思理者，果几何人？上下求索，几无有矣。第此亦不能为彼徒罪也，人人之心，无不泐二大字曰实利，不获则劳，既获便睡。纵有激响，何能撄之？夫心不受撄，非槁死则缩朒耳，而况实利之念，复煔煔热于中，且其为利，又至陋劣不足道，则驯至卑懦俭啬，退让畏葸，无古民之朴野，有末世之浇漓，又必然之势矣，此亦古哲人所不及料也。夫云将以诗移人性情，使即于诚善美伟强力敢为之域，闻者或哂其迂远乎；而事复无形，效不显于顷刻。使举一密栗之反证，殆莫如古国之见灭于外仇矣。凡如是者，盖不止笞击縻系，易于毛角而已，且无有为沉痛著大之声，撄其后人，使之兴起；即间有之，受者亦不为之动，创痛少去，即复营营于治生，活身是图，不恤污下，外仇又至，摧败继之。故不争之民，其遭遇战事，常较好争之民多，而畏死之民，其苓落殇亡，亦视强项敢死之民众。

千八百有六年八月，拿坡仑大挫普鲁士军，翌年七月，普鲁士乞和，为从属之国。然其时德之民族，虽遭败亡窘辱，而古之精神光耀，固尚保有而未隳。于是有爱伦德（E. M. Arndt）者出，著《时代精神篇》（Geist der Zeit），以伟大壮丽之笔，宣独立自繇之音，国人得之，敌忾之心大炽；已而为敌觉察，探索极严，乃走瑞士。递千八百十二年，拿坡仑挫于墨斯科之酷寒大火，逃归巴黎，欧土遂为云扰，竞举其反抗之兵。翌年，普鲁士帝威廉三世乃下令召国民成军，宣言为三事战，曰自由正义祖国；英年之学生诗人美术家争赴之。爱伦德亦归，著《国民军者何》暨《莱因为德国大川特非其界》二篇，以鼓青年之意气。而义勇军中，时亦有人曰台陀开纳（Theodor Körner），慨然投笔，辞维也纳国立剧场诗人之职，别其父母爱者，遂执兵行；作书贻父母曰，普鲁士之鹫，已以鸷击诚心，觉德意志民族之大望矣。吾之吟咏，无不为宗邦神往。吾将舍所有福祉欢欣，为宗国战死。嗟夫，吾以明神之力，已得大悟。为邦人之自由与人道之善故，牺牲孰大于是？热力无量，涌吾灵台，吾起矣！后此之《竖琴长剑》（Leier und Schwert）一集，亦无不以是精神，凝为高响，展卷方诵，血脉已张。然时之怀热诚灵悟如斯状者，盖非止开纳一人也，举德国青年，无不如是。开纳之声，即全德人之声，开纳之血，亦即全德人之血耳。故推而论之，败拿坡仑者，不为国家，不为皇帝，不为兵刃，国民而已。国民皆诗，亦皆诗人之具，而德卒以不亡。此岂笃守功利，摈斥诗歌，或抱异域之朽兵败甲，冀自卫其衣食室家者，意料之所能至哉？然此亦仅譬诗力于米盐，聊以震崇实之士，使知黄金黑铁，断不足以兴国家，德法二国之外形，亦非吾邦所可活剥；示其内质，冀略有所悟解而已。此篇本意，固不在是也。

三

由纯文学上言之，则以一切美术之本质，皆在使观听之人，为之兴感怡悦。文章为美术之一，质当亦然，与个人暨邦国之存，无所系属，实利离尽，究理弗存。故其为效，益智不如史乘，诫人不如格言，致富不如工商，弋功名不如卒业之券。特世有文章，而人乃以几于具足。英人道覃（E. Dowden）有言曰，美术文章之桀出于世者，观诵而后，似无裨于人间者，往往有之。然吾人乐于观诵，如游巨浸，前临渺茫，浮游波际，游泳既已，神质悉移。而彼之大海，实仅波起涛飞，绝无情愫，未始以一教训一格言相授。顾游者之元气体力，则为之陡增也。故文章之于人生，其为用决不次于衣食，宫室，宗教，道德。盖缘人在两间，必有时自觉以勤劬，有时丧我而惝恍，时必致力于善生，时必并忘其善生之事而入于醇乐，时或活动于现实之区，时或神驰于理想之域；苟致力于其偏，是谓之不具足。严冬永留，春气不至，生其躯壳，死其精魂，其人虽生，而人生之道失。文章不用之用，其在斯乎？约翰穆黎曰，近世文明，无不以科学为术，合理为神，功利为鹄。大势如是，而文章之用益神。所以者何？以能涵养吾人之神思耳。涵养人之神思，即文章之职与用也。

此他丽于文章能事者，犹有特殊之用一。盖世界大文，无不能启人生之阏机，而直语其事实法则，为科学所不能言者。所谓阏机，即人生之诚理是已。此为诚理，微妙幽玄，不能假口于学子。如热带人未见冰前，为之语冰，虽喻以物理生理二学，而不知水之能凝，冰之为冷如故；惟直示以冰，使之触之，则虽不言质力二性，而冰之为物，昭然在前，将直解无所疑沮。惟文章亦然，虽缕判条分，理密不如学术，而人生诚理，直笼其辞句中，使闻其声者，灵府朗然，与人生即会。如热带人既见冰后，曩之竭研究思索而弗能喻者，今宛在矣。昔爱诺尔特（M. Arnold）氏以诗为人生评骘，亦正此意。故人若读鄂谟（Homeros）以降大文，则不徒近诗，且自与人生会，历历见其优胜缺陷之所存，更力自就于圆满。此其效力，有教示意；既为教示，斯益人生；而其教复非常教，自觉勇猛发扬精进，彼实示之。凡苓落颓唐之邦，无不以不耳此教示始。

顾有据群学见地以观诗者，其为说复异：要在文章与道德之相关。谓诗有主分，曰观念之诚。其诚奈何？则曰为诗人之思想感情，与人类普遍观念之一致。得诚奈何？则曰在据极溥博之经验。故所据之人群经验愈溥博，则诗之溥博视之。所谓道德，不外人类普遍观念所形成。故诗与道德之相关，缘盖出于造化。诗与道德合，即为观念之诚，生命在是，不朽在是。非如是者，必与群法僢驰。以背群法故，必反人类之普遍观念；以反普遍观念故，必不得观念之诚。观念之诚失，其诗宜亡。故诗之亡也，恒以反道德故。然诗有反道德而竟存者奈何？则曰，暂耳。无邪之说，实与此契。苟中国文事复兴之有日，虑操此说以力削其萌蘖者，当有徒也。而欧洲评骘之士，亦多抱是说以律文章。十九世纪初，世界动于法国革命之风潮，德意志西班牙意大利希腊皆兴起，往之梦意，一晓而苏；惟英国较无动。顾上下相迕，时有不平，而诗人裴伦，实生此际。其前有司各德（W. Scott）辈，为文率平妥翔实，与旧之宗教道德极相容。迨有裴伦，乃超脱古范，直抒所信，其文章无不函刚健抗拒破坏挑战之声。平和之人，能无惧乎？于是谓之撒但。此言始于苏惹（R. Southey），而众和之；后或扩以称修黎（P. B. Shelley）以下数人，至今不废。苏惹亦诗人，以其言能得当时人群普遍之诚故，获月桂冠，攻裴伦甚力。裴伦亦以恶声报之，谓之诗商。所著有《纳尔逊传》（The Life of Lord Nelson）今最行于世。

《旧约》记神既以七日造天地，终乃抟埴为男子，名曰亚当，已而病其寂也，复抽其肋为女子，是名夏娃，皆居伊甸。更益以鸟兽卉木；四水出焉。伊甸有树，一曰生命，一曰知识。神禁人勿食其实；魔乃侂蛇以诱夏娃，使食之，爰得生命知识。神怒，立逐人而诅蛇，蛇腹行而土食；人则既劳其生，又得其死，罚且及于子孙，无不如是。英诗人弥耳敦（J. Milton），尝取其事作《失乐园》（The Paradise Lost），有天神与撒但战事，以喻光明与黑暗之争。撒但为状，复至狞厉。是诗而后，人之恶撒但遂益深。然使震旦人士异其信仰者观之，则亚当之居伊甸，盖不殊于笼禽，不识不知，惟帝是悦，使无天魔之诱，人类将无由生。故世间人，当蔑弗秉有魔血，惠之及人世者，撒但其首矣。然为基督宗徒，则身被此名，正如中国所谓叛道，人群共弃，艰于置身，非强怒善战豁达能思之士，不任受也。亚当夏娃既去乐园，乃举二子，长曰亚伯，次曰凯因。亚伯牧羊，凯因耕植是事，尝出所有以献神。神喜脂膏而恶果实，斥凯因献不视；以是，凯因渐与亚伯争，终杀之。神则诅凯因，使不获地力，流于殊方。裴伦取其事作传奇，于神多所诘难。教徒皆怒，谓为渎圣害俗，张皇灵魂有尽之诗，攻之至力。迄今日评骘之士，亦尚有以是难裴伦者。尔时独穆亚（Th. Moore）及修黎二人，深称其诗之雄美伟大。德诗宗瞿提，亦谓为绝世之文，在英国文章中，此为至上之作；后之劝遏克曼（J. P. Eckermann）治英国语言，盖即冀其直读斯篇云。《约》又记凯因既流，亚当更得一子，历岁永永，人类益繁，于是心所思惟，多涉恶事。主神乃悔，将殄之。有挪亚独善事神，神令致亚斐木为方舟，将眷属动植，各从其类居之。遂作大雨四十昼夜，洪水泛滥，生物灭尽，而挪亚之族独完，水退居地，复生子孙，至今日不绝。吾人记事涉此，当觉神之能悔，为事至奇；而人之恶撒但，其理乃无足诧。盖既为挪亚子孙，自必力斥抗者，敬事主神，战战兢兢，绳其祖武，冀洪水再作之日，更得密诏而自保于方舟耳。抑吾闻生学家言，有云反种一事，为生物中每现异品，肖其远先，如人所牧马，往往出野物，类之不拉（Zebra），盖未驯以前状，复现于今日者。撒但诗人之出，殆亦如是，非异事也。独众马怒其不伏箱，群起而交踶之，斯足悯叹焉耳。

四

裴伦名乔治戈登(George Gordon),系出司堪第那比亚海贼蒲隆(Burun)族。其族后居诺曼,从威廉入英,递显理二世时,始用今字。裴伦以千七百八十八年一月二十二日生于伦敦,十二岁即为诗;长游堪勃力俱大学不成,渐决去英国,作汗漫游,始于波陀牙,东至希腊突厥及小亚细亚,历审其天物之美,民俗之异,成《哈洛尔特游草》(Childe Harold's Pilgrimage)二卷,波谲云诡,世为之惊绝。次作《不信者》(The Giaour)暨《阿毕陀斯新妇行》(The Bride of Abydos)二篇,皆取材于突厥。前者记不信者(对回教而言)通哈山之妻,哈山投其妻于水,不信者逸去,后终归而杀哈山,诣庙自忏;绝望之悲,溢于毫素,读者哀之。次为女子苏黎加爱舍林,而其父将以婚他人,女偕舍林出奔,已而被获,舍林斗死,女亦终尽;其言有反抗之音。迨千八百十四年一月,赋《海贼》(The Corsair)之诗。篇中英雄曰康拉德,于世已无一切眷爱,遗一切道德,惟以强大之意志,为贼渠魁,领其从者,建大邦于海上。孤舟利剑,所向悉如其意。独家有爱妻,他更无有;往虽有神,而康拉德早弃之,神亦已弃康拉德矣。故一剑之力,即其权利,国家之法度,社会之道德,视之蔑如。权力若具,即用行其意志,他人奈何,天帝何命,非所问也。若问定命之何如?则曰,在鞘中,一旦外辉,彗且失色而已。然康拉德为人,初非元恶,内秉高尚纯洁之想,尝欲尽其心力,以致益于人间;比见细人蔽明,谗谄害聪,凡人营营,多猜忌中伤之性,则渐冷澹,则渐坚凝,则渐嫌厌;终乃以受自或人之怨毒,举而报之全群,利剑轻舟,无间人神,所向无不抗战。盖复仇一事,独贯注其全精神矣。一日攻塞特,败而见囚,塞特有妃爱其勇,助之脱狱,泛舟同奔,遇从者于波上,乃大呼曰,此吾舟,此吾血色之旗也,吾运未尽于海上!然归故家,则银釭暗而爱妻逝矣。既而康拉德亦失去,其徒求之波间海角,踪迹杳然,独有以无量罪恶,系一德义之名,永存于世界而已。裴伦之祖约翰,尝念先人为海王,因投海军为之帅;裴伦赋此,缘起似同;有即以海贼字裴伦者,裴伦闻之窃喜,则篇中康拉德为人,实即此诗人变相,殆无可疑已。越三月,又作赋曰《罗罗》(Lara),记其人尝杀人不异海贼,后图起事,败而伤,飞矢来贯其胸,遂死。所叙自尊之夫,力抗不可避之定命,为状惨烈,莫可比方。此他犹有所制,特非雄篇。其诗格多师司各德,而司各德由是锐意于小说,不复为诗,避裴伦也。已而裴伦去其妇,世虽不知去之之故,然争难之,每临会议,嘲骂即四起,且禁其赴剧场。其友穆亚为之传,评是事曰,世于裴伦,不异其母,忽爱忽恶,无判决也。顾窘戮天才,殆人群恒状,滔滔皆是,宁止英伦。中国汉晋以来,凡负文名者,多受谤毁,刘彦和为之辩曰,人禀五才,修短殊用,自非上哲,难以求备,然将相以位隆特达,文士以职卑多诮,此江河所以腾涌,涓流所以寸析者。东方恶习,尽此数言。然裴伦之祸,则缘起非如前陈,实反由于名盛,社会顽愚,仇敌窥覗,乘隙立起,众则不察而妄和之;若颂高官而厄寒士者,其污且甚于此矣。顾裴伦由是遂不能居英,自曰,使世之评骘诚,吾在英为无值,若评骘谬,则英于我为无值矣。吾其行乎?然未已也，虽赴异邦，彼且蹑我。已而终去英伦，千八百十六年十月，抵意大利。自此，裴伦之作乃益雄。

裴伦在异域所为文，有《哈洛尔特游草》之续，《堂祥》(Don Juan)之诗，及三传奇称最伟，无不张撒但而抗天帝，言人所不能言。一曰《曼弗列特》(Manfred)，记曼以失爱绝欢，陷于巨苦，欲忘弗能，鬼神见形问所欲，曼云欲忘，鬼神告以忘在死，则对曰，死果能令人忘耶？复衷疑而弗信也。后有魅来降曼弗列特，而曼忽以意志制苦，毅然斥之曰，汝曹决不能诱惑灭亡我。(中略)我，自坏者也。行矣，魅众！死之手诚加我矣，然非汝手也。意盖谓己有善恶，则褒贬赏罚，亦悉在己，神天魔龙，无以相凌，况其他乎？曼弗列特意志之强如是，裴伦亦如是。论者或以拟瞿提之传奇《法斯忒》(Faust)云。二曰《凯因》(Cain)，典据已见于前分，中有魔曰卢希飞勒，导凯因登太空，为论善恶生死之故，凯因悟，遂师摩罗。比行世，大遭教徒攻击，则作《天地》(Heaven and Earth)以报之，英雄为耶彼第，博爱而厌世，亦以诘难教宗，鸣其非理者。夫撒但何由昉乎？以彼教言，则亦天使之大者，徒以陡起大望，生背神心，败而堕狱，是云魔鬼。由是言之，则魔亦神所手创者矣。已而潜入乐园，至善美安乐之伊甸，以一言而立毁，非具大能力，曷克至是？伊甸，神所保也，而魔毁之，神安得云全能？况自创恶物，又从而惩之，且更瓜蔓以惩人，其慈又安在？故凯因曰，神为不幸之因。神亦自不幸，手造破灭之不幸者，何幸福之可言？而吾父曰，神全能也。问之曰，神善，何复恶邪？则曰，恶者，就善之道尔。神之为善，诚如其言：先以冻馁，乃与之衣食；先以疠疫，乃施之救援；手造罪人，而曰吾赦汝矣。人则曰，神可颂哉，神可颂哉！营营而建伽兰焉。卢希飞勒不然，曰吾誓之两间，吾实有胜我之强者，而无有加于我之上位。彼胜我故，名我曰恶，若我致胜，恶且在神，善恶易位耳。此其论善恶，正异尼佉。尼佉意谓强胜弱故，弱者乃字其所为曰恶，故恶实强之代名；此则以恶为弱之冤谥。故尼佉欲自强，而并颂强者；此则亦欲自强，而力抗强者，好恶至不同，特图强则一而已。人谓神强，因亦至善。顾善者乃不喜华果，特嗜腥膻，凯因之献，纯洁无似，则以旋风振而落之。人类之始，实由主神，一拂其心，即发洪水，并无罪之禽虫卉木而殄之。人则曰，爰灭罪恶，神可颂哉！耶彼第乃曰，汝得救孺子众！汝以为脱身狂涛，获天幸欤？汝曹偷生，逞其食色，目击世界之亡，而不生其悯叹；复无勇力，敢当大波，与同胞之人，共其运命；偕厥考逃于方舟，而建都邑于世界之墓上，竟无惭耶？然人竟无惭也，方伏地赞颂，无有休止，以是之故，主神遂强。使众生去而不之理，更何威力之能有？人既授神以力，复假之以厄撒但；而此种人，又即主神往所殄灭之同类。以撒但之意观之，其为顽愚陋劣，如何可言？将晓之欤，则音声未宣，众已疾走，内容何若，不省察也。将任之欤，则非撒但之心矣，故复以权力现于世。神，一权力也；撒但，亦一权力也。惟撒但之力，即生于神，神力若亡，不为之代；上则以力抗天帝，下则以力制众生，行之背驰，莫甚于此。顾其制众生也，即以抗故。倘其众生同抗，更何制之云？裴伦亦然，自必居人前，而怒人之后于众。盖非自居人前，不能使人勿后于众故；任人居后而自为之前，又为撒但大耻故。故既揄扬威力，颂美强者矣，复曰，吾爱亚美利加，此自由之区，神之绿野，不被压制之地也。由是观之，裴伦既喜拿坡仑之毁世界，亦爱华盛顿之争自由，既心仪海贼之横行，亦孤援希腊之独立，压制反抗，兼以一人矣。虽然，自由在是，人道亦在是。

五

自尊至者，不平恒继之，忿世嫉俗，发为巨震，与对跖之徒争衡。盖人既独尊，自无退让，自无调和，意力所如，非达不已，乃以是渐与社会生冲突，乃以是渐有所厌倦于人间。若裴伦者，即其一矣。其言曰，硗确之区，吾侪奚获耶？（中略）凡有事物，无不定以习俗至谬之衡，所谓舆论，实具大力，而舆论则以昏黑蔽全球也。此其所言，与近世诺威文人伊孛生（H. Ibsen）所见合，伊氏生于近世，愤世俗之昏迷，悲真理之匿耀，假《社会之敌》以立言，使医士斯托克曼为全书主者，死守真理，以拒庸愚，终获群敌之谥。自既见放于地主，其子复受斥于学校，而终奋斗，不为之摇。末乃曰，吾又见真理矣。地球上至强之人，至独立者也！其处世之道如是。顾裴伦不尽然，凡所描绘，皆禀种种思，具种种行，或以不平而厌世，远离人群，宁与天地为侪偶，如哈洛尔特；或厌世至极，乃希灭亡，如曼弗列特；或被人天之楚毒，至于刻骨，乃咸希破坏，以复仇仇，如康拉德与卢希飞勒；或弃斥德义，蹇视淫游，以嘲弄社会，聊快其意，如堂祥。其非然者，则尊侠尚义，扶弱者而平不平，颠仆有力之蠢愚，虽获罪于全群无惧，即裴伦最后之时是已。彼当前时，经历一如上述书中众士，特未歃歔断望，愿自逖于人间，如曼弗列特之所为而已。故怀抱不平，突突上发，则倨傲纵逸，不恤人言，破坏复仇，无所顾忌，而义侠之性，亦即伏此烈火之中，重独立而爱自繇，苟奴隶立其前，必衷悲而疾视，衷悲所以哀其不幸，疾视所以怒其不争，此诗人所为援希腊之独立，而终死于其军中者也。盖裴伦者，自繇主义之人耳，尝有言曰，若为自由故，不必战于宗邦，则当为战于他国。是时意大利适制于墺，失其自由，有秘密政党起，谋独立，乃密与其事，以扩张自由之元气者自任，虽狙击密侦之徒，环绕其侧，终不为废游步驰马之事。后秘密政党破于墺人，企望悉已，而精神终不消。裴伦之所督励，力直及于后日，起马志尼，起加富尔，于是意之独立成。故马志尼曰，意大利实大有赖于裴伦。彼，起吾国者也！盖诚言已。裴伦平时，又至有情愫于希腊，思想所趣，如磁指南。特希腊时自由悉丧，入突厥版图，受其羁縻，不敢抗拒。诗人惋惜悲愤，往往见于篇章，怀前古之光荣，哀后人之零落，或与斥责，或加激励，思使之攘突厥而复兴，更睹往日耀灿庄严之希腊，如所作《不信者》暨《堂祥》二诗中，其怨愤谯责之切，与希冀之诚，无不历然可征信也。比千八百二十三年，伦敦之希腊协会驰书托裴伦，请援希腊之独立。裴伦平日，至不满于希腊今人，尝称之曰世袭之奴，曰自由苗裔之奴，因不即应；顾以义愤故，则终诺之，遂行。而希腊人民之堕落，乃诚如其说，励之再振，为业至难，因羁滞于克弗洛尼亚岛者五月，始向密淑伦其。其时海陆军方奇困，闻裴伦至，狂喜，群集迓之，如得天使也。次年一月，独立政府任以总督，并授军事及民事之全权，而希腊是时，财政大匮，兵无宿粮，大势几去。加以式列阿忒佣兵见裴伦宽大，复多所要索，稍不满，辄欲背去；希腊堕落之民，又诱之使窘裴伦。裴伦大愤，极诋彼国民性之陋劣；前所谓世袭之奴，乃果不可猝救如是也。而裴伦志尚不灰，自立革命之中枢，当四围之艰险，将士内讧，则为之调和，以己为楷模，教之人道，更设法举债，以振其穷，又定印刷之制，且坚堡垒以备战。内争方烈，而突厥果攻密淑伦其，式列阿忒佣兵三百人，复乘乱占要害地。裴伦方病，闻之泰然，力平党派之争，使一心以面敌。特内外迫拶，神质剧劳，久之，疾乃渐革。将死，其从者持楮墨，将录其遗言。裴伦曰否，时已过矣。不之语，已而微呼人名，终乃曰，吾言已毕。从者曰，吾不解公言。裴伦曰，吁，不解乎？呜呼晚矣！状若甚苦。有间，复曰，吾既以吾物暨吾康健，悉付希腊矣。今更付之吾生。他更何有？遂死，时千八百二十四年四月十八日夕六时也。今为反念前时，则裴伦抱大望而来，将以天纵之才，致希腊复归于往时之荣誉，自意振臂一呼，人必将靡然向之。盖以异域之人，犹凭义愤为希腊致力，而彼邦人，纵堕落腐败者日久，然旧泽尚存，人心未死，岂意遂无情愫于故国乎？特至今兹，则前此所图，悉如梦迹，知自由苗裔之奴，乃果不可猝救有如此也。次日，希腊独立政府为举国民丧，市肆悉罢，炮台鸣炮三十七，如裴伦寿也。

吾今为桉其为作思惟，索诗人一生之内閟，则所遇常抗，所向必动，贵力而尚强，尊己而好战，其战复不如野兽，为独立自由人道也，此已略言之前分矣。故其平生，如狂涛如厉风，举一切伪饰陋习，悉与荡涤，瞻顾前后，素所不知；精神郁勃，莫可制抑，力战而毙，亦必自救其精神；不克厥敌，战则不止。而复率真行诚，无所讳掩，谓世之毁誉褒贬是非善恶，皆缘习俗而非诚，因悉措而不理也。盖英伦尔时，虚伪满于社会，以虚文缛礼为真道德，有秉自由思想而探究者，世辄谓之恶人。裴伦善抗，性又率真，夫自不可以默矣，故托凯因而言曰，恶魔者，说真理者也。遂不恤与人群敌。世之贵道德者，又即以此交非之。遏克曼亦尝问瞿提以裴伦之文，有无教训。瞿提对曰，裴伦之刚毅雄大，教训即函其中；苟能知之，斯获教训。若夫纯洁之云，道德之云，吾人何问焉。盖知伟人者，亦惟伟人焉而已。裴伦亦尝评朋思(R. Burns)曰，斯人也，心情反张，柔而刚，疏而密，精神而质，高尚而卑，有神圣者焉，有不净者焉，互和合也。裴伦亦然，自尊而怜人之为奴，制人而援人之独立，无惧于狂涛而大儆于乘马，好战崇力，遇敌无所宽假，而于累囚之苦，有同情焉。意者摩罗为性，有如此乎？且此亦不独摩罗为然，凡为伟人，大率如是。即一切人，若去其面具，诚心以思，有纯禀世所谓善性而无恶分者，果几何人？遍观众生，必几无有，则裴伦虽负摩罗之号，亦人而已，夫何诧焉。顾其不容于英伦，终放浪颠沛而死异域者，特面具为之害耳。此即裴伦所反抗破坏，而迄今犹杀真人而未有止者也。嗟夫，虚伪之毒，有如是哉！裴伦平时，其制诗极诚，尝曰，英人评骘，不介我心。若以我诗为愉快，任之而已。吾何能阿其所好为？吾之握管，不为妇孺庸俗，乃以吾全心全情感全意志，与多量之精神而成诗，非欲聆彼辈柔声而作者也。夫如是，故凡一字一辞，无不即其人呼吸精神之形现，中于人心，神弦立应，其力之曼衍于欧土，例不能别求之英诗人中；仅司各德所为说部，差足与相伦比而已。若问其力奈何？则意大利希腊二国，已如上述，可毋赘言。此他西班牙德意志诸邦，亦悉蒙其影响。次复入斯拉夫族而新其精神，流泽之长，莫可阐述。至其本国，则犹有修黎（Percy Bysshe Shelley）一人。契支（John Keats）虽亦蒙摩罗诗人之名，而与裴伦别派，故不述于此。

六

修黎生三十年而死，其三十年悉奇迹也，而亦即无韵之诗。时既艰危，性复狷介，世不彼爱，而彼亦不爱世，人不容彼，而彼亦不容人，客意大利之南方，终以壮龄而夭死，谓一生即悲剧之实现，盖非夸也。修黎者，以千七百九十二年生于英之名门，姿状端丽，夙好静思；比入中学，大为学友暨校师所不喜，虐遇不可堪。诗人之心，乃早萌反抗之朕兆；后作说部，以所得值飨其友八人，负狂人之名而去。次入恶斯佛大学，修爱智之学，屡驰书乞教于名人。而尔时宗教，权悉归于冥顽之牧师，因以妨自由之崇信。修黎蹶起，著《无神论之要》一篇，略谓惟慈爱平等三，乃使世界为乐园之要素，若夫宗教，于此无功，无有可也。书成行世，校长见之大震，终逐之；其父亦惊绝，使谢罪返校，而修黎不从，因不能归。天地虽大，故乡已失，于是至伦敦，时年十八，顾已孤立两间，欢爱悉绝，不得不与社会战矣。已而知戈德文（W. Godwin），读其著述，博爱之精神益张。次年入爱尔兰，檄其人士，于政治宗教，皆欲有所更革，顾终不成。逮千八百十五年，其诗《阿剌斯多》（Alastor）始出世，记怀抱神思之人，索求美者，遍历不见，终死旷原，如自叙也。次年乃识裴伦于瑞士；裴伦深称其人，谓奋迅如狮子，又善其诗，而世犹无顾之者。又次年成《伊式阑转轮篇》（The Revolt of Islam）。凡修黎怀抱，多抒于此。篇中英雄曰罗昂，以热诚雄辩，警其国民，鼓吹自由，掊击压制，顾正义终败，而压制于以凯还，罗昂遂为正义死。是诗所函，有无量希望信仰，暨无穷之爱，穷追不舍，终以殒亡。盖罗昂者，实诗人之先觉，亦即修黎之化身也。

至其杰作，尤在剧诗；尤伟者二，一曰《解放之普洛美迢斯》（Prometheus Unbound），一曰《煔希》（The Cenci）。前者事本希腊神话，意近裴伦之《凯因》。假普洛美迢为人类之精神，以爱与正义自由故，不恤艰苦，力抗压制主者僦毕多，窃火贻人，受絷于山顶，猛鹫日啄其肉，而终不降。僦毕多为之辟易；普洛美迢乃眷女子珂希亚，获其爱而毕。珂希亚者，理想也。《煔希》之篇，事出意大利，记女子煔希之父，酷虐无道，毒虐无所弗至，煔希终杀之，与其后母兄弟，同戮于市。论者或谓之不伦。顾失常之事，不能绝于人间，即中国《春秋》，修自圣人之手者，类此之事，且数数见，又多直书无所讳，吾人独于修黎所作，乃和众口而难之耶？上述二篇，诗人悉出以全力，尝自言曰，吾诗为众而作，读者将多。又曰，此可登诸剧场者。顾诗成而后，实乃反是，社会以谓不足读，伶人以谓不可为；修黎抗伪俗弊习以成诗，而诗亦即受伪俗弊习之夭阏，此十九稘上叶精神界之战士，所为多抱正义而骈殒者也。虽然，往时去矣，任其自去，若夫修黎之真值，则至今日而大昭。革新之潮，此其巨派，戈德文书出，初启其端，得诗人之声，乃益深入世人之灵府。凡正义自由真理以至博爱希望诸说，无不化而成醇；或为罗昂，或为普洛美迢，或为伊式阑之壮士，现于人前，与旧习对立，更张破坏，无稍假借也。旧习既破，何物斯存，则惟改革之新精神而已。十九世纪机运之新，实赖有此。朋思唱于前，裴伦修黎起其后，掊击排斥，人渐为之仓皇；而仓皇之中，即亟人生之改进。故世之嫉视破坏，加之恶名者，特见一偏而未得其全体者尔。若为桉其真状，则光明希望，实伏于中。恶物悉颠，于群何毒？破坏之云，特可发自冥顽牧师之口，而不可出诸全群者也。若其闻之，则破坏为业，斯愈益贵矣！况修黎者，神思之人，求索而无止期，猛进而不退转，浅人之所观察，殊莫可得其渊深。若能真识其人，将见品性之卓，出于云间，热诚勃然，无可沮遏，自趁其神思而奔神思之乡；此其为乡，则爰有美之本体。奥古斯丁曰，吾未有爱而吾欲爱，因抱希冀以求足爱者也。惟修黎亦然，故终出人间而神行，冀自达其所崇信之境；复以妙音，喻一切未觉，使知人类曼衍之大故，暨人生价值之所存，扬同情之精神，而张其上征渴仰之思想，使怀大希以奋进，与时劫同其无穷。世则谓之恶魔，而修黎遂以孤立；群复加以排挤，使不可久留于人间，于是压制凯还，修黎以死，盖宛然阿剌斯多之殒于大漠也。

虽然，其独慰诗人之心者，则尚有天然在焉。人生不可知，社会不可恃，则对天物之不伪，遂寄之无限之温情。一切人心，孰不如是。特缘受染有异，所感斯殊，故目睛夺于实利，则欲驱天然为之得金资；智力集于科学，则思制天然而见其法则；若至下者，乃自春徂冬，于两间崇高伟大美妙之见象，绝无所感应于心，自堕神智于深渊，寿虽百年，而讫不知光明为何物，又奚解所谓卧天然之怀，作婴儿之笑矣。修黎幼时，素亲天物，尝曰，吾幼即爱山河林壑之幽寂，游戏于断崖绝壁之为危险，吾伴侣也。考其生平，诚如自述。方在稚齿，已盘桓于密林幽谷之中，晨瞻晓日，夕观繁星，俯则瞰大都中人事之盛衰，或思前此压制抗拒之陈迹；而芜城古邑，或破屋中贫人啼饥号寒之状，亦时复历历入其目中。其神思之澡雪，既至异于常人，则旷观天然，自感神閟，凡万汇之当其前，皆若有情而至可念也。故心弦之动，自与天籁合调，发为抒情之什，品悉至神，莫可方物，非狭斯丕尔暨斯宾塞所作，不有足与相伦比者。比千八百十九年春，修黎定居罗马，次年迁毕撒；裴伦亦至，此他之友多集，为其一生中至乐之时。迨二十二年七月八日，偕其友乘舟泛海，而暴风猝起，益以奔电疾雷，少顷波平，孤舟遂杳。裴伦闻信大震，遣使四出侦之，终得诗人之骸于水裔，乃葬罗马焉。修黎生时，久欲与生死问题以诠解，自曰，未来之事，吾意已满于柏拉图暨培庚之所言，吾心至定，无畏而多望，人居今日之躯壳，能力悉蔽于阴云，惟死亡来解脱其身，则秘密始能阐发。又曰，吾无所知，亦不能证，灵府至奥之思想，不能出以言辞，而此种事，纵吾身亦莫能解尔。嗟乎，死生之事大矣，而理至閟，置而不解，诗人未能，而解之之术，又独有死而已。故修黎曾泛舟坠海，乃大悦呼曰，今使吾释其秘密矣！然不死。一日浴于海，则伏而不起，友引之出，施救始苏，曰，吾恒欲探井中，人谓诚理伏焉，当我见诚，而君见我死也。然及今日，则修黎真死矣，而人生之闷，亦以真释，特知之者，亦独修黎已耳。

七

若夫斯拉夫民族，思想殊异于西欧，而裴伦之诗，亦疾进无所沮核。俄罗斯当十九世纪初叶，文事始新，渐乃独立，日益昭明，今则已有齐驱先觉诸邦之概，令西欧人士，无不惊其美伟矣。顾夷考权舆，实本三士：曰普式庚，曰来尔孟多夫，曰鄂戈理。前二者以诗名世，均受影响于裴伦；惟鄂戈理以描绘社会人生之黑暗著名，与二人异趣，不属于此焉。

普式庚（A. Pushkin）以千七百九十九年生于墨斯科，幼即为诗，初建罗曼宗于其文界，名以大扬。顾其时俄多内讧，时势方亟，而普式庚诗多讽喻，人即借而挤之，将流鲜卑，有数耆宿力为之辩，始获免，谪居南方。其时始读裴伦诗，深感其大，思理文形，悉受转化，小诗亦尝摹裴伦；尤著者有《高加索累囚行》，至与《哈洛尔特游草》相类。中记俄之绝望青年，囚于异域，有少女为释缚纵之行，青年之情意复苏，而厥后终于孤去。其《及泼希》（Gypsy）一诗亦然，及泼希者，流浪欧洲之民，以游牧为生者也。有失望于世之人曰阿勒戈，慕是中绝色，因入其族，与为婚因，顾多嫉，渐察女有他爱，终杀之。女之父不施报，特令去不与居焉。二者为诗，虽有裴伦之色，然又至殊，凡厥中勇士，等是见放于人群，顾复不离亚历山大时俄国社会之一质分，易于失望，速于奋兴，有厌世之风，而其志至不固。普式庚于此，已不与以同情，诸凡切于报复而观念无所胜人之失，悉指摘不为讳饰。故社会之伪善，既灼然现于人前，而及泼希之朴野纯全，亦相形为之益显。论者谓普式庚所爱，渐去裴伦式勇士而向祖国纯朴之民，盖实自斯时始也。尔后巨制，曰《阿内庚》(Eugiene Onieguine)，诗材至简，而文特富丽，尔时俄之社会，情状略具于斯。惟以推敲八年，所蒙之影响至不一，故性格迁流，首尾多异。厥初二章，尚受裴伦之感化，则其英雄阿内庚为性，力抗社会，断望人间，有裴伦式英雄之概，特已不凭神思，渐近真然，与尔时其国青年之性质肖矣。厥后外缘转变，诗人之性格亦移，于是渐离裴伦，所作日趣于独立；而文章益妙，著述亦多。至与裴伦分道之因，则为说亦不一：或谓裴伦绝望奋战，意向峻绝，实与普式庚性格不相容，曩之信崇，盖出一时之激越，迨风涛大定，自即弃置而返其初；或谓国民性之不同，当为是事之枢纽，西欧思想，绝异于俄，其去裴伦，实由天性，天性不合，则裴伦之长存自难矣。凡此二说，无不近理；特就普式庚个人论之，则其对于裴伦，仅摹外状，迨放浪之生涯毕，乃骤返其本然，不能如来尔孟多夫，终执消极观念而不舍也。故旋墨斯科后，立言益务平和，凡足与社会生冲突者，咸力避而不道，且多赞诵，美其国之武功。千八百三十一年波阑抗俄，西欧诸国右波阑，于俄多所憎恶。普式庚乃作《俄国之谗谤者》暨《波罗及诺之一周年》二篇，以自明爱国。丹麦评骘家勃阑兑思(G. Brandes)于是有微辞，谓惟武力之恃而狼借人之自由，虽云爱国，顾为兽爱。特此亦不仅普式庚为然，即今之君子，日日言爱国者，于国有诚为人爱而不坠于兽爱者，亦仅见也。及晚年，与和阑公使子覃提斯迕，终于决斗被击中腹，越二日而逝，时为千八百三十七年。俄自有普式庚，文界始独立，故文史家芘宾谓真之俄国文章，实与斯人偕起也。而裴伦之摩罗思想，则又经普式庚而传来尔孟多夫。

来尔孟多夫（M. Lermontov）生于千八百十四年，与普式庚略并世。其先来尔孟斯（T. Learmont）氏，英之苏格兰人；故每有不平，辄云将去此冰雪警吏之地，归其故乡。顾性格全如俄人，妙思善感，惆怅无间，少即能缀德语成诗；后入大学被黜，乃居陆军学校二年，出为士官，如常武士，惟自谓仅于香宾酒中，加少许诗趣而已。及为禁军骑兵小校，始仿裴伦诗纪东方事，且至慕裴伦为人。其自记有曰，今吾读《世胄裴伦传》，知其生涯有同我者；而此偶然之同，乃大惊我。又曰，裴伦更有同我者一事，即尝在苏格兰，有媪谓裴伦母曰，此儿必成伟人，且当再娶。而在高加索，亦有媪告吾大母，言与此同。纵不幸如裴伦，吾亦愿如其说。顾来尔孟多夫为人，又近修黎。修黎所作《解放之普洛美迢》，感之甚力，于人生善恶竞争诸问，至为不宁，而诗则不之仿。初虽摹裴伦及普式庚，后亦自立。且思想复类德之哲人勖宾赫尔，知习俗之道德大原，悉当改革，因寄其意于二诗，一曰《神摩》（Demon），一曰《谟哜黎》（Mtsyri）。前者托旨于巨灵，以天堂之逐客，又为人间道德之憎者，超越凡情，因生疾恶，与天地斗争，苟见众生动于凡情，则辄施以贱视。后者一少年求自由之呼号也。有孺子焉，生长山寺，长老意已断其情感希望，而孺子魂梦，不离故园，一夜暴风雨，乃乘长老方祷，潜遁出寺，彷徨林中者三日，自由无限，毕生莫伦。后言曰，尔时吾自觉如野兽，力与风雨电光猛虎战也。顾少年迷林中不能返，数日始得之，惟已以斗豹得伤，竟以是殒。尝语侍疾老僧曰，丘墓吾所弗惧，人言毕生忧患，将入睡眠，与之永寂，第忧与吾生别耳。……吾犹少年。……宁汝尚忆少年之梦，抑已忘前此世间憎爱耶？倘然，则此世于汝，失其美矣。汝弱且老，灭诸希望矣。少年又为述林中所见，与所觉自由之感，并及斗豹之事曰，汝欲知吾获自由时，何所为乎？吾生矣。老人，吾生矣。使尽吾生无此三日者，且将惨澹冥暗，逾汝暮年耳。及普式庚斗死，来尔孟多夫又赋诗以寄其悲，末解有曰，汝侪朝人，天才自由之屠伯，今有法律以自庇，士师盖无如汝何，第犹有尊严之帝在天，汝不能以金资为赂。……以汝黑血，不能涤吾诗人之血痕也。诗出，举国传诵，而来尔孟多夫亦由是得罪，定流鲜卑；后遇援，乃戍高加索，见其地之物色，诗益雄美。惟当少时，不满于世者义至博大，故作《神摩》，其物犹撒但，恶人生诸凡陋劣之行，力与之敌。如勇猛者，所遇无不庸懦，则生激怒；以天生崇美之感，而众生扰扰，不能相知，爰起厌倦，憎恨人世也。顾后乃渐即于实，凡所不满，已不在天地人间，退而止于一代；后且更变，而猝死于决斗。决斗之因，即肇于来尔孟多夫所为书曰《并世英雄记》。人初疑书中主人，即著者自序，迨再印，乃辨言曰，英雄不为一人，实吾曹并时众恶之象。盖其书所述，实即当时人士之状尔。于是有友摩尔迭诺夫者，谓来尔孟多夫取其状以入书，因与索斗。来尔孟多夫不欲杀其友，仅举枪射空中；顾摩尔迭诺夫则拟而射之，遂死，年止二十七。

前此二人之于裴伦，同汲其流，而复殊别。普式庚在厌世主义之外形，来尔孟多夫则直在消极之观念。故普式庚终服帝力，入于平和，而来尔孟多夫则奋战力拒，不稍退转。波覃勖迭氏评之曰，来尔孟多夫不能胜来追之运命，而当降伏之际，亦至猛而骄。凡所为诗，无不有强烈弗和与踔厉不平之响者，良以是耳。来尔孟多夫亦甚爱国，顾绝异普式庚，不以武力若何，形其伟大。凡所眷爱，乃在乡村大野，及村人之生活；且推其爱而及高加索土人。此土人者，以自由故，力敌俄国者也；来尔孟多夫虽自从军，两与其役，然终爱之，所作《伊思迈尔培》(Ismail Bey)一篇，即纪其事。来尔孟多夫之于拿坡仑，亦稍与裴伦异趣。裴伦初尝责拿坡仑对于革命思想之谬，及既败，乃有愤于野犬之食死狮而崇之。来尔孟多夫则专责法人，谓自陷其雄士。至其自信，亦如裴伦，谓吾之良友，仅有一人，即是自己。又负雄心，期所过必留影迹。然裴伦所谓非憎人间，特去之而已，或云吾非爱人少，惟爱自然多耳等意，则不能闻之来尔孟多夫。彼之平生，常以憎人者自命，凡天物之美，足以乐英诗人者，在俄国英雄之目，则长此黯澹，浓云疾雷而不见霁日也。盖二国人之异，亦差可于是见之矣。

八

丹麦人勃阑兑思，于波阑之罗曼派，举密克威支(A. Mickiewicz)斯洛伐支奇(J. Slowacki)克拉旬斯奇(S. Krasinski)三诗人。密克威支者，俄文家普式庚同时人，以千七百九十八年生于札希亚小村之故家。村在列图尼亚，与波阑邻比。十八岁出就维尔那大学，治言语之学，初尝爱邻女马理维来苏萨加，而马理他去，密克威支为之不欢。后渐读裴伦诗，又作诗曰《死人之祭》（Dziady）。中数份叙列图尼亚旧俗，每十一月二日，必置酒果于垅上，用享死者，聚村人牧者术士一人，暨众冥鬼，中有失爱自杀之人，已经冥判，每届是日，必更历苦如前此；而诗止断片未成。尔后居加夫诺（Kowno）为教师；二三年返维尔那。递千八百二十二年，捕于俄吏，居囚室十阅月，窗牖皆木制，莫辨昼夜；乃送圣彼得堡，又徙阿兑塞，而其地无需教师，遂之克利米亚，揽其地风物以助咏吟，后成《克利米亚诗集》一卷。已而返墨斯科，从事总督府中，著诗二种，一曰《格罗苏那》（Grazyna），记有王子烈泰威尔，与其外父域多勒特迕，将乞外兵为援，其妇格罗苏那知之，不能令勿叛，惟命守者，勿容日耳曼使人入诺华格罗迭克。援军遂怒，不攻域多勒特而引军薄烈泰威尔，格罗苏那自擐甲，伪为王子与战，已而王子归，虽幸胜，而格罗苏那中流丸，旋死。及葬，絷发炮者同置之火，烈泰威尔亦殉焉。此篇之意，盖在假有妇人，第以祖国之故，则虽背夫子之命，斥去援兵，欺其军士，濒国于险，且召战争，皆不为过，苟以是至高之目的，则一切事，无不可为者也。一曰《华连洛德》（Wallenrod），其诗取材古代，有英雄以败亡之余，谋复国仇，因伪降敌陈，渐为其长，得一举而复之。此盖以意大利文人摩契阿威黎（Machiavelli）之意，附诸裴伦之英雄，故初视之亦第罗曼派言情之作。检文者不喻其意，听其付梓，密克威支名遂大起。未几得间，因至德国，见其文人瞿提。此他犹有《佗兑支氏》（Pan Tadeusz）一诗，写苏孛烈加暨诃什支珂二族之事，描绘物色，为世所称。其中虽以佗兑支为主人，而其父约舍克易名出家，实其主的。初记二人熊猎，有名华伊斯奇者吹角，起自微声，以至洪响，自榆度榆，自槲至槲，渐乃如千万角声，合于一角；正如密克威支所为诗，有今昔国人之声，寄于是焉。诸凡诗中之声，清澈弘厉，万感悉至，直至波阑一角之天，悉满歌声，虽至今日，而影响于波阑人之心者，力犹无限。令人忆诗中所云，听者当华伊斯奇吹角久已，而尚疑其方吹未已也。密克威支者，盖即生于彼歌声反响之中，至于无尽者夫。

密克威支至崇拿坡仑，谓其实造裴伦，而裴伦之生活暨其光耀，则觉普式庚于俄国，故拿坡仑亦间接起普式庚。拿坡仑使命，盖在解放国民，因及世界，而其一生，则为最高之诗。至于裴伦，亦极崇仰，谓裴伦所作，实出于拿坡仑，英国同代之人，虽被其天才影响，而卒莫能并大。盖自诗人死后，而英国文章，状态又归前纪矣。若在俄国，则善普式庚，二人同为斯拉夫文章首领，亦裴伦分支，逮年渐进，亦均渐趣于国粹；所异者，普式庚少时欲畔帝力，一举不成，遂以铩羽，且感帝意，愿为之臣，失其英年时之主义，而密克威支则长此保持，洎死始已也。当二人相见时，普式庚有《铜马》一诗，密克威支则有《大彼得象》一诗为其记念。盖千八百二十九年顷，二人尝避雨象次，密克威支因赋诗纪所语，假普式庚为言，末解曰，马足已虚，而帝不勒之返。彼曳其枚，行且坠碎。历时百年，今犹未堕，是犹山泉喷水，著寒而冰，临悬崖之侧耳。顾自由日出，熏风西集，寒沍之地，因以昭苏，则喷泉将何如，暴政将何如也？虽然，此实密克威支之言，特托之普式庚者耳。波阑破后，二人遂不相见，普式庚有诗怀之;普式庚伤死,密克威支亦念之至切。顾二人虽甚稔,又同本裴伦,而亦有特异者,如普式庚于晚出诸作,恒自谓少年眷爱自繇之梦,已背之而去,又谓前路已不见仪的之存,而密克威支则仪的如是,决无疑贰也。

斯洛伐支奇以千八百九年生克尔舍密涅克(Krzemieniec),少孤,育于后父;尝入维尔那大学,性情思想如裴伦。二十一岁入华骚户部为书记;越二年,忽以事去国,不能复返。初至伦敦;已而至巴黎,成诗一卷,仿裴伦诗体。时密克威支亦来相见,未几而迕。所作诗歌,多惨苦之音。千八百三十五年去巴黎,作东方之游,经希腊埃及叙利亚;三十七年返意大利,道出曷尔爱列须阻疫,滞留久之,作《大漠中之疫》一诗。记有亚剌伯人,为言目击四子三女,洎其妇相继死于疫,哀情涌于毫素,读之令人忆希腊尼阿孛(Niobe)事,亡国之痛,隐然在焉。且又不止此苦难之诗而已,凶惨之作,恒与俱起,而斯洛伐支奇为尤。凡诗词中,靡不可见身受楚毒之印象或其见闻,最著者或根史实,如《克垒勒度克》(Król Duch)中所述俄帝伊凡四世,以剑钉使者之足于地一节,盖本诸古典者也。

波阑诗人多写狱中戍中刑罚之事,如密克威支作《死人之祭》第三卷中,几尽绘已身所历,偷读其契珂夫斯奇(Cichowski)一章,或娑波卢夫斯奇(Sobolewski)之什,记见少年二十橇,送赴鲜卑事,不为之生愤激者盖鲜也。而读上述二人吟咏,又往往闻报复之声。如《死人祭》第三篇,有囚人所歌者:其一央珂夫斯奇曰,欲我为信徒,必见耶稣马理,先惩污吾国土之俄帝而后可。俄帝若在，无能令我呼耶稣之名。其二加罗珂夫斯奇曰，设吾当受谪放，劳役缧绁，得为俄帝作工，夫何靳耶？吾在刑中，所当力作，自语曰，愿此苍铁，有日为帝成一斧也。吾若出狱，当迎鞑靼女子，语之曰，为帝生一巴棱（杀保罗一世者）。吾若迁居植民地，当为其长，尽吾陇亩，为帝植麻，以之成一苍色巨索，织以银丝，俾阿尔洛夫（杀彼得三世者）得之，可缳俄帝颈也。末为康拉德歌曰，吾神已寂，歌在坟墓中矣。惟吾灵神，已嗅血腥，一噭而起，有如血蝠（Vampire），欲人血也。渴血渴血，复仇复仇！仇吾屠伯！天意如是，固报矣；即不如是，亦报尔！报复诗华，盖萃于是，使神不之直，则彼且自报之耳。

如上所言报复之事，盖皆隐藏，出于不意，其旨在凡窘于天人之民，得用诸术，拯其父国，为圣法也。故格罗苏那虽背其夫而拒敌，义为非谬；华连洛德亦然。苟拒异族之军，虽用诈伪，不云非法，华连洛德伪附于敌，乃歼日耳曼军，故土自由，而自亦忏悔而死。其意盖以为一人苟有所图，得当以报，则虽降敌，不为罪愆。如《阿勒普耶罗斯》（Alpujarras）一诗，益可以见其意。中叙摩亚之王阿勒曼若，以城方大疫，且不得不以格拉那陀地降西班牙，因夜出。西班牙人方聚饮，忽白有人乞见，来者一阿剌伯人，进而呼曰，西班牙人，吾愿奉汝明神，信汝先哲，为汝奴仆！众识之，盖阿勒曼若也。西人长者抱之为吻礼，诸首领皆礼之。而阿勒曼若忽仆地，攫其巾大悦呼曰，吾中疫矣！盖以彼忍辱一行，而疫亦入西班牙之军矣。斯洛伐支奇为诗，亦时责奸人自行诈于国，而以诈术陷敌，则甚美之，如《阑勃罗》(Lambro)《珂尔强》(Kordyan)皆是。《阑勃罗》为希腊人事，其人背教为盗，俾得自由以仇突厥，性至凶酷，为世所无，惟裴伦东方诗中能见之耳。珂尔强者，波阑人谋刺俄帝尼可拉一世者也。凡是二诗，其主旨所在，皆特报复而已矣。

上二士者，以绝望故，遂于凡可祸敌，靡不许可，如格罗苏那之行诈，如华连洛德之伪降，如阿勒曼若之种疫，如珂尔强之谋刺，皆是也。而克拉旬斯奇之见，则与此反。此主力报，彼主爱化。顾其为诗，莫不追怀绝泽，念祖国之忧患。波阑人动于其诗，因有千八百三十年之举；余忆所及，而六十三年大变，亦因之起矣。即在今兹，精神未忘，难亦未已也。

九

若匈加利当沉默蜷伏之顷，则兴者有裴象飞(A. Petöfi)，沽肉者子也，以千八百二十三年生于吉思珂罗(Kiskörös)。其区为匈之低地，有广漠之普斯多(Puszta 此翻平原)，道周之小旅以及村舍，种种物色，感之至深。盖普斯多之在匈，犹俄之有斯第孛(Steppe 此亦翻平原)，善能起诗人焉。父虽贾人，而殊有学，能解腊丁文。裴象飞十岁出学于科勒多，既而至阿瑣特，治文法三年。然生有殊禀，挚爱自繇，愿为俳优；天性又长于吟咏。比至舍勒美支，入高等学校三月，其父闻裴象飞与优人伍，令止读，遂徒步至菩特沛思德，入国民剧场为杂役。后为亲故所得，留养之，乃始为诗咏邻女，时方十六龄。顾亲属谓其无成，仅能为剧，遂任之去。裴象飞忽投军为兵，虽性恶压制而爱自由，顾亦居军中者十八月，以病疟罢。又入巴波大学，时亦为优，生计极艰，译英法小说自度。千八百四十四年访伟罗思摩谛（M. Vörösmarty），伟为梓其诗，自是遂专力于文，不复为优。此其半生之转点，名亦陡起，众目为匈加利之大诗人矣，次年春，其所爱之女死，因旅行北方自遣，及秋始归。洎四十七年，乃访诗人阿阑尼（J. Arany）于萨伦多，而阿阑尼杰作《约尔提》（Joldi）适竣，读之叹赏，订交焉。四十八年以始，裴象飞诗渐倾于政事，盖知革命将兴，不期而感，犹野禽之识地震也。是年三月，墺大利人革命报至沛思德，裴象飞感之，作《兴矣摩迦人》（Tolpra Magyar）一诗，次日诵以徇众，至解末叠句云，誓将不复为奴！则众皆和，持至检文之局，逐其吏而自印之，立俟其毕，各持之行。文之脱检，实自此始。裴象飞亦尝自言曰，吾琴一音，吾笔一下，不为利役也。居吾心者，爰有天神，使吾歌且吟。天神非他，即自由耳。顾所为文章，时多过情，或与众忤；尝作《致诸帝》一诗，人多责之。裴象飞自记曰，去三月十五数日而后，吾忽为众恶之人矣，褫夺花冠，独研深谷之中，顾吾终幸不屈也。比国事渐急，诗人知战争死亡且近，极思赴之。自曰，天不生我于孤寂，将召赴战场矣。吾今得闻角声召战，吾魂几欲骤前，不及待令矣。遂投国民军（Honvéd）中，四十九年转隶贝谟将军麾下。贝谟者，波阑武人，千八百三十年之役，力战俄人者也。时轲苏士招之来，使当脱阑希勒伐尼亚一面，甚爱裴象飞，如家人父子然。裴象飞三去其地，而不久即返，似或引之。是年七月三十一日舍俱思跋之战，遂殁于军。平日所谓为爱而歌，为国而死者，盖至今日而践矣。裴象飞幼时，尝治裴伦暨修黎之诗，所作率纵言自由，诞放激烈，性情亦仿佛如二人。曾自言曰，吾心如反响之森林，受一呼声，应以百响者也。又善体物色，著之诗歌，妙绝人世，自称为无边自然之野花。所著长诗，有《英雄约诺斯》(János Vitéz)一篇，取材于古传，述其人悲欢畸迹。又小说一卷曰《缢吏之缳》(A hóhér Kötele)，记以眷爱起争，肇生孽障，提尔尼阿遂终陷安陀罗奇之子于法。安陀罗奇失爱绝欢，庐其子垅上，一日得提尔尼阿，将杀之。而从者止之曰，敢问死与生之忧患孰大？曰，生哉！乃纵之使去；终诱其孙令自经，而其为绳，即昔日缳安陀罗奇子之颈者也。观其首引耶和华言，意盖云厥祖罪愆，亦可报诸其苗裔，受施必复，且不嫌加甚焉。至于诗人一生，亦至殊异，浪游变易，殆无宁时。虽少逸豫者一时，而其静亦非真静，殆犹大海漩洑中心之静点而已。设有孤舟，卷于旋风，当有一瞬间忽尔都寂，如风云已息，水波不兴，水色青如微笑，顾漩洑偏急，舟复入卷，乃至破没矣。彼诗人之暂静，盖亦犹是焉耳。

上述诸人，其为品性言行思惟，虽以种族有殊，外缘多别，因现种种状，而实统于一宗：无不刚健不挠，抱诚守真；不取媚于群，以随顺旧俗；发为雄声，以起其国人之新生，而大其国于天下。求之华土，孰比之哉？夫中国之立于亚洲也，文明先进，四邻莫之与伦，蹇视高步，因益为特别之发达；及今日虽凋苓，而犹与西欧对立，此其幸也。顾使往昔以来，不事闭关，能与世界大势相接，思想为作，日趣于新，则今日方卓立宇内，无所愧逊于他邦，荣光俨然，可无苍黄变革之事，又从可知尔。故一为相度其位置，稽考其邂逅，则震旦为国，得失滋不云微。得者以文化不受影响于异邦，自具特异之光采，近虽中衰，亦世希有。失者则以孤立自是，不遇校仇，终至堕落而之实利；为时既久，精神沦亡，逮蒙新力一击，即砉然冰泮，莫有起而与之抗。加以旧染既深，辄以习惯之目光，观察一切，凡所然否，谬解为多，此所为呼维新既二十年，而新声迄不起于中国也。夫如是，则精神界之战士贵矣。英当十八世纪时，社会习于伪，宗教安于陋，其为文章，亦摹故旧而事涂饰，不能闻真之心声。于是哲人洛克首出，力排政治宗教之积弊，唱思想言议之自由，转轮之兴，此其播种。而在文界，则有农人朋思生苏格阑，举全力以抗社会，宣众生平等之音，不惧权威，不跽金帛，洒其热血，注诸韵言；然精神界之伟人，非遂即人群之骄子，轗轲流落，终以夭亡。而裴伦修黎继起，转战反抗，具如前陈。其力如巨涛，直薄旧社会之柱石。余波流衍，入俄则起国民诗人普式庚，至波阑则作报复诗人密克威支，入匈加利则觉爱国诗人裴彖飞；其他宗徒，不胜具道。顾裴伦修黎，虽蒙摩罗之谥，亦第人焉而已。凡其同人，实亦不必曰摩罗宗，苟在人间，必有如是。此盖聆热诚之声而顿觉者也，此盖同怀热诚而互契者也。故其平生，亦甚神肖，大都执兵流血，如角剑之士，转辗于众之目前，使抱战栗与愉快而观其鏖扑。故无流血于众之目前者，其群祸矣；虽有而众不之视，或且进而杀之，斯其为群，乃愈益祸而不可救也！

今索诸中国，为精神界之战士者安在？有作至诚之声，致吾人于善美刚健者乎？有作温煦之声，援吾人出于荒寒者乎？家国荒矣，而赋最末哀歌，以诉天下贻后人之耶利米，且未之有也。非彼不生，即生而贼于众，居其一或兼其二，则中国遂以萧条。劳劳独躯壳之事是图，而精神日就于荒落；新潮来袭，遂以不支。众皆曰维新，此即自白其历来罪恶之声也，犹云改悔焉尔。顾既维新矣，而希望亦与偕始，吾人所待，则有介绍新文化之士人。特十余年来，介绍无已，而究其所携将以来归者；乃又舍治饼饵守囹圄之术而外，无他有也。则中国尔后，且永续其萧条，而第二维新之声，亦将再举，盖可准前事而无疑者矣。俄文人凯罗连珂(V. Korolenko)作《末光》一书，有记老人教童子读书于鲜卑者，曰，书中述樱花黄鸟，而鲜卑沍寒，不有此也。翁则解之曰，此鸟即止于樱木，引吭为好音者耳。少年乃沉思。然夫，少年处萧条之中，即不诚闻其好音，亦当得先觉之诠解；而先觉之声，乃又不来破中国之萧条也。然则吾人，其亦沉思而已夫，其亦惟沉思而已夫！

一九〇七年作。

(发表于 1908 年 2 月、3 月《河南》月刊第 2、3 号，收入《坟》)

《域外小说集》序言

《域外小说集》为书，词致朴讷，不足方近世名人译本。特收录至审慎，迻译亦期弗失文情。异域文术新宗，自此始入华土。使有士卓特，不为常俗所囿，必将犁然有当于心，按邦国时期，籀读其心声，以相度神思之所在。则此虽大涛之微沤与，而性解思惟，实寓于此。中国译界，亦由是无迟莫之感矣。

己酉正月十五日。

（作于 1909 年 2 月 5 日，印入《域外小说集》）

《一个青年的梦》译者序二

我译这剧本，从八月初开手，逐日的登在《国民公报》上面；到十月念五日，《国民公报》忽然被禁止出版了，这剧本正当第三幕第二场两个军使谈话的中途。现在因为《新青年》记者的希望，再将译本校正一遍，载在这杂志上。

全本共有四幕，第三幕又分三场，全用一个青年作为线索。但四幕之内，无论那一幕那一场又各各自有首尾，能独立了也成一个完全的作品：所以分看合看，都无所不可的。

全剧的宗旨，自序已经表明，是在反对战争，不必译者再说了。但我虑到几位读者，或以为日本是好战的国度，那国民才该熟读这书，中国又何须有此呢？我的私见，却很不然：中国人自己诚然不善于战争，却并没有诅咒战争；自己诚然不愿出战，却并未同情于不愿出战的他人；虽然想到自己，却并没有想到他人的自己。譬如现在论及日本并吞朝鲜的事，每每有“朝鲜本我藩属”这一类话，只要听这口气，也足够教人害怕了。

所以我以为这剧本也很可以医许多中国旧思想上的痼疾，因此也很有翻成中文的意义。

十一月二十四日　迅。

（发表于1920年1月1日《新青年》月刊第7卷第2号）

不懂的音译

一

凡有一件事，总是永远缠夹不清的，大约莫过于在我们中国了。

翻外国人的姓名用音译，原是一件极正当，极平常的事，倘不是毫无常识的人们，似乎决不至于还会说费话。然而在上海报（我记不清楚什么报了，总之不是《新申报》便是《时报》）上，却又有伏在暗地里掷石子的人来嘲笑了。他说，做新文学家的秘诀，其一是要用些“屠介纳夫”“郭歌里”之类使人不懂的字样的。

凡有旧来音译的名目：靴，狮子，葡萄，萝卜，佛，伊犁等……都毫不为奇的使用，而独独对于几个新译字来作怪；若是明知的，便可笑；倘不，更可怜。

其实是，现在的许多翻译者，比起往古的翻译家来，已经含有加倍的顽固性的了。例如南北朝人译印度的人名：阿难陀，实叉难陀，鸠摩罗什婆……决不肯附会成中国的人名模样，所以我们到了现在，还可以依了他们的译例推出原音来。不料直到光绪末年，在留学生的书报上，说是外国出了一个“柯伯坚”，倘使粗粗一看，大约总不免要疑心他是柯府上的老爷柯仲软的令兄的罢，但幸而还有照相在，可知道并不如此，其实是俄国的 Kropotkin。那书上又有一个“陶斯道”，我已经记不清是 Dostoievski 呢，还是 Tolstoi 了。

这“屠介纳夫”和“郭歌里”，虽然古雅赶不上“柯伯坚”，但于外国人的氏姓上定要加一个“百家姓”里所有的字，却几乎成了现在译界的常习，比起六朝和尚来，已可谓很“安本分”的了。然而竟还有人从暗中来掷石子，装鬼脸，难道真所谓“人心不古”么？

我想，现在的翻译家倒大可以学学“古之和尚”，凡有人名地名，什么音便怎么译，不但用不着白费心思去嵌镶，而且还须去改正。即如“柯伯坚”，现在虽然改译“苦鲁巴金”了，但第一音既然是 K 不是 Ku，我们便该将“苦”改作“克”，因为 K 和 Ku 的分别，在中国字音上是办得到的。

而中国却是更没有注意到，所以去年 Kropotkin 死去的消息传来的时候，上海《时报》便用日俄战争时旅顺败将 Kuropatkin 的照相，把这位无治主义老英雄的面目来顶替了。

十一月四日。

二

自命为“国学家”的对于译音也加以嘲笑，确可以算得一种古今的奇闻;但这不特显示他的昏愚,实在也足以看出他的悲惨。

倘如他的尊意,则怎么办呢?我想,这只有三条计。上策是凡有外国的事物都不谈;中策是凡有外国人都称之为洋鬼子,例如屠介纳夫的《猎人日记》,郭歌里的《巡按使》,都题为"洋鬼子著";下策是,只好将外国人名改为王羲之唐伯虎黄三太之类,例如进化论是唐伯虎提倡的,相对论是王羲之发明的,而发见美洲的则为黄三太。

倘不能,则为自命为国学家所不懂的新的音译语,可是要侵入真的国学的地域里来了。

中国有一部《流沙坠简》,印了将有十年了。要谈国学,那才可以算一种研究国学的书。开首有一篇长序,是王国维先生做的,要谈国学,他才可以算一个研究国学的人物。而他的序文中有一段说,"案古简所出为地凡三(中略)其三则和阗东北之尼雅城及马咱托拉拔拉滑史德三地也"。

这些译音,并不比"屠介纳夫"之类更古雅,更易懂。然而何以非用不可呢?就因为有三处地方,是这样的称呼;即使上海的国学家怎样冷笑,他们也仍然还是这样的称呼。当假的国学家正在打牌喝酒,真的国学家正在稳坐高斋读古书的时候,沙士比亚的同乡斯坦因博士却已经在甘肃新疆这些地方的沙碛里,将汉晋简牍掘去了;不但掘去,而且做出书来了。所以真要研究国学,便不能不翻回来;因为真要研究,所以也就不能行我的三策:或绝口不提,或但云"得于华夏",或改为"获之于春申浦畔"了。

而且不特这一事。此外如真要研究元朝的历史，便不能不懂“屠介纳夫”的国文，因为单用些“鸳鸯”“蝴蝶”这些字样，实在是不够敷衍的。所以中国的国学不发达则已，万一发达起来，则敢请恕我直言，可是断不是洋场上的自命为国学家“所能厕足其间者也”的了。

但我于序文里所谓三处中的“马咱托拉拔拉滑史德”，起初却实在不知道怎样断句，读下去才明白二是“马咱托拉”，三是“拔拉滑史德”。

所以要清清楚楚的讲国学，也仍然须嵌外国字，须用新式的标点的。

十一月六日。

（发表于 1922 年 11 月 4 日、6 日《晨报副刊》，收入《热风》）

咬文嚼字

一

以摆脱传统思想的束缚而来主张男女平等的男人，却偏喜欢用轻靓艳丽字样来译外国女人的姓氏：加些草头，女旁，丝旁。不是"思黛儿"，就是"雪琳娜"。西洋和我们虽然远哉遥遥，但姓氏并无男女之别，却和中国一样的，——除掉斯拉夫民族在语尾上略有区别之外。所以如果我们周家的姑娘不另姓绸，陈府上的太太也不另姓蔯，则欧文的小姐正无须改作妪纹，对于托尔斯泰夫人也不必格外费心，特别写成妥妳丝苔也。

以摆脱传统思想的束缚而来介绍世界文学的文人，却偏喜欢使外国人姓中国姓：Gogol 姓郭；Wilde 姓王；D'Annunzio 姓段，一姓唐；Holz 姓何；Gorky 姓高；Galsworthy 也姓高，假使他谈到 Gorky，大概是称他"吾家 rky"的了。我真万料不到一本《百家姓》，到现在还有这般伟力。

一月八日。

（发表于1925年1月11日《京报副刊》,收入《华盖集》）

《思想·山水·人物》题记

两三年前，我从这杂文集中翻译《北京的魅力》的时候，并没有想到要续译下去，积成一本书册。每当不想作文，或不能作文，而非作文不可之际，我一向就用一点译文来塞责，并且喜欢选取译者读者，两不费力的文章。这一篇是适合的。爽爽快快地写下去，毫不艰深，但也分明可见中国的影子。我所有的书籍非常少，后来便也还从这里选译了好几篇，那大概是关于思想和文艺的。

作者的专门是法学，这书的归趣是政治，所提倡的是自由主义。我对于这些都不了然。只以为其中关于英美现势和国民性的观察，关于几个人物，如亚诺德，威尔逊，穆来的评论，都很有明快切中的地方，滔滔然如瓶泻水，使人不觉终卷。听说青年中也颇有要看此等文字的人。自检旧译，长长短短的已有十二篇，便索性在上海的"革命文学"潮声中，在玻璃窗下，再译添八篇，凑成一本付印了。

原书共有三十一篇。如作者自序所说，“从第二篇起，到第二十二篇止，是感想；第二十三篇以下，是旅行记和关于旅行的感想。”我于第一部分中，选译了十五篇；从第二部分中，只选译了四篇，因为从我看来，作者的旅行记是轻妙的，但往往过于轻妙，令人如读日报上的杂俎，因此倒减却移译的兴趣了。那一篇《说自由主义》，也并非我所注意的文字。我自己，倒以为瞿提所说，自由和平等不能并求，也不能并得的话，更有见地，所以人们只得先取其一的。然而那却正是作者所研究和神往的东西，为不失这书的本色起见，便特地译上那一篇去。

这里要添几句声明。我的译述和绍介，原不过想一部分读者知道或古或今有这样的事或这样的人，思想，言论；并非要大家拿来作言动的南针。世上还没有尽如人意的文章，所以我只要自己觉得其中有些有用，或有些有益，于不得已如前文所说时，便会开手来移译，但一经移译，则全篇中虽间有大背我意之处，也不加删节了。因为我的意思，是以为改变本相，不但对不起作者，也对不起读者的。

我先前译印厨川白村的《出了象牙之塔》时，办法也如此。且在《后记》里，曾悼惜作者的早死，因为我深信作者的意见，在日本那时是还要算急进的。后来看见上海的《革命的妇女》上，元法先生的论文，才知道他因为见了作者的另一本《北米印象记》里有赞成贤母良妻主义的话，便颇责我的失言，且惜作者之不早死。这实在使我很惶恐。我太落拓，因此选译也一向没有如此之严，以为倘要完全的书，天下可读的书怕要绝无，倘要完全的人，天下配活的人也就有限。每一本书，从每一个人看来，有是处，也有错处，在现今的时候是一定难免的。我希望这一本书的读者，肯体察我以上的声明。

例如本书中的《论办事法》是极平常的一篇短文，但却很给了我许多益处。我素来的做事，一件未毕，是总是时时刻刻放在心中的，因此也易于困惫。那一篇里面就指示着这样脾气的不行，人必须不凝滞于物。我以为这是无论做什么事，都可以效法的，但万不可和中国祖传的"将事情不当事"即"不认真"相牵混。

原书有插画三幅，因为我觉得和本文不大切合，便都改换了，并且比原数添上几张，以见文中所讲的人物和地方，希望可以增加读者的兴味。帮我搜集图画的几个朋友，我便顺手在此表明我的谢意，还有教给我所不解的原文的诸君。

一九二八年三月三十一日，鲁迅于上海寓楼译毕记。

（发表于 1928 年 5 月 28 日《语丝》周刊第 4 卷第 22 期，印入《思想·山水·人物》）

“硬译”与“文学的阶级性”

一

听说《新月》月刊团体里的人们在说，现在销路好起来了。这大概是真的，以我似的交际极少的人，也在两个年青朋友的手里见过第二卷第六、七号的合本。顺便一翻，是争“言论自由”的文字和小说居多。近尾巴处，则有梁实秋先生的一篇《论鲁迅先生的“硬译”》，以为“近于死译”。而“死译之风也断不可长”，就引了我的三段译文，以及在《文艺与批评》的后记里所说：“但因为译者的能力不够，和中国文本来的缺点，译完一看，晦涩，甚而至于难解之处也真多；倘将仂句拆下来呢，又失了原来的语气，在我，是除了还是这样的硬译之外，只有束手这一条路了，所余的惟一的希望，只在读者还肯硬着头皮看下去而已”这些话，细心地在字旁加上圆圈，还在“硬译”两字旁边加上套圈，于是“严正”地下了“批评”道：“我们‘硬着头皮看下去’了，但是无所得。‘硬译’和‘死译’

有什么分别呢?”

新月社的声明中,虽说并无什么组织,在论文里,也似乎痛恶无产阶级式的“组织”、“集团”这些话,但其实是有组织的,至少,关于政治的论文,这一本里都互相“照应”;关于文艺,则这一篇是登在上面的同一批评家所作的《文学是有阶级性的吗?》的余波。在那一篇里有一段说“……但是不幸得很,没有一本这类的书能被我看懂。……最使我感得困难的是文字,……简直读起来比天书还难。……现在还没有一个中国人,用中国人所能看得懂的文字,写一篇文章告诉我们无产文学的理论究竟是怎么一回事。”字旁也有圈圈,怕排印麻烦,恕不照画了。总之,梁先生自认是一切中国人的代表,这些书既为自己所不懂,也就是为一切中国人所不懂,应该在中国断绝其生命,于是出示曰“此风断不可长”云。

别的“天书”译著者的意见我不能代表,从我个人来看,则事情是不会这样简单的。第一,梁先生自以为“硬着头皮看下去”了,但究竟硬了没有,是否能够,还是一个问题。以硬自居了,而实则其软如棉,正是新月社的一种特色。第二,梁先生虽自来代表一切中国人了,但究竟是否全国中的最优秀者,也是一个问题。这问题从《文学是有阶级性的吗?》这篇文章里,便可以解释。Proletary这字不必译音,大可译义,是有理可说的。但这位批评家却道:“其实翻翻字典,这个字的涵义并不见得体面,据《韦白斯特大字典》,Proletary的意思就是:A citizen of the lowest class who served the state not with property, but only by having children。……普罗列塔利亚是国家里只会生孩子的阶级!(至少在罗马时代是如此)"其实正无须来争这"体面",大约略有常识者,总不至于以现在为罗马时代,将现在的无产者都看作罗马人的。这正如将Chemie译作"舍密学",读者必不和埃及的"炼金术"混同,对于"梁"先生所作的文章,也决不会去考查语源,误解为"独木小桥"竟会动笔一样。连"翻翻字典"(《韦白斯特大字典》!)也还是"无所得",一切中国人未必全是如此的罢。

二

但于我最觉得有兴味的,是上节所引的梁先生的文字里,有两处都用着一个"我们",颇有些"多数"和"集团"气味了。自然,作者虽然单独执笔,气类则决不只一人,用"我们"来说话,是不错的,也令人看起来较有力量,又不至于一人双肩负责。然而,当"思想不能统一"时,"言论应该自由"时,正如梁先生的批评资本制度一般,也有一种"弊病"。就是,既有"我们"便有我们以外的"他们",于是新月社的"我们"虽以为我的"死译之风断不可长"了,却另有读了并不"无所得"的读者存在,而我的"硬译",就还在"他们"之间生存,和"死译"还有一些区别。

我也就是新月社的"他们"之一,因为我的译作和梁先生所需的条件,是全都不一样的。

那一篇《论硬译》的开头论误译胜于死译说:"一部书断断不会完全曲译……部分的曲译即使是错误,究竟也还给你一个错误,这个错误也许真是害人无穷的,而你读的时候究竟还落个爽快。"末两句大可以加上夹圈，但我却从来不干这样的勾当。我的译作，本不在博读者的“爽快”，却往往给以不舒服，甚而至于使人气闷，憎恶，愤恨。读了会“落个爽快”的东西，自有新月社的人们的译著在：徐志摩先生的诗，沈从文凌叔华先生的小说，陈西滢（即陈源）先生的闲话，梁实秋先生的批评，潘光旦先生的优生学，还有白璧德先生的人文主义。

所以，梁先生后文说：“这样的书，就如同看地图一般，要伸着手指来寻找句法的线索位置”这些话，在我也就觉得是废话，虽说犹如不说了。是的，由我说来，要看“这样的书”就如同看地图一样，要伸着手指来找寻“句法的线索位置”的。看地图虽然没有看“杨妃出浴图”或“岁寒三友图”那么“爽快”，甚而至于还须伸着手指（其实这恐怕梁先生自己如此罢了，看惯地图的人，是只用眼睛就可以的），但地图并不是死图；所以“硬译”即使有同一之劳，照例子也就和“死译”有了些“什么区别”。识得 ABCD 者自以为新学家，仍旧和化学方程式无关，会打算盘的自以为数学家，看起笔算的演草来还是无所得。现在的世间，原不是一为学者，便与一切事都会有缘的。

然而梁先生有实例在，举了我三段的译文，虽然明知道“也许因为没有上下文的缘故，意思不能十分明了”。在《文学是有阶级性的吗？》这篇文章中，也用了类似手段，举出两首译诗来，总评道：“也许伟大的无产文学还没有出现，那么我愿意等着，等着，等着。”这些方法，诚然是很“爽快”的，但我可以就在这一本《新月》月刊里的创作——是创作呀！——《搬家》第八页上，举出一段文字来——

"小鸡有耳朵没有?"

"我没看见过小鸡长耳朵的。"

"它怎样听见我叫它呢?"她想到前天四婆告诉她的耳朵是管听东西,眼是管看东西的。

"这个蛋是白鸡黑鸡?"枝儿见四婆没答她,站起来摸着蛋子又问。

"现在看不出来,等孵出小鸡才知道。"

"婉儿姊说小鸡会变大鸡,这些小鸡也会变大鸡么?"

"好好的喂它就会长大了,像这个鸡买来时还没有这样大吧?"

也够了,"文字"是懂得的,也无须伸出手指来寻线索,但我不"等着"了,以为就这一段看,是既不"爽快",而且和不创作是很少区别的。

临末,梁先生还有一个诘问:"中国文和外国文是不同的,……翻译之难即在这个地方。假如两种文中的文法句法词法完全一样,那么翻译还成为一件工作吗?……我们不妨把句法变换一下,以使读者能懂为第一要义,因为'硬着头皮'不是一件愉快的事,并且'硬译'也不见得能保存'原来的精悍的语气'。假如'硬译'而还能保存'原来的精悍的语气',那真是一件奇迹,还能说中国文是有'缺点'吗?"我倒不见得如此之愚,要寻求和中国文相同的外国文,或者希望"两种文中的文法句法词法完全一样"。我但以为文法繁复的国语,较易于翻译外国文,语系相近的,也较易于翻译,而且也是一种工作。荷兰翻德国,俄国翻波兰,能说这和并不工作没有什么区别么?日本语和欧美很"不同",但他们逐渐添加了新句法，比起古文来，更宜于翻译而不失原来的精悍的语气，开初自然是须“找寻句法的线索位置”，很给了一些人不“愉快”的，但经找寻和习惯，现在已经同化，成为己有了。中国的文法，比日本的古文还要不完备，然而也曾有些变迁，例如《史》《汉》不同于《书经》，现在的白话文又不同于《史》《汉》；有添造，例如唐译佛经，元译上谕，当时很有些“文法句法词法”是生造的，一经习用，便不必伸出手指，就懂得了。现在又来了“外国文”，许多句子，即也须新造，——说得坏点，就是硬造。据我的经验，这样译来，较之化为几句，更能保存原来的精悍的语气，但因为有待于新造，所以原先的中国文是有缺点的。有什么“奇迹”，干什么“吗”呢？但有待于“伸出手指”，“硬着头皮”，于有些人自然“不是一件愉快的事”。不过我是本不想将“爽快”或“愉快”来献给那些诸公的，只要还有若干的读者能够有所得，梁实秋先生“们”的苦乐以及无所得，实在“于我如浮云”。

但梁先生又有本不必求助于无产文学理论，而仍然很不了了的地方，例如他说：“鲁迅先生前些年翻译的文学，例如厨川白村的《苦闷的象征》，还不是令人看不懂的东西，但是最近翻译的书似乎改变风格了。”只要有些常识的人就知道：“中国文和外国文是不同的”，但同是一种外国文，因为作者各人的做法，而“风格”和“句法的线索位置”也可以很不同。句子可繁可简，名词可常可专，决不会一种外国文，易解的程度就都一式。我的译《苦闷的象征》，也和现在一样，是按板规逐句，甚而至于逐字译的，然而梁实秋先生居然以为还能看懂者，乃是原文原是易解的缘故，也因为梁实秋先生是中国新的批评家了的缘故，也因为其中硬造的句法，是比较地看惯了的缘故。若在三家村里，专读《古文观止》的学者们，看起来又何尝不比"天书"还难呢？

三

但是，这回的"比天书还难"的无产文学理论的译本们，却给了梁先生不小的影响。看不懂了，会有影响，虽然好像滑稽，然而是真的，这位批评家在《文学是有阶级性的吗？》里说："我现在批评所谓无产文学理论，也只能根据我所能了解的一点材料而已。"这就是说：因此而对于这理论的知识，极不完全了。

但对于这罪过，我们（包含一切"天书"译者在内，故曰"们"）也只能负一部分的责任，一部分是要作者自己的胡涂或懒惰来负的。"什么卢那卡尔斯基，蒲力汗诺夫"的书我不知道，若夫"婆格达诺夫之类"的三篇论文和托罗兹基的半部《文学与革命》，则确有英文译本的了。英国没有"鲁迅先生"，译文定该非常易解。梁先生对于伟大的无产文学的产生，曾经显示其"等着，等着，等着"的耐心和勇气，这回对于理论，何不也等一下子，寻来看了再说呢。不知其有而不求曰胡涂，知其有而不求曰懒惰，如果单是默坐，这样也许是"爽快"的。然而开起口来，却很容易咽进冷气去了。

例如就是那篇《文学是有阶级性的吗？》的高文，结论是并无阶级性。要抹杀阶级性，我以为最干净的是吴稚晖先生的"什么马克思牛克斯”以及什么先生的“世界上并没有阶级这东西”的学说。那么,就万喙息响,天下太平。但梁先生却中了一些“什么马克思”毒了,先承认了现在许多地方是资产制度,在这制度之下则有无产者。不过这“无产者本来并没有阶级的自觉。是几个过于富同情心而又态度褊激的领袖把这个阶级观念传授了给他们”,要促起他们的联合,激发他们争斗的欲念。不错,但我以为传授者应该并非由于同情,却因了改造世界的思想。况且“本无其物”的东西,是无从自觉,无从激发的,会自觉,能激发,足见那是原有的东西。原有的东西,就遮掩不久,即如格里莱阿说地体运动,达尔文说生物进化,当初何尝不或者几被宗教家烧死,或者大受保守者攻击呢,然而现在人们对于两说,并不为奇者,就因为地体终于在运动,生物确也在进化的缘故。承认其有而要掩饰为无,非有绝技是不行的。

但梁先生自有消除斗争的办法,以为如卢梭所说:“资产是文明的基础”,“所以攻击资产制度,即是反抗文明”,“一个无产者假如他是有出息的,只消辛辛苦苦诚诚实实的工作一生,多少必定可以得到相当的资产。这才是正当的生活斗争的手段。”我想,卢梭去今虽已百五十年,但当不至于以为过去未来的文明,都以资产为基础。(但倘说以经济关系为基础,那自然是对的。)希腊印度,都有文明,而繁盛时俱非在资产社会,他大概是知道的;倘不知道,那也是他的错误。至于无产者应该“辛辛苦苦”爬上有产阶级去的“正当”的方法,则是中国有钱的老太爷高兴时候,教导穷工人的古训,在实际上,现今正在“辛辛苦苦诚诚实实”想爬上一级去的“无产者”也还多。然而这是还没有人“把这个阶级观念传授了给他们"的时候。一经传授,他们可就不肯一个一个的来爬了,诚如梁先生所说,"他们是一个阶级了,他们要有组织了,他们是一个集团了,于是他们便不循常轨的一跃而夺取政权财权,一跃而为统治阶级。"但可还有想"辛辛苦苦诚诚实实工作一生,多少必定可以得到相当的资产"的"无产者"呢?自然还有的。然而他要算是"尚未发财的有产者"了。梁先生的忠告,将为无产者所呕吐了,将只好和老太爷去互相赞赏而已了。

那么,此后如何呢?梁先生以为是不足虑的。因为"这种革命的现象不能是永久的,经过自然进化之后,优胜劣败的定律又要证明了,还是聪明才力过人的人占优越的地位,无产者仍是无产者"。但无产阶级大概也知道"反文明的势力早晚要被文明的势力所征服",所以"要建立所谓'无产阶级文化',……这里面包括文艺学术"。

自此以后,这才入了文艺批评的本题。

四

梁先生首先以为无产者文学理论的错误,是"在把阶级的束缚加在文学上面",因为一个资本家和一个劳动者,有不同的地方,但还有相同的地方,"他们的人性(这两字原本有套圈)并没有两样",例如都有喜怒哀乐,都有恋爱(但所"说的是恋爱的本身,不是恋爱的方式"),"文学就是表现这最基本的人性的艺术"。这些话是矛盾而空虚的。既然文明以资产为基础,穷人以竭力爬上去为"有出息",那么,爬上是人生的要谛，富翁乃人类的至尊，文学也只要表现资产阶级就够了，又何必如此“过于富同情心”，一并包括“劣败”的无产者？况且“人性”的“本身”，又怎样表现的呢？譬如原质或杂质的化学底性质，有化合力，物理学底性质有硬度，要显示这力和度数，是须用两种物质来表现的，倘说要不用物质而显示化合力和硬度的单单“本身”，无此妙法；但一用物质，这现象即又因物质而不同。（文学不借人，也无以表示“性”，一用人，而且还在阶级社会里，即断不能免掉所属的阶级性，无需加以“束缚”，实乃出于必然。自然，“喜怒哀乐，人之情也”，然而穷人决无开交易所折本的懊恼，煤油大王那会知道北京检煤渣老婆子身受的酸辛，饥区的灾民，大约总不去种兰花，像阔人的老太爷一样，贾府上的焦大，也不爱林妹妹的。）“汽笛呀！”“列宁呀！”固然并不就是无产文学，然而“一切东西呀！”“一切人呀！”“可喜的事来了，人喜了呀！”也不是表现“人性”的“本身”的文学。倘以表现最普通的人性的文学为至高，则表现最普遍的动物性——营养，呼吸，运动，生殖——的文学，或者除去“运动”，表现生物性的文学，必当更在其上。（倘说，因为我们是人，所以以表现人性为限，那么，无产者就因为是无产阶级，所以要做无产文学。）

其次，梁先生说作者的阶级，和作品无关。托尔斯泰出身贵族，而同情于贫民，然而并不主张阶级斗争；马克思并非无产阶级中的人物；终身穷苦的约翰孙博士，志行吐属，过于贵族。所以估量文学，当看作品本身，不能连累到作者的阶级和身分。这些例子，也全不足以证明文学的无阶级性的。托尔斯泰正因为出身贵族，旧性荡涤不尽，所以只同情于贫民而不主张阶级斗争。马克思原先诚非无产阶级中的人物，但也并无文学作品，我们不能悬拟他如果动笔，所表现的一定是不用方式的恋爱本身。至于约翰孙博士终身穷苦，而志行吐属，过于王侯者，我却实在不明白那缘故。因为我不知道英国文学和他的传记。也许，他原想"辛辛苦苦诚诚实实的工作一生，多少必定可以得到相当的资产"，然后再爬上贵族阶级去，不料终于"劣败"，连相当的资产也积不起来，所以只落得摆空架子，"爽快"了罢。

其次，梁先生说，"好的作品永远是少数人的专利品，大多数永远是蠢的，永远是和文学无缘"，但鉴赏力之有无却和阶级无干，因为"鉴赏文学也是天生的一种福气"，就是，虽在无产阶级里，也会有这"天生的一种福气"的人。由我推论起来，则只要有这一种"福气"的人，虽穷得不能受教育，至于一字不识，也可以赏鉴《新月》月刊，来作"人性"和文艺"本身"原无阶级性的证据。但梁先生也知道天生这一种福气的无产者一定不多，所以另定一种东西（文艺？）来给他们看，"例如什么通俗的戏剧，电影，通俗小说之类"，因为"一般劳工劳农需要娱乐，也许需要少量的艺术的娱乐"的缘故。这样看来，好像文学确因阶级而不同了，但这是因鉴赏力之高低而定的，这种力量的修养和经济无关，乃是上帝之所赐——"福气"。所以文学家要自由创造，既不该为皇室贵族所雇用，也不该受无产阶级所威胁，去做讴功颂德的文章。这是不错的，但在我们所见的无产文学理论中，也并未见过有谁说或一阶级的文学家，不该受皇室贵族的雇用，却该受无产阶级的威胁，去做讴功颂德的文章，不过说，文学有阶级性，在阶级社会中，文学家虽自以为“自由”，自以为超了阶级，而无意识底地，也终受本阶级的阶级意识所支配，那些创作，并非别阶级的文化罢了。例如梁先生的这篇文章，原意是在取消文学上的阶级性，张扬真理的。但以资产为文明的祖宗，指穷人为劣败的渣滓，只要一瞥，就知道是资产家的斗争的“武器”，——不，“文章”了。无产文学理论家以主张“全人类”“超阶级”的文学理论为帮助有产阶级的东西，这里就给了一个极分明的例证。至于成仿吾先生似的“他们一定胜利的，所以我们去指导安慰他们去”，说出“去了”之后，便来“打发”自己们以外的“他们”那样的无产文学家，那不消说，是也和梁先生一样地对于无产文学的理论，未免有“以意为之”的错误的。

又其次，梁先生最痛恨的是无产文学理论家以文艺为斗争的武器，就是当作宣传品。他“不反对任何人利用文学来达到另外的目的”，但“不能承认宣传式的文字便是文学”。我以为这是自扰之谈。据我所看过的那些理论，都不过说凡文艺必有所宣传，并没有谁主张只要宣传式的文字便是文学。诚然，前年以来，中国确曾有许多诗歌小说，填进口号和标语去，自以为就是无产文学。但那是因为内容和形式，都没有无产气，不用口号和标语，便无从表示其“新兴”的缘故，实际上并非无产文学。今年，有名的“无产文学底批评家”钱杏邨先生在《拓荒者》上还在引卢那卡尔斯基的话，以为他推重大众能解的文学，足见用口号标语之未可厚非，来给那些“革命文学”辩护。但我觉得那也和梁实秋先生一样，是有意的或无意的曲解。卢那卡尔斯基所谓大众能解的东西，当是指托尔斯泰做了分给农民的小本子那样的文体,工农一看便会了然的语法,歌调,诙谐,只要看台明·培特尼(Demian Bednii)曾因诗歌得到赤旗章,而他的诗中并不用标语和口号,便可明白了。

最后,梁先生要看货色。这不错的,是最切实的办法;但抄两首译诗算是在示众,是不对的。《新月》上就曾有《论翻译之难》,何况所译的文是诗。就我所见的而论,卢那卡尔斯基的《被解放的堂·吉诃德》,法兑耶夫的《溃灭》,格拉特珂夫的《水门汀》,在中国这十一年中,就并无可以和这些相比的作品。这是指"新月社"一流的蒙资产文明的余荫,而且衷心在拥护它的作家而言。于号称无产作家的作品中,我也举不出相当的成绩。但钱杏邨先生也曾辩护,说新兴阶级,于文学的本领当然幼稚而单纯,向他们立刻要求好作品,是"布尔乔亚"的恶意。这话为农工而说,是极不错的。这样的无理要求,恰如使他们冻饿了好久,倒怪他们为什么没有富翁那么肥胖一样。但中国的作者,现在却实在并无刚刚放下锄斧柄子的人,大多数都是进过学校的智识者,有些还是早已有名的文人,莫非克服了自己的小资产阶级意识之后,就连先前的文学本领也随着消失了么?不会的。俄国的老作家亚历舍·托尔斯泰和威垒赛耶夫,普理希文,至今都还有好作品。中国的有口号而无随同的实证者,我想,那病根并不在"以文艺为阶级斗争的武器",而在"借阶级斗争为文艺的武器",在"无产者文学"这旗帜之下,聚集了不少的忽翻筋斗的人,试看去年的新书广告,几乎没有一本不是革命文学,批评家又但将辩护当作"清算",就是,请文学坐在"阶级斗争"的掩护之下,于是文学自己倒不必着力，因而于文学和斗争两方面都少关系了。

但中国目前的一时现象，当然毫不足作无产文学之新兴的反证的。梁先生也知道，所以他临末让步说，“假如无产阶级革命家一定要把他的宣传文学唤做无产文学，那总算是一种新兴文学，总算是文学国土里的新收获，用不着高呼打倒资产的文学来争夺文学的领域，因为文学的领域太大了，新的东西总有它的位置的。”但这好像“中日亲善，同存共荣”之说，从羽毛未丰的无产者看来，是一种欺骗。愿意这样的“无产文学者”，现在恐怕实在也有的罢，不过这是梁先生所谓“有出息”的要爬上资产阶级去的“无产者”一流，他的作品是穷秀才未中状元时候的牢骚，从开手到爬上以及以后，都决不是无产文学。无产者文学是为了以自己们之力，来解放本阶级并及一切阶级而斗争的一翼，所要的是全般，不是一角的地位。就拿文艺批评界来比方罢，假如在“人性”的“艺术之宫”（这须从成仿吾先生处租来暂用）里，向南面摆两把虎皮交椅，请梁实秋钱杏邨两位先生并排坐下，一个右执“新月”，一个左执“太阳”，那情形可真是“劳资”媲美了。

五

到这里，又可以谈到我的“硬译”去了。

推想起来，这是很应该跟着发生的问题：无产文学既然重在宣传，宣传必须多数能懂，那么，你这些“硬译”而难懂的理论“天书”，究竟为什么而译的呢？不是等于不译么？

我的回答,是:为了我自己,和几个以无产文学批评家自居的人,和一部分不图"爽快",不怕艰难,多少要明白一些这理论的读者。

从前年以来,对于我个人的攻击是多极了,每一种刊物上,大抵总要看见"鲁迅"的名字,而作者的口吻,则粗粗一看,大抵好像革命文学家。但我看了几篇,竟逐渐觉得废话太多了。解剖刀既不中腠理,子弹所击之处,也不是致命伤。例如我所属的阶级罢,就至今还未判定,忽说小资产阶级,忽说"布尔乔亚",有时还升为"封建余孽",而且又等于猩猩(见《创造月刊》上的《东京通信》);有一回则骂到牙齿的颜色。在这样的社会里,有封建余孽出风头,是十分可能的,但封建余孽就是猩猩,却在任何"唯物史观"上都没有说明,也找不出牙齿色黄,即有害于无产阶级革命的论据。我于是想,可供参考的这样的理论,是太少了,所以大家有些胡涂。对于敌人,解剖,咬嚼,现在是在所不免的,不过有一本解剖学,有一本烹饪法,依法办理,则构造味道,总还可以较为清楚,有味。人往往以神话中的 Prometheus 比革命者,以为窃火给人,虽遭天帝之虐待不悔,其博大坚忍正相同。但我从别国里窃得火来,本意却在煮自己的肉的,以为倘能味道较好,庶几在咬嚼者那一面也得到较多的好处,我也不枉费了身躯:出发点全是个人主义,并且还夹杂着小市民性的奢华,以及慢慢地摸出解剖刀来,反而刺进解剖者的心脏里去的"报复"。梁先生说"他们要报复!"其实岂只"他们",这样的人在"封建余孽"中也很有的。然而,我也愿意于社会上有些用处,看客所见的结果仍是火和光。这样,首先开手的就是《文艺政策》,因为其中含有各派的议论。

郑伯奇先生现在是开书铺，印 Hauptmann 和 Gregory 夫人的剧本了，那时他还是革命文学家，便在所编的《文艺生活》上，笑我的翻译这书，是不甘没落，而可惜被别人着了先鞭。翻一本书便会浮起，做革命文学家真太容易了，我并不这样想。有一种小报，则说我的译《艺术论》是"投降"。是的，投降的事，为世上所常有。但其时成仿吾元帅早已爬出日本的温泉，住进巴黎的旅馆了，在这里又向谁去输诚呢。今年，说法又两样了，在《拓荒者》和《现代小说》上，都说是"方向转换"。我看见日本的有些杂志中，曾将这四字加在先前的新感觉派片冈铁兵上，算是一个好名词。其实，这些纷纭之谈，也还是只看名目，连想也不肯想的老病。译一本关于无产文学的书，是不足以证明方向的，倘有曲译，倒反足以为害。我的译书，就也要献给这些速断的无产文学批评家，因为他们是有不贪"爽快"，耐苦来研究这些理论的义务的。

但我自信并无故意的曲译，打着我所不佩服的批评家的伤处了的时候我就一笑，打着我的伤处了的时候我就忍疼，却决不肯有所增减，这也是始终"硬译"的一个原因。自然，世间总会有较好的翻译者，能够译成既不曲，也不"硬"或"死"的文章的，那时我的译本当然就被淘汰，我就只要来填这从"无有"到"较好"的空间罢了。

然而世间纸张还多，每一文社的人数却少，志大力薄，写不完所有的纸张，于是一社中的职司克敌助友，扫荡异类的批评家，看见别人来涂写纸张了，便喟然兴叹，不胜其摇头顿足之苦。上海的《申报》上，至于称社会科学的翻译者为"阿狗阿猫",其愤愤有如此。在"中国新兴文学的地位,早为读者所共知"的蒋光Z先生,曾往日本东京养病,看见藏原惟人。谈到日本有许多翻译太坏,简直比原文还难读……他就笑了起来,说:"……那中国的翻译界更要莫名其妙了,近来中国有许多书籍都是译自日文的,如果日本人将欧洲人那一国的作品带点错误和删改,从日文译到中国去,试问这作品岂不是要变了一半相貌么?……"(见《拓荒者》)也就是深不满于翻译,尤其是重译的表示。不过梁先生还举出书名和坏处,蒋先生却只嫣然一笑,扫荡无余,真是普遍得远了。藏原惟人是从俄文直接译过许多文艺理论和小说的,于我个人就极有裨益。我希望中国也有一两个这样的诚实的俄文翻译者,陆续译出好书来,不仅自骂一声"混蛋"就算尽了革命文学家的责任。

然而现在呢,这些东西,梁实秋先生是不译的,称人为"阿狗阿猫"的伟人也不译,学过俄文的蒋先生原是最为适宜的了,可惜养病之后,只出了一本《一周间》,而日本则早已有了两种的译本。中国曾经大谈达尔文,大谈尼采,到欧战时候,则大骂了他们一通,但达尔文的著作的译本,至今只有一种,尼采的则只有半部,学英德文的学者及文豪都不暇顾及,或不屑顾及,拉倒了。所以暂时之间,恐怕还只好任人笑骂,仍从日文来重译,或者取一本原文,比照了日译本来直译罢。我还想这样做,并且希望更多有这样做的人,来填一填彻底的高谈中的空虚,因为我们不能像蒋先生那样的"好笑起来",也不该如梁先生的"等着,等着,等着"了。

六

我在开头曾有“以硬自居了，而实则其软如棉，正是新月社的一种特色”这些话，到这里还应该简短地补充几句，就作为本篇的收场。

《新月》一出世，就主张“严正态度”，但于骂人者则骂之，讥人者则讥之。这并不错，正是“即以其人之道，还治其人之身”，虽然也是一种“报复”，而非为了自己。到二卷六七号合本的广告上，还说“我们都保持‘容忍’的态度（除了‘不容忍’的态度是我们所不能容忍以外），我们都喜欢稳健的合乎理性的学说”。上两句也不错，“以眼还眼，以牙还牙”，和开初仍然一贯。然而从这条大路走下去，一定要遇到“以暴力抗暴力”，这和新月社诸君所喜欢的“稳健”也不能相容了。

这一回，新月社的“自由言论”遭了压迫，照老办法，是必须对于压迫者，也加以压迫的，但《新月》上所显现的反应，却是一篇《告压迫言论自由者》，先引对方的党义，次引外国的法律，终引东西史例，以见凡压迫自由者，往往臻于灭亡：是一番替对方设想的警告。

所以，新月社的“严正态度”，“以眼还眼”法，归根结蒂，是专施之力量相类，或力量较小的人的，倘给有力者打肿了眼，就要破例，只举手掩住自己的脸，叫一声“小心你自己的眼睛！”

（1930 年 1 月 24 日作，发表于 3 月 1 日

《萌芽月刊》第 1 卷第 3 期，收入《二心集》）

几条“顺”的翻译

在这一个多年之中，拼死命攻击“硬译”的名人，已经有了三代：首先是祖师梁实秋教授，其次是徒弟赵景深教授，最近就来了徒孙杨晋豪大学生。但这三代之中，却要算赵教授的主张最为明白而且彻底了，那精义是——

“与其信而不顺，不如顺而不信。”

这一条格言虽然有些希奇古怪，但对于读者是有效力的。因为“信而不顺”的译文，一看便觉得费力，要借书来休养精神的读者，自然就会佩服赵景深教授的格言。至于“顺而不信”的译文，却是倘不对照原文，就连那“不信”在什么地方都不知道。然而用原文来对照的读者，中国有几个呢。这时候，必须读者比译者知道得更多一点，才可以看出其中的错误，明白那“不信”的所在。否则，就只好胡里胡涂的装进脑子里去了。

我对于科学是知道得很少的，也没有什么外国书，只好看看译本，但近来往往遇见疑难的地方。随便举几个例子罢。《万有文库》里的周太玄先生的《生物学浅说》里，有这样的一句——

“最近如尼尔及厄尔两氏之对于麦……”

据我所知道，在瑞典有一个生物学名家 Nilsson-Ehle 是考验小麦的遗传的，但他是一个人而兼两姓，应该译作“尼尔生厄尔”才对。现在称为“两氏”，又加了“及”，顺是顺的，却很使我疑心是别的两位了。不过这是小问题，虽然，要讲生物学，连这些小节也不应该忽略，但我们姑且模模胡胡罢。

今年的三月号《小说月报》上冯厚生先生译的《老人》里，又有这样的一句——

“他由伤寒病变为流行性的感冒(Influenza)的重病……”

这也是很“顺”的，但据我所知道，流行性感冒并不比伤寒重，而且一个是呼吸系病，一个是消化系病，无论你怎样“变”，也“变”不过去的。须是“伤风”或“中寒”，这才变得过去。但小说不比《生物学浅说》，我们也姑且模模胡胡罢。这回另外来看一个奇特的实验。

这一种实验，是出在何定杰及张志耀两位合译的美国 Conklin 所作的《遗传与环境》里面的。那译文是——

“……他们先取出兔眼睛内髓质之晶体，注射于家禽，等到家禽眼中生成一种‘代晶质’，足以透视这种外来的蛋白质精以后，再取出家禽之血清，而注射于受孕之雌兔。雌兔经此番注射，每不能堪，多遭死亡，但是他们的眼睛或晶体并不见有若何之伤害，并且他们卵巢内所蓄之卵，亦不见有什么特别之伤害，因为就他们以后所生的小兔看来，并没有生而具残缺不全之眼者。”

这一段文章，也好像是颇“顺”，可以懂得的。但仔细一想，却不免不懂起来了。一，“髓质之晶体”是什么？因为水晶体是没有髓质皮质之分的。二，“代晶质”又是什么？三，“透视外来的蛋白质”又是怎么一回事？我没有原文能对，实在苦恼得很，想来想去，才以为恐怕是应该改译为这样的——

“他们先取兔眼内的制成浆状（以便注射）的水晶体，注射于家禽，等到家禽感应了这外来的蛋白质（即浆状的水晶体）而生‘抗晶质’（即抵抗这浆状水晶体的物质）。然后再取其血清，而注射于怀孕之雌兔。……”

以上不过随手引来的几个例，此外情随事迁，忘却了的还不少，有许多为我所不知道的，那自然就都溜过去，或者照样错误地装在我的脑里了。但即此几个例子，我们就已经可以决定，译得“信而不顺”的至多不过看不懂，想一想也许能懂，译得“顺而不信”的却令人迷误，怎样想也不会懂，如果好像已经懂得，那么你正是入了迷途了。

（发表于 1931 年 12 月 20 日《北斗》月刊第 1 卷第 4 期，收入《二心集》）

风马牛

主张“顺而不信”译法的大将赵景深先生，近来却并没有译什么大作，他大抵只在《小说月报》上，将“国外文坛消息”，来介绍给我们。这自然是很可感谢的。那些消息，是译来的呢，还是介绍者自去打听来，研究来的？我们无从捉摸。即使是译来的罢，但大抵没有说明出处，我们也无从考查。自然，在主张“顺而不信”译法的赵先生，这是都不必注意的，如果有些“不信”，倒正是贯彻了宗旨。

然而，疑难之处，我却还是遇到的。

在二月号的《小说月报》里，赵先生将“新群众作家近讯”告诉我们，其一道：“格罗泼已将马戏的图画故事‘Alay Oop’脱稿。”这是极“顺”的，但待到看见了这本图画，却不尽是马戏。借得英文字典来，将书名下面注着的两行英文“Life and Love Among the Acrobats Told Entirely in Pictures”查了一通，才知道原来并不是“马戏”的故事，而是“做马戏的戏子们”的故事。这么一说，自然，有些“不顺”了。但内容既然是这样的，另外也没有法子想。必须是“马戏子”，这才会有“Love”。

《小说月报》到了十一月号，赵先生又告诉了我们“塞意斯完成四部曲”，而且“连最后的一册‘半人半牛怪’(Der Zentaur)也已于今年出版”了。这一下“Der”，就令人眼睛发白，因为这是茄门话，就是想查字典，除了同济学校也几乎无处可借，那里还敢发生什么贰心。然而那下面的一个名词，却不写尚可，一写倒成了疑难杂症。这字大约是源于希腊的，英文字典上也就有，我们还常常看见用它做画材的图画，上半身是人，下半身却是马，不是牛。牛马同是哺乳动物，为了要“顺”，固然混用一回也不关紧要，但究竟马是奇蹄类，牛是偶蹄类，有些不同，还是分别了好，不必“出到最后的一册”的时候，偏来“牛”一下子的。

“牛”了一下之后，使我联想起赵先生的有名的“牛奶路”来了。这很像是直译或“硬译”，其实却不然，也是无缘无故的“牛”了进去的。这故事无须查字典，在图画上也能看见。却说希腊神话里的大神宙斯是一位很有些喜欢女人的神，他有一回到人间去，和某女士生了一个男孩子。物必有偶，宙斯太太却偏又是一个很有些嫉妒心的女神。她一知道，拍桌打凳的(?)大怒了一通之后，便将那孩子取到天上，要看机会将他害死。然而孩子是天真的，他满不知道，有一回，碰着了宙太太的乳头，便一吸，太太大吃一惊，将他一推，跌落到人间，不但没有被害，后来还成了英雄。但宙太太的乳汁，却因此一吸，喷了出来，飞散天空，成为银河，也就是“牛奶路”，——不，其实是“神奶路”。但白种人是一切

“奶”都叫“Milk”的，我们看惯了罐头牛奶上的文字，有时就不免于误译，是的，这也是无足怪的事。

但以对于翻译大有主张的名人，而遇马发昏，爱牛成性，有些“牛头不对马嘴”的翻译，却也可当作一点谈助。——不过当作别人的一点谈助，并且借此知道一点希腊神话而已，于赵先生的“与其信而不顺，不如顺而不信”的格言，却还是毫无损害的。这叫作“乱译万岁！”

（发表于 1931 年 12 月 20 日《北斗》月刊第 1 卷第 4 期，收入《二心集》）

关于翻译的通信

回　信

敬爱的J. K.同志：

看见你那关于翻译的信以后，使我非常高兴。从去年的翻译洪水泛滥以来，使许多人攒眉叹气，甚而至于讲冷话。我也是一个偶而译书的人，本来应该说几句话的，然而至今没有开过口。“强聒不舍”虽然是勇壮的行为，但我所奉行的，却是“不可与言而与之言，失言”这一句古老话。况且前来的大抵是纸人纸马，说得耳熟一点，那便是“阴兵”，实在是也无从迎头痛击。就拿赵景深教授老爷来做例子罢，他一面专门攻击科学的文艺论译本之不通，指明被压迫的作家匿名之可笑，一面却又大发慈悲，说是这样的译本，恐怕大众不懂得。好像他倒天天在替大众计划方法，别的译者来搅乱了他的阵势似的。这正如俄国革命以后，欧美的富家奴去看了一看，回来就摇头皱脸，做出文章，慨叹着工农还在怎样吃苦，怎样忍饥，说得满纸凄凄惨惨。仿佛惟有他却是极希望一个筋斗，工农就都住王宫，吃大菜，躺安乐椅子享福的人。谁料还是苦，所以俄国不行了，革命不好了，阿呀阿呀了，可恶之极了。对着这样的哭丧脸，你同他说什么呢？假如觉得讨厌，我想，只要拿指头轻轻的在那纸糊架子上挖一个窟窿就可以了。

赵老爷评论翻译，拉了严又陵，并且替他叫屈，于是累得他在你的信里也挨了一顿骂。但由我看来，这是冤枉的，严老爷和赵老爷，在实际上，有虎狗之差。极明显的例子，是严又陵为要译书，曾经查过汉晋六朝翻译佛经的方法，赵老爷引严又陵为地下知己，却没有看这严又陵所译的书。现在严译的书都出版了，虽然没有什么意义，但他所用的工夫，却从中可以查考。据我所记得，译得最费力，也令人看起来最吃力的，是《穆勒名学》和《群己权界论》的一篇作者自序，其次就是这论，后来不知怎地又改称为《权界》，连书名也很费解了。最好懂的自然是《天演论》，桐城气息十足，连字的平仄也都留心。摇头晃脑的读起来，真是音调铿锵，使人不自觉其头晕。这一点竟感动了桐城派老头子吴汝纶，不禁说是“足与周秦诸子相上下”了。然而严又陵自己却知道这太“达”的译法是不对的，所以他不称为“翻译”，而写作“侯官严复达恉”；序例上发了一通“信达雅”之类的谈论之后，结末却声明道：“什法师云，‘学我者病’，来者方多，慎勿以是书为口实也！”好像他在四十年前，便料到会有赵老爷来谬托知己，早已毛骨悚然一样。仅仅这一点，我就要说，严赵两大师，实有虎狗之差，不能相提并论的。

那么，他为什么要干这一手把戏呢？答案是：那时的留学生没有现在这么阔气，社会上大抵以为西洋人只会做机器——尤其是自鸣钟——留学生只会讲鬼子话，所以算不了“士”人的。因此他便来铿锵一下子，铿锵得吴汝纶也肯给他作序，这一序，别的生意也就源源而来了，于是有《名学》，有《法意》，有《原富》等等。但他后来的译本，看得“信”比“达雅”都重一些。

他的翻译，实在是汉唐译经历史的缩图。中国之译佛经，汉末质直，他没有取法。六朝真是“达”而“雅”了，他的《天演论》的模范就在此。唐则以“信”为主，粗粗一看，简直是不能懂的，这就仿佛他后来的译书。译经的简单的标本，有金陵刻经处汇印的三种译本《大乘起信论》，也是赵老爷的一个死对头。

但我想，我们的译书，还不能这样简单，首先要决定译给大众中的怎样的读者。将这些大众，粗粗的分起来：甲，有很受了教育的；乙，有略能识字的；丙，有识字无几的。而其中的丙，则在“读者”的范围之外，启发他们是图画，演讲，戏剧，电影的任务，在这里可以不论。但就是甲乙两种，也不能用同样的书籍，应该各有供给阅读的相当的书。供给乙的，还不能用翻译，至少是改作，最好还是创作，而这创作又必须并不只在配合读者的胃口，讨好了，读的多就够。至于供给甲类的读者的译本，无论什么，我是至今主张“宁信而不顺”的。自然，这所谓“不顺”，决不是说“跪下”要译作“跪在膝之上”，“天河”要译作“牛奶路”的意思，乃是说，不妨不像吃茶淘饭一样几口可以咽完，却必须费牙来嚼一嚼。这里就来了一个问题：为什么不完全中国化，给读者省些力气呢？这样费解，怎样还可以称为翻译呢？我的答案是：这也是译本。这样的译本，不但在输入新的内容，也在输入新的表现法。中国的文或话，法子实在太不精密了，作文的秘诀，是在避去熟字，删掉虚字，就是好文章，讲话的时候，也时时要辞不达意，这就是话不够用，所以教员讲书，也必须借助于粉笔。这语法的不精密，就在证明思路的不精密，换一句话，就是脑筋有些胡涂。倘若永远用着胡涂话，即使读的时候，滔滔而下，但归根结蒂，所得的还是一个胡涂的影子。要医这病，我以为只好陆续吃一点苦，装进异样的句法去，古的，外省外府的，外国的，后来便可以据为己有。这并不是空想的事情。远的例子，如日本，他们的文章里，欧化的语法是极平常的了，和梁启超做《和文汉读法》时代，大不相同；近的例子，就如来信所说，一九二五年曾给群众造出过“罢工”这一个字眼，这字眼虽然未曾有过，然而大众已都懂得了。

我还以为即使为乙类读者而译的书，也应该时常加些新的字眼，新的语法在里面，但自然不宜太多，以偶尔遇见，而想一想，或问一问就能懂得为度。必须这样，群众的言语才能够丰富起来。

什么人全都懂得的书，现在是不会有的，只有佛教徒的“唵”字，据说是“人人能解”，但可惜又是“解各不同”。就是数学或化学书，里面何尝没有许多“术语”之类，为赵老爷所不懂，然而赵老爷并不提及者，太记得了严又陵之故也。

说到翻译文艺，倘以甲类读者为对象，我是也主张直译的。我自己的译法，是譬如“山背后太阳落下去了”，虽然不顺，也决不改作“日落山阴”，因为原意以山为主，改了就变成太阳为主了。虽然创作，我以为作者也得加以这样的区别。一面尽量的输入，一面尽量的消化，吸收，可用的传下去了，渣滓就听他剩落在过去里。所以在现在容忍“多少的不顺”，倒并不能算“防守”，其实也还是一种的“进攻”。在现在民众口头上的话，那不错，都是“顺”的，但为民众口头上的话搜集来的话胚，其实也还是要顺的，因此我也是主张容忍“不顺”的一个。

但这情形也当然不是永远的，其中的一部分，将从“不顺”而成为“顺”，有一部分，则因为到底“不顺”而被淘汰，被踢开。这最要紧的是我们自己的批判。如来信所举的译例，我都可以承认比我译得更“达”，也可推定并且更“信”，对于译者和读者，都有很大的益处。不过这些只能使甲类的读者懂得，于乙类的读者是太艰深的。由此也可见现在必须区别了种种的读者层，有种种的译作。

为乙类读者译作的方法，我没有细想过，此刻说不出什么来。但就大体看来，现在也还不能和口语——各处各种的土话——合一，只能成为一种特别的白话，或限于某一地方的白话。后一种，某一地方以外的读者就看不懂了，要它分布较广，势必至于要用前一种，但因此也就仍然成为特别的白话，文言的分子也多起来。我是反对用太限于一处的方言的，例如小说中常见的“别闹”“别说”等类罢，假使我没有到过北京，我一定解作“另外捣乱”“另外去说”的意思，实在远不如较近文言的“不要”来得容易了然，这样的只在一处活着的口语，倘不是万不得已，也应该回避的。还有章回体小说中的笔法,即使眼熟,也不必尽是采用,例如“林冲笑道:原来,你认得。”和“原来,你认得。——林冲笑着说。”这两条,后一例虽然看去有些洋气,其实我们讲话的时候倒常用,听得“耳熟”的。但中国人对于小说是看的,所以还是前一例觉得“眼熟”,在书上遇见后一例的笔法,反而好像生疏了。没有法子,现在只好采说书而去其油滑,听闲谈而去其散漫,博取民众的口语而存其比较的大家能懂的字句,成为四不像的白话。这白话得是活的,活的缘故,就因为有些是从活的民众的口头取来,有些是要从此注入活的民众里面去。

临末,我很感谢你信末所举的两个例子。一,我将“……甚至于比自己还要亲近”译成“较之自己较之别人,还要亲近的人们”。是直译德日两种译本的说法的,这恐怕因为他们的语法中,没有像“甚至于”这样能够简单而确切地表现这口气的字眼的缘故,转几个弯,就成为这么拙笨了。二,将“新的……人”的“人”字译成“人类”,那是我的错误,是太穿凿了之后的错误。莱奋生望见的打麦场上的人,他要造他们成为目前的战斗的人物,我是看得很清楚的,但当他默想“新的……人”的时候,却也很使我默想了好久:(一)“人”的原文,日译本是“人间”,德译本是“Mensch”,都是单数,但有时也可作“人们”解;(二)他在目前就想有“新的极好的有力量的慈善的人”,希望似乎太奢,太空了。我于是想到他的出身,是商人的孩子,是智识分子,由此猜测他的战斗,是为了经过阶级斗争之后的无阶级社会,于是就将他所设想的目前的人,跟着我的主观的错误，搬往将来，并且成为“人们”——人类了。在你未曾指出之前，我还自以为这见解是很高明的哩，这是必须对于读者，赶紧声明改正的。

总之，今年总算将这一部纪念碑的小说，送在这里的读者们的面前了。译的时候和印的时候，颇经过了不少艰难，现在倒也退出了记忆的圈外去，但我真如你来信所说那样，就像亲生的儿子一般爱他，并且由他想到儿子的儿子。还有《铁流》，我也很喜欢。这两部小说，虽然粗制，却并非滥造，铁的人物和血的战斗，实在够使描写多愁善病的才子和千娇百媚的佳人的所谓“美文”，在这面前淡到毫无踪影。不过我也和你的意思一样，以为这只是一点小小的胜利，所以也很希望多人合力的更来绍介，至少在后三年内，有关于内战时代和建设时代的纪念碑的文学书八种至十种，此外更译几种虽然往往被称为无产者文学，然而还不免含有小资产阶级的偏见（如巴比塞）和基督教社会主义的偏见（如辛克莱）的代表作，加上了分析和严正的批评，好在那里，坏在那里，以备对比参考之用，那么，不但读者的见解，可以一天一天的分明起来，就是新的创作家，也得了正确的师范了。

鲁迅　一九三一，十二，二八。

（发表于 1932 年 6 月 10 日《文学月刊》创刊号，

题为《论翻译》，收入《二心集》，来信略）

祝中俄文字之交

十五年前，被西欧的所谓文明国人看作半开化的俄国，那文学，在世界文坛上，是胜利的；十五年以来，被帝国主义者看作恶魔的苏联，那文学，在世界文坛上，是胜利的。这里的所谓"胜利"，是说：以它的内容和技术的杰出，而得到广大的读者，并且给与了读者许多有益的东西。

它在中国，也没有出于这例子之外。

我们曾在梁启超所办的《时务报》上，看见了《福尔摩斯包探案》的变幻，又在《新小说》上，看见了焦士威奴（Jules Verne）所做的号称科学小说的《海底旅行》之类的新奇。后来林琴南大译英国哈葛德（H. Rider Haggard）的小说了，我们又看见了伦敦小姐之缠绵和菲洲野蛮之古怪。至于俄国文学，却一点不知道，——但有几位也许自己心里明白，而没有告诉我们的"先觉"先生，自然是例外。不过在别一方面，是已经有了感应的。那时较为革命的青年,谁不知道俄国青年是革命的,暗杀的好手?尤其忘不掉的是苏菲亚,虽然大半也因为她是一位漂亮的姑娘。现在的国货的作品中,还常有"苏菲"一类的名字,那渊源就在此。

那时——十九世纪末——的俄国文学,尤其是陀思妥夫斯基和托尔斯泰的作品,已经很影响了德国文学,但这和中国无关,因为那时研究德文的人少得很。最有关系的是英美帝国主义者,他们一面也翻译了陀思妥夫斯基,都介涅夫,托尔斯泰,契诃夫的选集了,一面也用那做给印度人读的读本来教我们的青年以拉玛和吉利瑟那(Rama and Krishna)的对话,然而因此也携带了阅读那些选集的可能。包探,冒险家,英国姑娘,菲洲野蛮的故事,是只能当醉饱之后,在发胀的身体上搔搔痒的,然而我们的一部分的青年却已经觉得压迫,只有痛楚,他要挣扎,用不着痒痒的抚摩,只在寻切实的指示了。

那时就看见了俄国文学。

那时就知道了俄国文学是我们的导师和朋友。因为从那里面,看见了被压迫者的善良的灵魂,的酸辛,的挣扎;还和四十年代的作品一同烧起希望,和六十年代的作品一同感到悲哀。我们岂不知道那时的大俄罗斯帝国也正在侵略中国,然而从文学里明白了一件大事,是世界上有两种人:压迫者和被压迫者!

从现在看来,这是谁都明白,不足道的,但在那时,却是一个大发见,正不亚于古人的发见了火的可以照暗夜,煮东西。

俄国的作品,渐渐的绍介进中国来了,同时也得了一部分读者的共鸣，只是传布开去。零星的译品且不说罢。成为大部的就有《俄国戏曲集》十种和《小说月报》增刊的《俄国文学研究》一大本，还有《被压迫民族文学号》两本，则是由俄国文学的启发，而将范围扩大到一切弱小民族，并且明明点出“被压迫”的字样来了。

于是也遭了文人学士的讨伐，有的主张文学的“崇高”，说描写下等人是鄙俗的勾当，有的比创作为处女，说翻译不过是媒婆，而重译尤令人讨厌。的确，除了《俄国戏曲集》以外，那时所有的俄国作品几乎都是重译的。

但俄国文学只是绍介进来，传布开去。

作家的名字知道得更多了，我们虽然从安特来夫（L. Andreev）的作品里遇到了恐怖，阿尔志跋绥夫（M. Artsybashev）的作品里看见了绝望和荒唐，但也从珂罗连珂（V. Korolenko）学得了宽宏，从戈理基（Maxim Gorky）感受了反抗。读者大众的共鸣和热爱，早不是几个论客的自私的曲说所能掩蔽，这伟力，终于使先前膜拜曼殊斐儿（Katherine Mansfield）的绅士也重译了都介涅夫的《父与子》，排斥“媒婆”的作家也重译着托尔斯泰的《战争与和平》了。

这之间，自然又遭了文人学士和流氓警犬的联军的讨伐。对于绍介者，有的说是为了卢布，有的说是意在投降，有的笑为“破锣”，有的指为共党，而实际上的对于书籍的禁止和没收，还因为是秘密的居多，无从列举。

但俄国文学只是绍介进来，传布开去。

有些人们,也译了《莫索里尼传》,也译了《希特拉传》,但他们绍介不出一册现代意国或德国的白色的大作品,《战后》是不属于希特拉的卐字旗下的,《死的胜利》又只好以"死"自傲。但苏联文学在我们却已有了里培进斯基的《一周间》,革拉特珂夫的《士敏土》,法捷耶夫的《毁灭》,绥拉菲摩微支的《铁流》;此外中篇短篇,还多得很。凡这些,都在御用文人的明枪暗箭之中,大踏步跨到读者大众的怀里去,给一一知道了变革,战斗,建设的辛苦和成功。

但一月以前,对于苏联的"舆论",刹时都转变了,昨夜的魔鬼,今朝的良朋,许多报章,总要提起几点苏联的好处,有时自然也涉及文艺上:"复交"之故也。然而,可祝贺的却并不在这里。自利者一淹在水里面,将要灭顶的时候,只要抓得着,是无论"破锣"破鼓,都会抓住的,他决没有所谓"洁癖"。然而无论他终于灭亡或幸而爬起,始终还是一个自利者。随手来举一个例子罢,上海称为"大报"的《申报》,不是一面甜嘴蜜舌的主张着"组织苏联考察团"(三二年十二月二十八日时评),而一面又将林克多的《苏联闻见录》称为"反动书籍"(同二十七日新闻)么?

可祝贺的,是在中俄的文字之交,开始虽然比中英,中法迟,但在近十年中,两国的绝交也好,复交也好,我们的读者大众却不因此而进退;译本的放任也好,禁压也好,我们的读者也决不因此而盛衰。不但如常,而且扩大;不但虽绝交和禁压还是如常,而且虽绝交和禁压而更加扩大。这可见我们的读者大众,是一向不用自私的"势利眼"来看俄国文学的。我们的读者大众,在朦胧中,早知道这伟大肥沃的"黑土"里,要生长出什么东西来，而这“黑土”却也确实生长了东西，给我们亲见了：忍受，呻吟，挣扎，反抗，战斗，变革，战斗，建设，战斗，成功。

在现在，英国的萧，法国的罗兰，也都成为苏联的朋友了。这，也是当我们中国和苏联在历来不断的“文字之交”的涂中，扩大而与世界结成真的“文字之交”的开始。

这是我们应该祝贺的。

十二月三十日。

（发表于1932年12月15日《文学月报》第1卷第5、6期合刊，出版愆期，收入《南腔北调集》）

关于翻译

今年是“国货年”，除“美麦”外，有些洋气的都要被打倒了。四川虽然正在奉令剪掉路人的长衫，上海的一位慷慨家却因为讨厌洋服而记得了袍子和马褂。翻译也倒了运，得到一个笼统的头衔是“硬译”和“乱译”。但据我所见，这些“批评家”中，一面要求着“好的翻译”者，却一个也没有的。

创作对于自己人，的确要比翻译切身，易解，然而一不小心，也容易发生“硬作”，“乱作”的毛病，而这毛病，却比翻译要坏得多。我们的文化落后，无可讳言，创作力当然也不及洋鬼子，作品的比较的薄弱，是势所必至的，而且又不能不时时取法于外国。所以翻译和创作，应该一同提倡，决不可压抑了一面，使创作成为一时的骄子，反因容纵而脆弱起来。我还记得先前有一个排货的年头，国货家贩了外国的牙粉，摇松了两瓶，装作三瓶，贴上商标，算是国货，而购买者却多损失了三分之一；

还有一种痱子药水，模样和洋货完全相同，价钱却便宜一半，然而它有一个大缺点，是搽了之后，毫无功效，于是购买者便完全损失了。

注重翻译，以作借镜，其实也就是催进和鼓励着创作。但几年以前，就有了攻击"硬译"的"批评家"，搔下他旧疮疤上的末屑，少得像膏药上的麝香一样，因为少，就自以为是奇珍。而这风气竟传布开来了，许多新起的论者，今年都在开始轻薄着贩来的洋货。比起武人的大买飞机，市民的拼命捐款来，所谓"文人"也者，真是多么昏庸的人物呵。

我要求中国有许多好的翻译家，倘不能，就支持着"硬译"。理由还在中国有许多读者层，有着并不全是骗人的东西，也许总有人会多少吸收一点，比一张空盘较为有益。而且我自己是向来感谢着翻译的，例如关于肖的毁誉和现在正在提起的题材的积极性的问题，在洋货里，是早有了明确的解答的。关于前者，德国的尉特甫格（Karl Wittvogel）在《肖伯纳是丑角》里说过——

"至于说到肖氏是否有意于无产阶级的革命，这并不是一个重要的问题。十八世纪的法国大哲学家们，也并不希望法国的大革命。虽然如此，然而他们都是引导着必至的社会变更的那种精神崩溃的重要势力。"（刘大杰译，《肖伯纳在上海》所载。）

关于后者，则恩格勒在给明那·考茨基（Minna Kautsky，就是现存的考茨基的母亲）的信里，已有极明确的指示，对于现在的中国，也是很有意义的——

“还有，在今日似的条件之下，小说是大抵对于布尔乔亚层的读者的，所以，由我看来，只要正直地叙述出现实的相互关系，毁坏了罩在那上面的作伪的幻影，使布尔乔亚世界的乐观主义动摇，使对于现存秩序的永远的支配起疑，则社会主义的倾向的文学，也就十足地尽了它的使命了——即使作者在这时并未提出什么特定的解决，或者有时连作者站在那一边也不很明白。”（日本上田进原译，《思想》百三十四号所载。）

八月二日。

（发表于1933年9月1日《现代》月刊
第3卷第5期，收入《南腔北调集》）

为翻译辩护

洛　文

今年是围剿翻译的年头。

或曰“硬译”，或曰“乱译”，或曰“听说现在有许多翻译家……翻开第一行就译，对于原作的理解，更无从谈起”，所以令人看得“不知所云”。

这种现象，在翻译界确是不少的，那病根就在“抢先”。中国人原是喜欢“抢先”的人民，上落电车，买火车票，寄挂号信，都愿意是一到便是第一个。翻译者当然也逃不出这例子的。而书店和读者，实在也没有容纳同一原本的两种译本的雅量和物力，只要已有一种译稿，别一译本就没有书店肯接收出版了，据说是已经有了，怕再没有人要买。

举一个例在这里：现在已经成了古典的达尔文的《物种由来》，日本有两种翻译本，先出的一种颇多错误，后出的一本是好的。中国只有一种马君武博士的翻译，而他所根据的却是日本的坏译本，实有另译的必要。然而那里还会有书店肯出版呢？除非译者同时是富翁，他来自已印。不过如果是富翁，他就去打算盘，再也不来弄什么翻译了。

还有一层，是中国的流行，实在也过去得太快，一种学问或文艺介绍进中国来，多则一年，少则半年，大抵就烟消火灭。靠翻译为生的翻译家，如果精心作意，推敲起来，则到他脱稿时，社会上早已无人过问。中国大嚷过托尔斯泰，屠格纳夫，后来又大嚷过辛克莱，但他们的选集却一部也没有。去年虽然还有以郭沫若先生的盛名，幸而出版的《战争与和平》，但恐怕仍不足以挽回读书和出版界的惰气，势必至于读者也厌倦，译者也厌倦，出版者也厌倦，归根结蒂是不会完结的。

翻译的不行，大半的责任固然该在翻译家，但读书界和出版界，尤其是批评家，也应该分负若干的责任。要救治这颓运，必须有正确的批评，指出坏的，奖励好的，倘没有，则较好的也可以。然而这怎么能呢；指摘坏翻译，对于无拳无勇的译者是不要紧的，倘若触犯了别有来历的人，他就会给你带上一顶红帽子，简直要你的性命。这现象，就使批评家也不得不含胡了。

此外，现在最普通的对于翻译的不满，是说看了几十行也还是不能懂。但这是应该加以区别的。倘是康德的《纯粹理性批判》那样的书，则即使德国人来看原文，他如果并非一个专家，也还是一时不能看懂。自然，“翻开第一行就译”的译者，是太不负责任了，然而漫无区别，要无论什么译本都翻开第一行就懂的读者，却也未免太不负责任了。

八月十四日。

（发表于 1933 年 8 月 20 日《申报·自由谈》，收入《准风月谈》）

关于翻译（上）

洛　文

因为我的一篇短文，引出了穆木天先生的《从“为翻译辩护”谈到楼译“二十世纪之欧洲文学”》（九日《自由谈》所载），这在我，是很以为荣幸的，并且觉得凡所指摘，也恐怕都是实在的错误。但从那作者的案语里，我却又想起一个随便讲讲，也许并不是毫无意义的问题来了。那是这样的一段——

“在一百九十九页，有‘在这种小说之中，最近由学术院（译者：当系指著者所属的俄国共产主义学院）所选的鲁易倍尔德兰的不朽的诸作，为最优秀’。在我以为此地所谓‘Academie’者，当指法国翰林院。苏联虽称学艺发达之邦，但不会为帝国主义作家作选集罢？我不知为什么楼先生那样地滥下注解。”

究竟是那一国的 Academia 呢？我不知道。自然，看作法国的翰林院，是万分近理的，但我们也不能决定苏联的大学院就“不会为帝国主义作家作选集”。倘在十年以前，是决定不会的，这不但为物力所限，也为了要保护革命的婴儿，不能将滋养的，无益的，有害的食品都漫无区别的乱放在他前面。现在却可以了，婴儿已经长大，而且强壮，聪明起来，即使将鸦片或吗啡给他看，也没有什么大危险，但不消说，一面也必须有先觉者来指示，说吸了就会上瘾，而上瘾之后，就成一个废物，或者还是社会上的害虫。

在事实上，我曾经见过苏联的 Academia 新译新印的阿剌伯的《一千一夜》，意大利的《十日谈》，还有西班牙的《吉诃德先生》，英国的《鲁滨孙漂流记》；在报章上，则记载过在为托尔斯泰印选集，为歌德编全集——更完全的全集。倍尔德兰不但是加特力教的宣传者，而且是王朝主义的代言人，但比起十九世纪初德意志布尔乔亚的文豪歌德来，那作品也不至于更加有害。所以我想，苏联来给他出一本选集，实在是很可能的。不过在这些书籍之前，想来一定有详序，加以仔细的分析和正确的批评。

凡作者，和读者因缘愈远的，那作品就于读者愈无害。古典的，反动的，观念形态已经很不相同的作品，大抵即不能打动新的青年的心(但自然也要有正确的指示)，倒反可以从中学学描写的本领，作者的努力。恰如大块的砒霜，欣赏之余，所得的是知道它杀人的力量和结晶的模样：药物学和矿物学上的知识了。可怕的倒在用有限的砒霜，和在食物中间,使青年不知不觉的吞下去,例如似是而非的所谓“革命文学”,故作激烈的所谓“唯物史观的批评”,就是这一类。这倒是应该防备的。

我是主张青年也可以看看“帝国主义者”的作品的,这就是古语的所谓“知己知彼”。青年为了要看虎狼,赤手空拳的跑到深山里去固然是呆子,但因为虎狼可怕,连用铁栅围起来了的动物园里也不敢去,却也不能不说是一位可笑的愚人。有害的文学的铁栅是什么呢?批评家就是。

九月十一日。

补记:这一篇没有能够刊出。

九月十五日。

(收入《准风月谈》)

关于翻译(下)

洛　文

但我在那《为翻译辩护》中,所希望于批评家的,实在有三点:一,指出坏的;二,奖励好的;三,倘没有,则较好的也可以。而穆木天先生所实做的是第一句。以后呢,可能有别的批评家来做其次的文章,想起来真是一个大疑问。

所以我要再来补充几句:倘连较好的也没有,则指出坏的译本之后,并且指明其中的那些地方还可以于读者有益处。

此后的译作界,恐怕是还要退步下去的。姑不论民穷财尽,即看地面和人口,四省是给日本拿去了,一大块在水淹,一大块在旱,一大块在打仗,只要略略一想,就知道读者是减少了许许多了。因为销路的少,出版界就要更投机,欺骗,而拿笔的人也因此只好更投机,欺骗。即有不愿意欺骗的人,为生计所压迫,也总不免比较的粗制滥造,增出些先前所没有的缺点来。走过租界的住宅区邻近的马路,三间门面的水果店,晶莹的玻璃窗里是鲜红的苹果,通黄的香蕉,还有不知名的热带的果物。但略站一下就知道:这地方,中国人是很少进去的,买不起。我们大抵只好到同胞摆的水果摊上去,化几文钱买一个烂苹果。

苹果一烂,比别的水果更不好吃,但是也有人买的,不过我们另外还有一种相反的脾气:首饰要"足赤",人物要"完人"。一有缺点,有时就全部都不要了。爱人身上生几个疮,固然不至于就请律师离婚,但对于作者,作品,译品,却总归比较的严紧,萧伯纳坐了大船,不好;巴比塞不算第一个作家,也不好;译者是"大学教授,下职官员",更不好。好的又不出来,怎么办呢?我想,还是请批评家用吃烂苹果的方法,来救一救急罢。

我们先前的批评法,是说,这苹果有烂疤了,要不得,一下子抛掉。然而买者的金钱有限,岂不是大冤枉,而况此后还要穷下去。所以,此后似乎最好还是添几句,倘不是穿心烂,就说:这苹果有着烂疤了,然而这几处没有烂,还可以吃得。这么一办,译品的好坏是明白了,而读者的损失也可以小一点。

但这一类的批评,在中国还不大有,即以《自由谈》所登的批评为例,对于《二十世纪之欧洲文学》,就是专指烂疤的;记得先前有一篇批评邹韬奋先生所编的《高尔基》的短文,除掉指出几个缺点之外,也没有别的话。前者我没有看过,说不出另外可有什么可取的地方,但后者却曾经翻过一遍,觉得除批评者所指摘的缺点之外,另有许多记载作者的勇敢的奋斗,胥吏的卑劣的阴谋,是很有益于青年作家的,但也因为有了烂疤，就被抛在筐子外面了。

所以，我又希望刻苦的批评家来做剜烂苹果的工作，这正如“拾荒”一样，是很辛苦的，但也必要，而且大家有益的。

九月十一日。

（发表于 1933 年 9 月 14 日《申报·自由谈》，收入《准风月谈》）

拿来主义

中国一向是所谓“闭关主义”，自己不去，别人也不许来。自从给枪炮打破了大门之后，又碰了一串钉子，到现在，成了什么都是“送去主义”了。别的且不说罢，单是学艺上的东西，近来就先送一批古董到巴黎去展览，但终“不知后事如何”；还有几位“大师”们捧着几张古画和新画，在欧洲各国一路的挂过去，叫作“发扬国光”。听说不远还要送梅兰芳博士到苏联去，以催进“象征主义”，此后是顺便到欧洲传道。我在这里不想讨论梅博士演艺和象征主义的关系，总之，活人替代了古董，我敢说，也可以算得显出一点进步了。

但我们没有人根据了“礼尚往来”的仪节，说道：拿来！

当然，能够只是送出去，也不算坏事情，一者见得丰富，二者见得大度。尼采就自诩过他是太阳，光热无穷，只是给与，不想取得。然而尼采究竟不是太阳，他发了疯。中国也不是，虽然有人说，掘起地下的煤来，就足够全世界几百年之用。但是，几百年之后呢？几百年之后，我们当然是化为魂灵，或上天堂，或落了地狱，但我们的子孙是在的，所以还应该给他们留下一点礼品。要不然，则当佳节大典之际，他们拿不出东西来，只好磕头贺喜，讨一点残羹冷炙做奖赏。

这种奖赏，不要误解为“抛来”的东西，这是“抛给”的，说得冠冕些，可以称之为“送来”，我在这里不想举出实例。

我在这里也并不想对于“送去”再说什么，否则太不“摩登”了。我只想鼓吹我们再吝啬一点，“送去”之外，还得“拿来”，是为“拿来主义”。

但我们被“送来”的东西吓怕了。先有英国的鸦片，德国的废枪炮，后有法国的香粉，美国的电影，日本的印着“完全国货”的各种小东西。于是连清醒的青年们，也对于洋货发生了恐怖。其实，这正是因为那是“送来”的，而不是“拿来”的缘故。

所以我们要运用脑髓，放出眼光，自己来拿！

譬如罢，我们之中的一个穷青年，因为祖上的阴功（姑且让我这么说说罢），得了一所大宅子，且不问他是骗来的，抢来的，或合法继承的，或是做了女婿换来的。那么，怎么办呢？我想，首先是不管三七二十一，“拿来”！但是，如果反对这宅子的旧主人，怕给他的东西染污了，徘徊不敢走进门，是孱头；勃然大怒，放一把火烧光，算是保存自己的清白，则是昏蛋。不过因为原是羡慕这宅子的旧主人的，而这回接受一切，欣欣然的蹩进卧室，大吸剩下的鸦片，那当然更是废物。“拿来主义”者是全不这样的。

他占有，挑选。看见鱼翅，并不就抛在路上以显其“平民化”，只要有养料，也和朋友们像萝卜白菜一样的吃掉，只不用它来宴大宾；看见鸦片，也不当众摔在毛厕里，以见其彻底革命，只送到药房里去，以供治病之用，却不弄“出售存膏，售完即止”的玄虚。只有烟枪和烟灯，虽然形式和印度，波斯，阿剌伯的烟具都不同，确可以算是一种国粹，倘使背着周游世界，一定会有人看，但我想，除了送一点进博物馆之外，其余的是大可以毁掉的了。还有一群姨太太，也大以请她们各自走散为是，要不然，“拿来主义”怕未免有些危机。

总之，我们要拿来。我们要或使用，或存放，或毁灭。那么，主人是新主人，宅子也就会成为新宅子。然而首先要这人沉着，勇猛，有辨别，不自私。没有拿来的，人不能自成为新人，没有拿来的，文艺不能自成为新文艺。

六月四日。

（发表于 1934 年 6 月 7 日《中华日报·动向》，收入《且介亭杂文》）

论重译

史　贲

穆木天先生在二十一日的《火炬》上，反对作家的写无聊的游记之类，以为不如给中国介绍一点上起希腊罗马，下至现代的文学名作。我以为这是很切实的忠告。但他在十九日的《自由谈》上，却又反对间接翻译，说“是一种滑头办法”，虽然还附有一些可恕的条件。这是和他后来的所说冲突的，也容易启人误会，所以我想说几句。

重译确是比直接译容易。首先，是原文的能令译者自惭不及，怕敢动笔的好处，先由原译者消去若干部分了。译文是大抵比不上原文的，就是将中国的粤语译为京语，或京语译成沪语，也很难恰如其分。在重译，便减少了对于原文的好处的踌躇。其次，是难解之处，忠实的译者往往会有注解，可以一目了然，原书上倒未必有。但因此，也常有直接译错误，而间接译却不然的时候。

懂某一国文，最好是译某一国文学，这主张是断无错误的，但是，假使如此，中国也就难有上起希罗，下至现代的文学名作的译本了。中国人所懂的外国文，恐怕是英文最多，日文次之，倘不重译，我们将只能看见许多英美和日本的文学作品，不但没有伊卜生，没有伊本涅支，连极通行的安徒生的童话，西万提司的《吉诃德先生》，也无从看见了。这是何等可怜的眼界。自然，中国未必没有精通丹麦，诺威，西班牙文字的人们，然而他们至今没有译，我们现在的所有，都是从英文重译的。连苏联的作品，也大抵是从英法文重译的。

所以我想，对于翻译，现在似乎暂不必有严峻的堡垒。最要紧的是要看译文的佳良与否，直接译或间接译，是不必置重的；是否投机，也不必推问的。深通原译文的趋时者的重译本，有时会比不甚懂原文的忠实者的直接译本好，日本改造社译的《高尔基全集》，曾被有一些革命者斥责为投机，但革命者的译本出，却反而显出前一本的优良了。不过也还要附一个条件，并不很懂原译文的趋时者的速成译本，可实在是不可恕的。

待到将来各种名作有了直接译本，则重译本便是应该淘汰的时候，然而必须那译本比旧译本好，不能但以“直接翻译”当作护身的挡牌。

六月二十四日。

（发表于 1934 年 6 月 27 日《申报·自由谈》，收入《花边文学》）

再论重译

史　贲

看到穆木天先生的《论重译及其他》下篇的末尾，才知道是在释我的误会。我却觉得并无什么误会，不同之点，只在倒过了一个轻重，我主张首先要看成绩的好坏，而不管译文是直接或间接，以及译者是怎样的动机。

木天先生要译者"自知"，用自己的长处，译成"一劳永逸"的书。要不然，还是不动手的好。这就是说，与其来种荆棘，不如留下一片白地，让别的好园丁来种可以永久观赏的佳花。但是，"一劳永逸"的话，有是有的，而"一劳永逸"的事却极少，就文字而论，中国的这方块字便决非"一劳永逸"的符号。况且白地也决不能永久的保留，既有空地，便会生长荆棘或雀麦。最要紧的是有人来处理，或者培植，或者删除，使翻译界略免于芜杂。这就是批评。

然而我们向来看轻着翻译，尤其是重译。对于创作，批评家是总算时时开口的，一到翻译，则前几年还偶有专指误译的文章，近来就极其少见；对于重译的更其少。但在工作上，批评翻译却比批评创作难，不但看原文须有译者以上的工力，对作品也须有译者以上的理解。如木天先生所说，重译有数种译本作参考，这在译者是极为便利的，因为甲译本可疑时，能够参看乙译本。直接译就不然了，一有不懂的地方，便无法可想，因为世界上是没有用了不同的文章，来写两部意义句句相同的作品的作者的。重译的书之多，这也许是一种原因，说偷懒也行，但大约也还是语学的力量不足的缘故。遇到这种参酌各本而成的译本，批评就更为难了，至少也得能看各种原译本。如陈源译的《父与子》，鲁迅译的《毁灭》，就都属于这一类的。

我以为翻译的路要放宽，批评的工作要着重。倘只是立论极严，想使译者自己慎重，倒会得到相反的结果，要好的慎重了，乱译者却还是乱译，这时恶译本就会比稍好的译本多。

临末还有几句不大紧要的话。木天先生因为怀疑重译，见了德译本之后，连他自己所译的《塔什干》，也定为法文原译是删节本了。其实是不然的。德译本虽然厚，但那是两部小说合订在一起的，后面的大半，就是绥拉菲摩维支的《铁流》。所以我们所有的汉译《塔什干》，也并不是节本。

七月三日。

（发表于 1934 年 7 月 7 日《申报·自由谈》，收入《花边文学》）

非有复译不可

好像有人说过，去年是“翻译年”；其实何尝有什么了不起的翻译，不过又给翻译暂时洗去了恶名却是真的。

可怜得很，还只译了几个短篇小说到中国来，创作家就出现了，说它是媒婆，而创作是处女。在男女交际自由的时候，谁还喜欢和媒婆周旋呢，当然没落。后来是译了一点文学理论到中国来，但“批评家”幽默家之流又出现了，说是“硬译”，“死译”，“好像看地图”，幽默家还从他自己的脑子里，造出可笑的例子来，使读者们“开心”，学者和大师们的话是不会错的，“开心”也总比正经省力，于是乎翻译的脸上就被他们画上了一条粉。

但怎么又来了“翻译年”呢，在并无什么了不起的翻译的时候？不是夸大和开心，它本身就太轻飘飘，禁不起风吹雨打的缘故么？

于是有些人又记起了翻译，试来译几篇。但这就又是“批评家”的材料了，其实，正名定分，他是应该叫作“唠叨家”的，是创作家和批评家以外的一种，要说得好听，也可以谓之“第三种”。他像后街的老虔婆一样，并不大声，却在那里唠叨，说是莫非世界上的名著都译完了吗，你们只在译别人已经译过的，有的还译过了七八次。

记得中国先前，有过一种风气，遇见外国——大抵是日本——有一部书出版，想来当为中国人所要看的，便往往有人在报上登出广告来，说“已在开译，请万勿重译为幸”。他看得译书好像订婚，自己首先套上约婚戒指了，别人便莫作非分之想。自然，译本是未必一定出版的，倒是暗中解约的居多；不过别人却也因此不敢译，新妇就在闺中老掉。这种广告，现在是久不看见了，但我们今年的唠叨家，却正继承着这一派的正统。他看得翻译好像结婚，有人译过了，第二个便不该再来碰一下，否则，就仿佛引诱了有夫之妇似的，他要来唠叨，当然罗，是维持风化。但在这唠叨里，他不也活活的画出了自己的猥琐的嘴脸了么？

前几年，翻译的失了一般读者的信用，学者和大师们的曲说固然是原因之一，但在翻译本身也有一个原因，就是常有胡乱动笔的译本。不过要击退这些乱译，诬赖，开心，唠叨，都没有用处，唯一的好方法是又来一回复译，还不行，就再来一回。譬如赛跑，至少总得有两个人，如果不许有第二人入场，则先在的一个永远是第一名，无论他怎样蹩脚。所以讥笑复译的，虽然表面上好像关心翻译界，其实是在毒害翻译界，比诬赖，开心的更有害，因为他更阴柔。

而且复译还不止是击退乱译而已，即使已有好译本，复译也还是必要的。曾有文言译本的，现在当改译白话，不必说了。即使先出的白话译本已很可观，但倘使后来的译者自己觉得可以译得更好，就不妨再来译一遍，无须客气，更不必管那些无聊的唠叨。取旧译的长处，再加上自己的新心得，这才会成功一种近于完全的定本。但因言语跟着时代的变化，将来还可以有新的复译本的，七八次何足为奇，何况中国其实也并没有译过七八次的作品。如果已经有，中国的新文艺倒也许不至于现在似的沉滞了。

三月十六日。

(发表于 1935 年 4 月 1 日《文学》月刊
第 4 卷第 4 期，收入《且介亭杂文二集》)

“题未定”草

二

还是翻译《死魂灵》的事情。躲在书房里，是只有这类事情的。动笔之前，就先得解决一个问题：竭力使它归化，还是尽量保存洋气呢？日本文的译者上田进君，是主张用前一法的。他以为讽刺作品的翻译，第一当求其易懂，愈易懂，效力也愈广大。所以他的译文，有时就化一句为数句，很近于解释。我的意见却两样的。只求易懂，不如创作，或者改作，将事改为中国事，人也化为中国人。如果还是翻译，那么，首先的目的，就在博览外国的作品，不但移情，也要益智，至少是知道何地何时，有这等事，和旅行外国，是很相像的：它必须有异国情调，就是所谓洋气。其实世界上也不会有完全归化的译文，倘有，就是貌合神离，从严辨别起来，它算不得翻译。凡是翻译，必须兼顾着两面，一当然力求其易解，一则保存着原作的丰姿，但这保存，却又常常和易懂相矛盾：

看不惯了。不过它原是洋鬼子，当然谁也看不惯，为比较的顺眼起见，只能改换他的衣裳，却不该削低他的鼻子，剜掉他的眼睛。我是不主张削鼻剜眼的，所以有些地方，仍然宁可译得不顺口。只是文句的组织，无须科学理论似的精密了，就随随便便，但副词的“地”字，却还是使用的，因为我觉得现在看惯了这字的读者已经很不少。

然而“幸乎不幸乎”，我竟因此发见我的新职业了：做西崽。

还是当作休息的翻杂志，这回是在《人间世》二十八期上遇见了林语堂先生的大文，摘录会损精神，还是抄一段——

“……今人一味仿效西洋，自称摩登，甚至不问中国文法，必欲仿效英文，分‘历史地’为形容词，‘历史地的’为状词，以模仿英文之historic-al-ly，拖一西洋辫子，然则‘快来’何不因‘快’字是状词而改为‘快地的来’？此类把戏，只是洋场孽少怪相，谈文学虽不足，当西崽颇有才。此种流风，其弊在奴，救之之道，在于思。”（《今文八弊》中）

其实是“地”字之类的采用，并非一定从高等华人所擅长的英文而来的。“英文”“英文”，一笑一笑。况且看上文的反问语气，似乎“一味仿效西洋”的“今人”，实际上也并不将“快来”改为“快地的来”，这仅是作者的虚构，所以助成其名文，殆即所谓“保得自身为主，则圆通自在，大畅无比”之例了。不过不切实，倘是“自称摩登”的“今人”所说，就是“其弊在浮”。

倘使我至今还住在故乡,看了这一段文章,是懂得,相信的。我们那里只有几个洋教堂,里面想必各有几位西崽,然而很难得遇见。要研究西崽,只能用自己做标本,虽不过"颇",也够合用了。又是"幸乎不幸乎",后来竟到了上海,上海住着许多洋人,因此有着许多西崽,因此也给了我许多相见的机会;不但相见,我还得了和他们中的几位谈天的光荣。不错,他们懂洋话,所懂的大抵是"英文","英文",然而这是他们的吃饭家伙,专用于服事洋东家的,他们决不将洋辫子拖进中国话里来,自然更没有捣乱中国文法的意思,有时也用几个音译字,如"那摩温","土司"之类,但这也是向来用惯的话,并非标新立异,来表示自己的摩登的。他们倒是国粹家,一有余闲,拉皮胡,唱《探母》;上工穿制服,下工换华装,间或请假出游,有钱的就是缎鞋绸衫子。不过要戴草帽,眼镜也不用玳瑁边的老样色,倘用华洋的"门户之见"看起来,这两样却不免是缺点。

又倘使我要另找职业,能说英文,我可真的肯去做西崽的,因为我以为用工作换钱,西崽和华仆在人格上也并无高下,正如用劳力在外资工厂或华资工厂换得工资,或用学费在外国大学或中国大学取得资格,都没有卑贱和清高之分一样。西崽之可厌不在他的职业,而在他的"西崽相"。这里之所谓"相",非说相貌,乃是"诚于中而形于外"的,包括着"形式"和"内容"而言。这"相",是觉得洋人势力,高于群华人,自己懂洋话,近洋人,所以也高于群华人;但自己又系出黄帝,有古文明,深通华情,胜洋鬼子,所以也胜于势力高于群华人的洋人,因此也更胜于还在洋人之下的群华人。租界上的中国巡捕，也常常有这一种“相”。

倚徙华洋之间，往来主奴之界，这就是现在洋场上的“西崽相”。但又并不是骑墙，因为他是流动的，较为“圆通自在”，所以也自得其乐，除非你扫了他的兴头。

三

由前所说，“西崽相”就该和他的职业有关了，但又不全和职业相关，一部份却来自未有西崽以前的传统。所以这一种相，有时是连清高的士大夫也不能免的。“事大”，历史上有过的，“自大”，事实上也常有的；“事大”和“自大”，虽然不相容，但因“事大”而“自大”，却又为实际上所常见——他足以傲视一切连“事大”也不配的人们。有人佩服得五体投地的《野叟曝言》中，那“居一人之下，在众人之上”的文素臣，就是这标本。他是崇华，抑夷，其实却是“满崽”；古之“满崽”，正犹今之“西崽”也。

所以虽是我们读书人，自以为胜西崽远甚，而洗伐未净，说话一多，也常常会露出尾巴来的。再抄一段名文在这里——

“……其在文学，今日绍介波兰诗人，明日绍介捷克文豪，而对于已经闻名之英美法德文人，反厌为陈腐，不欲深察，求一究竟。此与妇女新装求入时一样，总是媚字一字不是，自叹女儿身，事人以颜色，其苦不

堪言。此种流风，其弊在浮，救之之道，在于学。”(《今文八弊》中)

但是，这种“新装”的开始，想起来却长久了，“绍介波兰诗人”，还在三十年前，始于我的《摩罗诗力说》。那时满清宰华，汉民受制，中国境遇，颇类波兰，读其诗歌，即易于心心相印，不但无事大之意，也不存献媚之心。后来上海的《小说月报》，还曾为弱小民族作品出过专号，这种风气，现在是衰歇了，即偶有存者，也不过一脉的余波。但生长于民国的幸福的青年，是不知道的，至于附势奴才，拜金崽子，当然更不会知道。但即使现在绍介波兰诗人，捷克文豪，怎么便是“媚”呢？他们就没有“已经闻名”的文人吗？况且“已经闻名”，是谁闻其“名”，又何从而“闻”的呢？诚然，“英美法德”，在中国有宣教师，在中国现有或曾有租界，几处有驻军，几处有军舰，商人多，用西崽也多，至于使一般人仅知有“大英”，“花旗”，“法兰西”和“茄门”，而不知世界上还有波兰和捷克。但世界文学史，是用了文学的眼睛看，而不用势利眼睛看的，所以文学无须用金钱和枪炮作掩护，波兰捷克，虽然未曾加入八国联军来打过北京，那文学却在，不过有一些人，并未“已经闻名”而已。外国的文人，要在中国闻名，靠作品似乎是不够的，他反要得到轻薄。

所以一样的没有打过中国的国度的文学，如希腊的史诗，印度的寓言，亚剌伯的《天方夜谈》，西班牙的《堂·吉呵德》，纵使在别国“已经闻名”，不下于“英美法德文人”的作品，在中国却被忘记了，他们或则国度已灭，或则无能，再也用不着“媚”字。

对于这情形，我看可以先把上章所引的林语堂先生的训词移到这里来的——

“此种流风，其弊在奴，救之之道，在于思。”

不过后两句不合用，既然“奴”了，“思”亦何益，思来思去，不过“奴”得巧妙一点而已。中国宁可有未“思”的西崽，将来的文学倒较为有望。

但“已经闻名的英美法德文人”，在中国却确是不遇的。中国的立学校来学这四国语，为时已久，开初虽不过意在养成使馆的译员，但后来却展开，盛大了。学德语盛于清末的改革军操，学法语盛于民国的“勤工俭学”。学英语最早，一为了商务，二为了海军，而学英语的人数也最多，为学英语而作的教科书和参考书也最多，由英语起家的学士文人也不少。然而海军不过将军舰送人，绍介“已经闻名”的司各德，迭更斯，狄福，斯惠夫德……的，竟是只知汉文的林纾，连绍介最大的“已经闻名”的莎士比亚的几篇剧本的，也有待于并不专攻英文的田汉。这缘故，可真是非“在于思”则不可了。

然而现在又到了“今日绍介波兰诗人，明日绍介捷克文豪”的危机，弱国文人，将闻名于中国，英美法德的文风，竟还不能和他们的财力武力，深入现在的文林，“狗逐尾巴”者既没有恒心，志在高山的又不屑动手，但见山林映以电灯，语录夹些洋话，“对于已经闻名之英美德法文人”，真不知要待何人，至何时，这才来“求一究竟”。那些文人的作品，当然也是好极了的，然甲则曰不佞望洋而兴叹，乙则曰汝辈何不潜心而探求。旧笑话云：昔有孝子，遇其父病，闻股肉可疗，而自怕痛，执刀出门，执涂人臂，悍然割之，涂人惊拒，孝子谓曰，割股疗父，乃是大孝，汝竟惊拒，岂是人哉！是好比方；林先生云：“说法虽乖，功效实同”，是好辩解。

六月十日。

（发表于1935年7月1日《文学》月刊第5卷第1期，收入《且介亭杂文二集》）

五、语文改革说

随感录五十七　现在的屠杀者

高雅的人说，“白话鄙俚浅陋，不值识者一哂之者也。”

中国不识字的人，单会讲话，“鄙俚浅陋”，不必说了。“因为自己不通，所以提倡白话，以自文其陋”如我辈的人，正是“鄙俚浅陋”，也不在话下了。最可叹的是几位雅人，也还不能如《镜花缘》里说的君子国的酒保一般，满口“酒要一壶乎，两壶乎，菜要一碟乎，两碟乎”的终日高雅，却只能在呻吟古文时，显出高古品格；一到讲话，便依然是“鄙俚浅陋”的白话了。四万万中国人嘴里发出来的声音，竟至总共“不值一哂”，真是可怜煞人。

做了人类想成仙；生在地上要上天；明明是现代人，吸着现在的空气，却偏要勒派朽腐的名教，僵死的语言，侮蔑尽现在，这都是“现在的屠杀者”。杀了“现在”，也便杀了“将来”。——将来是子孙的时代。

（发表于 1919 年 5 月《新青年》月刊第 6 卷第 5 号，收入《热风》）

古书与白话

记得提倡白话那时，受了许多谣诼诬谤，而白话终于没有跌倒的时候，就有些人改口说：然而不读古书，白话是做不好的。我们自然应该曲谅这些保古家的苦心，但也不能不悯笑他们这祖传的成法。凡有读过一点古书的人都有这一种老手段：新起的思想，就是"异端"，必须歼灭的，待到它奋斗之后，自己站住了，这才寻出它原来与"圣教同源"；外来的事物，都要"用夷变夏"，必须排除的，但待到这"夷"入主中夏，却考订出来了，原来连这"夷"也还是黄帝的子孙。这岂非出人意料之外的事呢？无论什么，在我们的"古"里竟无不包函了！

用老手段的自然不会长进，到现在仍是说非"读破几百卷书者"即做不出好白话文，于是硬拉吴稚晖先生为例。可是竟又会有"肉麻当有趣"，述说得津津有味的，天下事真是千奇百怪。其实吴先生的"用讲话体为文"，即"其貌"也何尝与"黄口小儿所作若同"。不是"纵笔所之，辄万数千言”么？其中自然有古典，为“黄口小儿”所不知，尤有新典，为“束发小生”所不晓。清光绪末，我初到日本东京时，这位吴稚晖先生已在和公使蔡钧大战了，其战史就有这么长，则见闻之多，自然非现在的“黄口小儿”所能企及。所以他的遣辞用典，有许多地方是惟独熟于大小故事的人物才能够了然，从青年看来，第一是惊异于那文辞的滂沛。这或者就是名流学者们所认为长处的罢，但是，那生命却不在于此。甚至于竟和名流学者们所拉拢恭维的相反，而在自己并不故意显出长处，也无法灭去名流学者们的所谓长处；只将所说所写，作为改革道中的桥梁，或者竟并不想到作为改革道中的桥梁。

愈是无聊赖，没出息的脚色，愈想长寿，想不朽，愈喜欢多照自己的照相，愈要占据别人的心，愈善于摆臭架子。但是，似乎“下意识”里，究竟也觉得自己之无聊的罢，便只好将还未朽尽的“古”一口咬住，希图做着肠子里的寄生虫，一同传世；或者在白话文之类里找出一点古气，反过来替古董增加宠荣。如果“不朽之大业”不过这样，那未免太可怜了罢。而且，到了二九二五年，“黄口小儿”们还要看什么《甲寅》之流，也未免过于可惨罢，即使它“自从孤桐先生下台之后，……也渐渐的有了生气了”。

菲薄古书者，惟读过古书者最有力，这是的确的。因为他洞知弊病，能“以子之矛攻子之盾”，正如要说明吸雅片的弊害，大概惟吸过雅片者最为深知，最为痛切一般。但即使“束发小生”，也何至于说，要做戒绝雅片的文章，也得先吸尽几百两雅片才好呢。

古文已经死掉了；白话文还是改革道上的桥梁，因为人类还在进化。便是文章，也未必独有万古不磨的典则。虽然据说美国的某处已经禁讲进化论了，但在实际上，恐怕也终于没有效的。

一月二十五日。

（发表于 1926 年《国民新报副刊》，收入《华盖集续编》）

再来一次

去年编定《热风》时，还有绅士们所谓“存心忠厚”之意，很删削了好几篇。但有一篇，却原想编进去的，因为失掉了稿子，便只好从缺。现在居然寻出来了；待《热风》再版时，添上这篇，登一个广告，使迷信我的文字的读者们再买一本，于我倒不无裨益。但是，算了罢，这实在不很有趣。不如再登一次，将来收入杂感第三集，也就算作补遗罢。

这是关于章士钊先生的——

“两个桃子杀了三个读书人”

章行严先生在上海批评他之所谓“新文化”说，“二桃杀三士”怎样好，“两个桃子杀了三个读书人”便怎样坏，而归结到新文化之“是亦不可以已乎”？

是亦大可以已者也！“二桃杀三士”并非僻典，旧文化书中常见的。

但既然是“谁能为此谋？相国齐晏子”。我们便看看《晏子春秋》罢。

《晏子春秋》现有上海石印本，容易入手的了，这古典就在该石印本的卷二之内。大意是“公孙接田开疆古冶子事景公，以勇力搏虎闻，晏子过而趋，三子者不起”，于是晏老先生以为无礼，和景公说，要除去他们了。那方法是请景公使人送他们两个桃子，说道，“你三位就照着功劳吃桃罢。”呵，这可就闹起来了：

> “公孙接仰天而叹曰，‘晏子，智人也，夫使公之计吾功者，不受桃，是无勇也。士众而桃寡，何不计功而食桃矣？接一搏猏而再搏虎，若接之功，可以食桃而无与人同矣。’援桃而起。
>
> “田开疆曰，‘吾仗兵而却三军者再。若开疆之功，可以食桃而无与人同矣。’援桃而起。
>
> “古冶子曰，‘吾尝从君济于河，鼋衔左骖以入砥柱之流。当是时也，冶少不能游，潜行逆流百步，顺流九里，得鼋杀之，左操骖尾，右挈鼋头，鹤跃而出。津人皆曰，河伯也；若冶视之，则大鼋之首。若冶之功，可以食桃而无与人同矣！二子何不反桃？’抽剑而起。”

钞书太讨厌。总而言之，后来那二士自愧功不如古冶子，自杀了；古冶子不愿独生，也自杀了：于是乎就成了“二桃杀三士”。

我们虽然不知道这三士于旧文化有无心得，但既然书上说是“以勇力闻”，便不能说他们是“读书人”。倘使《梁父吟》说是“二桃杀三勇士”，自然更可了然，可惜那是五言诗，不能增字，所以不得不作“二桃杀三士”，于是也就害了章行严先生解作“两个桃子杀了三个读书人”。

旧文化也实在太难解，古典也诚然太难记，而那两个旧桃子也未免太作怪：不但那时使三个读书人因此送命，到现在还使一个读书人因此出丑，“是亦不可以已乎”！

去年，因为“每下愈况”问题，我曾经很受了些自以为公平的青年的教训，说是因为他革去了我的“签事”，我便那么奚落他。现在我在此只得特别声明：这还是一九二三年九月所作，登在《晨报副刊》上的。那时的《晨报副刊》，编辑尚不是陪过泰戈尔先生的“诗哲”，也还未负有逼死别人，掐死自己的使命，所以间或也登一点我似的俗人的文章；而我那时和这位后来称为“孤桐先生”的，也毫无“睚眦之怨”。那“动机”，大概不过是想给白话的流行帮点忙。

在这样“祸从口出”之秋，给自己也辩护得周到一点罢。或者将曰，且夫这次来补遗，却有“打落水狗”之嫌，“动机”就很“不纯洁”了。然而我以为也并不。自然，和不多时以前，士钊秘长运筹帷幄，假公济私，谋杀学生，通缉异己之际，“正人君子”时而相帮讥笑着被缉诸人的逃亡，时而“孤桐先生”“孤桐先生”叫得热剌剌地的时候一比较，目下诚不免有落寞之感。但据我看来，他其实并未落水，不过“安住”在租界里而已：北京依旧是他所豢养过的东西在张牙舞爪，他所勾结着的报馆在颠倒是非，他所栽培成的女校在兴风作浪：依然是他的世界。

在“桃子”上给一下小打击，岂遂可与“打落水狗”同日而语哉？！

但不知怎的，这位“孤桐先生”竟在《甲寅》上辩起来了，以为这不过是小事。这是真的，不过是小事。弄错一点，又何伤乎？即使不知道晏子，不知道齐国，于中国也无损。农民谁懂得《梁父吟》呢，农业也仍然可以救国的。但我以为攻击白话的豪举，可也大可以不必了；将白话来代文言，即使有点不妥，反正也不过是小事情。

我虽然未曾在“孤桐先生”门下钻，没有看见满桌满床满地的什么德文书的荣幸，但偶然见到他所发表的“文言”，知道他于法律的不可恃，道德习惯的并非一成不变，文字语言的必有变迁，其实倒是懂得的。懂得而照直说出来的，便成为改革者；懂得而不说，反要利用以欺瞒别人的，便成为“孤桐先生”及其“之流”。他的保护文言，内骨子也不过是这样。

如果我的检验是确的，那么，“孤桐先生”大概也就染了《闲话》所谓“有些志士”的通病，为“老婆子女”所累了，此后似乎应该另买几本德文书，来讲究“节育”。

五月二十四日。

（发表于 1926 年 6 月 10 日《莽原》半月刊第 11 期，收入《华盖集续编》）

写在《坟》后面

在听到我的杂文已经印成一半的消息的时候，我曾经写了几行题记，寄往北京去。当时想到便写，写完便寄，到现在还不满二十天，早已记不清说了些甚么了。今夜周围是这么寂静，屋后面的山脚下腾起野烧的微光；南普陀寺还在做牵丝傀儡戏，时时传来锣鼓声，每一间隔中，就更加显得寂静。电灯自然是辉煌着，但不知怎地忽有淡淡的哀愁来袭击我的心，我似乎有些后悔印行我的杂文了。我很奇怪我的后悔；这在我是不大遇到的，到如今，我还没有深知道所谓悔者究竟是怎么一回事。但这心情也随即逝去，杂文当然仍在印行，只为想驱逐自己目下的哀愁，我还要说几句话。

记得先已说过：这不过是我的生活中的一点陈迹。如果我的过往，也可以算作生活，那么，也就可以说，我也曾工作过了。但我并无喷泉一般的思想，伟大华美的文章，既没有主义要宣传，也不想发起一种什么运动。不过我曾经尝得，失望无论大小，是一种苦味，所以几年以来，有人希望我动动笔的，只要意见不很相反，我的力量能够支撑，就总要勉力写几句东西，给来者一些极微末的欢喜。人生多苦辛，而人们有时却极容易得到安慰，又何必惜一点笔墨，给多尝些孤独的悲哀呢？于是除小说杂感之外，逐渐又有了长长短短的杂文十多篇。其间自然也有为卖钱而作的，这回就都混在一处。我的生命的一部分，就这样地用去了，也就是做了这样的工作。然而我至今终于不明白我一向是在做什么。比方做土工的罢，做着做着，而不明白是在筑台呢还在掘坑。所知道的是即使是筑台，也无非要将自己从那上面跌下来或者显示老死；倘是掘坑，那就当然不过是埋掉自己。总之：逝去，逝去，一切一切，和光阴一同早逝去，在逝去，要逝去了。——不过如此，但也为我所十分甘愿的。

然而这大约也不过是一句话。当呼吸还在时，只要是自己的，我有时却也喜欢将陈迹收存起来，明知不值一文，总不能绝无眷恋，集杂文而名之曰坟，究竟还是一种取巧的掩饰。刘伶喝得酒气熏天，使人荷锸跟在后面，道：死便埋我。虽然自以为放达，其实是只能骗骗极端老实人的。

所以这书的印行，在自己就是这么一回事。至于对别人，记得在先也已说过，还有愿使偏爱我的文字的主顾得到一点喜欢；憎恶我的文字的东西得到一点呕吐，——我自己知道，我并不大度，那些东西因我的文字而呕吐，我也很高兴的。别的就什么意思也没有了。倘若硬要说出好处来，那么，其中所介绍的几个诗人的事，或者还不妨一看；最末的论“费厄泼赖”这一篇，也许可供参考罢，因为这虽然不是我的血所写，却是见了我的同辈和比我年幼的青年们的血而写的。

偏爱我的作品的读者，有时批评说，我的文字是说真话的。这其实是过誉，那原因就因为他偏爱。我自然不想太欺骗人，但也未尝将心里的话照样说尽，大约只要看得可以交卷就算完。我的确时时解剖别人，然而更多的是更无情面地解剖我自己，发表一点，酷爱温暖的人物已经觉得冷酷了，如果全露出我的血肉来，末路正不知要到怎样。我有时也想就此驱除旁人，到那时还不唾弃我的，即使是枭蛇鬼怪，也是我的朋友，这才真是我的朋友。倘使并这个也没有，则就是我一个人也行。但现在我并不。因为，我还没有这样勇敢，那原因就是我还想生活，在这社会里。还有一种小缘故，先前也曾屡次声明，就是偏要使所谓正人君子也者之流多不舒服几天，所以自己便特地留几片铁甲在身上，站着，给他们的世界上多有一点缺陷，到我自己厌倦了，要脱掉了的时候为止。

倘说为别人引路，那就更不容易了，因为连我自己还不明白应当怎么走。中国大概很有些青年的“前辈”和“导师”罢，但那不是我，我也不相信他们。我只很确切地知道一个终点，就是：坟。然而这是大家都知道的，无须谁指引。问题是在从此到那的道路。那当然不只一条，我可正不知那一条好，虽然至今有时也还在寻求。在寻求中，我就怕我未熟的果实偏偏毒死了偏爱我的果实的人，而憎恨我的东西如所谓正人君子也者偏偏都矍铄，所以我说话常不免含胡，中止，心里想：对于偏爱我的读者的赠献，或者最好倒不如是一个“无所有”。我的译著的印本，最初，印一次是一千，后来加五百，近时是二千至四千，每一增加，我自然是愿意的，因为能赚钱，但也伴着哀愁，怕于读者有害，因此作文就时常更谨慎，更踌躇。有人以为我信笔写来，直抒胸臆，其实是不尽然的，我的顾忌并不少。我自己早知道毕竟不是什么战士了，而且也不能算前驱，就有这么多的顾忌和回忆。还记得三四年前，有一个学生来买我的书，从衣袋里掏出钱来放在我手里，那钱上还带着体温。这体温便烙印了我的心，至今要写文字时，还常使我怕毒害了这类的青年，迟疑不敢下笔。我毫无顾忌地说话的日子，恐怕要未必有了罢。但也偶尔想，其实倒还是毫无顾忌地说话，对得起这样的青年。但至今也还没有决心这样做。

今天所要说的话也不过是这些，然而比较的却可以算得真实。此外，还有一点余文。

记得初提倡白话的时候，是得到各方面剧烈的攻击的。后来白话渐渐通行了，势不可遏，有些人便一转而引为自己之功，美其名曰“新文化运动”。又有些人便主张白话不妨作通俗之用；又有些人却道白话要做得好，仍须看古书。前一类早已二次转舵，又反过来嘲骂“新文化”了；后二类是不得已的调和派，只希图多留几天僵尸，到现在还不少。我曾在杂感上掊击过的。

新近看见一种上海出版的期刊，也说起要做好白话须读好古文，而举例为证的人名中，其一却是我。这实在使我打了一个寒噤。别人我不论，若是自己，则曾经看过许多旧书，是的确的，为了教书，至今也还在看。因此耳濡目染，影响到所做的白话上，常不免流露出它的字句，体格来。但自己却正苦于背了这些古老的鬼魂，摆脱不开，时常感到一种使人气闷的沉重。就是思想上，也何尝不中些庄周韩非的毒，时而很随便，时而很峻急。孔孟的书我读得最早，最熟，然而倒似乎和我不相干。大半也因为懒惰罢，往往自己宽解，以为一切事物，在转变中，是总有多少中间物的。动植之间，无脊椎和脊椎动物之间，都有中间物；或者简直可以说，在进化的链子上，一切都是中间物。当开首改革文章的时候，有几个不三不四的作者，是当然的，只能这样，也需要这样。他的任务，是在有些警觉之后，喊出一种新声；又因为从旧垒中来，情形看得较为分明，反戈一击，易制强敌的死命。但仍应该和光阴偕逝，逐渐消亡，至多不过是桥梁中的一木一石，并非什么前途的目标，范本。跟着起来便该不同了，倘非天纵之圣，积习当然也不能顿然荡除，但总得更有新气象。以文字论，就不必更在旧书里讨生活，却将活人的唇舌作为源泉，使文章更加接近语言，更加有生气。至于对于现在人民的语言的穷乏欠缺，如何救济，使他丰富起来，那也是一个很大的问题，或者也须在旧文中取得若干资料，以供使役，但这并不在我现在所要说的范围以内，姑且不论。

我以为我倘十分努力，大概也还能够博采口语，来改革我的文章。

但因为懒而且忙，至今没有做。我常疑心这和读了古书很有些关系，因为我觉得古人写在书上的可恶思想，我的心里也常有，能否忽而奋勉，是毫无把握的。我常常诅咒我的这思想，也希望不再见于后来的青年。去年我主张青年少读，或者简直不读中国书，乃是用许多苦痛换来的真话，决不是聊且快意，或什么玩笑，愤激之辞。古人说，不读书便成愚人，那自然也不错的。然而世界却正由愚人造成，聪明人决不能支持世界，尤有是中国的聪明人。现在呢，思想上且不说，便是文辞，许多青年作者又在古文，诗词中摘些好看而难懂的字面，作为变戏法的手巾，来装潢自己的作品了。我不知这和劝读古文说可有相关，但正在复古，也就是新文艺的试行自杀，是显而易见的。

不幸我的古文和白话合成的杂集，又恰在此时出版了，也许又要给读者若干毒害。只是在自己，却还不能毅然决然将他毁灭，还想将此暂时看看逝去的生活的余痕。惟愿偏爱我的作品的读者也不过将这当作一种纪念，知道这小小的丘陇中，无非埋着曾经活过的躯壳。待再经若干岁月，又当化为烟埃，并纪念也从人间消去，而我的事也就完毕了。上午也正在看古文，记起了几句陆士衡的吊曹孟德文，便拉来给我的这一篇作结——

既睎古以遗累，信简礼而薄葬。

彼裘绂于何有，贻尘谤于后王。

嗟大恋之所存，故虽哲而不忘。

览遗籍以慷慨，献兹文而凄伤！

一九二六，一一，一一，夜。

鲁迅

（发表于1926年12月4日《语丝》周刊第108期，收入《坟》）

“此生或彼生”

白　道

“此生或彼生”。

现在写出这样五个字来，问问读者：是什么意思？

倘使在《申报》上，见过汪懋祖先生的文章，“……例如说‘这一个学生或是那一个学生’，文言只须‘此生或彼生’即已明了，其省力为何如？……”的，那就也许能够想到，这就是“这一个学生或是那一个学生”的意思。

否则，那回答恐怕就要迟疑。因为这五个字，至少还可以有两种解释：一，这一个秀才或是那一个秀才（生员）；二，这一世或是未来的别一世。

文言比起白话来，有时的确字数少，然而那意义也比较的含胡。我们看文言文，往往不但不能增益我们的智识，并且须仗我们已有的智识，给它注解，补足。待到翻成精密的白话之后，这才算是懂得了。如果一径就用白话,即使多写了几个字,但对于读者,“其省力为何如”?

我就用主张文言的汪懋祖先生所举的文言的例子,证明了文言的不中用了。

六月二十三日。

(发表于 1934 年 6 月 30 日《中华日报·动向》,收入《花边文学》)

玩笑只当它玩笑(上)

康伯度

不料刘半农先生竟忽然病故了,学术界上又短少了一个人。这是应该惋惜的。但我于音韵学一无所知,毁誉两面,都不配说一句话。我因此记起的是别一件事,是在现在的白话将被"扬弃"或"唾弃"之前,他早是一位对于那时的白话,尤其是欧化式的白话的伟大的"迎头痛击"者。

他曾经有过极不费力,但极有力的妙文:

"我现在只举一个简单的例:

子曰:'学而时习之,不亦悦乎?'

这太老式了,不好!

'学而时习之',子曰:'不亦悦乎?'

这好!

‘学而时习之,不亦悦乎?’子曰。

这更好!为什么好?欧化了。但‘子曰’终没有能欧化到‘曰子’!”

这段话见于《中国文法通论》中,那书是一本正经的书;作者又是《新青年》的同人,五四时代“文学革命”的战士,现在又成了古人了。中国老例,一死是常常能够增价的,所以我想从新提起,并且提出他终于也是论语社的同人,有时不免发些“幽默”;原先也有“幽默”,而这些“幽默”,又不免常常掉到“开玩笑”的阴沟里去的。

实例也就是上面所引的文章,其实是,那论法,和顽固先生,市井无赖,看见青年穿洋服,学外国话了,便冷笑道:“可惜鼻子还低,脸孔也不白”的那些话,并没有两样的。

自然,刘先生所反对的是“太欧化”。但“太”的范围是怎样的呢?他举出的前三法,古文上没有,谈话里却能有的,对人口谈,也都可以懂。只有将“子曰”改成“曰子”是决不能懂的了。然而他在他所反对的欧化文中也寻不出实例来,只好说是“‘子曰’终没有能欧化到‘曰子’!”那么,这不是“无的放矢”吗?

欧化文法的侵入中国白话中的大原因,并非因为好奇,乃是为了必要。国粹学家痛恨鬼子气,但他住在租界里,便会写些“霞飞路”,“麦特赫司脱路”那样的怪地名;评论者何尝要好奇,但他要说得精密,固有的白话不够用,便只得采些外国的句法。比较的难懂,不像茶淘饭似的可以一口吞下去是真的,但补这缺点的是精密。胡适先生登在《新青年》

上的《易卜生主义》，比起近时的有些文艺论文来，的确容易懂，但我们不觉得它却又粗浅，笼统吗？

如果嘲笑欧化式白话的人，除嘲笑之外，再去试一试绍介外国的精密的论著，又不随意改变，删削，我想，他一定还能够给我们更好的箴规。

用玩笑来应付敌人，自然也是一种好战法，但触着之处，须是对手的致命伤，否则，玩笑终不过是一种单单的玩笑而已。

七月十八日。

文公直给康伯度的信

伯度先生：今天读到先生在《自由谈》刊布的大作，知道为西人侵略张目的急先锋（汉奸）仍多，先生以为欧式文化的风行，原因是“必要”。这我真不知是从那里说起？中国人虽无用，但是话总是会说的。如果一定要把中国话取消，要乡下人也“密司忒”起来，这不见得是中国文化上的“必要”吧。譬如照华人的言语说：张甲说：“今天下雨了。”李乙说：“是的，天凉了。”若照尊论的主张，就应该改做：“今天下雨了”，张甲说。“天凉了，——是的；”李乙说。这个算得是中华民国全族的“必要”吗？一般翻译大家的欧化文笔，已足阻尽中西文化的通路，使能读原文的人也不懂译文。再加上先生的“必要”，从此使中国更无可读的西书了。陈子展先生提倡的“大众语”，是天经地义的。中国人间应该说中国话，总是绝对的。而先生偏要说欧化文法是必要！毋怪大名是“康伯度”，真十足加二的表现“买办心理”了。刘半农先生说：“翻译是要使不懂外国文的人得读”;这是确切不移的定理。而先生大骂其半农,认为非使全中国人都以欧化文法为“必要”的性命不可!先生,现在暑天,你歇歇吧!帝国主义的灭绝华人的毒气弹,已经制成无数了。先生要做买办尽管做,只求不必将全个民族出卖。我是一个不懂颠倒式的欧化文式的愚人!对于先生的盛意提倡,几乎疑惑先生已不是敝国人了。今特负责请问先生为什么投这文化的毒瓦斯?是否受了帝国主义者的指使?总之,四万万四千九百万(陈先生以外)以内的中国人对于先生的主张不敢领教的!幸先生注意。

文公直　七月二十五日。

八月七日《申报》《自由谈》。

康伯度答文公直

公直先生:中国语法里要加一点欧化,是我的一种主张,并不是“一定要把中国话取消”,也没有“受了帝国主义者的指使”,可是先生立刻加给我“汉奸”之类的重罪名,自己代表了“四万万四千九百万(陈先生以外)以内的中国人”,要杀我的头了。我的主张也许会错的,不过一来就判死罪,方法虽然很时髦,但也似乎过分了一点。况且我看“四万万四千九百万(陈先生以外)以内的中国人”,意见也未必都和先生相同,先生并没有征求过同意,你是冒充代表的。

中国语法的欧化并不就是改学外国话,但这些粗浅的道理不想和先生多谈了。我不怕热,倒是因为无聊。不过还要说一回:我主张中国语法上有加些欧化的必要。这主张,是由事实而来的。中国人"话总是会说的",一点不错,但要前进,全照老样却不够。眼前的例,就如先生这几百个字的信里面,就用了两回"对于",这和古文无关,是后来起于直译的欧化语法,而且连"欧化"这两个字也是欧化字;还用着一个"取消",这是纯粹日本词;一个"瓦斯",是德国字的原封不动的日本人的音译。都用得很惬当,而且是"必要"的。譬如"毒瓦斯"罢,倘用中国固有的话的"毒气",就显得含混,未必一定是毒弹里面的东西了。所以写作"毒瓦斯",的确是出乎"必要"的。

先生自己没有照镜子,无意中也证明了自己也正是用欧化语法,用鬼子名词的人,但我看先生决不是"为西人侵略张目的急先锋(汉奸)",所以也想由此证明我也并非那一伙。否则,先生含狗血喷人,倒先污了你自己的尊口了。

我想,辩论事情,威吓和诬陷,是没有用处的。用笔的人,一来就发你的脾气,要我的性命,更其可笑得很。先生还是不要暴躁,静静的再看看自己的信,想想自己,何如?

专此布复,并请

热安。

弟康伯度脱帽鞠躬。

八月五日。

八月七日《申报·自由谈》。

(发表于1934年7月25日《申报·自由谈》,收入《花边文学》)

玩笑只当它玩笑(下)

康伯度

别一枝讨伐白话的生力军，是林语堂先生。他讨伐的不是白话的“反而难懂”，是白话的“鲁里鲁苏”，连刘先生似的想白话“返朴归真”的意思也全没有，要达意，只有“语录式”(白话的文言)。

林先生用白话武装了出现的时候，文言和白话的斗争早已过去了，不像刘先生那样，自己是混战中的过来人，因此也不免有感怀旧日，慨叹末流的情绪。他一闪而将宋明语录，摆在“幽默”的旗子下，原也极其自然的。

这“幽默”便是《论语》四十五期里的《一张字条的写法》，他因为要问木匠讨一点油灰，写好了一张语录体的字条，但怕别人说他“反对白话”，便改写了白话的，选体的，桐城派的三种，然而都很可笑，结果是差“书僮”传话，向木匠讨了油灰来。

《论语》是风行的刊物，这里省烦不抄了。总之，是：不可笑的只有语录式的一张，别的三种，全都要不得。但这四个不同的脚色，其实是都是林先生自己一个人扮出来的，一个是正生，就是“语录式”，别的三个都是小丑，自装鬼脸，自作怪相，将正生衬得一表非凡了。

但这已经并不是“幽默”，乃是“顽笑”，和市井间的在墙上画一乌龟，背上写上他的所讨厌的名字的战法，也并不两样的。不过看见的人，却往往不问是非，就嗤笑被画者。

“幽默”或“顽笑”，也都要生出结果来的，除非你心知其意，只当它“顽笑”看。

因为事实会并不如文章，例如这语录式的条子，在中国其实也并未断绝过种子。假如有工夫，不妨到上海的衖口去看一看，有时就会看见一个摊，坐着一位文人，在替男女工人写信，他所用的文章，决不如林先生所拟的条子的容易懂，然而分明是“语录式”的。这就是现在从新提起的语录派的末流，却并没有谁去涂白过他的鼻子。

这是一个具体的“幽默”。

但是，要赏识“幽默”也真难。我曾经从生理学来证明过中国打屁股之合理：假使屁股是为了排泄或坐坐而生的罢，就不必这么大，脚底要小得远，不是足够支持全身了么？我们现在早不吃人了，肉也用不着这么多。那么，可见是专供打打之用的了。有时告诉人们，大抵以为是“幽默”。但假如有被打了的人，或自己遭了打，我想，恐怕那感应就不能这样了罢。

没有法子,在大家都不适意的时候,恐怕终于是“中国没有幽默”的了。

七月十八日。

(发表于 1934 年 7 月 26 日《申报·自由谈》,收入《花边文学》)

答曹聚仁先生信

聚仁先生：

关于大众语的问题，提出得真是长久了，我是没有研究的，所以一向没有开过口。但是现在的有些文章觉得不少是“高论”，文章虽好，能说而不能行，一下子就消灭，而问题却依然如故。

现在写一点我的简单的意见在这里：

一，汉字和大众，是势不两立的。

二，所以，要推行大众语文，必须用罗马字拼音（即拉丁化，现在有人分为两件事，我不懂是怎么一回事），而且要分为多少区，每区又分为小区（譬如绍兴一个地方，至少也得分为四小区），写作之初，纯用其地的方言，但是，人们是要前进的，那时原有方言一定不够，就只好采用白话，欧字，甚而至于语法。但，在交通繁盛，言语混杂的地方，又有一种语文，是比较普通的东西，它已经采用着新字汇，我想，这就是“大众语”

的雏形，它的字汇和语法，即可以输进穷乡僻壤去。中国人是无论如何，在将来必有非通几种中国语不可的运命的，这事情，由教育与交通，可以办得到。

三，普及拉丁化，要在大众自掌教育的时候。现在我们所办得到的是：（甲）研究拉丁化法；（乙）试用广东话之类，读者较多的言语，做出东西来看；（丙）竭力将白话做得浅豁，使能懂的人增多，但精密的所谓“欧化”语文，仍应支持，因为讲话倘要精密，中国原有的语法是不够的，而中国的大众语文，也决不会永久含胡下去。譬如罢，反对欧化者所说的欧化，就不是中国固有字，有些新字眼，新语法，是会有非用不可的时候的。

四，在乡僻处启蒙的大众语，固然应该纯用方言，但一面仍然要改进。譬如“妈的”一句话罢，乡下是有许多意义的，有时骂骂，有时佩服，有时赞叹，因为他说不出别样的话来。先驱者的任务，是在给他们许多话，可以发表更明确的意思，同时也可以明白更精确的意义。如果也照样的写着“这妈的天气真是妈的，妈的再这样，什么都要妈的了”。那么于大众有什么益处呢？

五，至于已有大众语雏形的地方，我以为大可以依此为根据而加以改进，太僻的土语，是不必用的。例如上海叫“打”为“吃生活”，可以用于上海人的对话，却不必特用于作者的叙事中，因为说“打”，工人也一样的能够懂。有些人以为如“像煞有介事”之类，已经通行，也是不确的话，北方人对于这句话的理解，和江苏人是不一样的，那感觉并不比

“俨乎其然”切实。

语文和口语不能完全相同;讲话的时候,可以夹许多“这个这个”“那个那个”之类,其实并无意义,到写作时,为了时间,纸张的经济,意思的分明,就要分别删去的,所以文章一定应该比口语简洁,然而明了,有些不同,并非文章的坏处。

所以现在能够实行的,我以为是(一)制定罗马字拼音(赵元任的太繁,用不来的);(二)做更浅显的白话文,采用较普通的方言,姑且算是向大众语去的作品,至于思想,那不消说,该是“进步”的;(三)仍要支持欧化文法,当作一种后备。

还有一层,是文言的保护者,现在也有打了大众语的旗子的了,他一方面,是立论极高,使大众语悬空,做不得;别一方面,借此攻击他当面的大敌——白话。这一点也须注意的。要不然,我们就会自己缴了自己的械。专此布复,即颂

时绥。

迅上。　八月二日。

(发表于1934年8月15日《社会月报》

第1卷第3期,收入《且介亭杂文》)

门外文谈

一　开　头

听说今年上海的热，是六十年来所未有的。白天出去混饭，晚上低头回家，屋子里还是热，并且加上蚊子，这时候，只有门外是天堂。因为海边的缘故罢，总有些风，用不着挥扇。虽然彼此有些认识，却不常见面的寓在四近的亭子间或搁楼里的邻人也都坐出来了，他们有的是店员，有的是书局里的校对员，有的是制图工人的好手。大家都已经做得筋疲力尽，叹着苦，但这时总还算有闲的，所以也谈闲天。

闲天的范围也并不小：谈旱灾，谈求雨，谈吊膀子，谈三寸怪人干，谈洋米，谈裸腿，也谈古文，谈白话，谈大众语。因为我写过几篇白话文，所以关于古文之类他们特别要听我的话，我也只好特别说的多。这样的过了两三夜，才给别的话岔开，也总算谈完了。不料过了几天之后，有几个还要我写出来。

他们里面，有的是因为我看过几本古书，所以相信我的，有的是因为我看过一点洋书，有的又因为我看古书也看洋书；但有几位却因此反不相信我，说我是蝙蝠。我说到古文，他就笑道，你不是唐宋八大家，能信么？我谈到大众语，他又笑道：你又不是劳苦大众，讲什么海话呢？

这也是真的。我们讲旱灾的时候，就讲到一位老爷下乡查灾，说有些地方是本可以不成灾的，现在成灾，是因为农民懒，不戽水。但一种报上，却记着一个六十老翁，因儿子戽水乏力而死，灾象如故，无路可走，自杀了。老爷和乡下人，意见是真有这么的不同的。那么，我的夜谈，恐怕也终不过是一个门外闲人的空话罢了。

飓风过后，天气也凉爽了一些，但我终于照着希望我写的几个人的希望，写出来了，比口语简单得多，大致却无异，算是抄给我们一流人看的。当时只凭记忆，乱引古书，说话是耳边风，错点不打紧，写在纸上，却使我很踌躇，但自己又苦于没有原书可对，这只好请读者随时指正了。

一九三四年，八月十六夜，写完并记。

二　字是什么人造的？

字是什么人造的？

我们听惯了一件东西，总是古时候一位圣贤所造的故事，对于文字，也当然要有这质问。但立刻就有忘记了来源的答话：字是仓颉造的。

这是一般的学者的主张，他自然有他的出典。我还见过一幅这位仓颉的画像，是生着四只眼睛的老头陀。可见要造文字，相貌先得出奇，我们这种只有两只眼睛的人，是不但本领不够，连相貌也不配的。

然而做《易经》的人（我不知道是谁），却比较的聪明，他说："上古结绳而治，后世圣人易之以书契。"他不说仓颉，只说"后世圣人"，不说创造，只说掉换，真是谨慎得很；也许他无意中就不相信古代会有一个独自造出许多文字来的人的了，所以就只是这么含含胡胡的来一句。

但是，用书契来代结绳的人，又是什么脚色呢？文学家？不错，从现在的所谓文学家的最要卖弄文字，夺掉笔杆便一无所能的事实看起来，的确首先就要想到他；他也的确应该给自己的吃饭家伙出点力。然而并不是的。有史以前的人们，虽然劳动也唱歌，求爱也唱歌，他却并不起草，或者留稿子，因为他做梦也想不到卖诗稿，编全集，而且那时的社会里，也没有报馆和书铺子，文字毫无用处。据有些学者告诉我们的话来看，这在文字上用了一番工夫的，想来该是史官了。

原始社会里，大约先前只有巫，待到渐次进化，事情繁复了，有些事情，如祭祀，狩猎，战争……之类，渐有记住的必要，巫就只好在他那本职的"降神"之外，一面也想法子来记事，这就是"史"的开头。况且"升中于天"，他在本职上，也得将记载酋长和他的治下的大事的册子，烧给上帝看，因此一样的要做文章——虽然这大约是后起的事。再后来，职掌分得更清楚了，于是就有专门记事的史官。文字就是史官必要的工具，古人说："仓颉，黄帝史。"第一句未可信，但指出了史和文字的关系，却是很有意思的。至于后来的“文学家”用它来写“阿呀呀，我的爱哟，我要死了！”那些佳句，那不过是享享现成的罢了，“何足道哉！”

三　字是怎么来的？

照《易经》说，书契之前明明是结绳；我们那里的乡下人，碰到明天要做一件紧要事，怕得忘记时，也常常说：“裤带上打一个结！”那么，我们的古圣人，是否也用一条长绳，有一件事就打一个结呢？恐怕是不行的。只有几个结还记得，一多可就糟了。或者那正是伏羲皇上的“八卦”之流，三条绳一组，都不打结是“乾”，中间各打一结是“坤”罢？恐怕也不对。八组尚可，六十四组就难记，何况还会有五百十二组呢。只有在秘鲁还有存留的“打结字”(Quippus)，用一条横绳，挂上许多直绳，拉来拉去的结起来，网不像网，倒似乎还可以表现较多的意思。我们上古的结绳，恐怕也是如此的罢。但它既然被书契掉换，又不是书契的祖宗，我们也不妨暂且不去管它了。

夏禹的“岣嵝碑”是道士们假造的；现在我们能在实物上看见的最古的文字，只有商朝的甲骨和钟鼎文。但这些，都已经很进步了，几乎找不出一个原始形态。只在铜器上，有时还可以看见一点写实的图形，如鹿，如象，而从这图形上，又能发见和文字相关的线索：中国文字的基础是“象形”。

画在西班牙的亚勒泰米拉(Altamira)洞里的野牛，是有名的原始人的遗迹，许多艺术史家说，这正是“为艺术的艺术”，原始人画着玩玩的。

但这解释未免过于“摩登”，因为原始人没有十九世纪的文艺家那么有闲，他的画一只牛，是有缘故的，为的是关于野牛，或者是猎取野牛，禁咒野牛的事。现在上海墙壁上的香烟和电影的广告画，尚且常有人张着嘴巴看，在少见多怪的原始社会里，有了这么一个奇迹，那轰动一时，就可想而知了。他们一面看，知道了野牛这东西，原来可以用线条移在别的平面上，同时仿佛也认识了一个“牛”字，一面也佩服这作者的才能，但没有人请他作自传赚钱，所以姓氏也就淹没了。但在社会里，仓颉也不止一个，有的在刀柄上刻一点图，有的在门户上画一些画，心心相印，口口相传，文字就多起来，史官一采集，便可以敷衍记事了。中国文字的由来，恐怕也逃不出这例子的。

自然，后来还该有不断的增补，这是史官自己可以办到的，新字夹在熟字中，又是象形，别人也容易推测到那字的意义。直到现在，中国还在生出新字来。但是，硬做新仓颉，却要失败的，吴的朱育，唐的武则天，都曾经造过古怪字，也都白费力。现在最会造字的是中国化学家，许多原质和化合物的名目，很不容易认得，连音也难以读出来了。老实说，我是一看见就头痛的，觉得远不如就用万国通用的拉丁名来得爽快，如果二十来个字母都认不得，请恕我直说：那么，化学也大抵学不好的。

四　写字就是画画

《周礼》和《说文解字》上都说文字的构成法有六种，这里且不谈罢，只说些和“象形”有关的东西。

象形，“近取诸身，远取诸物”，就是画一只眼睛是“目”，画一个圆圈，放几条毫光是“日”，那自然很明白，便当的。但有时要碰壁，譬如要画刀口，怎么办呢？不画刀背，也显不出刀口来，这时就只好别出心裁，在刀口上加一条短棍，算是指明“这个地方”的意思，造了“刃”。这已经颇有些办事棘手的模样了，何况还有无形可象的事件，于是只得来“象意”，也叫作“会意”。一只手放在树上是“采”，一颗心放在屋子和饭碗之间是“寍”，有吃有住，安寍了。但要写“宁可”的宁，却又得在碗下面放一条线，表明这不过是用了“寍”的声音的意思。“会意”比“象形”更麻烦，它至少要画两样。如“寶”字，则要画一个屋顶，一串玉，一个缶，一个贝，计四样；我看“缶”字还是杵臼两形合成的，那么一共有五样。单单为了寶这一个字，就很要破费些工夫。

不过还是走不通，因为有些事物是画不出，有些事物是画不来，譬如松柏，叶样不同，原是可以分出来的，但写字究竟是写字，不能像绘画那样精工，到底还是硬挺不下去。来打开这僵局的是“谐声”，意义和形象离开了关系。这已经是“记音”了，所以有人说，这是中国文字的进步。不错，也可以说是进步，然而那基础也还是画画儿。例如“菜，从草，采声”，画一窠草，一个爪，一株树：三样；“海，从水，每声”，画一条河，一位戴帽(?)的太太，也三样。总之：如果要写字，就非永远画画不成。

但古人是并不愚蠢的，他们早就将形象改得简单，远离了写实。篆字圆折,还有图画的余痕,从隶书到现在的楷书,和形象就天差地远。不过那基础并未改变,天差地远之后,就成为不象形的象形字,写起来虽然比较的简单,认起来却非常困难了,要凭空一个一个的记住。而且有些字,也至今并不简单,例如"鸞"或"鑿",去叫孩子写,非练习半年六月,是很难写在半寸见方的格子里面的。

还有一层,是"谐声"字也因为古今字音的变迁,很有些和"声"不大"谐"的了。现在还有谁读"滑"为"骨",读"海"为"每"呢?

古人传文字给我们,原是一份重大的遗产,应该感谢的。但在成了不象形的象形字,不十分谐声的谐声字的现在,这感谢却只好踌躕一下了。

五 古时候言文一致么?

到这里,我想来猜一下古时候言文是否一致的问题。

对于这问题,现在的学者们虽然并没有分明的结论,但听他口气,好像大概是以为一致的;越古,就越一致。不过我却很有些怀疑,因为文字愈容易写,就愈容易写得和口语一致,但中国却是那么难画的象形字,也许我们的古人,向来就将不关重要的词摘去了的。

《书经》有那么难读,似乎正可作照写口语的证据,但商周人的的确的口语,现在还没有研究出,还要繁也说不定的。至于周秦古书,虽然作者也用一点他本地的方言,而文字大致相类,即使和口语还相近罢,用的也是周秦白话,并非周秦大众语。汉朝更不必说了,虽是肯将《书经》里难懂的字眼，翻成今字的司马迁，也不过在特别情况之下，采用一点俗语，例如陈涉的老朋友看见他为王，惊异道："伙颐，涉之为王沈沈者"，而其中的"涉之为王"四个字，我还疑心太史公加过修剪的。

那么，古书里采录的童谣，谚语，民歌，该是那时的老牌俗语罢。我看也很难说。中国的文学家，是颇有爱改别人文章的脾气的。最明显的例子是汉民间的《淮南王歌》，同一地方的同一首歌，《汉书》和《前汉纪》记的就两样。

一面是——

一尺布，尚可缝；
一斗粟，尚可舂。
兄弟二人，不能相容。

一面却是——

一尺布，暖童童；
一斗粟，饱蓬蓬。
兄弟二人不相容。

比较起来，好像后者是本来面目，但已经删掉了一些也说不定的：只是一个提要。后来宋人的语录，话本，元人的杂剧和传奇里的科白，也都是提要，只是它用字较为平常，删去的文字较少，就令人觉得“明白如话”了。

我的臆测，是以为中国的言文，一向就并不一致的，大原因便是字难写，只好节省些。当时的口语的摘要，是古人的文；古代的口语的摘要，是后人的古文。所以我们的做古文，是在用了已经并不象形的象形字，未必一定谐声的谐声字，在纸上描出今人谁也不说，懂的也不多的，古人的口语的摘要来。你想，这难不难呢？

六　于是文章成为奇货了

文字在人民间萌芽，后来却一定为特权者所收揽。据《易经》的作者所推测，“上古结绳而治”，则连结绳就已是治人者的东西。待到落在巫史的手里的时候，更不必说了，他们都是酋长之下，万民之上的人。社会改变下去，学习文字的人们的范围也扩大起来，但大抵限于特权者。至于平民，那是不识字的，并非缺少学费，只因为限于资格，他不配。而且连书籍也看不见。中国在刻版还未发达的时候，有一部好书，往往是“藏之秘阁，副在三馆”，连做了士子，也还是不知道写着什么的。

因为文字是特权者的东西，所以它就有了尊严性，并且有了神秘性。中国的字，到现在还很尊严，我们在墙壁上，就常常看见挂着写上“敬惜字纸”的篓子；至于符的驱邪治病，那就靠了它的神秘性的。文字既然含着尊严性，那么，知道文字，这人也就连带的尊严起来了。新的尊严者日出不穷，对于旧的尊严者就不利，而且知道文字的人们一多，也会损伤神秘性的。符的威力，就因为这好像是字的东西，除道士以外，谁也不认识的缘故。所以，对于文字，他们一定要把持。

欧洲中世，文章学问，都在道院里；克罗蒂亚（Kroatia），是到了十九世纪，识字的还只有教士的，人民的口语，退步到对于旧生活刚够用。他们革新的时候，就只好从外国借进许多新语来。

我们中国的文字，对于大众，除了身分，经济这些限制之外，却还要加上一条高门槛：难。单是这条门槛，倘不费他十来年工夫，就不容易跨过。跨过了的，就是士大夫，而这些士大夫，又竭力的要使文字更加难起来，因为这可以使他特别的尊严，超出别的一切平常的士大夫之上。汉朝的杨雄的喜欢奇字，就有这毛病的，刘歆想借他的《方言》稿子，他几乎要跳黄浦。唐朝呢，樊宗师的文章做到别人点不断，李贺的诗做到别人看不懂，也都为了这缘故。还有一种方法是将字写得别人不认识，下焉者，是从《康熙字典》上查出几个古字来，夹进文章里面去；上焉者是钱坫的用篆字来写刘熙的《释名》，最近还有钱玄同先生的照《说文》字样给太炎先生抄《小学答问》。

文字难，文章难，这还都是原来的；这些上面，又加以士大夫故意特制的难，却还想它和大众有缘，怎么办得到。但士大夫们也正愿其如此，如果文字易识，大家都会，文字就不尊严，他也跟着不尊严了。说白话不如文言的人，就从这里出发的；现在论大众语，说大众只要教给“千字课”就够的人，那意思的根柢也还是在这里。

七　不识字的作家

用那么艰难的文字写出来的古语摘要，我们先前也叫“文”，现在新派一点的叫“文学”，这不是从“文学子游子夏”上割下来的，是从日本输入，他们的对于英文 Literature 的译名。会写写这样的“文”的，现在是写白话也可以了，就叫作“文学家”，或者叫“作家”。

文学的存在条件首先要会写字，那么，不识字的文盲群里，当然不会有文学家的了。然而作家却有的。你们不要太早的笑我，我还有话说。我想，人类是在未有文字之前，就有了创作的，可惜没有人记下，也没有法子记下。我们的祖先的原始人，原是连话也不会说的，为了共同劳作，必需发表意见，才渐渐的练出复杂的声音来，假如那时大家抬木头，都觉得吃力了，却想不到发表，其中有一个叫道“杭育杭育”，那么，这就是创作；大家也要佩服，应用的，这就等于出版；倘若用什么记号留存了下来，这就是文学；他当然就是作家，也是文学家，是“杭育杭育派”。不要笑，这作品确也幼稚得很，但古人不及今人的地方是很多的，这正是其一。就是周朝的什么“关关雎鸠，在河之洲，窈窕淑女，君子好逑”罢，它是《诗经》里的头一篇，所以吓得我们只好磕头佩服，假如先前未曾有过这样的一篇诗，现在的新诗人用这意思做一首白话诗，到无论什么副刊上去投稿试试罢，我看十分之九是要被编辑者塞进字纸篓去的。“漂亮的好小姐呀，是少爷的好一对儿！”什么话呢？

就是《诗经》的《国风》里的东西，好许多也是不识字的无名氏作品，因为比较的优秀,大家口口相传的。王官们检出它可作行政上参考的记录了下来,此外消灭的正不知有多少。希腊人荷马——我们姑且当作有这样一个人——的两大史诗,也原是口吟,现存的是别人的记录。东晋到齐陈的《子夜歌》和《读曲歌》之类,唐朝的《竹枝词》和《柳枝词》之类,原都是无名氏的创作,经文人的采录和润色之后,留传下来的。这一润色,留传固然留传了,但可惜的是一定失去了许多本来面目。到现在,到处还有民谣,山歌,渔歌等,这就是不识字的诗人的作品;也传述着童话和故事,这就是不识字的小说家的作品;他们,就都是不识字的作家。

但是,因为没有记录作品的东西,又很容易消灭,流布的范围也不能很广大,知道的人们也就很少了。偶有一点为文人所见,往往倒吃惊,吸入自己的作品中,作为新的养料。旧文学衰颓时,因为摄取民间文学或外国文学而起一个新的转变,这例子是常见于文学史上的。不识字的作家虽然不及文人的细腻,但他却刚健,清新。

要这样的作品为大家所共有,首先也就是要这作家能写字,同时也还要读者们能识字以至能写字,一句话:将文字交给一切人。

八　怎么交代?

将文字交给大众的事实,从清朝末年就已经有了的。

"莫打鼓,莫打锣,听我唱个太平歌……"是钦颁的教育大众的俗歌;此外,士大夫也办过一些白话报,但那主意,是只要大家听得懂,不必一定写得出。《平民千字课》就带了一点写得出的可能，但也只够记账，写信。倘要写出心里所想的东西，它那限定的字数是不够的。譬如牢监，的确是给了人一块地，不过它有限制，只能在这圈子里行立坐卧，断不能跑出设定了的铁栅外面去。

劳乃宣和王照他两位都有简字，进步得很，可以照音写字了。民国初年，教育部要制字母，他们俩都是会员，劳先生派了一位代表，王先生是亲到的，为了入声存废问题，曾和吴稚晖先生大战，战得吴先生肚子一凹，棉裤也落了下来。但结果总算几经斟酌，制成了一种东西，叫作"注音字母"。那时很有些人，以为可以替代汉字了，但实际上还是不行，因为它究竟不过简单的方块字，恰如日本的"假名"一样，夹上几个，或者注在汉字的旁边还可以，要它拜帅，能力就不够了。写起来会混杂，看起来要眼花。那时的会员们称它为"注音字母"，是深知道它的能力范围的。再看日本，他们有主张减少汉字的，有主张拉丁拼音的，但主张只用"假名"的却没有。

再好一点的是用罗马字拼法，研究得最精的是赵元任先生罢，我不大明白。用世界通用的罗马字拼起来——现在是连土耳其也采用了——一词一串，非常清晰，是好的。但教我似的门外汉来说，好像那拼法还太繁。要精密，当然不得不繁，但繁得很，就又变了"难"，有些妨碍普及了。最好是另有一种简而不陋的东西。

这里我们可以研究一下新的"拉丁化"法，《每日国际文选》里有一小本《中国语书法之拉丁化》，《世界》第二年第六七号合刊附录的一份

《言语科学》，就都是绍介这东西的。价钱便宜，有心的人可以买来看。它只有二十八个字母，拼法也容易学。“人”就是 Rhen，“房子”就是 Fangz，“我吃果子”是 Wo ch goz，“他是工人”是 Ta sh gungrhen。现在在华侨里实验，见了成绩的，还只是北方话。但我想，中国究竟还是讲北方话——不是北京话——的人们多，将来如果真有一种到处通行的大众语，那主力也恐怕还是北方话罢。为今之计，只要酌量增减一点，使它合于各该地方所特有的音，也就可以用到无论什么穷乡僻壤去了。

那么，只要认识二十八个字母，学一点拼法和写法，除懒虫和低能外，就谁都能够写得出，看得懂了。况且它还有一个好处，是写得快。美国人说，时间就是金钱；但我想：时间就是性命。无端的空耗别人的时间，其实是无异于谋财害命的。不过像我们这样坐着乘风凉，谈闲天的人们，可又是例外。

九 专化呢，普遍化呢？

到了这里，就又碰着了一个大问题：中国的言语，各处很不同，单给一个粗枝大叶的区别，就有北方话，江浙话，两湖川贵话，福建话，广东话这五种，而这五种中，还有小区别。现在用拉丁字来写，写普通话，还是写土话呢？要写普通话，人们不会；倘写土话，别处的人们就看不懂，反而隔阂起来，不及全国通行的汉字了。这是一个大弊病！

我的意思是：在开首的启蒙时期，各地方各写它的土话，用不着顾到和别地方意思不相通。当未用拉丁写法之前，我们的不识字的人们，原没有用汉字互通着声气,所以新添的坏处是一点也没有的。倒有新的益处,至少是在同一语言的区域里,可以彼此交换意见,吸收智识了——那当然,一面也得有人写些有益的书。问题倒在这各处的大众语文,将来究竟要它专化呢,还是普通化?

方言土语里,很有些意味深长的话,我们那里叫“炼话”,用起来是很有意思的,恰如文言的用古典,听者也觉得趣味津津。各就各处的方言,将语法和词汇,更加提炼,使他们发达上去的,就是专化。这于文学,是很有益处的,它可以做得比仅用泛泛的话头的文章更加有意思。但专化又有专化的危险。言语学我不知道,看生物,是一到专化,往往要灭亡的。未有人类以前的许多动植物,就因为太专化了,失其可变性,环境一改,无法应付,只好灭亡。——幸而我们人类还不算专化的动物,请你们不要愁。大众,是有文学,要文学的,但决不该为文学做牺牲,要不然,他的荒谬和为了保存汉字,要十分之八的中国人做文盲来殉难的活圣贤就并不两样。所以,我想,启蒙时候用方言,但一面又要渐渐的加入普通的语法和词汇去。先用固有的,是一地方的语文的大众化,加入新的去,是全国的语文的大众化。

几个读书人在书房里商量出来的方案,固然大抵行不通,但一切都听其自然,却也不是好办法。现在在码头上,公共机关中,大学校里,确已有着一种好像普通话模样的东西,大家说话,既非“国话”,又不是京话,各各带着乡音,乡调,却又不是方言,即使说的吃力,听的也吃力,然而总归说得出,听得懂。如果加以整理,帮它发达,也是大众语中的一支，说不定将来还简直是主力。我说要在方言里"加入新的去"，那"新的"的来源就在这地方。待到这一种出于自然，又加人工的话一普遍，我们的大众语文就算大致统一了。

此后当然还要做。年深月久之后，语文更加一致，和"炼话"一样好，比"古典"还要活的东西，也渐渐的形成，文学就更加精采了。马上是办不到的。你们想，国粹家当作宝贝的汉字，不是化了三四千年工夫，这才有这么一堆古怪成绩么？

至于开手要谁来做的问题，那不消说：是觉悟的读书人。有人说："大众的事情，要大众自己来做！"那当然不错的，不过得看看说的是什么脚色。如果说的是大众，那有一点是对的，对的是要自己来，错的是推开了帮手。倘使说的是读书人呢，那可全不同了：他在用漂亮话把持文字，保护自己的尊荣。

十　不必恐慌

但是，这还不必实做，只要一说，就又使另一些人发生恐慌了。

首先是说提倡大众语文的，乃是"文艺的政治宣传员如宋阳之流"，本意在于造反。给带上一顶有色帽，是极简单的反对法。不过一面也就是说，为了自己的太平，宁可中国有百分之八十的文盲。那么，倘使口头宣传呢，就应该使中国有百分之八十的聋子了。但这不属于"谈文"的范围，这里也无须多说。

专为着文学发愁的，我现在看见有两种。一种是怕大众如果都会读，写，就大家都变成文学家了。这真是怕天掉下来的好人。上次说过，在不识字的大众里，是一向就有作家的。我久不到乡下去了，先前是，农民们还有一点余闲，譬如乘凉，就有人讲故事。不过这讲手，大抵是特定的人，他比较的见识多，说话巧，能够使人听下去，懂明白，并且觉得有趣。这就是作家，抄出他的话来，也就是作品。倘若语言无味，偏爱多嘴的人，大家是不要听的，还要送给他许多冷话——讥刺。我们弄了几千年文言，十来年白话，凡是能写的人，何尝个个是文学家呢？即使都变成文学家，又不是军阀或土匪，于大众也并无害处的，不过彼此互看作品而已。

还有一种是怕文学的低落。大众并无旧文学的修养，比起士大夫文学的细致来，或者会显得所谓"低落"的，但也未染旧文学的痼疾，所以它又刚健，清新。无名氏文学如《子夜歌》之流，会给旧文学一种新力量，我先前已经说过了；现在也有人绍介了许多民歌和故事。还有戏剧，例如《朝花夕拾》所引《目连救母》里的无常鬼的自传，说是因为同情一个鬼魂，暂放还阳半日，不料被阎罗责罚，从此不再宽纵了——

"那怕你铜墙铁壁！
那怕你皇亲国戚！……"

何等有人情，又何等知过，何等守法，又何等果决，我们的文学家做得出来么？

这是真的农民和手业工人的作品，由他们闲中扮演，借目莲的巡行来贯串许多故事，除“小尼姑下山”外，和刻本的《目连救母记》是完全不同的。其中有一段“武松打虎”，是甲乙两人，一强一弱，扮着戏玩。先是甲扮武松，乙扮老虎；被甲打得要命，乙埋怨他了，甲道：“你是老虎，不打，不是给你咬死了？”乙只得要求互换，却又被甲咬得要命，一说怨话，甲便道：“你是武松，不咬，不是给你打死了？”我想：比起希腊的伊索，俄国的梭罗古勃的寓言来，这是毫无逊色的。

如果到全国的各处去收集，这一类的作品恐怕还很多。但自然，缺点是有的。是一向受着难文字，难文章的封锁，和现代思潮隔绝。所以，倘要中国的文化一同向上，就必须提倡大众语，大众文，而且书法更必须拉丁化。

十一　大众并不如读书人所想像的愚蠢

但是，这一回，大众语文刚一提出，就有些猛将趁势出现了，来路是并不一样的，可是都向白话，翻译，欧化语法，新字眼进攻。他们都打着“大众”的旗，说这些东西，都为大众所不懂，所以要不得。其中有的是原是文言余孽，借此先来打击当面的白话和翻译的，就是祖传的“远交近攻”的老法术；有的是本是懒惰分子，未尝用功，要大众语未成，白话先倒，让他在这空场上夸海口的，其实也还是文言文的好朋友，我都不想在这里多谈。现在要说的只是那些好意的，然而错误的人，因为他们不是看轻了大众，就是看轻了自己，仍旧犯着古之读书人的老毛病。

读书人常常看轻别人，以为较新，较难的字句，自己能懂，大众却不能懂，所以为大众计，是必须彻底扫荡的；说话作文，越俗，就越好。这意见发展开来，他就要不自觉的成为新国粹派。或则希图大众语文在大众中推行得快，主张什么都要配大众的胃口，甚至于说要“迎合大众”，故意多骂几句，以博大众的欢心。这当然自有他的苦心孤诣，但这样下去，可要成为大众的新帮闲的。

说起大众来，界限宽泛得很，其中包括着各式各样的人，但即使“目不识丁”的文盲，由我看来，其实也并不如读书人所推想的那么愚蠢。他们是要智识，要新的智识，要学习，能摄取的。当然，如果满口新语法，新名词，他们是什么也不懂；但逐渐地检必要的灌输进去，他们却会接受；那消化的力量，也许还赛过成见更多的读书人。初生的孩子，都是文盲，但到两岁，就懂许多话，能说许多话了，这在他，全部是新名词，新语法。他那里是从《马氏文通》或《辞源》里查来的呢，也没有教师给他解释，他是听过几回之后，从比较而明白了意义的。大众的会摄取新词汇和语法，也就是这样子，他们会这样的前进。所以，新国粹派的主张，虽然好像为大众设想，实际上倒尽了拖住的任务。不过也不能听大众的自然，因为有些见识，他们究竟还在觉悟的读书人之下，如果不给他们随时拣选，也许会误拿了无益的，甚而至于有害的东西。所以，“迎合大众”的新帮闲，是绝对的要不得的。

由历史所指示，凡有改革，最初，总是觉悟的智识者的任务。但这些智识者，却必须有研究，能思索，有决断，而且有毅力。他也用权，却不是骗人,他利导,却并非迎合。他不看轻自己,以为是大家的戏子,也不看轻别人,当作自己的喽罗。他只是大众中的一个人,我想,这才可以做大众的事业。

十二　煞　尾

话已经说得不少了。总之,单是话不行,要紧的是做。要许多人做:大众和先驱,要各式的人做:教育家,文学家,言语学家……。这已经迫于必要了,即使目下还有点逆水行舟,也只好拉纤;顺水固然好得很,然而还是少不得把舵的。

这拉纤或把舵的好方法,虽然也可以口谈,但大抵得益于实验,无论怎么看风看水,目的只是一个:向前。

各人大概都有些自己的意见,现在还是给我听听你们诸位的高论罢。

(1934 年 8 月 17 日—20 日作,发表于 8 月 24 日至
9 月 10 日《申报·自由谈》,收入《且介亭杂文》)

“大雪纷飞”

张　沛

人们遇到要支持自己的主张的时候，有时会用一枝粉笔去搪对手的脸，想把他弄成丑角模样，来衬托自己是正生。但那结果，却常常适得其反。

章士钊先生现在是在保障民权了，段政府时代，他还曾经保障文言。他造过一个实例，说倘将“二桃杀三士”用白话写作“两个桃子杀了三个读书人”，是多么的不行。这回李焰生先生反对大众语文，也赞成“静珍君之所举，‘大雪纷飞’，总比那‘大雪一片一片纷纷的下着’来得简要而有神韵，酌量采用，是不能与提倡文言文相提并论”的。

我也赞成必不得已的时候，大众语文可以采用文言，白话，甚至于外国话，而且在事实上，现在也已经在采用。但是，两位先生代译的例子，却是很不对劲的。那时的“士”，并非一定是“读书人”，早经有人指出了；这回的“大雪纷飞”里，也没有“一片一片”的意思，这不过特地弄得累坠,掉着要大众语丢脸的枪花。

白话并非文言的直译,大众语也并非文言或白话的直译。在江浙,倘要说出"大雪纷飞"的意思来,是并不用"大雪一片一片纷纷的下着"的,大抵用"凶","猛"或"厉害",来形容这下雪的样子。倘要"对证古本",则《水浒传》里的一句"那雪正下得紧",就是接近现代的大众语的说法,比"大雪纷飞"多两个字,但那"神韵"却好得远了。

一个人从学校跳到社会的上层,思想和言语,都一步一步的和大众离开,那当然是"势所不免"的事。不过他倘不是从小就是公子哥儿,曾经多少和"下等人"有些相关,那么,回心一想,一定可以记得他们有许多赛过文言文或白话文的好话。如果自造一点丑恶,来证明他的敌对的不行,那只是他从隐蔽之处挖出来的自己的丑恶,不能使大众羞,只能使大众笑。大众虽然智识没有读书人的高,但他们对于胡说的人们,却有一个谥法:绣花枕头。这意义,也许只有乡下人能懂的了,因为穷人塞在枕头里面的,不是鸭绒:是稻草。

八月二十二日。

(发表于 1934 年 8 月 24 日《中华日报·动向》,收入《花边文学》)

汉字和拉丁化

仲　度

反对大众语文的人，对主张者得意地命令道："拿出货色来看！"一面也有这样的老实人，毫不问他是诚意，还是寻开心，立刻拼命的来做标本。

由读书人来提倡大众语，当然比提倡白话困难。因为提倡白话时，好好坏坏，用的总算是白话，现在提倡大众语的文章却大抵不是大众语。但是，反对者是没有发命令的权利的。虽是一个残废人，倘在主张健康运动，他绝对没有错；如果提倡缠足，则即使是天足的壮健的女性，她还是在有意的或无意的害人。美国的水果大王，只为改良一种水果，尚且要费十来年的工夫，何况是问题大得多多的大众语。倘若就用他的矛去攻他的盾，那么，反对者该是赞成文言或白话的了，文言有几千年的历史，白话有近二十年的历史，他也拿出他的"货色"来给大家看看罢。

但是，我们也不妨自己来试验，在《动向》上，就已经有过三篇纯用土话的文章，胡绳先生看了之后，却以为还是非土话所写的句子来得清楚。其实，只要下一番工夫，是无论用什么土话写，都可以懂得的。据我个人的经验，我们那里的土话，和苏州很不同，但一部《海上花列传》，却教我"足不出户"的懂了苏白。先是不懂，硬着头皮看下去，参照记事，比较对话，后来就都懂了。自然，很困难。这困难的根，我以为就在汉字。每一个方块汉字，是都有它的意义的，现在用它来照样的写土话，有些是仍用本义的，有些却不过借音，于是我们看下去的时候，就得分析它那几个是用义，那几个是借音，惯了不打紧，开手却非常吃力了。

例如胡绳先生所举的例子，说"回到窝里向罢"也许会当作回到什么狗"窝"里去，反不如说"回到家里去"的清楚。那一句的病根就在汉字的"窝"字，实际上，恐怕是不该这么写法的。我们那里的乡下人，也叫"家里"作 Uwao-li，读书人去抄，也极容易写成"窝里"的，但我想，这 Uwao 其实是"屋下"两音的拼合，而又讹了一点，决不能用"窝"字随便来替代，如果只记下没有别的意义的音，就什么误解也不会有了。

大众语文的音数比文言和白话繁，如果还是用方块字来写，不但费脑力，也很费工夫，连纸墨都不经济。为了这方块的带病的遗产，我们的最大多数人，已经几千年做了文盲来殉难了，中国也弄到这模样，到别国已在人工造雨的时候，我们却还是拜蛇，迎神。如果大家还要活下去，我想：是只好请汉字来做我们的牺牲了。

现在只还有"书法拉丁化"的一条路。这和大众语文是分不开的。

也还是从读书人首先试验起,先绍介过字母,拼法,然后写文章。开手是,像日本文那样,只留一点名词之类的汉字,而助词,感叹词,后来连形容词,动词也都用拉丁拼音写,那么,不但顺眼,对于了解也容易得远了。至于改作横行,那是当然的事。

这就是现在马上来实验,我以为也并不难。

不错,汉字是古代传下来的宝贝,但我们的祖先,比汉字还要古,所以我们更是古代传下来的宝贝。为汉字而牺牲我们,还是为我们而牺牲汉字呢?这是只要还没有丧心病狂的人,都能够马上回答的。

八月二十三日。

(发表于 1934 年 8 月 25 日《中华日报·动向》,收入《花边文学》)

中国语文的新生

中国现在的所谓中国字和中国文，已经不是中国大家的东西了。

古时候，无论那一国，能用文字的原是只有少数的人的，但到现在，教育普及起来，凡是称为文明国者，文字已为大家所公有。但我们中国，识字的却大概只占全人口的十分之二，能作文的当然还要少。这还能说文字和我们大家有关系么？

也许有人要说，这十分之二的特别国民，是怀抱着中国文化，代表着中国大众的。我觉得这话并不对。这样的少数，并不足以代表中国人。正如中国人中，有吃燕窝鱼翅的人，有卖红丸的人，有拿回扣的人，但不能因此就说一切中国人，都在吃燕窝鱼翅，卖红丸，拿回扣一样。要不然，一个郑孝胥，真可以把全副“王道”挑到满洲去。

我们倒应该以最大多数为根据，说中国现在等于并没有文字。

这样的一个连文字也没有的国度，是在一天一天的坏下去了。我想，这可以无须我举例。

单在没有文字这一点上，智识者是早就感到模胡的不安的。清末的办白话报，五四时候的叫“文学革命”，就为此。但还只知道了文章难，没有悟出中国等于并没有文字。今年的提倡复兴文言文，也为此，他明知道现在的机关枪是利器，却因历来偷懒，未曾振作，临危又想侥幸，就只好梦想大刀队成事了。

大刀队的失败已经显然，只有两年，已没有谁来打九十九把钢刀去送给军队。但文言队的显出不中用来，是很慢，很隐的，它还有寿命。

和提倡文言文的开倒车相反，是目前的大众语文的提倡，但也还没有碰到根本的问题：中国等于并没有文字。待到拉丁化的提议出现，这才抓住了解决问题的紧要关键。

反对，当然大大的要有的，特殊人物的成规，动他不得。格理莱倡地动说，达尔文说进化论，摇动了宗教，道德的基础，被攻击原是毫不足怪的；但哈飞发见了血液在人身中环流，这和一切社会制度有什么关系呢，却也被攻击了一世。然而结果怎样？结果是：血液在人身中环流！

中国人要在这世界上生存，那些识得《十三经》的名目的学者，“灯红”会对“酒绿”的文人，并无用处，却全靠大家的切实的智力，是明明白白的。那么，倘要生存，首先就必须除去阻碍传布智力的结核：非语文和方块字。如果不想大家来给旧文字做牺牲，就得牺牲掉旧文字。走那一面呢，这并非如冷笑家所指摘，只是拉丁化提倡者的成败，乃是关于中国大众的存亡的。要得实证，我看也不必等候怎么久。

至于拉丁化的较详的意见，我是大体和《自由谈》连载的华圉作《门外文谈》相近的，这里不多说。我也同意于一切冷笑家所冷嘲的大众语的前途的艰难；但以为即使艰难，也还要做；愈艰难，就愈要做。改革，是向来没有一帆风顺的，冷笑家的赞成，是在见了成效之后，如果不信，可看提倡白话文的当时。

九月二十四日。

（发表于 1934 年 10 月 10 日《新生》周刊

第 1 卷第 36 期，收入《且介亭杂文》）

关于新文字

——答问

比较，是最好的事情。当没有知道拼音字之前，就不会想到象形字的难；当没有看见拉丁化的新文字之前，就很难明确的断定以前的注音字母和罗马字拼法，也还是麻烦的，不合实用，也没有前途的文字。

方块汉字真是愚民政策的利器，不但劳苦大众没有学习和学会的可能，就是有钱有势的特权阶级，费时一二十年，终于学不会的也多得很。最近，宣传古文的好处的教授，竟将古文的句子也点错了，就是一个证据——他自己也没有懂。不过他们可以装作懂得的样子，来胡说八道，欺骗不明真相的人。

所以，汉字也是中国劳苦大众身上的一个结核，病菌都潜伏在里面，倘不首先除去它，结果只有自己死。先前也曾有过学者，想出拼音字来，要大家容易学，也就是更容易教训，并且延长他们服役的生命，但那些字都还很繁琐，因为学者总忘不了官话，四声，以及这是学者创造出来的字，必需有学者的气息。这回的新文字却简易得远了，又是根据于实生活的，容易学，有用，可以用这对大家说话，听大家的话，明白道理，学得技艺，这才是劳苦大众自己的东西，首先的唯一的活路。

现在正在中国试验的新文字，给南方人读起来，是不能全懂的。现在的中国，本来还不是一种语言所能统一，所以必须另照各地方的言语来拼，待将来再图沟通。反对拉丁化文字的人，往往将这当作一个大缺点，以为反而使中国的文字不统一了，但他却抹杀了方块汉字本为大多数中国人所不识，有些知识阶级也并不真识的事实。

然而他们却深知道新文字对于劳苦大众有利，所以在弥漫着白色恐怖的地方，这新文字是一定要受摧残的。现在连并非新文字，而只是更接近口语的"大众语"，也在受着苛酷的压迫和摧残。中国的劳苦大众虽然并不识字，但特权阶级却还嫌他们太聪明了，正竭力的弄麻木他们的思索机关呢，例如用飞机掷下炸弹去，用机关枪送过子弹去，用刀斧将他们的颈子砍断，就都是的。

十二月九日。

（发表于《拥护新文字六日报》，被译为

"拉丁化新文字"，收入《且介亭杂文》）

论新文字

汉字拉丁化的方法一出世，方块字系的简笔字和注音字母，都赛下去了，还在竞争的只有罗马字拼音。这拼法的保守者用来打击拉丁化字的最大的理由，是说它方法太简单，有许多字很不容易分别。

这确是一个缺点。凡文字，倘若容易学，容易写，常常是未必精密的。烦难的文字，固然不见得一定就精密，但要精密，却总不免比较的烦难。罗马字拼音能显四声，拉丁化字不能显，所以没有“东”“董”之分，然而方块字能显“东”“蝀”之分，罗马字拼音却也不能显。单拿能否细别一两个字来定新文字的优劣，是并不确当的。况且文字一用于组成文章，那意义就会明显。虽是方块字，倘若单取一两个字，也往往难以确切的定出它的意义来。例如“日者”这两个字，如果只是这两个字，我们可以作“太阳这东西”解，可以作“近几天”解，也可以作“占卜吉凶的人”解；又如“果然”，大抵是“竟是”的意思，然而又是一种动物的名目，也可以作隆起的形容；就是一个“一”字，在孤立的时候，也不能决定它是数字“一二三”之“一”呢，还是动词“四海一”之“一”。不过组织在句子里，这疑难就消失了。所以取拉丁化的一两个字，说它含胡，并不是正当的指摘。

主张罗马字拼音和拉丁化者两派的争执，其实并不在精密和粗疏，却在那由来，也就是目的。罗马字拼音者是以古来的方块字为主，翻成罗马字，使大家都来照这规矩写，拉丁化者却以现在的方言为主，翻成拉丁字，这就是规矩。假使翻一部“诗韵”来作比赛，后者是赛不过的，然而要写出活人的口语来，倒轻而易举。这一点，就可以补它的不精密的缺点而有余了，何况后来还可以凭着实验，逐渐补正呢。

易举和难行是改革者的两大派。同是不满于现状，但打破现状的手段却大不同：一是革新，一是复古。同是革新，那手段也大不同：一是难行，一是易举。这两者有斗争。难行者的好幌子，一定是完全和精密，借此来阻碍易举者的进行，然而它本身，却因为是虚悬的计划，结果总并无成就：就是不行。

这不行，可又正是难行的改革者的慰藉，因为它虽无改革之实，却有改革之名。有些改革者，是极爱谈改革的，但真的改革到了身边，却使他恐惧。惟有大谈难行的改革，这才可以阻止易举的改革的到来，就是竭力维持着现状，一面大谈其改革，算是在做他那完全的改革的事业。这和主张在床上学会了浮水，然后再去游泳的方法，其实是一样的。

拉丁化却没有这空谈的弊病，说得出，就写得来，它和民众是有联系的，不是研究室或书斋里的清玩，是街头巷尾的东西；它和旧文字的关系轻，但和人民的联系密，倘要大家能够发表自己的意见，收获切要的知识，除它以外，确没有更简易的文字了。

而且由只识拉丁化字的人们写起创作来，才是中国文学的新生，才是现代中国的新文学，因为他们是没有中一点什么《庄子》和《文选》之类的毒的。

十二月二十三日。

（发表于1936年1月11日《时事新报·每周文学》，

收入《且介亭杂文二集》）